Nicht tot genug

Peter James

Nicht tot genug

Roman

Aus dem Englischen
von Susanne Goga-Klinkenberg

Weltbild

Die englische Originalausgabe erschien 2007 unter dem Titel
Not Dead Enough bei Macmillan, an Imprint of
Pan Macmillan Ltd., London.

Besuchen Sie uns im Internet:
www.weltbild.de

Genehmigte Lizenzausgabe für Verlagsgruppe Weltbild GmbH,
Steinerne Furt, 86167 Augsburg

Übersetzung: Susanne Goga-Klinkenberg
Umschlaggestaltung: Jarzina Kommunikationsdesign, Holzkirchen
Umschlagmotiv: Corbis, Düsseldorf (© Thom Lang)
Gesamtherstellung: Bagel Roto-Offset GmbH, Schleinitz
Printed in the EU
ISBN 978-3-8289-9303-7

2011 2010 2009
Die letzte Jahreszahl gibt die aktuelle Lizenzausgabe an.

Für Bertie, Sooty und Phoebe

1

ES DAUERTE LANGE, bis die Dunkelheit hereinbrach, doch das Warten sollte sich lohnen. Außerdem war Zeit kein Problem für ihn. Zeit hatte er immer genug, auch wenn er ansonsten nicht viel besaß. Zeit hatte er im Überfluss. Er war sozusagen ein Zeitmilliardär.

Kurz vor Mitternacht bog die Frau, der er folgte, von der Schnellstraße ab und steuerte die einsamen Lichter einer BP-Tankstelle an. Er blieb mit dem gestohlenen Lieferwagen auf der unbeleuchteten Straße stehen und konzentrierte sich auf ihre Bremslichter. Es schien, als würden sie heller, glühten rot, rot für Gefahr, für Glück, für Sex! *Einundsiebzig Prozent aller Mordopfer wurden von Bekannten oder Verwandten getötet.* Die Statistik schoss ihm durch den Kopf wie eine Flipperkugel. Er sammelte Statistiken, hortete sie wie Eichhörnchen die Nüsse, um seinen Verstand in jenem langen Winterschlaf, der ihn eines Tages überkommen würde, zu nähren.

Die Frage lautete: *Wie viele der einundsiebzig Prozent wussten, dass man sie ermorden würde?*

Sie vielleicht, Lady?

Scheinwerfer blitzten auf, ein vorbeifahrender Lkw ließ den kleinen blauen Renault erzittern und die Klempnerwerkzeuge im Kofferraum klappern. An den Zapfsäulen waren nur zwei weitere Autos zu sehen, ein Toyota Van und ein großer Jaguar. Der Besitzer, ein Mann in schlecht sitzendem Smoking, kam gerade vom Schalter und steckte die Brieftasche ein. Ein Mann im Overall wickelte einen langen Schlauch von einem Tanklaster ab, um die Treibstofftanks zu befüllen.

Er schaute sich vorsichtig um und entdeckte eine einzige Überwachungskamera. Sicher, das war ein Problem, aber ein lösbares.

Sie hätte sich wirklich keinen besseren Platz für ihren Zwischenstopp aussuchen können!

Er warf ihr eine Kusshand zu.

2

KATIE BISHOP SCHÜTTELTE ihr widerspenstiges flammend rotes Haar aus dem Gesicht und gähnte. Sie war müde, mehr als müde, geradezu erschöpft, wenn auch auf sehr angenehme Weise. Sie betrachtete die Zapfsäule, als wäre sie ein Außerirdischer, ein Gefühl, das sie beim Anblick von Zapfsäulen fast immer beschlich. Ihr Mann hatte Probleme damit, Geschirrspüler und Waschmaschinen zu durchschauen und behauptete, die Anleitungen seien »von Frau für Frau« verfasst. Nun ja, genauso erging es ihr mit Zapfsäulen, die in ihren Augen ein Schild mit der Aufschrift »von Mann für Mann« hätten tragen müssen.

Wie üblich kämpfte sie mit dem Tankdeckel ihres BMW und grübelte, ob nun Normalbenzin oder Super hineinmusste. Tankte sie Normalbenzin, kritisierte er sie, dass sie zu leichtes Benzin eingefüllt habe, tankte sie aber Super, sprach er von ihrer Verschwendungssucht. Sie konnte es ihm eben nie recht machen.

Er wurde ohnehin immer seltsamer. Sie war es leid, dass er sich dauernd über Kleinigkeiten aufregte – die Position seiner Zahnpastatube auf dem Regal und dass nicht alle Stühle in gleicher Entfernung vom Esstisch angeordnet waren. Dabei ging es um Millimeter. Außerdem hatte er in der letzten Zeit zunehmend perverse Neigungen entwickelt und brachte regelmäßig komische Sachen aus Sexshops mit, die er unbedingt mit ihr ausprobieren wollte. Damit kam sie nun gar nicht zurecht.

Sie war so in Gedanken versunken, dass sie zusammenzuckte, als die Pumpe mit einem lauten Geräusch zum Stehen kam. Sie atmete die Benzindämpfe ein, die sie immer ganz angenehm fand, hängte den Stutzen ein, verschloss Tank und Türen und ging zur Kasse. Brian hatte sie nämlich gewarnt, dass an Tankstellen häufig Autos gestohlen wurden.

Als sie wieder herauskam, faltete sie die Kreditkartenquittung sorgfältig und steckte sie in ihr Portemonnaie. Sie stieg ins Auto und verschloss es von innen, legte den Gurt an und startete den Motor. Die CD von Il Divo erklang wieder. Es war ein warmer Sommerabend und sie überlegte kurz, ob sie das Dach herunterlassen sollte, aber es war schon nach Mitternacht, da fuhr man besser nicht mit offenem Verdeck durch Brighton.

Erst als sie die Tankstelle hinter sich gelassen hatte, merkte sie, dass es im Wagen anders roch. Ein Geruch, den sie kannte. *Comme des garçons.* Dann bemerkte sie eine Bewegung im Rückspiegel.

Jemand war im Auto.

Die Angst schlug ihr in die Kehle wie ein Angelhaken und drückte sie zu; ihre Hände erstarrten am Lenkrad. Sie trat hart auf die Bremse, brachte den Wagen zum Stehen, tastete nach dem Rückwärtsgang, wollte zurück zur sicheren Tankstelle. Da spürte sie das kalte Metall im Nacken.

»Einfach weiterfahren, Katie«, sagte er. »Du warst wirklich kein braves Mädchen.«

Sie reckte sich, um ihn im Rückspiegel zu erkennen, sah aber nur, wie ein winziger Lichtstrahl auf der Messerklinge funkelte.

Und im Rückspiegel sah er, gespiegelt, das Entsetzen in ihren eigenen Augen.

3

MARLON TAT, WAS ER IMMER TAT – er drehte seine Runden im Glas. Er durchmaß seine Welt mit der unablässigen Entschlossenheit eines Forschers, der einen neuen Kontinent erkundet. Sein Maul ging auf und zu, und er schluckte gelegentlich eines der winzigen Kügelchen, die, wie Roy Grace aufgrund des Preises vermutete, das Goldfisch-Äquivalent zu Kaviar sein mussten.

Grace lag entspannt in seinem Fernsehsessel. Das Wohnzimmer, das seine verschwundene Frau Sandy in minimalistischem Schwarz und Weiß eingerichtet hatte, war bis vor kurzem mit Erinnerungsstücken an sie dekoriert gewesen. Davon waren nur einige Antiquitäten aus den fünfziger Jahren übrig geblieben, darunter eine Musikbox, die sie gemeinsam restauriert hatten, und ein Foto von ihr in einem silbernen Rahmen, das sie vor zwölf Jahren im Urlaub auf Capri geschossen hatten. Ihr hübsches, braun gebranntes Gesicht grinste frech in die Kamera. Sie stand, in Sonnenlicht getaucht, vor einem schroffen Felsen, ihr langes blondes Haar flatterte im Wind, sie sah aus wie eine Göttin. Und genau das war sie für ihn auch gewesen.

Er schaute einen alten Film auf DVD und trank dabei Glenfiddich on the rocks. Es war einer von ungefähr zehntausend Filmen, die er laut Aussage seines Freundes Glenn Branson einfach kennen musste.

In letzter Zeit hatte Branson seinen Ehrgeiz geweckt. Grace war dabei, das kulturelle schwarze Loch in seinem Kopf zu füllen. Er hatte allmählich begriffen, dass sein Gehirn vollgestopft war mit Polizeihandbüchern, Informationen über Rugby, Fußball, Autorennen und Kricket, ansonsten aber nicht viel zu bieten hatte. Das musste sich ändern. Und zwar rasch.

Denn endlich, endlich gab es wieder eine Frau, mit der er sich traf, von der er ganz hingerissen, in die er vielleicht sogar verliebt war. Allerdings war sie sehr viel gebildeter als er, und manchmal kam es ihm so vor, als habe sie jedes Buch gelesen, jeden Film gesehen, jede Oper gehört und sei mit dem Werk jedes lebenden oder toten Künstlers von Bedeutung vertraut. Und als wäre das nicht genug, studierte sie auch noch Philosophie an der Fernuniversität.

Was auch den Stapel von Philosophiebüchern auf dem Couchtisch erklärte, die Grace aus verschiedenen Buchhandlungen in ganz Brighton and Hove zusammengetragen hatte.

Obenauf lagen zwei angeblich leicht verständliche Titel: *Der Trost der Philosophie* und *Zeno und die Schildkröte – Denken wie ein Philosoph.* Bücher für den Laien, die er gerade so verstand. Na ja, größtenteils. Immerhin reichte es, um in Diskussionen mit Cleo einigermaßen zu bestehen. Und zu seiner Überraschung stellte er fest, dass ihn das Thema wirklich interessierte. Vor allem Sokrates hatte es ihm angetan. Ein Einzelgänger, der letztlich für seine Lehren zum Tode verurteilt wurde und gesagt hatte: »Das unerforschte Leben ist es nicht wert, gelebt zu werden.«

Letzte Woche hatten sie in Glyndebourne *Die Hochzeit des Figaro* gesehen. Die Oper hatte ihre Längen, aber es gab auch Momente von so eindringlicher Schönheit, dass er zu Tränen gerührt gewesen war.

Der Schwarz-Weiß-Film, der im Wien der Nachkriegszeit spielte, fesselte ihn. Gerade fuhr Orson Welles, der den Schwarzmarkthändler Harry Lime spielte, mit Joseph Cotten im Riesenrad im Prater. Cotten warf seinem alten Freund vor, er sei korrupt geworden, worauf Welles konterte: »In den dreißig Jahren unter den Borgias hat es in Italien nur Krieg gegeben, Mord und Totschlag und Blutvergießen, aber es gab auch Michelangelo, Leonardo Da Vinci und die Renaissance. In der Schweiz hatten sie Brüderlichkeit, fünfhundert Jahre Demokratie und Frieden. Und was haben wir davon? Die Kuckucksuhr.«

Grace nahm noch einen großen Schluck Whiskey. Welles wirkte anziehend, war ihm aber dennoch unsympathisch. Der Mann war ein Schurke, und in den zwanzig Jahren, in denen er bei der Polizei arbeitete, war Grace noch keinem Schurken begegnet, der seine Taten nicht zu rechtfertigen gesucht hätte. Aus ihrer verdrehten Sicht hatte die ganze Welt unrecht, nur sie selbst nicht.

Er gähnte und ließ die Eiswürfel in seinem leeren Glas klirren. Er dachte an den nächsten Tag, einen Freitag, an dem er mit Cleo zum Abendessen verabredet war. Er hatte sie seit Freitag letzter Woche nicht gesehen, weil sie übers Wochenende zu einer Familienfeier nach Surrey gefahren war. Ihre Eltern feierten ihren 35. Hochzeitstag, und es hatte ihm einen leisen Stich versetzt, dass sie ihn nicht mitgenommen hatte – als wollte sie ihn auf Distanz halten und ihm zeigen, dass sie trotz allem noch kein richtiges Paar waren. Am Montag war sie auf einer Fortbildung gewesen, und obwohl sie jeden Tag telefoniert, SMS und E-Mails geschickt hatten, vermisste er sie wahnsinnig.

Für den nächsten Morgen stand eine Besprechung mit seiner unberechenbaren Chefin an, der süß-sauren Alison Vosper. Er gähnte, schüttelte die Eiswürfel in seinem leeren Glas und überlegte, ob er noch einen Whiskey trinken und den Film zu Ende schauen sollte, als es plötzlich an der Tür klingelte.

Wer wollte ihn um Mitternacht noch besuchen?

Es klingelte noch einmal, dann folgte ein heftiges Klopfen. Das Klopfen wurde lauter.

Verwirrt hielt er den DVD-Player an und ging mit unsicheren Schritten in die Diele. Hartnäckiges Klopfen. Dann wieder die Klingel.

Grace wohnte in einer ruhigen Straße mit Doppelhaushälften, die bis zum Strand von Hove hinabführte. Hier trieben sich keine Drogensüchtigen und anderen Nachtgestalten herum, aber er war dennoch auf der Hut.

Im Laufe der Jahre hatte er sich mit vielen Verbrechern angelegt, meist kleinen Fischen, aber es waren auch echte Gangster unter ihnen. Es gab durchaus Leute, die noch eine Rechnung mit ihm offen hatten. Dennoch hatte er sich nie die Mühe gemacht, einen Spion oder eine Sicherheitskette anzubringen.

Etwas angeschickert vom Whiskey riss er die Tür auf. Und stand dem Mann gegenüber, der ihm auf dieser Welt am meisten bedeutete – Detective Sergeant Glenn Branson, 1,87 m groß, schwarz und kahl wie eine Billardkugel. Doch sein Freund grinste nicht wie üblich, sondern stand da und heulte sich die Seele aus dem Leib.

4

DIE KLINGE DRÜCKTE stärker gegen ihren Hals. Schnitt ins Fleisch. Der Schmerz wuchs mit jedem Schlagloch.

»Woran du auch denken magst, vergiss es«, sagte er mit ruhiger, sanfter Stimme.

Blut sickerte an ihrem Hals hinunter; vielleicht war es auch Schweiß, oder beides. Sie versuchte verzweifelt, trotz ihrer Panik logisch zu denken. Hielt die Augen auf den Gegenverkehr gerichtet, umklammerte das Lenkrad mit feuchten Händen, doch die Klinge drang immer tiefer ins Fleisch.

Sie fuhren einen Hügel hinauf, links unter ihr sah sie die Lichter von Brighton and Hove.

»Linke Spur. Die zweite Ausfahrt am Kreisverkehr.«

Katie bog gehorsam auf die vierspurige Dyke Road Avenue ab. Die Laternen tauchten die Straße in orangefarbenes Licht. Links und rechts große Häuser. Sie wusste, wohin sie fuhren, und sie wusste auch, dass sie unbedingt etwas unternehmen musste. Plötzlich raste ihr Herz vor Freude. Auf der anderen Straßenseite blitzten blaue Lampen. Ein Polizeiauto!

Ihre linke Hand tastete zum Blinkerhebel. Zog ihn zu sich heran. Worauf die Scheibenwischer quietschend über die trockene Scheibe schossen.

Scheiße.

»Warum hast du die Scheibenwischer an, Katie? Es regnet doch gar nicht«, erklang es vom Rücksitz.

Falscher Hebel! Scheiße Scheiße Scheiße!

Schon waren sie am Polizeiauto vorbei. Sie sah die Lichter wie eine rettende Oase im Rückspiegel verschwinden. Sah unter dem Schirm der Baseballkappe auch die Umrisse seines bärtigen Gesichts, das zudem durch eine dunkle Brille getarnt war. Das Gesicht und die Stimme eines Fremden, die dennoch unheimlich vertraut wirkten.

»Die nächste links, Katie. Und du solltest langsamer fahren. Ich hoffe, du weißt, wo wir sind.«

Der Sensor am Armaturenbrett würde das Tor automatisch öffnen. In wenigen Sekunden würde sie hindurchfahren, das Tor würde sich hinter ihr schließen, und sie wäre mit ihm allein im Dunkeln.

Nein. Das durfte nicht passieren.

Sie könnte einfach gegen die nächste Laterne fahren. Oder frontal in das Auto, das ihnen gerade entgegenkam. Sie blickte auf den Tacho. Überlegte fieberhaft. Wenn sie auf die Bremse trat oder irgendwo gegen fuhr, würde er nach vorn geschleudert. Mitsamt dem Messer. Ja, das war die beste Lösung. Nein, nicht die beste, die einzige Lösung.

Lieber Gott, hilf mir.

Ihr Mund war wie ausgetrocknet. Plötzlich klingelte das Handy, das auf dem Sitz neben ihr lag. Es war der blöde »Chicken Song«, den ihre dreizehnjährige Stieftochter Carly als Klingelton eingespeichert hatte, was Katie immer ungeheuer peinlich war.

»Komm bloß nicht auf die Idee, ranzugehen.«

Also bog sie brav nach links ab, durch das schmiedeeiserne Tor, das sich automatisch geöffnet hatte, und fuhr die kurze, asphaltierte Auffahrt entlang, die von riesigen, tadellos gepflegten Rhododendren gesäumt wurde, die Brian für einen Wucherpreis in einem exklusiven Gartencenter gekauft hatte. Wegen der Privatsphäre, hatte er gesagt.

Zu privat, wie sie jetzt fand.

Die Fassade des Hauses tauchte im Scheinwerferlicht auf. Vor wenigen Stunden war es noch ihr Heim gewesen. Nun aber kam es ihr vor wie ein fremdes, feindseliges Haus, das ein Warnsignal aussandte. Mach, dass du wegkommst.

Doch das Tor hatte sich bereits hinter ihr geschlossen.

5

ROY GRACE STARRTE GLENN BRANSON entsetzt an. Der Detective Sergeant, der sich gewöhnlich so elegant kleidete, trug an diesem Abend eine blaue Strickmütze, ein graues Kapuzensweatshirt, ausgebeulte Hosen und Turnschuhe und hatte sich seit mehreren Tagen nicht mehr rasiert. Während er gewöhnlich den neuesten Herrenduft verströmte, roch er jetzt nach altem Schweiß. Er hätte glatt als Straßenräuber durchgehen können.

Bevor Grace etwas sagen konnte, stürzte Branson in seine Arme, umklammerte ihn fest und drückte seine nasse Wange an das Gesicht seines Freundes. »Roy, sie hat mich rausgeworfen! Mein Gott, Mann, sie hat mich tatsächlich rausgeworfen!«

Irgendwie schaffte es Grace, ihn ins Haus und aufs Sofa zu bugsieren. Er setzte sich neben ihn und legte Branson den Arm um die muskulösen Schultern. »Ari?«

»Sie hat mich rausgeworfen.«

»Was soll das heißen?«

Glenn Branson beugte sich vor, stützte die Ellbogen auf den Couchtisch und vergrub das Gesicht in den Händen. »Ich halte das nicht aus. Roy, du musst mir helfen, ich halte das einfach nicht aus.«

»Ich hole dir was zu trinken. Whiskey? Wein? Kaffee?«

»Ich will Ari. Ich will Sammy. Ich will Remi.« Er brach wieder in Schluchzen aus.

Grace stand auf und holte eine Flasche Courvoisier aus dem Schrank unter der Treppe, die dort seit Jahren vor sich hin staubte. Er goss ein Glas ein und drückte es Glenn in die Hand.

Branson schaute schweigend hinein, als suche er nach einer darin verborgenen Botschaft. Schließlich trank er einen kleinen Schluck, dann einen größeren, stellte das Glas ab und schaute es düster an.

»Rede mit mir«, sagte Grace und sah zu Orson Welles und Joseph Cotten hinüber, die auf dem Bildschirm eingefroren waren. »Erzähl mir, was passiert ist.«

Branson schaute hoch, wobei sein Blick ebenfalls auf den Fernseher fiel. Er murmelte: »Es geht um Loyalität. Um Freundschaft, Liebe und Betrug.«

»Wie bitte?«

»Na, der Film. *Der dritte Mann.* Carol Reed hat Regie geführt. Die Musik. Die Zither. Immer wieder toll. Orson Welles war früh auf dem Höhepunkt seiner Karriere. Das Tragische war, dass er die ersten Erfolge nie wiederholen konnte. Armes Schwein. Hat einige der größten Filme aller Zeiten gedreht. Aber woran erinnern sich die meisten Leute? An den fetten Mann aus der Sherry-Werbung.«

»Ich kann dir nicht ganz folgen.«

»Domecq, genau das war's. Domecq-Sherry. Auch egal.« Glenn trank sein Glas aus. »Eigentlich muss ich noch fahren. Scheiß drauf.«

Grace wartete geduldig, er würde Glenn nirgendwohin fahren lassen. So hatte er seinen Freund noch nie erlebt.

Branson hob geistesabwesend sein Glas.

»Willst du noch einen?«

»Meinetwegen.«

Grace goss ihm vier Fingerbreit ein. Vor knapp zwei Monaten war Glenn bei einem Einsatz, den Grace leitete, angeschossen worden. Seither empfand er seinem Freund gegenüber furchtbare Schuldgefühle. Die 38er Kugel hatte wie durch ein Wunder relativ wenig Schaden angerichtet. Einen Zentimeter weiter rechts, und es hätte ganz anders ausgesehen.

Die abgerundete Patrone war knapp unter dem Brustkorb in den Bauch eingedrungen und hatte Wirbelsäule, Bauchschlagader und Harnleiter knapp verfehlt. Es wurden nur Fettgewebe und Muskeln verletzt, was operativ behoben werden konnte. Glenn blieb zehn Tage im Krankenhaus und erhielt danach Genesungsurlaub.

In den vergangenen Monaten hatte Grace den Einsatz, der trotz aller Planungen und Vorsichtsmaßnahmen so schief gelaufen war, tagtäglich im Geiste durchgespielt. Zwar hatte ihn niemand deswegen kritisiert, doch er fühlte sich schuldig, weil einer seiner Leute angeschossen worden war. Und die Tatsache, dass Branson sein bester Freund war, machte es nicht besser.

Am schlimmsten war jedoch, dass bei den Ermittlungen auch seine Mitarbeiterin Emma-Jane Boutwood, eine hochbegabte Polizistin, von einem Lieferwagen angefahren und schwer verletzt worden war und noch immer im Krankenhaus lag.

Der Ausspruch des Philosophen Sören Kierkegaard, auf den er kürzlich gestoßen war, tröstete ihn ein wenig: »Verstehen kann man das Leben nur nach rückwärts, leben muss man es aber nach vorne.«

»Ari«, sagte Glenn unvermittelt. »Mein Gott, ich kapiere das einfach nicht.«

Grace wusste, dass sein Freund familiäre Probleme hatte. Das gehörte zum Beruf. Polizeibeamte hatten verrückte und unregelmäßige Arbeitszeiten. War man nicht gerade mit einem Kollegen verheiratet, schienen Probleme unvermeidlich. Sandy hatte nie etwas erwähnt, was natürlich nicht hieß, dass es ihr egal war. Wer weiß, vielleicht war sie sogar deswegen verschwunden. Hatte einfach genug gehabt.

Branson trank noch etwas Brandy und hustete heftig. Dann sah er Grace aus großen, traurigen Augen an. »Was soll ich jetzt machen?«

»Erzähl erst mal, was passiert ist.«

»Ari hat genug, das ist passiert.«

»Genug von was?«

»Von mir. Von unserem Leben. Ach, ich weiß auch nicht.« Er starrte vor sich hin. »Sie hat alle möglichen Kurse belegt. Selbstverwirklichung und so weiter. Und sie kauft mir dauernd irgendwelche Bücher. *Männer sind anders. Frauen auch* und *Warum Männer nicht zuhören und Frauen schlecht einparken,* so was eben. Sie wurde immer wütender, weil ich so spät nach Hause komme und sie nicht zu ihren Kursen kann. Hockt immer mit den Kindern da. Klar?«

Grace stand auf und schüttete sich noch einen Whiskey ein. Plötzlich sehnte er sich nach einer Zigarette. »Aber ich dachte, sie wollte, dass du zur Polizei gehst. Es war doch ihre Idee.«

»Sicher. Und jetzt ist sie sauer wegen der Arbeitszeiten. Verstehe einer die Frauen.«

»Du bist klug, ehrgeizig und machst Karriere. Begreift sie das nicht? Weiß sie denn nicht, wie viel deine Vorgesetzten von dir halten?«

»Ich glaube, das ist ihr scheißegal.«

»Das kann doch nicht sein, Mann! Glenn, du hast tagsüber als Wachmann gearbeitet und drei Nächte die Woche als Rausschmeißer. Wo zum Teufel sollte das enden? Du hast erzählt, dass du eine Art Erleuchtung hattest, als dein Sohn geboren wurde. Du wolltest nicht, dass er seinen Freunden in der Schule erzählt, dass sein Vater als Rausschmeißer im Nachtclub arbeitet. Du wolltest einen Beruf haben, auf den er stolz sein kann. Stimmt doch, oder?«

Branson schaute in sein leeres Glas. »Klar.«

»Dann verstehe ich nicht –«

»Willkommen im Club.«

Da Grace merkte, dass der Alkohol beruhigend auf Branson wirkte, goss er ihm noch einen Drink ein. Er erinnerte sich an seine Zeit als Streifenpolizist, in der er viele Familienstreitigkeiten erlebt hatte. Polizisten hassten es, wenn sie zu solchen Einsätzen gerufen wurden. Meist landeten sie in einem Haus, wo ein Paar aufeinander eindrosch, oftmals beide betrunken, und ehe man sich's versah, bekam man einen Schlag ins Gesicht oder eins mit einem Stuhl übergezogen. Allerdings hatte Grace dabei auch etwas über Familienrecht gelernt.

»Hast du Ari gegenüber jemals Gewalt angewendet?«

»Du machst wohl Witze. Nie. Nie in meinem ganzen Leben«, entgegnete Glenn mit Nachdruck.

Grace glaubte ihm. Branson würde keinem Menschen, den er liebte, Gewalt antun. In seinem mächtigen Körper steckte ein liebevolles, sanftes Gemüt. »Hast du eine Hypothek?«

»Ja, ich und Ari haben zusammen eine aufgenommen.«

Branson stellte sein Glas ab und begann wieder zu weinen. Nach einigen Minuten sagte er: »Mein Gott, ich wünschte, die Kugel hätte besser getroffen. Am besten mitten ins Herz.«

»Sag doch so was nicht.«

»Stimmt aber. Ich habe einfach keine Chance. Sie war sauer, als ich rund um die Uhr gearbeitet habe, und jetzt ist sie sauer, weil ich sieben Wochen lang zu Hause war. Sie sagt, ich stünde ihr im Weg.«

Grace überlegte. »Es ist genauso dein Haus wie ihres. Sie mag zwar sauer auf dich sein, rauswerfen kann sie dich nicht. Du hast auch Rechte.«

»Du kennst doch Ari.«

In der Tat. Sie war eine sehr attraktive und durchsetzungsfähige Frau Ende zwanzig, die immer deutlich gezeigt hatte, wer bei den Bransons die Hosen anhatte.

*

Es war fast fünf Uhr morgens, als Grace Bettwäsche und eine Decke aus dem Schrank holte und seinem Freund das Gästebett bezog. Whiskey- und Brandyflasche waren fast leer, im Aschenbecher lagen einige Kippen. Er rauchte fast gar nicht mehr, nachdem man ihm im Leichenschauhaus die schwarze Lunge eines starken Rauchers gezeigt hatte, doch bei Trinkgelagen wie diesem konnte er nicht widerstehen.

Es kam ihm vor, als habe er nur wenige Minuten geschlafen, als sein Handy klingelte. Aber ein Blick auf die Digitaluhr neben dem Bett verriet ihm, dass es bereits zehn nach neun war.

Sehr wahrscheinlich etwas Berufliches, deshalb ließ er es ein paar Mal klingeln, bis er richtig wach war. Sein Kopf dröhnte höllisch. Er war in dieser Woche leitender Ermittler und hätte eigentlich schon um halb neun Uhr im Büro sein müssen.

»Roy Grace.«

Am Apparat war Jim Walters, ein ernst klingender junger Mitarbeiter aus der Zentrale, den Grace nur vom Telefon kannte. »Detective Superintendent, ich habe hier die Meldung eines Detective Sergeant aus Brighton Central, der Sie bittet, einen verdächtigen Todesfall in einem Haus in der Dyke Road Avenue in Hove zu untersuchen.«

»Nähere Einzelheiten?« Er war jetzt hellwach.

Nachdem er das Handy abgeschaltet hatte, zog er den Bademantel über, füllte den Zahnputzbecher mit Wasser, schluckte zwei Paracetamol, drückte zwei weitere Tabletten aus der Folie und ging ins Gästezimmer, in dem es nach Alkohol und Schweiß stank. Er rüttelte Glenn Branson wach. »Hallo, aufwachen, hier ist dein Therapeut!«

Branson öffnete ein Auge. »Wassnlosmann?« Er presste die Hände an den Kopf. »Scheiße, wie viel habe ich gestern Abend getrunken? Mein Kopf fühlt sich an wie –«

Grace hielt ihm Becher und Tabletten hin. »Frühstück im Bett. Du hast zwei Minuten zum Duschen, Anziehen, Tabletten schlucken und einen Happen einwerfen. Es gibt Arbeit.«

»Vergiss es. Ich bin krankgeschrieben. Noch eine ganze Woche!«

»Jetzt nicht mehr, Anweisung des Therapeuten. Du musst wieder arbeiten, und zwar sofort. Wir sehen uns eine Leiche an.«

Langsam, als täte ihm jede Bewegung weh, kroch Branson aus dem Bett. Grace sah den runden, verfärbten Fleck auf seinem Bauch, ein Stück über dem Nabel, wo die Kugel eingedrungen war. Er sah so winzig aus. Erschreckend winzig.

Sein Freund schluckte die Pillen, stand auf und wankte nur mit Boxershorts bekleidet durchs Zimmer, wobei er sich die Eier kratzte. »Scheiße, Mann, ich hab nur diese stinkenden Sachen hier. So kann ich doch keine Leiche in Augenschein nehmen.«

»Der Leiche dürfte es ziemlich egal sein.«

6

SKUNKS HANDY KLINGELTE und vibrierte, wackelte blinkend über die Ablage neben der Spüle wie ein großer, verwundeter Käfer.

Nach dreißig Sekunden hatte es ihn endlich geweckt. Er schoss in die Höhe und stieß sich wie fast jeden Morgen den Kopf an der niedrigen Decke seines heruntergekommenen Wohnwagens.

»Scheiße.«

Das Handy fiel von der Spüle und plumpste auf den schmalen Streifen Teppich, wo es sein nervtötendes Geklingel fortsetzte. Er hatte es letzte Nacht aus einem gestohlenen Auto mitgenommen, doch der Besitzer war leider nicht so rücksichtsvoll gewesen, die Bedienungsanleitung oder die PIN im Wagen zu lassen. Skunk war so überdreht gewesen, dass er nicht kapiert hatte, wie man es auf stumm schaltete. Ausmachen wollte er es auch nicht, weil er befürchtete, dass man eine Geheimzahl eingeben musste, um es wieder zu aktivieren. Und er hatte einige Anrufe zu erledigen, bevor der Besitzer das Handy sperren ließ. Unter anderem hatte er seinen Bruder Mick, der mit Frau und Kindern in Sydney lebte, angerufen. Der hatte sich allerdings nicht sonderlich gefreut, da es in Australien erst vier Uhr morgens war.

Endlich verstummte das Handy. Ein cooles, superaktuelles Gerät mit Metallgehäuse, Listenpreis geschätzte dreihundert Pfund. Mit einem bisschen Glück und Feilscherei würde er vielleicht fünfundzwanzig dafür bekommen.

Er merkte, dass er zitterte. Und wie sich die schwarze, unbestimmte Düsternis in seinem ganzen Körper ausbreitete. Schwitzend legte er sich in Hemd und Unterhose aufs Bett. Jeden Morgen das Gleiche. Beim Aufwachen erschien ihm die Welt wie eine feindselige Höhle, die sich um ihn schloss. Für immer und ewig.

Ein Skorpion huschte über sein Gesicht.

»VERDAMMTE SCHEISSE, HAU AB!« Er setzte sich auf, stieß sich erneut den Kopf und schrie auf vor Schmerz. Da war kein Skorpion, da war überhaupt nichts. Sein Verstand spielte ihm einen Streich. Dann kamen die Maden. Sie wimmelten über seinen ganzen Körper, dicht an dicht, wie ein lebendes Kleidungsstück. »WEG DA!« Er krümmte sich, schüttelte sie ab, fluchte laut, dann begriff er, dass sie ebenso wenig real waren wie der Skorpion. Das alles spielte sich nur in seinem Kopf ab. Wollte ihm etwas sagen. Genau wie jeden Tag. Es sagte ihm, dass er etwas brauchte, Brown Sugar, Schnee, egal, Hauptsache irgendetwas.

Er musste weg von hier, weg von dem Gestank nach Füßen, verschwitzter Kleidung und saurer Milch. Er musste aufstehen und ins Büro gehen. Bethany gefiel es, wenn er von seinem »Büro« sprach. Sie fand das witzig. Wenn sie lachte, sah sie seltsam aus, verzog ihren winzigen Mund, dass der Ring, den sie in der Oberlippe trug, vorübergehend verschwand. Und er wusste nie genau, ob sie über ihn oder mit ihm lachte.

Aber sie mochte ihn, das spürte er. Das hatte er noch nie erlebt. Er hatte gesehen, wie Leute im Fernsehen davon redeten, aber er hatte nie begriffen, was es bedeutete, bis er sie vor einigen Wochen – oder waren es Monate? – an einem Freitagabend im *Escape*-2 aufgegabelt hatte.

Sie mochte ihn, was hieß, dass sie ihn gelegentlich ansah wie ihre Lieblingspuppe. Ihm Essen brachte, den Wohnwagen aufräumte, seine Wäsche wusch, seine Wunden verband und unbeholfenen Sex mit ihm hatte, bevor sie wieder davoneilte.

Er reckte den sehnigen Arm, über den sich ein tätowiertes Seil ringelte, und tastete auf dem Regal über seinem Kopf nach Zigaretten, Feuerzeug und dem Aschenbecher aus Alufolie, der neben seinem Springmesser lag, das immer einsatzbereit ausgeklappt war.

Er schüttelte eine Zigarette aus der Packung, zündete sie an und legte sich wieder auf das klumpige Kopfkissen. Er inhalierte tief und blies den Rauch durch die Nase aus. Was für ein unglaublich süßer Geschmack! Eine Sekunde lang verschwand seine düstere Stimmung. Sein Herz schlug heftiger. Energie. Er erwachte zum Leben.

Draußen in seinem »Büro« schien eine Menge los zu sein. Eine Sirene ertönte. Ein Bus donnerte vorbei. Jemand drückte ungeduldig auf die Hupe. Ein Motorrad heulte auf. Er griff nach der Fernsteuerung und schaltete den Fernseher ein. Trisha, das dunkle Mädchen, das er ganz süß fand, interviewte gerade eine schluchzende Frau, deren Mann ihr soeben gestanden hatte, er sei schwul.

Es war noch zu früh. Keiner seiner Geschäftspartner wäre um diese Zeit schon im »Büro«.

Noch eine Sirene sauste vorüber. Von der Zigarette musste er husten. Er kroch aus dem Bett und stieg vorsichtig über einen schlafenden Liverpooler, der irgendwann nachts mit seinem Kumpel vorbeigekommen war. Sie hatten etwas geraucht und eine Flasche Wodka getrunken, die einer von ihnen geklaut hatte. Hoffentlich verschwanden sie, wenn sie aufwachten und feststellten, dass es weder Futter noch Drogen oder Alkohol gab.

Er öffnete den Kühlschrank und holte eine halb volle Flasche warme Cola heraus, mehr war nicht drin. Der Kühlschrank hatte noch nie funktioniert. Die Colaflasche zischte leicht, als er den Deckel abschraubte, es schmeckte herrlich.

Dann beugte er sich über die Spüle, in der sich schmutzige Teller stapelten, und zog die orange getupften Vorhänge auseinander. Das Sonnenlicht traf ihn ins Gesicht wie ein Laserstrahl.

Davon wurde auch sein Hamster Al wach. Obwohl er eine Pfote geschient hatte, sprang er in sein Laufrad und legte los. Skunk schaute in den Käfig, ob genügend Wasser und Trockenfutter vorhanden waren. Alles bestens. Er würde den Käfig später reinigen. Das war die einzige Hausarbeit, die er je erledigte.

Mit einem Ruck riss er die Vorhänge wieder zu. Trank noch etwas Cola, hob den Aschenbecher vom Boden auf, zog noch einmal an der bis zum Filter heruntergerauchten Zigarette und drückte sie aus. Er hustete, es war ein hartnäckiger trockener Husten, der ihn schon seit Tagen quälte. Oder seit Wochen.

Plötzlich wurde ihm schwindlig, und er tastete sich an Spüle und Essecke entlang zum Bett. Legte sich hin, umgeben von den Geräuschen des Tages, den Rhythmen, dem Puls und den Stimmen seiner Stadt. Der Stadt, in der er geboren war und in der er zweifellos auch sterben würde.

Einer Stadt, die ihn nicht brauchte. Einer Stadt voller Geschäfte, deren Waren er sich nicht leisten konnte, voller Kunst und Kultur, die er nicht kapierte, voller Boote, Golfplätze, Immobilienmakler, Rechtsanwälte, Reisebüros, Touristen, Konferenzbesucher und Polizisten. Sie alle betrachtete er als Quelle fürs Überleben. Wer sie waren, interessierte ihn nicht. Es gab nur *ihn* und die *anderen.*

Die anderen besaßen etwas. Besitz bedeutete Bargeld.

Und Bargeld sicherte ihm das Überleben für die nächsten vierundzwanzig Stunden.

Von den zwanzig Mäusen, die er für das Handy bekam, würde er ein Tütchen Brown Sugar oder Schnee kaufen – je nachdem, was gerade verfügbar war. Sprang noch ein Fünfer mehr dabei heraus, würde er ihn für Essen, Trinken und Kippen ausgeben. Und dann weiter stehlen.

7

DER TAG VERSPRACH einer jener seltenen, wahrhaft herrlichen englischen Sommertage zu werden. Selbst hier oben auf den Downs ging kein Lüftchen. Es war erst Viertel vor elf, doch die Sonne hatte bereits den Tau von den gepflegten Rasenflächen und Fairways des North Brighton Golf Club getrocknet. Es roch nach Geld und frisch gemähtem Gras.

Auf dem Parkplatz schimmerte teures Metall in der Sonne, und außer dem gelegentlichen Piepsen einer wild gewordenen Alarmanlage hörte man nur das Summen der Insekten, das Klicken von Titan gegen Kunststoff, das Surren elektrischer Golfwagen, das Klingeln von Handys, die schnell zum Verstummen gebracht wurden, und den gelegentlichen Fluch eines Golfspielers, der einen miesen Schlag gelandet hatte.

Hier oben kam man sich vor, als stünde man auf dem Gipfel der Welt. Nach Süden erstreckte sich die Stadt Brighton and Hove mit der Gruppe von Hochhäusern, dem einsamen Schornstein des Kraftwerks von Shoreham und dem meist grauen Wasser des Ärmelkanals, das heute jedoch blau wie das Mittelmeer glänzte.

Im Südwesten erkannte man die Umrisse des hübschen Badeortes Worthing, während sich nach Norden hin weite Wiesen und Weizenfelder erstreckten. Mähdrescher, die wie Spielzeuge aussahen, malten Streifenmuster auf die Felder; andere waren schon abgeerntet und sahen mit den zylindrischen Strohballen wie riesige Schachbretter aus.

Doch die Mitglieder des Golfclubs kannten die Aussicht so gut, dass sie ihr kaum noch Beachtung schenkten. Hier traf sich die gesellschaftliche Elite von Brighton und Hove – und jene, die sich dafür hielten –, aber auch viele Rentner, von denen etliche mehr oder weniger auf dem Golfplatz wohnten.

Bishop, der am neunten Loch stand, schwitzte wie alle anderen, konzentrierte sich aber nur auf den glänzend weißen Golfball, den er soeben auf dem Tee positioniert hatte. Er beugte die Knie, schwang die Hüften, griff den Schläger fester und bereitete sich auf den Übungsschlag vor. Aus Prinzip erlaubte er sich immer nur einen Übungsschlag; er hielt viel von Prinzipien. Dann entdeckte er einen Marienkäfer, der plötzlich zu seinen Füßen gelandet war und keine Anstalten machte, wieder zu verschwinden.

Seine Mutter hatte ihm etwas über Marienkäfer erzählt, dass sie angeblich Glück oder Geld brachten, obwohl er natürlich nicht abergläubisch war, jedenfalls nicht mehr als andere Leute auch. Er merkte, dass seine drei Partner ungeduldig wurden und die nachfolgenden Spieler das Green bereits betreten hatten. Er hob das rotschwarze Tierchen behutsam auf und brachte es in Sicherheit. Dann nahm er seine Stellung wieder ein und machte seinen Übungsschlag. Getroffen.

Obwohl er an diesem Morgen hundemüde ins Clubhaus gekommen war, hatte er bislang ein Superspiel hingelegt. Drei unter Par bei den ersten acht Löchern. Seine Partner und die beiden Gegner trauten ihren Augen nicht. Sicher, er war kein schlechter Spieler und hielt seit Jahren sein Handikap von achtzehn, doch an diesem Morgen schien er eine Glückspille geschluckt zu haben, die seine sonst so ernste Stimmung wie auch sein Golfspiel völlig verwandelt hatte. Statt schweigsam und in sich versunken mit ihnen über den Platz zu traben, hatte er ein paar Witze gerissen und den anderen Spielern sogar auf den Rücken geklopft. Es schien, als wäre ein Dämon, der gewöhnlich in seiner Seele nistete, gebannt worden.

Wenn er dieses Loch problemlos schaffte, hätte er an den ersten neun eine tolle Leistung hingelegt. Rechts stand eine Baumgruppe, dazwischen dichtes Unterholz, in dem ein Ball spurlos verschwinden konnte. Zur Linken offenes Gelände. Wenn er sichergehen wollte, zielte er an diesem Loch immer ein wenig nach links. Heute aber war er so selbstbewusst, dass er einen direkten Schlag aufs Green wagen würde. Er schwang seinen Big Bertha und traf wieder ins Schwarze. Mit einem sanften Klick schoss der Ball geradeaus durch den wolkenlosen, kobaltblauen Himmel und blieb nur wenige Meter vor dem Green liegen.

Glenn Mishon, ein enger Freund von ihm, der mit seiner langen braunen Mähne eher wie ein alternder Rockstar als wie der erfolgreichste Immobilienmakler von Brighton aussah, schüttelte grinsend den Kopf. »Ich weiß ja nicht, was du genommen hast, Kumpel, aber das hätte ich auch gern!«

Brian trat beiseite, steckte den Schläger in die Tasche und sah zu, wie sein Partner in Stellung ging. Einer ihrer Gegner, ein winziger irischer Zahnarzt in Knickerbockers und Schottenmütze, nahm einen Schluck aus einem ledernen Flachmann, den er trotz der frühen Stunde allen anbot. Der andere Gegner, Ian Steel, ein guter Spieler, den er seit Jahren kannte, trug teuer aussehende Bermuda-Shorts und ein Polohemd mit Markenemblem.

Sie alle waren bei weitem nicht so gut in Form wie er. Bishop griff nach seinem Caddy und ging vor, weil er sich durch den Smalltalk nicht in seiner Konzentration stören lassen wollte. Wenn er die ersten neun mit einem Chip und mit einem einzelnen Putt beendete, wäre er vier unter Par – einfach unglaublich. Der Erfolg lag in greifbarer Nähe!

Bishop war knapp über eins achtzig, einundvierzig Jahre, körperlich fit, mit einem schmalen, gut aussehenden, aber kühl wirkenden Gesicht und dichtem braunem Haar, das er perfekt nach hinten gekämmt trug. Viele Leute erinnerte er angeblich an den Schauspieler

Clive Owen, was ihm ungeheuer schmeichelte. Er war wie immer auffällig und doch korrekt gekleidet.

Normalerweise hätte er an einem Wochentag um diese Zeit nicht Golf spielen können, doch nachdem man ihn kürzlich in den Vorstand des renommierten Clubs gewählt hatte, musste er sich bei allen wichtigen Ereignissen sehen lassen. Der North Brighton eignete sich wunderbar, um Kontakte zu knüpfen, zudem waren einige Investoren aus seiner Branche hier Mitglied. Noch wichtiger war es ihm, Katie glücklich zu machen und ihre gesellschaftlichen Ambitionen zu unterstützen, an denen ihr so viel lag.

Es war, als hätte Katie eine Liste in ihrem Kopf, auf der sie einen Punkt nach dem anderen abhakte: in den Golfclub eintreten, in den Vorstand gewählt werden, bei den Rotariern Mitglied werden, Präsident der Niederlassung werden, in den Vorstand des Tierschutzvereins gewählt werden, sich für die Kinderhilfe einsetzen. Erst kürzlich hatte sie eine neue Liste begonnen, mit der sie ein Jahrzehnt im Voraus plante und schon jetzt die richtigen Leute kennenlernen wollte, die Brian eines Tages helfen würden, High Sheriff oder Lord Lieutenant von East oder West Sussex zu werden.

Er blieb in höflicher Entfernung hinter den vier Bällen stehen und bemerkte selbstzufrieden, wie weit vorn seiner lag. Aus der Nähe erkannte er, wie gut der Schlag gewesen war. Der Ball lag keine drei Meter vom Green entfernt.

»Toller Schlag«, sagte der Ire und hielt ihm den Flachmann hin.

Brian winkte ab. »Danke, Matt, ist noch zu früh für mich.«

»Weißt du, was Frank Sinatra gesagt hat?«

Plötzlich lenkte ihn der Anblick des Clubsekretärs, eines eleganten ehemaligen Armeeoffiziers, ab, der mit zwei Männern vor dem Clubhaus stand und auf ihre Gruppe zeigte. »Nein – was denn?«

»Er hat gesagt: ›Leute, die nicht trinken, tun mir leid. Wenn sie morgens aufwachen, kann ihr Tag nur noch schlechter werden.‹«

»Ich war nie ein großer Sinatra-Fan«, bemerkte Bishop und behielt die drei Männer im Auge, die jetzt über den Platz auf sie zukamen. »Zu schmalzig.«

»Man muss ja kein Sinatra-Fan sein, um gerne zu trinken!«

Bishop widmete sich der Frage, welchen Schläger er nehmen sollte. Am elegantesten wäre der Pitching Wedge, dann würde er hoffentlich nur noch einen kurzen Putt benötigen. Doch die jahrelange Erfahrung hatte ihn gelehrt, dass man seinen Vorteil nutzen musste. Auf dem trockenen Boden wäre ein gut bemessener Putt die sicherste Wahl, obwohl er das Green noch nicht erreicht hatte. Der makellose Rasen war grün wie ein Billardtisch, sah aus wie mit der Rasierklinge geschnitten und spielte sich an diesem Morgen unglaublich schnell.

Bishop sah, wie der Clubsekretär jenseits des Green stehen blieb und auf ihn zeigte. Bei ihm waren ein großer, dunkelhäutiger Mann mit Glatze und ein ebenso großer, sehr dünner Weißer in einem schlecht sitzenden blauen Anzug. Beide standen reglos da und schauten zu ihm herüber. Er hatte keine Ahnung, wer sie sein mochten.

Der Ire traf den Bunker und fluchte laut. Dann folgte Ian Steel, der mit einem perfekt gewählten Neunereisen traf und seinen Ball bis wenige Zentimeter vor die Flagge beförderte. Bishops Partner Glenn Mishon schlug zu hoch, sodass der Ball gute sechs Meter vom Green entfernt landete. Bishop spielte an seinem Schläger herum und entschied, dass er dem Clubsekretär eine eindrucksvollere Schau bieten wollte. Also holte er den Pitching Wedge aus der Tasche.

Er ging in Position, machte einen Übungsschlag, trat vor und holte aus. Der Schläger berührte zu früh den Boden, und er musste zusehen, wie sein Ball in beinahe rechtem Winkel in einen Bunker plumpste.

Scheiße.

Er schlug den Ball aus dem Sand, dass die Körner nur so spritzten, doch er landete immer noch zehn Meter von der Flagge entfernt. Mit einem tollen Putt näherte er sich dem Loch auf weniger als einen Meter und versenkte den Ball mit eins über Par.

Sie verglichen die Ergebnisse; er ging zwei unter Par in die zweite Runde, verfluchte sich aber innerlich. Hätte er den sicheren Weg gewählt, wäre er vier unter Par gewesen.

Als er mit seinem Caddy um das Green herumgehen wollte, sprach ihn der große, dunkelhäutige Mann an.

»Mr. Bishop?« Seine Stimme klang tief und selbstsicher.

Brian blieb verärgert stehen. »Ja?«

Dann entdeckte er den Polizeiausweis.

»Detective Sergeant Branson von der Kripo Sussex, und das ist mein Kollege DC Nicholas. Dürften wir Sie kurz sprechen?«

Es war, als habe sich der Himmel plötzlich verdunkelt. »Worum geht es denn?«

»Tut mir leid, Sir«, sagte der Beamte mit aufrichtigem Bedauern. »Darüber möchte ich hier draußen nicht sprechen.«

Bishop warf einen Blick auf seine drei Spielpartner, trat näher an Branson heran und sagte mit leiser Stimme: »Das ist gerade sehr ungünstig, ich bin mitten in einem Golfturnier. Hat es nicht Zeit, bis wir damit fertig sind?«

»Bedauere, Sir, aber es ist sehr wichtig.«

Der Clubsekretär warf ihm einen flüchtigen, schwer zu deutenden Blick zu und betrachtete dann angestrengt das Gras zu seinen Füßen.

»Worum geht es denn nun?«

»Wir müssen mit Ihnen über Ihre Frau sprechen, Sir. Leider haben wir schlechte Nachrichten für Sie. Ich möchte Sie bitten, kurz mit uns ins Clubhaus zu kommen.«

»Über meine Frau?«

Branson deutete auf das Gebäude. »Wir sollten wirklich hineingehen, Sir.«

8

SOPHIE HARRINGTON ÜBERSCHLUG RASCH, wie viele Leichen es schon gegeben hatte. Allein sieben auf dieser Seite. Sie blätterte zurück. Da waren es schon elf gewesen. Dazu vier, die auf Seite eins durch eine Autobombe starben, drei wurden auf Seite neun durch eine Salve aus einer Uzi niedergemäht, sechs starben auf Seite neunzehn beim Absturz eines Privatflugzeugs, zweiundfünfzig in einer Crackhöhle in Willesden, in der eine Brandbombe hochging. Und diese sieben, bei denen es sich um Drogendealer handelte, die auf einer gekaperten Jacht durch die Karibik kreuzten. Machte Summa summarum dreiundachtzig Tote, dabei war sie erst auf Seite einundvierzig des Drehbuchs, das insgesamt einhundertsechsunddreißig Seiten umfasste.

Was für ein Haufen Kacke!

Und doch hatte ihr der Produzent vor zwei Tagen gemailt, Anthony Hopkins, Matt Damon und Laura Linney seien bereits an Bord, Keira Knightley lese gerade das Skript und der Regisseur Simon West, der *Lara Croft* gemacht hatte, den sie ganz in Ordnung fand, und auch *Con Air,* der ihr sogar richtig gefallen hatte, sei ganz heiß darauf, den Film zu machen.

Von wegen!

Die U-Bahn fuhr in einen Bahnhof ein. Der zugedröhnte Rasta neben ihr trug Kopfhörer, schlug im Rhythmus die Knie gegeneinander und wackelte mit dem Kopf. Neben ihm saß ein älterer Mann mit dünnem Haarflaum, der mit offenem Mund schlief. Und daneben eine hübsche junge Asiatin, die konzentriert in einer Zeitschrift las.

Ganz am Ende des Wagens stand ein ziemlich abgedreht wirkender Typ im Jogginganzug aus Ballonseide, Kapuzensweatshirt, dunkle Brille, lange Haare, Bart, das Gesicht in einer kostenlosen Zeitung vergraben, die an den Eingängen der U-Bahn-Station verteilt wurden. Ab und an saugte er an seinem rechten Handrücken.

Sophie hatte sich angewöhnt, nach potenziellen Selbstmordattentätern Ausschau zu halten. Mittlerweile war es für sie so selbstverständlich geworden, wie nach rechts und links zu schauen, bevor sie die Straße überquerte. Im Augenblick war sie jedoch nicht ganz so konzentriert.

Sie war nämlich spät dran, da sie noch etwas hatte erledigen müssen, bevor sie nach London fuhr. Halb elf, normalerweise wäre sie schon seit einer Stunde im Büro. Die Station Green Park tauchte aus der Dunkelheit auf, und die Türen öffneten sich mit einem Zischen.

Sie wandte sich wieder dem Drehbuch zu, das sie eigentlich schon gestern Abend hatte durchlesen wollen, bevor sie mittendrin abgelenkt worden war. Und wie sie abgelenkt worden war! Schon beim Gedanken daran wurde sie wieder geil!

Sie versuchte, in dem heißen, stickigen Wagen noch ein paar Seiten zu lesen. An der nächsten Haltestelle, Piccadilly, musste sie aussteigen und im Büro eine Beurteilung des Drehbuchs verfassen.

Die Story: Superreicher Daddy, dessen wunderschöne, zwanzig Jahre alte Tochter, sein einziges Kind, an einer Überdosis Heroin gestorben ist, heuert ehemaligen Söldner als Killer an. Killer erhält unbegrenztes Budget, um jeden umzubringen, der irgendwie mit dem Tod zu tun hatte – von dem Mann, der den Mohn gepflanzt hat, bis zum Dealer, der seiner Tochter den Stoff für den goldenen Schuss verkauft hat.

Kurz gesagt: eine Mischung aus *Ein Mann sieht rot* und *Traffic*.

Sie fuhren in Piccadilly Station ein. Sophie stopfte das Skript in ihren Rucksack, in dem auch eine Ausgabe von *Harpers and Queen* steckte. Eigentlich nicht ihr Geschmack, aber ihr Geliebter war ein paar Jahre älter als sie und sehr viel gebildeter, sodass sie unbedingt auf dem neuesten Stand sein wollte, was gutes Essen und Mode anging. Für ihn wollte sie genau die smarte Londonerin sein, die zu seinem übergroßen Ego passte.

Kurz darauf ging sie in der schwülen Hitze auf der schattigen Seite der Wardour Street entlang.

Sophie war siebenundzwanzig, hatte ein hübsches Gesicht mit frecher Stupsnase und langes braunes Haar, das ihr lose auf die Schultern fiel. Keine klassische Schönheit, aber sehr sexy. Sie trug eine leichte khakifarbene Jacke, ein cremeweißes T-Shirt, schlabbrige Jeans und Turnschuhe und freute sich wie immer aufs Büro. Allerdings spürte sie heute auch eine schmerzhafte Sehnsucht nach ihrem Geliebten, da sie nicht genau wusste, wann sie ihn das nächste Mal sehen würde. Und sie war eifersüchtig, weil er heute Abend zu Hause bei seiner Frau sein würde. Mit ihr im Bett.

Sie wusste, dass ihre Beziehung keine Zukunft hatte, dass er alles, was er besaß, nicht für sie aufgeben würde – obwohl er schon einmal geschieden war und aus seiner ersten Ehe zwei Kinder hatte. Dennoch vergötterte sie ihn.

Auch dass alles so heimlich ablief, gefiel ihr. Dass er sich schon Monate, bevor sie miteinander geschlafen hatten, vorsichtig umschaute, wenn sie ein Restaurant betraten. Bloß nicht gesehen werden. Sie liebte seine SMS. Seine E-Mails. Seinen Geruch. Seinen Humor. Dass er in letzter Zeit manchmal mitten in der Nacht unerwartet bei ihr auftauchte. Genau wie gestern. Dass er immer in ihre kleine Wohnung in Brighton kam, was sie eigenartig fand, da er die Woche über in London war und sich problemlos mit ihr in seiner Wohnung hätte treffen können.

Oh, Scheiße, dachte sie und tippte noch schnell eine SMS:

Vermisse dich! Ganz wild auf dich! Wahnsinnig geil! XXXX

Sie schloss die Tür auf und war schon zur Hälfte die schmale Treppe hinauf, als ihr Handy zweimal piepste. Sie las die ankommende Nachricht, die zu ihrer Enttäuschung von ihrer besten Freundin Holly stammte:

Hast du Zeit? Party morgen Abend.

Nein, dachte sie, morgen Abend möchte ich auf keine Party gehen. Weder morgen noch sonst irgendwann. Ich will nur –

Was zum Teufel wollte sie eigentlich?

An der Tür vor ihr prangte ein Logo: ein Zelluloidstreifen, der von einem Blitz durchkreuzt wurde. Darunter in fetten Großbuchstaben: BLINDING LIGHT PRODUCTIONS.

Sie betrat die schicke Bürosuite. Alle Möbel waren aus Acrylglas, die Teppiche in Aquamarin gehalten, und an den Wänden hingen Plakate der Filme, mit denen die Firma irgendwie zu tun gehabt hatte. *Der Kaufmann von Venedig* mit den Gesichtern von Al Pacino und Jeremy Irons. Ein früher Streifen mit Charlize Theron, der nur auf Video erschienen war. Ein Vampirfilm mit Dougray Scott und Saffron Burrows.

Es gab einen kleinen Empfangsbereich, in dem ihr Schreibtisch und ein orangefarbenes Sofa standen. Dahinter lag das Großraumbüro, in dem Adam, der Leiter der Rechtsabteilung saß. Er hatte Sommersprossen, einen rasierten Kopf und hockte in einem der grauenhaftesten Hemden, die sie je gesehen hatte, vor seinem Computer. Er teilte sich den Raum mit Christian, dem supercoolen Finanzchef, der versunken eine bunte Grafik auf seinem Bildschirm betrachtete. Er trug ein wahnsinnig teuer aussehendes Seidenhemd aus seiner schier grenzenlosen Sammlung teurer Seidenhemden und dazu überaus schicke Slipper aus Wildleder. Neben ihm an der Wand lehnte sein schwarzes Klappfahrrad.

»Morgen, Leute«, grüßte sie.

Die beiden winkten nur flüchtig.

Sophie war die Leiterin der Entwicklungsabteilung. Und Empfangsdame, Sekretärin, Köchin und Putzfrau, da die polnische Putzhilfe zurzeit ein Baby erwartete.

»Ich habe gerade ein richtig beschissenes Skript gelesen. *Die Hand des Todes.* Totaler Müll.«

Keine Reaktion.

»Jemand Kaffee? Tee?«

Jetzt gingen die Hände in die Höhe. Beide wollten das übliche. Sophie ging in die Kochnische, füllte den Wasserkocher und schaltete ihn ein, warf einen Blick in die Keksdose, die wie immer nur Krümel enthielt. Sooft sie sie auch nachfüllte, die Gierschlunde machten sie gleich wieder leer. Sie öffnete eine Packung Schokokekse und warf einen Blick auf ihr Handy. Keine Nachricht.

Sie wählte seine Handynummer.

Als er sich meldete, schlug ihr Herz bis zum Hals. Schön, seine Stimme zu hören!

»Hi, ich bin's«, sagte sie.

»Kann jetzt nicht reden, ich ruf zurück.« Er klang eiskalt.

Und hängte ein.

Es war, als habe sie mit einem Wildfremden gesprochen – nicht mit dem Mann, mit dem sie noch vor wenigen Stunden das Bett geteilt hatte. Entsetzt starrte sie auf das Telefon in ihrer Hand. Und verspürte eine tiefe, unbestimmte Angst.

*

Gegenüber von Sophies Büro befand sich ein Starbucks. Der Kapuzentyp mit der dunklen Brille, der am anderen Ende des U-Bahn-Wagens gestanden hatte, wartete an der Theke, die kostenlose Zeitung aufgerollt unter dem Arm, und bestellte einen Caffè Latte mit Magermilch. Einen großen. Er hatte es nicht eilig. Er führte die rechte Hand zum Mund und sog wieder daran, um den leisen, kribbelnden Schmerz zu lindern.

Wie aufs Stichwort erklang ein Lied von Louis Armstrong. Vielleicht kam es aus dem Lautsprecher, vielleicht hörte er es auch nur in seinem Kopf. Egal, Louis sang sowieso nur für ihn. Seine ganz eigene Lieblingsmelodie. Sein Mantra. »We have all the time in the world«.

Er summte vor sich hin, als er seinen Kaffee abholte, einen Keks mitnahm, bezahlte und zu einem Platz am Fenster ging. *We have all the time in the world,* summte er bei sich. Und das stimmte, er hatte wirklich unendlich viel Zeit. Er war doch der Zeitmilliardär, Gott sei gepriesen!

Von hier aus genoss er eine perfekte Aussicht auf den Eingang zu ihrem Büro.

Ein schwarzer Ferrari fuhr die Straße entlang. F430 Spider, neues Modell. Er hielt an, weil vor ihm jemand aus einem Taxi stieg. Moderne Autos hatten ihn nie sonderlich interessiert, obwohl er jedes Automodell auf diesem Planeten kannte und die meisten technischen Angaben und Preise im Kopf hatte. Dabei war es ihm völlig egal, ob er selbst einen Wagen besaß. Ein Blick durch die Radspeichen verriet ihm, dass dieser Wagen spezielle Brembo-Bremsen hatte, 380 Millimeter Keramik-Bremsscheiben, Bremssattel mit acht Kolben vorn und vier Kolben hinten. Gewichtsersparnis gegenüber Stahl 20,5 Kilo.

Der Ferrari verschwand. Sophie war irgendwo im zweiten Stock, aber er wusste nicht hinter welchem Fenster. Auch egal, sie würde nur diese eine Tür dort benutzen, die genau in seinem Blickfeld lag.

Das Lied lief immer noch.

Er summte glücklich vor sich hin.

9

DAS BÜRO DES CLUBSEKRETÄRS verströmte ein militärisches Flair, was nicht weiter verwunderte, da der Mann ein pensionierter Major war, der Einsätze im Falkland-Krieg und in Bosnien überlebt hatte.

Ein glänzender Schreibtisch aus Mahagoni mit ordentlichen Papierstapeln und zwei kleinen Fähnchen, einem Union Jack und der Flagge mit dem grün-blau-weißen Logo des Clubs. An den Wänden hingen gerahmte Fotos von Golfspielern und eine Sammlung antiker Schläger, die wie Schwerter gekreuzt waren.

Bishop saß allein auf einem großen Ledersofa, Glenn Branson und Nick Nicholas hatten ihm gegenüber Platz genommen. Bishop, der noch seine Golfkleidung trug, schwitzte stark, was nicht nur an der sommerlichen Hitze lag.

»Mr. Bishop«, sagte der hochgewachsene schwarze Detective Sergeant. »Ich bedauere, Ihnen mitteilen zu müssen, dass Ihre Putzfrau, Mrs. Ayala, heute Morgen um acht Uhr dreißig in Ihrem Haus in der Dyke Road Avenue, Hove, Ihre Ehefrau, Mrs. Katherine Bishop aufgefunden hat. Sie atmete nicht mehr. Um acht Uhr zweiundfünfzig traf ein Krankenwagen ein, und die Sanitäter berichteten, dass es keinerlei Lebenszeichen mehr gab. Um neun Uhr dreißig kam ein Polizeiarzt hinzu und erklärte Ihre Frau für tot, Sir.«

Bishop öffnete den Mund, und sein ganzes Gesicht erbebte. Er schien nicht wahrzunehmen, was um ihn herum geschah. Mit heiserer Stimme stieß er hervor: »Nein, sagen Sie bitte, dass das nicht wahr ist. Bitte.« Dann sank er nach vorn und vergrub das Gesicht in den Händen. »Nein, nein, das glaube ich nicht! Bitte sagen Sie mir, dass es nicht wahr ist!«

Langes Schweigen, das nur von seinem Schluchzen unterbrochen wurde.

»Es stimmt doch nicht, oder? Nicht Katie. Nicht mein Liebling – meine geliebte Katie . . .«

Die beiden Polizeibeamten fühlten sich ausgesprochen unwohl. Glenn Branson, in dessen Kopf es erbarmungslos hämmerte, verfluchte sich insgeheim, weil er sich von Roy Grace in diese Situation hatte drängen lassen. Normalerweise gab es speziell ausgebildete Kräfte, die solche Nachrichten überbrachten, aber sein Vorgesetzter hielt sich nicht immer an die üblichen Methoden. Bei verdächtigen Todesfällen wie diesem übernahm Grace diese Aufgabe entweder selbst oder beauftragte einen engen Mitarbeiter, der die Reaktionen der Hinterbliebenen genau beobachten sollte.

Seit Glenn an diesem Morgen in Roys Haus aufgewacht war, hatte sich der Tag zu einem wahren Albtraum entwickelt. Zuerst der Tatort. Eine attraktive rothaarige Frau Mitte dreißig, die nackt auf einem Bett lag, mit zwei Krawatten gefesselt, neben sich eine Gasmaske aus dem Zweiten Weltkrieg. Um den Hals zog sich eine mögliche Strangmarke. Ein Sexspiel, das außer Kontrolle geraten war, oder ein Mord? Erst der Pathologe aus dem Innenministerium, der vermutlich gerade den Tatort besichtigte, würde die genaue Todesursache bestimmen können.

Grace, dieses Schwein, das er so vergötterte – warum, wusste er manchmal selbst nicht so genau –, hatte ihm befohlen, nach Hause zu fahren, sich umzuziehen und dem Ehemann die Nachricht zu überbringen. Natürlich hätte Glenn sich weigern können; er war noch krankgeschrieben. Bei jedem anderen hätte er sich auch geweigert. Andererseits bot ihm der Auftrag eine Ablenkung von seinen eigenen Sorgen.

Also war er nach Hause gefahren, während sein Kollege DC

Nicholas die ganze Zeit von seinem neugeborenen Baby und den Freuden der Vaterschaft brabbelte. Zum Glück war Ari nicht da. Und nun saß er rasiert und in frischen Kleidern im Golfclub und beobachtete mit Argusaugen, wie Bishop reagierte.

Tatsache war, dass etwa siebzig Prozent aller Mordopfer in Großbritannien den Täter gekannt hatten. Und in diesem Fall war der Ehemann die erste Anlaufstation.

»Kann ich nach Hause fahren und sie sehen? Meine –«

»Das ist leider nicht möglich, Sir, bis die Spurensicherung dort fertig ist. Ihre Frau wird ins Leichenschauhaus gebracht, dort können Sie sie sehen. Leider müssen wir Sie ohnehin bitten, sie zu identifizieren, Sir.«

Branson und Nicholas schauten schweigend zu, wie Bishop sich auf dem Sofa vor und zurück wiegte, das Gesicht noch immer in den Händen vergraben.

»Warum kann ich nicht in unser Haus?«, platzte er heraus.

Branson sah Nicholas an, der geflissentlich aus dem Fenster schaute. Wie zum Teufel sollte man das taktvoll ausdrücken? Er schaute Bishop direkt an. »Ich kann keine Einzelheiten nennen, aber wir behandeln Ihr Haus als Tatort.«

»Tatort?« Bishop sah ihn verständnislos an.

»Leider ja, Sir.«

»Wie – wie meinen Sie das?«

Branson überlegte kurz, aber es gab keinen Weg, es ihm schonend beizubringen. »Die Todesumstände sind verdächtig, Sir.«

»Verdächtig? Wieso? Was soll das nun wieder heißen?«

»Das kann ich Ihnen leider nicht sagen. Wir müssen auf den Bericht des Pathologen warten.«

»Pathologe?« Bishop schüttelte den Kopf. »Katie ist meine Frau. Und Sie können mir nicht sagen, wie sie gestorben ist?« Er schlug wieder die Hände vors Gesicht. »Hat man sie ermordet? Ist es das, was Sie mir verheimlichen?«

»Sir, wir können zurzeit leider keine Einzelheiten nennen«, wiederholte er.

»Und ob Sie das können. Ich bin ihr Mann. Ich habe das Recht, es zu erfahren.«

Branson sah ihn gleichmütig an. »Sie werden es erfahren, sobald wir selber mehr wissen. Wir wären Ihnen dankbar, wenn Sie zu uns in die Zentrale kämen, damit wir uns mit Ihnen über das Geschehene unterhalten können.«

Bishop hob die Hände. »Ich – ich bin mitten in einem Golfturnier . . .«

Diesmal trafen sich die Blicke der Polizisten, und beide zogen verwundert die Augenbrauen hoch. Der Mann setzte seltsame Prioritäten. Andererseits sagten Leute, die unter Schock standen, oft sonderbare Dinge. Man durfte nichts hineindeuten. Außerdem war Branson vor allem damit beschäftigt, sich daran zu erinnern, wann er die Paracetamol-Tabletten geschluckt hatte und ob es unbedenklich war, noch welche zu nehmen. Er griff in die Tasche, drückte zwei Tabletten aus der Folie und steckte sie in den Mund. Als er versuchte, sie mit Spucke hinunterzuschlucken, blieben sie ihm halb in der Kehle stecken.

»Sir, ich habe Ihren Freunden die Situation erklärt. Sie spielen ohne Sie weiter.« Er versuchte noch einmal zu schlucken.

Bishop schüttelte den Kopf. »Ich habe ihnen das Spiel kaputt gemacht. Sie werden disqualifiziert.«

»Das tut mir leid, Sir.« Am liebsten hätte er »Shit happens« hinzugefügt, verkniff es sich aber.

10

BLINDING LIGHT WAR mit der Vorproduktion eines Horrorfilms beschäftigt, der in Malibu und Los Angeles gedreht werden sollte. Dabei ging es um eine Gruppe reicher Kids, die bei einer Party in Malibu von feindlichen Mikroorganismen aus dem Weltraum aufgefressen werden. Sophie hatte das Skript damals wie folgt bewertet: »Eine Mischung aus *Alien* und *O.C., California*«.

Seit sie als Kind *Das zauberhafte Land* gesehen hatte, wollte sie auf irgendeine Weise mit Filmen zu tun haben. Jetzt arbeitete sie in ihrem Traumjob mit Leuten, die schon Dutzende von Filmen produziert hatten und deren neue Werke kommerziellen Erfolg, wenn nicht gar einen Oscar versprachen.

Sie servierte Adam eine Tasse Kaffee mit Milch und zwei Stück Zucker und Christian einen Jasmintee. Dann setzte sie sich mit ihrem eigenen Bauarbeitertee (Milch und zweimal Zucker) an den Schreibtisch und rief ihre E-Mails ab.

Sie waren alle wichtig, doch in diesem Augenblick gab es etwas, das höchste Priorität genoss. Sie holte ihr Handy heraus und wählte noch einmal seine Nummer.

Sofort sprang die Mailbox an.

»Ruf mich an. So schnell wie möglich. Mache mir Sorgen.«

Eine Stunde später versuchte sie es nochmal. Alles wie gehabt.

Inzwischen waren weitere E-Mails eingetroffen, und ihr Tee stand unberührt auf dem Schreibtisch. Auch das Drehbuch hatte sie nicht weitergelesen. Mit anderen Worten, sie hatte an diesem Morgen überhaupt nichts geschafft. Hatte weder die Tischreservierung im *Caprice* für Luke Martin, einen weiteren Chef, getätigt, noch Adam ausgerichtet, dass sein Meeting für den Nachmittag abgesagt worden war. Kurzum, es war ein Scheißtag.

Dann klingelte das Telefon, und alles wurde noch viel schlimmer.

11

DIE FRAU ROCH NOCH NICHT, also konnte sie noch nicht lange tot sein. Die Klimaanlage im Schlafzimmer der Bishops hatte die Augusthitze bislang fern gehalten.

Auch die Schmeißfliegen waren noch nicht da, würden aber nicht lange auf sich warten lassen. Sie rochen den Tod auf mehrere Kilometer. Genau wie Reporter, von denen bereits ein Vertreter vor dem Tor wartete und den Polizisten am Eingang befragte, der sich aber, nach der Körpersprache des Reporters zu urteilen, reichlich bedeckt hielt.

Roy Grace hatte einen sterilen weißen Papieranzug mit Kapuze, Gummihandschuhen und Überschuhen angezogen und betrachtete die Szene vom Fenster aus. Kevin Spinella, Anfang zwanzig, scharf geschnittenes Gesicht, grauer Anzug mit schlecht gebundener Krawatte, Notebook in der Hand, Kaugummi im Mund. Grace kannte ihn. Er arbeitete für das Lokalblatt *Argus* und schien einen sechsten Sinn für Tatorte zu besitzen. Die Geschwindigkeit, mit der er dort auftauchte, ließ darauf schließen, dass er von irgendjemandem interne Informationen erhielt. Doch das war im Augenblick Grace's geringste Sorge.

Er ging durchs Zimmer, wobei er sich an die aufgeklebte Linie auf dem Teppich hielt, und sprach in sein Handy. Er organisierte die Soko-Zentrale und stellte sein Team zusammen. Zu diesem frühen Zeitpunkt war jede Minute kostbar, denn die erste Stunde am Tatort konnte für eine mögliche Verhaftung entscheidend sein.

Zwischen den einzelnen Anrufen gingen ihm immer wieder die gleichen Fragen durch den Kopf. *Ist dieser Tod ein Unfall? Ein ausgefallenes Sexspiel, bei dem etwas schief gelaufen ist?*

Oder ein Mord?

Bei fast allen Morden konnte man davon ausgehen, dass die Täter sich in einem psychischen Ausnahmezustand befanden. Der Adrenalinspiegel geriet außer Kontrolle, das Denken verwirrte sich, und die Handlungen wurden von der Tatsache beeinträchtigt, dass sie schlicht und einfach nicht mit der chemischen Kettenreaktion in ihrem Gehirn gerechnet hatten. Ein massiver Adrenalinstoß ließ den Körper erzittern und in Schweiß ausbrechen. Diese Reaktion schwächte sich mit der Zeit natürlich wieder ab. Also war die Chance, den Täter zu fassen, genau dann am größten, wenn sich die körperliche Reaktion auf dem Höhepunkt befand.

Das Schlafzimmer nahm die gesamte Breite des Hauses ein. Eines Hauses, das er sich niemals würde leisten können, wie er sich neidlos eingestand. Und selbst wenn er einen Lotteriegewinn landete, würde er nicht dieses vulgäre Bauwerk im Pseudo-Tudorstil kaufen, das hinter einer weiß getünchten Mauer und einem elektrischen schmiedeeisernen Tor verborgen lag. Eher ein elegantes Herrenhaus in georgianischem Stil mit eigenem See und weitem hügeligem Gelände. Mit Stil und Klasse. Grace, der Gutsherr. Ja, das würde ihm gefallen.

Der wunderschön restaurierte weiße Jaguar Mk2 3.8, der unter einer Schutzhülle in der Garage stand, war schon eher nach seinem Geschmack.

Die beiden anderen Wagen in der kiesbestreuten Einfahrt, ein dunkelblaues BMW 3er Cabrio und ein schwarzer Smart, beeindruckten ihn weniger. Dahinter parkten der Einsatzwagen der Soko, ein Streifenwagen und weitere Fahrzeuge der Polizei.

Aus den Fenstern neben dem Bett blickte man in den gepflegten Garten mit Swimmingpool und Zierbrunnen, der von einer Kopie des Brüsseler Mannekin Pis gekrönt war und nachts vermutlich in leuchtenden Farben erstrahlte. Dahinter erstreckten sich die Dächer der Stadt bis zum Meer.

Grace rief als Nächstes Norman Potting an, einen alten Hasen, der zwar nicht gerade der beliebteste Kollege, aber ein echtes Arbeitstier war, auf den er sich verlassen konnte. Er wies ihn an, die Filme sämtlicher Überwachungskameras in einem Umkreis von dreieinhalb Kilometern um den Tatort und aller Ausfallstraßen zu beschaffen. Danach organisierte er eine Haus-zu-Haus-Befragung in der unmittelbaren Nachbarschaft.

Schließlich wandte er sich wieder dem unerfreulichen Anblick auf dem Himmelbett zu. Die ausgestreckten Arme der nackten Frau waren mit Krawatten an einen der Bettpfosten gefesselt. Ihre Achselhöhlen waren frisch rasiert. Sie trug eine dünne Goldkette mit einem winzigen orangefarbenen Marienkäfer, einen goldenen Ehering und einen Verlobungsring mit einem eindrucksvollen Diamanten. Ihr attraktives Gesicht wurde von langem rotem Haar eingerahmt. Die schwarzen Ränder um die Augen stammten vermutlich von der Gasmaske, die neben ihr lag.

Was verrät die Leiche?

Das war sein Mantra am Tatort.

Der rosa Lack auf ihren Zehennägeln war abgeblättert. Ihre Kleidung lag auf dem Boden verstreut, als hätte sie sich in aller Eile ausgezogen. Mitten drin ein alter Teddy. Bis auf die weißen Stellen, die das Bikinihöschen verdeckt hatte, war sie nahtlos gebräunt. Knapp über der Kette zog sich eine dunkelrote Linie um ihren Hals, die vermutlich auf die Todesursache hinwies, obgleich Grace gelernt hatte, keine voreiligen Schlüsse zu ziehen.

Während er die tote Frau betrachtete, verdrängte er die Gedanken an Sandy.

Ist dir das Gleiche passiert, mein Liebling?

Wenigstens hatte man die hysterische Putzfrau aus dem Haus geschafft. Der Himmel mochte wissen, wie viele Spuren sie bereits verwischt hatte, als sie die Gasmaske heruntergerissen hatte und wie ein aufgescheuchtes Huhn herumgelaufen war.

Aber sie hatte ihm einige wichtige Informationen geliefert. Brian Bishop, der Ehemann der Toten, verbrachte die meiste Zeit in London und spielte an diesem Morgen ein Turnier in seinem Golfclub.

Vor einer Weile war die Spurensicherung eingetroffen. Ein Beamter suchte Bettzeug und Teppich nach Fasern ab, ein anderer stäubte Wände und alle Oberflächen mit Fingerabdruckpulver ein, und Joe Tindall, der Leiter der Abteilung, überprüfte sämtliche Räume.

Tindall erschien in der Zimmertür. Vor Kurzem hatte er seine Frau für eine Jüngere verlassen und sich ein völlig neues Outfit zugelegt. Rasierter Kopf, schmales Bärtchen von Unterlippe bis Kinn, coole eckige Brille mit blau getönten Gläsern.

Wieder und wieder wurde die tote Frau vom Blitzlicht einer Kamera beleuchtet. Der Fotograf Derek Gavin, ein allzeit fröhlicher Mann Ende vierzig, hatte ein Atelier in Hove besessen, bevor ihm die digitale Fotografie das Geschäft verdarb. Er scherzte gern, dass er die Polizeiarbeit bevorzuge, weil die Leichen so schön stillhielten.

Die beste Neuigkeit an diesem Morgen war, dass man Grace seine bevorzugte Pathologin aus dem Innenministerium zugeteilt hatte. Nadiuska De Sancha, gebürtige Spanierin mit adligen russischen Vorfahren, war witzig, respektlos und machte ihre Arbeit ausgezeichnet.

Er ging vorsichtig um die Leiche herum und spürte förmlich, wie sich eine Schlinge um seinen Hals zusammenzog. Sein ganzer Körper spannte sich. Welcher gottverdammte Sadist hatte das getan? Sein Blick fiel auf einen winzigen Fleck auf dem weißen Laken, genau unterhalb der Vagina. Sperma?

Auf einem der vergoldeten Nachttische im Louis-Quinze-Stil stand ein Telefon. Grace nahm aus alter Gewohnheit den Hörer ab. Dann fiel ihm ein, dass Telefone nach den neuen Richtlinien nur von Fachleuten sichergestellt und kriminologisch untersucht werden sollten. Er rief einen Kollegen von der Spurensicherung und instruierte ihn dementsprechend.

Dann ging er in Gedanken versunken umher, wie er es immer an einem möglichen Tatort zu tun pflegte. Er bemerkte ein auffälliges modernes Gemälde. Es war mit Helen Steele signiert, und er fragte sich, ob sie wohl berühmt war. Von Kunst hatte er wirklich wenig Ahnung. Er betrat das geräumige Badezimmer und öffnete die Glastür der überdimensionalen Dusche. Der Spiegelschrank über dem Waschbecken stand offen, und er warf einen Blick auf die Medikamente. Dabei musste er die ganze Zeit an die Worte der Putzfrau denken.

Missa Bishop in Woche nicht hier. Gestern Abend nicht hier. Ich weiß nicht wo sein. Ich mache Essen für Missy Bishop. Nur Salat. Wenn Missa Bishop hier, isst Fleisch oder Fisch. Ich groß kochen.

Wenn Brian Bishop nicht hier gewesen war und Sexspielchen mit seiner Frau getrieben hatte, wer dann?

Und warum hatte dieser Jemand sie getötet?

Aus Versehen?

Die Spur am Hals sprach entschieden dagegen.

Genau wie sein Instinkt.

12

WIE VIELE ÜBERBLEIBSEL des Baubooms in der frühen Nachkriegszeit war auch Sussex House nicht mit Anstand gealtert. Die Architektur war eindeutig vom Art-déco-Stil beeinflusst und erinnerte an einen kleinen Ozeandampfer.

Es war zu Beginn der fünfziger Jahre als Klinik für Infektionskrankheiten gebaut worden, und der Architekt hatte wohl seine Vision vom Haus auf einem einsamen Hügel verwirklicht. In den folgenden Jahrzehnten breitete sich die Stadt jedoch zunehmend aus, und die Gegend um das Gebäude wurde zu einem Gewerbegebiet. Irgendwann schloss das Krankenhaus, und das Gebäude wurde nacheinander von mehreren Firmen erworben und weiterverkauft, bis es Mitte der neunziger Jahre von der Sussex Police übernommen wurde.

Heute galt es als erstklassig ausgestattetes Flaggschiff der Kripo, das den Schritt hin zur modernen britischen Polizei markierte. Inzwischen platzte das Gebäude allerdings aus allen Nähten und besaß auch bei weitem nicht genügend Parkplätze für 430 Mitarbeiter.

Die Vernehmungsabteilung bestand aus zwei Räumen, von denen einer nur einen Bildschirm und einige Stühle enthielt und für Beobachtungszwecke genutzt wurde. Der größere Raum, in dem Glenn Branson mit DC Nicholas und einem sichtlich verstörten Brian Bishop saß, sollte auf Zeugen und mutmaßliche Verdächtige beruhigend wirken – trotz der beiden Kameras, die an der Wand angebracht waren.

Der Raum roch neu, als habe man eben erst den Teppich verlegt und die Wände gestrichen, doch so roch er schon, solange Branson denken konnte. Ihm stand der Schweiß auf der Stirn, genau wie Nicholas und Bishop, da das Gebäude eine schlechte Klimaanlage besaß und die meisten Fenster sich nicht öffnen ließen.

Branson betätigte einen Schalter, mit dem der Aufnahmemechanismus aktiviert wurde, nannte Datum und Uhrzeit und erklärte, dies sei das übliche Verfahren, worauf Bishop zustimmend nickte.

Der Mann wirkte vollkommen niedergeschlagen. Er hatte eine teure, dunkelgrüne Jacke mit silbernen Knöpfen über das Polohemd gezogen und hockte zusammengesunken auf seinem Stuhl. Die Golfkleidung wirkte in dieser Umgebung ziemlich lächerlich.

Branson empfand unwillkürlich Mitleid mit ihm und fragte sich, obwohl es eigentlich nichts mit dem vorliegenden Fall zu tun hatte, weshalb Golfclubs diesen seltsam förmlichen und veralteten Kleidungsvorschriften anhingen.

»Dürfte ich fragen, wann Sie Ihre Frau zuletzt gesehen haben?«

Er merkte, wie der Mann kurz zögerte.

»Am Sonntagabend gegen acht.« Bishops Stimme klang verbindlich, dabei aber monoton und vollkommen akzentfrei, als habe er hart daran gearbeitet, jeglichen Hinweis auf seine soziale Herkunft zu tilgen. Man konnte unmöglich sagen, ob er aus privilegierter Familie stammte oder ein Selfmademan war. Der dunkelrote Bentley, der noch am Golfclub parkte, war jedenfalls genau die Art von Auto, die Branson eher mit Fußballern als mit der High Society verband.

Die Tür ging auf, und Eleanor Hodgson, Roy Grace's altjüngferliche Managementassistentin, kam mit einem Tablett herein, auf dem drei Becher Kaffee und ein Glas Wasser standen. Bishop hatte das Wasser ausgetrunken, bevor sich die Tür hinter ihr schloss.

»Sie haben Ihre Frau seit Sonntag nicht gesehen?«, fragte Branson ein wenig überrascht.

»Ja, ich bin die Woche über in meiner Londoner Wohnung. Am Sonntagabend fahre ich in die Stadt und komme meist am Freitagabend zurück.« Bishop spähte in seine Kaffeetasse und rührte umständlich mit dem Plastiklöffel um.

»Also haben Sie sich nur an den Wochenenden gesehen?«

»Das hing davon ab, ob wir etwas in London vorhatten. Manchmal kam Katie zum Essen oder Einkaufen oder sonst was in die Stadt.«

»Sonst was?«

»Theater. Freunde. Kunden. Sie kam gern nach London – aber . . .«

Langes Schweigen.

Branson wartete, dass er weitersprach. »Aber?«

»Ihr gesellschaftliches Leben fand hier statt. Bridge, Golf, Wohltätigkeitsarbeit.«

»Was genau?«

»Sie war in mehreren Organisationen aktiv, vor allem beim Kinderschutz. Einem Verein für misshandelte Frauen. Katie war sehr hilfsbereit. Ein guter Mensch.« Brian Bishop schloss die Augen und vergrub das Gesicht in den Händen. »Scheiße, mein Gott, was ist denn nur passiert? Sagen Sie es mir bitte.«

»Haben Sie Kinder, Sir?«, fragte Nick Nicholas unvermittelt.

»Nicht mit Katie. Ich habe zwei Kinder aus erster Ehe. Mein Sohn Max ist fünfzehn, meine Tochter Carly dreizehn. Er ist gerade mit einem Freund in Südfrankreich, und sie besucht ihre Cousinen in Kanada.«

»Sollen wir jemanden für Sie anrufen?«

Bishop schüttelte resigniert den Kopf.

»Eine Betreuerin wird sich um Sie kümmern. Sie dürfen übrigens vorerst nicht in Ihr Haus zurück. Haben Sie jemanden, bei dem Sie solange wohnen können?«

»Ich habe meine Wohnung in London.«

»Wir müssen noch einmal mit Ihnen sprechen. Es wäre daher praktischer, wenn Sie in der Gegend bleiben könnten. Vielleicht bei Freunden oder in einem Hotel.«

»Was ist mit meinen Kleidern? Ich brauche auch noch Waschzeug und so weiter . . .«

»Die Betreuerin wird sich um alles kümmern.«

»Bitte sagen Sie mir doch, was passiert ist.«

»Wie lange waren Sie verheiratet, Mr. Bishop?«

»Fünf Jahre – im April war unser Hochzeitstag.«

»Würden Sie Ihre Ehe als glücklich bezeichnen?«

Bishop lehnte sich kopfschüttelnd zurück. »Was zum Teufel soll das werden? Warum verhören Sie mich?«

»Wir verhören Sie keineswegs, Sir, sondern stellen nur einige Fragen. Wir möchten mehr über Sie und Ihre Familie erfahren. Das ist bei den Ermittlungen oft sehr hilfreich – und durchaus üblich.«

»Ich glaube, ich habe Ihnen genug gesagt. Ich möchte meinen Liebling sehen, meine Katie. Bitte.«

Die Tür ging auf, und ein Mann in zerknittertem blauem Anzug, weißem Hemd und blau-weiß gestreifter Krawatte kam herein. Er war nicht besonders groß und wirkte freundlich. Er hatte wachsame blaue Augen, trug das blonde Haar sehr kurz geschnitten, war schlecht rasiert, und seine Nase hatte schon bessere Zeiten gesehen. Er streckte Bishop eine kräftige, wettergegerbte Hand mit gepflegten Fingernägeln entgegen. »Detective Superintendent Grace«, stellte er sich vor. »Ich leite die Ermittlungen in diesem – Fall. Es tut mir sehr leid, Mr. Bishop.«

»Bitte sagen *Sie* mir, was passiert ist.«

Roy Grace hatte in den vergangenen Minuten vom Beobachtungsraum aus zugesehen. »Sie haben heute Morgen Golf gespielt, Sir?«

Bishops Augen zuckten flüchtig nach links. »Ja, das habe ich.«

»Dürfte ich fragen, wann Sie davor zuletzt gespielt haben?«

Bishop schaute ihn verwundert an. Grace bemerkte, wie seine Augen zuerst nach rechts, dann nach links und dann ganz nach links zuckten. »Letzten Sonntag.«

Von nun an konnte Grace immer erkennen, ob Bishop die Wahrheit sagte. Die Beobachtung der Augen war eine sehr effektive Technik, die er kennengelernt hatte, als er sich mit neurolinguistischer Programmierung beschäftigte. Bei allen Menschen sitzt das Gedächtnis in einer Gehirnhälfte, während die andere, die kreative Seite, für die Phantasie und damit auch fürs Lügen zuständig ist. Die Seitenverteilung war nicht bei allen Menschen gleich. Um es herauszufinden, stellte man der Person eine Kontrollfrage, die sie kaum mit einer Lüge beantworten würde. Grace würde somit in Zukunft wissen, dass Bishop vermutlich log, wenn seine Augen nach rechts wanderten.

»Wo haben Sie letzte Nacht geschlafen, Mr. Bishop?«

Der Mann schaute einfach nur geradeaus. »In meiner Londoner Wohnung.«

»Kann das jemand bezeugen?«

Bishops Augen schossen nach links, zur Gedächtnisseite. »Oliver, der Pförtner, nehme ich an.«

»Wann hat er Sie gesehen?«

»Gestern Abend gegen sieben – als ich aus dem Büro kam. Und dann wieder heute Morgen.«

»Wann waren Sie heute Morgen auf dem Golfplatz?«

»Um kurz nach neun.«

»Und sind aus London gekommen?«

»Ja.«

»Wann sind Sie losgefahren?«

»Gegen halb sieben. Oliver hat mir geholfen, die Golfausrüstung einzuladen.«

Grace überlegte kurz. »Kann jemand bezeugen, wo Sie sich zwischen sieben Uhr gestern Abend und halb sieben heute Morgen aufgehalten haben?«

Bishops Augen schossen wieder nach links, also sagte er die Wahrheit. »Ich habe mit meinem Finanzberater in einem Restaurant in Piccadilly gegessen.«

»Hat der Pförtner gesehen, wie Sie gingen und später zurückkamen?«

»Nein. Nach sieben ist er meistens nicht mehr da.«

»Wann haben Sie das Abendessen beendet?«

»Gegen halb elf. Wird das hier eine Hexenjagd?«

»Nein, Sir. Bedauere, wenn ich etwas pedantisch wirke, aber wenn wir Sie als Täter ausschließen können, hilft uns das enorm weiter. Würden Sie uns bitte sagen, was Sie nach dem Essen gemacht haben?«

»Ich bin in meine Wohnung gegangen und gleich eingeschlafen.«

Grace nickte.

Bishop schaute erst ihn, dann Branson und Nicholas stirnrunzelnd an. »Meinen Sie etwa, ich sei um Mitternacht noch nach Brighton gefahren?«

»Zugegeben, es ist ein bisschen unwahrscheinlich«, sagte Grace.

»Könnten Sie uns die Telefonnummer des Pförtners und Ihres Finanzberaters geben? Und den Namen des Restaurants?«

Branson notierte die Nummern.

»Würden Sie mir bitte auch Ihre Handynummer geben, Sir? Und wir brauchen einige aktuelle Fotos von Ihrer Frau.«

»Selbstverständlich.«

Dann sagte Grace: »Gestatten Sie mir eine sehr persönliche Frage, Mr. Bishop. Sie sind nicht verpflichtet, sie zu beantworten, aber es wäre sehr hilfreich.«

Der Mann zuckte hilflos die Achseln.

»Haben Sie und Ihre Frau irgendwelche ungewöhnlichen Sexpraktiken ausgeübt?«

Bishop stand abrupt auf. »Was zum Teufel soll das heißen? Meine Frau ist tot! Ich will wissen, was passiert ist, Detective Superintendent – wie war doch gleich Ihr Name?«

»Detective Superintendent Grace.«

»Warum können Sie mir diese einfache Frage nicht beantworten? Ist das zu viel verlangt?« Bishop zeigte erste Anzeichen von Hysterie, und seine Stimme wurde lauter. »Wollen Sie etwa andeuten, dass ich meine Frau ermordet habe?«

Seine Augen zuckten nervös umher. Grace musste dafür sorgen, dass er sich beruhigte. Er betrachtete Bishops lächerliche Hose und die Schuhe, die ihn an die Gamaschen der Gangster aus den dreißiger Jahren erinnerten. Jeder Mensch trauerte anders. Das wusste er aus beruflicher und persönlicher Erfahrung.

Die Tatsache, dass dieser Mann in einem pompösen Haus lebte und ein protziges Auto fuhr, machte ihn noch lange nicht zum Mörder. Grace durfte sein Urteilsvermögen nicht von Vorurteilen trüben lassen. Jemand konnte durchaus in einer Millionenvilla leben und dennoch ein absolut anständiger, gesetzestreuer Bürger sein. Selbst wenn er einen Nachttisch voller Sexspielzeuge und im Büro ein Buch über sexuelle Fetische gehabt hätte, hieß das noch lange nicht, dass er seiner Frau eine Gasmaske übergestülpt und sie dann erdrosselt hatte.

Allerdings hieß es auch nicht, dass er unschuldig war.

»Die Fragen sind leider notwendig, Sir, sonst würden wir sie nicht stellen. Mir ist bewusst, dass Sie sich in einer sehr schwierigen Lage befinden und erfahren wollen, was geschehen ist. Ich kann Ihnen versichern, dass wir Ihnen beizeiten alles erklären werden. Ich verstehe, wie Sie sich fühlen.«

»Ach ja? Tatsächlich? Haben Sie auch nur die leiseste Vorstellung, was es bedeutet, seine Frau zu verlieren?«

Beinahe hätte Grace erwidert, *ja, das habe ich durchaus.* Ihm fiel auf, dass Bishop keinen Anwalt verlangt hatte, was auf ein gewisses Schuldbewusstsein hingewiesen hätte. Und doch kam ihm etwas seltsam vor, er konnte es nur nicht genau benennen.

Grace verließ den Raum und rief von seinem Büro aus Linda Buckley an, eine der Familienbetreuerinnen, die man Bishop zugeteilt hatte. Er kannte sie als äußerst fähige Polizistin und hatte schon öfter mit ihr zusammengearbeitet.

»Ich möchte, dass Sie Bishop im Auge behalten. Melden Sie sich bei mir, falls er sich in irgendeiner Weise seltsam verhalten sollte. Notfalls lasse ich ihn überwachen.«

13

CLYDE WEEVELS, EIN GROSSER GEBÜCKTER TYP mit schwarzem Stoppelhaar, der sich ständig über die Lippen leckte, stand hinter der Theke und überblickte sein Reich. Der kleine Laden in der Broadwick Street in Soho trug an der Tür den gleichen Hinweis wie zahllose andere in der Gegend: *Nur für Erwachsene.*

Die Regale im schlecht beleuchteten Innenraum waren mit Dildos, Gleitölen und -gels, Kondomen mit Geschmack, Sadomaso-Sets, aufblasbaren Sexpuppen, Stringtangas, Peitschen, Handschellen, Pornoheften, Soft- und Hardcore-Filmen angefüllt. Es gab auch noch ein

Hinterzimmer mit härteren Utensilien für die Stammkunden. Hier fand jeder das Nötige für einen tollen Abend – ob nun hetero, homo, bi oder Sadomaso-Einzelgänger, zu denen Clyde sich keinesfalls zählen wollte. Er wartete nur auf die richtige Beziehung.

Nur würde er sie hier nicht finden.

Sie war irgendwo dort draußen, versteckt hinter einer Kontaktanzeige oder auf einer Webseite. Sie wartete auf ihn. Sehnte sich nach ihm. Sehnte sich nach einem großen, schlanken Typen, der super tanzen konnte und ein äußerst gefährlicher Kickboxer war. Hinter der Theke, über der eine Reihe von Überwachungsmonitoren hing, die Laden und Straße zeigten, übte er gerade einige Tritte. *Roundhouse-Kick. Front-Kick. Side-Kick.*

Außerdem hatte er einen verdammt langen Schwanz.

Und er konnte den Leuten alles besorgen. Wirklich alles. Pornos, Spielzeug, Drogen, das ganze Programm.

Kamera vier, die die Straße vor dem Laden zeigte, war ihm am liebsten. Er schaute gerne zu, wie die Leute den Laden betraten, vor allem die Männer im Anzug. Sie schlenderten lässig vorbei, als wollten sie ganz woanders hin, dann ein unauffälliger Schritt zurück und schnell durch die Tür, als würden sie von einem unsichtbaren Magneten angezogen.

So auch der Typ in Nadelstreifen mit rosa Krawatte, der gerade hereinkam. Wie die anderen warf er Clyde einen Blick zu, als wollte er sagen, *das mache ich sonst nie,* gefolgt von einem debilen Grinsen. Danach fingen sie stets an, an einem Dildo oder Spitzenhöschen oder einem Paar Handschellen herumzufummeln, als wäre der Sex gerade erst erfunden worden.

Ein zweiter Mann kam herein. Klar, es war Mittagspause. Ein etwas anderer Typ. Jogginganzug aus Ballonseide, Kapuzenpulli und dunkle Brille. Clyde löste seine Augen vom Monitor und sah zur Tür. Der klassische Ladendieb, der sein Gesicht vor der Kamera schützte. Und dieser hier benahm sich wirklich eigenartig. Er blieb unvermittelt stehen und schaute durch das Opakglas in der Tür, wobei er an seiner Hand sog.

Dann kam er zur Theke und fragte, ohne Clyde in die Augen zu sehen: »Haben Sie auch Gasmasken?«

»Leder und Gummi.« Clyde deutete nach hinten, wo eine ganze Kollektion von Masken und Kapuzen hing, flankiert von Kostümen für Arzt, Krankenschwester, Stewardess und Playboyhäschen und Ministrings mit dem Aufdruck »Hier kommt der Hengst«.

Doch statt hinzugehen, schlenderte der Mann zur Tür und verließ den Laden.

*

Gegenüber stand die junge Frau namens Sophie Harrington, die er vom Büro bis hierher verfolgt hatte, an der Theke eines italienischen Delikatessenladens und wartete, dass ihr Ciabatta aus der Mikrowelle kam. Dabei sprach sie lebhaft in ihr Handy.

Er freute sich schon, eine Gasmaske an ihr auszuprobieren.

14

DIESER ORT MACHT MICH JEDES MAL aufs Neue fertig«, sagte Glenn Branson und tauchte aus seinen düsteren Gedanken auf, um sich dem noch trüberen Anblick vor ihnen zu widmen. Roy Grace blinkte links, bog mit seinem alten braunen Alfa Romeo im Kreisverkehr an der Lewes Road ab und rollte an einem Schild vorbei, das in goldenen Buchstaben auf schwarzem Grund die Aufschrift STÄDTISCHES LEICHENSCHAUHAUS BRIGHTON AND HOVE trug. »Du solltest ihnen deine beschissene Musiksammlung spenden.«

»Sehr witzig.«

Als ob er Respekt vor diesem Ort hätte, beugte sich Branson vor und drosselte die Lautstärke der CD von Katie Melua.

»Außerdem mag ich Katie Melua«, sagte Grace.

Branson zuckte bedeutungsvoll die Achseln.

»Was ist denn?«

»Lass mich endlich deine Musik kaufen.«

»Ich bin mit meiner Musik sehr glücklich.«

»Du warst auch mit deinen Klamotten glücklich, bevor ich dir gezeigt habe, wie erbärmlich du darin aussiehst. Mit deinem Haarschnitt warst du auch glücklich. Seit du auf mich hörst, siehst du zehn Jahre jünger aus und hast eine Freundin. Und was für eine!«

Hinter dem schmiedeeisernen Tor lag ein lang gestrecktes, eingeschossiges Gebäude mit grau verputzten Wänden, die selbst an einem so heißen Tag wie diesem alle Wärme aufzusaugen schienen. Daneben befand sich eine überdachte Einfahrt, in die ein Krankenwagen passte – meist parkte dort aber nur der dunkelgrüne Lieferwagen des Leichenhauses. Jetzt parkten auch das gelbe Saab Cabrio von Nadiuska De Sancha und ein kleiner blauer MG, der Cleo Morey gehörte, dort.

Trotz des Grauens, das sie im Gebäude erwartete, konnte Grace sich einer gewissen Vorfreude nicht erwehren.

In letzter Zeit hatte das Leichenschauhaus eine völlig neue Bedeutung für ihn gewonnen. Er sah Branson lächelnd an: »Was die Raupe das Ende der Welt nennt, nennt der Meister Schmetterling.«

»Was?«, fragte Branson verständnislos.

»Laotse«, sagte er aufgeräumt, da er hoffte, seinen Gefährten aufzuheitern.

»Wer bitte?«

»Ein chinesischer Philosoph. Starb 275 v. Chr.« Er verschwieg geflissentlich, wem er dieses Wissen verdankte.

»Ist der auch im Leichenschauhaus?«

»Banause.« Grace parkte und schaltete den Motor aus.

»Ach ja? Und seit wann stehst du auf Philosophie, Oldtimer?«

Anspielungen auf sein Alter hatte Grace gar nicht gern. Er war soeben neununddreißig geworden, und der Gedanke an den runden Geburtstag im nächsten Jahr machte ihm Angst.

»Sehr komisch.«

»Hast du mal *Der letzte Kaiser* gesehen?«

»Nicht dass ich wüsste.«

»Kein Wunder«, meinte Glenn sarkastisch. »Hat ja auch nur neun Oscars gewonnen. Einfach brillant. Du solltest ihn dir auf DVD besorgen – aber du bist sicher noch damit beschäftigt, die letzten Folgen von *Desperate Housewives* zu gucken.« Er nickte zum Gebäude hinüber. »Bist du noch – ich meine, macht sie dich immer noch so wild?«

»Das geht dich überhaupt nichts an!«

Was nicht ganz stimmte, denn der Gedanke an Cleo lenkte ihn völlig von seiner Arbeit ab, was gar nicht gut war. Er kämpfte gegen den Drang, sofort auszusteigen und hineinzugehen, um Cleo zu sehen, und wechselte lieber rasch das Thema. »Und, was meinst du? Hat er sie getötet?«

»Er wollte keinen Anwalt«, entgegnete Branson.

»Du machst Fortschritte«, sagte Grace aufrichtig erfreut.

In der Tat verhielten sich die meisten Kriminellen bei ihrer Verhaftung sehr ruhig. Diejenigen, die am lautesten protestierten, stellten sich oft als unschuldig heraus.

»Aber ob er seine Frau getötet hat? Keine Ahnung.«

»Ich auch nicht.«

»Was haben seine Augen dir verraten?«

»Ich muss ihn noch in einem ruhigeren Moment erwischen. Wie hat er reagiert, als du ihm die Nachricht überbracht hast?«

»Er war völlig am Boden zerstört. Kam mir echt vor.«

»Ein erfolgreicher Geschäftsmann, was?« Der Wagen stand im Schatten eines großen Lorbeerstrauchs. Die warme Luft wogte durch das offene Sonnendach und die Fenster. Eine winzige Spinne seilte sich vom Rückspiegel ab.

»Ja, irgendwas mit Softwaresystemen«, sagte Branson.

»Weißt du, was die beste Voraussetzung ist, um ein erfolgreicher Geschäftsmann zu werden?«

»Was es auch sei, ich habe es jedenfalls nicht.«

»Man muss ein Soziopath sein. Ohne Gewissen, wie normale Leute es haben.«

Branson drückte den Knopf und ließ sein Fenster noch weiter herunter. »Ein Soziopath ist doch auch ein Psychopath, oder?« Er nahm die Spinne in seine riesige Handfläche und ließ sie sanft aus dem Fenster fallen.

»Gleiche Charakteristika, aber ein entscheidender Unterschied: Soziopathen haben sich unter Kontrolle, Psychopathen nicht.«

»Bishop ist ein erfolgreicher Geschäftsmann, ergo ist er ein Soziopath, ergo hat er seine Frau getötet. Bingo! Fall aufgeklärt. Sollen wir ihn verhaften?«

Grace grinste. »Manche Drogendealer sind groß, schwarz und haben den Kopf rasiert. Ergo bist du ein Drogendealer.«

Branson nickte stirnrunzelnd. »Natürlich, ich besorge dir alles, was du willst.«

Grace streckte die Hand aus. »Schön, dann hätte ich gern ein paar von den Pillen, die ich dir heute Morgen gegeben habe – falls noch welche übrig sind.«

Branson reichte ihm zwei Paracetamol-Tabletten. Grace spülte sie mit einem Schluck Mineralwasser herunter, stieg aus und klingelte an der kleinen blauen Eingangstür.

Branson trat neben ihn, und Grace wünschte sich einen Moment lang, allein zu sein. Es war fast eine Woche her, seit er Cleo gesehen hatte, und er sehnte sich danach, ein paar Minuten mit ihr allein zu verbringen. Um zu hören, ob sie immer noch so fühlte wie letzte Woche.

Sie öffnete die Tür, und Grace ging es wie immer, wenn er sie sah. Er schmolz vor Freude förmlich dahin.

Cleo war Ende zwanzig, fast eins achtzig, mit langem blondem Haar und überschäumendem Selbstvertrauen – einfach hinreißend. Wovon ihre Kunden natürlich nichts mehr hatten. Sie stand in der winzigen Eingangshalle, die Haare hochgesteckt, trug einen grünen Chirurgenkittel mit schwerer Gummischürze und weiße Gummistiefel und sah eher wie eine Schauspielerin im Fernsehkrimi aus.

Obwohl der überaus neugierige Glenn Branson neben ihm stand, musste Grace sie einfach ansehen. Mit einem tiefen Blick, der lange dauerte. Ihre verblüffend großen, runden himmelblauen Augen blickten unmittelbar in seine Seele und in sein Herz.

Wenn sein Kollege doch nur verschwinden würde. Aber nein, der Mistkerl blieb hartnäckig neben ihm und grinste wie blöd.

»Hi«, grüßte Grace.

»Detective Superintendent, Detective Sergeant Branson, wie schön, Sie zu sehen.«

Er wollte sie doch nur umarmen und küssen. Stattdessen beherrschte er sich und lächelte unverbindlich. Dann folgte er ihr in das kleine Büro, das gleichzeitig als Empfangsraum diente und völlig unpersönlich wirkte. Dennoch, es gehörte ihr.

Auf dem Boden drehte sich ein Ventilator, es roch nach einem süßlichen Desinfektionsmittel. Der Raum war mit einigen Besucherstühlen und einem kleinen Metalltischchen eingerichtet, auf dem drei Telefone standen. Daneben stapelten sich braune Umschläge mit dem Aufdruck PERSÖNLICHES EIGENTUM. Auf einem großen, rot-grünen Buch stand in Goldbuchstaben REGISTER DES LEICHENSCHAUHAUSES.

An den Wänden hingen Urkunden und eine Überwachungskamera, die in unruhiger Folge Ansichten sämtlicher Seiten des Gebäudes und danach eine Nahaufnahme des Eingangs zeigte.

»Eine Tasse Tee, Gentlemen, oder möchten Sie direkt hineingehen?«

»Ist Nadiuska so weit?«

Cleos Augen verweilten ein wenig länger auf seinem Gesicht als nötig. Lächelnde Augen. Unglaublich warmherzige Augen. »Sie isst nur eben ein Sandwich. Fängt in zehn Minuten an.«

Grace spürte einen dumpfen Schmerz im Magen. Sie hatten den ganzen Morgen nichts gegessen, und mittlerweile war es zwanzig nach zwei. »Eine Tasse Tee wäre toll. Hast du auch Kekse?«

Sie holte eine Dose unter dem Schreibtisch hervor und öffnete den Deckel. »Vollkornkekse, Kitkat, Marshmallows, Butterkekse mit heller oder dunkler Schokolade, Feigenplätzchen?« Sie hielt ihnen die Dose hin, doch Branson schüttelte den Kopf. »Und welchen Tee? English Breakfast, Earl Grey, Darjeeling, China, Kamille, Pfefferminz, Grüntee?«

Er musste grinsen. »Ich hatte ganz vergessen, dass du hier ein kleines Starbucks betreibst.«

Glenn Branson lächelte nicht, sondern saß plötzlich da, von Traurigkeit übermannt, das Gesicht in den Händen vergraben. Cleo warf Grace eine Kusshand zu, und er griff nach einem Kitkat-Riegel.

Zu Grace's Erleichterung sagte Branson plötzlich: »Ich ziehe mich schnell um.«

Darauf hatten sie nur gewartet. Cleo schloss die Tür, schlang die Arme um Roy Grace und küsste ihn leidenschaftlich.

Als ihre Lippen sich voneinander lösten, hielt sie ihn immer noch fest und fragte: »Und, wie geht es dir?«

»Ich habe dich vermisst«, sagte er.

»Ehrlich?«

»Ja.«

»Wie sehr?«

Er hielt seine Hände etwa einen halben Meter auseinander.

Cleo gab sich empört. »Ist das alles?«

»Hast du mich denn auch vermisst?«

»Und wie, ganz fürchterlich.«

»Gut! Wie war die Weiterbildung?«

»Ich glaube nicht, dass du das wirklich wissen möchtest.«

»Kommt auf einen Versuch an.« Er küsste sie wieder.

»Dann erzähle ich es dir heute Abend beim Essen.«

Genau das fand er so wunderbar an ihr. Dass sie die Initiative ergriff. Dass sie ihn zu brauchen schien.

So etwas hatte er noch bei keiner Frau erlebt. Sicher, er war viele Jahre mit Sandy verheiratet gewesen, und sie hatten einander sehr geliebt, doch er hatte nie gespürt, dass sie ihn wirklich brauchte. Jedenfalls nicht so wie Cleo.

Es gab nur ein Problem. Eigentlich hatte er vorgehabt, an diesem

Abend zu Hause zu kochen. Na ja, besser gesagt etwas im Delikatessengeschäft zu besorgen – denn was das Kochen anging, war er ein hoffnungsloser Fall. Doch den schönen Plan hatte ihm Glenn Branson gründlich vermasselt. Er konnte wohl kaum einen romantischen Abend mit Cleo verbringen, wenn Glenn heulend durch die Wohnung lief. Andererseits konnte er seinem Freund schlecht sagen, er solle sich verdünnisieren.

»Wo möchtest du hingehen?«

»Ins Bett. Mit etwas vom Chinesen. Wie gefällt dir das?«

»Ganz ausgezeichnet. Aber wir müssen zu dir gehen.«

»Und? Stört dich das?«

»Nein, bei mir zu Hause gibt es nämlich ein kleines Problem. Ich erzähl's dir später.«

Sie küsste ihn noch einmal. »Nicht weglaufen.« Sie verließ kurz den Raum und kam mit einem grünen Kittel, blauen Überschuhen, einer Gesichtsmaske und weißen Latexhandschuhen wieder, die sie ihm reichte. »Ist jetzt der letzte Schrei.«

»Ich dachte, das mit den Klamotten heben wir uns für später auf.«

»Das Ausziehen schon, aber erst kommt das Anziehen.« Sie küsste ihn erneut. »Was ist eigentlich mit Glenn los? Er guckt wie ein kranker Welpe.«

»Häusliche Probleme.«

»Du solltest ihn ein bisschen aufmuntern.«

»Das versuche ich ja.«

Sein Handy klingelte. Verärgert über die Störung meldete er sich.

Es war Linda Buckley, die Familienbetreuerin. »Roy, ich bin gerade im Hotel du Vin, wo ich Bishop vor einer Stunde untergebracht habe. Er ist verschwunden.«

15

SOPHIES MUTTER WAR ITALIENERIN und hatte ihrer Tochter beigebracht, dass Essen die beste Medizin bei einem Schock sei. Sie stand an der Theke des italienischen Delikatessengeschäfts, das Handy am Ohr, und ahnte nicht, dass ein Mann mit Kapuze und dunkler Brille sie aus dem Geschäft gegenüber beobachtete.

Sophie war ein Gewohnheitstier, änderte ihre Gewohnheiten aber je nach Laune. Monatelang hatte sie sich jeden Tag eine Schachtel Sushi zum Mittagessen gekauft, bevor sie las, dass Leute eine Vergiftung durch rohen Fisch erlitten hatten. Seither kaufte sie sich immer ein Ciabatta mit Mozzarella, Tomaten und Parmaschinken. Weniger gesund als Sushi, aber genauso lecker. Heute brauchte sie dringend den Trost, den das vertraute Essen ihr spendete.

»Mein Liebling, was ist denn passiert? Bitte erzähl es mir.«

Er stammelte wirr daher. »Golf . . . tot . . . lassen mich nicht ins Haus. Polizei. Tot. Mein Gott, sie ist tot.«

Der kleine, kahlköpfige Italiener hielt ihr das dampfende, in Papier gewickelte Sandwich hin. Sophie verließ den Laden, das Handy am Ohr.

»Sie glauben, ich hätte es getan. Ich meine . . . oh Gott, oh Gott.«

»Liebling, kann ich dir irgendwie helfen? Soll ich zu dir kommen?«

Darauf herrschte langes Schweigen. »Sie haben mich verhört«, platzte Bishop heraus. »Sie glauben, ich sei es gewesen. Ich hätte sie umgebracht. Sie haben dauernd gefragt, wo ich gestern Abend war.«

»Das ist doch klar«, sagte sie. »Du warst bei mir.«

»Nein, danke, aber das ist keine gute Idee. Wir brauchen nicht zu lügen.«

»Lügen?«, fragte sie verwundert.

»Mein Gott, ich bin völlig durcheinander.«

»Was soll das heißen, wir brauchen nicht zu lügen? Liebling?«

Ein Streifenwagen fuhr mit kreischender Sirene die Straße entlang.

Bishops Stimme ging im Lärm unter. Als der Wagen weg war, sagte sie: »Tut mir leid, ich konnte dich gerade nicht verstehen. Was hast du gesagt?«

»Ich habe ihnen die Wahrheit gesagt. Dass ich mit meinem Finanzberater Phil Taylor zu Abend gegessen habe und danach ins Bett gegangen bin.« Sie hörte ihn schluchzen.

»Liebling, ich glaube, du hast eine Kleinigkeit vergessen. Und zwar, was du nach dem Abendessen mit deinem Finanzberater gemacht hast.«

»Nein«, sagte er ein wenig überrascht.

»Hallo! Ich weiß, du stehst unter Schock. Aber du bist doch zu mir in die Wohnung gekommen, kurz nach Mitternacht. Du hast die Nacht mit mir verbracht – und bist gegen fünf Uhr morgens abgedüst, weil du zu Hause noch deine Golfsachen holen wolltest.«

»Du bist sehr süß. Aber ich möchte nicht, dass du für mich lügst.«

Sie erstarrte. »Lügen? Aber es ist doch die Wahrheit.«

»Sophie, du brauchst kein Alibi für mich zu erfinden. Es ist besser, die Wahrheit zu sagen.«

»Tut mir leid, aber das verstehe ich nicht. Aber du bist doch zu mir gekommen, wir haben miteinander geschlafen, und du bist um kurz nach fünf gefahren. Das können wir doch erzählen, oder?«

»Nur stimmt das nicht«, sagte er.

»Stimmt *was* nicht? «, sagte sie irritiert.

»Ich bin nicht bei dir gewesen. «

Sie hielt das Handy für einen Moment vom Ohr weg, schaute das Gerät fassungslos an und fragte sich, ob sie gerade den Verstand verlor. Oder er.

»Ich – ich verstehe das nicht.«

»Ich muss los«, sagte er.

16

DIE KLEINE KARTE war mit dem verführerischen Foto eines attraktiven orientalischen Mädchens bedruckt. Darunter die Worte »Transsexuell – Prä-OP« und eine Telefonnummer. Daneben klebte eine andere Karte, auf der eine in Leder gekleidete Frau mit voluminöser Frisur zu sehen war, die eine Peitsche schwang. Von einer Pfütze auf dem Boden stieg ein durchdringender Uringeruch auf. Bishop war zum ersten Mal seit Jahren in einer öffentlichen Telefonzelle, verspürte aber keinerlei nostalgische Gefühle. Es stank nicht nur nach Pisse, sondern war auch heiß wie in einer Sauna.

Ein Stück des Hörers war abgebrochen, mehrere Scheiben waren eingeschlagen, und an einer Kette hingen einige Papierfetzen, vermutlich die Überreste des Telefonbuchs. Draußen stand ein Lkw mit lärmendem Motor. Bishop sah auf die Uhr. Halb drei.

Was sollte er nur seinen Kindern sagen? Würde es ihnen überhaupt etwas ausmachen, dass ihre Stiefmutter gestorben war? Dass man sie ermordet hatte? Seine Ex-Frau hatte sie derart gegen Katie aufgehetzt, dass es ihnen vermutlich ziemlich egal sein dürfte. Und wie sollte er ihnen die Nachricht beibringen? Am Telefon? Oder sollte er persönlich nach Frankreich und Kanada fliegen? Sie müssten früher zurückkommen, zur Beerdigung, mein Gott. Oder lieber nicht? Würden sie es überhaupt wollen? Plötzlich wurde ihm klar, wie wenig er sie kannte.

Es gab so vieles, über das er nachdenken musste.

Oh, Gott, was war nur geschehen?

Was war nur mit Katie geschehen?

Wer hatte ihr das angetan? Und warum?

Die verdammte Polizei hielt sich ganz schön bedeckt. Da war dieser aufgeblasene schwarze Bulle. Und dieser Grace, Detective Inspector oder Superintendent oder was auch immer er sein mochte, glotzte ihn an, als wäre er der einzige Verdächtige.

Ihm wurde schwindlig. Er trat hinaus ins gleißende Sonnenlicht, noch völlig verwirrt von dem Gespräch, das er soeben geführt hatte, und fragte sich, was er jetzt unternehmen sollte. Er hatte gelesen, dass ein Handy verraten konnte, wo man war, wen man anrief und was man sagte. Darum hatte er sich aus dem Hintereingang des Hotel du Vin gestohlen, sein Handy ausgeschaltet und die öffentliche Telefonzelle aufgesucht.

Doch dann hatte Sophie ihm völlig bizarre Dinge erzählt. *Das ist doch verrückt, du warst bei mir . . . du bist zu mir in die Wohnung gekommen, und wir haben miteinander geschlafen . . .*

Aber das stimmte nicht. Er hatte sich vor dem Restaurant von Phil Taylor verabschiedet, und der Portier hatte ihm ein Taxi gerufen, mit dem er in seine Wohnung nach Notting Hill gefahren war. Dort war er sofort todmüde ins Bett gefallen, weil er beim Golfspiel am nächsten Tag fit sein wollte. Er war nirgendwohin mehr gefahren, ganz sicher nicht.

Spielte ihm sein Gedächtnis einen Streich? Stand er unter Schock?

Dann überkam ihn die Trauer, schlug wie eine Welle über ihm zusammen und riss ihn hinab in die Dunkelheit, als habe es eine plötzliche totale Sonnenfinsternis gegeben, und der Lärm der Stadt um ihn herum verstummte.

17

DER AUTOPSIERAUM IM LEICHENSCHAUHAUS war der ungewöhnlichste Ort, den Roy Grace sich vorstellen konnte. Der Geruch des Todes hing in der Luft, haftete an Haut und Kleidern und verfolgte einen noch Stunden, nachdem man das Gebäude verlassen hatte.

Hier drinnen war alles grau, als habe der Tod jegliche Farbe aufgesaugt. Selbst das Licht schien von einem ätherischen Grau, als habe es die Seelen hunderter Opfer eingefangen, die eines plötzlichen oder unerklärlichen Todes gestorben waren und in diesem Raum die größte denkbare Erniedrigung erlitten hatten.

Mitten im Raum standen zwei stählerne Seziertische, einer davon auf Rollen. Auf ihm lag Katie Bishop.

Wer auf diese Weise starb, gehörte nicht mehr dem Ehepartner, den Eltern oder Geschwistern. Der Mensch verlor sämtliche Rechte und wurde zum Eigentum des örtlichen Leichenbeschauers, bis dieser sich von der Identität des Verstorbenen und der Todesursache überzeugt hatte. Es war nicht von Belang, ob die Angehörigen dagegen waren, dass der Körper ausgeweidet wurde. Es war nicht von Belang, ob die Familie Wochen oder gar Monate warten musste, bis sie den Toten beerdigen oder einäschern konnte. Er war nicht länger er selbst, sondern ein biologisches Prüfstück, bestehend aus zerfallenden Proteinen, Zellen, Fasern und Gewebe, von denen ein mikroskopischer Bestandteil womöglich etwas über die Todesursache aussagte.

Trotz seines Ekels konnte Grace sich einer gewissen Faszination nicht erwehren. Er musste immer hinschauen und bewunderte die ungeheure Sorgfalt und unermüdliche Professionalität, mit der die Pathologen des Innenministeriums vorgingen. Nicht nur die Todesursache wurde hier bestimmt; sie lieferten auch zahlreiche weitere Hinweise wie den ungefähren Zeitpunkt des Todes, den Mageninhalt, ob es eine gewalttätige Auseinandersetzung, einen sexuellen Missbrauch oder eine Vergewaltigung gegeben hatte. Mit etwas Glück würde man bei der DNA-Analyse, der zurzeit wichtigsten Nachweismethode, in einem Hautfetzen oder einer Spermaprobe den genetischen Fingerabdruck des Mörders entdecken. Heutzutage wurden viele Verbrechen im Labor aufgeklärt.

Darum musste Grace als leitender Ermittler vor Ort sein, und falls er weggerufen wurde, diente Glenn Branson als Ersatz. Außerdem war Derek Gavin von der Spurensicherung dabei, der jeden Schritt mit der Kamera festhielt. Dazu Cleo Morey und ihr Assistent Darren, ein gut aussehender Mann um die zwanzig, der vorher, wie passend, als Metzgerlehrling gearbeitet hatte.

Die Pathologin Nadiuska De Sancha und die beiden Leichenbeschauer trugen schwere grüne Schürzen. Die Leiche von Katie Bishop war in eine weiße Plastikfolie gehüllt, die an Händen und Füßen mit Gummibändern gesichert war, um mögliche Spuren unter den Nägeln zu schützen. Die Pathologin wickelte die Folie ab und untersuchte sie aufmerksam auf Haare, Fasern, Hautreste und andere Spuren, die womöglich vom Angreifer stammten; zwischendurch sprach sie in ihr Diktiergerät.

Sie war etwa zwanzig Jahre älter als Cleo, aber auf ihre Weise ebenso hinreißend. Schön und würdevoll, mit hohen Wangenknochen und klaren grünen Augen, die todernst blicken und im nächsten Moment humorvoll zwinkern konnten. Sie trug eine kleine runde Hornbrille, wie Intellektuelle in den Medien sie bevorzugten, und hatte das feuerrote Haar ordentlich aufgesteckt. Sie wirkte irgendwie aristokratisch und war angeblich die Tochter eines russischen Adligen. Nun legte sie das Diktiergerät neben das Waschbecken und machte sich daran, Katies rechte Hand auszupacken.

Als die Leiche schließlich vollkommen nackt dalag und Nadiuska unter allen Fingernägeln Proben entnommen hatte, wandte sie sich der Strangmarke am Hals der Frau zu. Sie untersuchte sie mit einer Lupe, schaute sich die Augen an und sagte dann zu Grace:

»Roy, es handelt sich um eine oberflächliche Messerwunde mit einer Strangmarke an derselben Stelle. Sehen Sie sich mal die Sklera genau an – die Augäpfel, meine ich. Erkennen Sie die Blutungen?« Sie sprach mit einem ganz leichten osteuropäischen Akzent.

Der Detective Superintendent trat näher und betrachtete die Augen nacheinander durch die Lupe. Nadiuska hatte recht. In jedem Augapfel waren deutlich blutunterlaufene Punkte zu erkennen, etwa so groß wie ein Stecknadelkopf. Er trat wieder zurück.

Dann fotografierte Derek Gavin beide Augen mit einer Makrolinse.

»Der Druck reichte aus, um die Halsvenen zusammenzudrücken, nicht aber die Arterien«, erklärte Nadiuska mit lauterer Stimme. »Die Blutung ist ein nützlicher Hinweis auf Strangulation oder Ersticken. Seltsam ist nur, dass es keine Kratzer oder blauen Flecken an ihrem Körper gibt. Man sollte meinen, sie hätte Widerstand geleistet. Das wäre jedenfalls normal.«

Genau das hatte Grace auch gedacht. »Also könnte es jemand gewesen sein, den sie kannte? Ein Sexspiel, das außer Kontrolle geriet?«

»Und die Messerwunde?«, warf Glenn Branson skeptisch ein.

»Guter Einwand«, gab Grace zu. Dass ihm so etwas entgehen konnte – vermutlich war er einfach übermüdet.

Dann begann die Pathologin mit der eigentlichen Autopsie. Sie hob Katies verfilztes Haar und nahm mit einem Skalpell einen Einschnitt entlang dem Ansatz vor. Sie klappte die Haut mit den Haaren nach vorn über das Gesicht wie eine grauenhafte Maske. Darren reichte ihr die Kreissäge.

Grace riss sich zusammen und sah zu Glenn Branson hinüber. Dies war einer der schlimmsten Momente – dies und die Öffnung des Magens, die unweigerlich mit einem widerlichen Geruch verbunden war. Darren schaltete die Säge ein, deren scharfe Zähne sich mit dem typischen Heulen in Bewegung setzten. Grace's ganzer Körper erbebte, als sich die Säge in Katies Schädelknochen fraß.

Er fühlte sich ohnehin schon mies wegen des Katers und hätte sich am liebsten in einer Ecke verkrochen und die Ohren zugehalten, aber das ging natürlich nicht. Er musste durchhalten, während Cleos Assistent säuberlich die Schädeldecke abtrennte und das glänzende Gehirn darunter freilegte.

Man nennt das Gehirn ja auch gern *die kleinen grauen Zellen,* doch Grace wusste aus Erfahrung, dass es gar nicht grau, sondern eher beige-braun aussah. Nadiuska trat vor und betrachtete das Gehirn, bevor Darren ihr das Ausbeinmesser mit der dünnen Klinge reichte, das gut in jede Küche gepasst hätte. Sie schob es in die Schädelhöhle, durchtrennte Sehnen und Sehnerven, hob das Gehirn heraus und gab es Cleo.

Cleo wog es und verzeichnete das Gewicht auf der Liste: 1,6 kg.

Nadiuska warf einen Blick darauf. »Normal für Größe, Gewicht und Alter.«

Dann tastete die Pathologin das Gehirn mit den Fingern ab, griff zu einem Fleischermesser mit langer Klinge und trennte eine dünne Scheibe davon ab.

In diesem Augenblick klingelte Grace's Handy. Er trat ein Stück weg und meldete sich.

Wieder Linda Buckley. »Hallo, Roy, Brian Bishop ist gerade zurückgekommen. Ich habe die Suche schon abgeblasen.«

»Wo zum Teufel hat er gesteckt?«

»Er hat gesagt, er wollte nur ein bisschen frische Luft schnappen.«

Grace verließ den Raum. »Von wegen. Melden Sie sich beim Team für die Überwachungskameras. Die sollen Ihnen zeigen, was sie in den letzten Stunden um das Hotel herum aufgenommen haben.«

»Wird sofort gemacht. Wann kann ich ihn zur Identifizierung bringen?«

»Das dauert noch eine Weile, drei bis vier Stunden. Ich melde mich.«

Er hängte ein, doch es klingelte sofort wieder. Diese Nummer kannte er nicht. Sie begann mit einer 49, also handelte es sich um einen Anruf aus dem Ausland.

»Roy!«, sagte eine wohlbekannte Stimme. Sein alter Freund und Kollege Dick Pope. Er und seine Frau Lesley waren seine engsten Freunde gewesen, bis Dick nach Hastings versetzt wurde und sie einander ein wenig aus den Augen verloren.

»Dick, wie schön, von dir zu hören. Wo bist du denn gerade?«

»In München, wir machen eine Tour mit dem Auto. Wir probieren gerade das bayerische Bier!« Es klang irgendwie zögernd.

»Hört sich gut an«, antwortete Grace und fragte sich, ob sein Freund ihm irgendetwas mitteilen wollte.

»Roy – da ist was – vielleicht hat es gar nichts zu bedeuten. Ich möchte dich nicht, wie soll ich sagen, beunruhigen. Aber Lesley und ich glauben, wir haben eben Sandy gesehen.«

18

SCHON WIEDER DAS HANDY. Zitternd und schwitzend wachte Skunk auf. Mein Gott, war das heiß hier drinnen. Sein durchlöchertes T-Shirt, die Unterhose und die Bettwäsche waren durchnässt.

Biep-biep-biep.

Irgendwo in der feuchten Dunkelheit des Wohnwagens rief die Stimme mit dem Liverpooler Akzent: »Schalt das Scheißding aus! Sonst schmeiße ich es aus dem Fenster!«

Dann wurde ihm klar, dass es nicht das Handy war, das er letzte Nacht gestohlen hatte. Nein, es war sein Kartenhandy, sein *Geschäftstelefon!* Wo war es nur vergraben?

Er sprang auf und brüllte: »Wenn's dir hier nicht gefällt, dann verpiss dich!«

Auf dem Boden entdeckte er seine Jogginghose und zog das kleine grüne Handy aus einer Tasche. »Ja?«

Er sah sich nach Stift und Papier um. In seiner Joggingjacke, aber wo war die nur? Ach ja, er hatte darauf geschlafen. Skunk holte einen billigen Kugelschreiber und einen Fetzen Papier hervor und notierte sich die Angaben so zittrig, dass er sie selbst kaum lesen konnte. Dann beendete er das Gespräch.

Das roch nach Geld. Nach richtig viel Geld!

Auch sein Magen fühlte sich heute ganz gut an. Keine quälenden Krämpfe mehr und kein Durchfall, die ihn seit Tagen geplagt hatten. Sein Mund war wie ausgedörrt, er musste unbedingt etwas trinken. Wankend ging er zum Spülbecken, doch der Hahn war noch aufgedreht und der Wasserbehälter vollkommen leer. Scheiße.

»Welches Arschloch hat die ganze Nacht das Wasser laufen lassen? Hallo, wer war das?«, brüllte er.

»Reg dich ab, Mann!«

»Ich geb dir gleich, reg dich ab!« Er riss die Vorhänge auf und blinzelte ins grelle Sonnenlicht. Draußen stand eine Frau mit einem Kleinkind, das auf einem Dreirad saß. Ein schäbiger Hund schnüffelte an der Stelle, wo bis vor wenigen Tagen ein Zirkuszelt gestanden hatte. Dann sah er sich im Wohnwagen um. Ein dritter Schläfer, den er noch nicht kannte, rührte sich. Hoffentlich war der ganze Haufen weg, wenn er zurückkam.

Sein Hamster Al drehte wieder seine Runden im Laufrad.

Skunk zog die Kapuzenjacke von Adidas an, die er im Supermarkt am Jachthafen gestohlen hatte, und dazu die nagelneuen weißblauen Turnschuhe von Asics, die er ebenfalls hatte mitgehen lassen. Er nahm eine Plastiktüte, die sein Werkzeug enthielt, und warf das gestohlene Handy hinein. Dann öffnete er die Tür des Wohnwagens und schrie: »Wenn ich zurückkomme, seid ihr gefälligst verschwunden!« Der Himmel über dem Wohnwagen war wolkenlos, und die Sonne schien heiß auf The Level, den langen schmalen Park im Zentrum der Stadt.

Auf dem Zettel, den er säuberlich gefaltet in der Brusttasche trug, standen eine Bestellung, eine Lieferadresse und der vereinbarte Betrag. Idiotensicher. Plötzlich sah das Leben trotz Turkey gar nicht so übel aus. Heute konnte er genügend Geld für eine ganze Woche verdienen.

Und er konnte es sich sogar leisten, beim Feilschen um das Handy hart zu bleiben.

19

Heute weint mein Vater. Ich habe ihn noch nie weinen sehen. Ich habe ihn betrunken und wütend gesehen, denn er ist meistens betrunken und wütend, schlägt meine Mutter oder mich oder boxt einem von uns ins Gesicht oder auch uns beide, je nach Laune. Manchmal tritt er den Hund, weil es mein Hund ist und er keine Hunde mag. Der einzige Mensch, den er nicht schlägt oder tritt, ist meine Schwester Annie. Sie ist zehn. Mit ihr macht er andere Sachen.

Wir hören sie schreien, wenn er bei ihr im Zimmer ist. Und manchmal weint sie, wenn er gegangen ist.

Heute aber weint er. Mein Vater. Alle seine zweiundzwanzig Tauben sind tot. Auch die beiden, die er schon seit fünfzehn Jahren hat. Und seine vier Birmingham-Roller, die mit dem Bauch nach oben fliegen und noch andere Kunststücke machen können.

Ich habe jeder eine große Insulinspritze aus seinem Diabetikerkoffer gegeben. Die Tauben waren sein Leben. Komisch, dass er die lauten, stinkenden Vögel so gern hatte und uns so hasst. Ich habe nie verstanden, warum sie ihm und meiner Mutter immer wieder Kinder geben. Manchmal waren wir sogar zu acht. Die anderen kommen und gehen. Nur meine Schwester und ich sind immer da. Wir leiden zusammen mit unserer Mutter.

Doch heute leidet er mal. So richtig schlimm.

20

SOPHIES CIABATTA wurde auf dem Schreibtisch kalt. Sie hatte keinen Appetit, und die Zeitschrift *Harpers and Queen* lag ungelesen daneben.

Dabei betrachtete sie so gern die traumhafte Mode, die von irrsinnig schönen Models getragen wurde, und die Fotos der himmlischen Badeorte, die sie so gern mit Brian besucht hätte. Sie liebte die Fotos der Schönen und Reichen, von denen sie manche bei Filmpremieren gesehen hatte, die sie für ihre Firma besuchte, auf schicken Partys oder ganz aus der Ferne auf der Croisette bei den Filmfestspielen in Cannes. Dieser Lebensstil hatte nichts, aber auch gar nichts mit ihrer bescheidenen Jugend auf dem Land gemein.

Als sie nach London gekommen war, um eine Ausbildung als Sekretärin zu machen, hatte sie nicht unbedingt von Glanz und Glamour geträumt. Sie bekam eine wenig glanzvolle Stelle bei einem

Gerichtsvollzieher, fand die Arbeit aber herzlos und bedrückend. Als sie sich zu einem Wechsel entschloss und anfing, die Stellenangebote in der Zeitung zu studieren, hätte sie nie damit gerechnet, in dieser völlig neuen Welt zu landen.

Einer Welt, die im Augenblick gänzlich aus dem Lot geraten war. Sie versuchte, einen Sinn in das bizarre Telefongespräch mit Brian zu bringen, in dem er gerade bestritten hatte, dass er in der letzten Nacht bei ihr gewesen war und mit ihr geschlafen hatte.

Das Telefon klingelte.

»Blinding Light Production«, meldete sie sich wenig begeistert und stellte das Gespräch zu Adam Davies durch.

Na gut, Brian war schon etwas seltsam. Sie hatte ihn vor sechs Monaten bei einem Vortrag über Steuervorteile für Investoren in der Filmbranche kennengelernt, und doch hatte sie das Gefühl, dass sie nur sehr wenig über ihn wusste. Er war überaus zurückhaltend und sprach ungern über sich selbst. Sophie verstand nicht so richtig, womit er sein Geld verdiente, vor allem aber verstand sie nicht, was er vom Leben erwartete – und von ihr.

Er war nett und großzügig und sehr unterhaltsam. Und, wie sie erst kürzlich entdeckt hatte, ein toller Liebhaber! Und doch gab es einen Teil seiner Persönlichkeit, den er vor ihr verbarg.

Und dieser Teil bestritt entschieden, dass er in den frühen Morgenstunden bei ihr gewesen war.

Sie wollte unbedingt erfahren, was mit seiner Frau geschehen war. Kein Wunder, dass der arme Mann völlig verstört war. Vielleicht verdrängte er in seiner großen Trauer, was zwischen ihnen gewesen war.

Sie wollte ihn in den Arm nehmen, ihn trösten, ihn sein Herz ausschütten lassen. Allmählich nahm ein Plan Gestalt an, noch vage, denn sie war so durcheinander, dass sie nicht klar denken konnte, aber es wäre auf jeden Fall besser, als hilflos hier herumzusitzen.

Die Eigentümer der Firma waren im Sommerurlaub. Im Büro war nicht viel los, sodass sie problemlos früher Schluss machen konnte. Um drei sagte sie ihren Kollegen, sie fühle sich nicht gut, und die beiden empfahlen ihr, nach Hause zu fahren.

Sie bedankte sich, nahm die U-Bahn bis Victoria Station und von dort aus den Zug nach Brighton.

Als sie sich in das stickige Abteil setzte, bemerkte sie nicht den Mann im Jogginganzug mit der dunklen Brille, der direkt hinter ihr hereinkam. Er hielt die rote Plastiktüte aus dem Laden für Erwachsene umklammert und brabbelte lautlos den Text eines alten Songs von Louis Armstrong vor sich hin, den er auf seinem iPod hörte. »We have all the time in the world.«

21

WIE BETÄUBT KEHRTE ROY GRACE in den Autopsieraum zurück. Cleo sah ihn an, als spürte sie, dass etwas nicht stimmte.

Sein Magen fühlte sich an, als wäre er mit nassem Zement gefüllt. Er konnte sich kaum auf das konzentrieren, was vor seinen Augen ablief. Nadiuska De Sancha sezierte gerade Katie Bishops Hals und legte mit einem Skalpell Schicht um Schicht frei, wobei sie nach Anzeichen innerer Blutungen suchte.

Er wollte nicht hier sein. Er wollte lieber irgendwo allein sein, wo er in Ruhe nachdenken konnte.

Sandy.

In München.

War es möglich?

Er hatte jahrelang überall nach ihr gesucht. Hatte ihr Foto über Interpol in aller Welt verbreiten lassen. Sogar Hellseher hatte er aufgesucht und tat es immer noch, wenn er von einem neuen ernstzunehmenden Medium hörte. Keine Spur. Niemand hatte irgendeinen Kontakt zu ihr herstellen können. Es schien, als wäre sie von diesem Planeten verschwunden. Nicht ein einziger Zeuge hatte sich je gemeldet.

Bis jetzt.

Dick Pope hatte erzählt, dass er mit seiner Frau auf dem See im Englischen Garten Boot gefahren war. Beide konnten schwören, dass sie Sandy in einem Biergarten hatten sitzen sehen, wo sie fröhlich zu den Klängen einer bayerischen Kapelle mitsang.

Dick berichtete, sie seien sofort ans Ufer gerudert und hätten zu ihr hinüber gerufen. Bis er aber aus dem Boot gestiegen und in den Biergarten gelaufen war, sei sie schon in der Menge verschwunden gewesen.

Natürlich seien er und Lesley sich nicht hundertprozentig sicher. Immerhin sei es über neun Jahre her, seit sie sie zuletzt gesehen hatten. Doch die Ähnlichkeit sei tatsächlich frappierend gewesen. Und die Frau habe zu ihnen herüber geschaut, als würde sie sie erkennen. Warum aber war sie davongelaufen und hatte ein fast volles Bierglas zurückgelassen?

Die Leute, die neben ihr gesessen hatten, beschworen, sie hätten sie noch nie zuvor gesehen.

Sandy trank gern ein Bier an heißen Tagen. Er hatte es geliebt, dass sie auf alles Appetit hatte, auf gutes Essen, Wein, Bier. Und Sex. Sie war eben anders als die Frauen, mit denen er vorher zusammen gewesen war. Sie konnte sich für alles begeistern, was er immer der Tatsache zugeschrieben hatte, dass sie keine hundertprozentige Engländerin war. Ihre Großmutter, die er sehr gern gehabt hatte und die ein echtes Original gewesen war, stammte aus Deutschland. Sie war als jüdischer Flüchtling 1938 nach England gekommen und hatte früher in einem kleinen Dorf bei München gewohnt.

Mein Gott, daran hatte er noch nie gedacht.

War Sandy zu ihren Wurzeln zurückgekehrt?

Sie hatte oft davon gesprochen, nach Deutschland zu reisen. Sie wollte ihre Großmutter sogar überreden, mitzukommen, damit sie ihr zeigte, wo sie früher gelebt hatte, doch die alte Dame hatte zu schmerzliche Erinnerungen daran. Grace hatte ihr versprochen, mit ihr gemeinsam dorthin zu fahren.

Ein scharfes Knirschen, gefolgt von einem hörbaren Knacken, holte ihn unsanft in die Gegenwart zurück.

Katie Bishops Brüste waren zur Seite geklappt, die Rippen, Muskeln und inneren Organe des Brustkorbes lagen frei. Herz, Lungen, Nieren und Leber schimmerten feucht, und da ihr Herz nicht mehr schlug, sickerte nur ein dünnes Blutrinnsal auf den metallenen Tisch.

Nadiuska hielt eine Art Baumschere in der Hand, mit der sie die Rippen der Toten zerteilte. Die Umstehenden schwiegen. Auch die größte Erfahrung bereitete einen nicht auf dieses Geräusch, diese unerbittliche Realität vor. Dieses Stück Fleisch, das an ein Tier im Schlachthof erinnerte, war einmal ein lebendiger, atmender, liebender Mensch gewesen.

Zum ersten Mal in seiner Laufbahn konnte Grace den Anblick einer Leiche nicht ertragen. Er war so aufgewühlt von seinen Gedanken, dass er so weit wie möglich vom Tisch zurücktrat und sich zwingen musste, im Raum zu bleiben.

Er versuchte, sich zu konzentrieren. Jemand hatte diese Frau getötet. Sie hatte es nicht verdient, dass der Polizist, der ihren Fall untersuchen sollte, vom angeblichen Auftauchen seiner vermissten Frau abgelenkt wurde. Er musste wieder an seine Arbeit denken.

An den Ehemann Brian. Dessen Verhalten bei der Befragung. Irgendetwas hatte Grace dabei gestört. Und dann fiel ihm ein, was er, müde und verkatert wie er war, völlig vergessen hatte.

Etwas, das er erst kürzlich gelernt hatte, würde ihm schlüssig verraten, ob Brian Bishop die Wahrheit sagte.

22

SOPHIE STIEG IN BRIGHTON AUS DEM ZUG, zeigte an der Sperre ihre Jahreskarte vor und ging in die Eingangshalle, wo eine einsame Taube unter dem großen Glasdach umherflog. Eine blechern klingende Lautsprecherstimme leierte müde die Zwischenstopps irgendeines Zuges herunter.

Ihre Kleidung klebte feucht am Körper, ihr Mund war ausgedörrt. An einem Kiosk kaufte sie eine Dose Cola und trank sie in zwei großen Zügen aus. Sie sehnte sich verzweifelt danach, endlich mit Brian zu sprechen.

Dann entdeckte sie am Zeitungsstand die schwarzen Lettern auf der Titelseite des *Argus*.

TOTE IN MILLIONÄRSVILLA GEFUNDEN.

Sie warf die Dose in den nächsten Abfallkorb und nahm rasch eine Zeitung vom Stapel.

Unter der Schlagzeile prangte das bunte Foto eines imposanten Hauses im Pseudo-Tudor-Stil; die Einfahrt und die Straße davor waren mit Absperrband gesichert und von Streifenwagen und anderen Einsatzfahrzeugen zugeparkt. Darunter befand sich ein kleines Schwarz-Weiß-Foto, auf dem Brian Bishop im Smoking zu sehen war, neben sich eine attraktive Frau mit eleganter Frisur.

Am frühen Morgen wurde in diesem Anwesen, das der wohlhabende Geschäftsmann Brian Bishop, 41, und seine Frau Katie, 35, bewohnen, eine Frauenleiche gefunden. Man zog eine Pathologin des Innenministeriums hinzu, woraufhin die Leiche abtransportiert wurde.

Die Sussex Police hat die Ermittlungen aufgenommen, die von Detective Superintendent Roy Grace geleitet werden.

Der in Brighton geborene Bishop, Geschäftsführer der International Rostering Solutions PLC, die dieses Jahr von der Sunday Times zu einem der hundert am schnellsten wachsenden britischen Unternehmen gewählt wurde, stand für einen Kommentar nicht zur Verfügung. Seine Frau ist Mitglied im Vorstand des Kinderschutzbundes in Brighton und hat für zahlreiche karitative Zwecke Geld gesammelt.

Die Autopsie soll heute Nachmittag stattfinden.

Mit einem flauen Gefühl im Magen starrte Sophie auf die Zeitung. Sie hatte Katie Bishop noch nie gesehen und keine Ahnung gehabt, wie schön sie war. Viel attraktiver als sie selbst, stilvoll, glücklich –

Sie ließ die Zeitung wieder auf den Stapel fallen. Brian hatte nie gern über seine Frau gesprochen, und obwohl Sophie ungeheuer neugierig war, hatte sie ihre Existenz verdrängt. Sie hatte noch nie eine Affäre mit einem verheirateten Mann gehabt und war auch nie darauf aus gewesen, sondern hatte sich bemüht, nach einem einfachen moralischen Grundsatz zu leben. *Was du nicht willst, das man dir tu, das füg auch keinem anderen zu.*

Doch als sie Brian kennenlernte, hatte sie sämtliche Prinzipien über Bord geworfen. Er hatte sie förmlich von den Füßen gefegt, hypnotisiert, obgleich es wie eine harmlose Freundschaft begonnen hatte. Nun sah sie zum ersten Mal das Gesicht ihrer Rivalin. Und es war ganz anders, als sie es erwartet hatte. Sie hatte sich kein genaues Bild von ihr gemacht, weil Brian nie über sie sprach, doch im Geiste hatte sie sich eine verbitterte Furie mit Dutt vorgestellt, eine furchtbare alte Ziege, die Brian in eine lieblose Ehe gelockt hatte. Alles, aber nicht diese hinreißende, selbstsichere und glücklich wirkende Schönheit.

Auf einmal kam sie sich sehr verloren vor und fragte sich, was sie eigentlich hier wollte. Halbherzig holte sie das Handy aus ihrer billigen, zitronengelben Stofftasche, die sie für den Sommer gekauft hatte, weil die Farbe modern war, die inzwischen aber ziemlich schäbig aussah. Genau wie sie, dachte Sophie, als sie sich in ihrer verknitterten Arbeitskleidung im Spiegel des Fotoautomaten erblickte.

Sie musste nach Hause fahren, sich frisch machen und umziehen. Brian mochte es, wenn sie gut aussah. Sie erinnerte sich, wie missbilligend er sie angesehen hatte, als er sich einmal in einem schicken Restaurant mit ihr verabredet und sie keine Zeit gefunden hatte, sich nach der Arbeit umzuziehen.

Nach kurzem Zögern wählte sie seine Nummer und bemerkte wieder nicht den Mann mit dem Kapuzenpulli, der nur wenige Schritte entfernt stand und die Taschenbücher im Ständer vor dem Kiosk betrachtete.

Dann meldete sich wieder die blecherne Lautsprecherstimme, und sie schaute zu der großen Uhr mit den römischen Ziffern hinauf.

Sechzehn Uhr einundfünfzig.

»Hi«, sagte Brian, noch bevor sie das erste Klingeln gehört hatte.

»Du Armer, es tut mir so leid.«

»Ja.« Seine Stimme klang brüchig und monoton.

Danach herrschte langes, verlegenes Schweigen. Schließlich fragte sie: »Wo bist du?«

»In einem Hotel. Die verdammte Polizei lässt mich nicht in mein Haus. In mein eigenes Haus. Und keiner sagt mir, was passiert ist, kannst du dir das vorstellen? Sie behaupten, es handle sich um einen Tatort und deshalb könnte ich nicht hinein. Mein Gott, Sophie, was soll ich nur tun?« Er fing an zu weinen.

»Ich bin in Brighton«, sagte sie leise. »Ich habe früher Feierabend gemacht.«

»Wieso?«

»Ich – ich dachte – ich könnte vielleicht – ich dachte, ich könnte dir irgendwie helfen. Irgendetwas für dich tun.« Dann versagte ihr die Stimme. Sie sah wieder hoch zu der Uhr, auf der sich mittlerweile eine Taube niedergelassen hatte.

»Wir können uns nicht treffen. Das ist unmöglich.«

Auf einmal kam sie sich ziemlich dumm vor. Was hatte sie sich nur dabei gedacht?

»Nein«, stimmte sie zu, obwohl seine barsche Stimme wehtat. »Das verstehe ich. Ich wollte nur sagen, falls ich dir irgendwie –«

»Nein, du kannst nichts für mich tun, aber es ist lieb, dass du angerufen hast. Ich – ich muss jetzt los, um ihre Leiche zu identifizieren. Den Kindern habe ich noch gar nichts davon gesagt. Ich . . .«

Er verstummte. Sophie wartete geduldig, und versuchte, sich in ihn hinein zu versetzen. Erst jetzt wurde ihr klar, wie wenig sie wirklich über ihn wusste und welche Außenseiterrolle sie in seinem Leben spielte.

Dann sagte er mit erstickter Stimme: »Ich rufe dich später wieder an, okay?«

»Jederzeit. Das meine ich ernst«, versicherte sie ihm.

»Danke. Es tut mir leid.«

Danach rief sie ihre Freundin Holly an, weil sie sich verzweifelt danach sehnte, mit jemandem zu sprechen, erreichte aber nur die Mailbox, auf der ein unerträglich fröhlicher Spruch zu hören war. Sophie hinterließ eine Nachricht.

Danach lief sie ziellos durch den Bahnhof und trat schließlich hinaus ins Sonnenlicht. In ihre Wohnung wollte sie nicht. Sonnenverbrannte Menschen strömten zum Bahnhof, Tagestouristen, die meisten in Strandkleidung und mit großen Taschen bewaffnet. Ein schlaksiger Typ mit abgeschnittenen Jeans schleppte ein riesiges Radio mit sich herum, aus dem lautstarker Rap dröhnte. Sein Gesicht und seine Arme hatten die Farbe eines gekochten Hummers. Die ganze Stadt war in Urlaubsstimmung. Nur Sophie nicht.

Da klingelte ihr Handy. Einen Moment lang hoffte sie, es wäre Brian, las dann aber Hollys Namen im Display.

Die Stimme ihrer Freundin ertrank fast in einem ohrenbetäubenden Geheul, da sie gerade beim Friseur geföhnt wurde. Nach dem fruchtlosen Versuch, ihr etwas zu erklären, schlug Sophie vor, später noch einmal zu telefonieren, und Holly versprach, sich zu melden, sobald sie den Salon verlassen hatte.

Der Mann mit dem Kapuzenpulli folgte ihr in sicherer Entfernung, die rote Plastiktüte in der Hand, und saugte an seinem Handrücken. Es war schön, wieder frische Seeluft zu atmen. London war so schmutzig. Er hoffte, Sophie werde zum Strand hinuntergehen; es wäre nett, dort ein wenig zu sitzen und ein Eis zu essen. Auf diese Weise könnte er einige der Millionen Stunden ausgeben, die auf seinem Bankkonto lagen.

Im Gehen dachte er an seinen Einkauf, den er in der roten Tüte mit sich trug. Außerdem hatte er noch eine Rolle Klebeband, ein Messer, Chloroform und eine Ampulle mit Rohypnol, den so genannten K.o.-Tropfen, dabei. Dazu noch einige andere Utensilien – wer weiß, wozu er die gebrauchen konnte.

Das würde ein schöner Abend. Mal wieder.

23

ALS NADIUSKA DE SANCHA um kurz nach fünf die Autopsie beendete, konnte Cleo endlich ihr ganzes Können unter Beweis stellen.

Mit einem großen Schöpflöffel entfernte sie das Blut, das sich in Katies Brustkorb gesammelt hatte, und goss es in den Abfluss. Von dort aus würde es in einen Tank unter dem Gebäude fließen, in dem es von Chemikalien zersetzt und schließlich in das Abwassersystem der Stadt geleitet wurde.

Während Nadiuska ihren Bericht diktierte und danach die erforderlichen Vordrucke ausfüllte, reichte Darren Cleo einen weißen Plastikbeutel, der die zuvor entfernten Organe enthielt. Grace schaute mit der immer gleichen morbiden Faszination zu, wie Cleo den Beutel in den Körper legte, als stopfte sie ein Huhn.

Der Anruf hing wie ein dunkler Schatten über ihm. Er musste Dick Pope unbedingt zurückrufen und ihm genauere Fragen stellen.

München. Die Stadt hatte immer eine gewisse Bedeutung für ihn gehabt, zum Teil wegen Sandys Verbindung dorthin, aber auch, weil München immer irgendwie im Blickpunkt der Öffentlichkeit stand. Oktoberfest, die neue Fußballarena, BMW und Adolf Hitler, der vor seinem Aufstieg zur Macht dort gelebt hatte. In diesem Augenblick wäre er am liebsten ins nächste Flugzeug gesprungen, konnte sich aber genau vorstellen, was seine Chefin Alison Vosper, die ihm ohnehin nicht sonderlich gut gesonnen war, dazu sagen würde.

Darren verließ den Raum und kam mit einem schwarzen Plastiksack zurück, der geschredderten Aktenmüll enthielt. Er stopfte eine Handvoll in die leere Schädelhöhle der Toten, während Cleo geschickt und sorgfältig den Oberkörper der Frau zunähte.

Als sie damit fertig war, spritzte sie Katie mit einem Schlauch ab, um die letzten Blutspuren zu entfernen, und machte sich dann an den sensibelsten Teil der ganzen Prozedur. Sie schminkte sie behutsam, verlieh den Wangen ein wenig Farbe, kämmte das Haar und richtete sie so her, bis sie aussah, als schliefe sie nur.

Zur gleichen Zeit machte sich Darren daran, den Autopsieraum zu reinigen. Er verteilte nacheinander verschiedene Desinfektions- und Scheuermittel auf dem Boden und schrubbte drauflos.

Eine Stunde später schob er Katie Bishop, die mit einem purpurroten Tuch bedeckt war und einen kleinen Strauß weißer und rosa Rosen in den gefalteten Händen hielt, in den Ansichtsraum, der mit den blauen Vorhängen und der kleinen Vase mit Plastikblumen fast wie eine Kapelle wirkte.

*

Grace und Branson schauten von draußen durch das Fenster zu, als Linda Buckley Brian Bishop in den Raum führte. Die Polizistin war eine aufgeweckte, freundliche Frau Mitte dreißig, die ein nüchternes dunkles Kostüm mit weißer Bluse trug.

Sie beobachteten, wie er die tote Frau anschaute, eine Hand ergriff, sie küsste und fest umklammerte. Tränen liefen ihm übers Gesicht. Dann sank er auf die Knie und überließ sich ganz seiner Trauer.

In solchen Augenblicken, von denen Grace in seiner Laufbahn viel zu viele erlebt hatte, wäre er lieber kein Polizist gewesen.

Grace konnte den Schmerz des Mannes zutiefst nachempfinden und kämpfte mit den Tränen.

»Scheiße, er trauert wirklich«, sagte Glenn leise zu ihm.

Grace zuckte die Achseln, nun meldete sich wieder der Polizist in ihm. »Mag sein.«

»Herrgott, bist du ein harter Knochen.«

»Aber erst, seitdem ich dich ans Steuer gelassen habe. Man muss schon ein harter Knochen sein, um das zu überleben.«

»Sehr witzig.«

»Hast du eigentlich die Fahrprüfung für Fortgeschrittene bestanden?«

»Nein, bin durchgefallen.«

»Ehrlich?«

»Klar doch. Weil ich zu langsam gefahren bin. Kannst du dir das vorstellen?«

»Ob ich mir das vorstellen kann?«

»Du machst mich fertig. Kannst du nicht mal normal antworten? Musst du immer den Polizisten raushängen lassen?«

Grace lächelte nur.

»Das ist wirklich nicht komisch, kapiert? Ich stelle dir eine einfache Frage. Kannst du dir vorstellen, dass ich durchgefallen bin, weil ich zu langsam war?«

»Nie und nimmer.« Was auch der Wahrheit entsprach. Grace erinnerte sich nur zu gut, wie sein Freund für den Geschwindigkeitstest geübt hatte. Grace war mit heilen Knochen aus dem Wagen gestiegen – was er jedoch eher auf Glück als auf Glenns Fahrkünste zurückführte –, und hatte beschlossen, sich lieber ohne Narkose die Gallenblase entfernen zu lassen als noch einmal zu Glenn Branson ins Auto zu steigen.

»Ganz ehrlich, Mann.«

»Gut zu wissen, dass es noch vernünftige Menschen auf dieser Welt gibt.«

»Weißt du, worin dein Problem besteht, Detective Superintendent Roy Grace?«

»Welches meiner vielen Probleme meinst du jetzt?«

»Das Problem, das du mit meinem Fahrstil hast.«

»Und, worin besteht es?«

»In fehlendem Vertrauen.«

»In dich oder in Gott?«

»Gott hat verhindert, dass mich die Kugel ernsthaft verletzt hat.«

»Glaubst du das wirklich?«

»Hast du vielleicht eine bessere Idee?«

Grace dachte nach. Er zog es vor, nur dann an Gott zu denken, wenn es ihm passte. Er war kein Atheist, im Grunde nicht einmal ein Agnostiker. Er glaubte durchaus an etwas – wollte jedenfalls an etwas glauben –, konnte es aber nicht genau definieren. Er wollte die allgemein verbreitete Vorstellung von Gott nicht akzeptieren, hatte aber ein schlechtes Gewissen dabei. Doch seit Sandy verschwunden und keines seiner Gebete erhört worden war, war nicht viel von seinem Glauben übrig geblieben.

Als Polizist war es vor allem seine Aufgabe, die Wahrheit herauszufinden. *Die Fakten.* Sein Glaube ging nur ihn etwas an. Er schaute durch das Fenster zu Brian Bishop, der von seiner Trauer vollkommen überwältigt schien.

Oder ein ausgezeichneter Schauspieler war.

Grace würde es bald erfahren.

Doch im Augenblick konnte er eigentlich nur an Sandy denken.

24

SKUNK WAR VERSUCHT, mit dem gestohlenen Handy seinen Dealer anzurufen, weil seine eigene Karte leer war, wollte aber nicht dessen Zorn riskieren. Oder, was noch schlimmer gewesen wäre, von der Kundenliste gestrichen werden. Der Mann wäre vermutlich nicht begeistert, wenn seine Nummer auf der Anrufliste eines geklauten Handys erschien.

Also betrat er eine Telefonzelle und schloss die Tür hinter sich. Es war heiß wie in einem Backofen, draußen rauschte der Freitagnachmittagsverkehr vorbei. Er klemmte einen Fuß in die Tür, damit wenigstens ein bisschen Luft hereindrang, und wählte die Nummer. Es klingelte zweimal, dann meldete sich eine knappe Männerstimme. »Ja?«

»Wayne Rooney.« Das Kennwort hatten sie beim letzten Mal vereinbart.

Der Mann sprach mit einem Ostlondoner Akzent. »Alles klar, das Übliche? Brown Sugar? Zehn oder zwanzig Pfund?«

»Zwanzig.«

»Wie zahlst du? Bar?«

»Ein Motorola Razor. T-Mobile.«

»Mit denen kann ich die Wände tapezieren. Da sind nur zehn Mäuse drin.«

»Scheiße, Mann, ich brauche dreißig.«

»Dann kann ich dir nicht helfen, Kumpel. Sorry. Bis dann.«

Skunk geriet in Panik. »Hey, nein, nein, nicht einhängen.«

Kurze Stille. Dann wieder die Männerstimme. »Hab zu tun. Der Preis steigt, es gibt Lieferschwierigkeiten. Die nächsten zwei Wochen wird's eng.«

»Ich nehme auch zwanzig.«

»Zehn, mehr ist nicht drin.«

Sicher, es gab noch andere Dealer, aber der letzte, den er ausprobiert hatte, war hochgenommen worden und saß irgendwo ein. Ein weiterer hatte ihm schlechten Stoff verkauft. Woanders bekäme er vielleicht einen besseren Preis für das Handy, aber er war ziemlich fertig, brauchte dringend Stoff, um wieder klar denken zu können. Heute stand nämlich ein Job an, mit dem er viel mehr verdienen würde als mit dem blöden Handy.

»In Ordnung, wo treffen wir uns?«

Der Dealer, den er nur als Joe kannte, gab ihm die Anweisungen.

Skunk verließ die Telefonzelle und lief durch die Stadt, vorbei an einem Pub, in dem er abends manchmal Ecstasy auf dem Männerklo kaufte.

Schließlich gelangte er ins Viertel North Laine mit seinen schmalen Straßen, in denen sich Antiquitätengeschäfte drängten. Auf den Gehwegen standen reihenweise viktorianische Kamine aus Marmor oder Ständer mit alter Kleidung. Die Reihenhäuschen waren im 19. Jahrhundert für Bahnarbeiter errichtet und in neuerer Zeit zu schicken Stadthäusern umgebaut worden; eine alte Fabrik mit sandgestrahlter Fassade beherbergte heute elegante Lofts.

Nachdem er ein Stück bergauf gegangen war, kam Skunk ganz schön aus der Puste. Früher einmal, als er sein Geld noch als Ladendieb und Handtaschenräuber verdient hatte, war er ein guter Läufer gewesen. Inzwischen konnte er nur noch körperliche Leistung bringen, wenn er sich gerade einen Schuss gesetzt oder ein Aufputschmittel genommen hatte. Niemand beachtete ihn – niemand, bis auf die beiden Polizisten in Zivil, die in einem gut besuchten Starbucks saßen und das Treiben auf der Straße beobachteten.

Beide hätten als Studenten durchgehen können, die sich an einer einzigen Tasse Kaffee festhielten. Der Kleinere wirkte bullig, rasierter Kopf, Ziegenbärtchen, schwarzes T-Shirt und zerfranste Jeans; der andere hatte langes Haar und trug ein schlabberiges T-Shirt über einer Armyhose. Die beiden kannten die Unterwelt von Brighton wie ihre Westentasche, und Skunks Visage hing, solange sie denken konnten, in der Galerie der Stammkunden im Polizeipräsidium.

Für die meisten Bewohner von Brighton and Hove war Skunk jedoch unsichtbar. Er kleidete sich noch immer wie ein Teenager, Kapuzenjacke aus Nylon über einem verschlissenen orangefarbenen T-Shirt, dazu Jogginghose und Turnschuhe. Vornüber gebeugt, die Hände in den Taschen, schlurfte er umher und verschmolz mit seiner Umgebung wie ein Chamäleon. Es war die Uniform seiner Gang, mit der er früher gestohlen und Leute verprügelt hatte, für die er mittlerweile aber zu alt geworden war. Doch die Kleidung hatte er behalten, weil sie ihm das Gefühl vermittelte, irgendwo dazuzugehören.

Skunk hatte den Kopf rasiert – darum kümmerte sich Bethany – und trug einen schmalen, ungleichmäßigen Streifen Bart, der von seiner Unterlippe bis zum Kinn verlief. Genau das gefiel Bethany, angeblich sah er damit geheimnisvoll aus, vor allem, wenn er die Sonnenbrille mit den purpurroten Gläsern trug.

Andererseits schaute er auch gar nicht so oft in den Spiegel. Früher hatte er sich stundenlang angestarrt, um sich davon zu überzeugen, dass er nicht hässlich war, jedenfalls nicht so hässlich, wie seine Mutter und sein Bruder es ihm hatten einreden wollen. Jetzt war es ihm sowieso egal. Er hatte Erfolg bei Mädchen gehabt. Aber nun machte sein Gesicht ihm manchmal Angst, die Haut war trocken, voller Pickel, und er wirkte ausgemergelt.

Sein Körper verfaulte – man musste kein Nobelpreisträger sein, um das zu erkennen. Das kam aber nicht von den Drogen selbst, sondern von den Verunreinigungen im Stoff, die machten einen kaputt. Oft fühlte er sich, als habe er Grippe, lief ständig wie im Nebel herum, litt unter Hitzewellen und Kälteschauern. Sein Gedächtnis war schlecht; auch konnte er sich nicht lange genug konzentrieren, um einen Film bis zum Ende anzuschauen. Sein Körper war mit Geschwüren übersät. Er konnte kaum Essen bei sich behalten. Hatte sein Zeitgefühl verloren. Manchmal wusste er nicht einmal mehr, wie alt er war.

Ungefähr vierundzwanzig. Er hatte seinen Bruder fragen wollen, als er ihn gestern Abend in Australien angerufen hatte, aber das war ja in die Hose gegangen.

Sein Bruder war drei Jahre älter und einen Kopf größer und hatte ihm den Spitznamen Skunk verpasst. Gar nicht schlecht. Skunks waren gemeine, wilde Kreaturen, schlichen verstohlen umher und wussten sich zu verteidigen. Mit einem Skunk legte sich niemand an.

Als Teenager hatte er entdeckt, dass er ein Talent fürs Autoklauen besaß. Und als sich herumsprach, dass er jeden gewünschten Wagen besorgen konnte, hatte er auf einmal auch Freunde. Er war zweimal verhaftet worden. Das erste Mal erhielt er eine Bewährungsstrafe und Fahrverbot, obwohl er noch zu jung für den Führerschein war, doch beim zweiten Mal hatte man ihn zu einem Jahr Jugendstrafe verurteilt, weil ein tätlicher Angriff hinzugekommen war.

An diesem Nachmittag steckte ein gefaltetes Blatt mit einem neuen Auftrag in seiner Tasche. Ein Audi A4 Cabrio, neues Modell, Automatik, wenig gelaufen, blau-, silber- oder schwarz-metallic.

Er blieb stehen, um Luft zu holen, und schon überrollte ihn eine dunkle, unbestimmte Angst, die die ganze Wärme des Sommernachmittags verschlang. Er kam sich vor wie in einem Eisschrank. Seine Haut kribbelte wieder, als wimmelte eine Million Termiten über seinen Körper.

Da, die Telefonzelle. Die brauchte er. Er brauchte den Schuss, um sich konzentrieren zu können, sein Gleichgewicht wiederzuerlangen. Keuchend zog er die schwere Tür auf. Scheiße. Er lehnte sich gegen die Wand, ihm wurde schwindlig in der stickigen Luft, die Beine gaben unter ihm nach. Er griff nach dem Hörer, wühlte in seiner Tasche nach einer Münze und wählte Joes Nummer.

»Wayne Rooney«, sagte er leise.

»Gib mir deine Nummer. Ich rufe zurück.«

Skunk wartete, wurde allmählich nervös. Dann klingelte es endlich. Neue Anweisungen. Scheiße, Joe wurde immer paranoider. Oder hatte zu viele Bond-Filme gesehen.

Er verließ die Telefonzelle, ging etwa fünfzig Meter weiter und blieb wie vereinbart vor dem Schaufenster einer Werkstatt stehen, in der man Schaumgummi zuschneiden lassen konnte.

Die beiden Polizisten nippten an ihrem Kaffee, der inzwischen kalt geworden war. Paul Packer, der Kleinere von beiden, hatte den Mittelfinger durch den Henkel seines Bechers geschoben. Vor acht Jahren hatte Skunk ihm nämlich das oberste Glied des rechten Zeigefingers abgebissen.

Sie saßen seit einer Stunde hier und beobachteten nun schon den dritten Deal. Und sie wussten, dass an mindestens einem Dutzend weiterer Orte in der Stadt genau das Gleiche ablief, Tag und Nacht. In einer Stadt wie dieser gegen den Drogenhandel zu kämpfen, war eine Sisyphusarbeit.

Zehn Pfund am Tag für Drogen war gleichbedeutend mit einer Beschaffungskriminalität von 3000 bis 5000 Pfund im Monat. Und nur wenige Süchtige kamen mit Stoff für zehn Pfund aus – die meisten brauchten zwanzig, fünfzig, hundert oder mehr. In ganz schlimmen Fällen verbrauchten sie Drogen für drei- bis vierhundert Pfund am Tag. Es gab eine Menge Zwischenhändler in der Kette, die auch daran verdienen wollten. Sobald man ein paar Leute von der Straße holte, tauchten kurz darauf neue Gesichter mit neuen Vorräten auf. Aus Liverpool, aus Bulgarien, aus Russland. Und alle hatten eines gemeinsam. Sie verdienten sich an so armen Schweinen wie Skunk dumm und dämlich.

Aber Paul Packer und sein Kollege Trevor Sallis hatten ihrem Informanten nicht fünfzig Pfund aus Polizeimitteln zugesteckt, um Skunk zu finden und wegen seines Drogenkonsums hochzunehmen. Er war ein viel zu kleiner Fisch. Nein, sie hofften, dass er sie zu einem sehr viel dickeren Fisch führen würde, der in einer ganz anderen Branche tätig war.

Nach kurzer Zeit tauchte ein dicker, etwa zwölfjähriger Junge mit Sommersprossen und Bürstenschnitt auf, und stellte sich schwitzend neben Skunk.

»Wayne Rooney?«, fragte er mit Quäkstimme.

»Ja.«

Der Junge holte ein kleines, in Zellophan gewickeltes Päckchen aus dem Mund und gab es Skunk, der es in seinem eigenen Mund verschwinden ließ und dem Jungen das Handy gab, der sofort davonsprintete. Skunk machte sich auf den Rückweg zum Wohnwagen.

Paul Packer und Trevor Sallis folgten ihm.

25

DIE SOKO-ZENTRALE IN SUSSEX HOUSE nahm fast den gesamten ersten Stock des Gebäudes ein. Man betrat sie durch eine Tür, die mit einem Sensor gesichert war und am Ende eines großen, offenen Arbeitsbereichs lag, in dem die leitenden Kripobeamten und ihre Mitarbeiter untergebracht waren.

Für Roy Grace unterschied sich die Atmosphäre ganz deutlich vom übrigen Gebäude – wie auch von den meisten anderen Polizeiwachen in und um Brighton and Hove, wo die Flure und Büros oft altersgrau und öde wirkten. Hier drinnen war alles hell und nagelneu.

Zu neu, zu modern, zu sauber, zu ordentlich für seinen Geschmack. Irgendwie seelenlos. Es hätte ebenso gut das Büro eines Steuerberaters, einer Bank oder Versicherung sein können.

An den Wänden waren in regelmäßigen Abständen Diagramme auf weißen Karten an großen, roten Filztafeln befestigt. Darauf waren die wichtigsten Verfahrensweisen verzeichnet, die jeder Polizist verinnerlicht haben sollte; doch zu Beginn einer neuen Ermittlung las Grace sie oft noch einmal durch.

Ihm war immer bewusst gewesen, wie leicht man in Routine verfiel und wichtige Dinge vergaß. Vor kurzem hatte er einen Artikel gelesen, der ihn darin bestärkt hatte. Danach waren die schlimmsten Flugzeugkatastrophen der vergangenen fünfzig Jahre auf Pilotenfehler zurückzuführen. In vielen Fällen handelte es sich keineswegs um unerfahrene Nachwuchskräfte, sondern um den jeweils ältesten Flugkapitän der Gesellschaft. Im Artikel wurde sogar dazu geraten, möglichst schnell das Flugzeug zu verlassen, sollte man feststellen, dass der dienstälteste Pilot der Fluggesellschaft am Steuer saß.

Gefährliche Routine. In der Medizin war es ähnlich. Vor kurzem hatte ein Orthopäde aus der Gegend einem Mann das falsche Bein amputiert, was vermutlich auch auf allzu große Routine und Selbstzufriedenheit zurückzuführen war.

Deshalb blieb Grace um kurz vor sechs im heißen, stickigen Korridor der Soko-Zentrale stehen, nickte Branson zu und deutete auf das erste Diagramm, das mit den Worten HÄUFIGE MOTIVE überschrieben war.

In der Mitte des Diagramms stand das Wort *Motiv,* umgeben von einem ovalen Rahmen, von dem Pfeile abzweigten zu Begriffen wie *Eifersucht, Rassismus, Zorn/Angst, Raub, Macht/Kontrolle, Begehren, Gewinnsucht, Bezahlung, Homophobie, Hass, Vergeltung, Psychose, Sex* und *Sicherung eines aktiven Lebensstils* aufgeführt waren.

»Was genau soll *Sicherung eines aktiven Lebensstils* eigentlich heißen?«, erkundigte sich Branson.

»Jemanden töten, um dessen Geld zu erben«, erläuterte Grace.

Glenn Branson gähnte. »Eins fehlt noch.« Er runzelte die Stirn. »Eigentlich sogar zwei.«

»Und?«

»Kicks. Und Ansehen.«

»Kicks?«

»Klar. Denk doch nur an die Kids, die letztes Jahr in einem Bushäuschen eine schlafende Obdachlose angezündet haben. Die haben sie nicht gehasst oder so, es ging ihnen nur um den Kick. Sie wollten sich die Langeweile vertreiben.«

Grace nickte.

»Und Ansehen. Du gehst doch in eine Gang, um dich auf der Straße zu behaupten, oder?«

Grace trat vor die nächste Tafel. Sie trug die Überschrift FORENSISCHEN ÜBERBLICK ENTWICKELN. Er warf einen Blick auf die Liste darunter, doch die Worte verschwammen zu einem sinnlosen Brei. *Potenzielle Informationen, Einsichten, Zeugen bewerten. Neubewertung. Forensische Strategie entwickeln und umsetzen.* Aus dem Augenwinkel entdeckte er einen adrett gekleideten, energisch wirkenden Mann Anfang fünfzig. Tony Case, den Leiter der Hausverwaltung.

»Hallo, Roy«, grüßte er fröhlich. »Ich habe die Soko-Zentrale 1 für dich vorbereitet. Ihr könnt gleich loslegen.« Dann schüttelte er Branson herzlich die Hand. »Herzlich willkommen, Glenn! Ich dachte, Sie wären noch eine Weile krankgeschrieben.«

»Bin ich auch.«

»Sie müssen jetzt beim Trinken aufpassen, was? Sonst kommt es aus den Löchern im Bauch wieder raus.«

»Ja, kann passieren«, sagte Glenn zerstreut. Entweder fand er es nicht komisch oder war mit seinen Gedanken woanders.

»Ich bin noch eine Weile hier«, sagte Case munter. »Wenn Sie etwas brauchen, melden Sie sich.« Er tippte auf das Handy in seiner Brusttasche.

»Vielleicht einen Wasserspender«, schlug Grace vor. »Könnte bei der Hitze nicht schaden.«

»Schon erledigt.«

»Gut gemacht.« Er sah auf die Uhr. Noch zwanzig Minuten bis zur Besprechung, die er für halb sieben angesetzt hatte. Das müsste eigentlich reichen.

Er ging mit Branson in die Vernehmungsabteilung, wo sie den engen Beobachtungsraum betraten. Zwei Stühle, die nicht zueinander passten, standen vor der Arbeitsplatte mit der Videoausrüstung und dem Monitor, auf dem in trüben Farben der Tisch und die drei Stühle im Vernehmungsraum nebenan zu sehen waren.

Grace rümpfte die Nase. Es roch, als habe jemand Curry gegessen, vermutlich von der warmen Theke im Supermarkt gegenüber. Im Papierkorb fand er dann auch das Beweisstück, einen Haufen leerer Kartons. Er brauchte immer eine Weile, bis er nach einer Autopsie wieder essen konnte, und der Geruch im Raum erinnerte ihn unangenehm an die Überreste des indischen Krabbengerichts, die sie in Katie Bishops Magen gefunden hatten.

Grace stellte den Papierkorb vor die Tür. Schon besser. Dann setzte er sich vor den Monitor und drückte die Play-Taste am Videorekorder.

Auf dem Bildschirm vor ihnen lief Brian Bishops Vernehmung ab. Grace spulte vor, wobei er den Mann in der teuren Golfkleidung im Auge behielt.

»Die Schuhe sehen aus wie Gamaschen«, sagte Glenn und setzte sich neben ihn. »Wie in den Gangsterfilmen aus den dreißiger Jahren. Kennst du *Manche mögen's heiß*?« Seine Stimme klang ziemlich ausdruckslos, ohne die übliche Energie, aber er schien sehr bemüht, fröhlich zu wirken.

Grace spürte, dass es eine schwierige Tageszeit für ihn war. Früher Abend. Da fuhr er normalerweise nach Hause und brachte seine beiden Kinder ins Bett. »Meinst du den mit Marilyn Monroe?«

»Ja, und Tony Curtis, Jack Lemmon und George Raft. Einfach klasse. Du kennst doch sicher die Szene, in der sie die Torte hereinfahren und ein Typ mit einem Maschinengewehr herausspringt und alle umpustet. Und dann sagt George Raft: ›Die Torte ist ihm irgendwie nicht bekommen.‹«

»Eine moderne Version des trojanischen Pferdes«, sagte Grace.

»Du meinst, es war ein Remake?«, fragte Branson verwirrt. »Kann ich mich gar nicht dran erinnern.«

Grace schüttelte den Kopf. »Ich rede nicht von Filmen, Glenn, sondern von den Griechen in Troja!«

»Was haben die denn gemacht?«

Grace sah seinen Freund fassungslos an. »Beziehst du etwa deine gesamte Bildung aus Filmen? Hast du in der Schule keinen Geschichtsunterricht gehabt?«

»Doch, schon.«

Grace ließ das Band langsamer laufen. Glenn Branson fragte gerade auf dem Bildschirm: *»Dürfte ich fragen, Mr. Bishop, wann Sie Ihre Frau zuletzt gesehen haben?«*

Grace hielt das Band an. »Ich möchte, dass du dich ganz auf Bishops Augen konzentrierst und zählst, wie oft er pro Minute blinzelt. Hat der NASA-Kontrollturm an deinem Handgelenk eine Stoppfunktion?«

Branson schaute prüfend auf seine Uhr. Es war ein schicker, großer Chronometer mit diversen Rädchen und Knöpfen, und Grace bezweifelte, dass Branson wirklich wusste, wozu sie alle dienten. »Irgendwo schon.«

»Gut, du stoppst die Zeit. Ab jetzt.«

Glenn brauchte mehrere Versuche, bis es klappte. Auf dem Bildschirm betrat Roy Grace den Raum und fing an, Bishop zu befragen.

»Wo haben Sie letzte Nacht geschlafen, Mr. Bishop?«

»In meiner Wohnung in London.«

»Kann das jemand bezeugen?«

»Vierundzwanzig!« Glenn Branson schaute von der Uhr zum Bildschirm und wieder zurück.

»Sicher?«

»Ja.«

»Gut, noch mal.«

Auf dem Bildschirm fragte Grace: *»Um wie viel Uhr waren Sie heute Morgen im Golfclub?«*

»Um kurz nach neun.«

»Und Sie sind aus London hierher gefahren?«

»Ja.«

»Wann sind Sie losgefahren?«

»Gegen halb sieben.«

»Wieder vierundzwanzig!«

Grace hielt das Band an. »Interessant.«

»Was willst du damit?«

»Ein Experiment. Ich habe etwas ausprobiert, das ich kürzlich in einem Artikel über Psychologie gelesen habe. In einem Forschungslabor an einer Universität – ich glaube, in Edinburgh – hat man herausgefunden, dass Menschen öfter blinzeln, wenn sie die Wahrheit sagen, als wenn sie lügen.«

»Tatsächlich?«

»Wenn Sie die Wahrheit sagen, blinzeln sie im Durchschnitt 23,6 mal pro Minute, und wenn sie lügen, sind es 18,5 mal. Es ist auch eine Tatsache, dass Lügner sehr still sitzen, weil sie konzentrierter nachdenken müssen als Menschen, die die Wahrheit sagen.« Er ließ das Band weiterlaufen.

Brian Bishop wurde zunehmend erregter und sprang schließlich gestikulierend auf.

»Konstant vierundzwanzig«, verkündete Branson.

»Und seine Körpersprache passt dazu. Er sieht aus wie ein Mann, der die Wahrheit sagt.«

Doch er wusste nur zu gut, dass es kein endgültiger Beweis war. Er hatte schon einmal die Körpersprache eines Menschen falsch gedeutet und war damit ganz übel hereingefallen.

26

DER AUGUST WAR FÜR DIE PRESSE Saure-Gurken-Zeit. Es waren Parlamentsferien, und die halbe Welt war in Urlaub, sodass es wenig zu berichten gab. Daher wurden kleine Geschichten, die ansonsten gar nicht in die Zeitung gelangt wären, groß aufgebauscht. Und natürlich ging nichts über ein schweres Verbrechen, je blutiger und grauenhafter, desto besser. Anscheinend fuhren nur die Kriminellen, die auch sonst gesellschaftliche Gepflogenheiten missachteten, nicht in Urlaub.

Die Kriminellen nicht und er selber auch nicht, dachte Roy Grace.

Sein letzter richtiger Urlaub lag über neun Jahre zurück. Damals war er mit Sandy nach Spanien geflogen, wo sie in der Nähe von Malaga eine Ferienwohnung gemietet hatten. Sie bot wenig Komfort und statt des angepriesenen Meerblicks freie Sicht auf ein Parkhaus; zudem hatte es fast die ganze Woche geregnet.

Ganz anders als jetzt, wo die Hitzewelle scharenweise Urlauber und Tagestouristen nach Brighton lockte. Die Strände, Kneipen und Cafés waren übervoll. Ein Paradies für Straßendiebe, für sie hatte die Hochsaison begonnen.

Er wusste genau, dass ein Mordfall wie dieser in der aktuellen Situation von der Presse noch kritischer als sonst betrachtet werden würde. Eine reiche Frau, die tot aufgefunden wurde, ein protziges Haus, bizarre Sexspiele und ein erfolgreicher, gut aussehender Ehemann. Das große Los für jeden Redakteur, der Zeilen schinden wollte.

Grace musste sein Verhalten gegenüber der Presse besonders sorgfältig planen und wie immer versuchen, die Medien für seine Zwecke zu nutzen. Gleich morgen früh würde er die erste Pressekonferenz abhalten. Vorher waren noch zwei Besprechungen mit seinem Team geplant.

Und trotz all der anstehenden Arbeiten musste er irgendwie Zeit finden, nach München zu fliegen.

Um jeden Preis.

Er musste ständig an Sandy denken. *Sie hatte angeblich in einem Biergarten gesessen.* Mit ihrem Freund? Hatte sie das Gedächtnis verloren? Oder handelte es sich doch nur um eine Verwechslung? Bei jedem anderen hätte er nicht viel darauf gegeben, aber Dick Pope war ein guter Ermittler, ein gründlicher Mann, der ein ausgezeichnetes Gedächtnis für Gesichter besaß.

Um kurz vor halb sieben verließ Grace mit Glenn Branson die Vernehmungsabteilung, zog zwei Becher Kaffee am Automaten und ging in die Soko-Zentrale 1, die Tony Case ihnen zugewiesen hatte.

Grace betrachtete sein Team mit gemischten Gefühlen. Er sah mehrere vertraute Gesichter, auf die er sich freute: Detective Sergeant Bella Moy, eine attraktive Frau von fünfunddreißig mit rotbraunem Haar, die wie immer eine offene Packung Maltesers neben sich liegen hatte. Dazu Nick Nicholas und die Datenbankspezialistin Susan Gradley, eine mollige junge Frau mit langem braunem Haar, die äußerst fleißig und effizient arbeitete. Und natürlich saß da auch der unvermeidliche Norman Potting, den er im Auge behalten musste.

Potting war dreiundfünfzig und hatte die verbleibenden Haare über die Halbglatze gekämmt. Sein Gesicht war von geplatzten Äderchen durchzogen, die Zähne waren vom Nikotin gelb gefärbt. Er trug einen verknitterten braunen Leinenanzug und ein verschlissenes, kurzärmeliges Hemd, auf dem noch Reste des Mittagessens klebten. Ungewöhnlich war nur die Sonnenbräune, die ihm, wie Grace zugeben musste, gar nicht mal so schlecht stand. Potting wurde von einer Wache zur anderen geschoben, weil er politisch vollkommen unkorrekt war und ständig mit seinen Kolleginnen aneinander geriet. Er wurde immer dort eingesetzt, wo gerade extremer Personalmangel herrschte.

Am wenigsten glücklich war Grace über die Anwesenheit von DC Alfonso Zafferone, einem mürrischen, arroganten Mann Ende zwanzig. Ein gut aussehender Latino mit Gelfrisur, schwarzem Anzug, schwarzem Hemd und weißer Krawatte. Bei ihrer letzten Zusammenarbeit hatte Zafferone sich als scharfsinnig, aber auch als schwierig erwiesen.

Er begrüßte nacheinander die Mitglieder seines Teams, wobei er im Kopf noch immer Katie Bishop auf ihrem Bett liegen sah. Auf dem Bett und dann auf dem Seziertisch. Die Verantwortung wog schwer. Sie alle hier in diesem Raum trugen ungeheure Verantwortung.

In den nächsten Stunden und Tagen würde er mehr über Katie

Bishop erfahren als sonst jemand auf der Welt. Mehr als ihr Mann, ihre Eltern, ihre Geschwister und besten Freunde. Die mochten zwar glauben, dass sie sie gekannt hatten, wussten aber nur das, was Katie sie wissen lassen wollte. Jeder hatte etwas zu verbergen. Das war nur menschlich.

Und für Roy Grace würde es auch persönlich werden. Doch er wusste noch nicht, *wie* persönlich.

27

SKUNK FÜHLTE SICH SCHON VIEL BESSER. Die Welt sah auf einmal ganz anders aus. Das Heroin tat seine Wirkung – alles war warm und anheimelnd, die Endorphine strömten nur so durch seinen Körper. So sollte das Leben sein; am besten für immer.

Die Shitheads hatten sich aus seinem Wohnwagen verzogen. Dann war Bethany aufgetaucht und hatte aus dem Kühlschrank ihrer Mutter Hähnchen, Kartoffelsalat und Crème Caramel mitgebracht. Er hatte Bethany von hinten genommen, wie sie es gern hatte. Auch er stand darauf, wenn ihr enormer Hintern gegen seinen Bauch stieß.

Jetzt fuhren sie im kleinen Peugeot ihrer Mutter die Promenade entlang. Skunk lümmelte mit nach hinten gelehntem Kopf auf dem Beifahrersitz und betrachtete sein »Büro« durch die purpurrote Brille. Registrierte die parkenden Autos. Alle nur denkbaren Modelle. Staubig und heiß von der Sonne. Die Eigentümer waren am Strand. Er hielt Ausschau nach dem Wagen, den er auf dem zerknitterten Zettel notiert hatte. Seine Einkaufsliste, die er immer wieder überfliegen musste, weil sein Gedächtnis so beschissen war.

»Ich muss gleich nach Hause. Meine Mutter braucht den Wagen. Sie geht heute Abend zum Bridge«, sagte Bethany.

Alle verdammten Automodelle dieser Welt parkten an der Promenade, nur nicht das, nach dem er suchte. Audi A4 Cabrio, neues

Modell, Automatik, wenig gelaufen, blau-, silber- oder schwarzmetallic.

»Fahr zum Shirley Drive«, wies er sie an.

Die Uhr am Armaturenbrett zeigte Viertel nach sechs.

»Ich muss um sieben zu Hause sein. Sie braucht den Wagen wirklich; sie bringt mich um, wenn ich zu spät komme.«

Skunk schaute Bethany wohlwollend an. Sie hatte kurze schwarze Haare und dicke Arme, und ihre Brüste quollen aus dem Ausschnitt des weiten T-Shirts. Der blaue Jeansmini umhüllte nur knapp die strammen, gebräunten Oberschenkel. Skunk schob eine Hand unter das Gummi ihres Slips, betastete ihr weiches, feuchtes Schamhaar und schob zwei Finger in sie hinein.

»Hier rechts.«

»Du machst mich schon wieder geil!«

Er schob seine Finger noch weiter hinein.

Sie keuchte. »Hör auf, Skunk!«

Auch er wurde wieder hart. An der Ampel bog sie nach rechts ab, fuhr an einer Statue der Königin Victoria vorbei, bis er unvermittelt »Stopp!« brüllte.

»Was ist denn?«

»Da! Da! Da!« Er griff ins Lenkrad und lenkte den Wagen an den Straßenrand, ohne auf die quietschenden Bremsen und das Hupen hinter sich zu achten.

»Genial! Guck mal da!«

Er öffnete die Wagentür, sprang hinaus und rannte los.

An der Ampel gegenüber wartete ein Audi A4 Cabrio in Dunkelblau-metallic. Skunk zog einen Kugelschreiber aus der Tasche, notierte sich rasch das Kennzeichen und wählte eine Nummer auf dem Handy.

»GU 06 LGJ«, las er vor. »Kannst du mir das in einer Stunde machen?«

Er war so begeistert, dass er gar nicht bemerkte, wie Bethany winkend und hupend davonfuhr.

Genial!, dachte er nur.

Den kleinen grauen Ford, der einige hundert Meter hinter ihm parkte, bemerkte er nicht. Er gehörte zu einem Überwachungsteam von fünf Wagen, das ihm folgte, seit er eine halbe Stunde zuvor den Wohnwagen verlassen hatte.

28

BRIAN BISHOP SASS AUF DER KANTE des breiten Hotelbetts, das Kinn in die Hand gestützt, und starrte auf den Fernseher. Der Tee in der Tasse neben ihm war längst kalt geworden, die Kekse in Zellophan waren unberührt. Er trug noch immer die Golfsachen unter seiner Jacke und war mittlerweile in Schweiß gebadet.

Durch die doppelt verglasten Fenster hörte er eine Sirene, das leise Brummen eines Lkw und eine hartnäckige Autoalarmanlage. Nicht zu fassen, er saß hier und betrachtete sein Haus – sein *Heim* – im Fernsehen, während ihm die Welt dort draußen zunehmend fremd wurde. Völlig surreal. Er kam sich ausgestoßen vor.

Das hatte er schon einmal erlebt, als Zoë nach der Scheidung Carly und Max gegen ihn aufgehetzt hatte und die Kinder zwei Jahre lang kein Wort mit ihm gesprochen hatten.

Ein telegener Nachrichtensprecher mit tadellos sitzender Frisur und tollem Gebiss stand vor seinem Haus, hinter sich ein blau-weißes Absperrband mit der Aufschrift POLIZEI – TATORT – NICHT BETRETEN, und sprach in sein Mikrofon. »Heute Nachmittag wurde die Autopsie durchgeführt. Weitere Informationen dazu in den Nachrichten um sieben. Hier spricht David Wiltshire, Sky News.«

Dann klingelte sein Handy. Da er die Nummer nicht kannte, ließ er es weiterklingeln. Die meisten Anrufe waren von den Medien gekommen, die wohl auf der Webseite seiner Firma die Handynummer entdeckt hatten. Allerdings hatten sich außer Sophie nur zwei Freunde, Glenn Mishon und Ian Steel, und sein Geschäftspartner

Simon Walton bei ihm gemeldet. Simon wirkte aufrichtig besorgt und wollte wissen, ob er irgendetwas für ihn tun könne. Er solle sich keine Sorgen um die Firma machen, er werde alles übernehmen, solange Brian verhindert sei.

Brian hatte mehrfach mit Katies Eltern gesprochen, die sich zurzeit in Alicante aufhielten, wo ihr Vater vermutlich einer neuen, erfolglosen Geschäftsidee nachging. Sie würden am Morgen zurückkommen.

Er fragte sich, ob er seinen Anwalt anrufen sollte, aber wozu? Er hatte sich nichts vorzuwerfen. Da er nicht wusste, was er tun sollte, saß er einfach da und starrte wie hypnotisiert auf den Fernseher, wo noch immer der Pulk der Streifenwagen vor seinem Haus zu sehen war. Ein Strom von Autos kroch vorbei, Schaulustige reckten die Hälse. Er hatte eigentlich viel zu tun, Anrufe zu erledigen, E-Mails zu beantworten, war aber nicht in der Lage, sich ernsthaft darum zu kümmern.

Brian stand auf und lief ruhelos im Zimmer herum, ging ins hell erleuchtete, blitzsaubere Bad, betrachtete die Handtücher, hob den Klodeckel, wollte pinkeln. Er konnte nicht. Klappte den Deckel wieder herunter. Schaute sich im Spiegel über dem Waschbecken an. Dann fiel sein Blick auf eine kleine Ansammlung von Toilettenartikeln. Fläschchen mit Shampoo, Spülung, Duschgel und Bodylotion, die wie Marmor aussahen. Er ordnete sie gleichmäßig an, bis sie genau in einer Reihe standen.

Er fühlte sich schon etwas besser.

Um zehn Uhr an diesem Morgen war sein Leben noch in Ordnung gewesen, er hatte das unglaublich schöne Sommerwetter genossen, eine der besten Golfpartien seines Lebens gespielt. Jetzt, nur achteinhalb Stunden später, war sein Leben zerstört. Katie war tot.

Seine geliebte Katie.

Und die Polizei schien ernsthaft zu glauben, dass er etwas damit zu tun hatte.

Mein Gott.

Er hatte fast den ganzen Nachmittag mit zwei Polizistinnen verbracht, die sich als Familienbetreuerinnen vorstellten. Nette Frauen, die sehr hilfsbereit gewesen waren, aber ihre Fragen hatten ihn ganz schön mitgenommen. Er brauchte dringend eine Pause.

Und dann die süße Sophie – was hatte das nun wieder zu bedeuten? Warum behauptete sie, sie hätten die Nacht miteinander verbracht? Das stimmte doch gar nicht. Nie im Leben.

Sicher, er fand sie attraktiv. Aber eine Affäre? Er doch nicht. Seine Ex-Frau Zoë hatte eine Affäre gehabt. Er hatte schließlich herausgefunden, dass sie ihn fast drei Jahre lang betrogen hatte, und der Schmerz war fast unerträglich gewesen. So etwas würde er niemandem antun. Zudem hatte er in letzter Zeit gespürt, dass zwischen Katie und ihm nicht alles zum Besten stand und sich daher besonders um ihre Beziehung bemüht.

Sicher, er hatte mit Sophie geflirtet, ihre Gesellschaft genossen. Herrgott, es war eben schmeichelhaft, wenn sich ein Mädchen von Mitte zwanzig für einen interessierte. Aber mehr war es auch nicht gewesen. Vielleicht hatte er sie zu sehr ermutigt. Warum er sie überhaupt nach dieser Konferenz zum Essen eingeladen hatte, war ihm inzwischen schleierhaft. Er hatte die Warnsignale durchaus gespürt, aber trotzdem weitergemacht. Danach hatten sie sich mehrmals getroffen, zwei oder drei E-Mails am Tag geschrieben – wobei ihre in letzter Zeit ganz schön anzüglich geklungen hatten. Er hatte mehrfach mit dem Gedanken gespielt, mit ihr zu schlafen.

Getan hatte er es nie. Verdammt, er hatte sie nicht einmal auf den Mund geküsst.

Oder doch?

Tat er womöglich Dinge, an die er sich nicht erinnern konnte? So etwas kam durchaus vor. Stress konnte zu psychischen Problemen führen, die Funktion des Gehirns beeinträchtigen, und er hatte in letzter Zeit beträchtlichen Stress gehabt, weil ihn seine Firma und Katie viel Kraft kosteten.

Seine Firma, International Rostering Solutions, die er vor neun Jahren gegründet hatte, lief gut – fast schon zu gut. Jeden Morgen musste er früher ins Büro fahren, um die E-Mails vom Vortag zu bearbeiten, meist an die zweihundert, bevor die nächste Flut über ihn hereinbrach. Und nun, da sie Niederlassungen in aller Welt gegründet hatten – zuletzt in New York, Los Angeles, Tokio, Sydney, Dubai und Kuala Lumpur –, lief die Kommunikation rund um die Uhr. Er hatte Personal eingestellt, Arbeit aber noch nie gut delegieren können. Also hockte er zunehmend bis abends im Büro, fuhr dann nach Hause und arbeitete nach dem Essen weiter. Und auch an den Wochenenden, was Katie überhaupt nicht gefiel.

Er hatte gespürt, dass mit ihrer Ehe etwas nicht stimmte. Obwohl sie sich für karitative Zwecke engagierte, fühlte Katie sich zunehmend alleingelassen. Er versuchte ihr begreiflich zu machen, dass er nicht in alle Ewigkeit so viel arbeiten würde – in ein paar Jahren könnte er die Firma vielleicht gewinnbringend verkaufen, sodass er überhaupt nie wieder arbeiten müsste. Doch Katie erinnerte ihn daran, dass er das vor zwei Jahren auch schon gesagt hatte. Und vor vier Jahren.

Erst kürzlich hatte sie ihm wutentbrannt vorgeworfen, er werde immer ein Workaholic bleiben, weil er keine Interessen außer seiner Arbeit habe. Brian hatte wenig überzeugend erwidert, sein Baby, der Jaguar von 1962, den er liebevoll restauriert hatte, interessiere ihn sehr wohl. Worauf sie höhnisch gefragt hatte, wann er ihn denn zum letzten Mal aus der Garage geholt habe. Die Antwort darauf war er ihr schuldig geblieben.

Er konnte sich erinnern, dass ihm sein Arzt während der Trennung von Zoë vorgeschlagen hatte, sich für einige Wochen in eine psychiatrische Klinik zu begeben. Damals hatte er es abgelehnt und die Sache irgendwie so durchgestanden. Doch nun verspürte er das gleiche Gefühl der Niedergeschlagenheit wie damals. Und Katies Verhalten hatte große Ähnlichkeit mit dem von Zoë, bevor er von der Affäre erfahren hatte. Andererseits bildete er sich das alles vielleicht nur ein.

Womöglich funktionierte sein Verstand im Augenblick einfach nicht richtig.

29

DIE KAMERA FUHR LANGSAM und ein wenig ruckartig durch das Schlafzimmer der Bishops. Sie verharrte kurz auf dem nackten Körper von Katie Bishop, die mit ausgebreiteten Armen und Beinen auf dem Bett lag, die Handgelenke an die verschnörkelten hölzernen Bettpfosten gefesselt. Die Strangmarke um ihren Hals war deutlich zu erkennen, die Gasmaske lag neben ihr.

»Als man sie fand, trug sie die Maske noch«, erklärte Roy Grace seinem Team, das inzwischen auf zwanzig Personen angewachsen war.

»Wer hat sie entfernt?«, erkundigte sich Detective Inspector Kim Murphy.

Grace hatte schon öfter mit ihr zusammengearbeitet und sie für diese Ermittlung ausdrücklich als Stellvertreterin angefordert. Sie war eine temperamentvolle, intelligente Frau Mitte dreißig, die ihm äußerst sympathisch war. Sie war sehr attraktiv, mit Strähnchen im schulterlangen blonden Haar, einem offenen Gesicht und einem hinreißenden Lächeln, hinter dem sich jedoch ein ziemlich taffer und mit allen Wassern gewaschener Charakter verbarg. Trotz ihrer Position hatte sie etwas von einem Wildfang, was durch ihre lässige Kleidung unterstrichen wurde. Meist kam sie auf einer Harley-Davidson zur Arbeit, die sie auch selbst instand hielt.

»Die Putzfrau«, entgegnete er. »Wer weiß, welche Beweismittel sie sonst noch verfälscht hat.«

An diesem Abend kostete ihn die Arbeit wirklich Mühe. Er sollte die Ermittlungen in einem Mordfall leiten, doch oft wanderten seine Gedanken wieder in die Ferne. Zu Sandy. Und dann fiel ihm zu allem Übel auch noch ein, dass er vergessen hatte, Cleo anzurufen.

Plötzlich war er sich seiner Beziehung zu Cleo nicht mehr ganz sicher. Was, wenn Sandy tatsächlich in München war? Was würde passieren, wenn er ihr dort begegnete?

Es gab einfach zu viele Wenns. Er saß hier in der realen Welt der

Soko-Zentrale 1 und blickte in die erwartungsvollen Gesichter seines Teams.

Reiß dich zusammen!

»Freitag, 4. August, 18.30 Uhr«, begann er. Er hatte das Jackett ausgezogen, die Krawatte gelockert und die beiden oberen Hemdknöpfe geöffnet.

»Dies ist die erste Besprechung der Operation Chamäleon«, fuhr Grace fort. »Wir ermitteln den Mord an einer 35-jährigen weiblichen Person, die als Mrs. Katherine Margaret Bishop – genannte Katie –, wohnhaft 97 Dyke Road Avenue, Hove, East Sussex, identifiziert wurde. Tag eins der Ermittlungen nach Auffinden der Leiche um 8.30 Uhr heute Morgen. Ich fasse den Vorfall zunächst zusammen.«

In den folgenden Minuten lieferte Grace einen Überblick über die Ereignisse, die zur Entdeckung der Toten geführt hatten. Als er die Gasmaske erwähnte, meldete sich der unverbesserliche Norman Potting zu Wort.

»Vielleicht hatte er Blähungen und hat ihr die Gasmaske aus lauter Menschenfreundlichkeit gegeben.« Er sah sich grinsend um, doch niemand lächelte zurück.

Grace stöhnte innerlich. »Vielen Dank, Norman«, sagte er. »Aber auf diese Art von Humor können wir verzichten.«

Potting grinste weiter.

»Wir können auch darauf verzichten, dass Informationen über die Gasmaske durchsickern. Ich verlange absolutes Stillschweigen darüber. Verstanden?«

Es war üblich, Informationen über entscheidende Beweise, die an Tatorten gefunden wurden, zurückzuhalten. Falls jemand anrief und eine Gasmaske erwähnte, würden die Ermittler wissen, dass der Anruf ernst zu nehmen war.

Grace begann, die Aufgaben zu verteilen. Es mussten genaue Informationen über Katie Bishops Familie und ihre Bekannten eingeholt werden. Diese Arbeit wurde von Bella Moy geleitet.

Bella warf einen Blick auf ihre Notizen. »Sehr viel habe ich noch nicht. Katie Bishop, geborene Katherine Margaret Denton, keine Geschwister, die Eltern leben in Brighton. Vor fünf Jahren hat sie Brian Bishop geheiratet, es war ihre dritte und seine zweite Ehe. Keine Kinder.«

»Irgendwelche Hinweise, warum nicht?«, erkundigte sich Grace.

»Nein«, entgegnete Bella ein wenig überrascht. »Bishop selbst hat zwei Kinder aus erster Ehe.«

»Okay.«

»Sie verbrachte die Woche meist in Brighton und fuhr für eine Nacht nach London, wo Brian Bishop von montags bis freitags lebt.«

»Hatte wohl 'ne Bumsbude da«, mutmaßte Potting.

Grace verzichtete auf einen Kommentar, doch ganz unrecht hatte der Kollege nicht. Fünf Jahre Wochenendehe, und es waren keine Kinder zu versorgen – das zeugte nicht gerade von einer engen Beziehung.

Alfonso Zafferone, der wie üblich mit dreistem Ausdruck Kaugummi kaute, war angewiesen worden, mit dem Datenbankspezialisten den Ablauf der Ereignisse durchzugehen und die Verdächtigen aufzulisten – bislang nur den Ehemann. Brian Bishops Alibi musste daraufhin abgeklopft werden, ob er vielleicht doch zum Zeitpunkt des Mordes vor Ort gewesen sein konnte. Hatte es ähnliche Morde in der Gegend gegeben? Morde, bei denen eine Gasmaske verwendet wurde?

Grace hatte Norman Potting angewiesen, Luftbilder vom Haus der Bishops und seiner Umgebung wie auch aller Zufahrtsstraßen zu besorgen. Außerdem verlangte er eine detaillierte Bewertung des Tatorts einschließlich der Berichte der Nachbarschaftsbefragung, mit der man am Nachmittag begonnen hatte.

Potting berichtete, dass man die beiden im Haus gefundenen Computer bereits in die High Tech Crime Unit gebracht hatte; außerdem waren die Telefonrechnungen der letzten zwölf Monate und die Handyrechnungen beider Ehepartner beschlagnahmt worden.

»Ich habe das Handy, das man in ihrem Wagen gefunden hat, analysieren lassen, Roy«, ergänzte Potting. »Nur eine Nachricht, um zehn nach elf gestern Morgen, männliche Stimme.« Potting schaute auf seinen Notizblock. »›Bis später‹.«

»Sonst nichts?«

»Wir haben versucht anzurufen, aber die Nummer wurde unterdrückt.«

»Wir müssen herausfinden, von wem sie stammt.«

»Ich habe schon mit der Telefongesellschaft gesprochen«, erwiderte Potting. »Aber ich bekomme die Unterlagen erst am Montag, wenn das Büro wieder besetzt ist.«

Freitag, Samstag und Sonntag waren die schlimmsten Tage, um eine Ermittlung zu beginnen, dachte Grace. Die Labore hatten geschlossen, ebenso alles, was mit Büro und Verwaltung zu tun hatte. Und gerade jetzt benötigten sie ganz schnell diese Informationen, sonst verloren sie zwei oder drei entscheidende Tage mit nutzlosem Warten. »Besorgen Sie mir eine Aufnahme davon. Wir fragen Brian Bishop, ob er die Stimme erkennt. Womöglich ist er es selbst.«

»Nein, das habe ich schon überprüft«, sagte Potting. »Ich habe die Aufnahme dem Gärtner vorgespielt.«

»Gehört er zu den Verdächtigen?«

»Er ist an die achtzig und ziemlich klapprig. Ich würde ihn nicht gerade auf Platz eins setzen.«

Nun lächelten alle.

»Nach meinen Berechnungen steht er damit auf Platz zwei von zwei«, sagte Grace.

Er trank Kaffee, danach einen Schluck Wasser. »Gut, also weiter. Im Augenblick ist es in allen Abteilungen ziemlich ruhig, sodass wir, wenn nötig, weitere Unterstützung anfordern können. Wir müssen damit rechnen, dass sich die Presse ganz auf uns konzentrieren wird, daher sollten wir möglichst schnell Ergebnisse erzielen. Wir wollen ihnen doch keine Angriffsfläche bieten.« Allerdings ging es ihm nicht nur um die Öffentlichkeit, sondern auch darum, seiner Chefin Alison Vosper zu beweisen, dass er gute Arbeit ablieferte.

Als er sich dem forensischen Teil zuwandte, spürte er, wie die Konzentration wuchs. Er überging Nadiuskas technische Details und kam gleich zur Sache. »Katie Bishop starb durch Erdrosseln, vermutlich mit einer dünnen Schnur oder einem Draht. Wir haben Gewebe vom Hals zur weiteren Analyse ins Labor geschickt, da wir uns Hinweise auf die Mordwaffe erhoffen.« Er trank noch einen Schluck Kaffee. »In ihrer Vagina wurde eine beträchtliche Menge Sperma gefunden, was darauf hindeutet, dass sie kurz vor ihrem Tod Geschlechtsverkehr hatte.«

»Dann hat sie wenigstens noch ein bisschen Spaß gehabt«, murmelte Potting.

»Sie sind widerlich!«, stieß Bella Moy hervor.

Grace kochte innerlich vor Zorn. »Norman, das reicht jetzt. Wir sprechen uns gleich noch. Keiner hier legt Wert auf Ihre geschmacklosen Scherze, verstanden?«

Potting senkte die Augen wie ein gescholtener Schuljunge. »War nicht so gemeint, Roy.«

»Das Sperma wurde ebenfalls ins Labor geschickt.«

»Wann rechnen Sie mit den Ergebnissen?«, fragte Nick Nicholas.

»Nicht vor Montag.«

»Wir brauchen eine Probe von Brian Bishop«, warf Zafferone ein.

»Das haben wir heute Nachmittag erledigt«, erklärte Grace.

Er schaute zu Glenn Branson gegenüber, der mit düsterer Miene nickte. Er schien den Tränen nahe. Vielleicht hätte er ihm noch ein bisschen Zeit lassen sollen, dachte Grace schuldbewusst. Eheprobleme, körperlich nicht in bester Verfassung, furchtbar verkatert und dazu noch diese Ermittlung. Aber jetzt konnte er nicht mehr zurück.

Potting hob die Hand. »Hm, Roy – das Vorhandensein von Sperma – können wir annehmen, dass sie vergewaltigt wurde?«

»Nein, Norman, bloße Annahmen gefährden jede vernünftige Ermittlung.« Grace trank einen Schluck Wasser und fuhr fort: »Brian Bishop wird übrigens von Linda Buckley und Maggie Campbell betreut –«

In diesem Augenblick klingelte das Handy von Nick Nicholas. Er warf Roy Grace einen entschuldigenden Blick zu, stand auf und entfernte sich ein Stück von den anderen.

»DC Nicholas.«

Zafferone nutzte die Pause und schaute Potting prüfend an. »Warst in Urlaub, was?«

»Thailand«, entgegnete Potting und lächelte den Damen zu, als wollte er sie mit seiner exotischen Reise beeindrucken.

»Hast dir eine schöne Sonnenbräune mitgebracht.«

»Ich habe mir noch mehr mitgebracht«, strahlte Potting und hob die rechte Hand, an der er einen goldenen Trauring trug.

»Scheiße noch mal, eine Frau?«

Bella steckte sich eine halb geschmolzene Malteser-Kugel in den Mund. »Das wäre dann Nummer vier, oder?«

»Stimmt«, sagte er noch immer strahlend, als wäre es eine beachtliche Leistung.

»Ich dachte, Sie wollten nicht mehr heiraten, Norman«, sagte Grace.

»Na, Sie wissen ja, wie das läuft, Roy. Was interessiert mich mein dummes Geschwätz von gestern.«

Bella lächelte eher mitleidig, als wäre er ein seltenes Tier im Zoo.

»Wo hast du sie denn kennengelernt?«, erkundigte sich Zafferone. »In einer Bar? Einem Club? Oder einem Massagesalon?«

Plötzlich wirkte Potting ein wenig verschämt. »Eigentlich durch eine Agentur.«

Einen Moment lang bemerkte Grace echtes Gefühl in Pottings Gesicht. Eine leise Traurigkeit. Und Einsamkeit.

»Okay«, sagte Nick Nicholas, steckte sein Handy ein und setzte sich wieder hin. »Wir haben etwas Interessantes.«

Alle schauten ihn erwartungsvoll an.

»Auf dem Flughafen Gatwick gab es eine Sicherheitswarnung. Auf den Brücken beiderseits der M23 wurden ANPR-Kameras aufgestellt. Ein auf Brian Bishop zugelassener Bentley Continental wurde gestern Abend um 23.47 Uhr aufgenommen. Er fuhr nach Süden in Richtung Brighton. Es gab ein technisches Problem mit der nach Norden gerichteten Kamera, sodass wir keinen Beleg dafür haben, ob und wann er nach London zurückgekehrt ist.«

ANPR-Kameras dienten der automatischen Erkennung von Nummernschildern und wurden zunehmend von Polizei und Sicherheitsdiensten eingesetzt, um Fahrzeuge in einem bestimmten Gebiet zu überwachen.

Glenn Branson schaute Grace an. »Sieht aus, als hätte dein Blinzeltest versagt, Roy. Angeblich hat er doch um diese Zeit in London im Bett gelegen.«

Doch Grace ärgerte sich überhaupt nicht darüber, seine Laune besserte sich sogar. Wenn sie Brian Bishop vielleicht noch an diesem Abend zu einem Geständnis zwingen konnten, wäre die Ermittlung viel früher als erwartet abgeschlossen. Und dann könnte er womöglich gleich morgen nach München fliegen. Natürlich wäre es auch denkbar, Kim Murphy die Leitung der Ermittlungen zu überlassen, aber das war normalerweise nicht sein Stil. Er behielt gern den Überblick, packte mit an, prüfte jedes Detail. Wenn man mit jemandem zusammenarbeitete, der einem fast gleichgestellt war, passierten häufig Fehler, gingen wichtige Dinge einfach unter.

»Reden wir mal mit den Familienbetreuerinnen. Vielleicht finden wir auch noch mehr über den Wagen heraus. Danach helfen wir Bishops Gedächtnis ein bisschen auf die Sprünge.«

30

UM VIERTEL NACH SIEBEN verschwand die Sonne allmählich. Der Zeitmilliardär saß in einem überfüllten Straßencafé, trank seine dritte Coke Zero und kratzte Reste von Pekannusseis aus seinem Becher. Hier konnte er seine Zeit verschwenden, in Dollar, Pfund und Euro.

Er hielt wieder die rechte Hand an den Mund und saugte daran. Der brennende Schmerz war immer noch da, und er meinte, eine

Reihe winziger roter Punkte zu sehen, umgeben von gelben Flecken, die an Nikotin erinnerten und immer deutlicher hervortraten.

In der Nähe spielte eine Steelband »Island in the Sun«.

Einmal war er auch auf einer Insel in der Sonne gewesen. Alles war vorbereitet, und dann war *das* passiert. Das Leben hatte ihm wieder mal einen Arschtritt verpasst. Na ja, nicht das Leben selbst, etwas anderes.

Jemand anders.

Die Luft schmeckte nach Salz, roch nach Tauen, Rost, Farbe, und alle paar Minuten wehte ein Hauch von Urin vorbei. Gleich würde der Mond aufgehen. Dem hatten die Menschen auch einen Arschtritt verpasst.

Er hatte schon bezahlt, die Quittung lag unter dem Aschenbecher und flatterte wie ein sterbender Schmetterling in der Brise. Er war bereit für den nächsten Schritt. Was auch immer das sein würde.

Er fragte sich, wohin die ockerfarbene Scheibe sinnlos vor sich hin brodelnder Gase wohl wandern würde, und versuchte, die Zeitzonen im Kopf zu berechnen. In genau diesem Augenblick würde sie in 20 000 km Entfernung als karminroter Ball langsam in Sydney über den Horizont steigen. In Rio de Janeiro wäre es noch hell und brüllend heiß. Wo immer die Sonne auch sein mochte, sie war sich ihrer Macht nicht bewusst. Bei ihm war das anders, er spürte seine Macht.

Die Macht über Leben und Tod.

Perspektive. Alles hing von der Perspektive ab. Was dem einen die Dunkelheit, war dem anderen das Tageslicht. Aber wer kapierte das schon?

Etwa das blöde Mädchen, das nur wenige Meter vor ihm am Strand saß und über die ausgestreckten Körper aufs Wasser glotzte? Auf die schlaffen Segel der Dinghis und Windsurfer. Auf die fernen grauen Flecken der Tanker und Containerschiffe, die reglos wie Spielzeuge am Horizont aufgereiht waren. Auf dämliche Abendschwimmer, die sich in einer Kloake tummelten, die sie für sauberes Meerwasser hielten.

Wusste Sophie Harrington, dass sie das alles zum letzten Mal sehen und riechen würde?

Der ganze verdammte Strand war eine einzige Kloake aus nacktem Fleisch. Körper in schlabbriger Kleidung. Weiß, rot, braun, schwarz. Die Leute stellten sich zur Schau. Manche der Frauen oben ohne, Strandhuren. Er sah eine von ihnen umherwackeln, strähniges Haar bis auf die Schultern, Titten bis zum Bauch, den fetten Hintern in einer Pelle aus neonblauem Nylon, die Oberschenkel von Cellulitis gesprenkelt, in der Hand eine Flasche Bier. Er stellte sich vor, wie sie mit seiner Gasmaske aussehen würde, wie er das Gesicht in ihrem rötlichen Schamhaar vergrub. Wie sie wohl dort unten riechen würde? Nach Austern?

Er wandte seine Aufmerksamkeit wieder dem blöden Mädchen zu, das jetzt schon geschlagene zwei Stunden am Strand saß. Sie stand jetzt auf, ging vorsichtig über die Kiesel, die Schuhe in der Hand, und zuckte bei jedem Schritt zusammen. Warum zog sie die Schuhe nicht einfach an? Wie konnte man nur so dämlich sein?

Die Frage würde er ihr später stellen, wenn er allein mit ihr im Schlafzimmer war und sie die Gasmaske trug und ihre Stimme undeutlich und gedämpft zu ihm heraufdrang.

Die Antwort war ihm ziemlich egal.

Ihn interessierte nur, was er in sein blaues Kindertagebuch geschrieben hatte, als er zwölf Jahre alt gewesen war. Das Tagebuch war eines der wenigen Dinge, die er aus seiner Kindheit behalten hatte. Er bewahrte es mit anderen Stücken, die ihm viel bedeuteten, in einer kleinen Metallkassette auf. Die Kassette befand sich in einer Garage ganz in der Nähe, die er auf Monatsbasis gemietet hatte. Schon als Kind hatte er gelernt, wie wichtig es war, einen Ort für sich allein zu haben, und sei er noch so klein. Einen Ort, an dem man Dinge aufbewahren konnte. Einen Ort, an dem man einfach sitzen und nachdenken konnte.

Und an solch einem Ort waren ihm mit zwölf Jahren jene Worte in den Sinn gekommen, die er danach in seinem Tagebuch notiert hatte.

Wenn man jemandem richtig wehtun will, braucht man ihn nicht zu töten, das tut nämlich nur kurze Zeit weh. Es ist besser, wenn man etwas tötet, das der andere liebt. Denn das tut ihm für immer weh.

Er wiederholte die Worte wieder und wieder wie ein Mantra, während er Sophie Harrington in sicherer Entfernung folgte. Sie blieb stehen, zog die Schuhe an und ging die Promenade entlang, vorbei an den Geschäften, einer Galerie mit Werken einheimischer Künstler, einem Fischrestaurant, der Steelband, einer Mine aus dem Zweiten Weltkrieg, die an Land gespült und auf einem Sockel aufgestellt worden war, und einem Geschäft für Strandartikel.

Er verfolgte sie durch die Massen sorgloser, sonnenverbrannter Menschen, vorbei an den großen Hotels, und wurde mit jedem Schritt erregter.

Der Wind zupfte an seiner Kapuze und blies sie ihm fast vom Kopf. Er zog sie wieder fest ins Gesicht und holte sein Handy hervor. Ein wichtiger geschäftlicher Anruf.

Er wartete, bis ein Streifenwagen mit heulender Sirene vorbeigefahren war, bevor er die Nummer wählte. Er fragte sich, ob sie zu Fuß nach Hause gehen würde. Im Grunde war es ihm egal. Er wusste ja, wo sie wohnte. Er hatte sogar einen eigenen Schlüssel.

Und alle Zeit der Welt.

Dann plötzlich Panik. Er hatte die Plastiktüte mit der Gasmaske im Café vergessen.

31

LINDA BUCKLEY HAT SICH strategisch günstig in einem Ledersessel im eleganten Foyer des Hotel du Vin platziert, dachte Grace, als er mit Glenn Branson das Gebäude betrat. Sie würde hören, wenn sich jemand an der Rezeption nach Brian Bishop erkundigte, und konnte zudem genau sehen, wer das Hotel betrat und verließ.

Widerwillig legte die Familienbetreuerin das spannende Buch weg, in dem sie gerade las, und stand auf.

»Hallo, Linda«, sagte Grace. »Gutes Buch?«

»Faszinierend.«

»Ist unser Gast auf seinem Zimmer?«

»Ja, ich habe vor einer halben Stunde mit ihm gesprochen und mich erkundigt, wie es ihm geht. Maggie erledigt einige Anrufe. Wir lassen ihn im Augenblick in Ruhe. Der Nachmittag war sehr anstrengend, vor allem die Identifizierung im Leichenschauhaus.«

Er schaute sich um. Alle Hocker an der Edelstahltheke waren besetzt, ebenso alle Sofas und Sessel. In einer Ecke standen Leute in Smoking und Abendkleid, die aussahen, als gingen sie zu einem Ball. Journalisten waren allerdings nicht zu entdecken.

»Noch niemand von der Presse da?«

»Zum Glück nicht. Ich habe ihn unter falschem Namen untergebracht, Mr. Steven Brown.«

Grace lächelte. »Gut gemacht.«

»Vielleicht gewinnen wir dadurch einen Tag, aber sie werden bald hier sein.«

Und mit etwas Glück saß Brian Bishop bis dahin in einer Zelle.

Grace ging zur Treppe, blieb aber unvermittelt stehen, weil Branson verträumt vier attraktive Teenager anstarrte, die auf einem riesigen Sofa saßen und Cocktails tranken. Er winkte ihm mit der Hand, worauf Glenn nachdenklich zu ihm herüberkam.

»Ich dachte nur gerade . . .«

»An lange Beine?«

»Wieso lange Beine?«

Sein verblüffter Blick verriet Grace, dass sein Freund die Mädchen gar nicht angeschaut, sie nicht einmal registriert hatte. Grace legte Branson onkelhaft den Arm um die Taille, die schlank und bretthart vom Krafttraining war. »Das wird schon, Kumpel.«

»Es kommt mir vor, als wäre ich aus meinem eigenen Leben getreten und versehentlich in einem fremden gelandet. Verstehst du, was ich meine?« Sie stiegen gemeinsam die Treppe hinauf.

Bishops Zimmer lag im zweiten Stock. Grace klopfte an. Keine Antwort. Er klopfte lauter. Dann ließ er Branson im Flur stehen und holte von unten den Duty Manager, der ihm die Tür mit einem Hauptschlüssel öffnete.

Das Zimmer war leer. Stickig und leer. Grace und Branson sahen sich an, öffneten die Badezimmertür, doch der Raum wirkte unberührt bis auf den hochgeklappten Toilettensitz.

»Ist das auch wirklich das richtige Zimmer?«, erkundigte sich Grace.

»Auf jeden Fall, Sir. Mr. Steven Brown.«

Die einzigen Hinweise, dass sich überhaupt jemand im Raum befunden hatte, waren die tiefe Mulde in der roten Tagesdecke und daneben ein silbernes Tablett mit einer kalten Tasse Tee, einer Teekanne, einem Milchkännchen und zwei verpackten Keksen.

32

WÄHREND SIE die überfüllte Promenade entlangging, überlegte Sophie, was Eisfach und Vorratsschrank noch hergaben. Sie hatte zwar nicht viel Appetit, musste aber dennoch etwas essen. Ein Radfahrer mit Sturzhelm und Sportkleidung schoss an ihr vorbei, gefolgt von zwei Jugendlichen auf Skateboards.

Vor einer Weile hatte sie einen Satz in einem Roman gelesen, der ihr nicht aus dem Kopf ging: *An schönen Tagen geschehen schlimme Dinge.*

Auch der 11. September war ein schöner Tag gewesen. Sie hatte oft gedacht, dass die emotionale Wirkung der Anschläge an einem grauen, regnerischen Tag womöglich geringer ausgefallen wäre. An Regentagen erwartete man ohnehin, dass etwas Beschissenes passierte.

Heute war ein doppelt, wenn nicht gar dreifach beschissener Tag.

Zuerst die Nachricht vom Tod seiner Frau, dann Brians ablehnende Reaktion, als sie ihn angerufen hatte, um ihn zu trösten. Und jetzt wurde ihr klar, dass ihr ganzes Wochenende im Eimer war.

Sie blieb stehen und stützte die Ellbogen auf das türkisfarbene Metallgeländer, das die Promenade vom Strand trennte. Unter ihr spielten Kinder mit bunten Bällen auf einem Spielplatz, der früher ein Bootsteich gewesen war. Die Eltern standen in der Nähe und unterhielten sich. Sie wäre auch gern Mutter, wollte ihre eigenen Kinder mit Freunden spielen sehen. Sie hatte sich immer vorgestellt, eine gute Mutter zu werden, weil sie selbst in einer liebevollen Familie aufgewachsen war.

Ihre Eltern waren nette, anständige Leute, die sich auch nach dreißig Jahren Ehe noch liebten; sie gingen immer Hand in Hand. Sie besaßen eine kleine Firma und verkauften auf Märkten Spitzendeckchen, -servietten und -tischdecken aus Frankreich und China. Als Wohnung und Büro diente das kleine Cottage, das auf einem gepachteten Stück Land in Orford in Suffolk stand; die Waren lagerten in der ehemaligen Scheune. Sie könnte morgen mit dem Zug hinfahren. Ihre Eltern freuten sich immer, wenn Sophie am Wochenende zu Besuch kam, doch sie war sich nicht sicher, ob es wirklich das war, was sie wollte.

Im Augenblick wusste sie ohnehin nicht genau, was sie wollte. Jedenfalls nicht Brian, wie sie zu ihrer eigenen Überraschung feststellte. Er hatte recht, sich heute nicht mit ihr zu treffen. Und sie konnte unmöglich wie ein Geier in den Kulissen warten, bis das Begräbnis und eine angemessene Trauerzeit vorüber waren. Ja, sie mochte ihn. Mochte ihn sogar sehr. Sie war verrückt nach ihm. Und er erregte sie, was sicher auch damit zu tun hatte, dass er älter, ungeheuer attraktiv und erfolgreich war. Zudem war er ein toller Liebhaber, wenn auch mit komischen Ideen. Nach ihrer – zugegeben – geringen Erfahrung war er sogar der Beste.

Doch eine Sache wollte ihr einfach nicht in den Kopf – weshalb bestritt er, dass sie letzte Nacht miteinander geschlafen hatten? Fürchtete er, dass man sein Telefon abhörte? Oder wollte er es nicht mehr wahrhaben, weil er um seine Frau trauerte? Irgendwie waren Männer schon seltsame Wesen.

Sophie blickte über den Strand. Überall Paare, die sich küssten, schmusten, Arm in Arm spazieren gingen. Jetzt, um zwanzig nach sieben, waren noch viele Boote draußen. Noch ein paar Wochen konnte sie die hellen Abende genießen, bevor die winterliche Dunkelheit wieder hereinbrach.

Urplötzlich überlief sie ein Schauer.

Sophie kam an den Überresten des alten West Pier vorbei, die sie früher als Schandfleck empfunden, mit der Zeit aber lieb gewonnen hatte. Sie sahen nicht mehr aus wie ein eingestürztes Gebäude. Nein, das vom Feuer geschwärzte Skelett erinnerte sie an den Brustkorb eines Ungeheuers, das aus den Tiefen des Meeres emporgestiegen war. Eines Tages würden die Menschen entsetzt aufschreien, wenn das Meer vor Brighton von diesen Wesen wimmelte, spann sie den Gedanken weiter.

Manchmal kamen ihr reichlich sonderbare Ideen. Vielleicht las sie zu viele Horrordrehbücher. Oder hatte ein schlechtes Gewissen, weil sie mit einem verheirateten Mann geschlafen hatte. Ja, das war ganz und gar falsch gewesen.

Als sie sich ihrer besten Freundin Holly anvertraut hatte, reagierte diese zunächst ungeheuer aufgeregt. Verschwörerisch. Ein tolles Geheimnis. Doch dann lief es wie immer – als praktisch veranlagter Mensch wies Holly sie erbarmungslos auf die Nachteile einer derartigen Beziehung hin.

Sophie kaufte unterwegs noch eine reife Avocado, Biotomaten und einen Becher Krabbencocktail. Als sie vor ihrer Haustür stand, war sie zu der Einsicht gelangt, ihre Beziehung mit Brian Bishop zu beenden.

Sie musste nur den richtigen Zeitpunkt abpassen. Und morgen Abend würde sie sich mit Holly und anderen Gleichaltrigen auf einer Party amüsieren.

Sie wohnte im dritten Stock eines heruntergekommenen viktorianischen Reihenhauses, gleich nördlich der belebten Church Road.

Das Schloss an der Haustür hing so lose im morschen Holz, dass man mit einem kräftigen Stoß die Schrauben mühelos hätte herausreißen können. Der Vermieter, ein freundlicher Iraner, versprach ihr ständig, es zu reparieren, genau wie den tropfenden Wasserkasten im Klo, was aber leider nie geschah.

Als sie die Tür öffnete, schlug ihr das Aroma von feuchten Teppichen, chinesischen Fertiggerichten und Marihuana entgegen. Aus der Erdgeschosswohnung drang ein frenetischer Bassrhythmus. Die Post lag auf dem fadenscheinigen Teppich verstreut. Sophie kniete sich hin und sammelte sie auf. Es war die übliche Papierverschwendung – Pizzaservice, Sommerschlussverkauf, Werbung für Konzerte, Hausratversicherungen und tonnenweise anderer Müll, in dem sich einige wenige echte Postsendungen versteckt hatten.

Sophie war von Natur aus ordentlich, sortierte die Post und stapelte Briefe und Werbung fein säuberlich getrennt auf der Ablage. Dann quetschte sie sich an zwei Fahrrädern vorbei und stieg die ausgetretenen Stufen hinauf. Im ersten Stock hörte sie wildes Gelächter aus der Konserve. Mrs. Harsent sah fern. Sie war eine reizende alte Dame von fünfundachtzig, die praktisch taub war und daher überhaupt keine Probleme mit den lauten Studenten im Erdgeschoss hatte.

Sophie liebte ihre Wohnung im obersten Stock, die zwar klein, aber hell und luftig war. Der Vermieter hatte sie schön hergerichtet, mit beigefarbenem Teppichboden, cremeweißen Wänden, passenden Leinenvorhängen und Jalousien. Sie selbst hatte gerahmte Filmplakate und stimmungsvolle Schwarz-Weiß-Zeichnungen ihrer Lieblingsstars aufgehängt – Johnny Depp, George Clooney, Brad Pitt und Heath Ledger, der den Ehrenplatz gegenüber vom Bett innehatte.

Sie schaltete den Fernseher ein, zappte durch die Programme und fand schließlich *American Idol,* eine ihrer Lieblingssendungen. Sie drehte den Ton so laut, dass er Mrs. Harsents Fernseher übertönte und sie auch aus der Kochecke noch mithören konnte. Dort goss sie sich ein Glas neuseeländischen Sauvignon ein, schnitt die Avocado in Spalten und drückte eine Zitrone darüber aus.

Eine halbe Stunde später hatte sie ein erfrischendes Bad genommen und saß, nur mit einem übergroßen T-Shirt bekleidet, samt Avocado und Krabbencocktail auf dem Bett. Neben ihr auf dem Tablett stand das dritte Glas Wein. Im Fernsehen hatte ein bekloppt aussehender Typ mit riesiger Brille bei *Wer wird Millionär?* gerade die 64 000-Pfund-Frage erreicht. Draußen wurde es allmählich dunkel und ihre Stimmung schrittchenweise immer besser.

Sophie hörte nicht, wie sich der Schlüssel im Schloss der Wohnungstür drehte.

33

ROY GRACE STAND in dem verlassenen Hotelzimmer und wählte Brian Bishops Handynummer. Die Mailbox sprang sofort an. »Mr. Bishop, hier spricht Detective Superintendent Grace. Bitte rufen Sie mich so schnell wie möglich zurück.« Dann hinterließ er seine Nummer und rief Linda Buckley in der Eingangshalle an. »Hatte unser Freund Gepäck dabei?«

»Ja, eine kleine Reisetasche und seine Laptoptasche.«

Grace und Branson überprüften sämtliche Schubladen und Schränke. Nichts zu finden. Bishop hatte alles mitgenommen. Grace wandte sich an den Duty Manager. »Wo befindet sich die nächste Feuertreppe?«

Der Mann führte sie den Flur entlang zum Notausgang. Grace öffnete die Tür und entdeckte eine Metalltreppe, die in einen Innenhof führte, in dem große Mülltonnen auf Rädern standen. Ein starker Küchengeruch drang herauf. Er schloss die Tür und überlegte. Warum zum Teufel war Bishop schon wieder verschwunden? Und wohin?

Er schaute auf das Namensschild des Hotelangestellten. »Mr. Wright, ich muss überprüfen, ob Ihr Gast Steven Brown während seines Aufenthalts Anrufe empfangen oder getätigt hat.«

»Kein Problem, das können wir unten in meinem Büro erledigen.«

Zehn Minuten später setzten sich Grace und Branson zu Linda in die Halle. »Also gut, Brian Bishop hat um zwanzig nach fünf einen Anruf erhalten.« Grace sah auf die Uhr. »Vor etwa zweieinhalb Stunden. Wir wissen allerdings nicht, von wem er kam. Bishop selbst hat vom Hotel aus niemanden angerufen. Womöglich über Handy, aber das wissen wir erst, wenn wir die Unterlagen bekommen, was nicht vor Montag der Fall sein dürfte, so wie ich die Telefongesellschaften kenne. Er hat sich vermutlich samt Gepäck über die Feuertreppe verdrückt, damit du ihn nicht siehst. Aber warum?«

»Er verhält sich nicht gerade wie ein unschuldiger Mann«, bemerkte Glenn Branson.

Grace nickte geistesabwesend. »Er hatte zwei Taschen bei sich. Ist er zu Fuß gegangen oder hat er irgendwo in der Nähe ein Taxi genommen?«

»Kommt drauf an, wohin er wollte«, meinte Branson.

»Vielleicht nach Hause?«, warf Linda Buckley beflissen ein.

»Linda, Sie setzen sich mit den örtlichen Taxifirmen in Verbindung. Rufen Sie alle an, ob jemand einen Mann, auf den Bishops Beschreibung zutrifft, zwischen 17.20 Uhr und 17.30 Uhr heute Nachmittag in der Gegend um das Hotel aufgenommen hat. Glenn, du überprüfst, ob jemand gesehen hat, wie Bishop in ein Taxi stieg.«

Er rief Nick Nicholas an. »Was machen Sie gerade?«

Der junge DC wirkte ein wenig gestresst. »Ich – hm – ich wickle gerade meinen Sohn.«

Na, super, dachte Grace, beherrschte sich aber. »Ich reiße Sie ja ungern aus Ihrer häuslichen Harmonie, aber –«

»Roy, glauben Sie mir, das macht mir überhaupt nichts aus.«

»Das sollte Ihre Frau aber lieber nicht hören. Sie müssen für mich zum Bahnhof fahren. Brian Bishop ist uns schon wieder entwischt. Überprüfen Sie bitte sämtliche Überwachungskameras.«

»Wird gemacht!« Nick Nicholas hörte sich an, als habe er gerade im Lotto gewonnen.

Zehn Minuten später saß Roy Grace angeschnallt in dem neutralen Ford Mondeo und war vor Angst wie von Sinnen.

Nachdem Glenn kürzlich durch die Fahrprüfung für Fortgeschrittene gefallen war, die es ihm erlaubt hätte, an Verfolgungsjagden teilzunehmen, bereitete er sich auf den zweiten Anlauf vor. Grace befürchtete, dass die Anweisungen des Fahrlehrers nicht wirklich zu ihm durchgedrungen waren. Während sie die Straße in Richtung Golfclub entlangschossen und die Tachonadel unerbittlich auf 160 vorrückte, fragte sich Grace voller Selbstmitleid: *Warum lasse ich mich schon wieder von diesem Irren fahren? Von diesem übermüdeten, verkaterten, zutiefst deprimierten Irren, der sich mit Selbstmordgedanken trägt?*

Fliegen zerplatzten wie rote Regentropfen auf der Windschutzscheibe. Wie durch ein Wunder zischten die entgegenkommenden Autos an ihnen vorbei, statt mit ihnen zu kollidieren. Die Hecken beiderseits der Straße schossen in Lichtgeschwindigkeit vorbei, und er nahm verschwommen Menschen wahr, die Golfschläger schwangen.

Und schließlich, allen physikalischen Gesetzen zum Trotz, erreichten sie gesund und wohlbehalten den Parkplatz des North Brighton Golf Club.

Dort parkte noch immer der dunkelrote Bentley von Brian Bishop.

Grace stieg aus dem Mondeo, der nach verbranntem Öl stank und wie ein schlecht gestimmtes Klavier klingelte, und rief Detective Inspector William Warner auf dem Flughafen Gatwick an.

Bill Warner meldete sich beim zweiten Klingeln. Er hatte zwar Feierabend, versicherte Grace aber, dass er umgehend eine Suchmeldung an den Flughafen herausgeben werde.

Danach rief Grace die Polizeiwache in Eastbourne an, die für die Überwachung der Klippen bei Beachy Head zuständig war. Sie mussten Brian Bishop als möglicherweise selbstmordgefährdet einstufen. Danach war Cleo Morey an der Reihe, und er entschuldigte sich, dass er ihre Verabredung, auf die er sich die ganze Woche gefreut hatte, nicht einhalten konnte. Sie war sehr verständnisvoll und lud ihn auf einen Drink ein, falls er nach dem Dienst nicht zu müde war.

Schließlich rief er in der Soko-Zentrale an und bat, alle Mitglieder der Operation Chamäleon anzurufen und sie für 23.00 Uhr noch einmal in den Konferenzraum zu bitten. Außerdem alarmierte er den Wachposten am Tatort in der Dyke Road Avenue, dass Brian Bishop womöglich versuchen werde, ins Haus einzudringen.

Dann kehrte er zum Wagen zurück und überlegte gerade, als Nächstes alle Golfpartner von Brian Bishop anzurufen, als sein Handy klingelte.

Der Anruf kam von einer Taxifirma. Die Mitarbeiterin erklärte ihm, dass Brian Bishop vor eineinhalb Stunden nahe dem Hotel in einen ihrer Wagen gestiegen sei.

34

CHRIS TARRANT STÜTZTE DAS KINN in die Hand. Das Publikum verstummte. Die grellen Studioscheinwerfer spiegelten sich in den Gläsern der großen, unmodernen Brille des Typen, der aussah wie ein Computerfreak. Der Einsatz war rapide gestiegen. Der Mann wollte von dem Geld, das er gewann – wenn er es denn gewann –, einen Bungalow für seine behinderte Frau bauen. Schweißperlen glitzerten auf seiner hohen Stirn.

Chris Tarrant wiederholte die Frage. »John, Sie stehen bei 64 000 Pfund.« Er hielt demonstrativ den Scheck in die Höhe. »Jetzt geht es um 125 000 Pfund. Und hier kommt die Frage: Wo befindet sich der Badeort Monastir: Liegt er a) in Tunesien, b) in Kenia, c) in Ägypten oder d) in Marokko?«

Die Kamera schwenkte auf das Gesicht der Ehefrau, die in ihrem Rollstuhl im Publikum saß und aussah, als würde sie jeden Moment der Schlag treffen.

»Nun, Kenia ist es wohl nicht«, sagte der Mann.

Sophie trank einen Schluck Wein. »Marokko auch nicht«, sagte sie laut. Sie war zwar keine große Leuchte in Geographie, hatte aber einmal eine Woche in Marrakesch verbracht und sich vorher gründlich über das Land informiert. Monastir sagte ihr in diesem Zusammenhang gar nichts.

Sie hatte die Schlafzimmertür und die Fenster im Wohnzimmer und in der Küche geöffnet, damit Durchzug entstand. Die Abendluft war noch warm und stickig, doch es wehte immerhin ein leichter Wind. Irgendwo in der Dunkelheit hämmerte der aufreizende Rhythmus von Diskomusik.

»Sie haben noch zwei Joker«, sagte Chris Tarrant.

»Ich würde gern einen Freund anrufen.«

Bildete sie es sich nur ein, oder war gerade ein Schatten an der Schlafzimmertür vorbeigehuscht? Sophie wartete und beobachtete aufmerksam die Tür, wobei eine unterschwellige Angst in ihr aufstieg. Der Mann hatte sich entschlossen, seinen Freund Ron anzurufen. Sie hörte, wie es in der Leitung klingelte.

Nein, hier war nichts, ihre Phantasie spielte ihr einen Streich. Sie stellte das Glas ab und spießte mit der Gabel eine Krabbe und ein Stück Avocado auf.

»Hi, Ron! Hier spricht Chris Tarrant!«

»Hi, Chris, wie geht's?«

Als sie schluckte, sah sie wieder den Schatten. Und diesmal hatte sie es sich definitiv nicht eingebildet. Eine Gestalt bewegte sich in Richtung Tür. Sie hörte ein leises Rascheln von Kleidung oder Plastik. Draußen schoss ein lärmendes Motorrad vorbei.

»Wer ist da?« Ihre Stimme klang wie ein ängstliches Quieken.

Stille.

»Ron, ich habe Ihren Freund John hier sitzen. Er hat bereits 64 000 Pfund gewonnen und versucht sich jetzt an der 125 000-Pfund-Frage. Sie lautet: Wo befindet sich der Badeort Monastir? Liegt er in –«

Sophies Kehle schnürte sich zusammen. Sie griff nach der Fernbedienung und stellte den Ton ab. Ihre Augen wanderten wieder zur

Tür, dann zur Handtasche mit ihrem Handy, die unerreichbar auf der Frisierkommode lag.

Der Schatten bewegte sich. Kaum merklich, aber er bewegte sich.

Sie griff nach dem Tablett, der einzigen Waffe außer der kleinen Gabel, mit der sie gegessen hatte. »Wer ist da?«, fragte sie noch einmal.

Dann trat er ins Zimmer, und ihre Angst löste sich in Nichts auf.

»Ach, du bist es! Mein Gott, hast du mich erschreckt!«

»Ich wusste nicht, ob du dich freuen würdest, mich zu sehen.«

»Natürlich freue ich mich, ganz ehrlich. Ich wollte unbedingt mit dir reden. Wie geht es dir? Ich – ich dachte, du wolltest nicht –«

»Ich habe dir ein Geschenk gekauft.«

35

ALS ER EIN KIND WAR, waren Brighton und Hove noch zwei selbständige Städte gewesen, jede auf ihre eigene Art und Weise schäbig. Die Grenze zwischen ihnen verlief so willkürlich, als wäre sie von einem Betrunkenen gezogen worden. Oder von einer Gruppe nüchterner Stadtplaner, die vermutlich noch idiotischer handelten als ein Betrunkener.

Inzwischen hatte man die beiden Städte untrennbar zusammengeschmiedet. Nachdem Stadtplaner in den letzten fünfzig Jahren das Verkehrssystem von Brighton zugrundegerichtet und die berühmte Eleganz der Strandpromenade ruiniert hatten, stürzten sie sich jetzt auf das bedauernswerte Hove. Wann immer Grace am Strand entlangfuhr und an den grauenhaften Hotelburgen und dem scheußlichen Brighton Centre vorbeikam, die allesamt den architektonischen Reiz eines Hochsicherheitsgefängnisses besaßen, wäre er am liebsten zum Rathaus gefahren und hätte die Stadtplaner gründlich durchgeprügelt.

Er hatte keineswegs etwas gegen moderne Architektur, es gab viele moderne Gebäude, die er ausgesprochen bewunderte, so zum Beispiel das neue Lloyd's-Gebäude in London, das wie eine gläserne Gurke aussah. Aber er hasste es, seine geliebte Heimatstadt in den Klauen mittelmäßiger Stadtplaner zu sehen.

Die einzige noch sichtbare Grenzmarkierung zwischen den beiden Städten war die Statue eines geflügelten Engels, der in einer Hand eine Weltkugel und in der anderen einen Olivenzweig hielt: die Friedensstatue.

Es war Freitagabend, und in der Stadt brach die Hölle los. In den kommenden Stunden würde die Polizei eine Menge Arbeit bekommen, vor allem auf der West Street, dem Gegenstück zum Strip von Las Vegas, wo sich die Polizei ständig bemühte, den nächsten Drogenkrieg zu verhindern.

Grace erinnerte sich an seine Zeit als Streifenpolizist und beneidete die uniformierten Kollegen nicht im Geringsten.

Die Ampel zeigte grün. Branson fuhr langsam los. Zu ihrer Rechten lag der Regency Square mit seinen schönen, weiß gestrichenen Fassaden aus dem 18. Jahrhundert und dem Park in der Mitte, doch der Einblick wurde durch die Schilder einer Tiefgarage und verschiedener Immobilienmakler verschandelt. Es war eine billige Gegend für Studenten, Durchreisende, Nutten und arme Rentner.

Er verdrängte die trüben Gedanken, denn auf der linken Seite tauchte seine liebste Ecke der Stadt auf, die weitläufigen grünen, sorgsam gemähten Hove Lawns, die sich bis zur Promenade hinunterzogen.

Angesichts der vielen alten Menschen in der Stadt fragte er sich bisweilen, wie es wohl sein würde, selbst alt zu werden. Rentner zu sein, sich nur noch mühsam bewegen zu können, verwirrt von den Gedanken an die Vergangenheit, voller Unverständnis für die Gegenwart und ohne Blick in die Zukunft. Womöglich würde er im Rollstuhl sitzen, eine Decke über den Knien, und vor sich hinstarren.

Sandy und er hatten manchmal Witze darüber gemacht. *Versprich mir, Grace, dass du niemals sabbelst, egal wie debil du bist.* Es war das nette Geplänkel von Menschen gewesen, die sich gut verstanden und mit dem Gedanken, gemeinsam alt zu werden, durchaus leben konnten. Noch ein Grund, weshalb er nie begriffen hatte, warum sie einfach so verschwunden war.

München.

Er musste hin. Irgendwie musste er es schaffen, und zwar schnell. Er sehnte sich verzweifelt danach, ins Flugzeug zu steigen, am besten gleich morgen, aber das war ausgeschlossen. Er trug die Verantwortung für diesen Fall, und die ersten vierundzwanzig Stunden waren entscheidend. Wenn es morgen gut lief, könnte er vielleicht am Sonntag fliegen. Ein Tag München, hin und zurück. Das könnte hinhauen.

Aber es gab noch ein Problem: Was sollte er Cleo sagen?

Glenn Branson telefonierte, obwohl er am Steuer saß. Dann schaltete er das Handy mit düsterem Gesicht aus und steckte es in die Tasche. »Ari geht nicht ran«, sagte er laut, um die Musik zu übertönen. »Ich wollte den Kindern doch nur gute Nacht sagen. Was meinst du, was soll ich machen?«

»Herrgott, ich bin nun wirklich der letzte Mensch auf Erden, der dir einen Rat in Sachen Ehe geben kann.«

»Ich meine, ich könnte doch nachher mal kurz nach Hause fahren, oder?«

»Von Rechts wegen steht es dir zu.«

»Aber ich will nicht, dass sie mir vor den Kindern eine Szene macht.«

»Du solltest ihr ein bisschen Freiraum lassen. Warte ein paar Tage ab, ob sie anruft.«

»Ist es wirklich in Ordnung, dass ich bei dir penne? Ich bringe doch nichts durcheinander, oder? Ist das wirklich okay?«

»Absolut«, entgegnete Grace zähneknirschend.

Branson bemerkte den Unterton. »Ich könnte auch ins Hotel gehen.«

»Wir sind Freunde. Und Freunde sind füreinander da.«

Branson bog nach rechts in eine breite, elegante Straße, die von ehemals prachtvollen Reihenhäusern im Regency-Stil gesäumt wurde.

Er fuhr langsamer und hielt dann vor dem Portal des Lansdowne Place Hotel und stellte den Motor ab.

Vor noch nicht allzu langer Zeit war das Hotel eine heruntergekommene Absteige gewesen, in der sich greisenhafte Stammgäste und Touristen mit kleinem Budget tummelten. Inzwischen hatte es sich jedoch in das angesagteste Hotel der Stadt verwandelt.

Die Eingangshalle war ein Potpourri aus purpurfarbenem Samt, Chrom und vergoldetem Kitsch. Sie traten an die Rezeption, wo sie von einer großen, statuenhaften Frau mit schwarzer Uniformjacke und schwarzem Pagenkopf begrüßt wurden. Auf ihrem goldenen Namensschild stand GRETA.

Grace zeigte seinen Ausweis vor. »Detective Superintendent Grace von der Kripo Sussex. Mein Kollege und ich würden gern mit einem ihrer Gäste sprechen, Mr. Brian Bishop.«

Ihr Lächeln fiel in sich zusammen wie ein kaputter Luftballon, während sie den Namen in den Computer eintippte. »Einen Moment, meine Herren.« Sie griff zum Telefon und drückte einige Knöpfe. Nach einer halben Minute legte sie wieder auf und sagte: »Er meldet sich leider nicht.«

»Die Sache ist sehr wichtig. Dürften wir sein Zimmer sehen?«

Damit war sie völlig überfordert. »Ich muss erst mit dem Manager sprechen.«

»Kein Problem«, erwiderte Grace.

Fünf Minuten später stand er zum zweiten Mal innerhalb von einer Stunde in einem leeren Hotelzimmer.

36

FREITAGABENDS WAR SKUNK immer in seinem »Büro«, weil man an diesem Tag besonders reiche Beute machen konnte. Wer sich in Brighton amüsieren wollte, benahm sich sorglos – und achtlos.

Um acht Uhr platzten die städtischen Parkhäuser aus allen Nähten. Einheimische und Besucher drängten sich in den schmalen, alten Straßen, in Pubs, Bars und Restaurants, und später stand die wilde Jugend Schlange vor den Clubs.

Er hatte eine große Einkaufstüte am Arm und schob sich langsam durch die wogende Menge, vorbei an den voll besetzten Tischen der Straßencafés. Die warme Luft war von tausend Gerüchen erfüllt – Aftershave, Parfüm, Zigarettenrauch, Abgase, Olivenöl, Gewürze, die in Töpfen und Pfannen brutzelten, und über allem ein Hauch von Salz. Skunk war in Gedanken jedoch ganz woanders, blendete das Geplapper um ihn herum aus, das Gelächter, das Klacken hoher Absätze auf dem Pflaster und die Musik, die aus offenen Türen und Fenstern dröhnte. An diesem Abend registrierte er nur am Rande die Rolex-Uhren an sonnengebräunten Handgelenken, den Diamantschmuck und die verräterischen Wölbungen in den Jacketts, wo Männer ihre gut gefüllten Brieftaschen verbargen.

Heute Abend würde er einen noch dickeren Fisch fangen.

Er ging die East Street entlang, stemmte sich gegen den Strom der Menge und bog dann nach rechts zum Strand ab. Mitten auf dem Gehweg machte ein junges Mädchen seinem stoppelhaarigen Freund eine tränenreiche Szene. Als er endlich den Regency Square erreichte, war er in Schweiß gebadet.

Er stieg hinunter in den Urindunst der Tiefgarage. Von der Kohle, die er bei diesem Job verdienen würde, könnte er sich eine Tüte Brown Sugar kaufen und danach, wenn er durch die Clubs zog, einfach alles, was im Angebot war. Er musste nur den Wagen finden, der zu seiner Einkaufsliste passte.

In der Plastiktüte hatte er zwei Nummernschilder. Wenn er den richtigen Wagen gefunden hatte, würde er sie einfach anschrauben.

Hier unten musste er doch das richtige Auto finden. Und wenn nicht, würde er es in einer anderen Tiefgarage versuchen. Schlimmstenfalls auf der Straße. Das Audi Cabrio war ein Auto für reiche Schlampen, und von denen gab es in dieser Stadt weiß Gott genug. Er selbst hätte auch nichts gegen ein Audi Cabrio. Skunk stellte sich vor, wie er in irgendeinem Paralleluniversum an einem warmen Freitagabend mit Bethany die Promenade entlangfuhr, das Radio aufgedreht, umhüllt vom Duft frischen Leders.

Eines Tages.

Eines Tages würde alles anders sein.

Nach wenigen Minuten hatte er im dritten Geschoss den richtigen Wagen gefunden. Dunkler Farbton, der bei der schlechten Beleuchtung nicht genau zu erkennen war, schwarzes Dach, helle Ledersitze. Am Kennzeichen sah er, dass der Wagen noch keine sechs Monate alt war. Beim Näherkommen stellte er fest, dass er vermutlich sogar nagelneu war!

Der Besitzer hatte praktischerweise genau neben einer Betonsäule geparkt, die einen gewissen Sichtschutz bot.

Skunk schaute sich vorsichtig um und legte die Hand auf die Motorhaube. Sie war noch heiß. Gut. Also war der Fahrer eben erst gekommen und würde mit etwas Glück auch so bald nicht zurückkehren. Vorsichtshalber brachte er dennoch mit Doppelklebeband die neuen Nummernschilder an.

Dann holte Skunk eine Art Fernbedienung aus seiner Tüte, richtete sie durch das Fahrerfenster auf das Armaturenbrett, tippte den Code ein, den man ihm gegeben hatte, und drückte den grünen Knopf.

Nichts geschah.

Er versuchte es noch einmal. Das rote Licht an der Fernbedienung leuchtete auf, sonst geschah nichts.

Scheiße. Skunk sah sich nervös um und kniete sich vor den rechten Scheinwerfer. Im Schutz des Wagens und der Säule entspannte er sich wieder. Alles easy, das hatte er schon an mindestens einem Dutzend Audis durchgeführt, und zwar in weniger als fünf Minuten.

Er holte einen Schraubenzieher aus der Tüte und entfernte die Halterung des rechten Scheinwerfers. Dann nahm er die versiegelte Lampe heraus und ließ sie am Kabel baumeln. Er schob eine Zange durch die leere Fassung, ertastete damit das Kabel der Hupe und durchtrennte es. Er fluchte, als er sich die Knöchel versehentlich am heißen Motorgehäuse verbrannte. Endlich hatte er den Mechanismus für die Zentralverriegelung gefunden, deren Drähte er ebenfalls kappte.

Er setzte die Lampe wieder ein, öffnete die Fahrertür und schaltete die Blinkanlage aus, womit er das Alarmsystem endgültig lahmgelegt hatte. Er entfernte die Sicherung der Blinkanlage, warf sie in die Tüte, öffnete die Motorhaube und schloss den Anlasser kurz. Sofort erwachte der Motor zum Leben.

Skunk glitt auf den Fahrersitz und riss heftig am Lenkrad, um das Lenkradschloss zu lösen. Zu seiner Freude entdeckte er, dass an diesem Abend sogar eine kleine Prämie drin war, denn der Besitzer hatte netterweise den Parkschein auf dem Beifahrersitz liegen gelassen. Barry Spiker, der alte Geizkragen, für den er seine Aufträge erledigte, hatte ihm siebenundzwanzig Mäuse gegeben, eine Pauschale gewissermaßen für verlorene Parkscheine. Aber Barry musste hiervon gar nichts erfahren!

Zwei Minuten später hatte Skunk ganze zwei Pfund bezahlt und rollte voller Vorfreude die Rampe hinauf. Damit hatte er schon fünfundzwanzig Pfund im Sack. Er war so gut gelaunt, dass er anhielt, die Musik aufdrehte und das Dach herunter ließ.

Keine gute Idee.

37

»WIE GEHT ES DIR? Was ist denn nur los?«, fragte Sophie besorgt.

»Zieh sie an«, sagte er in scharfem Ton und legte das Paket auf das Tablett.

Draußen in der Dämmerung erklang eine Sirene und übertönte einen Moment lang die dröhnende Musik.

Sophie, verwundert über sein Benehmen, das ihr gar nicht gefiel, löste gehorsam die Schleife und öffnete den Deckel des Geschenkkartons. Zuerst sah sie nur das Seidenpapier.

Aus dem Augenwinkel erspähte sie Chris Tarrant, von dessen Lippen sie die Frage ablesen konnte: »Und Sie bleiben bei dieser Antwort?«

Der Computerfreak mit der Riesenbrille nickte.

Um die Antwort *Marokko* leuchtete ein gelber Rahmen auf.

Sekunden später blitzte *Tunesien* in grüner Farbe.

Chris Tarrants Augenbrauen wanderten in Richtung Haaransatz.

Die Frau im Rollstuhl wirkte wie vor den Kopf geschlagen, während ihr Mann auf seinem Stuhl in sich zusammensank.

»John, Sie hatten 64 000 Pfund . . .«, las sie von Tarrants Lippen ab.

»Willst du jetzt fernsehen oder dein Geschenk auspacken?«

Sie stellte das Tablett auf den Nachttisch. »Natürlich das Geschenk auspacken. Aber zuerst will ich wissen, wie es dir geht. Was mit –«

»Ich will nicht darüber reden. Mach es auf!« Sein aggressiver Ton traf sie wie ein Schlag.

»In Ordnung.«

»Warum siehst du dir überhaupt diese Scheiße an?«

Ihre Augen zuckten wieder zum Bildschirm. »Die Sendung gefällt mir eben. Der arme Kerl, seine Frau sitzt im Rollstuhl, und er hat gerade die 125 000-Pfund-Frage vergeigt.«

»Das ist doch alles Betrug.«

»Ist es nicht!«

»Das ganze Leben ist Betrug, hast du das noch nicht kapiert?«

»Wieso?«

Er deutete auf den Fernseher. »Ich kenne diesen Typen nicht, den kennt kein Schwein. Vor wenigen Minuten saß dieser Niemand auf dem Stuhl und hatte nichts. Jetzt fährt er mit 32 000 Pfund nach Hause und ist trotzdem unzufrieden. Dabei sollte er vor Freude in die Luft springen. Und du willst mir sagen, das sei kein Betrug?«

»Das ist doch eine Frage der Perspektive. Ich meine, von seinem Standpunkt aus –«

»Schalt die verdammte Kiste ab!«

Sophie war noch immer entsetzt über sein aggressives Verhalten, erwiderte aber trotzig: »Nein, ich möchte es gerne sehen.«

»Soll ich gehen, damit du dein beschissenes kleines Quiz weiter gucken kannst?«

Schon bereute sie ihre Worte. Vorhin war sie noch fest entschlossen gewesen, mit Brian Schluss zu machen, doch als er nun hier vor ihr stand, löste sich alles in Wohlgefallen auf. Mein Gott, was der arme Mann gerade durchmachte . . . Sie schaltete den Fernseher aus. »Tut mir leid.«

So hatte er sie noch nie angeschaut. Ganz unpersönlich, als habe sich ein Vorhang über seine Augen gesenkt.

»Es tut mir wirklich leid. Ich bin nur so überrascht, dich hier zu sehen.«

»Du freust dich also nicht, dass ich gekommen bin?«

Sie setzte sich auf, umarmte ihn und küsste ihn auf die Lippen. Er hatte Mundgeruch und war völlig verschwitzt, aber das störte sie nicht. Es waren männliche Gerüche, seine Gerüche. Sie atmete sie ein, als wären es die verführerischsten Düfte der Welt. »Und wie ich mich freue. Ich war nur . . .« Sie schaute in seine wunderbaren haselnussbraunen Augen. »Ich war nur so überrascht, nach dem, was du vorhin am Telefon gesagt hattest. Bitte erzähl mir, was passiert ist. Erzähl mir alles.«

»Aufmachen!« Er wurde lauter.

Sie schlug das Seidenpapier zurück, doch wie bei einer russischen Puppe lag darunter eine weitere Schicht und noch eine. Sie versuchte, ihn von seinem Zorn abzulenken. »Na schön, ich rate jetzt mal, was hier drin ist. Ich tippe auf –«

Plötzlich war sein Gesicht ganz nah, ihre Nasen berührten sich beinahe.

»Mach es auf!«, brüllte er. »Mach es auf, blöde Schlampe!«

38

SKUNK FUHR durch die hereinbrechende Dämmerung, wobei er immer wieder in den Rückspiegel schaute. Die Scheinwerfer des Opel Vectra waren aus dem Nichts aufgetaucht, kurz nachdem er die Tiefgarage verlassen hatte. Jetzt beschleunigten sie und fädelten sich hinter dem schwarzen BMW ein, der genau hinter ihm fuhr.

Das allein hatte noch nichts zu bedeuten. Als er im Stau am Kreisverkehr vor dem Brighton Pier stand, gelang es ihm jedoch, einen flüchtigen Blick auf den Mann auf dem Beifahrersitz zu erhaschen. Und dann überkam ihn die Panik.

Er meinte, den Zivilbullen Paul Packer zu erkennen, dem er mal ein Stück vom Finger abgebissen hatte. Dafür hatte er eine Jugendstrafe abgesessen.

Lindsay Lohan schmetterte gerade »Confessions of a broken heart«, doch Skunk hörte kaum hin, sondern konzentrierte sich auf den Verkehrsfluss im Kreisverkehr und überlegte, welche Ausfahrt am günstigsten sei. Der Fahrer hinter ihm hupte. Skunk zeigte ihm einen Vogel. Er hatte vier Ausfahrten zur Auswahl. Eine führte in die Stadtmitte und geradewegs in den Stau; über die zweite gelangte man auf die Marine Parade, eine breite Straße mit vielen Abzweigungen; die dritte führte am Strand entlang, hatte aber keine Nebenstraßen und bot damit keine Fluchtmöglichkeiten. Und die vierte Ausfahrt führte zurück in die Richtung, aus der er gekommen war. Mit anderen Worten zu den Baustellen und dem starken Verkehr.

Skunk trat mit aller Gewalt aufs Gaspedal. Der Audi schoss vorwärts, schnitt einen weißen Lieferwagen und raste in die Marine Parade. Ein Blick in den Rückspiegel. Von dem Vectra war nichts zu sehen. Gut, er war wohl im Kreisverkehr stecken geblieben.

Die Ampel vor ihm war rot. Er trat fluchend auf die Bremse. Da war der Vectra wieder, überholte auf der falschen Seite, raste wie ein Irrer heran. Quetschte sich genau hinter ihn, einen Zentimeter von seiner Stoßstange entfernt. Der Wagen war blitzsauber. Funkantenne auf dem Dach. Vorn zwei Männer. Und nun konnte er sie im Licht seiner Bremsleuchten genau erkennen.

Scheiße.

Im Spiegel sah er Packers Augen, ruhige Augen, die einen nicht mehr losließen. Selbst als er dem Arschloch den Finger abgebissen hatte, hatte er ihn unverwandt angesehen, ohne Schmerz oder Überraschung zu zeigen. Komische Augen, die sich über ihn lustig machten. Und genauso kam es ihm auch jetzt wieder vor.

Scheiße, warum verhaftet ihr mich nicht?

Seine Nerven waren aufs Äußerste gespannte. Er nickte im Takt der Musik, doch innerlich war er ganz kribbelig. Er brauchte etwas. Den nächsten Schuss. Wo war der beste Weg?

Und warum hielten ihn die Bullen nicht an?

Die Ampel sprang auf Grün. Er gab Gas, schoss auf die Kreuzung, riss abrupt das Steuer nach links und bog in die Lower Rock Gardens, wobei er nur knapp einem entgegenkommenden Taxi auswich. Im Rückspiegel konnte er sehen, wie der Vectra geradeaus über die Kreuzung fuhr.

Er schoss die Straße entlang, die von billigen Bed-&-Breakfast-Pensionen gesäumt war. An der nächsten roten Ampel tauchte der Vectra wieder auf. Das zerstreute seine letzten Zweifel, er wurde tatsächlich verfolgt.

Skunk schaute nach links und rechts. Von links kamen zwei Busse, die knapp hintereinander fuhren. In allerletzter Sekunde gab er Gas und raste zwischen den Bussen hindurch. Er nahm eine scharfe Kurve, überholte einen Nissan auf der falschen Seite, die keine Sicht auf den Gegenverkehr bot, hatte aber Glück.

An der nächsten Kreuzung tauchten weit hinter ihm zwei Scheinwerfer auf. Er bog nach rechts ab und fuhr an der Rennbahn vorbei in den Vorort Woodingdean.

Skunk überlegte, ob er die falschen Nummernschilder wieder entfernen sollte, da der Wagen vermutlich noch nicht als gestohlen gemeldet worden war, fürchtete aber, sein Verfolger könnte ihn einholen. Also raste er grinsend an der nächsten Radarfalle vorbei.

Zehn Minuten später befand er sich auf einer Landstraße. Im Rückspiegel war kein Wagen zu sehen, und er drosselte endlich das Tempo, bevor er an einem Schild mit der Aufschrift *Meades Farm* nach rechts bog.

Der Feldweg führte durch reife Maisfelder, aus denen lebensmüde Kaninchen schossen und seinen Weg kreuzten. Er kam an einer leer stehenden ehemaligen Legebatterie vorbei; eine offene Scheune enthielt noch verrostete landwirtschaftliche Geräte, die seit langem niemand mehr benutzt hatte. Dann tauchte vor ihm eine riesengroße, metallene Scheune auf.

Skunk hielt an. Aus dem Gebäude drang kein Licht, und es parkten auch keine Wagen davor. Nichts deutete darauf hin, dass hier Geschäfte gemacht wurden.

Er holte sein Handy aus der Tasche und wählte eine Nummer. »Draußen.« Mehr brauchte er nicht zu sagen.

Die Automatiktüren glitten so weit auseinander, dass er in den hell erleuchteten Raum hineinfahren konnte, und schlossen sich sofort wieder. Drinnen standen an die zwanzig Fahrzeuge, meist aktuelle Modelle teurer Luxuslimousinen. Manche Autos wirkten völlig intakt, während andere in ihre Einzelteile zerlegt wurden. Trotz der späten Stunde waren noch vier Mechaniker bei der Arbeit.

Barry Spiker trat aus seinem verglasten Büro, Handy am Ohr, und kam zu Skunk herüber. Klein, drahtig, ehemaliger Champion im Fliegengewicht mit Stoppelschnitt und in Stein gemeißelten Gesichtszügen. Er trug einen blauen Overall und Flipflops und stank nach einem widerlich süßen Aftershave. Um den Hals ein Medaillon an einer goldenen Kette. Er ging um den Wagen herum, ohne Skunk zu beachten, und wirkte dabei alles andere als gut gelaunt.

Skunk stieg aus, als Spiker sein Telefonat beendet hatte und auf ihn zukam, das Handy drohend ausgestreckt. »Was soll die Scheiße? Ich wollte einen 3,2 l V6. Dieser Pisspott hat nur 2 Liter. Den kann ich nicht gebrauchen. Du erwartest hoffentlich nicht, dass ich ihn kaufe!«

Skunk sank das Herz in die Hose. »Du . . . du hast nicht . . .«, er zog das verknitterte Papier aus der Tasche und hielt es Spiker hin. »Vom Motor war nicht die Rede.«

»Von welchem verdammten Baum bist du denn gefallen? Wenn Leute schöne Autos kaufen, wollen sie auch einen schönen Motor dazu.«

»Der geht weg wie heiße Semmeln«, verteidigte sich Skunk.

Spiker zuckte die Achseln und betrachtete nachdenklich den Wagen. »Nein, der ist nichts für mich.« Sein Handy klingelte. »Die Farbe gefällt mir auch nicht.« Er sah aufs Display, drückte eine Taste und sagte knapp: »Ich habe zu tun. Ich rufe zurück.« Er legte auf. »Sechzig Mäuse.«

»Wie bitte?« Skunk hatte mit zweihundert gerechnet.

»Dann eben nicht.«

Skunk funkelte ihn an. Das Schwein zog ihn jedes Mal über den Tisch. Entdeckte entweder eine Macke im Lack oder an den Reifen oder erklärte, der Auspuff sei im Eimer. Immerhin hatte er noch Barrys fünfundzwanzig Pfund fürs Parken, geschah ihm recht.

»Woher hast du den?«

»Regency Square.«

Spiker nickte. Er untersuchte sorgfältig das Innere des Wagens auf Kratzer oder Flecken, mit denen er den Preis noch weiter drücken konnte. Dann fiel sein Blick auf etwas, das auf dem Boden vor dem Rücksitz lag. Er bückte sich und holte ein kleines Stück Papier heraus, das er wie eine Trophäe in die Höhe hielt. »Na wunderbar! Das hast du toll gemacht.«

»Was denn?«

»Hier, eine Parkquittung vom Regency Square. Vor zwanzig Minuten bezahlt. Und nur zwei Pfund! Das ist ja super, Skunk! Also schuldest du mir noch fünfundzwanzig Mäuse.«

Skunk hätte sich in den Arsch treten können.

39

SEINE WORTE ERSCHRECKTEN SIE. Er sah sie aus glasigen, blutunterlaufenen Augen an. Hatte er getrunken? Oder Drogen genommen?

»Aufmachen!«, befahl er erneut. »Mach es auf, du Schlampe!«

Sie war versucht, ihn rauszuwerfen. Wie konnte er es wagen, so mit ihr zu sprechen? Sie entfernte die nächste Schicht Seidenpapier. Ein eigenartiges Spielchen. *Erst brüllen und schimpfen, dann ein Geschenk.*

Sie knüllte das Papier zusammen und ließ es neben sich aufs Bett fallen. Sein Zorn wurde immer größer.

»Komm schon, du Schlampe, warum dauert das so lange?«

Sie wünschte, sie wäre irgendwo anders, nur nicht mit ihm in diesem Zimmer. Sie hatte keine Ahnung, was sie in dem Karton finden würde. Er hatte ihr noch nie ein Geschenk gekauft, es schien ihr, als wäre die ganze Welt aus den Fugen geraten.

Ihre Angst vor dem, was sie unter dem Seidenpapier finden würde, wuchs ins Unermessliche.

Dann hatte sie die letzte Schicht erreicht. Darunter lag etwas, das teils hart, teils weich und nachgiebig war, als bestünde es aus Leder. Ihr kam eine Idee. Sie entspannte sich. Lächelte ihn an. Natürlich, das alles war nur ein Scherz gewesen. »Eine Handtasche«, stieß sie hervor. »Es ist eine Handtasche, oder? Wie lieb von dir! Woher wusstest du, dass ich dringend eine neue brauche?«

Doch er lächelte nicht. »Mach es einfach auf«, wiederholte er.

Die Freude verschwand. Seine Stimme klang kalt und monoton. Ihre Angst wurde immer größer. Warum brachte er ihr ein Geschenk mit, wenn seine Frau gerade gestorben war? Sie zog das Papier weg.

Und starrte entsetzt in den Karton.

Keine Handtasche, sondern etwas bedrohlich Aussehendes, eine Art Helm, grau, mit großen Käferaugen, einem Riemen und einem gerippten Schlauch mit einer Art Filter am Ende. Eine Gasmaske, wie sie die Soldaten im Irak trugen. Diese hier war sicher noch älter. Sie roch muffig, nach altem Gummi.

Sie schaute ihn überrascht an. »Haben wir Krieg?«

»Zieh sie an.«

»Ich soll *dieses* Ding anziehen?«

»Zieh sie an.«

Sophie hielt sie vors Gesicht und nahm sie naserümpfend wieder weg. »Soll ich die etwa tragen, während wir miteinander schlafen?« Sie grinste, und ihre Angst schwand ein wenig. »Macht dich das an?«

Statt einer Antwort riss er ihr die Maske aus den Händen, drückte sie ihr aufs Gesicht und zog den Riemen über ihren Hinterkopf, wobei sich ihre Haare schmerzhaft darin verfingen. Der Riemen saß stramm und tat weh.

Einen Moment lang war sie völlig orientierungslos. Die Linsen waren schmutzig und stark getönt. Sie sah ihn und ihre Umgebung wie durch einen grünen Schleier. Sie hörte sich selber atmen, und es dröhnte wie die Brandung des Meeres in ihren Ohren.

»Ich kriege keine Luft«, stieß sie panisch hervor.

»Und ob du Luft kriegst.«

Sie versuchte verzweifelt, sich die Maske vom Gesicht zu reißen, doch er hielt ihre Hände fest. »Hör auf, du blöde Schlampe.«

»Brian«, wimmerte sie, »das Spiel gefällt mir nicht.«

Er warf sie aufs Bett. Ihre Panik wurde immer größer. »Nein!!« Sie trat nach ihm, und ihr rechter Fuß traf etwas Hartes. Er schrie auf vor Schmerz. Sie riss sich los, rollte weg und krachte heftig auf den Boden.

»Verdammte Schlampe!«

Sie krabbelte auf die Knie, zerrte an der Maske, doch dann traf sie ein gewaltiger Schlag in den Magen und nahm ihr den Atem. Sie krümmte sich vor Schmerz.

Er hatte sie geschlagen.

Plötzlich begriff sie, dass nichts mehr sein würde wie früher. Er war völlig durchgedreht.

Er schleuderte sie so hart aufs Bett, dass ihre Waden schmerzhaft gegen die Kante prallten. Sie schrie auf, doch ihre Stimme blieb in der Maske gefangen.

Ich muss hier weg, dachte sie. *Ich muss hier raus.*

Er riss ihr das T-Shirt vom Leib. Ein Plan, sie brauchte einen Plan. Ihr Herzschlag war ohrenbetäubend. *Ich muss die verdammte Maske loswerden. Und dann irgendwie zur Tür, runter zu den Nachbarn. Die helfen mir.*

Sie schaute nach links und rechts, suchte nach einer Waffe. »Brian, bitte, Brian –«

Seine Faust schlug so heftig von der Seite gegen die Maske, dass sie sich den Hals verrenkte.

Da, ein Buch auf dem Nachttisch, ein dicker Wälzer, den sie zu Weihnachten bekommen hatte. Sie schnappte es und schlug es mit aller Gewalt gegen seinen Kopf. Er stieß einen Schmerzenslaut aus und fiel neben dem Bett zu Boden.

Sie sprang auf, stürzte aus dem Schlafzimmer, die Maske noch auf dem Gesicht. Bloß keine Zeit verlieren. Da, die Wohnungstür. Sie griff nach dem Knauf, drehte ihn und zerrte daran.

Die Tür öffnete sich ein Stück und blockierte.

Brian hatte die Sicherheitskette vorgelegt.

Eisige Angst durchflutete sie. Sie riss an der Kette, drückte die Tür zu, riss wieder daran, aber sie klemmte, verdammt, sie klemmte! Sie zitterte am ganzen Körper, schrie, doch die Maske dämpfte ihre Stimme. »Hilfe, Hilfe! Bitte helft mir doch!«

Dann war er hinter ihr. Sie hörte ein knirschendes, metallisches Heulen.

Sie schoss herum. Und sah, was er in der Hand hielt.

Sie öffnete den Mund, doch kein Laut drang hervor. Ihr ganzer Körper erbebte. Dann machte sie sich in die Hose.

40

Ich habe gelesen, dass schlimme Neuigkeiten seltsame Auswirkungen auf das menschliche Gehirn haben. Zeit und Ort verschmelzen untrennbar miteinander. Vielleicht sind wir Menschen so gepolt, dass wir ein Warnsignal erhalten, um gefährliche Orte erkennen zu können.

Ich war damals noch nicht geboren und habe es nicht selbst erlebt, aber viele Leute sagen, dass sie noch genau wissen, wo sie waren und was sie getan haben, als sie am 22. November 1963 von dem Attentat auf Präsident John F. Kennedy erfuhren.

Ich kann mich auch genau daran erinnern, wo ich war und was ich getan habe, als ich am 8. Dezember 1980 hörte, dass John Lennon erschossen worden war. Und ich weiß auch noch sehr genau, dass ich am Morgen des 31. August 1997, einem Sonntag, an meinem Schreibtisch saß und im Internet nach dem Kabelbaum für eine Mark II Jaguar Limousine mit 3,8 l Motor von 1962 suchte, als ich hörte, dass Prinzessin Diana von Wales bei einem Autounfall in einem Pariser Tunnel gestorben war.

Vor allem aber weiß ich noch ganz genau, wo ich war und was ich gemacht habe, als ich an einem Julimorgen elf Monate später den Brief erhielt, der mein Leben zerstörte.

41

ROY GRACE SASS IN SEINEM KLEINEN, stickigen Büro in Sussex House und wartete auf Neuigkeiten von Brian Bishop. Bis zur Besprechung um elf Uhr blieb noch ein wenig Zeit. Er schaute düster auf die mächtige ausgestopfte Forelle, die in einem Glaskasten an der Wand hing, genau unter einer großen runden Uhr, einem Requisit aus der Fernsehserie *The Bill,* die Sandy einmal für ihn ersteigert hatte.

Sein Abendessen, das er sich soeben im Supermarkt gegenüber gekauft hatte, bestand aus einem Thunfischsandwich in einer Plastikhülle, auf der ein gelber Aufkleber mit der Aufschrift SONDERANGEBOT prangte, einem Apfel, einem Schokoriegel und einer Dose Cola light.

Er warf einen Blick auf die Flut von E-Mails, von denen er die meisten löschte und nur einige beantwortete. So zügig er sich auch darum kümmerte, es wurden immer mehr, und die Zahl der unbeantworteten Mails näherte sich der Zweihundertermarke. Zum Glück konnte Eleanor die meisten selbst bearbeiten. Und seinen Terminplan hatte sie auch schon bereinigt, wie sie es zu Beginn einer großen Ermittlung immer tat.

Allein fünfzehn E-Mails bezogen sich auf das Rugbyteam der Polizei, dessen Präsident er im Herbst werden sollte. Was ihn wiederum daran erinnerte, dass trotz des herrlichen Sommerwetters in vier Wochen schon September war. Der Sommer ging allmählich zu Ende. Die Tage wurden merklich kürzer.

Grace startete die Vantage-Software und überprüfte die letzten polizeilichen Meldungen. Nichts Besonderes. Aber dafür war es auch noch zu früh, die Schlägereien und Überfälle würden erst am späten Abend beginnen. Ein Verkehrsunfall auf der London Road in Richtung Brighton. Ein Handtaschendiebstahl. Ein Ladendieb im Tesco-Supermarkt an der Boundary Road. An einer Tankstelle hatte man einen gestohlenen Wagen gefunden. Und auf der A27 trieb sich ein entlaufenes Pferd herum.

Das Telefon klingelte. Es war Detective Sergeant Guy Batchelor, der neu im Team war und den er zu Brian Bishops Golfpartnern geschickt hatte.

Grace mochte Batchelor. Wenn er für eine Krimiserie den idealen Polizeibeamten mittleren Alters finden sollte, würde er jemanden wie ihn aussuchen. Batchelor war groß und kräftig, mit schütterem Haar und einer freundlichen, aber nüchternen Art.

»Roy, ich war bei allen drei Leuten, mit denen Bishop heute Morgen Golf gespielt hat. Aber nur eins könnte für uns wirklich von Interesse sein – alle waren einhellig der Meinung, dass er außergewöhnlich gute Laune hatte und das Spiel seines Lebens hinlegte.«

»Hat einer von ihnen eine Erklärung dafür?«

»Nein, er scheint ein ziemlicher Einzelgänger zu sein, ganz anders als seine Frau, die sie als sehr lebenslustig schildern. Bishop hat keine engen Freunde und ist meist ziemlich schweigsam. Heute jedoch hat er sogar Witze gerissen. Mr. Mishon, der ihn ziemlich gut zu kennen scheint, erklärt, auf ihn habe er gewirkt, als habe er ein Aufputschmittel genommen.«

Grace überlegte. War mit dem Tod seiner Frau etwa eine schwere Last von ihm gefallen?

»Nicht sehr typisch für einen Mann, der gerade seine Frau umgebracht hat, oder?«

»Kommt drauf an, ob er ein guter Schauspieler ist«, entgegnete Grace.

Nachdem Batchelor seinen Bericht beendet hatte, bedankte sich Grace und verabschiedete sich bis zur Besprechung. Er packte sein Sandwich aus, biss hinein und verzog das Gesicht. Das musste ein neues exotisches Brot sein, das er noch nie probiert hatte. Es schmeckte stark nach Kümmel, den er gar nicht mochte. Ein Frühstückssandwich mit Ei und Speck wäre ihm lieber gewesen, aber Cleo hatte versucht, ihn zu einer gesünderen Ernährung zu bekehren. Sie empfahl viel Fisch, obwohl er ihr von einem Artikel erzählt hatte, der über gefährliche Quecksilberwerte im Seefisch berichtete.

Er schloss das Programm und machte sich im Internet auf die Suche nach Flügen, wobei er sich fragte, ob er tatsächlich an einem Tag nach München und wieder zurück fliegen konnte. Er *musste* dorthin, so spärlich Dicks Informationen auch sein mochten. Er *musste* es selbst überprüfen.

Grace schaute auf die Uhr. Zehn vor zehn. Also zehn vor elf in Deutschland. Egal, Dick Pope war sicher noch wach, immerhin hatte er Urlaub. Vermutlich saß er in einem bayerischen Biergarten und gönnte sich ein großes Bier. Grace wählte seine Nummer, doch die Mailbox sprang sofort an.

»Dick, ich bin's noch mal. Tut mir leid, wenn ich dich nerve, aber ich wollte gern noch etwas über diesen Biergarten wissen. Ruf mich bitte zurück.«

Er legte auf und betrachtete seine Sammlung alter Feuerzeuge, die sich auf dem Sims zwischen seinem Schreibtisch und dem Fenster drängten. Sie zeugten von Sandys Vorliebe für Antiquitätenmärkte und Second-Hand-Shops.

Im Büro war es ganz schön eng. Außer seinem Schreibtisch drängten sich dort ein Fernseher samt Videorecorder, ein runder Tisch, vier Stühle und riesige Aktenstapel, dazu die lederne Einsatztasche. Manchmal fragte er sich, ob sich das Papier während seiner Abwesenheit heimlich fortpflanzte.

Jede Akte auf dem Boden stand für einen ungelösten Mordfall. Irgendwann gelangte man in jeder Ermittlung an einen Punkt, an dem alle Spuren und Hinweise ausgeschöpft waren. Was nicht bedeutete, dass die Polizei einfach aufgab. Noch Jahre, nachdem die Soko aufgelöst worden war, galt der Fall als offen – so lange, wie man davon ausgehen konnte, dass Beteiligte noch am Leben waren.

Er trank einen Schluck Cola light.

Am Sonntag um sieben ging ein Flug von British Airways nach München, Landung um zehn vor zehn. Er beschloss, Kriminalhauptkommissar Marcel Kullen anzurufen, den er schon länger kannte.

Marcel war vor einigen Jahren im Rahmen eines sechsmonatigen Austauschprogramms in Sussex gewesen, und sie hatten sich angefreundet. Der Beamte hatte ihn wiederholt eingeladen, ihn und seine Familie in Deutschland zu besuchen. Eigentlich war es schon zu spät, um dort anzurufen, andererseits hatte er aber die Chance, Marcel zu Hause zu erwischen.

Er wollte gerade zum Telefon greifen, als es klingelte.

Am Apparat war Brian Bishop.

42

GRACE FIEL AUF, dass Bishop sich inzwischen umgezogen hatte. Er sah allerdings eher aus wie ein Playboy, der sich einen netten Abend machen will, als wie ein trauernder Witwer.

Er setzte sich in den roten Sessel im Vernehmungsraum und sagte, als habe er die Gedanken des Ermittlers gelesen: »Ihre Beamtin hat meine Kleidung ausgesucht. Ich hätte unter diesen Umständen etwas anderes gewählt. Können Sie mir bitte sagen, wann ich wieder nach Hause darf?«

»So bald wie möglich, Mr. Bishop. Ich hoffe, in wenigen Tagen.«

Bishop richtete sich kerzengerade auf und fragte wütend: »Wie bitte? Das ist doch lächerlich!«

Branson kam mit drei Bechern Wasser, stellte sie auf den Tisch und blieb an der Tür stehen.

»Ihr Haus ist ein Tatort, Mr. Bishop«, sagte Grace sanft. »Es ist die übliche Praxis, einen Tatort so wenig wie möglich zu verändern. Ich hoffe, Sie verstehen, dass dies nur dazu dient, den Täter möglichst schnell zu fassen.«

»Haben Sie schon einen Verdächtigen?«, erkundigte sich Bishop.

»Bevor ich dazu komme, möchte ich um Ihre Erlaubnis bitten, dieses Gespräch aufzuzeichnen. Das macht es einfacher für uns, den Bericht zu verfassen.«

»Heißt das, Sie verdächtigen mich?«, wollte Bishop wissen.

»Ganz und gar nicht.«

Bishop gab mit einer Geste sein Einverständnis.

Glenn Branson schaltete die Aufnahmegeräte ein und setzte sich mit den Worten: »Freitag, 4. August, 22.20 Uhr. Detective Superintendent Grace und Detective Sergeant Branson vernehmen Mr. Brian Bishop.«

»Haben Sie denn schon einen Verdächtigen?«, fragte Bishop.

»Noch nicht«, entgegnete Grace. »Können Sie sich vorstellen, wer das getan hat?«

Bishop lachte kurz auf, als halte er die Frage für vollkommen albern. Seine Augen schossen nach links. »Nein, das kann ich nicht.«

Links stand für Wahrheit. Allerdings hatte Bishop für einen Mann, der soeben seine Frau verloren hatte, ein wenig zu schnell und zu sorglos geantwortet. Er hatte dieses Verhalten schon öfter erlebt: Antworten, die wie einstudiert wirkten; mangelnde Gefühlsregungen. Bishop zeigte die klassischen Anzeichen eines Täters. Was aber noch lange nicht hieß, dass er tatsächlich einen Mord begangen hatte. Sein Lachen konnte auch pure Nervosität sein.

Grace entdeckte einen auffälligen Kratzer an der rechten Hand des Mannes. Gleich neben dem Daumen war die Haut abgeschürft, die Verletzung sah frisch aus. »Sie haben sich die Hand verletzt.«

Bishop zuckte gleichgültig die Achseln. »Ich – das ist passiert, als ich in ein Taxi gestiegen bin.«

»Das Taxi, mit dem Sie vom Hotel du Vin zum Lansdowne Place Hotel gefahren sind?«

»Ja, genau, ich habe eine Tasche in den Kofferraum gepackt.«

Grace nahm sich vor, den Taxifahrer danach zu fragen. Ihm war auch aufgefallen, dass Bishops Augen nach rechts wanderten. Demnach log er.

»Sieht gar nicht gut aus. Was hat der Fahrer denn dazu gesagt?« Grace warf einen Blick zu Branson, der nickte.

»Hat er Ihnen ein Pflaster gegeben?«, ergänzte Branson.

Bishop schaute die Beamten nacheinander an. »Was soll das werden? Das ist ja wie bei der Inquisition. Ich will Ihnen doch nur helfen. Was hat denn der verdammte Kratzer an meiner Hand damit zu tun?«

»Mr. Bishop, bei unserer Arbeit müssen wir eine Menge Fragen stellen, das lässt sich leider nicht vermeiden. Ich habe einen langen Tag hinter mir, genau wie mein Kollege, und auch Sie dürften ziemlich erschöpft sein. Bitte beantworten Sie einfach nur unsere Fragen, dann können wir alle Schluss machen. Und je mehr Sie uns helfen, desto schneller werden wir den Mörder Ihrer Frau fassen.« Grace trank einen Schluck Wasser. »Uns würde interessieren, weshalb Sie das Hotel gewechselt haben.«

Bishop, der die Augen auf den Teppich geheftet hatte, schaute verwundert hoch. »Was soll das heißen? Man hat mir doch gesagt, ich solle dorthin umziehen.«

Nun war es an Grace, die Stirn zu runzeln. »Wer hat Ihnen das gesagt?«

»Na ja, die Polizei, dachte ich.«

»Ich kann Ihnen nicht ganz folgen.«

Bishop breitete die Arme aus, er wirkte aufrichtig überrascht. »Man hat mich in meinem Hotelzimmer angerufen. Der Beamte sagte, das Hotel du Vin werde von der Presse belagert und ich solle daher umziehen.«

»Wie hieß der Beamte?«

»Daran kann ich mich nicht genau erinnern. DS Canning – ja, das könnte es gewesen sein.«

Grace schaute Branson an. »Weißt du was darüber?«

»Nichts.«

»Und der Mann hieß wirklich Canning, ganz sicher?«

»Ja, wenn ich darüber nachdenke, bin ich mir sicher.«

»Was genau hat der Mann zu Ihnen gesagt?«

Die Augen wanderten wieder nach links.

»Dass Sie mir ein Zimmer im Lansdowne Place gebucht hätten. Am Personaleingang neben der Küche werde ein Taxi warten. Ich solle über die Feuertreppe hinuntergehen.«

Grace notierte sich den Namen Canning. »Hat dieser Beamte Sie auf dem Handy oder auf dem Zimmertelefon angerufen?«

Bishop überlegte kurz. »Auf dem Zimmertelefon.«

Grace fluchte innerlich. Damit war der Anruf viel schwerer nachzuverfolgen, da die Telefonzentrale des Hotels zwar die Uhrzeit eingehender Anrufe registrierte, nicht aber die Rufnummern. »Um welche Zeit ist das gewesen?«

»Gegen halb sechs.«

»Sie sind also ins Lansdowne Place umgezogen und haben das Hotel danach verlassen. Wohin sind Sie gegangen?«

»Ich bin am Meer spazieren gegangen.« Bishop betupfte sich die

Augen mit einem Taschentuch. »Katie und ich waren immer sehr gern dort unten. Sie liebte den Strand und war eine erstklassige Schwimmerin.« Er hielt inne und trank einen Schluck Wasser. »Ich muss meine Kinder anrufen – sie sind beide im Ausland in Urlaub. Ich . . .« Er verstummte.

Auch Roy Grace saß nachdenklich da. In seinem Team gab es jedenfalls keinen Beamten namens Canning.

Er entschuldigte sich, verließ den Raum und begab sich in die Soko-Zentrale 1. Er setzte sich an einen Computer und wusste nach kürzester Zeit, dass es in ganz Sussex keinen Polizeibeamten mit diesem Namens gab.

43

UM KURZ VOR MITTERNACHT öffnete Cleo ihm die Tür. Sie trug ein aufgeschnürtes Mieder aus schwarzer Seide, das nur den Ansatz ihrer blassen, schlanken Oberschenkel verbarg – sonst nichts. In der ausgestreckten Hand hielt sie ein randvolles Glas Glenfiddich on the rocks. Sie verströmte ein üppiges, moschusartiges Parfum und empfing Roy Grace mit dem schmutzigsten Grinsen, das er je bei einer Frau gesehen hatte.

»Wow! Das nenne ich eine –«, setzte er an, doch sie hatte schon die Tür hinter ihm zugetreten. Das Mieder klaffte noch weiter über ihren großen, festen Brüsten auf. Dann umschlang sie ihn mit beiden Armen und presste ihre feuchten Lippen auf seine. Ein nach Whiskey schmeckender Eiswürfel flutschte in seinen Mund.

Aus der Nähe wirkten ihre Augen ganz verschleiert.

»Du hast viel zu viel an!« Sie drückte ihm das Glas in die Hand und begann, gierig sein Hemd aufzuknöpfen. Sie küsste seine Brustwarzen, seine Brust und presste ihm mit dem Mund einen Eiswürfel gegen den Nabel. Ihre Augen brannten förmlich vor Glück, sie glitzerten wie Eis in der Sonne. »Du bist wunderbar, Roy, so wunderbar.«

Er zerkaute knirschend den Eiswürfel und rang nach Luft. »Du aber auch.«

»Mehr nicht?« Sie zerrte an seiner Gürtelschnalle, als hinge ihr Leben davon ab, dann riss sie mit einem Ruck seine Hose und die Boxershorts hinunter.

»Ich will damit sagen, du bist die allerschönste, unglaublichste, hinreißendste Frau auf diesem Planeten.«

»Also gibt es auf anderen Planeten noch schönere Frauen?« Flink schob sich Cleo noch einen Eiswürfel in den Mund, nahm die restlichen aus dem Glas und drückte sie ihm gegen die Eier.

Grace stieß einen unartikulierten Laut aus. Sein ganzer Körper brannte vor Lust. Er vergrub die Hände in ihrem Haar, als sie ihr Gesicht in sein Schamhaar drückte.

Er war wie berauscht von der Schwüle der Nacht, ihrem Parfüm, der Berührung ihrer Haut und wünschte sich, dass er diesen unglaublichen Augenblick reiner, lustvoller Freude festhalten könnte.

Doch in der Nähe lauerte ein Schatten. *München.* Er schob ihn weg. Es war ein Geist, mehr nicht.

Er begehrte diese Frau grenzenlos. Nicht nur in diesem Augenblick, er wollte sein Leben mit ihr verbringen. Er vergötterte sie. Noch nie hatte ein Mann eine Frau so geliebt wie er in diesem Moment. Nie hatte er damit gerechnet, dass er das nach neun langen, einsamen Jahren noch einmal erleben würde.

Er fuhr mit den Händen durch ihr langes, seidiges Haar und stieß keuchend hervor: »Mein Gott, Cleo du bist so –«

– unglaublich –

– hinreißend –

– so –

Dann lag er auf ihr, Hose und gestreifte Boxershorts auf den Knöcheln, das Hemd halb ausgezogen, lag auf ihr und war dabei so unglaublich tief in ihr, hielt sie in den Armen, küsste dieses wilde, zuckende Geschöpf, das so viele Gegensätze in sich vereinte.

Er hielt ihren Kopf fest und küsste sie leidenschaftlich auf den Mund. Spürte ihre seidenweiche Haut auf seiner. Ihren unfassbar schönen, geschmeidigen Körper. In diesem Augenblick wirkte sie plötzlich wie ein kleines, verletzliches Mädchen. Das sich plötzlich von ihm löste und beinahe flehend fragte: »Du wirst mir doch nie wehtun, Roy, oder?«

»Niemals.«

»Du bist einfach unglaublich.«

»Und du noch mehr.« Er küsste sie wieder.

Sie drückte ihre Finger so fest gegen seinen Hinterkopf, dass es wehtat. »Ich will, dass du mir in die Augen siehst, wenn du kommst«, flüsterte sie drängend.

*

Später wachte er auf. Sein rechter Arm tat höllisch weh, und er wusste einen Moment lang nicht, wo er war. Im Hintergrund lief Musik. Über ihm stand ein eckiges Glasbecken, in dem ein einsamer Goldfisch durch die Ruinen eines griechischen Miniaturtempels schwamm.

Marlon?

Aber das war doch gar nicht sein Aquarium. Er versuchte, den Arm zu bewegen, doch er blieb reglos liegen wie ein großer Klumpen Gelee. Er schüttelte den Arm, hatte noch immer kein Gefühl darin.

»Kleine Stärkung gefällig?«, fragte Cleo, die nackt über ihm stand und ihm ein Glas Whiskey reichte.

Er nahm das Glas in die linke Hand und trank.

Allmählich erwachte sein Arm wieder zum Leben. Sie küssten sich.

»Wie spät?«

»Viertel nach zwei.«

»Tut mir leid. Ich – ich wollte wirklich nicht einschlafen.«

Sie küsste ihn genießerisch auf beide Augen. »Bist du auch nicht.«

Er wurde sich seiner Umgebung wieder bewusst. Ihr wunderschönes Gesicht und ihr blondes Haar, das Aroma von Schweiß und Sex. Der Goldfisch, der sich auf seine Art und Weise amüsierte. Brennende Kerzen. Pflanzen. Abstrakte Gemälde an den Wänden. Das deckenhohe Regal voller Bücher.

»Sollen wir nach oben ins Bett gehen?«

»Gute Idee«, sagte er.

Als er aufstehen wollte, merkte er, dass er noch immer halb angezogen war.

Er streifte alle Kleider ab und führte Cleo an der Hand die schmale Treppe nach oben, wo er sich auf das breite Bett fallen ließ.

Cleo umschlang ihn und ließ ihre Hand über seinen Bauch zwischen seine Beine wandern. »Ist der große Junge etwa müde?«

»Ein bisschen.«

Sie hielt ihm das Whiskeyglas an die Lippen und ließ ihn wie ein Baby trinken.

»Und, wie war dein Tag? Oder möchtest du lieber schlafen?«

Er versuchte, Ordnung in seine Gedanken zu bringen. Die Frage war berechtigt, wie war sein Tag denn gewesen?

Ganz allmählich kam die Erinnerung wieder. Die Besprechung um elf Uhr abends. Niemand außer ihm selbst hatte etwas Wesentliches zu berichten gehabt – Brian Bishops Umzug von einem Hotel ins andere und die seltsame Erklärung, die er dafür geliefert hatte.

»Kompliziert«, antwortete er, kuschelte sich an sie und küsste ihre rechte Brust. »Du bist die allerallerschönste Frau der Welt. Hat dir das schon mal jemand gesagt?«

»Keiner außer dir«, meinte sie grinsend.

»Da sieht man's mal wieder. Andere Männer haben einfach keinen Geschmack.«

Sie küsste ihn auf die Stirn. »Es mag dich ja überraschen, dass ein so verruchtes Weib wie ich das sagt, aber ich habe nicht alle durchprobiert.«

Er grinste zurück. »Das brauchst du jetzt auch nicht mehr.«

Sie sah ihn fragend an und stützte den Kopf in die Hand. »Ach nein?«

»Ich habe dich die ganze Woche vermisst.«

»Ich dich auch.«

»Wie sehr?«

»Das werde ich dir nicht verraten, sonst steigt es dir zu Kopf!«

»Miststück!«

Sie hob die linke Hand und rollte spöttisch den Zeigefinger ein, um einen schlaffen Schwanz anzudeuten.

»Aber nicht mehr lange.«

»Gut so.«

»Du bist ganz schön verdorben.«

»Das liegt nur an dir.« Sie küsste ihn, rutschte ein Stückchen nach hinten und betrachtete eingehend sein Gesicht. »Dein Haar gefällt mir.«

»Tatsächlich?«

»Ja. Es passt zu dir. Ich finde es ganz toll!«

Er errötete ein wenig. »Danke, das freut mich.«

Glenn Branson hatte ihm einen Termin bei einem ungeheuer angesagten Stylisten namens Ian Habbin gebucht, der in einem supercoolen Salon in Brightons schickster Gegend arbeitete. Jahrelang war Grace Stammkunde bei einem traurigen, alten Italiener gewesen, der einen altmodischen Herrensalon führte. Es war eine völlig neue Erfahrung gewesen, sich die Haare von einem locker plappernden jungen Mädchen waschen zu lassen, umgeben von Kunstwerken und hämmernder Rockmusik.

»Also, Sonntagsessen bei deiner Schwester. Sie heißt Jodie, stimmt's?«, erkundigte sich Cleo.

»Ja.«

»Kannst du mir etwas über sie erzählen? Hat sie einen starken Beschützerinstinkt? Wird das ein Inquisitionsverhör Marke: *Ist die alte Schlampe gut genug für meinen Bruder?*«

Grace trank einen großen Schluck Whiskey, um Zeit zu gewinnen und sich zu sammeln. Dann noch einen Schluck. »Ich habe ein Problem«, sagte er schließlich.

»Und?«

»Ich muss am Sonntag nach München.«

»Nach München? Mensch, ich könnte ja mitkommen! Da wollte ich schon immer mal hin. Hast du schon bei den Billigfliegern nachgesehen?«

Grace umklammerte das Glas und überlegte, ob eine Notlüge in diesem Fall vielleicht gnädiger sei. »Es ist ein offizieller Besuch, Cleo, ich fliege mit einem Kollegen hin.«

»Mit wem denn?« Sie schaute ihn eindringlich an.

»Einem Detective Inspector aus einer anderen Abteilung. Wir treffen uns, um ein Austauschprogramm zu besprechen, irgendeine EU-Geschichte.«

Cleo schüttelte den Kopf. »Wir hatten doch abgemacht, uns nie zu belügen, Roy.«

Er senkte die Augen und spürte, wie er rot wurde.

»Ich kenne dich. Ich weiß genau, was in dir vorgeht. Ich lese es in deinen Augen. Außerdem hast du es mir selbst beigebracht, diese Sache mit rechts und links. Erinnern und erfinden.«

Grace war, als trüge er einen schweren Stein in der Brust. Nach kurzem Zögern berichtete er Cleo von Dick Popes Anruf.

Cleo rückte sofort von ihm ab. Es war, als habe sich eine tiefe Kluft zwischen ihnen aufgetan.

»Prima«, sagte sie.

»Cleo, ich muss wirklich hin.«

»Selbstverständlich musst du das.«

»So war es nicht gemeint.«

»Ach nein?«

»Cleo, bitte, ich –«

»Was passiert, wenn du sie findest?«

Er hob hilflos die Hände. »Ich bezweifle, dass ich sie finde.«

»Aber wenn?«, fragte sie beharrlich.

»Ich weiß es nicht. Wenigstens erfahre ich so, was aus ihr geworden ist.«

»Und wenn sie dich zurückhaben will? Hast du mich deshalb belogen?«

Sie rollte sich weg.

»Cleo, bitte!«

»Was bin ich eigentlich für dich? Ein kleiner Zeitvertreib, bis deine verschwundene Frau wieder auftaucht?«

»Nie und nimmer.«

»Wirklich nicht?«

»Nein, wirklich nicht, das musst du mir glauben.«

»Ich glaube dir aber nicht.«

44

DAS COMPUTERPROGRAMM hatte der Zeitmilliardär selbst geschrieben. Es zeigte analoge Zifferblätter für Städte in sämtlichen Zeitzonen der Welt an.

Durch das Fenster konnte er sehen, wie es über der Stadt langsam dämmerte. Fünf Uhr in England. Sechs in Paris. Acht in St. Petersburg. Elf Uhr in Bangladesch. Ein Uhr mittags in Kuala Lumpur. Drei Uhr nachmittags in Sydney.

In England würden die Leute bald aufstehen. In Peru gingen sie schlafen. Die ganze Welt war der Sonne unterworfen, nur er hatte sich davon befreit. Ihm war es egal, ob Tag oder Nacht war, ob Börsen und Banken geöffnet oder geschlossen waren.

Und es gab einen Mann, dem er das zu verdanken hatte.

Doch er spürte keine Verbitterung mehr. Die hatte er hinter sich gelassen, zusammen mit seiner Vergangenheit. Man musste positiv denken, sich Ziele setzen. Er hatte eine Internetseite entdeckt, auf der es um die Verlängerung des Lebens ging. Wer Ziele hatte, lebte länger, so einfach war das. Und die Leute, die ihre Ziele erreichten, hatten den Hauptgewinn gezogen! Und nun hatte er selbst sogar zwei Ziele erreicht! Er besaß noch mehr Zeit, die er für alle möglichen Dinge verschwenden konnte.

Neben ihm stand eine dampfende Teetasse. English Breakfast mit etwas Milch. Er nahm den Löffel und rührte siebenmal um. Es war ihm sehr wichtig, seinen Tee immer genau sieben Mal umzurühren.

Er wandte seine Aufmerksamkeit wieder dem Computer zu und startete eine andere Software, die er ebenfalls selbst entwickelt hatte. Mit den Suchmaschinen im Internet war er nie wirklich zufrieden gewesen, weil sie nicht genau genug waren. Alle lieferten ihre Informationen in einer selbst gewählten Reihenfolge. Diese hier jedoch verlinkte und durchsuchte alle großen Suchmaschinen und brachte genau die Ergebnisse, die *er* wollte.

Und in diesem Augenblick wollte er das Originalhandbuch eines Karmann Ghia von 1966.

Er saugte an seinem rechten Handrücken. Der Schmerz wurde schlimmer, das Stechen intensiver; davon war er auch aufgewacht und hatte nicht mehr einschlafen können. Allerdings schlief er ohnehin nie viel. Er entdeckte eine leichte Schwellung, die die Bewegung seines Daumens zu beeinträchtigen schien, doch vielleicht bildete er sich das auch nur ein. Auch seine Brust tat noch weh.

»Schlampe«, sagte er laut.

Er ging ins Bad, schaltete das Licht ein, knöpfte sein Hemd auf und zog das Pflaster ab. Der noch frische, blutverkrustete Kratzer stammte von einem langen Zehennagel.

45

UM KURZ NACH FÜNF verließ Roy Grace Cleos Haus und schloss die Tür so leise wie möglich hinter sich. Er fühlte sich furchtbar. Es dämmerte gerade, der Himmel war von einem dunklen Grau, das von dunkelroten Adern durchzogen wurde. Wie eine gefrorene menschliche Leiche. Nur wenige Vögel stimmten einen zaghaften Chor an, der die Morgenstille durchdrang.

Er zitterte, als er den roten Knopf am schmiedeeisernen Tor drückte und auf die Straße trat. Die Luft wurde schon warm, es würde ein weiterer glühender Sommertag werden, doch in seinem Inneren herrschte Regenwetter.

Er hatte kein Auge zugetan.

In den zwei Monaten, seit er mit Cleo zusammen war, hatten sie sich noch nie gestritten. Eigentlich war es auch heute Nacht kein richtiger Streit gewesen. Doch als er sich im Bett unruhig hin und hergewälzt hatte, war ihm klar geworden, dass sich etwas zwischen ihnen grundlegend verändert hatte.

Die Straßenlampen brannten noch, orangefarbene Lichtteiche im rasch herannahenden Tageslicht. Eine Tigerkatze huschte vor ihm über die Straße. Er ging an den parkenden Autos vorbei, registrierte flüchtig eine Coladose im Rinnstein, eine Lache Kotze, eine Schachtel von einem chinesischen Imbiss. Er kam an Cleos blauem MG vorbei, der mit Tau bedeckt war. Davor stand sein Alfa.

Grace stieg ein, ließ den Motor an und schaltete das Radio ein. Er drückte einen Knopf, um den Sender zu wechseln. Irgendjemand redete, doch er hörte nicht zu, sondern starrte auf das geschlossene Tor und fragte sich, ob er zurückgehen und mit ihr sprechen sollte.

Aber was sollte er ihr sagen?

Cleo empfand Sandy als übermächtige Bedrohung. Er wusste, dass er sich in ihre Lage versetzen musste, um sie zu verstehen. Wenn nun ihr Ehemann verschwunden wäre und sie nach München fliegen wollte, um ihn zu suchen? Wie würde er dann wohl reagieren?

Ehrlich gesagt, hatte er keine Ahnung. Er war hundemüde und sich außerdem nicht sicher, ob ihm die – zugegeben äußerst unwahrscheinliche – Aussicht, Sandy wieder zu sehen, überhaupt gefiel.

Zehn Minuten später kam er an dem vertrauten roten Briefkasten Ecke Church Road vorbei und bog an der nächsten Straße links ab. Außer einem Milchwagen lag die Straße, in der er wohnte, völlig verlassen da.

Als er das Haus betrat, wich seine düstere Stimmung plötzlichem Zorn. Sämtliche Lichter brannten, und die alte Musiktruhe war eingeschaltet. Auf dem Plattenteller drehte sich eine seiner seltenen Platten, »Apache« von den Shadows, doch die Nadel war hängen geblieben und gab ein stetes Kratzen von sich. Die HiFi-Anlage war ebenfalls eingeschaltet und ein Teil seiner CD-Sammlung auf dem Boden verstreut, ebenso wie einige seiner kostbaren Pink-Floyd-Platten ohne Hülle, eine geöffnete Dose Grolsch, Harley-Davidson-Broschüren, eine Hantel und andere Utensilien fürs Krafttraining.

Grace stürmte die Treppe hinauf, um sich Glenn vorzuknöpfen, blieb aber unvermittelt stehen und zählte bis zehn. Das arme Schwein war am Boden zerstört. Vermutlich war er nach der Besprechung noch nach Hause gefahren und hatte sich eine Abfuhr geholt. Daher auch die Hanteln. Sollte er doch schlafen.

Er sah auf die Uhr. Zwanzig nach fünf. Grace war zwar müde, aber auch zu aufgedreht, um zu schlafen. Er beschloss, eine Runde zu laufen, um wieder einen klaren Kopf zu bekommen und sich auf den anstrengenden Tag vorzubereiten, der um halb neun mit einer Teambesprechung begann, gefolgt von der Pressekonferenz um elf. Danach plante er eine weitere Vernehmung Brian Bishops, der ihm ganz und gar nicht koscher erschien.

Grace ging ins Bad und bemerkte sofort, dass die Zahnpasta nicht zugeschraubt war. In der Mitte der Tube war eine Vertiefung, das Regal weiß verklebt. Aus unerfindlichen Gründen nervte ihn das noch mehr als das Chaos im Wohnzimmer.

Allmählich fühlte er sich an die alte Fernsehserie *Männerwirtschaft* erinnert, in der zwei Männer zusammenwohnen, von denen einer der absolute Chaot ist. Dann erst wurde ihm klar, was ihn an der Zahnpastatube störte: Genau das hatte Sandy auch immer gemacht.

Es gab nur wenige Dinge, die ihn an ihr geärgert hatten, aber das gehörte dazu – das und der Zustand ihres Autos, das sie als eine Art Mülleimer zu betrachten schien. Der verrostete schwarze Golf quoll stets über von Kassenzetteln, Bonbonpapieren, leeren Einkaufstüten, Lottoscheinen und anderem Abfall, der nicht einfach ins Innere eines Autos gehörte.

Der Wagen stand noch immer in der Garage. Er hatte ihn vor langer Zeit ausgeräumt, als er verzweifelt nach irgendeinem Hinweis für ihr Verschwinden suchte.

»Du bist aber früh auf.«

Er drehte sich um und sah Branson hinter sich stehen, in einer weißen Unterhose, die dünne Goldkette um den Hals, am Handgelenk die fette Taucheruhr. Glenn war in körperlicher Topform, die Muskeln wölbten sich unter der schimmernden Haut. Doch er ließ die Schultern hängen, und sein Gesicht verriet sein ganzes Elend.

»Muss ich ja, wenn ich hinter dir aufräumen will«, konterte Grace.

Branson beachtete die Spitze nicht. »Sie will ein Pferd.«

Grace schüttelte den Kopf, er musste sich verhört haben. »Wie bitte?«

»Ari. Sie will ein Pferd. Und das bei meinem Gehalt.«

»Ist jedenfalls umweltfreundlicher als ein Auto. Vermutlich auch billiger im Unterhalt.«

»Sehr witzig.«

»Wie ist sie denn auf diese Idee gekommen?«

»Na ja, sie ist früher geritten, hat als Kind in einem Reitstall gearbeitet. Jetzt will sie wieder damit anfangen. Sie sagt, wenn ich ihr ein Pferd kaufe, darf ich zurückkommen.«

»Wo kriege ich eins her?«, erkundigte sich Grace eifrig.

»Es ist mir ernst.«

»Mir auch.«

46

ROY GRACE HATTE RECHT GEHABT. Da Parlamentsferien waren und das schlagzeilenträchtigste Ereignis der vergangenen vierundzwanzig Stunden ein Zugunglück in Pakistan war, überboten sich die Zeitungen, vor allem die Boulevardblätter, mit schockierenden Enthüllungen über einen Erstligafußballer, der bei einem flotten Dreier erwischt worden war; einen Panther, der anscheinend die idyllische Landschaft von Dorset terrorisierte, und Prinz Harrys Strandgekuschel mit einem beneidenswert hübschen Mädchen. Alle gierten förmlich nach einer großen Story, und was konnte es da Besseres geben als den Mord an einer reichen, schönen Frau?

Der Konferenzraum war proppenvoll, sodass die Journalisten bis auf den Flur standen. Grace äußerte sich nur knapp, weil es einfach noch nicht viel zu sagen gab. Über Nacht waren keine neuen Informationen hinzugekommen, und bei der Teambesprechung hatte er lediglich die Aufgaben für diesen Tag verteilt.

Er erklärte deutlich, dass die Polizei vor allem Wert darauf lege, Mrs. Bishops letzte Tage nachzuvollziehen, und daher die Bevölkerung um entsprechende Hinweise bitte. Die Presse werde einige Fotos erhalten, die Grace im Haus der Bishops ausgesucht hatte. Auf einem war die Tote im Bikini in einem Schnellboot zu sehen, auf einem anderen hinter dem Steuer ihres BMW Cabrio und auf dem dritten beim Derby mit langem Kleid und elegantem Hut.

Grace hatte die Fotos mit Bedacht ausgewählt, weil er wusste, dass sie den Redakteuren gefallen würden. Es waren genau die Fotos, für die sich die Leser begeisterten – eine schöne Frau, die ein glanzvolles Leben auf der Überholspur führte. Da griffen die Zeitungen nur zu gerne zu. Und je mehr die Presse berichtete, desto größer die Chance, dass sich ein wichtiger Zeuge melden würde.

Als die Pressekonferenz zu Ende war, ging er rasch hinaus, weil er Cleo unbedingt noch vor der nächsten Vernehmung anrufen wollte. Doch kurz bevor er die Sicherheitstür erreichte, die zu seinem Büro führte, sprach ihn jemand von hinten an. Er drehte sich um und entdeckte zu seinem großen Missvergnügen, dass ihm Kevin Spinella vom *Argus* gefolgt war.

»Was wollen Sie denn hier?«

Spinella lehnte an der Wand, kaute mit dreistem Gesicht Kaugummi und klappte sein schwarzes Notizbuch auf. Er trug einen Anzug, der aussah, als müsste er noch hineinwachsen, und hatte seine Haare lässig mit Gel gestylt.

»Ich wollte Sie gerne etwas unter vier Augen fragen, Detective Superintendent.«

Grace hielt seine Sicherheitskarte vor das Schloss, das mit einem Klick aufsprang. Er öffnete die Tür. »Ich habe bereits alles gesagt und werde zu diesem Zeitpunkt keinen weiteren Kommentar abgeben.«

»Aber Sie haben etwas verschwiegen«, sagte Spinella mit selbstzufriedenem Grinsen.

»Dann reden Sie mit Dennis Ponds, der ist der Pressesprecher.«

»Eigentlich wollte ich es bei der Konferenz erwähnen, aber das hätte Ihnen nicht gefallen. Die Sache mit der Gasmaske, meine ich.«

Grace schoss herum und sah den Reporter entsetzt an. Hinter ihm fiel die Tür wieder ins Schloss. »Was haben Sie gerade gesagt?«

»Ich habe gehört, dass am Tatort eine Gasmaske entdeckt wurde, die der Mörder möglicherweise benutzt hat. War das ein Sexspiel oder so?«

Grace überlegte fieberhaft. Er kochte innerlich vor Zorn, musste sich aber beherrschen. So etwas passierte nicht zum ersten Mal. Vor einigen Monaten waren schon einmal Informationen über ein wichtiges Beweisstück an den *Argus* weitergegeben worden. Wo war das Leck? Im Grunde konnte es jeder gewesen sein; immerhin wusste mindestens die halbe Belegschaft der Sussex Police darüber Bescheid.

Statt den Reporter anzubrüllen, schaute Grace ihn prüfend an. In ein oder zwei Jahren würde er vermutlich für eine große Zeitung arbeiten, und es hatte keinen Sinn, sich mit ihm anzulegen.

»Ich weiß zu schätzen, dass Sie es bei der Konferenz nicht erwähnt haben.«

»Es stimmt also?«

»Ist das hier jetzt offiziell oder nicht?«

Spinella klappte sein Notizbuch zu. »Inoffiziell.«

Grace zögerte, da er dem Mann nicht so recht traute. »Man hat am Tatort eine Gasmaske aus dem Zweiten Weltkrieg gefunden, aber wir wissen noch nicht, ob es eine Verbindung zum Tod der Frau gibt.«

»Und das halten Sie zurück, weil nur der Täter wissen kann, dass die Maske dort war?«

»So ungefähr. Es wäre sehr hilfreich, wenn Sie noch nichts darüber bringen würden.«

»Und was springt für mich dabei heraus?«, konterte Spinella.

Grace grinste angesichts der dreisten Frage. »Wollen Sie mit mir ins Geschäft kommen?«

»Eine Hand wäscht die andere. Ich habe was bei Ihnen gut, einverstanden?«

Grace schüttelte immer noch grinsend den Kopf. »Ganz schön gewieft.«

»Ich bin froh, dass wir uns so gut verstehen.«

Grace wandte sich zur Tür.

»Noch eine Frage auf die Schnelle. Stimmt es, dass Sie und Assistant Chief Constable Alison Vosper nicht gerade die besten Freunde sind?«

»Ist das immer noch inoffiziell?«

Spinella nickte und hielt das geschlossene Notizbuch hoch.

»Kein Kommentar!«, sagte Grace bissig und verschwand durch die Tür.

Zehn Minuten später nahmen Grace und Branson im Vernehmungsraum gegenüber von Brian Bishop Platz, der sehr mitgenommen wirkte. Die Familienbetreuerin Maggie Campbell hatte ihn vom Hotel herübergebracht und wartete vor der Tür.

Grace trug ein kurzärmeliges Hemd und kein Sakko, tupfte sich aber schon den Schweiß von der Stirn. Branson war lässig gekleidet und wirkte besser gelaunt als am Vortag.

»Dürfen wir das Gespräch wieder aufzeichnen, um Zeit zu sparen, Sir?«, erkundigte sich Grace.

»Mir egal.«

Branson schaltete das Gerät ein. »Samstag, 5. August, 12.15 Uhr. Detective Superintendent Grace und Detective Sergeant Branson vernehmen Mr. Brian Bishop.«

Grace trank einen Schluck Wasser und bemerkte, dass Bishop fast dieselbe Kleidung wie am Vortag trug. Er wirkte sehr viel niedergeschlagener, als sei ihm sein Verlust erst jetzt bewusst geworden. Womöglich hatte sich gestern noch der Einfluss des Adrenalins nach dem Schock bemerkbar gemacht, so etwas war nicht ungewöhnlich. Jeder Mensch trauerte anders, aber es gab bestimmte Phasen, die fast jeder durchlief. Schock. Leugnung. Zorn. Traurigkeit. Wut. Schuldgefühle. Einsamkeit. Verzweiflung. Allmähliches Akzeptieren. Grace wusste allerdings nur zu gut, dass einige Mörder, denen er begegnet war, in dieser Hinsicht Oscar-reife Vorstellungen geliefert hatten.

Er sah zu, wie Bishop sich vorbeugte und angestrengt in dem Kaffee rührte, den Branson ihm gebracht hatte. Grace runzelte die Stirn, als er den Ausdruck intensiver Konzentration auf Bishops Gesicht sah. Zählte der Mann etwa, wie oft er umrührte?

»Was macht Ihre Hand?«

Auf dem Kratzer hatte sich eine Kruste gebildet. »Es ist schon besser, danke.«

»Neigen Sie generell zu Unfällen?«

»Eigentlich nicht.«

Grace nickte und schwieg, worauf Branson ihm einen fragenden Blick zuwarf.

Falls Bishop seine Frau getötet hatte, war es denkbar, dass er sich die Verletzung dabei zugezogen hatte. Es konnte aber auch reine Ungeschicklichkeit gewesen sein. Bishop wirkte eigentlich nicht ungeschickt, andererseits befand er sich in einer Ausnahmesituation.

»Welche Fortschritte haben Sie gemacht?«, erkundigte sich Bishop mit heiserer Stimme. »Haben Sie schon eine Ahnung, wer das getan haben könnte?«

Und ob, ich habe den Eindruck, ich sitze ihm gegenüber, dachte Grace, ließ sich aber nichts anmerken. »Leider sind wir nicht weitergekommen, Sir. Ist Ihnen vielleicht noch etwas eingefallen? Haben Sie und Ihre Frau sich Feinde gemacht?«

»Nein, nein, überhaupt nicht. Ich glaube aber, dass manche Leute neidisch waren, das schon.«

»Warum glauben Sie das?«

»Na ja, Katie und ich, wir – wir waren so eine Art Traumpaar. Hier in der Stadt. Es lag wohl an unserem Lebensstil.«

»Den Sie selbst gewählt haben.«

Bishop lächelte freudlos. »Ja, das haben wir. Ehrlich gesagt, war es wohl eher Katies Wunsch. Sie wollte gerne im Rampenlicht stehen, hatte große gesellschaftliche Ambitionen.«

Eine Fliege summte hektisch durchs Zimmer. Grace folgte ihr mit den Augen und sagte dann: »Sie fahren einen recht auffälligen Bentley. Haben Sie ihn ausgesucht oder Ihre Frau?«

Bishop zuckte die Achseln. »Ich, aber Katie hat wohl die Farbe ausgesucht, die hat ihr wirklich gefallen.«

»Das ist sehr diplomatisch. Frauen haben manchmal Probleme mit diesen Männerspielzeugen, da sollte man sie möglichst einbeziehen.« Er warf Branson einen Blick zu. »Das gilt natürlich auch umgekehrt.«

Sein Kollege verzog das Gesicht.

Bishop kratzte sich am Kopf. »Hören Sie – ich brauche – ich brauche Hilfe, wegen der Bestattung, wie soll ich das schaffen?«

Grace schaute ihn mitfühlend an. »Leider liegt es nicht an mir, wann die Leiche freigegeben wird. Sie sollten aber schon einmal ein Bestattungsunternehmen kontaktieren. Dabei kann Ihnen Linda Buckley helfen.«

Bishop schaute in seine Kaffeetasse und sah plötzlich aus wie ein kleiner, verlorener Junge.

»Ich würde einen bestimmten Zeitabschnitt gerne noch einmal mit Ihnen durchgehen«, sagte Grace.

»Ja?«

Grace blätterte in seinem Notizbuch. »Sie haben am Donnerstag in London geschlafen und sind früh am Freitagmorgen nach Brighton gefahren, um Golf zu spielen.« Er blätterte noch eine Seite zurück und las sie aufmerksam durch. »Gestern Morgen um halb sieben hat der Portier Oliver Ihnen geholfen, Ihre Golfausrüstung und das Gepäck in den Wagen zu laden. Das stimmt doch, oder?«

»Ja.«

»Und den Abend haben Sie in London verbracht und mit Ihrem Finanzberater, Mr. Phil Taylor, gegessen?«

»Ja, das kann er bezeugen.«

»Das hat er schon, Mr. Bishop.«

»Gut.«

»Und der Portier hat bestätigt, dass er Ihnen um halb sieben beim Beladen des Wagens geholfen hat.«

»Das sollte er auch.«

»Selbstverständlich.« Grace las noch einmal seine Notizen durch. »Sind Sie sicher, dass Sie zwischen dem Abendessen und Ihrem Aufbruch am nächsten Morgen nicht noch woanders gewesen sind?«

Brian Bishop zögerte, weil er an das bizarre Telefonat mit Sophie denken musste. Es ergab einfach keinen Sinn. Nie und nimmer war er eineinhalb Stunden zu ihr nach Brighton und von dort aus wieder nach London gefahren, ohne sich daran erinnern zu können.

Oder doch?

Er sah die Beamten nacheinander an. »Nein, ich bin definitiv nirgendwo gewesen.«

Grace hatte das Zögern bemerkt, doch dies war nicht der richtige Augenblick, um die Aufnahme der Kamera zu erwähnen.

Grace konnte auf einige Ermittler zurückgreifen, die in Vernehmungstechniken geschult waren und Bishop gehörig unter Druck setzen würden. Die Kameraaufnahme wollte er sich für diese Gelegenheit aufheben.

Dieser Teil der Vernehmung würde beginnen, sobald Grace Bishop offiziell als Verdächtigen behandelte. Und das würde nicht mehr lange dauern.

47

AUCH IN DEN ZWEI-UHR-NACHRICHTEN im Radio kam der Mord an Katie Bishop an erster Stelle, genau wie in den vergangenen vierundzwanzig Stunden. Mit jedem Bericht wurde die Geschichte ein wenig mehr aufgepeppt, um sie noch glamouröser zu machen. Allmählich hörte es sich an wie eine Seifenoper.

High Society von Brighton.

Reicher Geschäftsmann.

Straße der Millionäre.

Der Sprecher Dick Dixon versuchte verzweifelt, seinen Bericht interessant zu gestalten, obwohl es keine echten Fortschritte bei den Ermittlungen gab. Er wollte den Eindruck erwecken, dass ein Durchbruch unmittelbar bevorstand, und spielte die Stimme eines gewissen Detective Superintendent Roy Grace ein, die bei einer Pressekonferenz aufgezeichnet worden war.

»Wir haben es hier mit einem besonders abscheulichen Verbrechen zu tun. Es wurde in einem Wohnhaus begangen, das mit einer aufwändigen Alarmanlage geschützt ist. Jemand ist auf brutale Weise in diese Privatsphäre eingedrungen und hat ein Menschenleben ausgelöscht. Mrs. Bishop hat sich unermüdlich für karitative Zwecke eingesetzt und war eine der beliebtesten Bürgerinnen unserer Stadt. Wir möchten ihrem Mann und ihrer ganzen Familie unser tief empfundenes Beileid aussprechen. Wir werden nicht eher ruhen, bis wir diese böse Kreatur ihrer gerechten Strafe zugeführt haben.«

Böse Kreatur.

Während er den Worten des Polizeibeamten lauschte, saugte er erneut an seiner Hand. Der Schmerz wurde immer schlimmer.

Böse Kreatur.

Die Schwellung war jetzt deutlich zu erkennen. Und noch etwas gefiel ihm ganz und gar nicht: Von der Wunde verliefen dünne, rote Linien in Richtung Arm. Er saugte noch heftiger, um das Gift, das womöglich dort drin steckte, zu entfernen. Auf dem Schreibtisch stand eine frische Tasse Tee. Er rührte um und zählte dabei.

1, 2, 3, 4, 5, 6, 7.

Jetzt war wieder Dick Dixon zu hören, der über die Proteste gegen den Bau eines dritten Terminals auf dem Flughafen Gatwick berichtete. Die Stimme des örtlichen Parlamentsabgeordneten wurde eingespielt, er wetterte heftig gegen die Baupläne.

Böse Kreatur.

Er stand wütend auf und entfernte sich von seinem Computer, schlängelte sich zwischen Stapeln von Computerzubehör, Autozeitschriften und Reparaturanleitungen hindurch, bis er vor dem schmutzigen Kellerfenster mit den Netzgardinen stand. Niemand konnte hereinsehen, aber er hatte von hier unten einen guten Blick. Von seiner Höhle aus, wie er den Raum gerne nannte, sah er zwei gut geformte Beine am Fenster vorbeigehen. Lang, braun gebrannt, fest und muskulös, darüber den Hauch eines Minirocks.

Er bekam Lustgefühle, doch das schlechte Gewissen folgte auf dem Fuß.

Böse Kreatur.

Er kniete sich auf den fadenscheinigen Teppich, der nach Staub roch, bedeckte das Gesicht mit den Händen und betete das Vaterunser. Danach fügte er noch ein eigenes Gebet hinzu: »Lieber Gott, vergib mir meine lüsternen Gedanken. Mach, dass sie mir nicht im Weg stehen. Lass nicht zu, dass ich die Zeit, die du mir geschenkt hast, an solche Gedanken verschwende.«

Er betete noch ein wenig und stand wieder auf, von neuer Energie erfüllt und glücklich, weil er Gott jetzt bei sich im Zimmer spürte. Er kehrte zum Computer zurück und trank einen Schluck Tee. Im Radio erklärte jemand, wie man einen Drachen steigen lässt. Er selbst hatte nie einen Drachen steigen lassen. Vielleicht wäre es gar nicht so schlecht. Vielleicht würde es ihn ablenken. Es wäre eine gute Möglichkeit, etwas von der Zeit, die sich auf seinem Konto angesammelt hatte, auszugeben.

Ja, einen Drachen.

Gut.

Aber wo konnte man so etwas kaufen? Im Sportgeschäft? Im Spielwarenladen? Natürlich übers Internet!

Keinen zu großen Drachen, er hatte ohnehin schon wenig Platz, doch die Wohnung gefiel ihm, weil sie drei Eingänge hatte – und damit natürlich auch drei Ausgänge.

Absolut ideal für eine *böse Kreatur.*

Das Haus, in dem er wohnte, lag an der viel befahrenen Sackville Road, wo Tag und Nacht Verkehr herrschte. Die Gegend war ziemlich heruntergekommen, während das andere Ende der Straße, das näher am Meer lag, rasch aufgewertet worden war. Hier aber, in der Nähe des Industriegebiets, wo eine Eisenbahnbrücke über die Straße führte, gab es nur einige wenige Geschäfte mit schmutzigen Schaufenstern und alte Reihenhäuser, die man in billige Wohnungen und Büros umgewandelt hatte.

Die Bewohner wechselten ständig, Studenten, aber auch Durchreisende und der eine oder andere Dealer. Nur selten trauten sich die eleganten älteren Damen von Hove in diese Straßen. Im Grunde war es eine anonyme Gegend, in der man sich rund um die Uhr bewegen konnte, ohne Aufmerksamkeit zu erregen.

Wie geschaffen für ihn. Nur die Nachtspeicherheizung und der undichte Spülkasten der Toilette trübten seine Freude ein wenig. Er reparierte alles selbst. Bloß keine Handwerker. Die wollte er hier nicht haben.

Der eine Ausgang führte über die Vordertreppe, der andere durch den Garten, der zur Erdgeschosswohnung gehörte. Deren Besitzer war ein abgefuckter Typ mit strähnigem Haar, der im Garten nur Rost und Unkraut züchtete. Der dritte Ausgang war für den Jüngsten Tag reserviert. Er lag versteckt hinter einer Wand aus Sperrholz, die mit der gleichen Blumentapete beklebt war wie die umliegenden Wände. Von der Tapete war allerdings nicht viel zu sehen, da der ganze Raum mit Zeitungsausschnitten, Fotos und Familienstammbäumen bepflastert war.

Ein Foto war nagelneu – er hatte es erst vor einer Viertelstunde aufgehängt. Es war eine körnige Aufnahme von Detective Superintendent Roy Grace aus dem *Argus* von heute, die er eingescannt, vergrößert und ausgedruckt hatte.

Er starrte den Polizisten an, dessen scharfe Augen, den ruhigen, entschlossenen Gesichtsausdruck. *Du könntest in der Tat ein Problem für mich werden. Du stehst mir im Weg. Darum müssen wir uns kümmern. Dir eine Lektion erteilen. Niemand nennt mich ungestraft eine böse Kreatur.*

»Niemand nennt mich eine *böse Kreatur*, verstanden? Das wird dir noch leid tun. Ich weiß genau, wen du liebst!«, brach es aus ihm heraus.

Er hyperventilierte, seine linke Hand zuckte wie im Krampf. Dann lief er im Zimmer auf und ab und kehrte zu dem Foto zurück. Er spürte, dass er sein Dasein als Zeitmilliardär nicht länger genießen konnte. Denn die Zeit wurde ganz allmählich knapp.

48

UM KURZ VOR VIER stand Holly Richardson in der schicksten neuen Boutique von Brighton an der Kasse und bezahlte ein irrsinnig teures, mit Strass besetztes schwarzes Kleidchen, das sie um jeden Preis für die Party heute Abend brauchte. Sie bezahlte mit einer Kreditkarte, die praktischerweise als Werbesendung mit der Post gekommen war. Vor wenigen Tagen war dann auch die Geheimzahl gefolgt. Ihre andere Karte war bis zum Anschlag ausgereizt, und sie hatte ausgerechnet, dass sie den Betrag angesichts dessen, was sie als Empfangsdame eines Fitnesszentrums verdiente, ungefähr an ihrem fünfundneunzigsten Geburtstag abbezahlt hätte. Die neue Kreditkarte war ein Geschenk des Himmels.

Einen reichen Mann zu heiraten, war nicht nur eine Möglichkeit, sondern absolut notwendig.

Vielleicht würde sie ja heute Abend auf der Party, zu der sie mit Sophie gehen würde, endlich den wahnsinnig toll aussehenden, irrsinnig reichen Traummann kennenlernen, der auf dunkelhaarige Mädchen mit großer Nase stand. Der Gastgeber war ein erfolgreicher Musikproduzent, dessen hinreißendes Haus im maurischen Stil unmittelbar am Strand lag, ganz in der Nähe des Anwesens, das Paul McCartney seiner Heather in glücklicheren Zeiten gekauft hatte.

Oh, Scheiße! Sie hatte Sophie gestern versprochen, zurückzurufen, sobald sie den Friseursalon verlassen hätte, es dann aber völlig verschwitzt.

Als sie aus der Boutique trat, in der Hand die elegante Tüte mit der kostbaren Neuerwerbung, holte sie ihr winziges, nagelneues Nokia-Handy aus der Tasche und wählte die Nummer ihrer Freundin. Die Mailbox meldete sich sofort. Sie hinterließ eine Nachricht, in der sie sich entschuldigte und vorschlug, um halb acht irgendwo etwas zu trinken und danach mit dem Taxi zur Party zu fahren. Dann rief sie noch bei Sophie in der Wohnung an. Auch dort meldete sich nur der Anrufbeantworter.

Holly hinterließ eine zweite Nachricht.

49

ROY GRACE HINTERLIESS DIESMAL keine Nachricht, da er schon auf Cleos Anrufbeantworter, ihr Handy und den Anrufbeantworter im Leichenschauhaus gesprochen hatte. Nun ertönte zum dritten Mal an diesem Tag ihre energische Ansage auf der Mailbox. Er legte auf. Sie ging ihm aus dem Weg, soviel war klar.

Scheiße, Scheiße, Scheiße.

Er war wütend auf sich selbst, weil er die Sache so ungeschickt angegangen war. Er hatte Cleo belogen und damit ihr Vertrauen zerstört. Sicher, es war eine Notlüge gewesen, aber trotzdem. Mit einer einzigen Frage hatte sie ihn völlig aus dem Konzept gebracht, einer Frage, die er einfach nicht beantworten konnte.

Was passiert, wenn du sie findest?

Er wusste es wirklich nicht. Es gab so viele Unwägbarkeiten, so viele Gründe, aus denen Menschen verschwanden, und die meisten davon kannte er. Er hatte die ganzen Fragen wieder und wieder mit der Beratungsstelle für die Angehörigen vermisster Personen und auch dem Psychiater, den er jahrelang aufgesucht hatte, durchgesprochen. Im Grunde seines Herzens klammerte er sich an die schwache Hoffnung, dass Sandy, falls sie noch am Leben war, unter Amnesie litt. Das war in den ersten Wochen nach ihrem Verschwinden auch durchaus realistisch gewesen, doch nach so vielen Jahren wurde dieser Strohhalm allzu dünn.

Vor seinem Gesicht baumelte eine rosa Swatch mit weißen Zahlen und weißem Armband. »Meine neunjährige Tochter hat auch so eine bekommen. Sie war außer sich vor Freude, total begeistert«, meinte der Verkäufer hilfsbereit.

Grace konzentrierte sich wieder auf seinen Einkauf. Seine Schwester hatte vorgeschlagen, er solle seiner Patentochter eine Armbanduhr kaufen, doch auf der Glastheke vor ihm lagen jetzt zehn verschiedene Modelle, und er hatte leider keine Ahnung, was eine Neunjährige heutzutage cool fand. Er erinnerte sich mit Grauen an die furchtbaren Geschenke, die er von seinen wohlmeinenden Paten bekommen hatte: Socken, einen Bademantel, einen Pullover und die hölzerne Nachbildung eines Lieferwagens von Harrods, bei dem sich nicht einmal die Räder drehten.

Die rosa Uhr war eindeutig am hübschesten. »Ich kenne mich mit Uhren überhaupt nicht aus. Sie meinen also, dass ein neunjähriges Mädchen diese hier cool finden würde?«

»Die ist der absolute Hit, Mann«, sagte der Verkäufer, ein freundlicher Farbiger aus der Karibik. »Die haben jetzt alle. Haben Sie mal die Sendung samstags morgens auf Channel Four gesehen?« Grace schüttelte den Kopf.

»Letzte Woche hatte ein Kind genau diese Uhr an. Meine Tochter ist völlig ausgeflippt!«

»Wie viel kostet sie?«

»Dreißig Pfund. Mit einer schönen Dose dazu.«

Grace nickte und holte seine Brieftasche heraus. Ein Problem hatte er damit gelöst. Leider nicht das größte.

*

Bei der Besprechung um halb sieben sah er sich mit größeren Problemen konfrontiert, wobei die unerträgliche Hitze im Raum noch seine geringste Sorge war. Alle zweiundzwanzig Teammitglieder hatten die Jacken ausgezogen, und die meisten trugen wie Grace Hemden mit kurzen Ärmeln. Die Tür stand offen, weil sie sich einbildeten, dass vom Flur kühlere Luft hereinkäme, und zwei Ventilatoren erzeugten nichts als Lärm. Alle schwitzten. Von fern war leiser Donner zu hören.

»Na bitte, da haben wir doch den traditionellen englischen Sommer«, sagte Norman Potting, unter dessen Achselhöhlen riesige Schweißflecken zu sehen waren. »Zwei schöne Tage, dann kommt schon das Gewitter.«

Einige lächelten, doch Grace hörte nur mit einem Ohr hin. Cleo hatte immer noch nicht zurückgerufen. Er hatte für den nächsten Morgen um sieben Uhr einen Flug nach München gebucht und würde die Maschine abends um 21.15 Uhr zurück nehmen. Obwohl er seit vier Jahren keinen Kontakt zu Marcel Kullen gehabt hatte, hatte dieser ihn innerhalb von einer Stunde zurückgerufen und darauf bestanden, ihn persönlich am Flughafen abzuholen. Dann hatte Grace das Essen bei seiner Schwester abgesagt, die sehr enttäuscht gewirkt hatte.

»Samstag, 5. August, 18.30 Uhr. Dies ist die vierte Besprechung der Operation Chamäleon. Wir ermitteln im Mordfall Mrs. Katherine Margaret Bishop – genannt Katie – am Tag zwei nach Auffinden der Leiche um 8.30 Uhr gestern Morgen. Ich fasse zunächst die neuesten Erkenntnisse zusammen.«

Er machte es kurz, überging einige Details und endete mit der Feststellung, dass Informationen über das entscheidende Beweisstück, die Gasmaske, an einen Reporter vom *Argus* durchgesickert waren. Er schaute seine Kollegen eindringlich an. »Weiß jemand, wie er an diese Information gelangt ist?«

Alle blickten ihn ausdruckslos an.

Grace, gereizt von der Hitze und seinen persönlichen Problemen, schlug mit der Faust auf den Tisch. »Das ist jetzt das zweite Mal innerhalb kurzer Zeit.« Er warf einen Blick zu Inspector Kim Murphy, die zustimmend nickte. »Ich sage damit nicht, dass es jemand hier in diesem Raum gewesen ist, aber ich werde verdammt nochmal herausfinden, wer dafür verantwortlich ist, und ich verlange, dass Sie alle die Ohren offen halten. Verstanden?«

Allgemeines Nicken. Die kurze Stille wurde von einem Blitz unterbrochen, und die Lampen im Raum flackerten auf. Das Donnergrollen folgte sofort darauf.

»Nur zu Ihrer Information – ich werde bei den Besprechungen morgen nicht anwesend sein. DI Murphy vertritt mich solange.«

Murphy nickte wieder.

»Ich bin aber über Handy und BlackBerry erreichbar. Und jetzt zu Ihren Berichten.« Er warf einen Blick auf seine Notizen, obwohl er die Einzelheiten ziemlich genau im Kopf hatte. »Norman?«

Potting meldete sich mit seiner tiefen, knurrenden Stimme zu Wort. »Roy, ich hätte da etwas, das wichtig sein könnte.«

Grace bedeutete ihm, fortzufahren.

Potting war als Pedant bekannt, und sein Bericht hörte sich an, als sagte er vor Gericht als Zeuge aus. »Sie haben mich angewiesen, alle Überwachungskameras in der Gegend zu überprüfen. Ich habe außerdem sämtliche polizeilichen Meldungen von Donnerstagnacht überprüft und dabei festgestellt, dass ein am Donnerstag in Lewes als gestohlen gemeldeter Lieferwagen, der einem Klempner gehört, gestern am frühen Morgen in der Nähe einer BP-Tankstelle aufgefunden wurde. Sie befindet sich an der A27 in westlicher Richtung, zwei Meilen östlich von Lewes.«

Er blätterte in seinem Notizbuch. »Ich habe beschlossen, dem nachzugehen, weil es mir seltsam erschien –«

»Wieso?«, unterbrach ihn Bella Moy. Grace wusste, dass sie Potting nicht ausstehen konnte.

»Nun ja, ich habe mir gedacht, dass ein Lieferwagen voller Klempnerwerkzeuge wohl kaum das ideale Auto für junge Leute ist, die eine Spritztour unternehmen wollen.«

»Es könnte auch ein krimineller Klempner dahinter stecken«, erwiderte Bella mit versteinerter Miene.

»Nicht bei dem, was Klempner verdienen – die fahren alle Rolls Royce.«

Diesmal erntete er lautes Gelächter. Grace hob die Hand. »Könnten wir bitte bei der Sache bleiben? Wir haben es hier mit einem sehr ernsten Fall zu tun.«

Potting fuhr fort. »Die Sache kam mir einfach nicht koscher vor. Ein verlassener Lieferwagen, und zwar etwa zu der Zeit, zu der Mrs. Bishop getötet wurde. Ich weiß nicht genau, warum ich da eine Verbindung gesehen habe, muss wohl Instinkt gewesen sein.«

Er schaute Grace an, der zustimmend nickte. Er wusste, was Potting meinte. Die besten Polizisten besaßen Instinkt. Intuition. Die Fähigkeit, zu wittern, wenn etwas nicht in Ordnung war, und das aus Gründen, die sie niemals im Leben logisch erklären konnten.

Bella warf Norman einen kindisch beleidigten Blick zu, und Grace nahm sich vor, nachher mit ihr darüber zu sprechen.

»Heute Morgen bin ich also zu dieser Tankstelle gefahren und habe um die Erlaubnis gebeten, die Aufnahmen der vergangenen Nacht anzusehen. Die Mitarbeiter waren sehr hilfsbereit, was wohl zum Teil daran lag, dass zwei Kunden verschwunden waren, ohne zu bezahlen.« Potting schaute Bella ins Gesicht und grinste selbstzufrieden. »Die Kameraperspektive wechselt alle dreißig Sekunden. Ich habe mir die Bilder angesehen und dabei ein BMW Cabrio entdeckt, das kurz vor Mitternacht die Tankstelle angefahren hat. Später habe ich festgestellt, dass es der Wagen von Mrs. Bishop war. Außerdem konnte ich die Frau, die den Kassenraum betreten hat, als Mrs. Bishop identifizieren.«

»Das könnte wichtig sein«, warf Grace ein.

»Es wird noch besser.« Der altgediente Ermittler strahlte vor Freude. »Ich bin später zum Haus der Bishops gefahren, habe den Innenraum des Wagens durchsucht und dabei einen Parkschein gefunden, der am Donnerstagnachmittag um 17 Uhr an einem Automaten in der Southover Road in Lewes ausgedruckt wurde. Der Lieferwagen wurde von einem Parkplatz an der Cliffe High Street entwendet, der nur etwa fünf Minuten von der Southover Road entfernt ist.«

Potting verstummte, und Grace fragte auffordernd: »Und?«

»Mehr kann ich zu diesem Zeitpunkt nicht sagen, Roy. Aber ich habe das Gefühl, dass es da eine Verbindung gibt.«

Grace schaute ihn eindringlich an. Trotz seines katastrophalen Privatlebens und der fehlenden politischen Korrektheit, mit der Potting die Hälfte der Vereinten Nationen gegen sich aufgebracht hätte, hatte der Ermittler schon öfter eindrucksvolle Ergebnisse geliefert. »Bleiben Sie dran«, sagte Grace und wandte sich DC Zafferone zu.

Alfonso Zafferone hatte die wichtige, aber mühselige Aufgabe übernommen, den zeitlichen Ablauf zu überprüfen. Während er lässig Kaugummi kaute, berichtete er von der Arbeit mit dem HOLMES-Team und rekapitulierte die Ereignisse vor und nach der Entdeckung von Katie Bishops Leiche.

Der junge Beamte berichtete, dass Katie Bishop am Tag ihres Todes zunächst eine Stunde mit ihrem persönlichen Fitnesstrainer verbracht hatte. Grace nahm sich vor, diesen ebenfalls zu befragen.

Anschließend hatte sie einen Schönheitssalon in Brighton aufgesucht, um sich die Nägel maniküren zu lassen. Auch das Personal dort musste befragt werden. Danach hatte sie mit Caroline Ash vom örtlichen Kinderschutzbund im Havana Restaurant zu Mittag gegessen, um ein Wohltätigkeitsfest zu planen, das im September stattfinden sollte.

Die nächste anstrengende Verpflichtung dieses Tages war ein Friseurbesuch um 15 Uhr, wie Zafferone es sarkastisch formulierte. Danach verlor sich ihre Spur, doch die Informationen, die Norman Potting geliefert hatte, fügten sich nahtlos dort ein.

Der folgende Bericht kam von Pamela Buckley, dem neuesten Mitglied des Teams. Sie war nicht mit Linda Buckley verwandt, sah ihr aber zum Verwechseln ähnlich.

»Ich habe den Taxifahrer gefunden, der Brian Bishop von einem Hotel zum anderen gebracht hat«, sagte Pamela und schaute auf ihre Notizen. »Er heißt Mark Tuckwell und fährt für Hove Streamline. Er kann sich nicht daran erinnern, dass Bishop sich die Hand verletzt hat.«

»Könnte es passiert sein, ohne dass der Fahrer es gemerkt hat?«

»Das ist möglich, Sir, wenn auch unwahrscheinlich. Ich habe ihn danach gefragt. Er sagte, Bishop habe während der ganzen Fahrt geschwiegen und nichts von einer Verletzung erwähnt.«

Bella Moy lieferte eine detaillierte Charakterbeschreibung von Katie und Brian Bishop, bei der die verstorbene Frau nicht besonders gut wegkam. Es war ihre dritte Ehe. Mit achtzehn hatte sie einen gescheiterten Rocksänger geheiratet, sich vier Jahre später scheiden lassen und dann einen reichen Bauunternehmer aus Brighton geehelicht. Sechs Jahre später ließ sie sich auch von ihm scheiden. Bella hatte mit beiden Männern gesprochen, die sie übereinstimmend als geldgierig bezeichneten. Mit dreißig hatte sie schließlich Brian Bishop geheiratet.

»Warum hatte sie keine Kinder?«, erkundigte sich Grace.

»Während ihrer Beziehung zu dem Rocksänger hatte sie zwei Abtreibungen. Und der Bauunternehmer hatte bereits vier Kinder und wollte keine mehr.«

»War das der Scheidungsgrund?«

»Das hat er mir jedenfalls gesagt.«

»Hat sie eine hohe Abfindung erhalten?«

»Etwa zwei Millionen«, erwiderte Bella.

Grace machte sich eine Notiz und erklärte: »Die beiden waren seit fünf Jahren verheiratet. Und wir wissen nicht, warum sie keine Kinder hatten. Wir müssen Bishop unbedingt danach fragen. Es könnte ein Streitpunkt zwischen ihnen gewesen sein.«

Danach kam DS Guy Batchelor an die Reihe, der das Haus der Bishops gründlich durchsucht hatte.

»Ich habe hier etwas, das wichtig sein könnte.« Er hielt eine rote Aktenmappe in die Höhe, schlug sie auf und nahm einen Stapel Papiere heraus, die von einer Büroklammer zusammengehalten wurden und das Logo der HSBC-Bank trugen. »Ein Kollege von der Spurensicherung hat das in einem Aktenschrank in Bishops Arbeitszimmer gefunden. Es handelt sich um die Unterlagen einer Lebensversicherung, die vor sechs Monaten auf den Namen von Mrs. Bishop abgeschlossen wurde. Sie beläuft sich auf drei Millionen Pfund.«

50

Die meisten von uns haben irgendwann im Leben DIE GANZ GROSSE IDEE. Oft ist es reiner Zufall. Wie bei Alexander Fleming, der über Nacht irgendwelche Bakterien in seinem Labor vergaß und zufällig das Penicillin entdeckte. Steve Jobs erlebte diesen Moment, als er sich eine Swatch anschaute und auf die Idee kam, Apple müsse Computer in verschiedenen Farben anbieten. Bill Gates muss irgendwann einen ähnlichen Geistesblitz gehabt haben.

Diese Ideen haben wir oft dann, wenn wir am wenigsten damit rechnen: in der Badewanne oder wenn wir nachts im Bett liegen und nicht einschlafen können. Auf einmal haben wir die eine bestimmte Idee, die noch niemand vor uns gehabt hat. Die Idee, die einen reich macht, die einen aus dem Alltagstrott befreit, mit dem man sich gewöhnlich herumquält. Die Idee, die unser Leben verändert und uns befreit!

Ich hatte meine Idee am Samstag, dem 25. Mai 1996, um 23.25 Uhr. Ich arbeitete als Softwareingenieur in einer Firma in

Coventry, die Getriebe für Rennwagen herstellte, und hasste meinen Job. Es war kurz vor meinem zweiunddreißigsten Geburtstag, und mir wurde klar, dass ich vom Leben nicht mehr viel zu erwarten hatte, wenn es so weiterging wie bisher. Ich hatte eine lausige Woche in Spanien hinter mir und wollte nach Hause fliegen, doch dann streikte das Personal auf dem Flughafen von Malaga, und wir saßen alle fest.

Das Bodenpersonal versuchte, uns in irgendwelchen Hotels unterzubringen, vergeblich. Ein Mädchen am Schalter, das Zimmer für 280 Leute suchte. Genau wie die Mitarbeiter aller anderen Fluggesellschaften, die ebenfalls ihre gestrandeten Passagiere unterbringen wollten. Drei- bis viertausend Leute saßen fest, und es war vollkommen unmöglich, für alle ein Hotelzimmer zu finden.

Also legte ich mich auf eine Bank in der Abfluglounge. Und hatte eine Erleuchtung! Ein Computerprogramm, mit dem alle Hotels und Fluglinien arbeiteten, würde genau dieses Problem lösen. Es böte zusätzlichen Gewinn für die Hotels und bei derartigen Notfällen eine Rückversicherung für die Fluggesellschaften. Ich überlegte mir weitere Anwendungsgebiete. Alle Organisationen, die eine große Anzahl von Leuten unterbringen mussten, könnten so mit Einrichtungen vernetzt werden, die Zimmer zu vergeben hatten: Reiseveranstalter, Gefängnisse, Krankenhäuser, Katastrophenhilfe, das Militär – und das waren nur einige der potenziellen Kunden.

Ich war auf meine Goldmine gestoßen.

51

ES HERRSCHTE FLUT, doch zwischen dem Kiesstrand und dem Wasser erstreckte sich noch ein breiter Streifen Watt. Obwohl es schon fast halb neun und die Sonne schon halb untergegangen war, hielten sich noch viele Leute am Strand auf.

Appetitlicher Grillduft mischte sich mit dem Aroma von Salz, Tang und Teer. Eine völlig bekiffte Steelband spielte auf der Promenade. Zwei kleine nackte Kinder gruben mit Plastikschaufeln im Schlamm, unterstützt von einem dicklichen, rot verbrannten Mann in grellen Shorts und Baseballkappe, der beim Bau einer beeindruckenden Sandburg half.

Ein jung verliebtes Paar schlenderte barfuß, die Flipflops in der Hand, über den nassen Sand, der übersät war mit Häufchen von Wattwürmern und grünen Algen, und wich dabei vorsichtig verrosteten Getränkedosen und anderem Müll aus. Die beiden hielten sich an der Hand und blieben alle paar Meter stehen, um sich zu küssen.

Mit sorglosem Lächeln gingen sie an einem älteren Mann vorbei, der den Hut tief ins Gesicht gezogen hatte und einen Metalldetektor im Kreis vor sich hin und her bewegte.

In der Nähe ragten die schwarzen Ruinen des West Pier aus dem Wasser, die im schwindenden Licht wie eine unheimliche Skulptur wirkten. Das Wasser schien schneller heranzurücken, drängender, die Wellen brachen sich immer heftiger am Strand.

Das Mädchen wollte seinen Freund quiekend wegziehen, als das Wasser über ihre nackten Füße spülte. »Ben, ich werde nass!«

»Stell dich nicht so an!« Die nächste Welle spritzte an ihren Beinen hoch, und die dritte durchnässte sie bis zu den Knien. Er deutete zur Sonne, die blutrot über dem Horizont schwebte. »Schau genau hin. Wenn sie den Horizont berührt, gibt es einen grünen Blitz. Hast du das schon mal gesehen?«

Doch sie schaute nicht auf die Sonne, sondern zu dem Balken, der sich im Wasser hin und her drehte. An einem Ende hing Tang, der im Wasser auf- und abwogte. Als der nächste Brecher herandonnerte, wurde der Stamm zurückgerissen, doch für einen kurzen Moment sah sie ein Gesicht. Arme und Beine. Und begriff, dass es gar kein Tang war, sondern Haare.

Sie schrie auf.

Ben stürzte sich ins Wasser. Der Körper rollte wieder heran. Es war eine nackte Frau, das Gesicht halb zerfressen, die Haut bleich wie

Wachs. Wieder wurde sie weggerissen, als wollte der Ozean sie für sich behalten.

Der junge Mann schoss vor und wurde vollkommen durchnässt, als ihn die nächste Welle traf, doch es gelang ihm, einen Arm zu ergreifen. Die Haut war kalt und reptilienartig. Er schauderte, hielt aber fest. Es war ein Kampf zwischen ihm und dem Sog des Meeres, ein ungleiches Tauziehen. »Tamara«, rief er, »hol Hilfe! Wähl den Notruf!«

Dann plötzlich fiel er nach hinten und landete flach auf dem Sand, bevor die nächste Welle über ihn hinwegspülte. Doch neben dem Rauschen des Meeres hörte er noch ein anderes Geräusch, ein Heulen, das immer lauter und durchdringender wurde.

Es war Tamara. Sie stand stocksteif da, die Augen vor Entsetzen aufgerissen, und schrie aus Leibeskräften.

Ben hatte noch nicht begriffen, dass er einen abgetrennten Arm in Händen hielt.

52

DAS TELEFON KLINGELTE. Cleo rutschte auf dem Sofa so weit nach vorn, dass sie das Display sehen konnte. Die Handynummer von Grace.

Sie ließ es klingeln. Viermal. Fünfmal. Sechsmal. Dann sprang der Anrufbeantworter an, und das Klingeln hörte auf. Der vierte oder fünfte Anruf auf dieser Leitung. Dazu die ganzen Versuche auf dem Handy.

Es war kindisch, nicht abzuheben, denn früher oder später würde sie mit ihm sprechen müssen; im Augenblick aber wusste sie schlicht und einfach nicht, was sie ihm sagen sollte.

Cleo griff nach ihrem Weinglas und stellte ein wenig überrascht fest, dass es leer war. Schon wieder. Noch überraschter war sie, als sie sah, dass die Flasche chilenischen Weißweins ebenfalls so gut wie leer war. »Scheiße«, sagte sie und goss sich den Rest ein. Er bedeckte kaum den Boden des Glases.

Sie hatte an diesem Wochenende Rufdienst, sodass sie nicht viel trinken durfte, da man sie jederzeit ins Leichenschauhaus beordern konnte. Im Augenblick aber hatte sie das dringende Bedürfnis, Alkohol zu trinken. Der Tag war wirklich beschissen gewesen. Nach ihrem Streit mit Roy und einer völlig schlaflosen Nacht hatte man sie um zehn Uhr gerufen, um die Leiche eines sechsjährigen Mädchens in Empfang zu nehmen, das bei einem Autounfall gestorben war.

Sie arbeitete seit acht Jahren in diesem Beruf und hatte sich an vieles gewöhnt, nicht aber an Kinderleichen. Die gingen ihr jedes Mal aufs Neue an die Nieren. Menschen schienen um Kinder völlig anders zu trauern als um geliebte Erwachsene; es schien vollkommen unverständlich, dass ein Kind einfach aus dem Leben gerissen wurde. Sie konnte die Autopsien kaum ertragen, und ähnlich schlimm war es, wenn der Bestatter den kleinen Sarg brachte. Am Montag würde man an dem kleinen Mädchen die Autopsie vornehmen – mieser konnte eine Woche kaum anfangen.

Am Nachmittag hatte sie aus einer verschmutzten Wohnung in einem heruntergekommenen Reihenhaus die Leiche einer älteren Frau abholen müssen, die nach Ansicht ihres Kollegen Walter Hordern, der den Zustand der Toten und den Befall mit Fliegen und Larven untersucht hatte, seit mindestens einem Monat dort gelegen hatte.

Walter war mit ihr ins Leichenschauhaus gefahren. Er war ein höflicher, gut gekleideter Mann Mitte vierzig, der eher wie ein Geschäftsmann aus der City aussah. Offiziell war er für die Friedhöfe von Brighton and Hove verantwortlich, verbrachte aber einen beträchtlichen Teil seiner Zeit damit, Leichen abzuholen und den aufwändigen Papierkrieg zu erledigen.

Walter und Darren wetteiferten seit Neuestem darum, wer den Zeitpunkt des Todes genauer bestimmen konnte. Es war eine ungenaue Wissenschaft, die von den jeweiligen Wetterbedingungen und diversen anderen Faktoren abhing. Je älter die Leiche, desto schwerer ließ sich der Zeitpunkt bestimmen. Die Zahl der Lebenszyklen bestimmter Insekten lieferte ebenso unerfreuliche wie ungenaue Anhaltspunkte. Walter hatte richtig dafür gebüffelt und umfassend im Internet recherchiert.

Außerdem hatte vor wenigen Stunden ihre Schwester Charlie angerufen, an der sie sehr hing, und unter Tränen berichtet, dass ihr Freund, mit dem sie über ein halbes Jahr zusammen gewesen war, sie sitzen gelassen hatte. Charlie war siebenundzwanzig, hübsch und temperamentvoll und verliebte sich immer in die falschen Männer.

Genau wie ich, dachte Cleo traurig. Sie war im Oktober dreißig geworden. Ihre beste Freundin Millie – die sie während ihrer rebellischen Teenagerzeit im Internat Roedean nur Mad Millie genannt hatten – hatte einen ehemaligen Marineoffizier geheiratet und erwartete ihr zweites Kind. Ihre Tochter Jessica war eines von Cleos drei Patenkindern. Allmählich kam es ihr vor, als wäre es ihr Schicksal, immer nur die Patentante zu sein. Die Patentante mit dem komischen Beruf, deren Beziehungen nicht funktionierten.

Da war zum Beispiel Richard, der Anwalt, in den sie sich Hals über Kopf verliebt hatte, als er im Rahmen einer Mordermittlung das Leichenschauhaus aufsuchte. Erst zwei Jahre später, als sie schon miteinander verlobt waren, überraschte er sie mit der Enthüllung, er habe Gott gefunden.

Zuerst hatte Cleo geglaubt, sie könne damit leben. Doch nachdem sie mehrere Erweckungsgottesdienste mit ihm besucht hatte, bei denen Menschen vom Heiligen Geist durchdrungen zu Boden stürzten, war ihr klar geworden, dass sie ein großes Problem damit hatte. Sie hatte zu viele Menschen gesehen, deren Tod durch nichts zu rechtfertigen war. Zu viele tote Kinder. Zu viele Leichen junger, liebenswerter Menschen, die bei Unfällen zerschmettert worden oder verbrannt waren. Die an einer Überdosis oder verunreinigten Drogen gestorben waren.

Sie schaute regelmäßig die Nachrichten. Sah Berichte über junge Frauen in afrikanischen Ländern, die Massenvergewaltigungen zum

Opfer gefallen waren, denen man Messer oder geladene Waffen in die Vagina gesteckt hatte. Tut mir leid, hatte sie zu Richard gesagt, aber mit deinem lieben Gott, der diese ganze Scheiße zulässt, kann ich nichts anfangen.

Worauf er ihre Hand ergriffen und sie aufgefordert hatte, mit ihm zu beten, auf dass sie Gottes Willen erkennen möge.

Als das nicht funktionierte und sie sich von Richard trennte, hatte er begonnen, sie zu verfolgen und abwechselnd mit Liebes- und Hassbotschaften zu traktieren.

Im letzten Sommer hatte sie sich in Roy Grace verliebt, den sie schon lange kannte und als anständigen Menschen erlebt hatte. Außerdem fand sie ihn ausgesprochen attraktiv und war so unvorsichtig gewesen zu glauben, sie habe einen wahren Seelenverwandten gefunden. Bis heute Morgen. Da war ihr klar geworden, dass sie ihm nur als flüchtiger Ersatz für einen Geist diente. Mehr würde sie für ihn wohl niemals sein.

Die kompletten Ausgaben von *Times* und *Guardian* lagen ungelesen neben ihr auf dem Sofa. Sie versuchte vergeblich, sich auf ihr Fernstudium zu konzentrieren. Auch gelang es ihr nicht, *Die Geschichte der Dienerin* von Margaret Atwood zu lesen, mit der sie schon lange liebäugelte und die sie nun endlich in ihrem Lieblingsbuchladen in Hove gekauft hatte. Mittlerweile hatte sie die erste Seite viermal gelesen und kein Wort verstanden.

Zögernd griff sie zur Fernbedienung, obwohl sie Fernsehen eigentlich verabscheute, weil sie es als Zeitverschwendung betrachtete, und zappte sich durch die Kanäle. In der Hoffnung auf einen Tierfilm schaltete sie auf Discovery Channel und wurde dort von einem Geologieprofessor, der selbst wie ein Fossil aussah, über die verschiedenen Schichten der Erde belehrt. Das musste nun wirklich nicht sein.

Das Telefon klingelte schon wieder. Auf dem Display wurde keine Nummer angezeigt. Bestimmt etwas Berufliches. Sie hob ab.

Am Apparat war die Polizeiwache in Brighton. Am Strand nahe dem West Pier war eine Leiche angeschwemmt worden, die Cleo ins Leichenschauhaus bringen sollte.

Sie überlegte rasch. Gegen sechs hatte sie die Weinflasche geöffnet. Also vor viereinhalb Stunden. Nach zwei Einheiten Alkohol konnte eine Durchschnittsfrau nicht mehr fahren. Eine Flasche Wein enthielt im Durchschnitt sechs Einheiten. Eine wurde pro Stunde verbrannt. Sie müsste also gerade noch fahren können.

Fünf Minuten später verließ sie das Haus und schloss die Tür ihres MG auf.

Als sie einstieg und sich anschnallte, tauchte eine Gestalt aus einem Hauseingang auf und ging zu einem anderen Wagen. Cleo ließ den Motor an und fuhr aus der Parklücke. Der kleine schwarze Toyota Prius glitt, angetrieben von seinem leisen Elektromotor, hinter ihr durch die Dunkelheit.

53

BIS JETZT HATTE NOCH NIEMAND ein Wort über ihr Kleid verloren, weder Suzanne-Marie noch Mandy oder Cat. Keine der Freundinnen, denen Holly heute Abend über den Weg gelaufen war, hatte es anscheinend auch nur bemerkt. Und das war mehr als ungewöhnlich. Vierhundertfünfzig Mäuse und nicht ein einziger Kommentar. Vielleicht waren sie nur neidisch.

Oder sie sah katastrophal darin aus.

Scheiß drauf. Blöde Zicken! Sie schlenderte in den nächsten Raum, der von zuckenden bunten Lichtern erfüllt war. Es war rappelvoll, Musik dröhnte in einem hämmernden Rhythmus, und in der Luft hing der scharfe Geruch von Haschisch. Holly trank ihren dritten Pfirsich-Martini aus und stellte fest, dass sie ganz schön beschwipst war.

Wenigstens die Männer bemerkten sie.

Das Kleidchen wirkte noch knapper als in der Boutique und war so weit ausgeschnitten, dass sie unmöglich einen BH tragen konnte.

Aber egal, sie hatte tolle Titten, warum sollte sie die nicht zeigen? Genau wie ihre Beine. Sie fühlte sich toll in dem Kleid, richtig schön verrucht!

»Sch-schickes Kleid. Wo kommssu denn her?«, stieß der Mann nuschelnd zwischen seinen Piranhazähnen hervor und schwankte leicht, während er ihr seinen Zigarettenrauch ins Gesicht blies. Er trug eine schwarze Lederhose, ein hautenges schwarzes T-Shirt, einen strassbesetzten Gürtel und einen großen goldenen Ohrring. Dazu einen der blödesten Haarschnitte, die sie je gesehen hatte.

»Vom Mars«, sagte sie und ließ ihn stehen. Sie schaute sich zunehmend besorgt nach Sophie um.

»Nord oder Süd?«, brabbelte er, doch sie beachtete ihn nicht. Holly hatte Sophie zwei Nachrichten geschickt, ihre Freundin hatte sich nicht gemeldet. Inzwischen war es halb elf. Allmählich müsste sie doch auftauchen.

Holly drängte sich durch die Menge und trat auf die Terrasse, wo es angenehm ruhig war. Ein Pärchen saß auf einer Bank und war in eine gegenseitige Rachenuntersuchung vertieft. Ein zugedröhnter Typ mit langem blondem Haar starrte auf die Bank und schniefte vor sich hin. Holly schaute prüfend auf ihr Handy, keine Nachricht. Sie wählte Sophies Handynummer.

Wieder nur die Mailbox.

Sie versuchte es zu Hause. Der Anrufbeantworter.

»Ach, da bissu ja! Hatte dich schon vermisst!« Seine scharfen Zähne glitzerten dämonisch. »Bissen frische Luft sch-schnappen?«

»Ja, aber jetzt reicht es«, sagte sie und stürzte sich wieder ins Gedränge. Sie machte sich Sorgen, denn Sophie war normalerweise sehr zuverlässig. Es passte einfach nicht zu ihr.

Andererseits würde sie sich aber auch nicht den Spaß verderben lassen.

54

DAS FLUGZEUG STARTETE mit einer halben Stunde Verspätung, weil es ein Problem mit der Tür des Gepäckraums gab. Roy Grace verbrachte den gesamten Flug aufrecht in seinem Sitz und starrte aus dem Fenster auf die Nieten im grauen Metall der Tragfläche.

Zwei endlose Stunden konnte er sich auf gar nichts konzentrieren und vertrieb sich die Zeit damit, den Stadtplan von München zu studieren. Auf seinem Tablett lag die Verpackung des unappetitlichen Käsebrötchens, das er aus purer Verzweiflung gegessen hatte, und daneben stand ein Becher mit den Resten des zweiten bitteren Kaffees, den er hinuntergewürgt hatte. Die Sachen wackelten, als das Flugzeug durch die Wolken stieß und zum Landeanflug ansetzte.

Er merkte kaum, wie die Stewardess die Reste seines Frühstücks abräumte, und betrachtete die Landschaft, die unter ihm allmählich Gestalt annahm.

Er hatte Schmetterlinge im Bauch, als er jetzt zum ersten Mal Deutschland unter sich erblickte. Ein Schachbrettmuster aus braunen, gelben und grünen Feldern, das sich scheinbar bis zum Horizont erstreckte. Kleine Gruppen weißer Häuser mit roten und braunen Dächern, Wälder in einem so lebhaften Grün, dass sie wie gemalt aussahen. Eine Kleinstadt. Weitere Häusergruppen und größere Gebäude.

Allmählich überkam ihn Panik. Würde er Sandy überhaupt erkennen? Manchmal konnte er sich gar nicht mehr an ihr Gesicht erinnern, als würde die Zeit sie allmählich aus seinem Gedächtnis löschen.

Und selbst, wenn sie dort unten war, irgendwo in diesem großen Land, wie sollte er sie finden? In dieser Stadt, die er noch gar nicht sehen konnte? Oder lebte sie in einem der entlegenen Dörfer, über die sie gerade hinwegflogen? Hatte Sandy sich irgendwo dort unten ein neues Leben aufgebaut? War sie eine unauffällige deutsche Hausfrau geworden, die ihre Vergangenheit für sich behielt?

Wieder tauchte die Stewardess auf und klappte jetzt das graue Tischchen hoch. Sie flogen schon sehr viel tiefer, die Gebäude wurden immer größer. Er konnte die Autos auf den Straßen ausmachen. Der Pilot wies die Kabinencrew an, ihre Plätze einzunehmen.

Dann bedankte er sich bei den Passagieren, dass sie mit British Airways geflogen waren, und wünschte ihnen einen angenehmen Aufenthalt in München. Der Stadt, die für Grace bislang nur ein Name auf einer Landkarte gewesen war. Ein Name in der Zeitung, in Fernsehberichten oder im Geschichtsunterricht in der Schule. Es war die Stadt, in der Sandys entfernte Verwandte wohnten, denen sie nie begegnet war.

Es war die Stadt, in der 1958 die halbe Mannschaft von Manchester United bei einem Flugzeugunglück auf einer schneebedeckten Landebahn umgekommen war. Die Stadt, in der die Olympischen Spiele 1972 von arabischen Terroristen entweiht wurden, die elf israelische Sportler töteten.

Das Flugzeug setzte hart auf, und er spürte, wie der Gurt in seinen Bauch schnitt, als die Maschine bremste und die Motoren im Rückwärtsgang aufheulten. Dann rollte sie sanft über die Landebahn. Es gab eine Meldung für die Passagiere mit Anschlussflügen. Und Roy Grace fühlte sich, als drängten die Schmetterlinge aus seinem Magen in seine Kehle.

Der Mann neben ihm schaltete sein Handy ein. Grace tat es ihm nach und schaute aufs Display, weil er auf eine Nachricht von Cleo hoffte. Um ihn herum piepste es. Und dann auch bei ihm. Sein Herz machte einen Sprung. Aber nein, es war nur eine Servicenachricht des deutschen Mobilfunkanbieters.

Er war nachts mehrfach aufgewacht, hatte dann schlaflos dagelegen und sich gefragt, was er anziehen sollte. Einfach lächerlich, denn in seinem Herzen ahnte er, dass er Sandy an diesem Tag nicht begegnen würde, selbst wenn sie irgendwo in München war. Dennoch wollte er so gut wie möglich aussehen, nur für den Fall ... Er wollte so aussehen und riechen, wie sie ihn in Erinnerung hatte. Sie hatte ihm ein Eau de Cologne von Bulgari geschenkt, das er die ganzen Jahre über aufbewahrt hatte. Am Morgen hatte er seit langer Zeit wieder etwas davon aufgetupft. Er trug eine dünne Jeans, weil für München achtundzwanzig Grad angesagt waren. Dazu bequeme Turnschuhe, falls er längere Strecken zu Fuß zurücklegen musste.

Dennoch traf ihn die stickige, kerosingeschwängerte Luft wie ein Schlag. Er ging über die Gangway zum wartenden Bus und schlenderte wenige Minuten später durch den stillen, klimatisierten Zollbereich in die Ankunftshalle, wo er die große Gestalt von Marcel Kullen entdeckte, der ihn lächelnd begrüßte.

Der deutsche Kripobeamte schüttelte Grace herzlich die Hand. »Roy, um ein Haar hätte ich Sie nicht erkannt. Sie sehen so jung aus!«

»Sie aber auch!«

Er war so gerührt von der warmherzigen Begrüßung eines Mannes, den er kaum kannte, dass ihm, was ganz untypisch für ihn war, die Tränen in die Augen traten.

Sie machten Smalltalk, als sie durch das ziemlich verlassen wirkende Gebäude zum Ausgang gingen. Kullens Englisch war gut, nur sein Akzent gewöhnungsbedürftig. Er sagte etwas, das so ähnlich klang wie ›Prince Regent‹.

»Entschuldigung?«

»Ich hab für Sie ein Zimmer in einem kleinen, sehr netten Hotel gebucht, es heißt ›Hotel Prinzregent am Friedensengel‹. Falls Sie heute hier übernachten wollen«, sagte Marcel Kullen.

»Ach, das ist nett von Ihnen, aber ich muss heute Abend zurück – wir sind mitten drin in einer laufenden Ermittlung.«

Sie folgten einem Reisenden, der einen Trolley hinter sich herzog, nach draußen, wo ihnen die Hitze wie eine Wand entgegenschlug. Dieser Flughafen wirkte so viel ruhiger und provinzieller als Heathrow und Gatwick. Draußen vor dem Gebäude wartete eine lange Reihe cremefarbener Taxis, auch hier herrschte träge Sonntagsstimmung.

Auf dem Parkplatz stiegen sie in Kullens alten, aber auf Hochglanz polierten 5-er BMW, und der Deutsche verkündete mit breitem Grinsen, er sei vor kurzem zum dritten Mal Vater geworden und hoffe, Grace auch seiner Familie vorstellen zu können. Insgeheim war Grace überhaupt nicht danach, schließlich war er nicht zu einem Freundschaftsbesuch nach München gekommen, sondern er wollte jede kostbare Minute für seine Suche nutzen.

Die asthmatisch klingende Klimaanlage blies ihm angenehm kühle Luft ins Gesicht. Sie folgten vom Flughafen, der nach Franz Josef Strauß benannt war, den blau-weißen Straßenschildern in Richtung München. Sie fuhren durch die ländliche Gegend, die Grace bereits vom Flugzeug aus gesehen hatte. Plötzlich wurde ihm klar, dass er dieses Unternehmen gar nicht richtig durchdacht hatte. Was wollte er eigentlich an einem einzigen Tag hier bewerkstelligen?

Kullen plauderte weiter und erwähnte die Namen der Beamten, mit denen er bei seinem Englandaufenthalt zusammengearbeitet hatte. Grace antwortete beinahe mechanisch, weil er zwischen den Gedanken an den Mordfall Katie Bishop, seiner Beziehung zu Cleo und der bevorstehenden Aufgabe hin- und hergerissen war.

Plötzlich klang Kullen richtig aufgeregt und erwähnte das Wort Fußball. Zu seiner Rechten sah Grace das neue Stadion, das wie ein riesiger Autoreifen aussah. Darauf prangte in gigantischen blauen Buchstaben der Name *Allianz-Arena.* Dahinter ragte auf einem künstlichen Hügel ein einsames weißes Windrad empor.

»Ich werde Sie ein bisschen herumführen, damit Sie ein wenig Münchner Atmosphäre tanken können. Danach fahren wir ins Büro und von dort aus in den Englischen Garten«, schlug Kullen vor.

»Gute Idee.«

»Haben Sie eine Liste aufgestellt?«

»Ja.«

Der Kripobeamte hatte bei ihrem letzten Telefonat vorgeschlagen, Grace solle aufschreiben, wofür sich Sandy besonders interessiert hatte, damit sie sich an den entsprechenden Orten umsehen konnten. Er warf jetzt einen Blick auf seinen Notizblock. Die Liste war ziemlich lang. Bücher. Jazz. Simply Red. Rod Stewart. Tanzen. Essen.

Antiquitäten. Gartenarbeit. Filme, vor allem mit Brad Pitt, Bruce Willis, Jack Nicholson, Woody Allen und Pierce –

Da klingelte sein Telefon. Vielleicht Cleo? Er holte es aus der Tasche, doch die Nummer wurde nicht angezeigt.

55

AM SONNTAGMORGEN UM VIERTEL NACH ZEHN hatte der Polizeianwärter David Curtis, der erst den zweiten Tag in Brighton absolvierte, seinen Dienst zur Hälfte beendet. Er war ein hochgewachsener Neunzehnjähriger mit ernstem Gesicht und kurzem, dunkelbraunem Haar. Er saß auf dem Beifahrersitz des Streifenwagens, der noch nach den Pommes der vergangenen Nacht stank und vom größten Langweiler der Polizeiwache in der John Street gesteuert wurde.

Sergeant Bill Norris mit dem Boxergesicht war Anfang fünfzig, überall gewesen, hatte alles gesehen und miterlebt und es dennoch nie geschafft, Karriere zu machen. Jetzt stand er kurz vor der Pensionierung und genoss es, den Jungspund einzuweisen. Oder, besser gesagt, ein williges Publikum für seine Geschichten zu haben, für die sich ansonsten niemand interessierte.

Sie fuhren durch die müllübersäte West Street, deren Clubs inzwischen geschlossen hatten. Auf den Gehwegen lagen Glasscherben, Imbisspackungen und all die anderen Überreste einer langen Samstagnacht. Zwei Reinigungsfahrzeuge bewegten sich langsam durch die Straße und säuberten die Rinnsteine.

»Natürlich war es damals anders«, erzählte Bill Norris gerade. »Zu der Zeit hatten wir unsere eigenen Informanten, verstehst du? Als ich beim Drogendezernat war, haben wir mal einen Delikatessenladen in der Waterloo Street hochgenommen. Ich wusste genau, ich konnte mich auf meinen Informanten verlassen, obwohl wir zwei Monate lang auf der Lauer gelegen haben.« Er tippte sich an die Nase. »Bulleninstinkt. Den hat man oder hat man nicht. Du wirst es bald herausfinden, mein Sohn.«

Die Sonne blendete sie, und David Curtis hob schützend die Hand, damit er den Gehweg und die vorüberfahrenden Autos beobachten konnte. *Bulleninstinkt.* Den hatte er ganz sicher.

»Und du brauchst einen starken Magen. Unbedingt«, fuhr Norris fort.

»Ich habe einen Magen wie aus Eisen.«

»Wir saßen also in diesem verfallenen Haus, genau gegenüber, und kamen immer durch einen Gang von hinten rein. Das war saukalt, sage ich dir. Zwei beschissene Monate! Wir haben uns den Arsch abgefroren! Dann habe ich einen alten Mantel gefunden, den irgendein Penner dagelassen hatte. Den habe ich angezogen. Zwei Monate lang haben wir Tag und Nacht in dem Kasten gesessen, immer mit dem Fernglas vor der Nase. Sonst hatten wir nichts zu tun. Also haben wir uns Geschichten erzählt. Jedenfalls fährt eines Abends eine große Limousine vor, ein Jaguar –«

David Curtis wurde vorübergehend von der Geschichte erlöst, die er schon zweimal gehört hatte, weil sich die Zentrale über Funk meldete.

»Sierra Oscar ruft Charlie Charlie 109.«

Er klemmte sein Funkgerät an die Schutzweste und meldete sich: »Hier 109, was gibt's?«

»Wir haben hier eine Meldung, Dringlichkeitsstufe zwei. Seid ihr gerade frei?«

»Ja, erbitte die Einzelheiten, over.«

»Die Anschrift ist Wohnung 4, 17 Newman Villas. Bewohnerin Sophie Harrington. Sie ist gestern Abend nicht zu einer Verabredung mit einer Freundin erschienen und geht seitdem auch nicht ans Telefon oder an die Tür, was vollkommen untypisch zu sein scheint. Könnten Sie die Sache bitte überprüfen?«

Curtis wiederholte die Angaben und bestätigte. »Wir sind schon unterwegs.«

Norris war erleichtert, dass sie zur Abwechslung einmal zu einem richtigen Einsatz kamen, wendete schwungvoll und schoss mit quietschenden Reifen los.

56

ER ENTSCHULDIGTE SICH bei Marcel Kullen und nahm das Gespräch an, doch als er die bissige Stimme am anderen Ende hörte, wünschte er sich, er hätte es klingeln lassen.

»Wo sind Sie, Roy? Hört sich an, als wären Sie im Ausland unterwegs.« Seine Chefin Alison Vosper höchstpersönlich, und sie klang nicht gerade erfreut. »Das war doch kein englisches Rufzeichen.«

Mit diesem Anruf hatte er nun wirklich nicht gerechnet und daher auch keine Antwort parat. Als er mit Marcel telefoniert hatte, war ihm der andere Klingelton auch aufgefallen. Lügen war also zwecklos.

Er holte tief Luft. »In München.«

Am anderen Ende erklang ein Scheppern, dann wurde es still. Schließlich meldete sich Vosper wieder und sagte knapp: »Ich habe meinen Kaffee verschüttet. Ich rufe nachher nochmal an.«

Grace legte auf und verfluchte sich, weil er die Reise nicht besser geplant hatte. Natürlich stand ihm im Grunde ein freier Tag zu, und er hatte auch für eine angemessene Vertretung gesorgt, doch Vosper sah so etwas völlig anders. Aus unerklärlichen Gründen mochte sie ihn nicht – es hatte wohl auch mit seiner schlechten Presse in der letzten Zeit zu tun – und sie nutzte jede Gelegenheit, um ihn bloßzustellen oder seiner Karriere zu schaden. Dass er im frühen Stadium einer Mordermittlung einfach ins Ausland gereist war, würde ihr gar nicht gefallen.

»Alles in Ordnung?«, erkundigte sich Kullen.

»Bestens.«

Sie fuhren an einem efeubewachsenen Gebäude mit Säulen vorbei. »Das ist ein Standesamt«, erklärte Kullen.

Sein Magen fühlte sich an, als wäre er mit Eis gefüllt. *Standesamt.* Wenn Sandy nun eine neue Identität angenommen und wieder geheiratet hatte?

Sie bogen von einer baumbestandenen, mit Hecken gesäumten Straße auf einen kleinen Platz mit Kopfsteinpflaster und weiteren efeubewachsen Häusern. Hier sieht es fast so aus wie in England, dachte Grace.

Der Kriminalhauptkommissar fuhr in eine Parklücke und schaltete den Motor aus. »Wollen wir hier anfangen?«

Grace nickte, obwohl er sich ein wenig hilflos vorkam. Er wusste nicht genau, wo sie waren, und als ihm der Deutsche hilfsbereit die Stelle auf dem Stadtplan zeigte, sah er, dass er am völlig falschen Ort gesucht hatte. Er holte die kleine Karte hervor, auf der Dick Pope mit einem Kreis die genaue Stelle markiert und ihm zugefaxt hatte. Er gab sie Marcel Kullen, der einen kurzen Blick darauf warf und die Wagentür öffnete.

Als sie in der Hitze die Straße entlanggingen, zog sich der Himmel allmählich zu. Grace hängte sich die Jacke über die Schulter und schaute sich unauffällig nach einem Lokal um. Er war müde und durstig und hätte gut einen Kaffee und ein Wasser vertragen können. Andererseits war ihm klar, dass sie keine Zeit verlieren durften. Er musste so schnell wie möglich zu der Stelle, an der Dick und seine Frau Sandy gesehen hatten.

Der einzige Hinweis in neun Jahren. Der erste und einzige Hinweis auf die Frau, die er so sehr geliebt hatte.

Er beschleunigte seine Schritte. Sie näherten sich einem großen See, über den eine Brücke führte. Es gab eine bewaldete Insel und dichten Baumbestand zu ihrer Linken. Grace atmete den süßen Duft von Gras und Laub ein, genoss den wohltuenden Schatten und die leichte Brise, die vom Wasser herüberwehte.

Zwei Radfahrer kamen an ihnen vorbei, dann ein junges Paar auf Rollerblades. Ein großer Pudel tollte über den Weg, gefolgt von einem aufgebrachten Mann, der wütend nach ihm rief. Eine entschlossen dreinblickende Nordic Walkerin Anfang sechzig in leuchtend rotem Lycra klickte mit ihren Stöcken auf den asphaltierten Weg. Hinter der nächsten Biegung breitete sich der große Park vor ihnen aus.

Überall waren Menschen, und Grace bemerkte erst jetzt, wie groß der See in Wirklichkeit war. Dutzende von Booten drängten sich auf dem Wasser – hölzerne Ruderboote und Tretboote, eskortiert von zahllosen Enten.

Auf den Wiesen lagen Sonnenanbeter mit Radios oder iPods, die Luft war von Kindergeschrei erfüllt.

Und es wimmelte nur so von Blondinen. Seine Augen wanderten von einem Gesicht zum anderen, doch Sandy war nicht dabei. Kullen blieb stehen und deutete über den See auf einen großen Biergarten mit vollbesetzten Tischen. Grace's Adrenalinspiegel stieg. Dies war der Ort, an dem seine Freunde Sandy gesehen zu haben glaubten! Sie hatten sie von einem Ruderboot aus im Biergarten entdeckt.

Grace übernahm die Führung und marschierte entschlossenen Schrittes den Weg entlang, der sich um den See schlängelte, registrierte dabei jede Sonnenanbeterin, jedes Gesicht auf den Bänken, jede Radfahrerin, Joggerin, Walkerin und Rollerbladerin, die an ihnen vorbeikam. Manchmal sah er lange blonde Haare, die ihn reflexartig anzogen, doch es war nie das richtige Gesicht.

Womöglich trug sie die Haare kurz. Und gefärbt.

Sie erreichten den Gasthof, zu dem der Biergarten gehörte und der an ein überdimensionales englisches Cottage erinnerte. Kullen blieb vor der Speisekarte stehen, über der ein Schild mit der Aufschrift SEEHAUS im englischen Garten hing.

»Möchten Sie vielleicht etwas essen? Wir könnten uns nach drinnen setzen, da ist es sicher kühler. Oder wollen Sie lieber nach draußen?«

Grace warf einen Blick auf die dicht besetzten Tische im Schatten der Bäume. »Lieber nach draußen, da kann ich mich umschauen.«

»Natürlich. Was wollen wir trinken?«

»Am besten wohl ein Bier«, sagte Grace grinsend.

»Weißbier oder Helles? Oder einen Radler?«

»Ich möchte einfach nur ein großes, kaltes Bier.«

»Eine Maß?«

»Was ist das?«

Kullen deutete auf zwei Männer am Nachbartisch, die aus eimergroßen Krügen tranken.

»Geht es vielleicht auch eine Nummer kleiner?«

»Eine halbe Maß?«

»Wunderbar. Und was nehmen Sie? Ich gebe einen aus.«

»Nein, Sie sind mein Gast«, entgegnete Kullen entschieden.

Das Restaurant war wirklich wunderschön, dachte Grace. Das Ufer wurde von eleganten Laternenpfählen gesäumt; die Nebengebäude, in denen sich die Theke und der Küchenbereich befanden, waren in Dunkelgrün und Weiß gehalten und frisch gestrichen. Auf einem Marmorsockel stand die Bronzefigur eines nackten Mannes mit verschränkten Armen und winzigem Penis; überall gab es Mülleimer, Abstellflächen für leere Gläser und höflich formulierte Schilder in deutscher und englischer Sprache.

Als Kullen zur Theke ging, trat Grace ein wenig beiseite, um den Biergarten zu überblicken. An den Tischen mussten mehrere Hundert Gäste sitzen, die meisten mit großen Biergläsern vor sich. In der Luft waberte ein verführerischer Duft von gegrilltem Fleisch.

Wo mochte Sandy gesessen haben? Im Sommer trank sie gerne Bier, und er hatte sie oft mit ihrer deutschen Herkunft aufgezogen. Allmählich konnte er sie verstehen, fühlte sich aber auch ein wenig als Eindringling, der ihr ureigenes Terrain betrat, auf dem er womöglich nicht erwünscht war. Lag das an seiner Müdigkeit, dem Durst oder der Tatsache, dass er tatsächlich mitten in München stand?

Kullen kam mit zwei Biergläsern zu ihm herüber. »Wo sollen wir uns hinsetzen?«

Grace deutete auf die Büste eines bärtigen Mannes mit strenger Miene. Darunter stand der Name PAULANER. »War das ein deutscher Philosoph?«

Kullen grinste. »Nicht direkt. Paulaner heißt die größte Brauerei in München.«

»Verstehe.« Grace kam sich ziemlich dämlich vor.

Kullen wies auf einen Tisch am Ufer, wo gerade eine Gruppe junger Rucksacktouristen aufgestanden war. »Sollen wir uns dorthin setzen?«

»Perfekt.«

Im Gehen schaute Grace sich alle Gesichter an, doch das eine, auf das er hoffte, war nicht dabei.

*

War Sandy wirklich vor wenigen Tagen hier gewesen? War sie vielleicht sogar Stammgast und saß oft hier, um ein Bier zu trinken und auf den See zu schauen?

Mit wem?

Einem neuen Mann? Neuen Freunden?

Dachte sie jemals an die Vergangenheit, an ihn, an ihr gemeinsames Leben, an all die Träume und Versprechen und gemeinsamen Erlebnisse?

Er holte wieder die Karte von Dick Pope hervor, um sich zu orientieren.

Kullen, der eine Sonnenbrille im Pilotenstil aufgesetzt hatte, hob sein Glas, und Grace tat es ihm nach. »Skol!«

Der Deutsche schüttelte lächelnd den Kopf. »Wir sagen Prost!«

»Prost!« Sie stießen miteinander an.

»Auf den Erfolg«, sagte Kullen. »Oder lieber doch nicht?«

Grace lachte kurz und bitter; der Deutsche hatte einen wunden Punkt getroffen. Wie aufs Stichwort piepste sein Handy.

Eine Nachricht von Cleo.

57

POLIZEIANWÄRTER DAVID CURTIS und Sergeant Bill Norris stiegen kurz vor dem Haus, das man ihnen genannt hatte, aus dem Streifenwagen.

Die Haustür Nr. 17 sah aus, als habe sie seit Jahrzehnten keine Farbe mehr gesehen, und die meisten Namen auf den Klingelschildern waren handgeschrieben und verblichen. *S. Harrington* hingegen sah noch ziemlich frisch aus.

Bill Norris drückte auf die Klingel. »Weißt du, früher haben wir eine Observierung nur zu viert durchgeführt. Heute brauchen die manchmal zwanzig Leute dafür. Einmal wurde es richtig eng. Da gab es eine Nutte, die immer in den Delikatessenladen ging, den wir observierten. ›Toller Hintern, tolle Titten‹, habe ich in den Bericht geschrieben. Ist nicht so gut angekommen.« Er klingelte noch einmal.

Sie warteten weiter. Dann drückte Norris alle Knöpfe hintereinander. »Vorbei mit der Sonntagsruhe.« Er tippte auf seine Armbanduhr. »Ob sie wohl in der Kirche ist?«

»Ja, bitte?«, erklang eine zittrige Stimme.

»Wohnung 4. Hab meinen Schlüssel verloren. Könnten Sie mich bitte rein lassen?«

Ein lauter Summton, dann klickte das Schloss.

Der Sergeant drückte die Tür auf und wandte sich an seinen jungen Kollegen. »Niemals sagen, wer man ist, sonst lassen die einen nicht rein.« Er tippte sich verschwörerisch an die Nase. »Das wirst du auch noch lernen.«

Curtis schaute ihn an und fragte sich, wie oft er den Kerl wohl noch ertragen musste. Hoffentlich würde ihm selbst jemand das Licht ausknipsen, bevor er so ein armes Schwein wurde.

Sie gingen durch einen muffigen Flur, vorbei an zwei Fahrrädern und einem Regal, auf dem sich Post türmte, hauptsächlich Werbesendungen. Aus Wohnung 2 im ersten Stock erklangen Schüsse, gefolgt von James Garners sonorer Stimme: »Hände hoch! Stehen bleiben!«

Die letzte Treppe war schmaler und endete vor Wohnung 4.

Norris klopfte laut. Nichts. Noch lauter. Er schaute seinen Kollegen an. »Also gut, Söhnchen. Irgendwann stehst du allein hier. Was würdest du an meiner Stelle tun?«

»Die Tür aufbrechen?«

»Und wenn sie da drinnen gerade schwer zu Gange ist?«

Curtis antwortete mit einem Achselzucken.

Norris klopfte noch einmal. »Hallo, Ms. Harrington? Hier ist die Polizei!«

Immer noch nichts.

Norris nahm Anlauf und warf sich mit seinem massigen Körper gegen die Tür. Sie wackelte, gab aber nicht nach. Beim zweiten Versuch brach das Schloss splitternd aus dem Rahmen. Er taumelte in einen schmalen Flur und stützte sich an der Wand ab.

»Polizei!«, rief Norris und drehte sich zu seinem jungen Kollegen um. »Bleib direkt hinter mir. Nichts berühren. Es könnten Beweisstücke sein.«

Curtis schlich auf Zehenspitzen und mit angehaltenem Atem durch den Flur. Der Sergeant stieß eine Tür auf und blieb abrupt stehen.

»Verdammte Scheiße! Was für eine verdammte Scheiße!«

Als Curtis neben ihn trat, überkamen ihn Ekel und Entsetzen. Ihm wurde ganz kalt im Magen. Er wollte verzweifelt wegsehen, doch eine morbide Faszination, die weit über seine beruflichen Pflichten hinausging, zwang ihn, auf das Bett zu starren.

58

ROY GRACE STARRTE AUF CLEOS NACHRICHT:

**Sieh zu, dass du mit dir ins Reine kommst.
Ruf an, wenn du zurück bist.**

Keine Unterschrift. Kein Kuss. Nur diese knappen Worte.

Immerhin hatte sie sich gemeldet.

Im Geiste legte er sich eine ebenso knappe Antwort zurecht, verwarf sie aber sofort wieder, überlegte sich eine neue, die er ebenfalls verwarf. Er hatte auf ein Sonntagsessen mit ihr verzichtet, um in München nach seiner Frau zu suchen. Wie musste sich Cleo dabei wohl vorkommen?

Andererseits könnte sie ruhig ein bisschen Mitgefühl zeigen. Er hatte nie ein Geheimnis aus Sandys Verschwinden gemacht. Was blieb ihm denn anderes übrig? Hätte nicht jeder andere in seiner Lage genauso gehandelt?

Plötzlich überkam ihn eine Welle des Zorns auf Cleo, die sicher durch seine Müdigkeit, den Stress und die Hitze hervorgerufen wurde. *Verdammt nochmal, ist das denn so schwer zu begreifen, Frau?*

Er spürte Marcel Kullens Blick und zuckte die Achseln. »Frauen.«

»Stimmt was nicht?«

Grace legte das Telefon weg und umfasste das schwere Glas mit beiden Händen. »Das Bier ist gut. Sogar mehr als gut.« Er nahm einen tiefen Schluck. »Alles andere ist leider nicht so gut.«

Der Kriminalhauptkommissar lächelte verlegen, als wisse er nicht, was er dazu sagen sollte.

Ein Mann am Nebentisch rauchte eine Bruyère-Pfeife, und als der Rauch zu ihnen herüber wehte, fühlte sich Grace plötzlich an seinen Vater erinnert, der ebenfalls Pfeife geraucht hatte. Ihm fielen die Rituale wieder ein. Wie sein Vater den Stiel mit den langen, weißen Pfeifenreinigern gesäubert hatte, die sich sofort braun färbten. Wie er den Kopf mit einem kleinen Messinginstrument ausgekratzt hatte. Wie er den Tabak gemischt, die Pfeife gestopft und mit einem Feuerzeug von Swan Vesta angezündet, daran gezogen, sie gelöscht und wieder angezündet hatte. Schon bald hatte sich das Wohnzimmer mit dem verführerischen Aroma des Tabaks gefüllt. Wenn sie von einem kleinen Boot aus angelten oder am Ende des Palace Pier oder an der Mole des Hafens von Shoreham saßen, hatte Roy immer aufgepasst, aus welcher Richtung der Wind wehte, und dann den zarten Tabakrauch aufgesogen.

Was hätte wohl sein Vater in seiner Lage getan? Jack Grace hatte Sandy geliebt. Bevor er mit fünfundfünfzig viel zu jung im Hospiz an Darmkrebs starb, verbrachte sie viele Stunden an seinem Bett, unterhielt sich mit ihm, spielte Scrabble oder las ihm aus Sportzeitschriften vor, damit er die Wetten auswählen konnte, die sie für ihn platzierte. Sie hatten sich vom ersten Tag an wunderbar verstanden.

Jack Grace war immer mit dem zufrieden gewesen, was er hatte. Bis zum Tag seiner Pensionierung hatte er als Sergeant im Innendienst gearbeitet und in seiner Freizeit an Autos herumgeschraubt oder auf Pferde gewettet, ohne je an die große Karriere zu denken. Aber er war gründlich gewesen, detailversessen und darauf bedacht, alles zu Ende zu führen. Er hätte es gutgeheißen, dass Roy nach München gefahren war. Daran bestand kein Zweifel.

Verdammt nochmal, dachte Roy, *diese Stadt weckt die Geister der Vergangenheit.*

»Sagen Sie mal, Roy, wie gut hat Inspector Pope Ihre Frau gekannt?«, erkundigte sich Kullen.

Die Frage holte ihn in die Wirklichkeit zurück. »Er und seine Frau waren unsere besten Freunde. Wir sind jedes Jahr mit ihnen in Urlaub gefahren.«

»Also würde er sie nicht so schnell mit jemandem verwechseln?«

»Nein, und seine Frau auch nicht.«

Ein durchtrainiert wirkender junger Mann in gelbem T-Shirt und roter Hose räumte am Nebentisch Gläser ab.

»Verzeihung, sprechen Sie Englisch?«, fragte Grace.

»Worauf Sie sich verlassen können!«, grinste der junge Mann.

»Sind Sie Australier?«

»Und wie!«

»Na wunderbar, vielleicht können Sie mir weiterhelfen. Waren Sie letzten Donnerstag auch hier?«

»Ich bin jeden Tag hier, von zehn Uhr morgens bis Mitternacht.«

Grace zog ein Foto von Sandy aus der Tasche und zeigte es ihm. »Haben Sie diese Frau schon einmal gesehen? Sie soll letzten Donnerstag um die Mittagszeit hier gewesen sein.«

Der junge Mann schaute sich das Foto eingehend an. »Letzten Donnerstag?«

»Genau.«

»Nein, da klingelt gar nichts bei mir. Was aber nicht heißt, dass sie nicht hier gewesen ist. Hier kommen jeden Tag Hunderte von Leuten hin.« Er zögerte. »Mensch, ich sehe so viele Gesichter, dass sie alle ineinander verschwimmen. Ich kann aber gern meine Kollegen nach ihr fragen.«

»Bitte, es ist mir sehr wichtig.«

Wenige Minuten später kam er mit einer Gruppe junger Leute zurück, die alle wie er in Rot und Gelb gekleidet waren.

»Tut mir leid, aber das ist ein Haufen von Volltrotteln. Ich habe mein Bestes getan und sie hergeschleppt!«

»Ach komm, Ron, wir wissen ja, was mit dir los ist«, sagte ein stämmiger Typ, der ebenfalls Australier war, und wandte sich an Grace. »Entschuldigung, mein Kumpel ist ein bisschen zurückgeblieben. Geburtsfehler. Wir geben uns alle Mühe mit ihm.«

Grace zwang sich zu einem Lächeln und reichte ihm das Foto. »Ich suche nach dieser Frau. Ich glaube, dass sie am vergangenen Donnerstag um die Mittagszeit hier gewesen ist. Hat einer von Ihnen sie vielleicht gesehen?«

Der stämmige Australier nahm das Foto, schaute es an und ließ es herumgehen, doch einer nach dem anderen schüttelte den Kopf.

Marcel Kullen holte einige Visitenkarten aus der Tasche und verteilte sie. Plötzlich wurden alle ernst.

»Morgen komme ich noch einmal vorbei«, sagte der Kripobeamte. »Ich lasse das Foto für Sie kopieren. Bitte rufen Sie mich umgehend an, wenn die Frau wieder auftauchen sollte – auf dem Handy oder im Landeskriminalamt. Es ist sehr wichtig.«

»Keine Sorge, wir kümmern uns drum«, versicherte Ron.

»Ich bin Ihnen sehr verbunden.«

»Kein Problem.«

Grace bedankte sich noch einmal. Nachdem die Kellner an die Arbeit zurückgekehrt waren, hob Kullen sein Glas und sah Grace feierlich an. »Falls Ihre Frau wirklich in München ist, werde ich sie finden. Koste es, was es wolle.«

Grace stieß mit ihm an. »Ich bin Ihnen sehr dankbar.«

»Ich habe mir noch einige Punkte notiert. Sie hat ihr ganzes Leben in England verbracht. Gibt es Dinge, die sie wirklich vermissen würde? Vielleicht bestimmte Lebensmittel?«

Grace dachte nach. Die Frage war gar nicht so schlecht. »Marmite! Das ist eine Würzpaste, auf die sie ganz wild war. Die hat sie sich jeden Tag beim Frühstück auf ihren Toast gestrichen.«

»Also gut, Marmite. Auf dem Viktualienmarkt gibt es einen Stand, der englische Lebensmittel verkauft. Da frage ich mal nach. Hatte sie irgendwelche gesundheitlichen Probleme, Allergien oder ähnliches?«

Grace überlegte angestrengt. »Nein, Allergien hatte sie keine, aber sie konnte fettes Essen nicht vertragen. Das war irgendwie genetisch bedingt. Sie bekam furchtbare Verdauungsprobleme, wenn sie zu fett gegessen hatte, und musste auch etwas dagegen einnehmen.«

»Wissen Sie noch, wie das Medikament hieß?«

»Chlomotil oder so ähnlich. Ich kann es zu Hause nachschauen.«

»Gut, dann erkundige ich mich bei den Ärzten hier in München, ob sich jemand, auf den Ihre Beschreibung passt, dieses Medikament hat verschreiben lassen.«

»Gute Idee.«

»Es gibt noch andere Möglichkeiten. Welche Musik hat sie gehört? Ging sie gern ins Theater? Hatte sie Lieblingsfilme oder -stars?«

Grace spulte eine ganze Liste herunter.

»Wie sieht es mit Sport aus? Hat sie Sport getrieben?«

Auf einmal wurde ihm klar, wie geschickt der Deutsche vorging. Was vor wenigen Stunden noch schier unmöglich ausgesehen hatte, reduzierte sich allmählich auf eine lösbare Aufgabe. Und es zeigte ihm, wie sehr sein eigenes Denken blockiert war, dass er den Wald vor lauter Bäumen nicht sah. »Schwimmen!« Warum war er nicht schon früher darauf gekommen? Sandy war eine Fitnessfanatikerin. Jogging kam für sie nicht in Frage, weil sie Knieprobleme hatte, aber Schwimmen war ihre große Leidenschaft. In Brighton war sie jeden

Tag ins Schwimmbad oder, bei warmem Wetter, ans Meer gegangen.

»Wir können die Schwimmbäder hier in der Stadt überprüfen.«

»Sehr gut.«

»Liest sie gern?«

»Ist der Papst katholisch?«

Kullen schaute ihn ein wenig verwirrt an. »Der Papst?«

»Ach, das ist nur so eine englische Redewendung. Ja, sie liebt Bücher, vor allem englische und amerikanische Krimis. Elmore Leonard war ihr Lieblingsautor.«

»An der Ecke Schellingstraße gibt es die *Munich Readery*, eine englische Buchhandlung, die von einem Amerikaner geführt wird. Dort treffen sich viele englischsprachige Bücherfreunde.«

»Hat sie heute geöffnet?«

Kullen schüttelte den Kopf. »Wir sind hier in Deutschland. Da ist am Sonntag alles geschlossen.«

»Ich habe mir heute wohl nicht gerade den besten Tag ausgesucht.«

»Ich gehe morgen für Sie hin. Möchten Sie jetzt etwas essen?«

Grace nickte dankbar. Plötzlich hatte er richtigen Appetit.

Doch als er seine Blicke wieder über das Meer der Gesichter schweifen ließ, entdeckte er eine Frau mit kurzem blondem Haar, die mit einer Gruppe am Tisch gesessen hatte, nun aber plötzlich aufstand und rasch davonging.

Grace sprang auf, stieß einen Japaner, der gerade ein Foto machen wollte, beiseite und rannte los.

59

CLEO SASS IN EINEM ZERKNITTERTEN weißen T-Shirt, auf ihrem Lieblingsplatz, dem Teppich vor dem Sofa. Sie hatte die Sonntagszeitungen um sich herum ausgebreitet und hielt einen Becher mit lauwarmem Kaffee in der Hand. Über ihr erkundete der Fisch wie immer eifrig sein rechteckiges Becken.

Obwohl alle Fenster offen standen, war es unangenehm stickig. Im Fernsehen liefen Nachrichten, doch sie hatte den Ton leise gedreht und schaute gar nicht richtig hin.

Ihr Sonntag plätscherte ereignislos dahin. Es war halb eins, wunderbares Wetter, doch sie hatte nur im Zimmer gesessen und Zeitung gelesen, bis ihr die Augen wehtaten. Richtig denken konnte sie auch nicht mehr. Die ganze Wohnung sah aus wie eine Müllkippe, aber es fehlte ihr die Energie, um aufzuräumen. Sie starrte auf ihr Handy, weil sie mit einer Antwort auf ihre SMS an Roy rechnete. *Verdammter Kerl,* dachte sie, in Wirklichkeit war sie aber wütend auf sich selbst.

Schließlich griff sie zum Telefon und rief ihre beste Freundin Millie an.

Eine Kinderstimme meldete sich. »Hallo, hier ist Jessica, wer ist denn da?«

»Ist deine Mama zu Hause?«, erkundigte sich Cleo bei ihrem Patenkind.

»Mami hat zu tun«, erklärte Jessica bedeutungsvoll.

»Kannst du ihr sagen, dass Tante Kilo am Telefon ist?« So hatte Millie sie früher genannt, da sie unter einer Lese-Rechtschreib-Schwäche litt.

»Tante Kilo, Mami ist in der Küche. Heute kommen ganz viele Leute zum Essen.«

Kurz darauf hörte sie Millies Stimme. »Hallo, was gibt's?«

Cleo berichtete von der Sache mit Grace.

Es hatte ihr immer gefallen, dass Millie sich nicht scheute, die Wahrheit auszusprechen, so schmerzhaft sie auch sein mochte. »Du bist ein Idiot. Was erwartest du eigentlich von ihm? Was würdest du denn in seiner Lage tun?«

»Er hat mich belogen.«

»Alle Männer lügen. Das ist ein Naturgesetz. Wenn du eine dauerhafte Beziehung mit einem Mann eingehen möchtest, musst du dir darüber im Klaren sein, dass du mit einem Lügner zusammenlebst.

Das ist genetisch bedingt, Darwinsche Überlebensstrategie. Sie sagen dir genau das, was sie glauben, das du hören willst.«

»Na, super.«

»Ist doch wahr. Frauen lügen ja auch. Die meisten Orgasmen habe ich Robert vorgespielt.«

»Scheint nicht gerade eine tolle Grundlage für eine Beziehung zu sein.«

»Es ist ja nicht alles gelogen. Ich sage nur, wenn du nach dem perfekten Mann suchst, wirst du ein einsames Leben führen. Die einzigen Typen, die dich niemals anlügen, sind die in deinen Kühlschränken.«

»Scheiße!«

»Wie bitte?«

»Schon gut. Mir fiel nur gerade ein, dass ich etwas vergessen habe.«

»Hör mal, mir steht eine Invasion bevor. Robert hat einen Haufen Kunden zum Mittagessen eingeladen. Kann ich dich heute Abend noch mal anrufen?«

»Klaro.«

Als Cleo aufgelegt hatte, schaute sie auf die Uhr. Kaum zu glauben, sie war so in Gedanken an Grace versunken gewesen, dass sie noch gar nicht ins Leichenschauhaus gefahren war. In der letzten Nacht hatten sie und Darren die Leiche der Frau, die sie am Strand geborgen hatten, auf eine fahrbare Trage gelegt, weil alle Kühlschränke besetzt waren. Zwei Leichen sollten allerdings um die Mittagszeit vom örtlichen Bestatter abgeholt werden, sodass wieder Platz frei wurde.

Cleo rappelte sich mühsam auf. Auf dem Anrufbeantworter war eine Nachricht von ihrer Schwester Charlie, die gegen zehn angerufen hatte. Sie wusste genau, worum es ging. Charlie wollte ihr in allen Einzelheiten berichten, wie ihr Freund sie sitzen gelassen hatte. Vielleicht konnten sie sich ja irgendwo draußen treffen, im Park oder am Strand. Cleo rief an, und zu ihrer Erleichterung war Charlie sofort bereit, sich mit ihr in einem Restaurant unter den Arches, den Bögen der Promenade, zu treffen.

Eine halbe Stunde später fuhr sie durchs Tor des Leichenschauhauses. Zum Glück war der Bestatter noch nicht da.

Sie war mit offenem Verdeck gefahren, und ihre Laune hatte sich gebessert, weil ihr dabei etwas eingefallen war, das Roy Grace vor einigen Wochen zu ihr gesagt hatte. *Wenn ich an einem warmen Abend mit offenem Verdeck und dir an meiner Seite so durch die Gegend fahre, kann ich mir kaum vorstellen, dass es so viel Schlimmes auf der Welt gibt*!

Sie parkte den blauen MG an der üblichen Stelle und wollte ihr Handy aus der Tasche holen, doch es war nicht da.

Wie zum Teufel konnte sie das nur vergessen? Sie ging nie, wirklich niemals ohne Handy aus dem Haus. Es war durch eine Art unsichtbare Nabelschnur mit ihr verbunden.

Roy Grace, du bringst mich völlig durcheinander!

Sie klappte das Verdeck zu, obwohl sie nicht lange bleiben wollte, schloss den Wagen ab und ging hinein.

Im dichten Verkehrsstrom, der sich auf der anderen Straßenseite dahinwälzte, befand sich auch ein schwarzer Toyota Prius. Statt zum Strand hinunterzufahren, bog der Wagen an der nächsten Straße links ab und fuhr eine Anhöhe hinauf. Der Zeitmilliardär lächelte zufrieden, als er eine Parklücke entdeckte und hineinrollte.

Seine Hand sah nicht besonders gut aus, die Schwellung war über Nacht größer geworden.

»Blöde Schlampe!«, brach es zornig aus ihm heraus.

*

Obwohl Cleo seit acht Jahren im Beruf war, hatte sie sich noch immer nicht an die Gerüche gewöhnt. Der Gestank, der sie an diesem Tag überfiel, als sie die Tür öffnete, warf sie beinahe um. Wie alle Mitarbeiter des Leichenschauhauses hatte sie sich angewöhnt, durch den Mund zu atmen, aber die Luft war erfüllt vom schweren, klebrigen Gestank verwesenden Fleisches – widerlich ätzend und süßlich.

Er umhüllte sie wie ein unsichtbarer Nebel und schien durch alle Poren zu dringen.

Sie hielt die Luft an und rannte in den kleinen Umkleideraum, wo sie einen sauberen grünen Anzug vom Haken nahm, weiße Gummistiefel anzog und Gummihandschuhe über ihre verschwitzten Hände streifte. Dann setzte sie eine Gesichtsmaske auf, die allerdings gegen den Gestank nicht viel ausrichten würde.

Sie betrat den Annahmeraum, der an den großen Autopsieraum grenzte, und schaltete das Licht ein. Die Tote war als *unbekannte weibliche Leiche* deklariert, was Cleo immer ziemlich traurig fand.

Sie lag auf einem Tisch aus Edelstahl. Den abgetrennten Arm hatte man zwischen ihren Beinen platziert, und in den Haaren hatten sich ein paar grüne Algen verfangen. Cleo trat an den Tisch und verscheuchte energisch die Schmeißfliegen, die durch den Raum summten. Neben dem Verwesungsgestank nahm sie noch andere Gerüche wahr. Salz. Den Hauch des Meeres. Und als sie behutsam die Algen aus den Haaren zupfte, wusste sie auf einmal nicht mehr, ob sie sich mit ihrer Schwester wirklich am Strand treffen wollte.

Da klingelte es an der Tür. Der Bestatter. Cleo warf einen Blick auf die Überwachungskamera, bevor sie die Hintertür öffnete und den beiden jungen Männern dabei half, die in Plastik verpackten Leichen in den dezenten braunen Lieferwagen zu laden. Als sie abgefahren waren, schloss sie die Tür und kehrte in den Empfangsraum zurück.

Aus dem Eckschrank holte sie einen Leichensack. Wasserleichen waren furchtbar. Nach einiger Zeit hatte ihre Haut eine geisterhaft bleiche, fettige Konsistenz angenommen, die an schuppiges Schweinefleisch erinnerte. Der Fachbegriff dafür lautete Adipocire, doch der erste Leichenbeschauer, mit dem Cleo zusammengearbeitet hatte, mochte es lieber makaber und hatte ihr mit funkelnden Augen erzählt, dass man diesen Zustand auch als Leichenwachs bezeichnete.

Die Lippen, Augen, Finger, Teile der Wangen, Brüste, Vagina und Zehen waren von kleinen Fischen oder Krebsen gefressen worden.

Wer bist du?, fragte Cleo, als sie den Sack öffnete und vorsichtig unter die Tote schob, darauf bedacht, den Körper nicht zu beschädigen.

Bei der ersten Untersuchung hatten sie keine offensichtlichen Anzeichen von Gewaltanwendung gefunden, wenngleich die Leiche natürlich stark verwest und der eine oder andere Beweis womöglich verloren gegangen war. Die erkennbaren Abschürfungen rührten vermutlich daher, dass die Brandung sie über den Kies geschleift hatte. Die Autopsie, die vor allem der Identifizierung anhand der Zähne dienen würde, war für Montag angesetzt.

Cleo betrachtete die Frau noch einmal aufmerksam, suchte nach einer Strangmarke am Hals oder einem Einschussloch. Es war immer schwer, das Alter einer Wasserleiche zu bestimmen, ihre grobe Schätzung lag bei Mitte zwanzig bis Anfang vierzig.

Womöglich war sie beim Schwimmen ertrunken oder von einem Schiff gestürzt. Denkbar war auch Selbstmord oder sogar eine Seebestattung, bei der die Leiche nicht ordnungsgemäß beschwert worden war. Derartige Bestattungen kamen jedoch häufiger bei Männern vor. Oder sie war einfach einer der vielen Menschen, die jedes Jahr spurlos verschwanden.

Sie legte den abgetrennten Arm vorsichtig neben den Körper und drehte die Leiche behutsam auf den Bauch, um den Rücken zu untersuchen.

Plötzlich meinte sie, ein leises Geräusch im Inneren des Gebäudes zu hören.

Cleo hob den Kopf und horchte. Es hörte sich an, als sei eine Tür geöffnet worden.

60

»SANDY!«, brüllte er. »SANDY!«

Der Abstand zu ihr vergrößerte sich. Mann, konnte die laufen!

Sie trug ein weißes T-Shirt, eine blaue Radlerhose und Turnschuhe und hatte eine kleine Tasche bei sich. Sie rannte am See entlang, gefolgt von Grace. Sie schlängelte sich zwischen spielenden Kindern hindurch, wich zwei Schnauzern aus, die sich gegenseitig jagten, rannte an einer elegant gekleideten Reiterin und einer Horde Frauen reiferen Alters mit Nordic-Walking-Ausrüstung vorbei.

Roy bedauerte in diesem Moment, dass er das Bier getrunken hatte. Der Schweiß lief ihm in die Augen, sodass er kaum sehen konnte. Zwei Jungen auf Inlineskates kamen genau auf ihn zu. Er schoss nach rechts. Sie nach links. Er konnte gerade noch ausweichen, prallte aber mit den Beinen gegen eine kleine Bank und fiel der Länge nach hin.

»Entschuldigung!« Einer der Jungen beugte sich besorgt über ihn, während sich der andere neben ihn kniete.

»Schon gut«, keuchte Grace.

»Sind Sie Amerikaner?«

»Engländer.«

»Tut mir furchtbar leid.«

»Geht schon, alles in Ordnung. War meine Schuld. Ich –« Er ließ sich von dem Jungen aufhelfen, wobei er sich ganz schön dämlich vorkam. Sofort hielt er wieder Ausschau nach Sandy.

»Sie haben sich am Bein verletzt.«

Grace achtete kaum darauf. Sicher, seine Jeans war zerrissen, und sein Schienbein blutete, aber das war ihm egal. »Vielen Dank«, sagte er und schaute sich panisch nach allen Seiten um.

Die Frau war verschwunden.

Der Weg verlief weiter durch bewaldetes Gelände und mündete ein Stück weiter in eine Lichtung. Vorher führte eine Abzweigung nach rechts über eine schmale Brücke ab.

Scheiße, Scheiße, Scheiße, Scheiße, Scheiße.

Wütend ballte er die Fäuste. *Denk nach!*

Welchen Weg hatte sie wohl genommen?

Er wandte sich wieder an die beiden Jungen. »Wie kommt man von hier aus am schnellsten zu einer Straße?«

Der eine deutete auf die Brücke. »Da entlang.«

Grace bedankte sich noch einmal und lief in Richtung Brücke, ohne auf den brennenden Schmerz in seinem Bein zu achten. Sandy würde sicher zum nächsten Ausgang laufen. In der Menge untertauchen. Er hinkte weiter, nahm flüchtig die Menschen auf den Bänken, die spielenden Hunde und die Sonnenanbeter wahr, war aber ganz auf einen Kopf mit kurzen blonden Haaren fixiert.

Sie war es! Sicher, er hatte sie nur im Profil gesehen und das auch nicht besonders deutlich, aber es genügte. Es *war* Sandy. Sie *musste* es sein! Warum sonst hätte sie vor ihm weglaufen sollen?

Die Verzweiflung trieb ihn weiter. Sie durfte ihm jetzt doch nicht in letzter Sekunde entwischen.

Wo bist du?

Einen Moment lang blendete ihn grelles Licht. Es spiegelte sich in einem Bus, der keine hundert Meter entfernt die Straße entlangfuhr. Endlich.

Doch von Sandy war nichts zu sehen.

Der Bus fuhr weiter, und da war sie wieder! Er rief sie laut beim Namen.

Sie blieb kurz stehen und schaute in seine Richtung, worauf er wie wild mit den Armen wedelte und auf sie zulief. »Sandy! Sandy! Sandy!«

Doch sie war schon weitergerannt und um die nächste Ecke verschwunden. Zwei berittene Polizisten kamen auf ihn zu, und er fragte sich flüchtig, ob sie die beiden wohl um Hilfe gebeten hatte. Er sprintete an ihnen vorbei.

Ein Stück vor ihm blieb die Frau an einem silberfarbenen BMW stehen und wühlte in ihrer Tasche nach dem Schlüssel.

Japsend bremste er neben ihr ab. »Sandy!«

Sie drehte sich um und sagte etwas auf Deutsch zu ihm.

Und nun, da er sie zum ersten Mal richtig sah, wurde ihm klar, dass sie es gar nicht war.

Er spürte, wie etwas in ihm zerbrach. Sie hatte das gleiche Profil, die Ähnlichkeit war verblüffend, doch bei genauerem Hinsehen war ihr Gesicht viel breiter und unscheinbarer. Ihre Augen waren hinter einer Sonnenbrille verborgen, aber was er sah, reichte ihm. Es war nicht ihr Mund, nicht ihre seidige Haut, diese Frau war von Aknenarben gezeichnet.

»Tut mir leid, tut mir sehr leid.«

»Sind Sie Engländer?«, erkundigte sie sich freundlich. »Kann ich Ihnen helfen?«

Sie hatte den Schlüssel gefunden und öffnete die Tür. Sie beugte sich vor und warf ihre Tasche auf den Beifahrersitz.

»Entschuldigung, ich – ich habe Sie verwechselt. Es war ein Versehen.«

»Ich habe gar nicht auf die Uhr gesehen! Ich bin schon viel zu spät dran.«

»Dürfte ich Sie etwas fragen? Waren Sie am Donnerstag um diese Zeit auch im Englischen Garten?«

Sie überlegte. »Kann gut sein. Bei schönem Wetter komme ich oft her. Ja, ich war ganz bestimmt hier.«

Grace dankte ihr und wandte sich ab. Seine Kleider klebten am Körper; ein Blutrinnsal sickerte in seinen rechten Turnschuh. Er war am Boden zerstört. Dann sah er Marcel Kullen auf sich zukommen. Er holte sein Handy heraus, während die Frau die Scheibe herunterließ und ihm noch einmal zunickte, und fotografierte sie rasch.

61

CLEO HORCHTE ANGESTRENGT. Sie hatte eindeutig ein Geräusch gehört.

Behutsam legte sie die Leiche wieder auf den Seziertisch und rief »Hallo?«, wobei ihre Stimme durch die Maske gedämpft wurde.

Sie stand reglos da, lauschte und schaute mit einem unbehaglichen Gefühl durch die Tür in den verlassenen Flur. »Wer ist da?« Ihre Kehle war wie zugeschnürt. Sie nahm die Maske herunter und ließ sie an den Bändern vor der Brust baumeln. »Hallo?«

Stille. Nur die Kühlanlage summte leise.

Allmählich bekam sie Angst. Hatte sie die Tür nach draußen offen gelassen? Bestimmt nicht, so etwas passierte ihr nie. Sie bemühte sich, logisch zu denken. Dachte an den Gestank, der ihr eben entgegengeschlagen war – hatte sie die Tür vielleicht doch geöffnet, um frische Luft hereinzulassen?

Nie im Leben, so dumm konnte sie nicht sein.

Aber wenn jemand im Gebäude war, warum meldete er sich dann nicht?

Im Grunde wusste sie die Antwort. Es gab immer ein paar Perverse, die von Leichenschauhäusern fasziniert waren. Es hatte schon öfter Einbrüche gegeben, doch die neue Alarmanlage, die sie vor anderthalb Jahren installiert hatten, erwies sich bislang als wirksame Abschreckung.

Ihr fiel der Monitor der Überwachungskamera ein und sie schaute hoch. Er zeigte nur ein schwarz-weißes Standbild vom asphaltierten Parkplatz und dem Blumenbeet dahinter. Das Heck ihres Wagens ragte knapp ins Bild.

Cleo hörte ein Rascheln.

Eine Gänsehaut überzog ihren ganzen Körper. Einen Moment lang erstarrte sie, während ihr Kopf fieberhaft arbeitete. Auf dem Regal neben dem Schrank lag ein Telefon, aber das war zu weit weg. Sie schaute sich verzweifelt nach einer Waffe um. Flüchtig kam ihr der völlig absurde Gedanke, nach dem abgetrennten Arm zu greifen. Ihre Haut schien plötzlich zu eng für ihren Körper.

Das Rascheln kam näher. Ein Schatten glitt über die Fliesen.

Plötzlich verwandelte sich ihre Angst in Wut. *Wer auch immer der Eindringling sein mochte, er hatte kein Recht, hier zu sein.* Sie würde sich von einem kranken Geist, den solche Orte anturnten, nicht ins Bockshorn jagen lassen. Das hier war *ihr* Terrain.

Mit entschlossenen Schritten ging sie zum Schrank und holte das größte Tranchiermesser hervor. Sie umklammerte den Griff, rannte zur Tür und prallte mit einem Entsetzensschrei gegen eine große Gestalt, die ein orangefarbenes T-Shirt und hellgrüne Shorts trug. Die Gestalt griff nach Cleos Armen und hielt sie fest, worauf das Messer scheppernd zu Boden fiel.

62

MARCEL KULLEN HIELT AM BORDSTEIN und deutete über die Straße auf ein beigefarbenes Eckhaus mit einem Geschäft, dessen Schaufenster voller Bücher waren. Drinnen war es dunkel, nur die Auslage mit dem Schild *The Munich Readery – Secondhand-Bücher auf Englisch* war beleuchtet.

»Ich wollte Ihnen nur kurz den Laden zeigen. Morgen frage ich dort nach.«

Grace nickte. Er hatte zwei große Gläser Bier, eine Bratwurst, Sauerkraut und Kartoffelpüree intus und fühlte sich ganz schön schläfrig. Besser gesagt, er konnte kaum die Augen offen halten.

»Sie haben gesagt, Sandy sei eine begeisterte Leserin gewesen?«

Gewesen. Das Wort weckte ihn wieder auf. Er mochte es nicht, wenn Menschen in der Vergangenheitsform von ihr sprachen, als sei sie bereits tot. Diesmal ließ er es durchgehen, weil er sich eingestehen musste, dass er in letzter Zeit bisweilen selbst auf diese Weise an sie gedacht hatte. »Ja, sie liest sehr gerne, schon immer. Krimis, Thriller, Hauptsache spannend. Sie mag auch Biographien, vor allem von weiblichen Forschern und Entdeckern.«

Kullen fuhr weiter. »Sie sollten sich nicht entmutigen lassen. Als Nächstes fahren wir zum Polizeipräsidium. Dort werden alle Unterlagen über Vermisstenfälle aufbewahrt. Meine Freundin, Polizeirätin Sabine Thomas, leitet die Abteilung und wird sich mit uns treffen.«

»Das ist sehr nett von ihr, immerhin ist Sonntag.«

Der Optimismus, den er im Park noch empfunden hatte, war verschwunden, und ihm wurde wieder bewusst, welch gewaltige Aufgabe er vor sich hatte. Vor seinen Augen zogen die stillen Straßen und geschlossenen Läden vorbei. Sie konnte überall sein. In einem Haus, einem Auto, auf irgendeiner Straße. Und dies hier war nur eine Stadt. Eine von Millionen und Abermillionen Städten.

Grace öffnete das Wagenfenster, schwüle Luft wehte herein. Er kam sich ziemlich verloren vor.

Nach Dicks Anruf hatte er geglaubt, er müsse einfach in den Englischen Garten gehen und würde Sandy dort schon finden. Als wenn sie nur auf ihn gewartet, ihm durch Dick und Lesley eine subtile Botschaft vermittelt hätte.

Wie konnte er nur so blöd sein?

»Auf dem Weg ins Büro können wir über den Marienplatz gehen. Auf dem Viktualienmarkt zeige ich Ihnen den Stand mit den englischen Lebensmitteln.«

»Vielen Dank.«

»Danach müssen Sie mit zu mir kommen und meine Familie kennenlernen.«

Grace lächelte ihn an und fragte sich, ob der deutsche Kollege überhaupt wusste, wie sehr er sich diese scheinbare Normalität wünschte. In diesem Moment klingelte sein Handy.

Keine Nummer.

Er ließ es noch ein paar Mal klingeln. Vermutlich etwas Berufliches, und er war absolut nicht in der Stimmung, mit einem Kollegen zu sprechen. Andererseits war es seine Pflicht. Schweren Herzens drückte er die grüne Taste.

»Yo!«

Es war Glenn Branson.

»Was gibt's?«

»Wo bist du?«

»In München.«

»Immer noch?«

»Bin doch erst seit ein paar Stunden hier.«

»Was hast du eigentlich da zu suchen?«

»Ich suche nach einem Pferd für dich.«

Langes Schweigen. »Wie bitte? Ach so, verstehe. Sehr witzig. Scheiße, Mann, hast du mal den Film *Nachtzug nach München* gesehen?«

»Nein.«

»Von Carol Reed.«

»Kenne ich nicht. Das ist übrigens auch nicht der richtige Augenblick, um über Filme zu plaudern.«

»Na ja, ich dachte nur, weil du dir letztens *Der dritte Mann* angesehen hast. Der ist nämlich auch von Carol Reed.«

»Hast du mich deswegen angerufen?«

»Nein.« Er wollte noch etwas hinzufügen, als Kullen auf ein eher unscheinbares Gebäude deutete.

»Moment mal.« Grace legte die Hand über das Telefon.

»Das ist der Bierkeller, aus dem man Hitler geworfen hat, weil er seine Rechnung nicht bezahlen konnte. So lautet jedenfalls das Gerücht.«

»Ich fahre gerade an Adolf Hitlers Stammkneipe vorbei«, erklärte er Branson.

»Schön, bleib bloß nicht stehen. Wir haben nämlich ein Problem.«

»Und das wäre?«

»Es ist ein richtig großes Problem.«

»Ich bin ganz Ohr.«

»Du klingst so komisch. Bist du besoffen?«

»Nein. Komm zur Sache.«

»Wir haben noch einen Mord am Hals. Es gibt Ähnlichkeiten zum Fall Katie Bishop.«

Roy Grace setzte sich kerzengerade hin. Jetzt war er wieder wach. »Welche Ähnlichkeiten?«

»Das Opfer ist eine junge Frau namens Sophie Harrington. Sie wurde tot mit einer Gasmaske vor dem Gesicht gefunden.«

Grace überlief es kalt. »Scheiße. Was haben wir sonst noch?«

»Was brauchst du denn noch? Na los, schaff deinen Arsch wieder hier rüber.«

»Das kann auch DI Murphy übernehmen.«

»Sie ist aber nur die Zweitbesetzung«, sagte Branson geringschätzig.

»Wenn du sie so nennen möchtest. Was mich betrifft, ist sie die stellvertretende Leiterin der Ermittlungen.«

»Weißt du, was man sich über Greta Garbos Zweitbesetzung erzählt hat?«

»Nein, was denn?«, fragte Grace gereizt.

»Die Zweitbesetzung von Greta Garbo kann alles, was Greta Garbo kann, bis auf das, was nur Greta Garbo kann.«

»Sehr schmeichelhaft.«

»Daher solltest du dich so schnell wie möglich ins nächste Flugzeug setzen. Alison Vosper hat dich schon auf der Abschussliste. Dieses politische Kleinklein interessiert mich einen Scheißdreck, aber es geht mir um dich. Wir brauchen dich.«

»Hast du daran gedacht, Marlon zu füttern?«

»Marlon?«

»Den Goldfisch.«

»Oh, Scheiße.«

63

CLEO WOLLTE SCHREIEN, doch der Laut blieb ihr in der Kehle stecken. Panisch versuchte sie, ihre Arme zu befreien, während das Gesicht des Mannes vor ihren Augen verschwamm. Sie holte aus und trat ihm mit aller Gewalt gegen das Schienbein.

Dann erst hörte sie seine Stimme.

»Cleo!«

Leise und bittend. »Schon gut, Cleo, ich bin's nur.«

Schwarzes Stoppelhaar. Ein verwundertes junges Gesicht. Ein lässiges orangefarbenes Top und grüne Shorts. Kopfhörer in den Ohren.

»Oh, Scheiße.« Sie hörte auf, sich zu wehren. »Darren!«

Er ließ sie langsam und argwöhnisch los, als traue er ihr nicht ganz. »Alles in Ordnung, Cleo?«

Ihr Herz hämmerte zum Zerspringen. Sie trat einen Schritt zurück, sah erst ihren Kollegen an, dann das Messer auf dem Boden und blickte wieder in seine braunen Augen. Einen Moment lang war sie wie betäubt.

»Mensch, hast du mich erschreckt«, stieß sie atemlos hervor.

Darren zog die Kopfhörer aus den Ohren und ließ sie herunterbaumeln. Dann hob er die Hände, als wollte er sich ergeben. Erst jetzt merkte sie, dass er zitterte.

»Es tut mir wirklich leid.« Sie hyperventilierte noch immer, und ihre Stimme klang zittrig. Sie versuchte, zu lächeln.

»Bin ich so furchteinflößend?«, fragte Darren verunsichert.

»Ich – ich habe die Tür gehört«, sagte Cleo und kam sich mittlerweile reichlich albern vor. »Ich habe gerufen, aber du hast nicht geantwortet. Da habe ich dich für einen Eindringling gehalten. Ich – ich war . . .« Sie schüttelte den Kopf.

Er hob die Hände an die Ohren. »Hab laut Musik gehört.«

»Es tut mir wirklich furchtbar leid.«

Er rieb sich das Schienbein.

»Habe ich dir wehgetan?«

»Ehrlich gesagt, ja! Aber ich werde es überleben.« An seinem Schienbein erschien bereits eine hässliche rote Schwellung. »Mir ist plötzlich eingefallen, dass die Leiche nicht im Kühlschrank war. Ich habe dich angerufen, aber du warst nirgendwo zu erreichen. Also bin ich hergefahren.«

Cleo fühlte sich allmählich wieder normal und entschuldigte sich erneut.

Darren zuckte die Achseln. »Keine Sorge, aber ich hätte nie gedacht, dass die Arbeit im Leichenschauhaus so gefährlich sein kann.«

Sie lachte. »Ich habe einen echt beschissenen Tag hinter mir. Ich –«

Sie betrachtete die Schwellung an seinem Schienbein. »Gut, dass du gekommen bist. Danke.«

»Nächstes Mal überlege ich es mir zweimal«, sagte er gutmütig. »Vielleicht hätte ich doch in meinem alten Job bleiben sollen, da ging es jedenfalls nicht so gewalttätig zu.«

Cleo grinste, immerhin war Darren Metzgerlehrling gewesen. »Danke, dass du in deiner Freizeit hergekommen bist.«

»Na ja, wir haben bei den Eltern meiner Freundin gegrillt. Das ist einer der Nachteile dieser Arbeit. Ich kann kein Grillfleisch mehr riechen.«

»Geht mir genauso.«

Beide dachten an ihre Erfahrungen mit Brandopfern, deren Haut oft an knuspriges Grillfleisch erinnerte. Cleo hatte einmal gelesen, dass manche Kannibalenstämme in Zentralafrika die Weißen als *lange Schweine* bezeichneten. Inzwischen wusste sie auch, warum. Aus diesem Grund hatten Menschen, die in Leichenschauhäusern arbeiteten, Probleme bei Grillabenden, vor allem, wenn dabei Schweinefleisch serviert wurde.

Gemeinsam drehten sie die Tote auf den Bauch und untersuchten den Rücken auf Tätowierungen, Muttermale und Einschusslöcher, konnten aber nichts finden. Erleichtert legten sie sie in einen Leichensack, zogen den Reißverschluss hoch und schoben sie in den Kühlschrank Nr. 17. Morgen würde die Identifizierung beginnen. Das weiche Gewebe an den Fingern war verschwunden, sodass es keine brauchbaren Fingerabdrücke geben würde. Der Kiefer hingegen war intakt und würde anhand zahnärztlicher Unterlagen womöglich Hinweise liefern. Eine DNA-Analyse war schon schwieriger, da sich die Tote bereits in einer Datenbank befinden musste, um eine Übereinstimmung zu liefern. Ihre Beschreibung würde zusammen mit Fotos und genauen Abmessungen an die telefonische Vermisstenberatung gehen, und die Polizei würde Kontakt zu Freunden und Verwandten vermisster Personen aufnehmen, auf die ihre Beschreibung passte.

Am nächsten Morgen würde der örtliche Pathologe Dr. Nigel Churchman eine Autopsie durchführen, um die Todesursache zu bestimmen. Sollte er dabei etwas Verdächtiges finden, würde er umgehend die Arbeit einstellen und einen Pathologen des Innenministeriums hinzuziehen.

Bis dahin blieben ihnen noch einige Stunden eines herrlichen Augustsonntags.

Darren fuhr in seinem kleinen roten Nissan zurück zum Grillfest. Cleo sah ihm von der Tür aus nach und verspürte einen leisen Neid. Er war jung, voller Begeisterung und glücklich mit seiner Freundin und seinem Job.

Sie selbst genoss ihre Karriere, war aber gleichzeitig besorgt deswegen, denn sie wollte gerne Kinder, bevor sie zu alt dafür war. Doch wann immer sie glaubte, den Richtigen gefunden zu haben, erlebte sie eine Enttäuschung. Roy war ein ganz wunderbarer Mann, aber gerade als sie meinte, alles sei perfekt, war seine vermisste Frau wie ein Springteufel aufgetaucht.

Sie schaltete die Alarmanlage ein, schloss die Tür von außen ab und ging zu ihrem Wagen, in der Hoffnung, zu Hause eine Nachricht von Roy vorzufinden. Erst knapp vor ihrem blauen MG blieb sie abrupt stehen.

Jemand hatte das schwarze Stoffdach von der Windschutzscheibe bis zum Rückfenster zerfetzt.

64

DIE FRAU AN DER REZEPTION händigte ihm einen Vordruck aus. »Bitte tragen Sie hier Ihren Namen, Ihre Anschrift und die übrigen Angaben ein.« Sie sah aus, als sitze sie schon viel zu lange dort, wie ein Ausstellungsstück im Museum, das allmählich Staub angesetzt hatte.

Über der Empfangstheke der Notaufnahme des Royal Sussex County Hospital hing eine große Digitalanzeige: WARTEZEIT DREI STUNDEN.

Er las den Vordruck aufmerksam durch. Name, Anschrift, Geburtsdatum und Angaben zu den Verwandten wurden verlangt. Es gab auch eine Zeile, in der man mögliche Allergien eintragen konnte.

»Alles in Ordnung?«, erkundigte sich die Frau.

Er hob die geschwollene rechte Hand. »Schreiben kann ich nicht so gut.«

»Soll ich es für Sie ausfüllen?«

»Es geht schon.«

Er lehnte sich gegen die Theke und starrte auf das Formular, wie betäubt von den Schmerzen. Er konnte gar nicht richtig denken. Alles war durcheinander. Plötzlich wurde ihm schwindlig.

»Sie können sich gern dabei hinsetzen.«

»ICH HAB GESAGT, ICH SCHAFFE DAS SCHON!«

Alle Leute blickten verwundert auf. *Gar nicht schlau,* dachte er, *damit lenke ich nur die Aufmerksamkeit auf mich.* Er füllte hastig den Vordruck aus. Bei *Allergien* trug er in einer spontanen Eingebung, die er ganz witzig fand, das Wort »Schmerzen« ein.

Die Frau schien es nicht zu bemerken, als er ihr das Blatt zurück ab. »Bitte nehmen Sie Platz. Die Schwester kommt gleich und kümmert sich um Sie.«

»Dauert es wirklich drei Stunden?«

»Ich werde Bescheid sagen, dass es dringend ist«, entgegnete die Frau und sah ihm argwöhnisch nach, als er zu einem freien Stuhl ging und zwischen einem Mann mit blutendem Arm und einer älteren

Frau mit Kopfverband Platz nahm. Die Frau am Empfang griff zum Telefon.

Der Zeitmilliardär nahm den BlackBerry aus der Halterung, die er am Gürtel trug, doch schon erschien eine freundlich wirkende dunkelhaarige Frau in Schwesternkleidung vor ihm. Auf ihrem Schild stand BARBARA LEACH – KRANKENSCHWESTER, NOTAUFNAHME.

»Hallo, kommen Sie bitte mit«, sagte sie munter.

Sie führte ihn in eine kleine Kabine und bat ihn, Platz zu nehmen.

»Was kann ich für Sie tun?«

Er hob die Hand. »Ich habe mich bei der Arbeit an einem Auto verletzt.«

»Wie lange ist das her?«

Er überlegte kurz. »Donnerstagnachmittag.«

Sie untersuchte sorgfältig die Hand, drehte sie um und verglich sie mit der linken. »Sieht nach einer Entzündung aus. Sind Sie in letzter Zeit gegen Tetanus geimpft worden?«

»Kann mich nicht erinnern.«

Wieder schaute sie nachdenklich auf seine Hand. »An einem Auto?«

»Ich restauriere gerade einen alten Wagen.«

»Ich sorge dafür, dass der Arzt Sie so bald wie möglich untersucht.«

Er kehrte ins Wartezimmer zurück, holte seinen BlackBerry hervor und schaltete ihn ein. Er ging ins Internet und klickte auf das Lesezeichen für Google.

Dann gab er als Suchbegriff MG TF ein.

Das war der Wagen, den Cleo Morey fuhr.

Trotz der Schmerzen und der Benommenheit nahm allmählich ein Plan Gestalt in ihm an. Ein richtig guter Plan.

»Verdammt brillant!«, entfuhr es ihm laut, weil er seine Aufregung nicht zügeln konnte. Sofort verkroch er sich wieder in sich selbst.

Er zitterte.

Das war immer ein Zeichen, dass der Herr seine Pläne guthieß.

65

GRACE HATTE SCHWEREN HERZENS einen früheren Flug gebucht, da er nur ungern auf die kostbaren Stunden in München verzichtete. Das Wetter in England hatte sich während des Tages dramatisch verändert, und als er um kurz nach sechs das Parkhaus auf dem Flughafen Heathrow verließ, war der Himmel von einem bedrohlich dunklen Grau, und ein kalter Wind wehte die ersten Regentropfen gegen die Scheibe.

An den langen Sommertagen vergaß man völlig, dass es auch solches Wetter gab. Es war wie eine strenge Mahnung von Mutter Natur, dass diese Jahreszeit nicht mehr lange dauern würde. Die Tage wurden schon kürzer, in einem Monat wäre Herbst. Danach kam der Winter. Wieder ein Jahr vorüber.

Grace fühlte sich müde und ausgelaugt und fragte sich, was er heute eigentlich erreicht hatte. Abgesehen davon, dass er sich bei Alison Vosper wieder einmal unbeliebt gemacht hatte.

Er steckte das Parkticket in den Schlitz, und die Schranke hob sich. Selbst das Motorgeräusch beim Gasgeben, das er eigentlich gerne hörte, klang an diesem Abend irgendwie falsch. Der Wagen lief definitiv nicht auf allen Zylindern. Genau wie sein Besitzer.

Sieh zu, dass du mit dir ins Reine kommst.
Ruf an, wenn du zurück bist.

Als er in Richtung Kreisverkehr fuhr und auf die M25 bog, steckte er das Handy in die Freisprechanlage und rief Cleo an. Es klingelte. Dann hörte er ihre Stimme, sie nuschelte ein bisschen und war über die lärmende Jazzmusik im Hintergrund kaum zu verstehen.

»Hey! Detective Superintendent Roy Grace! Wo steckst du denn gerade?«

»Kurz hinter Heathrow. Und du?«

»Ich lasse mich mit meiner kleinen Schwester volllaufen. Wir sind bei unserem dritten Sea Breezes – nein – sorry – stimmt nicht! Wir sind bei unserem *fünften* Sea Breezes, hier unten an den Arches. Ganz schön windig, aber die Band ist toll! Komm doch her!«

»Ich muss noch zu einem Tatort. Vielleicht später?«

»Ich glaube, bis dahin sind wir bewusstlos!«

»Hast du heute keinen Rufdienst?«

»Ist mein freier Tag!«

»Kann ich später vorbeikommen?«

»Kann nicht garantieren, dass ich dann noch wach bin. Aber du kannst es ja versuchen!«

*

In seiner Kindheit bildete die Church Road in Hove die langweilige Fortsetzung der lebendigen Western Road, der Haupteinkaufsstraße von Brighton. In den letzten Jahren hatte man sie deutlich aufpoliert, und wie so vieles in dieser Stadt waren die meisten vertrauten Namen aus seiner Vergangenheit verschwunden.

Newman Villas war eine eher billige Gegend in dieser Stadt der Durchreisenden und von einem wahren Wald aus Maklerschildern gesäumt. Nummer 17 bildete da keine Ausnahme. Hier war eine Dreizimmerwohnung zu vermieten. Unmittelbar neben dem Schild stand ein untersetzter Polizist in Uniform mit einem Klemmbrett in der Hand. Hinter ihm verlief ein schwarz-weißes Absperrband, auf der Straße parkten der Einsatzwagen und weitere Polizeiautos, die bereits von der Presse belagert wurden. Auch der gute alte Kevin Spinella war vor Ort.

Niemand bemerkte Grace, der in seinem Alfa Romeo an dem Pulk vorbeifuhr und um die Ecke in der Church Road parkte. Er stellte den Motor ab und blieb einen Augenblick still sitzen.

Sandy.

Wie sollte es jetzt weitergehen? Sollte er abwarten, ob Kullen etwas herausfand? Oder zurück nach München fliegen und mehr Zeit investieren? Er hatte noch über zwei Wochen Urlaub, die er eigentlich mit Cleo hatte verbringen wollen. Vielleicht in New Orleans, wo Ende des Monats auch eine Polizeitagung stattfand.

Falls Sandy tatsächlich in München war, würde er sie irgendwann finden. Der heutige Tag hatte nicht viel gebracht. In einer so kurzen Zeit konnte er kaum etwas ausrichten, doch immerhin hatte er die Sache ins Rollen gebracht und alles unternommen, was auf die Schnelle überhaupt möglich war. Marcel Kullen war ein zuverlässiger Mann, der sein Bestes tun würde. Vielleicht würde es reichen, noch einmal für eine Woche hinzufliegen. Dann könnte er die andere Woche mit Cleo in New Orleans verbringen. Falls, und das war ein großes Falls, sie damit einverstanden war.

Jetzt aber musste er sich ganz auf die bevorstehende Aufgabe konzentrieren. Er holte die Einsatztasche aus dem Kofferraum und ging zu Fuß zum Haus Nummer 17. Mehrere Reporter sprachen ihn an, eine eifrig wirkende junge Frau hielt ihm ein schaumstoffverkleidetes Mikrofon vor die Nase, Blitzlichter leuchteten auf.

»Kein Kommentar zu diesem Zeitpunkt«, sagte er entschlossen.

Plötzlich vertrat Spinella ihm den Weg. »Ist das noch einer, Detective Superintendent?«, fragte er leise.

»Noch einer was?«

Spinella senkte die Stimme weiter und warf ihm einen verschwörerischen Blick zu. »Sie wissen schon, was ich meine.«

»Das sage ich Ihnen, wenn ich es mit eigenen Augen gesehen habe.«

»Keine Sorge, Detective Superintendent. Dann erfahre ich es eben von jemand anderem.« Er tippte sich an die Nase. »Ich habe meine Quellen!«

Grace unterdrückte mühsam den Drang, dem Reporter eins zu verpassen, wobei er sich im Geiste schon das Knirschen des Nasenbeins ausmalte, drängte sich an ihm vorbei und trug sich auf dem Klemmbrett des Polizisten ein. Dieser schickte ihn in den obersten Stock.

Er bückte sich, glitt unter dem Band hindurch und holte einen weißen Papieranzug aus der Tasche, den er über seine Kleidung zog. Um ein Haar hätte er sich furchtbar blamiert, als er mit beiden Beinen in ein Hosenbein stieg und beinahe der Länge nach hinfiel. Mit rotem Gesicht legte er Überschuhe und Latexhandschuhe an und betrat das Haus.

Nachdem er die Tür hinter sich geschlossen hatte, blieb er stehen und schnüffelte. Nur der übliche muffige Geruch nach abgenutztem Teppich und gekochtem Gemüse, der typisch für diese altersmüden Häuser war. Kein Verwesungsgestank, also konnte das Opfer noch nicht lange tot sein, denn in dieser Sommerhitze hätte sich ein Leichnam sehr schnell bemerkbar gemacht. Wenigstens etwas, dachte er, als er das Klebeband auf der Treppe sah, das den Weg markierte, den jeder zu nehmen hatte. Immerhin wussten die Kollegen, wie man eine Kontaminierung des Tatorts verhinderte.

Um selbst keinen Fehler zu begehen, rief er Kim Murphy auf dem Handy an und sagte ihr, dass er unten sei.

Im ersten Stock über ihm tauchten zwei weiß gekleidete Kollegen von der Spurensicherung auf. Der eine kratzte gerade etwas vom Boden ab und nickte ihm grüßend zu. Der andere stäubte die Wände auf der Suche nach Fingerabdrücken ein.

»'n Abend, Roy!«, rief er fröhlich.

Grace hob die Hand. »Schönen Sonntag gehabt?«

»So komme ich wenigstens mal aus dem Haus. Und Belinda kann sich im Fernsehen ansehen, was sie will.«

»Du findest an allem etwas Gutes, was?«

Kurz darauf kamen zwei weitere Beamte in Schutzanzügen die Treppe herunter. Kim Murphy trug eine Videokamera und wurde von Detective Chief Inspector Brendan Duigan begleitet, den man als Ersten an den Tatort gerufen hatte. Wegen der Ähnlichkeiten zum Mord an Katie Bishop hatte er umgehend Murphy benachrichtigt.

Nach einer kurzen Begrüßung zeigte Murphy Grace auf dem kleinen Bildschirm an der Rückseite der Kamera das Video, das sie am Tatort gedreht hatte.

Wenn man wie er einige Jahre in diesem Beruf war, glaubte man, gegen so ziemlich jedes Grauen immun zu sein, aber die Bilder, mit denen er sich jetzt konfrontiert sah, ließen Grace dann doch erschaudern.

Er betrachtete die wackligen Aufnahmen, die drei Beamte der Spurensicherung in Schutzanzügen zeigten, dazu Nadiuska De Sancha, die vor dem Bett kniete. Darauf lag der alabasterweiße nackte Körper einer jungen Frau, die eine Gasmaske trug.

Die Szene war praktisch eine Kopie des Tatorts im Fall Katie Bishop.

Nur hatte Katie sich nicht gegen den Angreifer gewehrt. Diese junge Frau hingegen schon. Auf dem Boden lag ein zerbrochener Teller, in der Wand dahinter sah man eine tiefe Kerbe. Der Spiegel der Frisierkommode war zerschmettert, überall lagen Parfümflaschen und Kosmetika herum, und an der Wand über dem Kopfende war ein verschmierter Blutfleck zu erkennen. Die Kamera verweilte kurz auf einem gerahmten Kunstdruck, der auf dem Boden lag und dessen Glas zerbrochen war.

Spinella hatte Wort gehalten – in der Presse war nichts über die Gasmaske erschienen –, sodass ein Trittbrettfahrer eher unwahrscheinlich war. In Brighton geschahen nicht gerade wenige Morde, doch zum Glück hatten sie es noch nie mit einem Serienmörder zu tun gehabt, weshalb sich Grace auf diesem Gebiet auch nicht sonderlich gut auskannte.

In der Nähe ging die Alarmanlage eines Autos los. Er blendete das Geräusch aus und konzentrierte sich ganz auf das Standfoto der jungen Frau. Grace erinnerte sich an Vorträge, die er bei den Tagungen der Internationalen Vereinigung der Mordermittler gehört hatte, die meist in den USA stattfanden. Dort berichteten auch Kripobeamte, die in Fällen von Serienmördern ermittelt hatten. Er versuchte, sich an die typischen Merkmale zu erinnern.

Eine Diskussion war ihm ziemlich deutlich im Gedächtnis geblieben. Dabei ging es um die Angst, die Informationen über einen tatsächlichen oder vermeintlichen Serienmörder in der Umgebung auslösen können. Andererseits hatten die Bürger das Recht, Bescheid zu wissen, sie *mussten* sogar Bescheid wissen.

Grace wandte sich an DCI Duigan. »Was haben wir bis jetzt?«

»Nadiuska schätzt, dass die junge Frau seit etwa zwei Tagen tot ist.«

»Schon eine Ahnung, wie sie gestorben ist?«

»Ja.« Kim Murphy schaltete die Kamera wieder ein und holte die Kehle in Nahaufnahme heran. Die dunkelrote Strangmarke war sehr deutlich zu erkennen.

Grace spürte, wie ihm flau wurde.

»Genau wie bei Katie Bishop«, bestätigte Kim.

»Also haben wir es mit einem Serienmörder zu tun – was immer das auch heißen mag«, folgerte Grace.

»Ich glaube, es ist noch zu früh, um eine solche Aussage zu treffen«, gab Duigan zu bedenken. »Außerdem bin ich kein Experte auf diesem Gebiet.«

»Damit wären wir schon zwei.«

Grace überlegte. Zwei attraktive Frauen waren auf fast identische Weise innerhalb von vierundzwanzig Stunden getötet worden. »Was wissen wir über sie?«

»Vermutlich haben wir es mit Sophie Harrington zu tun. Sie ist siebenundzwanzig und arbeitete für eine Filmproduktionsfirma in London. Ich bin vorhin ans Telefon gegangen, als eine junge Frau namens Holly Richardson anrief, die sich als Harringtons beste Freundin vorstellte. Sie hat gestern den ganzen Tag über versucht, Sophie zu erreichen. Sie wollten zusammen auf eine Party gehen. Holly hat am Freitagnachmittag gegen fünf zuletzt mit ihr gesprochen.«

»Immerhin etwas«, sagte Grace. »So wissen wir, dass sie um diese Zeit noch am Leben war. Hat schon jemand mit Holly Richardson gesprochen?«

»Nick ist zu ihr gefahren.«

»Ms. Harrington muss sich übrigens ganz schön gewehrt haben«, fügte Duigan hinzu.

»Das können Sie laut sagen.«

»Nadiuska hat unter dem Nagel einer großen Zehe ein winziges Stückchen Fleisch gefunden.«

Grace spürte, wie ihn das Adrenalin durchströmte. »Menschliches Fleisch?«

»Glaubt sie jedenfalls.«

»Wäre es denkbar, dass sie ihn beim Kampf mit dem Nagel gekratzt hat?«

»Nicht auszuschließen.«

Und plötzlich erinnerte er sich an die Verletzung an Brian Bishops Hand. Und dass er am Freitagabend für einige Stunden verschwunden war. »Ich will eine DNA-Analyse, und zwar schnell.«

Er griff nach seinem Handy und wählte eine Nummer.

Linda Buckley meldete sich beim zweiten Klingeln.

»Wo ist Bishop?«

»Zum Abendessen bei seinen Schwiegereltern. Sie sind aus Alicante zurück.«

Er bat um die Adresse und rief Branson an.

»Was gibt's, Oldtimer?«

»Was machst du gerade?«

»Ich esse widerlich gesunde vegetarische Cannelloni aus deiner Tiefkühltruhe, höre deine beschissene Musik und sitze vor deiner antiken Glotze. Mensch, wieso hast du keinen Großbildfernseher wie der Rest der Welt?«

»Stell dir vor, ich kann dich von allen Problemen erlösen. Es gibt Arbeit.« Er nannte ihm die Adresse.

66

DAS SCHWEIGEN WURDE FLÜCHTIG durch das Klirren eines Teelöffels unterbrochen, als Moira Denton in ihrer zierlichen Porzellantasse rührte. Bishop war mit seinen Schwiegereltern nie gut zurechtgekommen, was zum Teil auch daran lag, dass die beiden miteinander nicht zurechtkamen. Er erinnerte sich an einen Ausspruch über Menschen, die *ein Leben in stiller Verzweiflung führten.* Damit war die Beziehung zwischen Frank und Moira Denton leider nur allzu treffend beschrieben.

Frank war ein Serienunternehmer – und ein Serienversager. Aus familiärer Solidarität hatte Brian etwas Geld in sein letztes Unternehmen investiert: eine Fabrik in Polen, die Weizen zu Biodiesel verarbeiten sollte. Die Sache hatte sich als Flop erwiesen, genau wie alles, was Frank zuvor versucht hatte.

Außerdem war Frank Denton ein Serienehebrecher. Ein groß gewachsener Typ Ende sechzig, der bis vor kurzem viel jünger ausgesehen hatte. Früher hatte er Brian an einen liebenswerten, verwegenen Piraten erinnert, doch als er nun mit hängenden Schultern im Sessel hockte, unrasiert, ungekämmt, mit einem verknitterten weißen Hemd, sah er aus wie ein trauriger, gebrochener alter Mann. Seinen Brandy hatte er nicht angerührt.

Moira saß ihm gegenüber an dem geschnitzten Couchtisch, auf dem der *Argus* vom Vortag mit der schreienden Schlagzeile lag. Anders als ihr Mann hatte sie sich um ein gepflegtes Äußeres bemüht. Mit Mitte sechzig sah sie noch gut aus und hätte noch besser ausgesehen, wenn sich nicht eine gewisse Bitterkeit in ihr Gesicht gegraben hätte. Sie hatte ihr Haar schwarz gefärbt und ordentlich hoch gesteckt, trug ein schlichtes graues Oberteil, einen blauen Faltenrock und flache Schuhe. Geschminkt war sie auch.

Die Wohnung war unerträglich heiß. Im Fernseher, der ohne Ton lief, rannte gerade ein Elch durchs offene Grasland. Da die Dentons die meiste Zeit in ihrer Wohnung in Spanien verbrachten, fanden sie England selbst im Hochsommer unerträglich kalt. Folglich lief die Heizung auf Hochtouren, und alle Fenster waren geschlossen.

Brian trank sein drittes San-Miguel-Bier, und ihm knurrte der Magen, obwohl Moira ihnen eben erst ein Essen serviert hatte. Er hatte das kalte Huhn und den Salat kaum angerührt, ebenso die Pfirsiche aus der Dose, die es zum Nachtisch gab. Er hatte überhaupt keinen Appetit. Nach Reden war ihm auch nicht zumute. Sie hatten die meiste Zeit schweigend dagesessen und nur überlegt, ob Katie beerdigt oder eingeäschert werden sollte. Brian hatte nie mit ihr darüber gesprochen, doch ihre Mutter beharrte darauf, dass Katie eingeäschert werden wollte.

Frank und seine Frau hatten sich am Vortag im Leichenschauhaus von ihrer Tochter verabschiedet und waren bei dem Gespräch eben in Tränen ausgebrochen.

Für seine Schwiegereltern war es natürlich ein schwerer Schlag. Katie war nicht nur ihr einziges Kind gewesen, sondern das einzig wirklich Wertvolle in ihrem Leben. Katie war das Einzige gewesen, das sie verband. An einem besonders unerfreulichen Weihnachtsfest, bei dem Moira zu viel Sherry, Champagner und Baileys getrunken hatte, hatte sie Brian anvertraut, dass sie Frank nur um Katies Willen seine ganzen Affären verziehen hatte.

»Schmeckt dir das Bier, Brian?«, erkundigte sich Frank. Er bemühte sich um einen vornehmen Akzent, um seine Herkunft aus der Arbeiterklasse zu verschleiern. Auch Moira sprach sehr affektiert und fiel nur, wenn sie getrunken hatte, in ihren alten Lancaster-Akzent zurück.

»Ja, es ist gut. Vielen Dank.«

»So läuft das eben in Spanien. Qualität, sage ich dir!« Plötzlich wirkte er lebhafter und hob die Hand. »Das Land wird ohnehin völlig unterschätzt – das Essen, der Wein und das Bier. Und natürlich die Preise. Manches ist ausgeschöpft, aber es gibt noch immer tolle Möglichkeiten, wenn man weiß, wie man es anpacken muss.«

Trotz aller Trauer setzte Frank zu einer Art Verkaufsgespräch an.

»Die Grundstückspreise verdoppeln sich alle fünf Jahre. Wer klug ist, setzt auf die kommenden Topgegenden. Die Baukosten sind niedrig und die Spanier recht fleißig. Ich habe da eine ganz fantastische Gelegenheit bei Alicante entdeckt. Ich sage dir, Brian, die Sache ist idiotensicher.«

Brian war in diesem Moment nun wirklich nicht danach zumute, sich eine weitere plausibel klingende, aber letztlich zum Scheitern verurteilte Geschäftsidee anzuhören. Da war ihm das elende Schweigen doch lieber gewesen – dabei konnte er wenigstens in Ruhe nachdenken.

Er trank noch einen Schluck Bier und bemerkte, dass sein Glas fast leer war. Er musste noch fahren und hatte keine Ahnung, wie die Familienbetreuerin, die wie ein Wachhund in ihrem Wagen wartete, auf eine eventuelle Fahne reagieren würde.

»Was hast du mit deiner Hand gemacht?« Moira betrachtete das frische Pflaster.

»Ach – hab mich nur gestoßen – als ich aus dem Wagen gestiegen bin«, sagte er beiläufig.

Es klingelte an der Tür.

Die Dentons schauten sich an, dann rappelte Frank sich auf und schlurfte in die Diele.

»Wir erwarten doch niemanden«, sagte Moira.

Frank trat wieder ins Zimmer. »Die Polizei.« Er bedachte seinen Schwiegersohn mit einem seltsamen Blick. »Sie sind auf dem Weg nach oben.« Er starrte Brian unverwandt an, als sei ihm ein finsterer Verdacht gekommen.

Und Brian fragte sich, ob die Polizei etwas gesagt hatte, das der alte Mann ihm verschwieg.

67

IM VERNEHMUNGSRAUM schaltete Glenn Branson die Aufnahmegeräte ein, setzte sich und verkündete klar und deutlich: »Es ist Sonntag, der 6. August, 21.12 Uhr. Detective Superintendent Grace und Detective Sergeant Branson vernehmen Mr. Brian Bishop.«

Die Kripozentrale gewann allmählich eine bedrückende Vertrautheit für Bishop. Die Treppe hoch, durch die Eingangstür, vorbei an der Ausstellung mit Schlagstöcken auf blauen Filztafeln, durch die

Großraumbüros und den Flur mit den Diagrammen bis in diesen winzigen Raum mit den roten Stühlen.

»Ich komme mir vor wie bei *Und täglich grüßt das Murmeltier*«, sagte er.

»Toller Film«, entgegnete Branson. »Der Beste, den Bill Murray je gedreht hat. Noch besser als *Lost in Translation.*«

Doch Bishop war nun wirklich nicht danach zumute, über Filme zu diskutieren. »Wann sind Ihre Leute in meinem Haus fertig? Wann kann ich endlich wieder hinein?«

»Das wird leider noch ein paar Tage dauern, Sir«, sagte Grace. »Danke, dass Sie heute Abend hergekommen sind. Bitte entschuldigen Sie die Störung.«

»Das soll wohl ein Witz sein«, sagte Bishop bissig und hätte beinahe hinzugefügt, dass ihn die Polizei von einem bedrückenden Zusammentreffen mit seinen Schwiegereltern erlöst hatte. »Was gibt es Neues?«

»Zurzeit leider nicht viel, aber wir rechnen morgen mit den Ergebnissen einer DNA-Analyse, die neue Erkenntnisse bringen könnte. Allerdings möchten wir Ihnen zunächst noch einige Fragen stellen, die sich im Verlauf unserer Ermittlungen ergeben haben.«

»Nur zu.«

Grace spürte, wie gereizt Bishop war. Ganz anders als bei der letzten Vernehmung, bei der er traurig und verloren gewirkt hatte. Andererseits war er zu erfahren, um irgendetwas aus dieser Verhaltensänderung herauszulesen. Zorn war eine natürliche Phase der Trauer, und ein Mensch, der einen schweren Verlust erlitten hatte, war unberechenbar.

»Könnten Sie uns bitte erklären, womit genau sich Ihre Firma beschäftigt, Mr. Bishop?«

»Sie liefert logistische Systeme. Wir entwickeln die Software und installieren sie. Unser Kerngeschäft ist Rostering.«

»Rostering?« Grace bemerkte, dass auch Branson die Stirn runzelte.

»Ich erkläre es Ihnen an einem Beispiel. Ein Flugzeug, das von Gatwick abfliegen soll, kann aus irgendwelchen Gründen erst am nächsten Tag starten. Die Fluggesellschaft muss folglich Übernachtungsmöglichkeiten für 350 Passagiere finden und weitere Probleme lösen: Verbindungen platzen, die Dienstpläne der Crew geraten durcheinander, es müssen Überstunden bezahlt werden, es entstehen Kosten für Mahlzeiten und Spesen. Manche Passagiere müssen auf andere Flüge umgebucht werden, um ihre Anschlüsse zu bekommen. Das alles organisieren wir mit unseren Programmen.«

»Sie sind also Computerspezialist?«

»In erster Linie bin ich Geschäftsmann, aber ich verstehe einiges von Computern. Ich habe an der Sussex University Kognitionswissenschaft studiert.«

»Ich nehme an, Sie sind erfolgreich.«

»Letztes Jahr waren wir in der *Sunday Times* auf der Liste der hundert am schnellsten wachsenden britischen Unternehmen«, sagte Bishop mit leisem Stolz.

»Ich hoffe, das alles hier wirkt sich nicht negativ auf Ihre Geschäfte aus.«

»Eigentlich ist es ohnehin egal. Ich habe alles nur für Katie getan. Ich –« Ihm versagte die Stimme. Er holte ein Taschentuch heraus und vergrub sein Gesicht darin. Dann plötzlich rief er zornig aus: »Fangen Sie das Schwein! Dieses kranke Schwein! Dieses verdammte –« Er brach in Tränen aus.

Grace wartete ein wenig und fragte dann: »Möchten Sie etwas trinken?«

Bishop schüttelte schluchzend den Kopf.

Grace wartete, bis er sich wieder beruhigt hatte.

»Es tut mir leid«, sagte Bishop und wischte sich die Augen.

»Sie brauchen sich nicht zu entschuldigen, Sir. Wie würden Sie eigentlich Ihre Beziehung zu Ihrer Frau beschreiben?«

»Wir haben uns geliebt. Es war eine gute Beziehung. Ich glaube, wir ergänzen –« Er hielt inne und korrigierte sich: »Wir ergänzten uns.«

»Haben Sie in letzter Zeit Streit gehabt?«

»Das kann ich ganz klar verneinen.«

»Gab es irgendetwas, das Ihrer Frau Sorgen bereitete?«

»Abgesehen davon, dass sie ihr Kreditkartenlimit ausgeschöpft hatte?«

Grace und Branson lächelten unsicher, weil sie nicht wussten, ob es komisch gemeint war.

»Können Sie uns sagen, wie Sie den heutigen Tag verbracht haben, Sir?«, erkundigte sich Grace.

»Heute Morgen habe ich mich um meine E-Mails gekümmert. Ich habe meine Sekretärin angerufen und bin mit ihr die Termine durchgegangen, die abgesagt werden müssen. Eigentlich wollte ich am Mittwoch in die Staaten fliegen, um einen potenziellen Kunden in Houston zu treffen. Dann habe ich mit einem Freund und seiner Frau gegessen, bei ihnen zu Hause.«

»Die beiden können das also bezeugen?«

»Herrgott nochmal, ja!«

»Sie haben einen Verband an der Hand.«

»Die Frau meines Freundes ist Krankenschwester. Sie war der Meinung, die Wunde sollte besser abgedeckt werden.« Er schüttelte den Kopf. »Was soll das eigentlich? Ist das hier die Inquisition?«

Branson hob die Hände. »Wir wollen nur Ihr Bestes, Sir. Menschen, die einen schweren Verlust erlitten haben, neigen dazu, das eine oder andere zu übersehen. Das ist alles.«

Grace hätte Bishop nur zu gern erzählt, dass sich der Taxifahrer, an dessen Wagen er sich die Hand angeblich verletzt hatte, überhaupt nicht an den Vorfall erinnerte. Andererseits wollte er sein Pulver nicht zu schnell verschießen. »Nur noch wenige Fragen, Mr. Bishop, dann machen wir für heute Schluss.« Er lächelte, doch Bishop starrte ihn ausdruckslos an.

»Was sagt Ihnen der Name Sophie Harrington?«

»Sophie Harrington?«

»Eine junge Dame, die in Brighton wohnt und in London für eine Filmgesellschaft arbeitet.«

»Der Name sagt mir gar nichts«, antwortete Bishop entschieden.

»Sie haben noch nie von ihr gehört?«, hakte Grace nach.

Er und sein Kollege spürten das Zögern.

»Nein, habe ich nicht. Sollte ich sie denn kennen?«

Der Mann log, eindeutig.

»Nicht unbedingt, es war nur eine Frage. Das letzte Thema, das ich heute Abend ansprechen möchte, ist die Lebensversicherung, die Sie auf Ihre Frau abgeschlossen haben.«

Bishop schüttelte mit ehrlicher Verwunderung den Kopf. Oder spielte es ausgezeichnet.

»Vor sechs Monaten, Sir, haben Sie bei der HSBC-Bank eine Lebensversicherung auf Ihre Frau abgeschlossen. Die Versicherungssumme beläuft sich auf drei Millionen Pfund.«

Bishop grinste verständnislos und schüttelte heftig den Kopf. »Nie im Leben, ich halte überhaupt nichts von solchen Versicherungen. So etwas hätte ich niemals getan!«

Grace betrachtete ihn aufmerksam. »Dürfte ich das klarstellen, Sir? Sie wollen mir also sagen, dass Sie keine Lebensversicherung auf Mrs. Bishop abgeschlossen haben?«

»Definitiv nicht!«

»Sie existiert aber. Ich schlage vor, Sie werfen einmal einen Blick auf Ihre Kontoauszüge. Der Beitrag wird jeden Monat abgebucht.«

Bishop schien fassungslos. Und diesmal verrieten seine Augen, dass er nicht log.

»Ich glaube, ich sage jetzt besser nichts mehr. Jedenfalls nicht ohne meinen Anwalt.«

»Eine gute Idee, Sir.«

68

WENIGE MINUTEN SPÄTER standen Roy Grace und Glenn Branson vor dem Gebäude der Polizei und sahen die Rücklichter von Bishops dunkelrotem Bentley hinter dem gewaltigen Lagerhaus von British Bookstores verschwinden.

»Was meinst du, Oldtimer?«

»Ich glaube, ich brauche was zu trinken.«

Sie fuhren zum Black Lion in Patcham und stellten sich an die Theke. Grace orderte für Glenn ein Pint Guinness und für sich selbst einen großen Glenfiddich on the rocks. Dann setzten sie sich mit ihren Gläsern in eine Nische.

»Ich werde einfach nicht schlau aus ihm«, sagte Grace. »Er ist smart. Und hat etwas sehr Kaltes an sich. Außerdem kommt es mir vor, als habe er Sophie Harrington gekannt.«

»Die Augen?«

»Ist dir das auch aufgefallen?«, fragte Grace erfreut.

»Ja, er hat sie definitiv gekannt.«

Grace trank von seinem Whiskey und sehnte sich plötzlich nach einer Zigarette. Verdammt. Nur noch wenige Monate, dann durfte man im Pub gar nicht mehr rauchen. Am besten, er nutzte die Zeit, solange es noch ging. Also zog er ein Päckchen Silk Cut, riss das Zellophan ab, nahm eine Zigarette heraus und holte sich bei der jungen Barkeeperin Streichhölzer. Er atmete tief ein und genoss das Gefühl, den Rauch in der Lunge zu spüren.

»Du solltest wirklich damit aufhören. Die Dinger tun dir nicht gut.«

»Das ganze Leben tut einem nicht gut. Irgendwann bringt es uns alle um.«

Branson blickte düster vor sich hin. »Das kannst du laut sagen. Diese Kugel. Ein paar Zentimeter weiter rechts, und sie hätte die Wirbelsäule erwischt. Dann hätte ich für immer im Rollstuhl gesessen.« Er schüttelte den Kopf und trank einen großen Schluck Bier. »Zuerst die ganze verdammte Reha. Dann komme ich endlich nach Hause und was erwartet mich statt einer liebenden, besorgten Ehefrau? Nur Scheiße!«

Er beugte sich vor und stützte das Gesicht in die Hände.

»Ich dachte, du müsstest ihr einfach nur ein Pferd kaufen«, sagte Grace sanft.

Sein Freund reagierte nicht.

»Ich habe keine Ahnung, wie viel es kostet, ein Pferd zu kaufen oder zu unterhalten, aber du bekommst Schmerzensgeld für deine Verletzung – und zwar eine ganze Menge. Mehr als genug, um ein Pferd zu kaufen, würde ich sagen.«

Die junge Bedienung, die Grace Feuer gegeben hatte, stand plötzlich neben ihnen. »Möchten Sie noch etwas? Wir schließen gleich.«

Grace lächelte sie an. »Danke, wir sind fertig.«

»Weißt du, was das Ironische dabei ist? Ich habe es dir doch erzählt. Ich bin zur Polizei gegangen, damit meine Kinder stolz auf mich sind. Und jetzt darf ich ihnen nicht mal mehr gute Nacht sagen.«

Grace trank von seinem Whiskey und nahm einen Zug von der Zigarette. Sie schmeckte gut, aber nicht mehr so gut wie vorhin. »Kumpel, du kennst doch die Gesetze. Sie kann dich nicht von deinen Kindern fernhalten.«

Er schaute zur Theke hinüber, betrachtete die umgedrehten Flaschen und den Spiegel dahinter, die leeren Barhocker und die verlassenen Tische. Es war ein langer Tag gewesen. Kaum zu glauben, dass er an einem See in München zu Mittag gegessen hatte.

»Ich habe dich nicht mal gefragt, wie's gelaufen ist«, sagte Glenn unvermittelt.

»Nichts«, erwiderte er. »Es war nichts.«

»Mach es bloß nicht so wie ich, Roy. Mach es nicht kaputt. Die Sache mit Cleo tut dir gut. Du musst ihr zeigen, was sie dir wert ist. Sie ist eine ganz tolle Frau.«

*

Als er um kurz nach halb zwölf zum schmiedeeisernen Tor vor ihrem Haus kam, war Cleo ganz schön blau.

»Du musst mir helfen. Mann, bin ich fertig«, sagte sie durch die Sprechanlage.

Das elektronische Schloss sprang mit einem Klick auf, der wie ein Schuss klang. Grace ging hinein, und als er sich der Haustür näherte, öffnete sie sich wie von Geisterhand. Dort stand Cleo, neben sich etwas, das an den umgedrehten Panzer einer blauen Riesenkrabbe erinnerte.

Sie hielt ihm die Wange hin, als er sie auf die Lippen küssen wollte, und zeigte damit trotz ihrer Trunkenheit, dass sie noch immer wütend auf ihn war. »Das Hardtop für meinen MG. Irgendein Arsch hat das Stoffdach aufgeschlitzt. Kannst du mir helfen, es zu befestigen?«

Das Ding war schwer wie Blei. »Alles klar?«, erkundigte er sich keuchend, als sie mit dem Verdeck auf die Straße wankten. Ihr distanziertes Verhalten war enttäuschend.

»Wiegt jedenfalls weniger als eine Leiche!«, sagte sie munter und fiel beinahe der Länge nach hin.

Sie schleppten das Verdeck bis zu ihrem Wagen und setzten es daneben ab. Grace betrachtete den sauberen Schlitz im Stoff.

»Wann ist das passiert?«

»Heute Nachmittag vor dem Leichenschauhaus. Hat gar keinen Sinn, es reparieren zu lassen. Das ist sicher nicht das letzte Mal.«

Mit unsicherer Hand fummelte sie am Schloss herum, stieg ein und fuhr das Stoffdach hinunter. Schwitzend und fluchend gelang es ihnen, das Hardtop zu befestigen.

Sie konzentrierten sich so sehr auf ihre schwierige Aufgabe, dass keiner von beiden die Gestalt bemerkte, die ganz in der Nähe im Schatten stand und sie mit einem zufriedenen Lächeln beobachtete.

69

FÜR ROY GRACE begann der Montagmorgen um halb acht mit einer Lagebesprechung in seinem Büro. Dort fanden sich Kim Murphy, Brendan Duigan, Joe Tindall und Glenn Branson ein. Letzteren überschüttete Grace förmlich mit Arbeit, um ihn von seinen häuslichen Problemen abzulenken. Seine Managementassistentin Eleanor war auch dabei.

Kurz vor acht holte sich Grace den zweiten Kaffee. In seinem Büro lud er die drei Fotos der blonden Frau, die er am Vortag mit seinem Handy aufgenommen hatte, in den Computer und schrieb eine E-Mail an Dick Pope, der aus dem Urlaub zurück war.

Dick, ist das die Frau, die du und Lesley letzte Woche im Englischen Garten gesehen habt? Roy

Dann schaute er sich die Fotos noch einmal an. Eine Aufnahme von vorn und zwei im Profil. Ziemlich gut zu erkennen. Er schickte sie als Anhang mit.

Anschließend schrieb er an Marcel Kullen und hängte auch diesmal die Fotos an. Er hatte sie ihm zwar schon an Ort und Stelle auf dem winzigen Display des Handys gezeigt, doch auf dem Bildschirm wäre sie sehr viel besser zu erkennen.

Danach überprüfte er die Meldungen der vergangenen Nacht. Die Nächte von Sonntag auf Montag waren eher ruhig, keine auffälligen Vorkommnisse, nichts, das auf den ersten Blick mit den Morden an Katie Bishop und Sophie Harrington zu tun gehabt hätte.

Er schrieb noch einige E-Mails und begab sich ins Konferenzzimmer, wo sich das gesamte Team versammelt hatte.

Zunächst begrüßte er alle und erklärte, dass beide Fälle von ihm geleitet wurden, wobei DI Kim Murphy seine Stellvertreterin im Mordfall Katie Bishop war und DCI Duigan ihn in Sachen Sophie Harrington vertrat. Dann kündigte er an, dass er nun das Video vom Tatort Harrington zeigen werde.

Nachdem der Film zu Ende war, herrschte Schweigen, bis sich Norman Potting zu Wort meldete.

»Nun, ich hätte da noch einige Ergebnisse zu bieten.«

»Wir sind ganz Ohr«, forderte Grace ihn auf.

»Katie Bishop hatte eine Affäre!«, verkündete der Veteran triumphierend.

Zwanzig Augenpaare richteten sich auf ihn.

»Einige von Ihnen werden sich daran erinnern, dass ich am Freitagnachmittag im BMW Cabrio von Katie Bishop einen Parkschein entdeckt habe, der am Donnerstagnachmittag um 17.11 Uhr an einem Automaten in der Southover Road in Lewes gezogen wurde.«

Er hielt inne und fingerte an seinem Krawattenknoten herum. Grace schaute zum Fenster. Der Himmel war klar und blau, der Sommer zurückgekehrt.

»Nun schuldete mir John Smith von der Telekomabteilung hier bei uns noch einen Gefallen. Er ist gestern hergekommen und hat Mrs. Bishops Handy überprüft. Dabei fand er im Kurzwahlverzeichnis eine Rufnummer in Lewes. Sie gehört einem Mr. Barty Chancellor – wie ich erfahren habe, ist er ein international bekannter Porträtmaler –, der tatsächlich in der Southover Road in Lewes wohnt.«

Potting wirkte noch selbstzufriedener als zuvor. »Gestern Nachmittag um vier Uhr habe ich Mr. Chancellor in seinem Haus befragt, und er hat zugegeben, dass er und Mrs. Bishop sich seit etwa einem Jahr getroffen haben. Er war ziemlich durcheinander, nachdem er von ihrem Tod aus der Zeitung erfahren hatte, und schien froh, dass er endlich jemandem sein Herz ausschütten konnte.«

»Was haben Sie von ihm erfahren?«, wollte Grace wissen.

»Sieht aus, als wären die Bishops nicht ganz das Traumpaar gewesen, für das man sie gehalten hat. Laut Chancellor war Bishop von seiner Arbeit besessen und fast nie zu Hause. Er schien nicht zu begreifen, dass seine Frau einsam war.«

»Verzeihung«, meldete sich Bella Moy aufgebracht zu Wort. »Norman, das ist mal wieder typisch für einen Mann, der eine Affäre rechtfertigen will. *Ach, ihr Mann versteht sie nicht, darum ist sie mir praktisch in die Arme gefallen, ganz ehrlich!*« Die junge Polizistin schaute errötend in die Runde. »Wie oft haben wir das schon gehört? Nicht immer ist der Ehemann schuld – es gibt jede Menge Frauen, die wild in der Gegend herumbumsen!«

»Wem sagen Sie das?«, meinte Potting. »Ich habe drei von der Sorte geheiratet.«

»Wusste Bishop Bescheid?«, warf Glenn Branson ein.

»Chancellor meint, er hätte keine Ahnung.«

Nachdenklich notierte Grace den Namen. »Womit wir einen weiteren potenziellen Verdächtigen hätten.«

»Er ist ein ziemlich guter Maler. Muss er ja auch sein, verlangt immerhin zwischen 5000 und 20 000 Pfund für ein Bild. Dafür könnte ich mir ein ganzes Auto kaufen! Oder ein Haus, da, wo meine neue Frau herkommt.«

»Ist das jetzt wichtig, Norman?«

»Ich meine ja nur, diese Künstlertypen sind manchmal ganz schön durchgeknallt. Hab mal gelesen, dass Picasso mit neunzig noch seine Ladys gebumst hat.«

»Ach so, er ist Maler, also ist er auch pervers. Ist es das, was Sie sagen wollen?« Bella Moy war an diesem Tag mal wieder schlecht auf Potting zu sprechen. »Also hat er Katie Bishop eine Gasmaske aufgesetzt und sie erdrosselt? Warum verschwenden wir eigentlich noch unsere Zeit – wir können doch gleich zur Staatsanwaltschaft gehen und einen Haftbefehl für Chancellor holen!«

»Bella, das reicht!«, sagte Grace scharf.

»Haben Sie in seinem Haus irgendetwas entdeckt, das auf Perversität schließen lässt?«, fragte Kim Murphy. »Gasmasken an der Wand? Seltsame Bilder?«

»Er hatte ein paar ganz schön heftige Nackedeis an der Wand hängen, das können Sie mir glauben! Nicht gerade die Bilder, die man seiner alten Mutter zeigt. Und dann habe ich noch etwas sehr Interessantes von ihm erfahren: Er war am Donnerstagabend mit Mrs. Bishop zusammen. Und zwar bis kurz vor Mitternacht.«

»Wir müssen ihn sofort zur Vernehmung holen«, sagte Grace.

»Um zehn ist er hier.«

»Gut, wer ist noch dabei?«

»DC Nicholas.«

Grace schaute den jungen Kollegen an, der ein Gähnen unterdrückte und kaum die Augen offen halten konnte. Offenbar hatte er eine weitere schlaflose Nacht mit seinem Baby hinter sich. Er wollte keinen übernächtigten Zombie bei der Vernehmung eines so wichtigen Zeugen dabei haben. Also schaute er Zafferone an. Nicht gerade der sympathischste Kollege, aber für diese Aufgabe genau richtig. Seine Arroganz würde jedem sauer aufstoßen, vor allem einem empfindsamen Künstler. Und Provokation war oft die beste Möglichkeit, um etwas aus einem Zeugen herauszuholen.

»Nein, das übernimmt heute DC Zafferone.« Dann warf er einen Blick zu Joe Tindall. »Gut, wir hören jetzt den Bericht der Spurensicherung.«

»Zunächst möchte ich darauf hinweisen, dass ich heute Nachmittag die Ergebnisse der DNA-Analyse des Spermas erwarte, das wir in der Vagina von Mrs. Bishop gefunden haben. Außerdem werden wir heute Morgen mehrere Fundstücke aus Ms. Harringtons Wohnung ins Labor schicken, darunter ein kleines Stück Fleisch, das wir unter dem Nagel der rechten großen Zehe gefunden haben, und eine Gasmaske, die der aus Mrs. Bishops Haus sehr ähnlich zu sein scheint.«

Er trank einen Schluck aus einer Wasserflasche. »Außerdem schicken wir Kleidungsfasern und Blutproben, die in Ms. Harringtons Wohnung gefunden wurden, zur Untersuchung. Wir haben an der Wand über dem Bett Blutflecken gefunden, die nicht mit den Verletzungen des Opfers übereinstimmen. Folglich könnte es sich um das Blut des Täters handeln. Alle Fingerabdrücke, die an beiden Tatorten gefunden wurden, konnten identifiziert werden, was darauf hinweist, dass der Mörder beider Frauen entweder Handschuhe trug – was am wahrscheinlichsten ist – oder aber alles abgewischt hat. Mit besonderen chemischen Mitteln konnten wir jedoch auf den Fliesen im Badezimmer Fußabdrücke sicherstellen, die eindeutig nicht zum Opfer gehören. Wir werden sie analysieren.«

Danach berichtete DC Pamela Buckley über ihre Suche nach Patienten mit Handverletzungen, die sie in sämtliche Notaufnahmen der umliegenden Krankenhäuser geführt hatte.

»Es war nicht einfach, wir hatten mit der ärztlichen Schweigepflicht zu kämpfen«, sagte sie ein wenig sarkastisch und las dann vor, welche Verletzungen behandelt worden waren, ohne die Namen der Patienten zu nennen. Keine Beschreibung traf auf die Verletzung zu, die Grace bei Brian Bishop bemerkt hatte, und kein Krankenhausmitarbeiter hatte Bishop auf dem Foto erkannt.

Dann war DS Guy Batchelor an der Reihe. »Ich glaube, ich habe hier etwas ziemlich Interessantes«, sagte er in seinem üblichen sachlichen Ton und nickte Norman Potting anerkennend zu. »Norman hat gut daran getan, seinen Freund John Smith am Sonntag herzuholen. Der hat sich nämlich auch noch das Handy angeschaut, das wir in Sophie Harringtons Wohnung sichergestellt haben.«

Er trank einen Schluck Kaffee aus seinem Starbucks-Becher und blickte dann lächelnd hoch. »Die letzte Nummer, die Ms. Harrington gewählt hat, war die –«, er schaute in seine Notizen, »0 79 85 54 12 98. Es ist die Handynummer von Brian Bishop.«

70

Es heißt, Erfolg im Leben bestehe zu einem Prozent aus Inspiration und zu neunundneunzig Prozent aus Perspiration. Was allerdings geflissentlich verschwiegen wird, wenn man eine Firma gründen will, ist die Tatsache, dass man dafür auch das nötige Kleingeld braucht. Einen Anwalt, einen Steuerberater, einen Fachmann, der das Patent für die Software anmeldet, einen Designer, der Logo und Verpackung für das Produkt gestaltet, und natürlich auch die Webseite. Hinzu kommen ein Büro, Möbel, Telefone, Fax und Sekretärin. Nichts davon bekommt man umsonst. Zwölf Monate nach meiner großen Idee war ich um hunderttausend Pfund ärmer und die Firma noch immer nicht gegründet. Doch ich war kurz davor.

Ich hatte eine zweite Hypothek auf meine Wohnung aufgenommen, alles verkauft, was sich zu Geld machen ließ, und einen Banker gefunden, der mir einen größeren Kredit einräumte, als eigentlich erlaubt war. Ich hatte wirklich Riesenschwein gehabt.

Ich las den Finanzteil aller großen Zeitungen und hatte sämtliche Wirtschaftsmagazine abonniert. Man kann sich also vorstellen, wie bestürzt ich war, als ich eines Tages die Beilage der Financial Times *aufschlug und darin einen Artikel entdeckte, den ein gewisser Gautam Malkani über meine Geschäftsidee verfasst hatte.*

Es war eine hundertprozentige Kopie meiner ganzen Pläne – nur berichtete er über ein Unternehmen, das schon gut im Geschäft war.

Und von der rosafarbenen Seite starrte mir mein eigenes Gesicht entgegen.

Alles war identisch, nur hieß die Firma anders als meine.

Und unter meinem Gesicht las ich einen Namen, den ich noch nie gehört hatte.

71

MARIJA DJAPIC TIPPTE DEN ZAHLENCODE auf der Tastatur ein und trat durchs Tor. Es war kurz nach neun, und dank ihrer Tochter war sie ein bisschen später dran als sonst. Sie bemerkte sofort den Mann, der vor der Tür von Nummer 5 stand und aussah, als hätte er schon eine ganze Weile gewartet.

Sie überquerte den gepflasterten Innenhof, ziemlich außer Atem, weil sie den langen Weg zu Fuß gegangen war und dabei wie immer die schwere Tasche geschleppt hatte, in der sie Arbeitskleidung, Schuhe, Mittagessen und Getränke aufbewahrte. Sie schwitzte stark und war nach dem letzten Streit mit Danica äußerst schlecht gelaunt.

Wer war dieser Mann? Was wollte er von ihr? Etwa wieder ein Geldeintreiber von irgendeiner Kreditkartenfirma, der sie Geld schuldete?

Die fünfunddreißigjährige Serbin ging grundsätzlich zu Fuß, um das Geld für den Bus zu sparen. Alle ihre Arbeitgeber wohnten nicht weiter als eine Stunde von der Sozialwohnung in Whitehawk entfernt, die sie mit ihrer vierzehnjährigen Primadonna teilte. Sie steckte ihr ganzes sauer verdientes Geld in Danicas Zukunft, kaufte ihr anständiges Essen und die Kleider, die Danica sich wünschte – soweit sie sich das leisten konnte. Hinzu kamen die ganzen Dinge, die sie brauchte, um mit ihren Freundinnen Schritt zu halten: Computer, Handy und iPod – den hatte sie ihr erst vor zwei Wochen zum Geburtstag geschenkt.

Als Dank dafür kam das Mädchen morgens um zehn nach vier mit verschmiertem Make-up und erweiterten Pupillen nach Hause!

Und jetzt stand auch noch dieser aalglatte Typ vor der Tür und war vermutlich darauf aus, ihr das Geld wegzuschnappen, das Cleo Morey für sie auf den Küchentisch gelegt hatte. Marija wühlte in ihrer Tasche nach dem Wohnungsschlüssel. Der Mann war groß, gut gekleidet, trug das braune Haar mit Gel zurückgekämmt und erinnerte sie an irgendeinen Schauspieler, dessen Name ihr jedoch nicht einfiel. Seine dunkelblaue Jacke mit dem Abzeichen auf der Brusttasche hatte etwas von einer Uniform.

Marija schaute sich argwöhnisch um und entdeckte zu ihrer Erleichterung eine junge Frau in Fahrradkleidung, die einige Häuser weiter ihr Mountainbike aus der Haustür schob. Mutiger geworden, steckte sie den Schlüssel ins Schloss und drehte ihn um.

Der Mann trat vor und hielt ihr einen laminierten Ausweis mit seinem Foto hin, den er um den Hals trug. »Entschuldigen Sie, ich würde gern den Gaszähler ablesen«, sagte er sehr höflich. Sie bemerkte das kleine Gerät mit der Tastatur, das er in der Hand hielt.

»Ist mit Miss Morey abgesprochen?«, fragte sie in scharfem Ton.

»Nein, aber ich war zufällig in der Gegend. Es dauert nur ein paar Minuten, wenn Sie mir bitte zeigen würden, wo sich der Zähler befindet.«

Sie zögerte. Er sah eigentlich ganz normal aus, einen Ausweis hatte er auch. Es kam öfter vor, dass Leute zum Ablesen auftauchten, wenn sie gerade irgendwo putzte. Andererseits hatte man sie angewiesen, niemanden ins Haus zu lassen. Vielleicht sollte sie Miss Morey kurz anrufen und nachfragen. Andererseits wollte sie sie nicht wegen einer solchen Kleinigkeit bei der Arbeit stören. »Kann ich nochmal Ausweis sehen?«

Er zeigte ihr die Plastikkarte. Ihr Englisch war nicht sehr gut, aber sie erkannte sein Gesicht und den Namen des Energieversorgers. Der Ausweis sah wichtig aus. Offiziell. »Okay«, sagte sie schließlich.

Noch immer misstrauisch, ging sie vor ihm ins Haus und ließ ihn keine Sekunde aus den Augen.

Ihr Geld lag auf dem Küchentisch unter einer Keramikschale mit Obst, daneben ein handgeschriebener Zettel von Cleo mit den Anweisungen für diesen Morgen. Marija steckte die beiden 20-Pfund-Scheine ins Portemonnaie und deutete auf eine kleine Tür oben in der Wand links vom riesigen silberfarbenen Kühlschrank. »Ich glaube, Zähler ist da«, sagte sie und bemerkte beiläufig den Verband an seiner Hand.

»Scharfe Kanten«, sagte der Mann zur Erklärung. »Sie glauben nicht, wo manche Leute ihre Zähler versteckt haben! Meine Arbeit ist ganz schön gefährlich.« Er lächelte. »Haben Sie etwas, auf das ich hinaufsteigen kann?«

Sie schob ihm einen Küchenstuhl hin. Er bedankte sich und zog die Schuhe aus, wobei seine Augen jedoch zu dem Schlüsselbund wanderten, der auf dem Tisch lag. Er überlegte gerade angestrengt, wie er die Frau ablenken könnte, als ihr Handy klingelte.

Sie holte ein kleines grünes Nokia aus der Tasche, warf einen Blick aufs Display und meldete sich mit bebender Stimme: »Ja, Danica?« Danach sprudelte sie etwas in einer ihm völlig unverständlichen Sprache hervor. Die Diskussion mit der Anruferin namens Danica wurde zunehmend hitziger. Die Frau lief in der Küche auf und ab, sprach lauter und lauter und stampfte in den Flur, wo sich das Gespräch zu einem erbosten Gebrüll steigerte.

Sie ließ ihn nicht länger als eine Minute aus den Augen, aber das reichte völlig aus, um sich den Schlüssel zu schnappen, in das weiche Wachs in der Dose zu drücken, die er in der Handfläche verborgen hielt, und ihn wieder auf den Tisch zu legen.

72

MALLING HOUSE, die Zentrale der Sussex Police, lag fünfzehn Autominuten von Grace's Büro entfernt. Es war eine zusammengewürfelte Ansammlung von Gebäuden am Stadtrand von Lewes.

Vospers Büro befand sich im Erdgeschoss und besaß einen schönen Blick auf den Rasen, auf dem sich gerade eine Drossel unter dem Rasensprenger tummelte.

Es muss Spaß machen, in einem solchen Raum zu arbeiten, weit weg von den engen, schäbigen Räumen von Sussex House, dachte Grace. Bisweilen überlegte er, ob ihm eine Beförderung und der damit verbundene Machtzuwachs gefallen würden, wusste aber nicht, ob er mit den politischen Machenschaften, die dazu gehörten, klarkäme. Im Augenblick jedoch ging es ihm hauptsächlich darum, möglichst nicht degradiert zu werden.

Alison Vosper konnte an einem Tag überaus nett und freundlich sein und sich am nächsten Tag als schlimmste Feindin erweisen. Für Grace war sie eigentlich immer nur Letzteres gewesen, dachte er, als er nun vor ihren Schreibtisch trat. Er war es gewöhnt, dass sie Besuchern nur selten einen Platz anbot, da sie alle Besprechungen gerne kurz und knapp erledigte.

Daher überraschte es ihn sehr, dass sie, ohne von ihrer Akte aufzublicken, auf einen der beiden Sessel wies, die vor ihrem ausladenden Schreibtisch aus Rosenholz standen.

Wie immer, wenn er das Büro betrat, kam er sich vor wie ein Kind, das zum Schuldirektor berufen wird. Und die Tatsache, dass sie ihn weiterhin ignorierte, machte ihn nur noch nervöser. Er horchte auf das leise Zischen des Rasensprengers, das durchs offene Fenster drang. In einem anderen Büro klingelte ein Handy.

Als Erstes würde sie das Thema München ansprechen, darauf war er zumindest ansatzweise vorbereitet. Doch als sie schließlich aufblickte, gelang ihr sogar ein freundliches Lächeln.

»Ich muss mich entschuldigen, Roy, aber ich habe hier diese verfluchte EU-Direktive über die Standardisierung der Behandlung von Asylbewerbern, die gegen das Gesetz verstoßen haben. Mein Gott, was für ein Krampf! Und dafür verschwendet man unsere Steuergelder.«

»Ganz Ihrer Meinung«, pflichtete Grace ihr bei und wartete misstrauisch auf den Angriff, der doch sicher folgen würde.

Sie hob die Faust. »Sie glauben gar nicht, wie viel Zeit ich mit so etwas verbringe, während ich meine eigentliche Arbeit tun müsste. Allmählich hasse ich die EU. Nur mal so zum Vergleich: Kennen Sie die Rede von Gettysburg?«

»Ja, ich kann sie sogar komplett aufsagen. Ich habe sie mal für ein Schulprojekt auswendig gelernt.«

Sie achtete kaum auf seine Erwiderung, sondern breitete die Hände auf der Tischplatte aus, als suche sie dort Halt. »Aufgrund dieser Rede von Abraham Lincoln wurden die geheiligten Prinzipien der Freiheit und Demokratie in die amerikanische Verfassung aufgenommen. Diese Rede war weniger als 300 Wörter lang. Haben Sie eine Ahnung, wie lang die europäische Direktive über die Größe von Kohlköpfen ist?«

»Nein.«

»65 000 Wörter!«

Er schüttelte grinsend den Kopf.

Sie lächelte zurück und wirkte herzlicher, als er sie je erlebt hatte. Ob sie irgendeine Glückspille geschluckt hatte? Dann wechselte sie abrupt das Thema und fragte noch immer gut gelaunt: »Und, wie war München?«

»Na ja, ein bisschen wie norwegischer Hummer«, sagte er vorsichtig.

Vosper runzelte die Stirn. »Wie bitte? Wieso norwegischer Hummer?«

»Mein persönlicher Ausdruck für etwas, das die Erwartungen nicht erfüllt.«

Sie legte, noch immer stirnrunzelnd, den Kopf zur Seite. »Ich verstehe Sie immer noch nicht.«

»Vor einigen Jahren war ich in einem Restaurant in Lancing. Auf der Karte stand norwegischer Hummer. Ich habe ihn bestellt und mich auf einen leckeren großen Hummer gefreut. Was ich bekam, waren drei Garnelen, kaum länger als mein kleiner Finger.«

»Haben Sie sich beschwert?«

»Ja, worauf es zu einer Begegnung mit einem Zwillingsbruder von Basil Fawlty kam, der ein uraltes Kochbuch anschleppte, in dem stand, dass man diese besondere Garnelenart gelegentlich auch als norwegischen Hummer bezeichnet.«

»Hört sich an, als sollte man da lieber nicht hingehen.«

»Außer Sie wollen sich mal so richtig den Tag versauen.«

»Stimmt.« Sie lächelte erneut, wenn auch nicht mehr ganz so herzlich wie zuvor. Vielleicht war ihr wieder eingefallen, dass sie und dieser Mann auf verschiedenen Planeten lebten. »Also kann ich davon ausgehen, dass Sie Ihre Frau in München nicht gefunden haben?«

Er fragte sich, woher sie wohl vom Grund seiner Reise wusste, und schüttelte den Kopf.

»Wie lange ist es jetzt her?«

»Etwas über neun Jahre.«

Sie schien noch etwas sagen zu wollen, goss sich aber stattdessen Wasser nach. »Möchten Sie auch Wasser? Tee oder Kaffee?«

»Nein, danke. Wie war denn Ihr Wochenende?« Er wollte unbedingt vom Thema ablenken und erfahren, weshalb sie ihn herbestellt hatte.

»Ich war auf einer Konferenz in Basingstoke, bei der es um die Verbesserung unsere Effizenz ging – besser gesagt, um die öffentliche Wahrnehmung unserer Effizienz. Wieder so eine kosmetische Maßnahme von Tony Blair. Ein Haufen geleckter Marketing-Gurus erzählte uns, wie wir unsere Ergebnisse präsentieren, Strategien entwickeln und Prozesse steuern sollen.«

»Und, worin besteht das Geheimnis?«

»Zuerst die Früchte zu pflücken, die am niedrigsten hängen.« Ihr Handy klingelte. Sie warf einen Blick aufs Display und drückte das Gespräch weg. »Die Mordfälle genießen nach wie vor Priorität. Gibt es Fortschritte? Ich werde übrigens heute Morgen bei der Pressekonferenz dabei sein.«

»Tatsächlich?«, fragte Grace angenehm überrascht. Die für elf Uhr angesetzte Pressekonferenz würde nach dem zweiten Mordfall ganz schön haarig werden, da konnte er jede Unterstützung gebrauchen.

»Können Sie mich kurz auf den neuesten Stand bringen? Welche Brocken können wir ihnen hinwerfen? Gibt es Verdächtige? Und was ist mit der Leiche von gestern? Haben Sie genügend Leute, oder brauchen Sie zusätzliche Kräfte, Roy?«

Er war ungeheuer erleichtert, dass sie auf sein Ablenkungsmanöver angesprungen war, und fasste die bisherigen Ermittlungen kurz zusammen. Nachdem er berichtet hatte, dass eine Kamera Brian Bishops Bentley auf dem Weg nach Brighton aufgenommen und dieser eine Lebensversicherung auf seine Frau abgeschlossen hatte, hob sie die Hand.

»Sie haben genug zusammen, Roy.«

»Zwei Zeugen haben ihm ein ziemlich gutes Alibi gegeben. Wir haben mit seinem Finanzberater gesprochen, mit dem er zu Abend gegessen hat, doch der zeitliche Ablauf passt einfach nicht. Falls er die Wahrheit sagt, kann Bishop unmöglich um 23.47 Uhr diese Kamera passiert haben. Die zweite Person ist ein gewisser Oliver Dowler, der Portier in Bishops Londoner Wohnhaus, der bestätigt, dass er Bishop am Freitagmorgen um halb sieben geholfen hat, die Golfausrüstung ins Auto zu laden.«

Vosper schwieg einen Moment, um die Neuigkeiten zu verdauen. »Jetzt stehen wir ganz schön auf dem Schlauch.«

Grace nickte mit grimmiger Miene.

Das Telefon klingelte. Sie hob entschuldigend den Finger und nahm ab.

Kurz darauf meldete sich sein Handy. Er stand auf und trat beiseite, bevor er das Gespräch annahm.

Es war DS Guy Batchelor. »Ich glaube, wir haben hier etwas Wichtiges, Roy. Eben hat mich die Kollegin Sandra Taylor angerufen. Wusstest du, dass Brian Bishop vorbestraft ist?«

73

PAUL PACKER SASS AN EINEM TISCH vor der Ha!Ha!-Bar an der Pavilion Parade unmittelbar vor dem Eingangstor zum Royal Pavilion, trank einen Caffè latte und ließ die Welt an sich vorüberziehen. Er lächelte zufrieden. Halb elf an einem warmen, sonnigen Montagmorgen im August – da gab es schlechtere Orte zum Arbeiten!

Für die Kellnerinnen und die Passanten sah das allerdings anders aus. Für sie war er ein Mann Mitte zwanzig mit rasiertem Kopf und Ziegenbärtchen, der ein formloses graues T-Shirt trug und etwas in einem Heft notierte. Vermutlich einer der zahlreichen Studenten, die den ganzen Tag in den Cafés hockten.

Doch ihm entging nichts. Er registrierte jedes einzelne Gesicht.

Menschen in Businesskleidung, mit Aktentaschen oder Laptops, die zu irgendwelchen Meetings hasteten oder sich auf dem Weg zur Arbeit verspätet hatten. Er beobachtete die Touristen; ein älteres Paar lief ständig im Kreis und versuchte dabei, einen Stadtplan zu lesen. Der Mann zeigte in eine Richtung, worauf die Frau den Kopf schüttelte und in die entgegengesetzte Richtung deutete. Ein Paar in mittleren Jahren marschierte entschlossenen Schrittes vorbei, beide in lächerlicher Kleidung und mit schweren Rucksäcken bewaffnet, als machten sie eine Safari im tiefsten Afrika. Zwei Jungen in Skaterjeans sprangen mit ihren Skateboards über ein Informationsschild.

Mehrere Obdachlose, die er vom Sehen kannte, waren in der letzten halben Stunde vorbeigekommen. Vermutlich wollten sie den Tag auf dem Rasen vor dem Royal Pavilion verbringen, bevor sie wieder in ihren angestammten Hauseingang oder ihre Unterführung zurückkehrten. Sie schleppten ihr weltliches Hab und Gut in Plastiktüten oder Einkaufswagen mit sich herum und hinterließen einen säuerlichen Gestank. Allmählich kroch auch die Unterwelt von Brighton – Dealer, ihre Helfer und Kunden – aus ihren Löchern. Die Junkies hatten keinen Stoff mehr und stürzten sich in die erbarmungslose Tretmühle, um irgendwie Geld für den nächsten Schuss aufzutreiben.

Detective Constable Packer machte sich tatsächlich Notizen. Er träumte von einer Karriere als Schriftsteller und arbeitete zurzeit an einem Drehbuch über eine Gruppe von Außerirdischen, deren Navigationssystem zusammenbricht, worauf sie auf der Erde ganz in der Nähe von Brighton notlanden müssen. Doch schon nach wenigen Tagen wollen sie unbedingt wieder weg. Zwei von ihnen sind überfallen worden, ihr Raumschiff wurde verwüstet und danach beschlagnahmt, weil sie die Abschleppkosten nicht bezahlen konnten, und das Essen schmeckt ihnen auch nicht. Zudem können sie das notwendige Online-Formular nicht ausfüllen, das ihnen Hilfe verspricht, weil dafür eine Postleitzahl und eine Kreditkartennummer erforderlich sind. Manchmal fragte er sich, ob ihn sein Job vielleicht zu zynisch machte.

Dann riss es ihn unvermittelt zurück in die Realität. Aus dem Augenwinkel bemerkte Packer eine vertraute Gestalt, die mit hängenden Schultern vorbeischlurfte.

Paul betrachtete den ausgemergelten jungen Mann im verschlissenen Kapuzenpulli, der Jogginghose und den schmutzigen Turnschuhen mit einer Mischung aus Ekel und Mitgefühl. Der Typ trug sein rötliches Haar genau wie er selbst rasiert, und von der Unterlippe zum Kinn lief ein dünner Streifen Bart. Paul sah zu, wie er in aller Ruhe an einem jungen Mann vorbeilatschte, der gerade seine Freundin fotografieren wollte, ohne irgendetwas um sich herum wahrzunehmen. Der Ermittler wusste genau, wohin er wollte.

An der Mauer auf der gegenüberliegenden Straßenseite hingen mehrere Geldautomaten. Der junge Mann setzte sich dazwischen auf den Boden, denn es war eine sehr beliebte Stelle für Bettler. Und schon hatte er sein erstes Ziel anvisiert – eine junge Frau, die gerade ihre Karte in den Schlitz schob.

Paul Packer nutzte die Gelegenheit, ging hinüber und pflanzte sich vor dem Typen auf, der gerade mit heiserer Stimme krächzte: »Haben Sie vielleicht ein bisschen Kleingeld?«

Wie zur Begrüßung streckte Packer ihm den verstümmelten rechten Zeigefinger entgegen. »Hi, Skunk. Kennst du mich noch?«

Skunk schaute argwöhnisch zu ihm auf. Die Frau wühlte gerade in ihrem Portemonnaie. »Ich bin Polizist«, sagte Packer zu ihr. »Betteln ist verboten. Außerdem weiß dieser Bursche hier genau, wie man einen Bissen zwischen die Zähne bekommt.« Er schaute Skunk an und wackelte mit dem verkürzten Zeigefinger, wobei er seine Zähne aufeinander klacken ließ.

»Keine Ahnung, was Sie meinen.«

»Muss ich deinem Gedächtnis ein bisschen auf die Sprünge helfen? Wie wäre es mit einem Tag in einer Zelle? Könnte schwer werden, an Drogen zu kommen, was?«

»Verpiss dich.«

Packer schaute die junge Frau an, der die ganze Sache ziemlich peinlich zu sein schien. Sie schnappte sich ihr Geld und ihre Karte und eilte davon.

»Ich bin clean«, murrte Skunk beleidigt.

»Das weiß ich doch, Kumpel. Ich will dich auch gar nicht hoch nehmen. Ich habe mich nur gefragt, ob du vielleicht ein paar Informationen für mich hast.«

»Was springt für mich dabei heraus?«

»Was weißt du über Barry Spiker?«

»Nie gehört.«

Ein Feuerwehrauto fuhr mit lärmender Sirene die North Street entlang, und Packer wartete, bis sie verklungen war. »Und ob. Du erledigst Jobs für ihn.«

»Nie von ihm gehört.«

»Dann war das Audi Cabrio, um das du am Freitagabend an der Promenade herumgeschlichen bist, also deins?«

»Keine Ahnung, was das heißen soll.«

»Ich glaube doch. Ein Wagen ist dir gefolgt, ein neutrales Polizeifahrzeug. Ich habe drin gesessen. Du fährst nicht schlecht«, sagte er mit widerwilliger Bewunderung.

»Ehrlich, ich weiß nicht, wovon Sie reden.«

Packer hielt ihm den Stumpf genau vor die Nase. »Ich habe ein gutes Gedächtnis, Skunk.«

»Dafür habe ich gesessen.«

»Und dann bist du rausgekommen, aber mein Finger ist nicht nachgewachsen, worüber ich immer noch ganz schön sauer bin. Ich schlage dir einen Deal vor. Entweder du hilfst mir, oder du wirst mich für den Rest deines beschissenen kleinen Lebens nicht mehr los.«

Nach kurzem Schweigen sagte Skunk: »Und wie soll ich Ihnen helfen?«

»Mit Informationen. Es kostet dich nur einen Anruf. Ruf einfach an, wenn Spiker das nächste Mal einen Job für dich hat.«

»Und dann?«

Packer erklärte ihm, was er vorhatte. »Danach sind wir dann quitt.«

»Und ich werde verhaftet, oder wie?«

»Nein, wir rühren dich nicht an. Und du bist mich los. Abgemacht?«

»Springt auch was Bares für mich dabei raus?«

Packer schaute von oben auf ihn herab. Der Typ sah so jämmerlich aus, dass er ihm plötzlich leidtat. »Wir besorgen dir danach was, als Belohnung. Abgemacht?«

Skunk zuckte gleichgültig die Achseln.

»Dann betrachte ich das als Ja.«

74

DIE PRESSEKONFERENZ AM SAMSTAG war schon schlimm gewesen, aber diese lief noch schlechter. Etwa fünfzig Menschen drängten sich im Raum, und weitere standen draußen im Flur. Zum Glück hatte Grace an diesem Morgen Unterstützung von ganz oben erhalten.

Er wurde flankiert von Assistant Chief Constable Alison Vosper, die jetzt eine makellose, frisch gebügelte Uniform trug, und dem Leiter der Polizei von Brighton, Chief Superintendent Ken Brickhill, einem raubeinigen Polizisten der alten Schule. Brickhill hielt nicht viel von politischer Korrektheit und hätte, wenn es nach ihm gegangen wäre, die halbe Unterwelt von Brighton and Hove am liebsten an den Galgen gebracht. Er wurde von allen, die unter ihm gearbeitet hatten, sehr respektiert.

Im Raum war es trotz der heruntergelassenen Jalousien drückend heiß. Der Pressesprecher Dennis Ponds quetschte sich an den Tischen vorbei und murmelte eine Entschuldigung fürs Zuspätkommen.

Dann beugte er sich zu nah ans Mikrophon, sodass seine ersten Worte beinahe in der Rückkopplung untergingen. »Guten Morgen«, begann er von neuem. »Detective Superintendent Grace wird Ihnen zunächst Informationen über die Ermittlungen in den Todesfällen Mrs. Katherine Bishop und Miss Sophie Harrington liefern. Danach werden Assistant Chief Constable Vosper und Chief Superintendent Brickhill Fragen der öffentlichen Sicherheit ansprechen.« Mit einer theatralischen Armbewegung überließ er Grace das Mikrofon und trat beiseite.

Blitzlichter leuchteten auf, während Roy Grace die bisherigen Ermittlungen zusammenfasste. Natürlich gab er nicht alles preis, sondern hielt sich an das Gerüst aus Uhrzeiten und Ereignissen und bestätigte viele Informationen, die der Presse bereits bekannt waren. Er appellierte nochmals an mögliche Zeugen, sich zu melden, vor allem wenn sie eine der beiden Frauen gekannt und in den letzten Tagen noch gesehen hatten. Außerdem, fügte er hinzu, würde er gerne mit allen sprechen, die verdächtige Vorfälle in der Nähe der Tatorte beobachtet hatten.

Danach erkundigte er sich, ob die Reporter noch Fragen hätten.

Von hinten meldete sich eine weibliche Stimme. »Es sieht ganz so aus, als würde ein Serienmörder frei in der Stadt herumlaufen. Können wir uns darauf verlassen, dass die Menschen in Brighton and Hove sicher sind, Detective Superintendent?«

»Zurzeit deutet noch nichts auf einen Serientäter hin. Dennoch sollten die Leute vorsichtig sein und ein wenig wachsamer als üblich.«

»Wie können Sie behaupten, es handle sich nicht um einen Serienmörder, wenn innerhalb von vierundzwanzig Stunden zwei Frauen ermordet wurden?«, meldete sich ein alter Knabe mit krächzender Stimme, der für einige Provinzblätter berichtete. »Können Sie den jungen Frauen hier in der Stadt versichern, dass sie sich keine Sorgen machen müssen?«

Ein Schweißtropfen rann Grace ins rechte Auge. »Ich glaube, in dieser Angelegenheit gebe ich das Wort besser an meine Kollegen weiter, die Fragen der öffentlichen Sicherheit behandeln werden«, sagte er mit Blick auf Alison Vosper und Ken Brickhill.

Beide nickten, und der Chief Superintendent sagte in sachlichem Ton: »Niemand kann den Bürgern einer modernen Großstadt absolute Sicherheit garantieren, aber die Polizei und die Stadtverwaltung tun ihr Möglichstes und haben zusätzliche Kräfte aufgeboten, um den oder die Täter zu fassen.«

»Also wäre es denkbar, dass eine Person für beide Morde verantwortlich ist?«, hakte der Reporter nach.

Brickhill antwortete ausweichend. »Wer sich Sorgen macht, sollte sich mit der Polizei in Verbindung setzen. Die Streifen werden verstärkt. Wer etwas Verdächtiges sieht, sollte uns umgehend benachrichtigen. Wir wollen die Öffentlichkeit nicht in Panik versetzen. Wir haben viele Kräfte für diese Ermittlungen zusammengezogen und tun alles, was in unserer Macht steht, um die Bürger von Brighton and Hove zu schützen.«

Dann meldete sich Kevin Spinella zu Wort und sprach Grace an. »Sie wollen also nicht eingestehen, dass sich ein verrückter Serienmörder auf freiem Fuß befindet?«

Grace antwortete ruhig, indem er noch mal die Angaben zu beiden Tatorten wiederholte und hinzufügte: »Wir befinden uns noch im Anfangsstadium der Ermittlungen, aber es gibt einige Ähnlichkeiten zwischen den Fällen, das stimmt.«

»Detective Superintendent, haben Sie schon einen Hauptverdächtigen?«, erkundigte sich ein junger Reporter von der *Mid-Sussex Times*.

»Wir ermitteln in verschiedene Richtungen und sammeln jeden Tag neue Informationen. Wir würden uns gern bei der Öffentlichkeit für die bisherige Hilfe bedanken. Zurzeit gehen unsere Teams die zahlreichen Anrufe durch, und wir erwarten die Ergebnisse verschiedener Laboruntersuchungen. Unsere Ermittler arbeiten rund um die Uhr, um den oder die Täter zu ermitteln.«

»Sie wollen also damit sagen«, verkündete Spinella mit lauter, gewichtiger Stimme, »dass sich die Leute in Brighton and Hove einschließen und nicht mehr auf die Straße gehen sollen, bis der Mörder gefasst wird?«

»Nein«, konterte Grace, »das sage ich keineswegs. Die Polizei hat keine Ahnung, wer hinter den Morden steckt und wo der oder die Mörder zu finden sind, sodass zurzeit alle Frauen in einer gewissen Gefahr schweben. Das heißt aber noch lange nicht, dass Grund zur Panik besteht. Weitere Einzelheiten dazu erhalten sie von Assistant Chief Constable Vosper.«

Wenn Blicke töten könnten, wäre Grace auf der Stelle tot umgefallen.

Eine kräftig gebaute, esoterisch angehauchte Matrone rief mit lauter Stimme: »Werden Sie Detective Superintendent Grace erlauben, ein Medium zu befragen?«

Unterdrücktes Gelächter. Die Frau hatte einen wunden Punkt angesprochen. Grace verzog keine Miene, musste aber innerlich grinsen, als er merkte, wie unangenehm Alison Vosper die Frage war. In einem früheren Mordfall hatte man ihn öffentlich an den Pranger gestellt, nachdem vor Gericht bekannt geworden war, dass er mit einem wichtigen Beweisstück ein Medium aufgesucht hatte. Die Presse hatte ihn förmlich in der Luft zerrissen. Vosper auch. Er konnte es verschmerzen.

»Es gehört nicht zu den üblichen Methoden der Polizei, derartige Hilfe in Anspruch zu nehmen«, erwiderte sie scharf. »Davon abgesehen hören wir aber jeden an, der uns Informationen geben kann, und bewerten diese dann im Hinblick auf mögliche Fortschritte bei den Ermittlungen.«

»Sie schließen es also nicht kategorisch aus?«, beharrte die Matrone.

»Ich glaube, Sie kennen meine Antwort.« Vosper schaute sich im Raum um. »Noch Fragen?«

*

Nach der Konferenz passte Alison Vosper Grace ab und ging mit ihm in ein leeres Büro.

»Die Augen der ganzen Stadt sind auf uns gerichtet, Roy. Falls Sie vorhaben, zu einem Ihrer Psychos zu gehen, möchte ich vorher davon erfahren.«

»Das habe ich nicht vor, jedenfalls noch nicht.«

»Gut!«, sagte sie im Tonfall eines Hundebesitzers, der seinen Welpen lobt, weil er an der richtigen Stelle gepinkelt hat. Fehlte nur noch der Hundekuchen als Belohnung.

75

EINE HALBE STUNDE SPÄTER stand Grace in dem engen Umkleideraum des Leichenschauhauses, zog den grünen Kittel über und stieg in die weißen Gummistiefel. In diesem Augenblick schaute eine reichlich verkaterte Cleo zur Tür herein und warf ihm einen schwer zu deutenden Blick zu.

»Das mit gestern Abend tut mir leid. Ich wollte nicht umkippen, ganz ehrlich!«

Er lächelte. »Gibst du dir immer die Kante, wenn du mit deiner Schwester unterwegs bist?«

»Ihr blöder Freund hat sie sitzen lassen, und da wollte sie sich richtig volllaufen lassen. Es wäre unhöflich gewesen, nicht mitzutrinken.«

»Das stimmt wohl. Wie geht es dir jetzt?«

»Kaum besser als Sophie Harrington. Eben hatte ich noch den Kreiselmeier.«

»Trink Cola, es gibt nichts Besseres. Aber mit Zucker und Koffein.«

»Hab schon zwei Dosen intus.« Wieder der undurchdringliche Blick. »Ich glaube, ich habe dich noch gar nicht gefragt, wie es in Deutschland war. Hast du deine Frau gefunden? War das Wiedersehen schön?«

»Und ob du mich gefragt hast, schon fünfmal.«

Sie sah ihn verwundert an. »Hast du mir auch geantwortet?«

»Wie wäre es, wenn wir heute Abend essen gehen, dann erzähle ich es dir in Ruhe.«

Einen Augenblick lang fürchtete er, sie könne ihm eine Abfuhr erteilen. Dann lächelte sie ein wenig, wenn auch ohne echte Wärme. »Komm zu mir. Ich koche was Einfaches, Alkohol gibt's keinen. Ich glaube, wir müssen uns ungestört und nüchtern unterhalten.«

»Ich komme, sobald ich kann, gleich nach der Abendbesprechung.« Dann trat er auf sie zu und gab ihr einen flüchtigen Kuss.

Zuerst wich sie ihm aus. »Roy, ich bin noch immer sehr wütend und verletzt.«

»Ich mag es, wenn du wütend bist.«

»Arschloch«, sagte sie grinsend.

Er küsste sie noch einmal, diesmal länger. Ihre Kittel raschelten, als sie einander umschlangen, wobei Grace ein Auge auf die Tür gerichtet hielt.

Dann machte Cleo sich los und schaute an sich hinunter. »Das geht nun wirklich nicht. Ich bin so wütend auf dich. Es ist der Kittel, der dich anmacht, was?«

»Noch mehr als schwarze Seidenwäsche!«

»Geh lieber wieder an die Arbeit, Detective Superintendent. Ein Poster im *Argus*, auf dem du beim Sex im Leichenschauhaus zu sehen bist, würde deinem Image nicht gerade guttun.«

Er folgte ihr in den Flur, während seine Gedanken wild durcheinander wirbelten. Die Presse hatte sie heute Morgen ganz schön in die Zange genommen, und er verstand, worauf die Leute hinaus wollten. Ein Mord an einer attraktiven jungen Frau konnte als isolierter Zwischenfall durchgehen, als Tat aus persönlichen Gründen. Zwei hingegen konnten eine Stadt, wenn nicht gar ein ganzes Land, in Panik versetzen. Falls die Presse von den Gasmasken erfuhr, würde sie Amok laufen.

Er hatte nicht bekannt gegeben, dass Sophie Harrington Brian Bishop angerufen hatte. Und dass dieser, vordergründig ein angesehener Geschäftsmann und Bürger von Brighton and Hove, Mitglied im Vorstand des Golfclubs und anerkannter Wohltäter, über ein sehr unerfreuliches Vorstrafenregister verfügte.

Laut Information des nationalen Polizeicomputers war Bishop im Alter von fünfzehn Jahren zu einer zweijährigen Jugendstrafe verurteilt worden, weil er eine vierzehnjährige Mitschülerin vergewaltigt hatte. Mit zweiundzwanzig erhielt er zwei Jahre auf Bewährung, weil er eine Frau angegriffen und ernsthaft verletzt hatte.

Je tiefer sein Team in Bishops Leben vordrang, desto stärker wurden die Verdachtsmomente gegen den Mann. Alison Vosper hatte vorhin gesagt, sein Londoner Alibi sei ein Problem. Doch es war nicht das einzige. Denn Bishop bestritt vehement, von der Lebensversicherung gewusst zu haben. Er schien die Wahrheit zu sagen, und das war ein schwer zu überwindendes Hindernis.

Dennoch war klar, dass Brian Bishop nicht zu unterschätzen war. Mit Freundlichkeit erreichte man kaum solche Erfolge, und Bishops hässliche, von Gewalt geprägte Vergangenheit tat ein Übriges. Grace durfte sich nicht von der Geschichte mit der Lebensversicherung täuschen lassen.

Allmählich tat Grace der Kopf weh. Am liebsten hätte er sich in eine dunkle Ecke gesetzt und wäre die beiden Fälle noch einmal in allen Einzelheiten durchgegangen. Die Spurensicherung würde noch einige Tage im Haus der Bishops zubringen, worüber er froh war. Er wollte den Mann außerhalb seiner gewohnten Umgebung erleben. In einem Hotelzimmer, in dem er wie ein Tier im Käfig festsaß, würde er seine Selbstsicherheit verlieren, was die Vernehmung einfacher gestaltete.

Sie hatten durchaus belastendes Material gegen Bishop gesammelt, doch war es noch zu früh für eine Verhaftung. Wenn sie ihn erst einmal festgenommen hatten, konnten sie ihn nur vierundzwanzig Stunden in Haft behalten, ohne ihn offiziell zu beschuldigen und die Staatsanwaltschaft einzuschalten. Dabei war eine Verlängerung von zwölf Stunden möglich. Bislang reichten die Beweise noch nicht aus, und obwohl Bishops Alibi nicht wasserdicht war, blieb genügend Raum für Zweifel. Zwei Zeugen sagten unabhängig voneinander aus, dass er vor und nach dem Mord an seiner Frau in London gewesen sei. Dagegen sprach nur das Foto der Kamera an der Autobahn. Allerdings gab es heutzutage zahlreiche Ganoven, die mit gefälschten Nummernschildern arbeiteten; ein cleverer Anwalt würde den Geschworenen schnell klarmachen, dass dieses Foto nicht über jeden Zweifel erhaben war.

Außerdem interessierte sich Grace für den Künstler, mit dem sich Katie Bishop getroffen hatte. Sie konnten ihn zu diesem Zeitpunkt nicht aus dem Kreis der Verdächtigen ausschließen.

In Gedanken versunken betrat Grace den grell erleuchteten Autopsieraum. Die Leiche von Sophie Harrington war hinter grün gekleideten Gestalten verborgen, die sich über den Seziertisch beugten, während Nadiuska De Sancha ihnen etwas zeigte.

Neben Cleo und Darren waren auch Duigan und Murphy anwesend.

Grace stellte sich neben die Pathologen und erlebte die immer gleiche unangenehme Überraschung, wenn er eine Leiche erblickte. Sie wirkte geradezu ätherisch, da die Haut eine geisterhaft weiße, alabasterähnliche Färbung angenommen hatte.

Man hatte Sophie Harrington auf den Bauch gedreht, und Nadiuska deutete auf Dutzende winziger dunkelroter Löcher im Rücken der Toten. Es sah aus, als hätte man ihren gesamten Oberkörper tätowiert.

»Können Sie alle erkennen, was hier steht?«

Zunächst erschien es Grace nur wie ein unleserliches Muster.

»Angesichts der gleichmäßigen Löcher würde ich sagen, dass sie mit einem Elektrobohrer zugefügt wurden«, erklärte die Pathologin.

»Während das Opfer noch am Leben war?«, erkundigte sich Murphy.

»Post mortem, vermute ich«, erwiderte Nadiuska, beugte sich vor und betrachtete eine Stelle am Rücken ganz genau. »Die Löcher sind sehr tief und haben kaum geblutet. Ihr Herz hat nicht mehr geschlagen, als sie ihr beigebracht wurden.«

Immerhin etwas, dachte Grace. Und dann, wie von Zauberhand, konnte er die Wörter auf einmal deutlich lesen.

WEIL DU SIE LIEBST.

76

GEGEN HALB EINS verließ die brummige Putzfrau Cleos Haus, was der Zeitmilliardär vom Steuer seines Wagens aus registrierte. Das Timing war gut, sein Parkschein lief in wenigen Minuten ab. Die Frau stapfte die Straße hinauf und sprach dabei wütend in ihr Handy.

Er ließ den Motor an und fuhr an ihr vorbei. Danach kreuzte er eine ganze Weile durch die Stadt, bis er schließlich Westbourne Villas erreichte, von wo aus er nach rechts in eine Gasse mit Garagen bog. Er hatte die beiden letzten, Nummer 11 und 12, gemietet.

Er parkte vor Nummer 11 und stieg aus, schloss das Garagentor auf, schaltete das Licht ein und schloss das Tor wieder hinter sich. Dann war es still. Nur die beiden Luftbefeuchter summten leise vor sich hin.

Endlich Frieden!

Er atmete tief die warmen Gerüche ein, die er so liebte: Motoröl, altes Leder, Metall. Das hier war sein Zuhause. Sein *Tempel!* In dieser Garage und der nebenan verbrachte er viele der Stunden, die sich auf seinem Konto angesammelt hatten. Dutzende am Tag! Hunderte im Monat! Tausende im Jahr!

Liebevoll betrachtete er die Schutzhaube und die fließenden Konturen des Wagens, der sich darunter befand: ein schimmernder weißer Jaguar Mk 11 von 1962 mit 3,8-l-Motor, der so viel Platz einnahm, dass er sich seitlich zwischen Auto und Wand vorbeiquetschen musste.

An den Wänden hingen seine Werkzeuge, allesamt poliert und makellos, als habe er sie gerade erst gekauft. Die Hämmer waren zu einem eigenen Muster angeordnet. Ebenso die Ringschlüssel, die Schraubenschlüssel, die Schraubenzieher. Auf den Regalen standen Dosen mit Politur, Felgenreiniger, Chromreiniger, Fensterreiniger, Lederpolitur, daneben lagen Schwämme, Fensterleder, Flaschenbürsten, Pfeifenreiniger – und alle sahen nagelneu aus.

»Hallo, Baby!«, flüsterte er und streichelte über die Haube. »Du bist einfach schön, wunderschön.«

Dann betastete er die Fenster und die Motorhaube. Er kannte jeden Draht, jedes Stück der Verkleidung, jede Mutter und jeden Bolzen, jeden Zentimeter Stahl, Chrom, Leder, Glas, Walnussholz und Bakelit. Sie war sein Baby. In sieben Jahren mühseliger Arbeit hatte er das Wrack, das er in einer alten Scheune entdeckt hatte und in dem Ratten und Mäuse hausten, wieder zum Leben erweckt. Der Jaguar war in einem besseren Zustand als an dem Tag vor über vierzig Jahren, als er die Fabrik verlassen hatte. Zehn Rosetten für den ersten Platz beim Concours d'Elégance hingen an der Wand der Garage. Sie stammten aus dem ganzen Land. Außerdem hatte er Dutzende zweiter, dritter und vierter Preise gewonnen, doch die wanderten geradewegs in den Mülleimer.

Heute musste er sich mit den Innenseiten der Stoßfänger beschäftigen, die dem normalen Betrachter verborgen blieben. Gelegentlich warfen die Preisrichter jedoch einen Blick dahinter, und am Ende des Monats stand ein wichtiger Wettbewerb des Jaguar Drivers' Club an.

Doch es gab etwas, das heute noch Vorrang hatte: das braune Paket, das schon seit einigen Monaten neben der Werkbank stand und in dem sich eine Schlüsselfräse mit diversen Rohlingen befand. Laut Werbung im Internet konnte man damit Schlüssel für jedes Schloss anfertigen.

Das war einer der großen Vorteile, wenn man Zeitmilliardär war. Man konnte im Voraus planen. In die Zukunft denken. Er hatte in der Zeitung mal ein Zitat von einem bekannten Typen gelesen, der gesagt hatte: »Keine Armee der Welt kann sich der Macht einer Idee widersetzen, deren Zeit gekommen ist.«

Die Dose mit Wachs, in der sich der Abdruck von Cleo Moreys Hausschlüssel befand, lag schwer in seiner Tasche. Lächelnd begann er, das Paket zu öffnen. Die Anschaffung war eine wirklich gute Idee gewesen.

Seine Zeit war gekommen.

77

UM KURZ VOR HALB DREI fuhr Grace auf den Parkplatz des Royal Sussex County Hospital, wo er eine verletzte Kollegin besuchen wollte.

Ihm knurrte der Magen. Appetit hatte er zwar nicht, aber er musste wohl oder übel etwas essen. Nach den Besuchen im Leichenschauhaus war ihm selten danach zumute, und die unheimliche Tätowierung auf Sophie Harringtons Rücken war ziemlich verstörend gewesen.

WEIL DU SIE LIEBST.

Was zum Teufel sollte das heißen? Das *sie* bezog sich vermutlich auf das Opfer, aber wer wurde mit diesem Satz angesprochen? Ihr Freund?

Ein Piepton erklang, und DCI Duigan wartete mit einem Bericht über die neuesten Ermittlungen im Fall Harrington auf. Er klang ziemlich zufrieden.

»Vor etwa einer Stunde hat eine ältere Nachbarin, die gegenüber wohnt, mit dem wachhabenden Beamten gesprochen. Sie sagt, sie habe gegen acht Uhr am Freitagabend einen Mann vor dem Haus bemerkt, der sich seltsam verhielt. Er hatte eine rote Plastiktüte dabei und trug einen Kapuzenpullover. Hört sich an, als hätte sie ihn ziemlich genau gesehen.«

»Konnte sie sein Gesicht beschreiben?«

»Wir haben jemanden hingeschickt, der sie vernehmen soll. Was sie bisher gesagt hat, passt von Größe und Körperbau her durchaus auf Bishop. Gehe ich recht in der Annahme, dass er für die Tatzeit kein Alibi besitzt?«

»Das ist korrekt. Könnte sie ihn wohl bei einer Gegenüberstellung identifizieren?«

»Der Versuch steht ganz oben auf unserer Liste.«

Danach prüfte Grace die eingegangenen E-Mails, aber es war nichts Wichtiges dabei. Duigans Neuigkeiten waren tatsächlich vielversprechend. Falls die Frau Bishop identifizieren konnte, hätten sie einen weiteren schwerwiegenden Beweis gegen ihn in der Hand.

Wieder meldete sich sein Magen. Dann öffnete er die Verpackung des Sandwichs mit Ei und Speck, das er unterwegs an einer Tankstelle gekauft hatte. Es schmeckte wie Pappe mit leichtem Speckaroma. Er kaute langsam und mit wenig Begeisterung und warf dabei einen Blick auf die neueste Ausgabe des *Argus.* Wie immer war er erstaunt, wie schnell sie mit ihren Geschichten bei der Hand waren.

SERIENMÖRDER VON BRIGHTON: DAS ZWEITE OPFER.

Typisch Spinella, der mit seiner Sensationshascherei möglichst große Panik erzeugen und damit die Auflage in die Höhe treiben wollte. Er ärgerte sich über die üblichen, absichtlich verfälschten Zitate wie: *»Chief Superintendent Ken Brickhill forderte alle Frauen in Brighton and Hove auf, ihre Türen abzuschließen.«*

Eigentlich hielten sie ihre Pressekonferenzen ab, um möglichst viele Hinweise aus der Bevölkerung zu erhalten, doch diese ganze Panikmache führte nur dazu, dass die Leitungen blockiert waren, weil Hunderte verängstigter Frauen anriefen.

Er aß so viel von dem Sandwich, wie er hinunterbringen konnte, spülte mit einer lauwarmen Cola light nach und warf die Reste in den nächsten Mülleimer. Dann zog er einen Parkschein und klebte ihn an die Windschutzscheibe. Am Blumenstand kaufte er einen kleinen Strauß und betrat das Krankenhaus.

Roy Grace hasste dieses Gebäude. Es empörte ihn immer wieder, dass eine Stadt wie Brighton über ein so schäbiges Krankenhaus verfügte. Der Name mochte ja großartig klingen, und einige Abteilungen, zum Beispiel die Kardiologie, genossen Weltruf, doch insgesamt wirkten die ganzen Gebäude nicht besser als ein Krankenhaus in der Dritten Welt.

Die halbe Stadt fürchtete sich, hierher zu kommen, weil es gerüchteweise hieß, man sterbe eher an den Krankheiten, die man sich im Royal Sussex holte, als an den Beschwerden, wegen denen man hergekommen war.

Das lag gewiss nicht an den Mitarbeitern, die sich die allergrößte Mühe gaben, das wusste er aus eigener Erfahrung. Nein, er gab der Klinikleitung und der Regierung die Schuld, deren Gesundheitspolitik zu solchen Missständen geführt hatte.

Er ging am Geschenkladen und der aufgemotzten Snackbar vorbei und wich einer älteren Patientin aus, die mit leerem Gesichtsausdruck geradewegs auf ihn zusteuerte.

Sein Zorn wuchs noch, als er an der Rezeption neben einem Plastikblumenstrauß ein Schild mit der Aufschrift LEIDER GESCHLOSSEN entdeckte.

Zum Glück hatte Eleanor schon im Vorfeld herausgefunden, wo man seine Assistentin untergebracht hatte. Die Station befand sich im dritten Stock des Gebäudes.

Die Wände im Treppenhaus waren in fröhlichen Farben gestrichen, doch der Flur, der ihn oben erwartete, wirkte schmutzig und heruntergekommen. Es roch wie in einer Schulkantine, eine Mischung aus Kohl und Kartoffelpüree. Eine junge asiatische Krankenschwester kam auf ihn zu.

»Ich suche die Abteilung Chichester«, sagte Grace.

»Einfach geradeaus.«

Er ging durch eine Glastür und gelangte in einen großen Raum mit sechzehn Betten. Auch hier roch es nach Schulkantine, vermischt mit Urin und Desinfektionsmitteln. Der Linoleumboden war alt und abgenutzt, die Wände verschmutzt. Die geöffneten Fenster gaben den Blick auf ein weiteres Gebäude und einen Luftschacht frei, aus dem Dampf quoll. Die einzelnen Betten waren mit grauenhaft hässlichen Vorhängen nur unzureichend voneinander abgetrennt.

Es war eine gemischte Station, auf der sich anscheinend hauptsächlich geriatrische und psychiatrische Patienten befanden. Grace betrachtete eine kleine alte Dame, deren Hautfarbe sich kaum von den weißen Haarbüscheln auf ihrem Kopf unterschied. Sie schlief, die Wangen eingesunken, den zahnlosen Mund weit geöffnet. Der junge Mann im Bett daneben brabbelte laut vor sich hin, während eine alte Frau ganz am Ende des Raums laut und unverständlich brüllte. Der alte Mann im Bett rechts von Grace hatte sich frei gestrampelt.

Und im Bett daneben entdeckte Grace voller Entsetzen den Menschen, den er hier besuchen wollte.

DC Emma-Jane Boutwood war bei demselben Fall, bei dem Glenn Branson angeschossen wurde, zwischen einem Lieferwagen und einem geparkten Pkw eingequetscht worden und hatte dabei schwere innere Verletzungen und Knochenbrüche erlitten. Man hatte ihr die Milz entfernen müssen. Die Fünfundzwanzigjährige hatte über eine Woche im Koma gelegen, und die Ärzte hatten nach dem Aufwachen zunächst gefürchtet, sie werde nie wieder gehen können. In den letzten Wochen hatte sie jedoch erstaunliche Fortschritte gemacht, konnte ohne Hilfe stehen und sprach schon eifrig von ihrer Rückkehr ins Büro.

Grace mochte sie sehr gern. Sie war eine ausgezeichnete Polizistin, und er prophezeite ihr eine große Zukunft. Doch als er sie so dort liegen sah, blass, mit einem schwachen Lächeln, kam sie ihm vor wie ein verirrtes Kind. Emma-Jane war immer sehr schlank gewesen und wirkte in ihrem Krankenhauskittel geradezu ausgemergelt. Ihr blondes Haar hatte seinen Glanz verloren und sah aus wie Stroh. Der Nachttisch quoll über von Karten, Blumen und Obst.

Ihre Augen sagten mehr als Worte.

»Wie geht es Ihnen?«

»Könnte gar nicht besser sein!«, sagte sie tapfer. »Gestern erst habe ich meinem Dad gesagt, dass ich ihn noch vor dem Herbst im Tennis schlage. Das dürfte allerdings nicht schwer sein. Er spielt beschissen!«

Grace grinste und fragte dann sanft: »Was zum Teufel haben Sie auf dieser Station zu suchen?«

Sie antwortete mit einem Achselzucken. »Man hat mich vor drei Tagen hierher verlegt. Angeblich brauchten sie das Bett auf der anderen Station.«

»Na toll. Möchten Sie denn hier bleiben?«

»Eigentlich nicht.« Grace trat zurück und sah sich im Raum um. Er entdeckte eine junge Krankenschwester, die gerade eine Bettpfanne entfernte. »Entschuldigen Sie, wer leitet diese Station?«

Die Schwester drehte sich um und deutete auf eine gehetzt wirkende Kollegin von etwa vierzig Jahren, die gerade mit einem Klemmbrett in der Hand die Station betrat.

Grace ging entschlossen auf sie zu und vertrat ihr den Weg. Auf ihrem Namensschild stand ANGELA MORRIS, OBERSCHWESTER.

»Verzeihung, könnte ich kurz mit Ihnen sprechen?«

»Tut mir leid«, sagte sie abweisend. »Ich habe gerade zu tun.«

»Ja, und zwar mit mir.« Wütend hielt er ihr seinen Ausweis vor die Nase.

Sie schaute ihn beunruhigt an. »Was soll das?« Sie sprach jetzt deutlich leiser.

Grace deutete auf Emma-Jane. »Ich gebe Ihnen genau fünf Minuten, um die junge Frau aus diesem stinkenden Loch zu befreien und auf einer Privatstation oder zumindest auf einer reinen Frauenstation unterzubringen. Haben wir uns verstanden?«

Mit wieder gewonnener Selbstsicherheit erwiderte die Oberschwester: »Vielleicht sollten Sie versuchen, ein wenig Verständnis für die Probleme aufzubringen, mit denen wir in diesem Krankenhaus zu kämpfen haben, Detective Superintendent.«

»Diese junge Frau wurde bei einem ausgesprochen mutigen Einsatz verletzt«, verkündete Grace mit hörbarem Unmut. »Sie hat dazu beigetragen, diese Stadt vor einem skrupellosen Verbrecher zu schützen, der jetzt auf seinen Prozess wartet. Außerdem hat sie zwei Menschen das Leben gerettet und beinahe ihr eigenes verloren! Und zur Belohnung legt man sie auf eine gemischte geriatrische Station. Sie wird keine weitere Stunde in diesem Raum verbringen, kapiert?«

Die Schwester schaute sich gereizt um. »Ich werde nachher sehen, was ich tun kann.«

»Ich glaube, Sie haben mich nicht verstanden«, zischte Grace. »Hier gibt es kein *später*. Sie werden das sofort erledigen. Ich bleibe hier, bis man sie auf eine Station verlegt hat, mit der ich zufrieden bin.« Er zeigte der Oberschwester sein Handy. »Außer natürlich, Sie möchten, dass ich die Fotos, die ich soeben von unserer heldenhaften Kollegin DC Boutwood aufgenommen habe, an den *Argus* und an sämtliche anderen Tageszeitungen schicke.«

»Hier drinnen sind Handys verboten. Und Sie haben schon gar kein Recht, Fotos zu machen.«

»Und Sie haben kein Recht, meine Mitarbeiterin so zu behandeln. Ich will mit dem Direktor sprechen. SOFORT!«

78

DREISSIG MINUTEN SPÄTER wurde Emma-Jane Boutwood in einen sehr viel moderneren Trakt des Krankenhauses verlegt.

Grace wartete, bis die junge Kollegin in einem sonnigen Privatzimmer mit Blick auf die Dächer von Brighton und den Ärmelkanal untergebracht war, bevor er ihr die Blumen überreichte. Er hatte sich telefonisch vom Klinikleiter versichern lassen, dass sie bis zu ihrer Entlassung in diesem Zimmer bleiben könne. Danach verabschiedete er sich von Emma-Jane.

Im Aufzug nach unten begegnete er einem müde aussehenden jungen Inder, der beim Hereinkommen in einen Powerriegel biss.

Er trug einen grünen Kittel mit grüner Hose, ein Stethoskop um den Hals und ein Namensschild, auf dem DR. RAY SINGH, NOTAUFNAHME zu lesen war. Plötzlich bemerkte er, dass der Arzt ihn neugierig ansah.

»Heiß heute«, sagte Grace höflich.

»Ein wenig zu heiß«, erwiderte der Mann in einem sehr kultivierten Englisch. »Verzeihung, aber Sie kommen mir irgendwie bekannt vor. Sind wir uns schon einmal begegnet?«

Grace hatte ein gutes, bisweilen fotografisches Gedächtnis für Gesichter, doch dieses hier sagte ihm gar nichts. »Ich glaube nicht.«

Der Aufzug hielt an, und Grace trat hinaus, gefolgt von dem jungen Arzt. »Waren Sie nicht heute im *Argus* abgebildet?«

Grace nickte.

»Deswegen also! Ich habe die Zeitung gerade gelesen. Eigentlich hatte ich sogar daran gedacht, Kontakt zu Ihrem Team aufzunehmen.«

»Ach ja?«, fragte Grace ein wenig zerstreut.

»Vielleicht hat es gar nichts zu bedeuten, aber in der Zeitung stand, dass die Leute wachsam sein und alle verdächtigen Vorgänge melden sollen, nicht wahr?«

»Das stimmt.«

»Nun ja, ich muss vorsichtig sein wegen der Schweigepflicht, aber ich habe gestern einen Mann hier gesehen, bei dem mir nicht ganz wohl war.«

»In welcher Hinsicht?«

Der Arzt schaute in alle Richtungen. »Er verhielt sich reichlich unberechenbar. Beispielsweise hat er die Frau am Empfang angebrüllt.«

Mit Unberechenbarkeit hat das nichts zu tun, dachte Grace bei sich. Vermutlich war in diesem Krankenhaus vielen Leuten danach, jemanden anzubrüllen, und das mit gutem Grund.

»Bei der Untersuchung wirkte er ausgesprochen erregt. Verstehen Sie mich nicht falsch, ich habe oft mit Patienten mit psychischen

Problemen zu tun, aber dieser Mann schien sich in einem Zustand äußerster Sorge zu befinden.«

»Warum war er denn hier?«

»Das ist es ja gerade. Er hatte eine infizierte Wunde an der Hand.«

Plötzlich war Grace ganz Ohr. »Woher stammte die Verletzung?«

»Er sagte, er habe sich die Hand an einer Tür geklemmt, aber für meine Begriffe sah es ganz und gar nicht danach aus.«

»An einer Tür?« Grace musste an Bishops Erklärung mit dem Taxi denken.

»Ja.«

»Wie sah es denn für Sie aus?«

»Wie eine Bisswunde. Vermutlich verursacht durch menschliche Zähne. Es gab am Handgelenk und unterhalb des Daumens deutliche Spuren.«

»Wenn man sich die Hand einklemmt, sind die Spuren auch auf beiden Seiten zu sehen.«

»Das schon, aber sie sind nicht gebogen«, erklärte der Arzt. »Bei ihm verliefen sie halbkreisförmig, wie bei einem menschlichen Gebiss. Und es gab punktuelle Verletzungen von unterschiedlicher Tiefe, die auf Zähne hindeuten.«

»Aber wie kommen Sie ausgerechnet auf menschliche Zähne? Könnte der Biss nicht von einem Tier stammen, einem großen Hund vielleicht?«

Der Arzt wurde rot. »Ehrlich gesagt, ich lese wahnsinnig gerne Krimis, vor allem, wenn es um Forensik geht. Ich schaue mir auch Fernsehserien wie *CSI* an.« Sein Pager piepste, doch er sprach weiter. »Ich habe eine weitere Schlussfolgerung gezogen.« Er warf einen gestressten Blick auf den Pager und überflog die Nachricht. »Warum hätte er es abstreiten sollen, wenn es sich um einen Hundebiss gehandelt hätte? Wenn ihm ein Mensch diesen Biss bei einem Angriff zugefügt hat, sieht die Sache natürlich anders aus. Als ich dann den Artikel über den furchtbaren Mord an der jungen Frau las, habe ich zwei und zwei zusammengezählt.«

Grace lächelte. »Sie würden einen guten Detektiv abgeben! Dennoch ist das nicht so einfach. Können Sie mir den Mann beschreiben?«

»Selbstverständlich. Etwa 1,80 m, sehr schlank, ziemlich langes braunes Haar, dunkle Brille und dichter Bart. Sein Gesicht war kaum zu erkennen. Er trug eine blaue Leinenjacke, ein cremefarbenes Hemd, Jeans und Turnschuhe. Wirkte ein bisschen schmuddelig.«

Grace war enttäuscht, denn das hörte sich gar nicht nach Bishop an, außer natürlich, er hatte sich sorgfältig getarnt. »Würden Sie ihn wieder erkennen?«

»Auf jeden Fall!«

»Kann es sein, dass dieser Mann von einer Überwachungskamera gefilmt wurde?«

»In der Notaufnahme haben wir jedenfalls eine.«

Grace bedankte sich, notierte Namen und Rufnummern des Arztes und machte sich auf die Suche nach dem Kontrollraum des Krankenhauses. Im Gehen überprüfte er seine E-Mails.

Dick Pope hatte sich auf das Foto hin gemeldet, das Grace ihm geschickt hatte. Als er die Nachricht las, blieb er abrupt stehen.

Roy, das ist nicht die Frau, die Lesley und ich letzte Woche gesehen haben. Wir sind wirklich davon überzeugt, dass es Sandy war. Gruß, Dick

79

ES WAR FAST HALB VIER, als Nadiuska De Sancha die Autopsie abgeschlossen und zusammen mit DCI Duigan das Leichenschauhaus verlassen hatte.

Aufgrund der Strangmarke am Hals von Sophie Harrington und der punktförmigen Blutungen in den Augen war die Pathologin zu dem Schluss gelangt, dass die junge Frau erdrosselt worden war. Allerdings musste sie noch die Untersuchungsergebnisse von Blut und Mageninhalt abwarten. Außerdem hatte sie Flüssigkeitsproben aus der Blase entnommen, um andere denkbare Todesursachen auszuschließen. Das in der Vagina gefundene Sperma deutete auf eine Vergewaltigung vor oder nach dem Tod hin.

Cleo und Darren hatten noch einige Stunden Arbeit vor sich. Die Autopsie der unbekannten Toten vom Strand stand noch an, ebenso die Untersuchung des sechsjährigen Mädchens, das am Samstag bei einem Autounfall gestorben war. Außerdem mussten sie vier weitere Leichen untersuchen, darunter die eines 47-jährigen HIV-positiven Mannes in einem speziell dafür vorgesehenen isolierten Raum.

Die Eltern des kleinen Mädchens waren am Vortag und auch heute noch einmal da gewesen, und Cleo hatte mit ihnen gesprochen. Daran hatte sie noch immer zu knabbern.

Die weniger aufwändigen Autopsien wurden von Dr. Nigel Churchman, dem örtlichen Pathologen, durchgeführt, der in etwa einer halben Stunde eintreffen sollte. Christopher Ghent, der Zahnforensiker, der bei der Identifizierung der unbekannten Frau helfen sollte, saß mit einer Tasse Tee im Büro und wurde allmählich ungeduldig.

Cleo und Darren holten die Frauenleiche aus dem Kühlfach und wickelten sie aus. Sofort verbreitete sich wieder der Verwesungsgestank im ganzen Raum. Dann riefen sie Ghent, damit er seine Arbeit fortsetzen konnte.

Er arbeitete rasch, aber gründlich, während Darren im Hintergrund die Rippen und Schädeldecken der anderen Leichen zersägte. Heute war die Stimmung besonders düster, ganz ohne das übliche Geplänkel. Die Gegenwart einer Kinderleiche wirkte oft sehr viel beklemmender als die eines Mordopfers.

Ghent schoss Fotos mit einer normalen und einer tragbaren Röntgenkamera, machte sich Notizen zu jedem Zahn und nahm abschließend Abdrücke von Ober- und Unterkiefer. Später würde er die ausführlichen Unterlagen an alle Zahnärzte im Umkreis von fünfundzwanzig Kilometern schicken. Falls dies nichts erbrachte, würde er den Umkreis erweitern und notfalls jeden einzelnen Zahnarzt in Großbritannien kontaktieren.

Leider gab es bislang kein internationales System, in dem zahnärztliche Unterlagen erfasst wurden. Falls kein britischer Zahnarzt die Frau identifizieren konnte und Fingerabdrücke und DNA-Analyse ebenfalls nichts erbrachten, würde sie in einem städtischen Grab enden und damit Teil einer tragischen Statistik werden.

*

Nigel Churchman hatte vor kurzem berechnet, dass er in den vergangenen fünfzehn Jahren über 7000 Autopsien in diesem Leichenschauhaus vorgenommen hatte. Dennoch widmete er sich jeder Leiche mit der gleichen Begeisterung. Er war ein Mensch, der seine Arbeit aufrichtig liebte und der Ansicht war, dass jeder, mit dem es zu tun hatte, nur die allerbeste Behandlung verdiente.

Er war ein gut aussehender, durchtrainierter Mann, dessen Gesicht im Augenblick hinter einer grünen Maske verborgen war.

Er vertrieb mit der Hand einige Schmeißfliegen, die um das Gehirn summten, das auf einem Metalltablett neben der geöffneten Brusthöhle lag. Er schnitt das Gehirn sorgfältig in Scheiben und suchte dabei nach Fremdkörpern wie einer Kugel, Schäden, die von einem Messer stammen konnten, oder einem Bluterguss, der auf einen Schlag mit einem schweren Gegenstand deutete. Das Gehirn schien aber völlig intakt.

Die Augen, die fast gänzlich zerfressen waren, lieferten keine Informationen. Das Herz wirkte robust, ohne Anzeichen von Arterienverkalkung. Zurzeit war er noch nicht in der Lage, das Alter genau einzugrenzen, doch nach Zustand und Farbe der Zähne, dem allgemeinen Körperbau und den Brüsten zu urteilen, schätzte er die Frau auf Mitte zwanzig bis Anfang vierzig.

Darren wog das Herz und notierte den Wert in einer Tabelle, die an der Wand hing. Der Pathologe nickte, das Gewicht stimmte mit seinen Schätzungen überein. Dann legte er die Lunge frei und hob sie mit den behandschuhten Händen auf ein Tablett.

Wenige Minuten später wandte er sich an Cleo. »Das ist interessant. Sie ist nicht ertrunken, kein Wasser in der Lunge.«

»Und das heißt?« Eine dumme Frage, denn im Grunde wusste sie natürlich, was es bedeutete.

»Sie war bereits tot, als sie ins Wasser gelangte. Leider muss ich hier die Autopsie unterbrechen und die zuständigen Stellen informieren.«

Nun würde erneut ein Pathologe des Innenministeriums, vermutlich Nadiuska De Sancha, die weiteren Untersuchungen übernehmen. Die unbekannte Frau galt fortan als potenzielles Verbrechensopfer.

80

ROY GRACE NAHM SICH VOR, sich nie wieder an einem heißen Tag in einem engen Raum mit Norman Potting aufzuhalten. Sie saßen nebeneinander vor einem Bildschirm in dem winzigen Zimmer, das an den Vernehmungsraum grenzte. Die Nachmittagssonne brannte gnadenlos auf das Fenster mit der geschlossenen Jalousie, und die Klimaanlage mühte sich vergeblich. Grace war schweißnass, und Potting, der ein weißes kurzärmeliges Hemd trug, dampfte förmlich unter den Achselhöhlen und stank wie ein Schakal.

Außerdem hatte der Detective Sergeant ein stark knoblauchhaltiges Gericht zu sich genommen, was dem Raum eine ganz besondere Note verlieh. Grace kaute Kaugummi und bot Potting auch eins an, da er hoffte, damit den tödlichen Atem ein wenig zu verbessern.

»Nein danke, das überleben meine Plomben nicht.« Er fummelte am Videorecorder herum und ließ eine Aufnahme im Schnelldurchgang zurücklaufen. Grace sah zu, wie Potting, Zafferone und ein dritter Mann rückwärts den Raum verließen und nacheinander durch die Tür verschwanden. Potting hielt das Band an, drückte PLAY und ließ die drei Männer wieder eintreten. »Haben Sie schon ein Profil bei MySpace, Roy?«, erkundigte er sich unvermittelt.

»Dafür bin ich wohl ein bisschen zu alt.«

Potting schüttelte den Kopf. »Nein, das ist was für alle. Außerdem ist Li erst vierundzwanzig, wir haben ein gemeinsames Profil angelegt. *Norma-Li,* Sie verstehen? Sie hat schon drei thailändische Freundinnen in England gefunden, eine davon sogar in Brighton. Ist doch toll, oder?«

»Genial«, sagte Grace, der sich mehr darauf konzentrierte, Pottings Atem auszuweichen.

»Ich kann Ihnen sagen, da gibt es ein paar ganz schön knackige Mädels. Wow!«

»Ich dachte, Sie wären glücklich mit Ihrer neuen Braut.«

Einen Moment lang sah Potting wirklich glücklich aus, und sein Boxergesicht strahlte vor Zufriedenheit. »Das ist vielleicht eine Marke, Roy! Hat mir ein paar neue Tricks beigebracht. Du liebes bisschen. Schon mal eine Asiatin gehabt?«

Grace schüttelte den Kopf. »Ich glaube es Ihnen auch so.«

Auf dem Bildschirm setzte sich ein großer, knochiger Mann auf einen der drei roten Stühle im Vernehmungsraum. Er hatte ein auffälliges Gesicht, eher interessant als schön, wirres Haar und trug einen langen Vollbart. Das Hawaii-Hemd hing über der Hose, und an den Füßen hatte er Ledersandalen. Sein Gesicht war blass, als wäre er im Sommer zu selten draußen.

»Und das soll der Geliebte von Katie Bishop sein?«

»Ja, Barty Chancellor«, erwiderte Potting.

»Affiger Name«, sagte Grace.

»Affiger Typ«, konterte Potting und drehte den Ton lauter.

Grace schaute sich die Vernehmung an, und beide machten sich zahlreiche Notizen. Trotz seines merkwürdigen Erscheinungsbildes sprach Chancellor in einem selbstsicheren, ein wenig überlegenen Tonfall, der nach teurer Privatschule klang. Auch seine Körpersprache war entspannt bis auf die Tatsache, dass er gelegentlich etwas nervös an seinem Armband herumspielte.

»Hat Mrs. Bishop jemals mit Ihnen über ihren Ehemann gesprochen, Mr. Chancellor?«, fragte Norman Potting.

»Natürlich hat sie das.«

»Und, hat Sie das angemacht?«, warf Zafferone ein.

Grace musste lächeln. Der arrogante junge Polizist verhielt sich so, wie er gehofft hatte.

»Was genau meinen Sie damit?«

Zafferone hielt seinem Blick stand. »Haben Sie es genossen, mit einer verheirateten Frau zu schlafen?«

»Ich bin hier, um Ihnen zu helfen, den Mörder von Katie zu fassen. Dafür dürfte diese Frage kaum relevant sein.«

»Was relevant ist und was nicht, entscheiden wir, Sir.«

»Ich bin freiwillig hergekommen«, sagte Chancellor aufgebracht. »Ihr Tonfall gefällt mir ganz und gar nicht.«

»Mir ist durchaus klar, was Sie durchmachen, Mr. Chancellor«, meldete sich Norman Potting höflich zu Wort. Er hatte bei dieser Vernehmung offenkundig die Rolle des guten Bullen übernommen. »Es wäre jedoch sehr hilfreich, wenn Sie uns ein wenig mehr über die Beziehung zwischen Mr. und Mrs. Bishop erzählen könnten.«

Chancellor spielte wieder an seinem Armband herum. »Der Mann war eine Bestie«, sagte er unvermittelt.

»In welcher Hinsicht?«

»Hat er seine Frau geschlagen? War er gewalttätig?«, fügte Zafferone hinzu.

»Ich meine es nicht in körperlicher, sondern in seelischer Hinsicht. Er hat sie ständig kritisiert, ihr Aussehen, wie sie den Haushalt führte, er ist irgendwie besessen. Außerdem war er ausgesprochen eifersüchtig, darum war sie auch besonders vorsichtig. Und . . .« Er schwieg eine Weile, als zögerte er, die nächsten Worte auszusprechen. »Na ja, ich weiß nicht, ob es etwas zu sagen hat, aber er scheint auch irgendwie pervers zu sein.«

»In welcher Hinsicht?«

»Sexuell. Er steht auf Fesselung. Fetische und solches Zeug.«

»Welches Zeug?«, hakte Potting nach.

»Leder, Gummi, so in der Art.«

»Und das hat sie Ihnen erzählt?«

»Ja.«

»Und es hat Sie angemacht?«

»Verdammt, was soll diese Frage schon wieder?«, explodierte Chancellor.

»Hat es Sie erregt, wenn Katie davon erzählte?«

»Ich bin kein Perverser, falls Sie das meinen.«

»Mr. Chancellor«, sagte Potting beschwichtigend. »Hat Mrs. Bishop zufällig einmal eine Gasmaske erwähnt?«

»Eine *was?*«

»Hat Mr. Bishop Ihres Wissens jemals eine Gasmaske als Fetisch benutzt?«

Der Künstler dachte nach. »Ich glaube – nein – ich glaube nicht, dass Katie jemals eine Gasmaske erwähnt hat.«

»Wirklich nicht?«, fragte Zafferone.

»So etwas vergisst man doch nicht.«

»Sie haben anscheinend auch vergessen, dass sie eine verheiratete Frau war«, meinte Zafferone hämisch.

»Es wird allmählich Zeit, dass ich meinen Anwalt anrufe«, sagte Chancellor. »Das lasse ich mir nicht länger bieten.«

»Haben Sie Mrs. Bishop getötet?«

Chancellor sah aus, als würde er jeden Moment explodieren. »Wie bitte?!«

»Ich habe gefragt, ob Sie Mrs. Bishop getötet haben.«

»Ich habe sie geliebt – wir wollten den Rest unseres Lebens zusammenbleiben – warum um alles in der Welt hätte ich sie töten sollen?«

Doch Zafferone blieb hartnäckig wie ein Rottweiler. »Sie haben soeben gesagt, dass Sie Ihren Anwalt anrufen möchten. Nach meiner Erfahrung bedeutet das gewöhnlich, dass jemand sich schuldig fühlt.«

»Ich habe sie sehr geliebt, ich –« Seine Stimme brach. Dann beugte er sich vor, vergrub das Gesicht in den Händen und fing an zu schluchzen.

Potting und Zafferone sahen einander abwartend an. Als Barty Chancellor seine Fassung wieder gefunden hatte, blickte er auf. »Verzeihung.«

Dann schleuderte Zafferone ihm die Frage entgegen, auf die Grace schon die ganze Zeit gewartet hatte. »Wusste Mr. Bishop von Ihrer Beziehung?«

»Definitiv nicht.«

Norman Potting mischte sich ein. »Mr. Bishop scheint mir ein recht intelligenter Mann zu sein. Sie und Mrs. Bishop hatten eine Affäre, die über ein Jahr gedauert hat. Und da glauben Sie, dass er keinen Verdacht geschöpft hat?«

»Wir waren sehr vorsichtig. Außerdem verbrachte er die meiste Zeit in London.«

»Vielleicht hat er es gewusst und nur nichts gesagt.«

»Mag sein«, sagte Chancellor zähneknirschend. »Trotzdem glaube ich es nicht. Ich meine, Katie war sicher, dass er keine Ahnung hatte.«

Zafferone blätterte in seinem Notizbuch. »Mrs. Bishop wurde etwa eine Stunde, nachdem sie Ihr Haus verlassen hatte, getötet. Sie haben vorhin angegeben, dass Sie für diesen Zeitraum kein Alibi besitzen.«

»Das ist richtig.«

»Sie seien eingeschlafen.«

»Es war fast Mitternacht. Wir hatten miteinander geschlafen. Vielleicht haben Sie ja keine Erfahrung damit. Probieren Sie es mal, es kann einen ganz schön müde machen.« Er funkelte Zafferone wütend an.

Grace machte sich seine eigenen Gedanken. Die Affäre hatte ein ganzes Jahr gedauert. Vor sechs Monaten hatte Brian Bishop auf seine Frau eine Lebensversicherung über drei Millionen Pfund abgeschlossen. Er war als gewalttätig bekannt und vorbestraft. Was, wenn er nun doch von der Beziehung gewusst hatte?

Chancellor hatte gesagt, dass er und Katie den Rest ihres Lebens miteinander verbringen wollten. Also war es mehr als eine flüchtige

Liebschaft gewesen. Womöglich konnte Bishop die Vorstellung, seine Frau zu verlieren, nicht ertragen.

Vielleicht hatte er das alles seit Monaten sorgfältig geplant. Das perfekte Alibi in London, perfekt bis auf das Foto der Kamera am Flughafen, das er nicht hatte vorhersehen können.

Grace schaute zu, wie Zafferone Chancellor immer weiter in die Enge trieb. Gewiss, der Künstler war potenziell verdächtig. Er hatte die Frau leidenschaftlich geliebt. Genug, um sie zu töten, weil sie ihn vielleicht verlassen wollte? Nicht auszuschließen. War er clever genug, um dem Ehemann die Tat in die Schuhe zu schieben? Auch das war nicht auszuschließen. Dennoch belasteten die Beweise, über die sie zurzeit verfügten, eindeutig Brian Bishop.

Er sah auf die Uhr. Viertel nach fünf. Er hatte das Video aus der Überwachungskamera des Krankenhauses in die High Tech Crime Unit gebracht und würde gleich hinuntergehen und sich nach den Fortschritten erkundigen, bevor er mit Murphy und Duigan die Besprechung um halb sieben vorbereitete.

Auf den schlechten Aufnahmen der Krankenhauskamera war das Gesicht des Mannes kaum zu erkennen, zumal es von den langen Haaren, dem Bart und der dunklen Brille verdeckt wurde. Die technischen Möglichkeiten, über die die Polizei verfügte, würden das Bild deutlich schärfer hervortreten lassen. Als er in den Flur trat, klingelte sein Handy. Bella Moy verkündete aufgeregt, die Ergebnisse der DNA-Analyse für Katie Bishop seien eingetroffen.

Und als er hörte, was dabei herausgekommen war, reckte er die Faust triumphierend in die Luft.

81

ROBERT VERNONS KANZLEI, die im zweiten Stock eines schönen Gebäudes im Queen-Anne-Stil untergebracht war, besaß keine Klimaanlage. Durch die offenen Fenster drang der Lärm eines Presslufthammers und machte die Kopfschmerzen, mit denen Brian Bishop an diesem Morgen aufgewacht war, noch schlimmer.

Das Büro wirkte angenehm hell mit den pastellblauen Wänden, an denen zwei schöne Drucke mit alten Ansichten der Stadt hingen. Auf dem Schreibtisch und sogar auf dem Boden stapelten sich Briefe, und die Regale waren voll gestopft mit juristischen Fachbüchern und Akten.

»Entschuldigen Sie bitte das Durcheinander, Brian«, sagte Vernon höflich. »Bin erst heute Morgen aus dem Urlaub gekommen. Ich weiß noch gar nicht, wo ich anfangen soll.«

»Ich frage mich oft, ob es sich überhaupt lohnt, in Urlaub zu fahren. Vorher muss man Berge von Arbeit erledigen, und danach stapelt sich auch wieder alles auf dem Schreibtisch.«

Bishop rührte siebenmal in seiner zarten Porzellantasse und betrachtete das gerahmte Foto von Vernons Frau Trish, das hinter dem Schreibtisch auf der Fensterbank stand. Die attraktive Blondine trug Golfkleidung und posierte am Tee. Der silberne Rahmen mit den drei ovalen Öffnungen daneben zeigte die lächelnden Gesichter ihrer gemeinsamen Kinder. Die Fotos mussten ziemlich alt sein, denn inzwischen waren alle schon Teenager. Der Anwalt hatte es gut, dachte Bishop mit plötzlicher Bitterkeit. Seiner Familie ging es prima. Seine Welt war in Ordnung, mit welchen Problemen auch immer seine Klienten herkommen mochten. Er bewertete die Fakten, erteilte seinen Rat und sah zu, wie sie samt ihren Problemen wieder durch die Tür verschwanden. Dann stieg er in seinen Lexus und fuhr zufrieden zum Golfplatz.

Robert Vernon war Mitte sechzig und verströmte einen gewissen altmodischen Charme. Sein silbergraues Haar war immer ordentlich frisiert, die Kleidung konservativ und tadellos, und sein ganzes Verhalten suggerierte Klugheit und Selbstvertrauen. Er war schon seit ewigen Zeiten Bishops Familienanwalt und hatte sämtliche Formalitäten erledigt, als Brians Eltern gestorben waren. Zu ihm war Brian auch gegangen, als er fünf Jahre zuvor im Schreibtisch seiner Mutter etwas entdeckt hatte, das sie ihm sein Leben lang verschwiegen hatte. Er war adoptiert worden.

Vernon war es auch gewesen, der ihn davon abgehalten hatte, sich auf die Suche nach seinen leiblichen Eltern zu machen. Bishop habe eine wunderbare Kindheit erlebt und sei bei liebevollen Adoptiveltern aufgewachsen, die zu spät geheiratet hatten, um eigene Kinder zu haben. Sie hatten ihn und seine Schwester, die zwei Jahre später zu ihnen kam und mit dreizehn Jahren an Meningitis gestorben war, geliebt und verwöhnt.

Seine Eltern waren wohlhabend gewesen, und er war in einem schönen freistehenden Haus mit Blick auf einen Park aufgewachsen. Sie hatten ihm den Besuch einer Privatschule ermöglicht, ihre Ferien im Ausland verbracht und ihm ein kleines Auto gekauft, sowie er seine Fahrprüfung bestanden hatte. Bishop hatte beide sehr geliebt und war zutiefst erschüttert gewesen, als sein Vater starb, doch der Verlust seiner Mutter traf ihn noch tiefer. Obwohl er damals erst wenige Monate mit Katie verheiratet war, fühlte er sich auf einmal furchtbar allein.

Und dann hatte er das Dokument entdeckt.

Sein Anwalt hatte ihn beruhigt und darauf hingewiesen, dass seine Eltern es nur deswegen geheim gehalten hatten, weil es in ihren Augen am besten für ihn war. Sie wollten ihm Liebe und Sicherheit geben, damit er die Gegenwart genießen konnte und für die Zukunft gerüstet war. Sie hatten gewiss befürchtet, dass ihn die Enthüllung vollkommen durcheinander bringen und dazu treiben würde, nach einer Vergangenheit zu suchen, die er nie gekannt hatte. Und dass er dabei, was nicht unwahrscheinlich war, auf Menschen stoßen würde, die ganz und gar nicht seinen Vorstellungen entsprachen.

Vernon erklärte, dass es eine altmodische, aber vernünftige Ansicht sei. Brian führe doch ein erfolgreiches Leben. Natürlich könne es eine schöne Erfahrung sein, seine leiblichen Eltern zu finden, aber es sei ebenso denkbar, dass ihn das Erlebnis zutiefst erschüttern werde. Wenn sie ihm nun unsympathisch wären oder ihn schlicht und einfach ablehnten?

Dennoch hatte sich die nagende Sehnsucht, etwas über seine Herkunft herauszufinden, nie wirklich gelegt, zumal ihm bewusst war, dass die Chance, seine leiblichen Eltern zu finden, mit jedem Jahr geringer wurde.

*

»Brian, es tut mir so furchtbar leid. Und auch, dass ich mich nicht früher mit Ihnen treffen konnte, aber ich hatte einen Gerichtstermin.«

»Natürlich, Robert, kein Problem. Ich hatte auch Geschäftliches zu erledigen. Das hat mich immerhin abgelenkt.«

»Es ist einfach unfassbar.«

»Ja.« Bishop wusste nicht, ob er Sophie Harrington erwähnen sollte. Er hätte so gern mit jemandem darüber gesprochen, doch schien dies nicht der richtige Zeitpunkt zu sein.

»Wie geht es Ihnen? Kommen Sie irgendwie zurecht?«

»So gerade eben.« Er lächelte schwach. »Allerdings sitze ich hier in Brighton fest. Es wird noch mehrere Tage dauern, bis man mich in mein Haus lässt. Die Polizei will auch nicht, dass ich nach London fahre, also muss ich die Firma irgendwie von hier aus weiterführen.«

»Falls Sie eine Unterkunft benötigen, können Sie gern zu uns kommen.«

»Danke, es geht schon.«

»Hat die Polizei schon irgendeine Vermutung, wer dahinterstecken könnte?«

»So wie man mich behandelt, sind sie anscheinend davon überzeugt, dass ich es war.« Ihre Blicke trafen sich.

»Brian, ich bin kein Strafverteidiger, aber ich weiß, dass in den meisten Mordfällen die engsten Angehörigen als Verdächtige behandelt werden, bis man ihre Schuld eindeutig ausschließen kann.«

»Verstehe.«

»Deswegen sollten Sie sich also keine allzu großen Sorgen machen. Je schneller man Sie eliminiert, desto früher kann die Polizei den Täter fassen. Eine andere Frage: Wo halten sich Ihre Kinder zurzeit auf?« Der Anwalt hob beschwichtigend die Hand. »Verzeihung, ich wollte mich nicht einmischen –«

»Nein, nein, schon klar. Max besucht einen Freund in Südfrankreich, und Carly ist bei Verwandten in Kanada. Ich habe mit beiden gesprochen und ihnen gesagt, dass sie vorerst dort bleiben sollen. So wie ich die Polizei verstanden habe, wird es etwa einen Monat dauern, bevor der Leichenbeschauer –« Er konnte nicht weiter sprechen.

»Leider sind viele Formalitäten zu erledigen. Reine Bürokratie. Nicht gerade hilfreich, wenn man einfach nur mit seinen Gedanken allein sein möchte.«

Bishop nickte und betupfte sich die Augen mit einem Taschentuch.

»Da wir gerade dabei sind, es gibt einiges zu besprechen. Sollen wir anfangen?«

»Ja.«

»Was Katies Vermögen angeht – wissen Sie, ob sie ein Testament hinterlassen hat?«

»Da gibt es eine ganz seltsame Sache. Die Polizei hat mich nach einer Lebensversicherung über drei Millionen Pfund gefragt, die ich auf Katie abgeschlossen haben soll.«

Das Telefon klingelte, doch der Anwalt reagierte nicht darauf und schaute Bishop eindringlich an. »Und das haben Sie nicht?«

»Nein, definitiv nicht. Daran würde ich mich ja wohl erinnern.«

Vernon überlegte eine Weile. »Haben Sie in letzter Zeit eine neue Hypothek auf Ihr Haus aufgenommen? Vielleicht, um die Firma zu refinanzieren?«

Bishop nickte. Die Firma lief gut, beinahe schon zu gut, was, wie bei vielen rasch expandierenden Unternehmen, zu einem Liquiditätsproblem führte. Als er angefangen hatte, war das Kapital von ihm selbst und einer kleinen Gruppe reicher Freunde gekommen. Um die nächste Stufe zu erreichen, mussten sie erheblich in neue Technologien, größere Geschäftsräume und besser ausgebildetes IT-Personal investieren. Bishop und seine Freunde hatten beschlossen, das Geld selbst aufzutreiben, und er hatte seinen Teil beigesteuert, indem er eine neue Hypothek auf sein Haus aufgenommen hatte.

»Normalerweise verlangen die Darlehensgeber bei großen Beträgen eine Lebensversicherung als Sicherheit. Vielleicht haben Sie es deshalb gemacht.«

Womöglich hatte der Anwalt recht, dachte er. Was er sagte, kam ihm vage bekannt vor, nur stimmte der Betrag nicht. Und er konnte nicht in seinen Unterlagen nachsehen, weil sie sich im Haus befanden.

»Mag sein«, sagte er zweifelnd. »Und ja, sie hat ein Testament hinterlassen, ein ganz kurzes. Mein Buchprüfer und ich werden als Nachlassverwalter eingesetzt. Das Testament befindet sich im Haus.«

»Sie besaß auch eigenes Vermögen, oder? Nach ihrer Scheidung hat sie doch eine beträchtliche Abfindung erhalten. Wissen Sie, was genau im Testament steht?«

»Ja, sicher, sie hat ihren Eltern einen kleineren Betrag hinterlassen, aber das meiste bekomme ich.«

Plötzlich schrillte bei Robert Vernon eine Alarmglocke, und er runzelte die Stirn. Aber so, dass Bishop es nicht bemerkte.

82

»MONTAG, 7. AUGUST, 18.30 UHR«, verkündete Roy Grace, der sich ausnahmsweise in ziemlich hoffnungsfroher Stimmung befand. »Dies ist die zweite gemeinsame Besprechung von Operation Chamäleon und Operation Mistral.«

Mistral bezog sich auf den Fall Sophie Harrington. Im Konferenzzimmer drängten sich die Menschen, und in der Luft lag knisternde, gespannte Erwartung. Ausnahmsweise funktionierte sogar die Klimaanlage.

Grace ging rasch die Zusammenfassungen durch und schloss mit den Worten: »Ich freue mich, berichten zu können, dass es am heutigen Tag wichtige Entwicklungen gegeben hat.« Er schaute zu DC Nicholas. »Würden Sie bitte anfangen?«

Nicholas, der die Jacke ausgezogen, den obersten Kragenknopf geöffnet und die Krawatte gelockert hatte, las von seinem Notizblock ab: »Ich habe Ms. Holly Richardson um elf Uhr heute Morgen an ihrem Arbeitsplatz, der Regent Public Relations Agency, 71 Trafalgar Road, Brighton, befragt. Sie gab zu Protokoll, dass sie und Miss Harrington gemeinsam eine Ausbildung zur Sekretärin absolviert hatten und seither sehr eng befreundet waren. Sie teilte mir mit, dass Sophie ihr von ihrer geheimen Affäre mit Brian Bishop erzählt hatte, die seit etwa sechs Monaten andauerte. Sophie erklärte, dass sich Bishop gelegentlich gewalttätig verhalten und ihr damit Angst eingejagt habe. Außerdem stellte er zunehmend sadistische und perverse sexuelle Forderungen.«

Er wischte sich die Stirn und blätterte um. »Ein Techniker unserer Telekomabteilung, der die Handyprotokolle von Miss Harrington und Brian Bishop überprüft hat, teilte mir mit, dass beide während dieser sechs Monate häufig miteinander telefoniert haben. Der letzte Anruf ging am Freitagnachmittag um 16.51 Uhr von Miss Harrington an Mr. Bishop. Also wenige Stunden vor der mutmaßlichen Tatzeit.«

Grace bedankte sich und wandte sich an den Kollegen Guy Batchelor.

Der Detective Sergeant berichtete von dem Zahlungsaufruf, den Brian Bishop an die Investoren seiner Firma International Rostering Solutions PLC gerichtet hatte. »Obwohl sein Geschäft zu expandieren scheint und einen guten Ruf genießt, steckt Bishop bis über beide Ohren in Schulden.«

Die Bedeutung dieser Aussage entging niemandem. Dann folgte der nächste Schlag, als er Bishops Vorstrafenregister erwähnte.

Grace betrachtete die Gesichter seiner Kollegen, in denen sich angesichts dieser bedeutenden Fortschritte Hoffnung spiegelte. Als Nächstes zeigte er eine geschnittene Fassung der Vernehmung von Barty Chancellor, und Potting trug seine Ermittlungsergebnisse hinsichtlich der Gasmaske vor, deren Hersteller er inzwischen ermittelt hatte. Er wartete noch auf Angaben zur Anzahl der hergestellten Masken und einer Liste der Einzelhändler, die sie verkauften.

Anschließend kam DCI Duigan an die Reihe und berichtete von der Nachbarin von Sophie Harrington, die Bishop nach dem Foto aus dem *Argus* eindeutig identifiziert hatte. Sie sei gern bereit, an einer Gegenüberstellung mitzuwirken.

Das Beste hatte Roy Grace sich dramaturgisch geschickt für den Schluss aufgehoben und erteilte nun Bella Moy das Wort.

Sie zeigte ein Foto des Nummernschildes von Brian Bishops Bentley, der am Donnerstagabend um 23.47 Uhr auf der M23 in Richtung Süden gefahren war, und wies darauf hin, dass sich die Aufnahme durchaus im geschätzten zeitlichen Rahmen für den Mord an Bishops Frau befand.

Insgeheim hegte Grace gewisse Zweifel, da das Foto spätabends aufgenommen worden war. Zwar war das Kennzeichen deutlich zu erkennen, nicht aber die Marke des Wagens. Ein hilfreicher, unterstützender Beweis, aber kein Volltreffer. Jeder halbwegs fähige Strafverteidiger würde ihn in der Luft zerreißen. Dennoch, vielleicht könnte er die Geschworenen immerhin ins Grübeln bringen.

Bella fügte hinzu, dass Bishops privater PC zurzeit von Ray Packham in der High Tech Crime Unit untersucht werde und sie noch auf den abschließenden Bericht warte. Dann kam der große Knall.

»Wir haben die Laborergebnisse der DNA-Analyse des Spermas erhalten, das in Mrs. Bishops Vagina gefunden wurde. In den Proben, die die Pathologin des Innenministeriums entnommen hat, wurde Ejakulat von zwei verschiedenen Personen festgestellt. Auf Grundlage der Beweglichkeit der Spermien müssen beide Proben vom Abend des 3. August stammen und die Ejakulationen im Abstand von wenigen Stunden stattgefunden haben. Eine der Proben wurde bislang noch nicht identifiziert, aber wir gehen davon aus, dass sie von Mrs. Bishops Liebhaber stammt, der zugibt, dass er am Donnerstagabend mit ihr Geschlechtsverkehr hatte. Die andere Probe stimmt zu einhundert Prozent mit der DNA von Brian Bishop überein.«

Bella legte eine kurze Pause ein. »Das bedeutet natürlich, dass er sich, entgegen seinem Alibi, in Brighton aufgehalten und sexuellen Verkehr mit seiner Frau gehabt hat. Und zwar kurz vor ihrem Tod.«

Grace wartete geduldig, bis alle die Tragweite dieser Information erfasst hatten. Er konnte die Spannung im Raum förmlich greifen. »Sie alle haben ausgezeichnete Arbeit geleistet. Wir werden Brian Bishop heute Abend wegen des Verdachts auf Mord an seiner Ehefrau festnehmen. Dennoch bin ich mir nicht sicher, ob er auch Sophie Harrington getötet hat. Daher möchte ich auf gar keinen Fall morgen im *Argus* lesen, dass wir beide Fälle gelöst haben. Habe ich mich klar ausgedrückt?«

Das Schweigen war Antwort genug.

83

BRIAN BISHOP TRAT AUS DER DUSCHE, trocknete sich ab und wühlte in der Reisetasche mit frischer Kleidung, die Maggie Campbell ihm vor einer Stunde aufs Zimmer gebracht hatte.

Er zog ein dunkelblaues Polohemd und eine dunkelblaue Hose an. Durch das offene Fenster drang Grillgeruch herein, der ziemlich verlockend war, obwohl sein Appetit nach wie vor zu wünschen übrig ließ. Er bedauerte mittlerweile, dass er die Essenseinladung seiner Freunde Glenn und Barbara Mishon angenommen hatte. Normalerweise war er sehr gern mit ihnen zusammen, und so war es Barbara auch gelungen, ihn am Telefon zu dem Besuch zu überreden.

Eigentlich hatte es sich gar nicht schlecht angehört, da er den Abend nicht allein mit seinen Gedanken und dem Essen vom Zimmerservice verbringen musste. Doch nach dem Gespräch mit Robert Vernon war ihm erstmals das volle Ausmaß seiner Situation bewusst geworden, und er fühlte sich seither zutiefst niedergeschlagen. Bislang war alles nur wie ein böser Traum gewesen, doch nun traf ihn die Ungeheuerlichkeit der Ereignisse mit voller Wucht. Er musste über so vieles nachdenken und wollte eigentlich doch lieber allein sein und seine Gedanken sammeln.

Es klopfte.

Vermutlich der Zimmerservice, um das Bett zu machen, dachte er, sah sich aber den beiden Polizeibeamten gegenüber, die ihm im Golfclub die Nachricht von Katies Tod überbracht hatten.

Der Farbige hielt seinen Ausweis in die Höhe. »Detective Sergeant Branson und Detective Constable Nicholas. Dürfen wir hereinkommen, Sir?«

Ihr Gesichtsausdruck gefiel Bishop ganz und gar nicht. »Selbstverständlich.« Er trat zurück und hielt die Tür auf. »Gibt es Neuigkeiten?«

»Brian Desmond Bishop«, erklärte Branson, »aufgrund der neuen Beweislage verhafte ich Sie wegen des Verdachts des Mordes an Mrs. Katherine Bishop. Sie brauchen jetzt nichts zu sagen, aber es kann Ihrer Verteidigung abträglich sein, wenn Sie bei der Vernehmung Dinge verschweigen, die später vor Gericht bekannt werden. Alles, was Sie sagen, kann gegen Sie verwendet werden. Haben Sie das verstanden?«

Bishop zögerte und sagte dann: »Das ist doch nicht Ihr Ernst.«

»Mein Kollege wird Sie kurz abtasten.«

Bishop hob automatisch die Arme, damit Nicholas ihn durchsuchen konnte. »Ich – ich möchte meinen Anwalt anrufen.«

»Das geht im Augenblick leider nicht, Sir. Sie erhalten die Gelegenheit zu einem Anruf, sobald wir im Untersuchungsgefängnis eingetroffen sind.«

»Ich habe Rechte –«

Branson hob seine kräftigen Hände. »Sir, wir kennen Ihre Rechte.« Dann hakte er die Handschellen von seinem Gürtel. »Legen Sie die Hände bitte auf den Rücken.«

Bishop wurde bleich. »Sie wollen mich doch nicht in Handschellen legen, ich bitte Sie! Ich laufe nicht weg. Das ist doch alles nur ein Missverständnis, das kann nicht wahr sein. Wir regeln das in Ruhe.«

»Auf den Rücken bitte, Sir.«

Bishop schaute sich panisch im Zimmer um. »Ich brauche noch einige Sachen. Mein Jackett, meine Brieftasche, lassen Sie mich bitte das Jackett anziehen.«

»Wo ist es denn, Sir?«, erkundigte sich Nicholas.

Bishop deutete auf den Kleiderschrank. »Das kamelhaarfarbene.« Dann zeigte er auf sein Handy und seinen BlackBerry, die auf dem Nachttisch lagen. Nicholas durchsuchte das Jackett, das Bishop daraufhin anziehen durfte. Brieftasche, Handy, BlackBerry und Lesebrille konnte er in die Tasche stecken. Dann wurde er erneut aufgefordert, die Hände auf den Rücken zu legen.

»Muss das denn wirklich sein? Das ist mir ungeheuer peinlich. Wir müssen durchs ganze Hotel gehen.«

»Wir haben mit dem Geschäftsführer gesprochen und können den Seitenausgang benutzen. Geht es Ihrer Hand wieder besser, Sir?«, erkundigte sich Branson, bevor er die erste Handschelle schloss.

»Nein, sonst hätte ich wohl kein Pflaster drauf«, knurrte Bishop und schaute sich suchend im Zimmer um. »Mein Laptop?«

»Den muss ich leider beschlagnahmen, Sir.«

Nick Nicholas griff nach Bishops Autoschlüssel. »Steht Ihr Wagen auf dem Parkplatz, Mr. Bishop?«

»Ja, ja sicher. Ich kann fahren – ich nehme Sie mit.«

»Der Wagen wird leider ebenfalls beschlagnahmt und von der Spurensicherung untersucht.«

»Verdammt nochmal, das ist einfach unglaublich!«

Doch diesmal hatte er kein Mitgefühl zu erwarten. Die beiden Beamten wirkten völlig anders als am Freitagmorgen.

»Ich muss noch schnell bei meinen Freunden angerufen, ich bin dort zum Essen eingeladen.«

»Das erledigen wir im Untersuchungsgefängnis.«

»Sie kochen aber für mich.« Er deutete auf das Telefon. »Bitte, lassen Sie mich anrufen. Es dauert nur eine Minute.«

»Bedauere, Sir«, sagte Branson. »Jemand wird vom Untersuchungsgefängnis aus für Sie dort anrufen.«

Auf einmal hatte Brian Bishop Angst.

84

BISHOP SASS NEBEN DC NICHOLAS auf dem Rücksitz des grauen Vectra. Es war kurz nach acht und noch ziemlich hell.

Die Stadt zog wie ein Stummfilm an den Wagenfenstern vorbei. Es schien nicht mehr die Stadt zu sein, die er sein ganzes Leben lang gekannt hatte. Ihm kam es vor, als sähe er die Straßen, Häuser, Geschäfte, Bäume und Parks zum ersten Mal. Keiner der Beamten sagte etwas. Die Stille wurde nur vom gelegentlichen Knistern und den unverständlichen Lauten aus dem Funkgerät unterbrochen. Brian Bishop fühlte sich wie jemand, der in ein Paralleluniversum geraten war.

Dann wurde der Wagen langsamer und bog durch ein grünes Stahltor. Rechts davon befand sich ein Stacheldrahtzaun, dahinter lag ein großer, monoton wirkender Ziegelbau.

Sie passierten ein Schild mit der Aufschrift UNTERSUCHUNGSGEFÄNGNIS BRIGHTON, fuhren eine steile Rampe hinauf und rollten in eine Art Ladebucht, wie Bishop sie von Lagerhäusern oder Supermärkten kannte. Sofort wurde es im Wageninneren dunkel. Vor ihnen tauchte eine Tür mit einem kleinen Sichtfenster auf.

DS Branson schaltete den Motor ab, stieg aus, öffnete die Hintertür und winkte Bishop heraus.

Er musste sich mühsam seitlich hinausschlängeln, und Branson legte ihm die Hand auf den Arm, um ihn zu stützen; dann glitt schon die Tür auf, und man führte ihn in einen kleinen, völlig nackten Raum, an dessen Ende sich eine weitere Tür mit Sichtfenster befand.

Es gab keinerlei Möbel bis auf eine harte Bank, die an der Wand angebracht war.

»Setzen Sie sich«, sagte Glenn Branson.

»Ich stehe gern.«

»Es kann aber eine Weile dauern.«

Bishops Handy klingelte, und er wollte danach greifen, aber es gelang ihm nicht mit den gefesselten Händen. »Könnten Sie bitte rangehen?«

»Das ist mir leider nicht gestattet, Sir«, sagte Nicholas und drückte das Gespräch weg. Dann betrachtete er kurz das Display, schaltete das Handy aus und steckte es wieder in Bishops Tasche.

Dieser starrte auf ein laminiertes Plastikschild, das mit Klebeband an der Wand befestigt war. Unter der Überschrift JUSTIZBEHÖRDE war dort zu lesen:

ALLE FESTGENOMMENEN PERSONEN WERDEN VON WACHBEAMTEN GRÜNDLICH DURCHSUCHT.
SOLLTEN SIE VERBOTENE GEGENSTÄNDE AM KÖRPER TRAGEN ODER MIT SICH FÜHREN, TEILEN SIE DIES DEN WACHBEAMTEN BITTE UMGEHEND MIT.

Dann las er ein weiteres Schild, das über der zweiten Tür hing:

IN DIESEM BEREICH SIND KEINE MOBILTELEFONE GESTATTET.

Ein drittes Schild verkündete:

SIE WURDEN VERHAFTET. MAN WIRD UMGEHEND IHRE FINGERABDRÜCKE UND EINE DNA-PROBE NEHMEN UND SIE FOTOGRAFIEREN.

Die beiden Ermittler setzten sich. Bishop blieb stehen. Ihm war, als habe er es mit zwei Robotern zu tun, und er kochte innerlich vor Zorn, wusste aber, dass er das alles im Augenblick einfach nur hinnehmen konnte. »Würden Sie mir bitte verraten, was das hier zu bedeuten hat?«

In diesem Augenblick öffnete sich die Tür. Branson ging hindurch, und Nicholas bedeutete Bishop, ihm zu folgen.

Bishop gelangte in einen großen, kreisrunden Raum, in dessen Mitte sich ein Kontrollschalter befand, der mit seinem futuristischen Design irgendwie an *Raumschiff Enterprise* erinnerte. Es bestand aus einem glänzenden, grau melierten Material, das ihn an die Granitarbeitsplatte erinnerte, die Katie für ihre sündhaft teure Küche ausgesucht hatte. Der Schalter war von Computerarbeitsplätzen umgeben, an denen Männer und Frauen in weißen Uniformhemden mit schwarzen Epauletten saßen. Der Raum war hell erleuchtet. An den Wänden befanden sich in regelmäßigen Abständen weitere Türen, hinter denen Warteräume lagen.

Hier herrschte Ruhe und Ordnung. Von dem zentralen Schalter gingen strahlenförmig mehrere Trennwände ab, um eine gewisse Privatsphäre zu gewährleisten. In einem dieser Bereiche stand ein tätowierter Junge mit rasiertem Kopf niedergeschlagen zwischen zwei uniformierten Beamten. Der ganze Raum wirkte völlig surreal.

Man führte Bishop zum Schalter in der Mitte, hinter dem ein dicklicher Typ mit Bürstenhaarschnitt saß. An seiner schwarzen Krawatte trug er eine goldene Krawattennadel der Rugby-Nationalmannschaft.

Auf einem Videoschirm, der in die Theke eingelassen war, las Bishop:

UNTERSUCHUNGSGEFÄNGNIS BRIGHTON
UM ZU VERMEIDEN, DASS FRÜHERE VERGEHEN IHNEN ZUSÄTZLICHE PROBLEME BEREITEN, WERDEN SIE GEBETEN, MÖGLICHE VORSTRAFEN ANZUGEBEN.

Branson berichtete kurz von den Umständen der Verhaftung. Dann wandte sich der Bürstenhaarschnitt von seiner erhöhten Position aus direkt an Bishop. »Mr. Bishop, ich bin für dieses Untersuchungsgefängnis zuständig. Sie haben gehört, was der Kriminalbeamte soeben vorgetragen hat. Ich habe mich davon überzeugt, dass Ihre Festnahme notwendig und den Gesetzen entsprechend war. Damit ordne ich Ihren Arrest zum Zwecke der Sicherung und Bewahrung von Beweisen und der weiteren Vernehmung bezüglich der gegen Sie erhobenen Vorwürfe an.«

Bishop nickte, eine Antwort fiel ihm nicht ein.

Dann reichte ihm der Beamte ein gefaltetes gelbes DIN-A4-Blatt, das mit SUSSEX POLICE – RECHTLICHE INFORMATIONEN überschrieben war.

»Das wird Ihnen möglicherweise weiterhelfen, Sir. Sie haben das Recht, jemanden von Ihrer Verhaftung in Kenntnis zu setzen und einen Anwalt hinzuzuziehen. Wünschen Sie einen Pflichtverteidiger, oder haben Sie einen eigenen Rechtsvertreter?«

»Könnten Sie bitte Mr. Glenn Mishon anrufen und ihm sagen, dass ich heute nicht zum Essen kommen kann?«

»Geben Sie mir bitte seine Nummer.«

Bishop nannte sie und fügte hinzu: »Außerdem würde ich gern mit meinem eigenen Anwalt sprechen. Robert Vernon von der Kanzlei Ellis, Cherril und Ansell.«

»Ich werde die Anrufe erledigen. Gleichzeitig erteile ich Detective Sergeant Branson die Erlaubnis, Sie zu durchsuchen.« Er stellte zwei Plastiktabletts auf den Schalter.

Zu seinem Entsetzen sah Bishop, wie DS Branson Latexhandschuhe überstreifte. Dann begann er, ihn vom Kopf abwärts abzutasten, zog die Lesebrille aus Bishops Brusttasche und legte sie auf eins der Tabletts.

»Hey, die brauche ich noch. Ohne die kann ich nicht lesen«, protestierte Bishop.

»Bedaure, Sir, aber ich muss sie zu Ihrer eigenen Sicherheit an mich nehmen.«

»Das ist doch lächerlich!«

»Möglicherweise wird der Haftbeamte zu einem späteren Zeitpunkt erlauben, dass man sie Ihnen zurückgibt.«

»Nun stellen Sie sich doch nicht so verdammt blöd an! Ich habe nicht vor, mich umzubringen! Und wie zum Teufel soll ich dieses Dokument ohne Brille lesen?«

»Wenn es dabei Schwierigkeiten gibt, sorge ich dafür, dass man es Ihnen vorliest.«

»Ach, kommen Sie, das können wir doch wie vernünftige Menschen regeln.«

Ohne auf Bishops Einwände zu achten, nahm Branson auch den Hotelschlüssel, die Brieftasche, das Handy und den BlackBerry und legte die Gegenstände auf ein Tablett. Der Haftbeamte vermerkte jeden Gegenstand, zählte das Bargeld, das sich in der Brieftasche befand, und notierte den Betrag ebenfalls.

Als Nächstes folgten Ehering, die teure Armbanduhr und ein Kupferarmreifen.

Dann reichte der Haftbeamte Bishop einen Kugelschreiber und das Formular, auf dem seine Besitztümer aufgeführt waren, und bat ihn, es zu unterzeichnen.

Bishop zögerte. »Ich bin ja bereitwillig mitgekommen, um Ihnen bei Ihren Ermittlungen zu helfen, aber das hier ist einfach lächerlich. Sie müssen mir schon die Hilfsmittel lassen, die ich für die Ausübung meines Berufes brauche. Herrgott nochmal, ich muss doch E-Mails schicken, telefonieren und lesen können!«

Branson achtete auch jetzt nicht auf ihn, sondern wandte sich an den Haftbeamten. »Angesichts der Schwere des Vergehens und der möglichen Beteiligung des Verdächtigen möchten wir die Kleidung des Verhafteten zwecks Untersuchung beschlagnahmen.«

»Stattgegeben.«

»Scheiße nochmal!«, brüllte Bishop. »Was wollen Sie –«

Branson und Nicholas ergriffen ihn am Arm und führten ihn durch eine Tür. Im Flur dahinter war ein roter Streifen in die Wand eingelassen, den die Beamten in Notfällen nur berühren mussten, um Hilfe zu rufen. Ein Schild warnte vor Rutschgefahr, da der Flur gerade gereinigt wurde. Dann gelangten sie in den Bereich mit den Zellen.

Als er die lange Reihe der Türen erblickte, geriet Bishop in Panik. »Ich – ich habe Klaustrophobie. Ich kann nicht –«

»Es wird rund um die Uhr jemand da sein, der sich um Sie kümmert, Sir«, sagte Nick Nicholas besänftigend.

Sie traten beiseite, um eine Frau durchzulassen, die einen Wagen mit alten Taschenbüchern vor sich her schob, und blieben dann vor einer angelehnten Zellentür stehen.

Glenn Branson stieß sie auf und trat ein, Nicholas folgte mit Bishop.

Als Erstes traf ihn der schier überwältigende, widerliche Geruch eines Desinfektionsmittels. Fassungslos schaute er sich in dem kleinen, rechteckigen Raum um. Cremefarbene Wände, brauner Boden, die gleiche harte Bank wie im Warteraum und darauf eine dünne blaue Matratze. Er schaute zu dem vergitterten Fenster hinauf; dem Beobachtungsspiegel, der außerhalb seiner Reichweite an der Decke hing und auf die Tür gerichtet war; zu der Überwachungskamera, die auf ihn herunterblickte, als wäre er Kandidat bei *Big Brother.*

Mein Gott. Seine Kehle wurde eng.

DC Nicholas hielt ein Bündel in der Hand, das er nun auseinanderfaltete. Ein blauer Overall aus Papier. Ein junger Mann, der ein weißes Uniformhemd und schwarze Hosen trug, kam mit einigen braunen Beweismittelbeuteln zur Tür herein und reichte sie Branson, worauf dieser die Zellentür schloss.

»Mr. Bishop, bitte entkleiden Sie sich vollständig. Auch Socken und Unterwäsche.«

»Ich will meinen Anwalt sprechen.«

»Er wird bereits benachrichtigt.« Branson deutete auf die Sprechanlage. »Sobald ihn der Haftbeamte erreicht hat, wird er zu Ihnen durchgestellt.«

Bishop fing an, sich auszuziehen. DC Nicholas legte jedes Kleidungsstück und sogar jede Socke in einen eigenen Beutel. Als er völlig nackt war, reichte Branson ihm den Papieranzug und ein paar schwarze Stoffturnschuhe zum Hineinschlüpfen.

Gerade als er den Anzug zugeknöpft hatte, knisterte die Sprechanlage, und er hörte die ruhige, aber besorgte Stimme von Robert Vernon.

Mit einer Mischung aus Erleichterung und Verlegenheit tappte er barfuß hinüber. »Robert, danke, dass Sie mich angerufen haben. Vielen, vielen Dank.«

»Geht es Ihnen so weit gut?«

»Nein, tut es nicht.«

»Brian, ich kann mir vorstellen, wie belastend das alles für Sie sein muss. Der Haftbeamte hat mich kurz informiert, aber man hat mir offenbar nicht alle Fakten genannt.«

»Können Sie mich herausholen?«

»Als Ihr Freund werde ich alles Menschenmögliche für Sie tun, aber dies ist nicht mein juristisches Fachgebiet, dafür brauchen Sie einen Experten. Leider haben wir in meiner Kanzlei niemanden, der auf Strafrecht spezialisiert ist. Der Beste hier in der Gegend ist ein Bekannter von mir, Leighton Lloyd. Er hat einen ausgezeichneten Ruf.«

»Wie schnell können Sie ihn erreichen, Robert?«

»Ich werde es jetzt gleich versuchen. Hoffentlich ist er nicht in Urlaub. Die Polizei möchte heute Abend mit der Vernehmung beginnen. Bislang hat man Sie allein zu diesem Zweck verhaftet, was bedeutet, dass man Sie nur vierundzwanzig Stunden festhalten kann. Möglicherweise mit einer Verlängerung von zwölf Stunden. Sprechen Sie mit niemandem, bevor Leighton sich mit Ihnen in Verbindung gesetzt hat.«

»Was machen wir, wenn er in Urlaub ist?«, erkundigte Bishop sich besorgt.

»Es gibt noch andere gute Anwälte.«

»Ich will aber den Besten, den Allerbesten. Geld spielt keine Rolle. Das ist doch lächerlich. Ich habe hier nichts zu suchen. Absoluter Wahnsinn. Ich habe keine Ahnung, was hier vorgeht.«

»Ich mache jetzt besser Schluss, Brian«, sagte der Anwalt ein wenig kurz angebunden. »Ich muss mich an die Arbeit machen.«

»Selbstverständlich.« Bishop bedankte sich noch einmal, dann verstummte die Sprechanlage. Erst jetzt bemerkte er, dass man ihn in der Zelle allein gelassen und die Tür verschlossen hatte.

Es war völlig still, wie in einem schalldichten Raum.

Er setzte sich auf die Matratze. Irgendetwas an dem Gespräch mit Robert Vernon störte ihn. Warum hatte er nicht mitfühlender geklungen? Nach seinem Tonfall zu urteilen, schien er sogar mit dieser Entwicklung gerechnet zu haben.

Aber wieso?

Die Tür öffnete sich wieder, und man führte ihn in einen Raum, in dem er fotografiert wurde. Dann wurden seine Fingerabdrücke elektronisch eingelesen und DNA-Proben von seiner Mundschleimhaut genommen. Danach brachte man ihn zurück in seine Zelle.

Und überließ ihn den vielen quälenden Fragen.

85

MANCHE POLIZEIBEAMTEN erlebten in ihrer Laufbahn ständige und nicht immer vorhersagbare Veränderungen. Am einen Tag ging man noch Streife, wurde vielleicht am nächsten Tag in den Innendienst versetzt und hatte es mit der Ausstellung von Haftbefehlen zu tun oder wurde auch bei Straßenschlachten eingesetzt. Dann wieder arbeitete man als ziviler Drogenfahnder und wechselte von dort aus zum Flughafen, wo man es mit Gepäckdiebstählen zu tun bekam. Andere hingegen fanden ihre Nische und schafften es, dreißig Jahre dort zu bleiben, bis sie mit einer anständigen Pension in den Ruhestand geschickt wurden.

Detective Sergeant Jane Paxton gehörte zu denjenigen, die ihre Nische gefunden hatten und dort geblieben waren. Sie war eine große, unscheinbare Frau von vierzig mit einer sachlichen, burschikosen Haltung und für die Koordinierung der Vernehmungen zuständig.

Vor einigen Jahren war sie zur Heldin aller weiblichen Mitarbeiter von Sussex House avanciert, weil sie Norman Potting eine Ohrfeige versetzt hatte. Je nachdem, mit wem man darüber sprach, hörte man die unterschiedlichsten Versionen der Ereignisse. Grace hatte gehört, Potting habe ihr während einer Besprechung mit dem ehemaligen Chief Constable unter dem Tisch ans Bein gegriffen.

DS Paxton saß mit Grace am runden Tisch in seinem Büro, sie wurde flankiert von Nick Nicholas und Glenn Branson. Paxton trank Wasser, die Männer Kaffee. Es war halb neun am Montagabend und alle vier wussten, dass sie nur mit sehr viel Glück die Kripozentrale vor Mitternacht verlassen würden.

Während Brian Bishop allein in seiner Zelle hockte und auf seinen Anwalt wartete, legte das Team die Strategie für das Verhör fest. Branson und Nicholas, die beide speziell in Verhörtechniken geschult waren, würden die Vernehmungen durchführen, während Roy Grace und Jane Paxton vom Nachbarraum aus zuschauen und mithören würden.

Das übliche Verfahren bestand darin, den Verdächtigen innerhalb der ersten vierundzwanzig Stunden drei genau geplanten Vernehmungen zu unterziehen. Die erste würde an diesem Abend nach Eintreffen des Anwalts stattfinden und dazu dienen, noch einmal Bishops Version der Ereignisse zu hören. Man würde ihn ermutigen, seine Geschichte zu belegen, über seine Familienverhältnisse zu sprechen und seine Bewegungen in den vierundzwanzig Stunden, die dem Tod seiner Frau vorausgingen, genau zu beschreiben.

In der zweiten Vernehmung, die am folgenden Morgen stattfinden sollte, würde man Bishop präzise Fragen zu seinen Aussagen stellen. Der Tonfall wäre höflich und konstruktiv, während sich die Beamten Notizen zu möglichen Ungereimtheiten machten. Erst bei der dritten Vernehmung würde man mit härteren Bandagen vorgehen. Bei dieser Gelegenheit würden die Beamten mögliche Ungereimtheiten ansprechen und versuchen, Lügen aufzudecken.

Im Idealfall hätte man nach der dritten Vernehmung zusammen mit den bereits vorliegenden Beweismitteln – in diesem Fall der DNA-Analyse – genügend Belastungsmaterial, um eine Strafverfolgung zu rechtfertigen und den Verdächtigen offiziell zu beschuldigen.

Der Schlüssel zu jeder erfolgreichen Vernehmung lag in den Fragen. Alle vier waren der Ansicht, dass man die Sichtung von Bishops Bentley für die dritte Vernehmung aufsparen sollte.

Sie diskutierten eine Weile darüber, wann das Thema Lebensversicherung angeschnitten werden sollte. Grace wies daraufhin, dass man Bishop bereits dazu befragt habe und er jegliches Wissen abgestritten habe. Daher solle man es gleich bei der ersten Vernehmung noch einmal ansprechen, um zu sehen, ob er seine Aussage revidieren würde.

Außerdem wurde vereinbart, bei der zweiten Vernehmung die Gasmaske einzubeziehen, und zwar, wie Jane Paxton vorschlug, im Rahmen einer Reihe spezifischer Fragen zu seinem Sexualleben. Die anderen waren einverstanden.

Grace bat Branson und Nicholas um einen detaillierten Bericht über die Festnahme und Bishops Verhalten dabei.

»Er ist ein kalter Fisch«, sagte Branson. »Ich kann noch immer nicht fassen, wie er sich benommen hat, als Nick und ich ihm die Nachricht vom Tod seiner Frau überbracht haben.« Er schaute seinen Kollegen an, der zustimmend nickte. »Na gut, er wirkte bestürzt, aber wisst ihr, was er danach gesagt hat? ›Das ist gerade sehr ungünstig, ich bin mitten in einem Golfturnier. Hat es nicht Zeit, bis wir damit fertig sind?‹ Ist das zu fassen?«

»Also, ich würde es genau andersherum interpretieren«, sagte Grace.

Alle schauten ihn interessiert an.

»Wie meinst du das?«

»Meines Erachtens ist Bishop zu clever für eine so herzlose und belastende Bemerkung. Die Worte deuten eher daraufhin, dass er völlig durcheinander war. Was heißt, dass sein Entsetzen nicht gespielt war.«

»Sie halten ihn also für unschuldig?«, wollte Jane Paxton wissen.

»Nein, ich will damit nur sagen, dass einige Beweise eindeutig gegen ihn sprechen. Halten wir uns einfach mal an die Fakten. Vor Gericht könnte sein Kommentar durchaus nützlich sein, wenn der Staatsanwalt die Geschworenen damit gegen Bishop einnimmt. Daher bin ich der Ansicht, dass wir ihn in der Vernehmung nicht verwenden sollten, weil er sich dann vermutlich rechtfertigen und erklären wird, meine Kollegen hätten sich verhört. Damit ginge auch der Überraschungseffekt verloren.«

»Gutes Argument«, sagte Nick Nicholas und gähnte, wofür er sich umgehend entschuldigte.

Sein Baby hatte ihm wohl wieder den Schlaf geraubt, aber daran konnte Grace nichts ändern. Nicholas war jedenfalls genau der Richtige, um bei den Vernehmungen den weichen Gegenpart zu Branson zu übernehmen.

»Der nächste Punkt auf meiner Liste ist Bishops Beziehung zu Sophie Harrington«, sagte Paxton.

»Eindeutig in der dritten Vernehmung«, entgegnete Grace.

»Da bin ich anderer Meinung, besser in der zweiten«, warf Branson ein. »Wir könnten ihn fragen, ob er sie kannte und in welcher Beziehung er zu ihr stand. Das liefert uns einen guten Anhaltspunkt in Sachen Glaubwürdigkeit.«

»Das stimmt«, pflichtete Grace ihm bei. »Allerdings weiß er dann, dass wir seine Anrufe überprüft haben. Es hätte also keinen Sinn, es abzustreiten.«

»Schon, aber ich halte es trotzdem für besser, es bei der zweiten Vernehmung anzusprechen. Und zwar aus folgendem Grund: Wir haben doch die eindeutige Aussage der Zeugin, die im Haus von Sophie Harrington wohnt. Je nachdem, wie er die Telefonfrage in der zweiten Vernehmung beantwortet, können wir ihn bei der dritten mit der Zeugenaussage überraschen.«

Jane Paxton nickte zustimmend.

»Gut, also abgemacht«, sagte Grace.

Das Telefon klingelte. Er meldete sich, hörte eine Weile zu und sagte dann: »Alles klar, danke. Wir sind bereit.«

Er hängte ein und kam wieder an den Tisch. »Bishops Anwalt kommt um halb zehn. Also in fünfundvierzig Minuten.«

»Wer vertritt ihn?«

»Leighton Lloyd.«

»Wer sonst?«, meinte Branson.

Nun konzentrierten sie sich auf das, was sie dem Anwalt sagen und zu diesem Zeitpunkt noch zurückhalten würden. Danach gingen sie gemeinsam in den Supermarkt gegenüber, um sich etwas fürs Abendessen zu besorgen.

Branson und Nicholas begaben sich in den Vernehmungsraum, wo die erste Besprechung mit Bishops Anwalt stattfinden sollte. Grace kehrte in sein Büro zurück, um sich seinen E-Mails zu widmen, rief zunächst aber Cleo an und stellte fest, dass sie noch im Leichenschauhaus war.

»Hallo, hallo«, sagte sie und klang sehr erfreut.

»Wie geht es dir?«

»Beschissen. Aber nett, dass du anrufst.«

»Ich mag deine Stimme, wenn du müde bist. Sie klingt dann ein bisschen heiser, einfach süß.«

»Das würdest du aber nicht denken, wenn du mich sehen könntest. Ich fühle mich, als wäre ich hundert. Und wie läuft es bei dir?«

Er berichtete kurz, was geschehen war, dass er nicht vor Mitternacht Feierabend machen könne, und fragte, ob er dann noch zu ihr kommen solle.

»Liebend gern, aber wenn ich hier fertig bin, lege ich mich nur noch in die Badewanne und danach ins Bett. Wie wäre es mit morgen?«

»Abgemacht!«

»Isst du auch vernünftig?«, erkundigte sie sich in mütterlichem Ton. »Hattest du überhaupt etwas zum Abendessen?«

»Irgendwie schon«, meinte er ausweichend.

»Lass mich raten – eine Fünf-Minuten-Terrine?«

»Nein, ein Sandwich.«

»Das ist aber total ungesund! Was für eins denn?«

»Rindfleisch.«

»Na super, Roy, Fleisch und Kohlenhydrate!«

»Es war auch ein Salatblatt drauf.«

»Ach so, dann ist es ja gut«, sagte sie sarkastisch. »Einen Moment, da draußen ist jemand.« Sie klang besorgt.

»Wer ist denn bei dir?«

»Niemand, ich bin allein. Darren und Walter waren schon seit vier Uhr heute Morgen hier. Daher habe ich sie eben nach Hause geschickt. Ich schaue nur mal eben nach, okay? Ich rufe gleich zurück.«

Schon hatte sie eingehängt.

86

Heute Morgen habe ich einen Brief von einem gewissen Lawrence Abramson erhalten, er arbeitet für eine Anwaltskanzlei in London namens Harbottle and Lewis. Es war ein ziemlich unerfreulicher Brief.

Vor Kurzem habe ich an den Mann geschrieben, der genauso aussieht wie ich und diese Firma gegründet hat. Ich habe ihm vorgeschlagen – da es ja meine Idee war und ich auch den ganzen Papierkram von meinem Patentanwalt, Mr. Christopher Pett von Frank B. Dehn & Son habe, um es zu beweisen –, er soll mir von seinen Einnahmen eine Tantieme zahlen.

Mr. Abramson droht mir jetzt mit einer einstweiligen Verfügung, falls ich jemals wieder Kontakt zu seinem Mandanten aufnehme.

Ich bin ganz schön wütend.

87

LEIGHTON LLOYD SAH AUS, als habe er einen schweren Tag hinter sich. Er verströmte ein Tabakaroma, das in dem fensterlosen, stickigen Raum äußerst unangenehm wirkte. Sein teurer Anzug war reichlich zerknittert, die abgewetzte lederne Aktentasche hatte er neben sich auf den Boden gestellt. Er holte einen Notizblock heraus.

Mit seiner drahtigen Gestalt, dem Kurzhaarschnitt und dem wachen Raubtiergesicht erinnerte er Branson an den Schauspieler Robert Carlyle als Bond-Gegner in *Die Welt ist nicht genug.* Branson hatte es sich zur Gewohnheit gemacht, jeden Anwalt mit einem Filmbösewicht in Verbindung zu bringen, weil es ihm half, sich nicht von ihm einschüchtern zu lassen. Das funktionierte vor allem dann gut, wenn die Verteidiger ihn vor Gericht ins Kreuzverhör nahmen.

Viele Polizeibeamte kamen gut mit den Anwälten zurecht und betrachteten die Prozesse als Spiel, das man verlor oder gewann. Branson hingegen nahm es persönlicher. Er wusste, dass Strafverteidiger nur ihre Arbeit taten und wichtiger Bestandteil des demokratischen britischen Rechtssystems waren. Bevor er zur Polizei ging, hatte er allerdings fast zehn Jahre als Rausschmeißer in einem Nachtclub gearbeitet, wo er es oft mit dem widerlichsten Abschaum von Brighton zu tun hatte. Daher fühlte er sich zutiefst verpflichtet, die Stadt zu einem sicheren Ort für seine Kinder zu machen, jedenfalls sicherer als sie es in seiner Kindheit gewesen war. Deshalb auch seine Abneigung gegen den Mann, der in seinem maßgeschneiderten Anzug und den eleganten schwarzen Slippern vor ihm saß, dessen dicker BMW vor dem Gebäude parkte und der zweifellos in einem schicken Haus in einer ruhigen Gegend wohnte – alles bezahlt von dem Geld, das er dafür erhielt, Arschlöcher vor dem Gefängnis zu bewahren.

Auch die Tatsache, dass er sich soeben am Telefon einen heftigen Streit mit seiner Frau Ari geliefert hatte, drückte ihm aufs Gemüt. Branson hatte angerufen, um den Kindern gute Nacht zu sagen, worauf sie in scharfem Ton erklärte, dass sie schon seit einer ganzen Weile im Bett seien. Er hatte gekontert, dass er nicht aus Spaß um neun Uhr abends noch arbeitete. Sie überschüttete ihn mit einer Flut sarkastischer Bemerkungen, und am Ende hatten beide gebrüllt, bis Ari schließlich einhängte.

Nick Nicholas schloss die Tür und setzte sich neben Branson. Der Anwalt hatte sich am Kopfende des Tisches positioniert, als wollte er von Beginn an klarmachen, wer das Sagen hatte.

Er machte sich eine Notiz auf seinem Block und legte den Stift weg. »Nun, meine Herren, welche Informationen haben Sie für mich?« Er sprach in knappem Ton, höflich, aber entschieden. Über ihnen an der Decke erwachte die Klimaanlage geräuschvoll zum Leben.

Lloyd machte Branson eindeutig nervös. Mit brutaler Gewalt kam der Ermittler klar, aber oberschlaue Intellektuelle waren nicht sein Ding. Außerdem betrachtete Lloyd ihn mit einem undurchdringlichen Blick und sprach sehr langsam, als wäre Branson ein Kind, dem man jedes Wort erklären musste.

»Wir haben in den vergangenen vier Tagen mehrmals mit Mr. Bishop gesprochen, was unter diesen Umständen nur normal ist. Wir benötigten Hintergrundinformationen über ihn und seine Frau. Einen Teil davon werden wir im Rahmen der Vernehmung ansprechen, vor allem was seine Aktivitäten und seinen Aufenthaltsort während der Tatzeit angeht.«

»Schön, schön«, sagte der Anwalt ein wenig ungeduldig. »Könnten Sie mir bitte erklären, weshalb man meinen Mandanten verhaftet hat?«

Branson reichte ihm ein Dokument. »Wenn Sie das bitte durchlesen würden, danach können wir eventuelle Fragen durchsprechen.«

Lloyd nahm das einzelne DIN-A4-Blatt entgegen und las es schweigend durch. Dann zitierte er einige Stellen. »Mögliche Erdrosselung, vorhandene Strangmarke, weitere pathologische Untersuchungen . . . wir verfügen über DNA-Beweise, die Gegenstand der Vernehmung sein werden.«

Er blickte die beiden Beamten an und las dann in fragendem Ton weiter vor: »Wir haben Grund zu der Annahme, dass Mr. Bishop nicht die volle Wahrheit gesagt hat. Daher wünschen wir, ihm nach einer Rechtsbelehrung bestimmte Fragen zu stellen.«

Der Anwalt legte das Blatt auf den Tisch. »Das ist mir ein bisschen wenig.«

»Was wissen Sie denn bis jetzt?«, konterte Branson.

»Sehr wenig. Natürlich habe ich die Artikel in den Zeitungen verfolgt und die Berichte im Fernsehen. Aber ich habe noch nicht mit meinem Mandanten gesprochen.«

In den folgenden zwanzig Minuten befragte der Anwalt die Polizeibeamten, begann bei der Putzfrau und der genauen Beschreibung des Tatorts. Glenn Branson lieferte ihm so wenig Informationen wie irgend möglich, beschrieb die Umstände der Entdeckung von Katie Bishops Leiche und die von der Pathologin geschätzte Todeszeit, erwähnte aber nicht die Gasmaske. Außerdem weigerte er sich entschieden, Informationen über die Ergebnisse der DNA-Analyse preiszugeben.

Schließlich wollte der Anwalt Branson eine Falle stellen, um zu erfahren, weshalb die Polizei glaubte, Brian Bishop habe nicht die Wahrheit gesagt, doch Branson ließ sich nicht so leicht aufs Glatteis führen.

»Hat mein Mandant ein Alibi angeführt?«

»Ja, das hat er.«

»Aber Sie sind anscheinend nicht damit zufrieden.«

Der Detective Sergeant zögerte kurz. »Das werden wir im Verlauf der Vernehmung ansprechen.«

Lloyd notierte etwas und lächelte Branson an. »Können Sie mir zu diesem Zeitpunkt sonst noch etwas sagen?«

Branson und Nicholas schauten sich an und schüttelten den Kopf.

»Gut, dann möchte ich jetzt meinen Mandanten sehen.«

88

INZWISCHEN WAR ES DRAUSSEN DUNKEL. Zerstreut überflog Roy Grace die endlosen Seiten der aktuellen polizeilichen Meldungen und suchte nach etwas, das für die beiden Fälle relevant sein könnte. Er fand nichts. Er sah auf die Uhr. Es war schon eine Viertelstunde her, seit er mit Cleo telefoniert hatte. Sie wollte doch umgehend zurückrufen.

Plötzlich meldete sich eine leise Sorge. Ihm wurde klar, wie viel sie ihm bedeutete und dass er die Vorstellung, ihr könne etwas zustoßen, nicht ertragen könnte. Cleo wurde allmählich zum festen Ankerpunkt seines Lebens, wie Sandy es so viele Jahre gewesen war. Einem guten, festen, wunderschönen, witzigen, liebevollen und klugen Ankerpunkt, selbst wenn gelegentlich ein Schatten darauf fiel.

Roy, das ist nicht die Frau, die Lesley und ich letzte Woche gesehen haben. Wir sind wirklich davon überzeugt, dass wir Sandy gesehen haben. Gruß, Dick

Mein Gott, dachte er, es wäre doch viel einfacher gewesen, wenn Dick seine Frage mit Ja beantwortet hätte. Dann hätte er gewusst, dass alles nur ein Irrtum war. Unter diesen Umständen musste er eine zweite Reise nach München ins Auge fassen. Aber nicht jetzt, dafür war keine Zeit. Er erinnerte sich nur zu lebhaft an das aufgeschlitzte Dach von Cleos Wagen.

Das Leichenschauhaus lockte alle möglichen Perversen und Spinner an, von denen es in Brighton nur so wimmelte. Er konnte immer noch nicht so ganz verstehen, weshalb Cleo so gern dort arbeitete.

Wagendächer wurden meist mitten in der Stadt aufgeschlitzt, von Dieben oder als Mutprobe betrunkener Jugendlicher, die zufällig vorbeikamen. Doch niemand kam einfach so am Leichenschauhaus vorbei, schon gar nicht an einem heißen Sonntagnachmittag. Es war nichts aus dem Wagen gestohlen worden. Womöglich nur ein besonders übles Beispiel für Vandalismus oder ein armes Schwein, das neidisch auf den Wagen war.

Ruf an, bitte ruf an.

Er öffnete einen Anhang und versuchte, sich auf die Tagesordnung für die internationale Polizeitagung in New Orleans zu konzentrieren, die in wenigen Wochen stattfinden sollte. Es gelang ihm nicht.

Da klingelte das Telefon. »Hi!«, rief er erleichtert in den Hörer.

Aber es war Jane Paxton, die ihm mitteilte, dass Bishop gerade mit seinem Anwalt sprach und sie schon einmal in den Überwachungsraum gehen werde. Sie schlug vor, sich in zehn Minuten dort zu treffen.

89

BRIAN BISHOP SASS VORNÜBERGEBEUGT auf der Bank, die gleichzeitig als Bett diente. Er wusste nicht, wann er sich jemals im Leben so hoffnungslos gefühlt hatte. Man hatte ihm einen Teil seiner Welt brutal entrissen, und die übrige Welt wandte sich gegen ihn. Sogar der sanfte und stets unparteiische Robert Vernon hatte am Telefon weniger freundlich als sonst geklungen. Warum? Hatte sich etwa herumgesprochen, dass man besser die Finger von ihm ließ, dass sein Fall hoffnungslos war?

Bei wem würde er es als Nächstes merken? Bei Glenn und Barbara? Seinen anderen Freunden?

Der blaue Papieranzug kniff unter den Achselhöhlen, und er konnte seine Zehen in den Turnschuhen kaum bewegen, aber das war ihm egal. Es war alles nur ein böser Traum, aus dem er bald aufwachen und Katie neben sich im Bett vorfinden würde, die Seite mit der Klatschspalte der *Daily Mail* in der Hand, auf dem Nachttisch eine Tasse Tee.

Er hielt das gelbe Blatt in der Hand, das man ihm ausgehändigt hatte, und mühte sich blinzelnd, es ohne Brille zu entziffern.

SUSSEX POLICE
RECHTSBELEHRUNG
DENKEN SIE AN IHRE RECHTE

Plötzlich öffnete sich die Zellentür, und ein Mann mit teigigem Gesicht und Stiernacken schaute herein. Er sah aus wie jemand, der früher Krafttraining gemacht hatte, dessen Muskeln aber inzwischen zu Fett geworden waren. Er schwitzte sichtlich in seiner Uniform.

Beim Sprechen vermied er es, Bishop in die Augen zu schauen. »Mr. Bishop, Ihr Anwalt ist da. Ich bringe Sie zu ihm. Bitte gehen Sie vor mir her.«

Bishop gehorchte und wurde durch ein Netz aus gleichförmigen, hell gestrichenen Fluren geführt, deren eintönige Farbe nur von dem roten Notfallstreifen unterbrochen wurde. Dann betraten sie den Vernehmungsraum, aus dem sich die Polizeibeamten vorübergehend zurückgezogen hatten.

Leighton Lloyd schüttelte ihm die Hand und bot ihm einen Platz an. Dann überprüfte der Anwalt, dass sämtliche Aufnahmegeräte ausgeschaltet waren, und setzte sich zu ihm an den Tisch.

»Vielen Dank, dass Sie so schnell gekommen sind.«

Der Anwalt lächelte freundlich, und Bishop spürte, wie gut ihm das tat, obwohl er genau wusste, dass er in dieser Situation auch die Hilfe von Attila dem Hunnen in Anspruch genommen hätte.

»Dafür bin ich da. Hat man Sie anständig behandelt?«

»Ich habe keine große Erfahrung mit Gefängnissen, und es gibt eine Sache, die mich ziemlich wütend macht. Man hat mir meine Lesebrille weggenommen.«

»Das ist leider normal.«

»Na toll. Kontaktlinsen hätte ich behalten können, und nur weil ich mich entschlossen habe, zum Lesen eine Brille zu benutzen, bin ich jetzt praktisch blind.«

»Ich werde mich darum bemühen, dass man sie Ihnen rasch zurückgibt.« Der Anwalt machte sich eine Notiz. »So, Mr. Bishop, mir ist durchaus bewusst, dass es spät ist und Sie ziemlich müde sein dürften. Die Polizei möchte heute Abend noch eine Vernehmung durchführen, die wir so kurz wie möglich halten werden. Sie wird dann morgen früh fortgesetzt.«

»Wie lange muss ich hier drin bleiben? Können Sie mich auf Kaution herausholen?«

»Ich kann erst dann eine Kaution beantragen, wenn man Sie offiziell beschuldigt. Die Polizei ist berechtigt, Sie vierundzwanzig Stunden lang ohne offizielle Beschuldigung festzuhalten, plus einer möglichen Verlängerung von zwölf Stunden. Danach muss man Sie freilassen, offiziell beschuldigen oder vor Gericht eine weitere Verlängerung beantragen.«

»Also könnte ich theoretisch bis Mittwochmorgen hier drinsitzen?«

»Leider ja.«

Bishop verstummte.

Lloyd hielt ein Blatt Papier in die Höhe. »Dieses Dokument müssen Sie vor der Vernehmung unterzeichnen. Dabei handelt es sich um eine Zusammenfassung der Informationen, die die Polizei uns zu diesem Zeitpunkt zukommen lassen möchte. Soll ich Ihnen den Text vorlesen?«

Bischof nickte. Er fühlte sich derart ausgelaugt, dass ihm sogar der Wille zum Sprechen fehlte.

Der Anwalt las den Inhalt vor und fügte die wenigen Einzelheiten hinzu, die er aus Branson herausbekommen hatte. »Ist Ihnen die Situation klar?«

Wieder nickte Bishop. Es in Worte gekleidet zu hören, machte es nur noch schlimmer. Wie schwere Steine sanken die Vorwürfe tief in seine Seele. Seine Stimmung verdüsterte sich zusehends. Ihm war, als sitze er auf dem Grund eines ganz tiefen Lochs.

In den folgenden Minuten informierte ihn der Anwalt über die Fragen, die man ihm vermutlich stellen würde und wie er darauf antworten sollte. Lloyd wies ihn an, sich hilfsbereit zu geben, seine Antworten aber möglichst knapp zu halten. Sollte es Fragen geben, die einer von ihnen unangemessen fand, würde der Anwalt einschreiten. Außerdem erkundigte er sich nach Bishops Gesundheitszustand, ob er der bevorstehenden Prozedur gewachsen sei oder vorher einen Arzt zu Rate ziehen oder Medikamente einnehmen müsse. Bishop erklärte, das sei nicht nötig.

»Eine letzte Frage möchte ich Ihnen noch stellen. Haben Sie Ihre Frau ermordet?«

»Nein, definitiv nicht. Das ist doch lächerlich. Ich habe sie geliebt. Warum sollte ich sie töten? Nein, ich war es nicht, wirklich nicht. Sie müssen mir glauben. Ich verstehe überhaupt nicht, was hier vorgeht.«

Der Anwalt lächelte. »Gut, das reicht mir.«

90

ALS GRACE DEN ASPHALTSTREIFEN zwischen dem Hintereingang von Sussex House und dem Untersuchungsgefängnis überquerte, gingen ihm unerfreuliche Gedanken durch den Kopf. Er hatte das Handy am Ohr, und das flaue Gefühl in seinem Magen verstärkte sich zunehmend. Sein Mund war ganz trocken. Mittlerweile war es über zwanzig Minuten her, dass er mit Cleo telefoniert hatte. Warum hatte sie sich nicht mehr gemeldet? Wieder ging sofort die Mailbox an. Wieder wählte er die Nummer des Leichenschauhauses, und wie zuvor meldete sich nach dem vierten Klingelton der Anrufbeantworter. Er spielte mit dem Gedanken, einfach ins Auto zu springen und hinzufahren. Doch das wäre unverantwortlich. Er musste während der gesamten Vernehmung dabeibleiben und die Vorgänge beobachten.

Daher rief er in der Personalzentrale an und erklärte, wer er war und worum es ging. Zu seiner Erleichterung erklärte der Beamte, dass sich eine Einheit der Polizei zufällig in diesem Stadtteil befinde und er sie umgehend zum Leichenschauhaus schicken wolle. Grace bat um Rückruf, sobald die Situation geklärt war.

Er hatte kein gutes Gefühl dabei. Ganz und gar nicht. Obwohl er wusste, dass Cleo stets sämtliche Türen abschloss und überall im Gebäude Sicherheitskameras angebracht waren, gefiel ihm die Vorstellung, dass sie abends allein dort arbeitete, überhaupt nicht. Vor allem nicht nach dem, was gestern geschehen war.

Er hielt seinen Sicherheitsausweis vor die Linse des Lesegeräts neben der Tür und betrat das Untersuchungsgefängnis. In der zentralen Aufnahme wurde gerade einer der üblichen Verdächtigen registriert – ein magerer Rastatyp in schmuddeligem Hemd, Tarnhose und Sandalen. Grace ging durch eine Sicherheitstür nach oben in den ersten Stock.

Jane Paxton wartete bereits im Beobachtungsraum. Der Farbmonitor war eingeschaltet, zeigte aber noch kein Bild. Videorecorder und Stimmaufnahme waren ausgeschaltet, damit Brian Bishop vertraulich mit seinem Anwalt sprechen konnte. Paxton hatte vorausblickend zwei Flaschen Wasser mitgebracht. Grace legte seinen Notizblock auf den Tisch und machte sich in der Kochnische am Ende des Flures eine Tasse starken Instantkaffees.

Grace kehrte in den Beobachtungsraum zurück. »Sie wollten keinen Tee oder Kaffee?«

»So etwas trinke ich *nie*«, sagte Paxton mit leichtem Vorwurf in der Stimme, als habe er ihr harte Drogen angeboten.

Als Grace seine Tasse abstellte, knisterte es in den Lautsprechern, und der Monitor erwachte flackernd zum Leben. Er sah Branson, Nicholas, Bishop und Lloyd im Vernehmungsraum sitzen. Alle hatten die Jacken ausgezogen. Die beiden Kripobeamten trugen zwar noch ihre Krawatten, hatten aber die Hemdsärmel aufgerollt.

Grace drehte sich zu einer der beiden Kameras, die ihm den besten Blick auf Bishops Gesicht ermöglichte.

Glenn Branson sprach zur Eröffnung die übliche Warnung aus, die für alle derartigen Vernehmungen galt. »Dieses Gespräch wird auf

Band und Video aufgezeichnet und kann von einem anderen Raum aus überwacht werden.«

Grace bemerkte, wie sein Kollege ihm einen flüchtigen Blick durch die Kamera zuwarf.

»Montag, 7. August, 22.15 Uhr«, fuhr er fort. »Ich bin Detective Sergeant Branson. Würden Sie sich bitte zum Zwecke des Protokolls identifizieren?«

Die drei anderen stellten sich vor. »Mr. Bishop, bitte schildern Sie uns so detailliert wie möglich, wie Sie die vierundzwanzig Stunden verbracht haben, bevor DS Nicholas und ich Sie am Freitagmorgen im North Brighton Golf Club aufgesucht haben.«

Grace schaute konzentriert zu, als Brian Bishop seinen Bericht lieferte. Er erklärte zunächst, dass er am Montagmorgen gewöhnlich einen frühen Zug nach London nehme, die Woche allein in seiner Wohnung in Notting Hill verbringe, abends lange arbeite, häufig Besprechungen habe und am Freitagabend fürs Wochenende nach Brighton zurückkehre. In der vergangenen Woche sei er am späten Sonntagabend wegen des Golfturniers ausnahmsweise mit dem Auto nach London gefahren.

Er erklärte, er habe am fraglichen Tag in seinem Büro am Hanover Square gearbeitet und sei am Abend zu Fuß nach Piccadilly gegangen, um sich dort mit seinem Finanzberater Phil Taylor zum Abendessen in einem Restaurant namens *Wolseley* zu treffen.

Phil Taylor sei für seine persönlichen Steuerangelegenheiten zuständig. Nach dem Essen habe er das Restaurant verlassen und sei nach Hause gegangen, ein wenig später und ein wenig betrunkener, als er eigentlich geplant hatte. Er habe schlecht geschlafen, was er unter anderem auf zwei große Espressi und einen Brandy wie auch auf die Sorge zurückführte, er könne verschlafen und zu spät im Golfclub eintreffen.

Branson ging den Bericht noch einmal durch, stellte Fragen zu Einzelheiten und erkundigte sich vor allem nach den Personen, mit denen Bishop an jenem Tag gesprochen hatte. Er fragte, ob er sich an ein Gespräch mit seiner Frau erinnern könne, worauf Bishop antwortete, sie habe ihn gegen 14.00 Uhr angerufen, um den Kauf einiger Pflanzen für den Garten zu besprechen. Im September wolle Bishop eine Gartenparty für seine leitenden Angestellten geben.

Er fügte hinzu, dass er bei seiner Rückkehr vom Essen bei der Telekom angerufen habe, um sich um halb sechs am nächsten Morgen wecken zu lassen.

Grace notierte gerade die Angaben, als sein Handy klingelte. Ein junger Polizeibeamter war am Apparat, der sich als PC David Curtis vorstellte und erklärte, die Lichter im Leichenschauhaus seien ausgeschaltet und alles sehe ruhig und ordentlich aus.

Grace ging kurz in den Flur und fragte nach, ob irgendwo ein blauer MG Sportwagen zu sehen sei, was der Beamte verneinte.

Grace bedankte sich und hängte ein. Dann rief er bei Cleo zu Hause an. Sie meldete sich beim zweiten Klingeln.

»Hi, wie geht's dir?«, fragte sie munter.

»Alles in Ordnung bei dir?« Er war unglaublich erleichtert.

»Bei mir? Klar doch! Ich habe ein Glas Wein in der Hand und steige gleich in die Badewanne. Und wie geht es dir?«

»Ich habe mir wahnsinnige Sorgen gemacht.«

»Wieso?«

»Wieso? Herrgott nochmal! Du hast gesagt, jemand sei draußen vor dem Leichenschauhaus! Und du wolltest mich sofort zurückrufen! Ich war – ich dachte –«

»Ach, das waren nur ein paar Betrunkene. Sie suchten nach dem Friedhof von Woodvale, wollten angeblich ihre verstorbene Mutter besuchen.«

»Mach das nie wieder!«

»Was denn?«, fragte sie unschuldig.

Er schüttelte erleichtert den Kopf. »Ich muss wieder an die Arbeit.«

»Sicher doch. Du bist ein wichtiger Ermittler und hast einen ganz großen Fall.«

»Jetzt bist du sauer.«

»Nein, gar nicht wahr. Ich gehe schön baden. Schlaf gut!«

Er kehrte ins Beobachtungszimmer zurück und lächelte ein wenig verlegen. »Habe ich etwas verpasst?«

Jane Paxton schüttelte den Kopf. »DS Branson macht seine Sache wirklich gut.«

»Sagen Sie ihm das hinterher ruhig. Er kann es gebrauchen. Sein Selbstwertgefühl ist ziemlich am Boden.«

»Was habt ihr Männer nur mit eurem Selbstwertgefühl?«

Grace betrachtete ihren voluminösen Körper, das Doppelkinn und das schnurglatte Haar und warf dann einen Blick auf den Ehering an ihrem Wurstfinger. »Hat Ihr Mann denn kein Selbstwertgefühl?«

»Wenn es nach mir geht, nicht.«

91

DER ZEITMILLIARDÄR wusste alles über Glückspillen. Er selbst hatte allerdings nie eine genommen. Er brauchte keine. Wer brauchte schon Glückspillen, wenn er am Montagabend nach Hause kommen und feststellen konnte, dass der Postbote das Werkstatthandbuch für einen MG TF Sportwagen Baujahr 2005 geliefert hatte, das man erst am Samstag bestellt hatte?

Es war das letzte Jahr, in dem dieses Modell gebaut wurde, danach hatte MG die Produktion eingestellt und war von einer chinesischen Firma aufgekauft worden. Es war genau das Modell, das Cleo Morey fuhr. Marineblau. Neuerdings trotz der Hitze mit dem passenden blauen Hardtop versehen, weil ein Idiot das Stoffdach mit einem Messer aufgeschlitzt hatte. Was für ein Hurensohn! Was für ein Spinner! Was für ein verdammtes Stück Scheiße!

Und es war Dienstagmorgen! Einer der Tage, an denen die dumme, miesepetrige Putzfrau mit der undankbaren Tochter nicht zu Cleo kam! Das hatte die Frau ihm gestern selbst erzählt.

Am Allerbesten aber war, dass man Brian Bishop verhaftet hatte.

Das war die große Schlagzeile in der Morgenausgabe des *Argus.* Und es kam im Lokalradio! Sicher auch in den Fernsehnachrichten. Vielleicht sogar landesweit! Freude über Freude! Endlich war es soweit! Die Sache kam ins Rollen! Wie ein Auto, wie Cleo Moreys Auto!

Sie hatte die beste Maschine, den TF 160 mit Nockenwellenverstellung. Er hörte, wie der 1,8-l-Motor sanft in der kühlen Morgenluft surrte. Acht Uhr. Ganz schön fleißig, dass musste er ihr lassen.

Sie fuhr vom Parkplatz, schaltete zu spät in den zweiten Gang, genoss vielleicht auch nur das Aufheulen des Motors.

Um durch das Tor zu gelangen, das den Gebäudekomplex, in dem sie wohnte, abriegelte, musste man wirklich kein Genie sein. Vier Zahlen auf einer Tastatur, mehr brauchte es nicht. Die hatte er mühelos herausgefunden, indem er gemütlich im Auto gesessen und andere Bewohner durchs Fernglas beobachtet hatte.

Der Hof war verlassen. Falls neugierige Nachbarn durch die Gardinen spähten, hätten sie nur denselben ordentlich gekleideten Mann mit dem Klemmbrett gesehen, der schon gestern die Gaszähler überprüft hatte. Nicht sonderlich verdächtig.

Der Schlüssel, den er gerade erst hergestellt hatte, drehte sich mühelos im Schloss. Gott sei Dank! Er trat in den offenen Wohnbereich und schloss die Tür hinter sich. Es war still, roch nach Möbelpolitur und frisch gemahlenem Kaffee. Der Kühlschrank summte leise.

Er sah sich um, nahm jedes Detail wahr, wofür gestern keine Zeit gewesen war, da ihn die mürrische Putzfrau nicht aus den Augen gelassen hatte. Weiße Wände mit abstrakten Gemälden, die er nicht verstand. Moderne Teppiche auf dem glänzenden Eichenboden. Zwei rote Sofas, schwarze glänzende Möbel, ein großer Fernseher, eine teure Stereoanlage. Auf einem Beistelltisch das *Sussex Life*-Magazin. Und Kerzen, Dutzende von Kerzen. In silbernen Ständern, in Gläsern, in Vasen – war sie etwa ein religiöser Freak? Hielt sie schwarze Messen ab? Das wäre ein weiterer Grund, um sie zu beseitigen. Gott wäre froh, sie los zu sein!

Dann entdeckte er das eckige Goldfischglas, in dem ein einsamer Fisch um die Ruinen eines griechischen Tempels schwamm.

»Du musst befreit werden«, sagte der Zeitmilliardär. »Es ist nicht richtig, Tiere gefangen zu halten.«

Er trat vor das deckenhohe Bücherregal. Graham Greene, *Am Abgrund des Lebens.* Ein Roman von James Herbert, *Nobody True.* Ein Krimi von Natasha Cooper. Mehrere Bücher von Ian Rankin und ein historischer Thriller von Edward Marston.

»Wow!«, sagte er laut. »Wir haben ja den gleichen Literaturgeschmack! Schade, dass wir nie die Gelegenheit finden werden, uns über Bücher zu unterhalten. Unter anderen Umständen hätten wir vielleicht richtig gute Freunde werden können.«

Er öffnete eine Schublade im Tisch. Gummibänder, Parkgutscheine, eine kaputte Fernbedienung für ein Garagentor, eine Batterie, einige Briefumschläge. Er wühlte darin, fand aber nicht, was er suchte. Er schloss die Schublade. Dann suchte er in zwei weiteren Schubladen, ohne Erfolg. Auch die Küche gab nichts her.

Seine Hand tat immer noch weh. Der stechende Schmerz wurde immer schlimmer, trotz der Medikamente. Und er hatte Kopfschmerzen. Sein Kopf pochte unablässig, und er fühlte sich auch ein bisschen fiebrig, aber damit würde er schon zurechtkommen.

Dann begab er sich in aller Ruhe nach oben. Cleo Morey war eben erst zur Arbeit gefahren. Er hatte alle Zeit der Welt. Stunden, falls ihm danach war!

Im zweiten Stock entdeckte er ein kleines Badezimmer. Gegenüber befand sich das Arbeitszimmer. Er ging hinein. Drinnen herrschte Chaos, voll gestopfte Bücherregale wie unten im Wohnzimmer, wenngleich die meisten Werke hier von Philosophie zu handeln schienen. Ein Schreibtisch voller Papiere, in der Mitte ein Laptop, dahinter ein Fenster mit Blick auf die Dächer von Brighton und das Meer. Er öffnete alle Schreibtischschubladen und untersuchte sorgfältig ihren Inhalt, bevor er sie wieder schloss. Dann überprüfte er den metallenen Aktenschrank.

Ihr Schlafzimmer lag im Stock darüber. Eine Wendeltreppe daneben führte anscheinend nach oben aufs Dach. Er betrat das Schlafzimmer und roch an ihrem Bett. Dann schlug er die purpurrote Tagesdecke zurück und presste die Nase tief in ihre Kissen. Bei dem Geruch regte sich etwas in seinen Lenden. Vorsichtig zog er das Oberbett zurück und roch das ganze Laken ab. Mehr von ihr! Noch mehr von ihr! Keine Spur von Detective Superintendent Grace! Keine Spermaflecken auf dem Laken! Nur ihre Gerüche! Ihre allein! Nur dazu da, damit er sie genießen konnte.

Behutsam schlug er Oberbett und Tagesdecke wieder zurück. Ganz behutsam. Niemand würde merken, dass er hier gewesen war.

Im Zimmer stand auch ein moderner, schwarz lackierter Frisiertisch. Er öffnete eine Schublade und da, zwischen ihren Schmuckdosen, entdeckte er ihn! Den schwarzen Lederanhänger mit den goldenen Buchstaben MG. Daran zwei glänzende, unbenutzte Schlüssel.

Er schloss die Augen und sprach ein kurzes Dankgebet, weil Gott ihn hergeführt hatte. Dann legte er die Schlüssel an die Lippen und küsste sie.

Er schloss die Schublade, steckte die Schlüssel ein und ging wieder nach unten. Er trat vor das Goldfischglas, schob einen Ärmel hoch und senkte die Hand ins lauwarme Wasser. Es war, als wollte man ein Stück Seife in der Badewanne erhaschen. Schließlich gelang es ihm, den zappelnden, glitschigen Goldfisch festzuhalten. Blödes Vieh.

Er warf ihn auf den Boden.

Dann verließ er das Haus, ohne sich umzusehen.

92

DIE GEMEINSAME MORGENBESPRECHUNG von Operation Chamäleon und Mistral ging um kurz nach neun zu Ende. Die Stimmung war optimistisch, da man einen Verdächtigen verhaftet hatte. Zudem gab es eine Zeugin, die Brian Bishop zum Zeitpunkt des Mordes vor Sophie Harringtons Haus gesehen hatte. Mit etwas Glück, so hoffte Grace, würde das Sperma, das man in Sophie Harringtons Vagina gefunden hatte, mit Bishops Probe übereinstimmen. Das Labor arbeitete mit Hochdruck an der Analyse, und er rechnete damit, die Ergebnisse noch an diesem Tag zu erhalten.

Mittlerweile zweifelte kaum noch jemand daran, dass die beiden Morde zusammenhingen, doch hatte man bislang keine Einzelheiten an die Presse gegeben.

Die Namen und Zeiten, die Bishop in seiner ersten Vernehmung genannt hatte, wurden zurzeit überprüft, und Grace interessierte sich besonders dafür, ob die Unterlagen von British Telecom den Weckauftrag vom Donnerstagabend bestätigen würden. Natürlich könnte auch ein Komplize dahinter stecken. Angesichts der drei Millionen Pfund, die Bishop aus der Lebensversicherung erhalten würde, war es durchaus denkbar, dass er einen oder mehrere Mittäter gehabt hatte.

Grace verließ den Konferenzraum, weil er Eleanor dringend einige Briefe diktieren musste.

Als er durch die Sicherheitstür trat, die in die Soko-Zentrale führte, entdeckte er zu seiner Überraschung eine ganze Gruppe von Kollegen, die sich um einen Schreibtisch versammelt hatte, darunter auch Gary Weston, Chief Superintendent der Kripo und damit sein oberster Chef.

Einen Moment lang fragte er sich, ob jemand Geburtstag hatte. Dann merkte er jedoch, dass hier keine Feierstimmung herrschte. Alle wirkten zutiefst erschüttert.

»Was ist los?«, erkundigte er sich bei Eleanor.

»Haben Sie es noch nicht gehört?«

»Was denn?«

»Das mit Janet McWhirter?«

»Sie meinen unsere Janet von der PNC?«

Eleanor nickte zur Bestätigung.

Bis vor vier Monaten hatte Janet McWhirter in verantwortlicher Position in Sussex House gearbeitet, wo sie die Computerabteilung PNC mit vierzig Mitarbeitern leitete, die vor allem für die Pflege der nationalen polizeilichen Datenbank zuständig war.

Sie war eine unscheinbare, unverheiratete Frau Mitte dreißig, ruhig, fleißig und ein wenig altmodisch, aber sehr beliebt, weil sie so hilfsbereit war und auch nach einem langen Arbeitstag immer noch höflich blieb. Mit ihrem äußeren Erscheinungsbild und ihrer stillen, ernsten Art hatte sie Grace immer ein bisschen an eine Haselmaus erinnert.

Im April hatte sie zur allgemeinen Überraschung ihre Stelle aufgegeben, angeblich, um ein Jahr auf Reisen zu gehen. Dann jedoch hatte sie ihren beiden engsten Freundinnen in der Abteilung anvertraut, dass sie sich verliebt hatte. Sie und ihr Freund waren bereits verlobt und würden gemeinsam nach Australien auswandern und dort heiraten.

Brian Cook, der Leiter der Scientific Support Branch und ein Freund von Grace, drehte sich zu ihm um. »Man hat sie tot am Strand gefunden. Sie wurde am Samstagabend dort angespült, hatte schon ziemlich lange im Wasser gelegen. Man hat sie soeben anhand der zahnärztlichen Unterlagen identifiziert. Und es sieht so aus, als wäre sie schon tot gewesen, bevor sie ins Wasser gelangte.«

Grace schwieg. Er war fassungslos. In den vergangenen Jahren hatte er oft mit Janet zu tun gehabt und sie sehr gemocht. »Scheiße.« Einen Moment lang schien sich eine dunkle Wolke vor die Sonne zu schieben, und ihm wurde eiskalt. Natürlich kam es vor, dass Menschen starben, aber sein Instinkt sagte ihm, dass mit diesem Todesfall etwas nicht stimmte.

»Sieht nicht danach aus, als hätte sie es nach Australien geschafft«, fügte Cook hinzu.

»Oder zum Altar. Hat man den Verlobten schon benachrichtigt?«

»Wir haben eben erst davon erfahren. Womöglich ist er auch tot.« Dann fügte er hinzu: »Vielleicht gehst du mal rüber und sprichst mit den Leuten in ihrer Abteilung. Die werden ganz schön fertig sein.«

»Das mache ich, sobald ich einen Moment Zeit finde. Wer leitet die Ermittlungen?«

»Das steht noch nicht fest.«

Grace nickte und führte Eleanor, die völlig durcheinander war, in ihr Büro. Ihm blieben gerade noch zehn Minuten fürs Diktat, dann musste er schon für die zweite Vernehmung ins Untersuchungsgefängnis.

Doch das Bild von Janet McWhirters unscheinbarem Gesicht ließ sich nicht so einfach verdrängen. Sie war immer freundlich und hilfsbereit gewesen. Warum sollte jemand sie töten? Ein Räuber? Ein Vergewaltiger? Oder hatte es mit ihrer Arbeit zu tun?

Er dachte bei sich: *Da verbringt sie nun fünfzehn Jahre bei der Sussex Police, verliebt sich in einen Mann, will ihr ganzes Leben verändern. Sie kündigt. Und dann ist sie auf einmal tot.*

Er glaubte fest daran, dass man sich immer zuerst auf das Offensichtliche konzentrieren musste. Er wusste genau, wo er anfangen würde, wenn er der Leiter der Ermittlung wäre. Doch so traurig und erschütternd dieser Tod auch sein mochte, er war nicht dafür zuständig.

Glaubte er jedenfalls.

93

»SCHEISSE, NOCHMAL! Jetzt schalt gefälligst die beschissene Kiste aus! Das geht schon den ganzen Morgen so! Kannst du nicht rangehen, Arschloch?«

Skunk öffnete ein Auge, das sich anfühlte, als habe jemand mit einem Hammer drauf geschlagen. Das Gleiche galt für seinen Kopf. Zudem zersägte irgendjemand sein Gehirn. Und der ganze Campingwagen schaukelte wie ein kleines Boot auf stürmischer See.

Biiiep-biiiep-biiiep. Sein Handy. Es hüpfte leuchtend, piepsend und vibrierend über den Boden.

»Geh selber ran, Arschloch«, knurrte er seinen neuesten unwillkommenen Untermieter an – irgendein Mistkerl, den er in den frühen Morgenstunden in einer Kaschemme kennengelernt und der sich für die Nacht bei ihm einquartiert hatte. »Wir sind hier nicht im Hilton. Hier gibt's keinen Zimmerservice.«

»Wenn du nicht ran gehst, steck ich dir das Ding in den Arsch, und zwar bis zum Anschlag.«

Nun öffnete Skunk auch das andere Auge, schloss es aber wieder, weil grelles Sonnenlicht hereindrang. Es bohrte sich in sein Gehirn, durch seine Schädeldecke bis ins Erdinnere. Der Strahl nagelte seinen Kopf ans feuchte, klumpige Kopfkissen. Er versuchte, sich mit geschlossenen Augen aufzusetzen, worauf er mit dem Kopf gegen die Decke knallte.

»Verdammte Scheiße!«

Das hatte er nun davon, dass er irgendwelche Versager bei sich übernachten ließ. Er war jetzt hellwach und kurz vorm Kotzen. Sein Arm schien gar nicht zu seinem Körper zu gehören. Mit tauben Fingern tastete er auf dem Boden, bis er das Handy gefunden hatte.

Mit zitternder Hand hob er es auf, drückte die grüne Taste und brabbelte etwas Unverständliches hinein.

»Wo zum Teufel hast du gesteckt, du Arschloch?«

Barry Spiker.

In seinem Kopf liefen die Gedanken Amok.

»Mensch, ist doch mitten in der Nacht.«

»Vielleicht auf deinem Planeten, Sackgesicht. Bei mir ist es elf Uhr morgens. Schon wieder die Kommunion verpasst, was?«

Dann fiel es ihm ein. *Paul Packer. Detective Constable Paul Packer.*

Der Morgen hellte sich ein wenig auf. Aus seinem von Drogen umnebelten Hirn tauchte die vage Erinnerung an einen Deal mit Packer auf. Er hatte ihm etwas versprochen. Er würde ihm Bescheid sagen, wenn Barry Spiker das nächste Mal einen Job für ihn hatte. Einerseits sägte er damit natürlich an dem Ast, auf dem er saß, aber die Vorfreude war stärker als alles andere. Beim letzten Mal hatte Spiker ihn ganz schön über den Tisch gezogen. Und Packer hatte ihm eine Belohnung versprochen.

Die Polizei zahlte schlecht. Aber wenn er es richtig clever anstellte, konnte er bei Spiker *und* der Polizei abkassieren. Das wäre cool!

Sein Hamster Al lief wie immer im Rad herum. Skunk warf einen Blick auf die geschiente Pfote. Er musste noch einmal mit ihm zum Tierarzt. Und Bethany schuldete er auch noch Geld. Wenn die Sache mit Spiker und DC Packer klappte, könnte er den Tierarzt und Bethany bezahlen. Klasse!

»Eigentlich komme ich gerade aus der Kirche.«

»Na prima. Ich habe einen Job für dich.«

»Bin ganz Ohr.«

»Genau das ist dein Problem. Nur Ohren, kein Hirn.«

»Was hast du denn für mich?«

Spiker erläuterte kurz. »Ich brauche ihn heute Abend. Egal, um welche Zeit, ich bin da. Hundertfünfzig, wenn er genau auf die Beschreibung passt. Kriegst du das hin?«

»Kein Problem.«

»Vermassle es bloß nicht.«

Dann war die Leitung tot.

Skunk setzte sich aufgeregt hin und knallte wieder mit dem Schädel gegen die Decke.

»Scheiße!«

»Selber Scheiße, Jimmy«, kam es vom anderen Ende des Wohnwagens.

94

UM ZWANZIG NACH ZWÖLF beendete Glenn Branson die zweite Vernehmung. Er ließ Bishop mit seinem Anwalt allein und ging in Grace's Büro, in dem sich das Vernehmungsteam versammelt hatte.

Branson hatte sich genau ans Drehbuch gehalten und wie geplant die wirklich wichtigen Fragen für die dritte Vernehmung am Nachmittag aufgehoben.

Als sie sich um den kleinen runden Tisch setzten, klopfte Grace seinem Kollegen auf den Rücken. »Gut gemacht, Glenn, wirklich klasse. Nun –«, er griff zu einer Redewendung, die Alison Vosper gern benutzte, »- wir stehen ganz schön auf dem Schlauch.«

Die drei anderen schauten ihn fragend an.

»Bishops Alibi. Das Abendessen mit diesem Phil Taylor im *Wolseley.* Da hakt es mächtig.«

»Aber das DNA-Ergebnis macht sein Alibi zunichte«, sagte Nicholas.

»Ich denke eher an die Geschworenen. Es hängt davon ab, wie glaubwürdig dieser Taylor ist. Wir können davon ausgehen, dass Bishops Anwalt erstklassig ist. Er wird das Alibi als Trumpfkarte ausspielen. Ein ehrlicher Bürger allein gegen die Unwägbarkeiten der Wissenschaft. Vermutlich unterstützt durch British Telecom, die bestätigen wird, dass Bishop diesen Weckruf bestellt hat.«

»Ich finde, wir sollten Bishop in der dritten Vernehmung festnageln, Roy«, warf Jane Paxton ein. »Wir haben eine Menge gegen ihn in der Hand.«

Grace nickte, war aber nicht davon überzeugt, dass es wirklich ausreichte.

*

Um kurz nach zwei ging es weiter. Roy Grace war sich bewusst, dass ihnen nur noch sechs Stunden blieben, bevor sie eine Verlängerung beantragen oder aber Brian Bishop wieder auf freien Fuß setzen mussten. Und die Verlängerung wollte er nur dann beantragen, wenn es unbedingt notwendig erschien.

Alison Vosper hatte bereits nachgefragt, wie nahe sie an Bishop dran waren. Als er sie auf den neuesten Stand brachte, klang sie erfreut und immer noch erstaunlich sanftmütig.

Die Tatsache, dass man so kurz nach dem Mord an Katie Bishop jemanden verhaftet hatte, ließ die Polizei gut dastehen und wirkte beruhigend auf die Bürger von Brighton and Hove. Ganz zu schweigen von dem positiven Effekt für Grace's Laufbahn. Nun mussten sie Bishop nur noch offiziell beschuldigen. Die positiven DNA-Ergebnisse würden ausreichen, um von der Staatsanwaltschaft eine Zustimmung zu erhalten, aber ein dringender Verdacht reichte nicht aus – Grace musste sichergehen, dass die Beweise auch eine Verurteilung ermöglichten.

Eigentlich hätte er in bester Stimmung sein müssen, doch irgendetwas bereitete ihm Sorgen, etwas, das er nicht genau benennen konnte.

Plötzlich erklang die Stimme von Glenn Branson, und einen Moment später erschienen die vier Männer auf dem Monitor. Brian Bishop trank gerade einen Schluck Wasser und sah gar nicht gut aus.

»Dienstag, 8. August, 14.03 Uhr«, sagte Branson. »Bei der dritten Vernehmung von Mr. Brian Bishop sind Mr. Leighton Lloyd, DC Nicholas und ich selbst, DS Branson, zugegen.« Er richtete seinen Blick auf Bishop.

»Sie haben uns gesagt, dass Sie und Ihre Frau eine glückliche Ehe führten und wunderbar zusammenpassten. War Ihnen bewusst, dass Mrs. Bishop eine Affäre hatte? Eine sexuelle Beziehung zu einem anderen Mann?«

Grace beobachtete Bishops Augen. Sie wanderten nach links, was für Wahrheit stand.

Bishop warf seinem Anwalt einen fragenden Blick zu und schaute wieder Branson an.

»Sie müssen diese Frage nicht beantworten, Mr. Bishop«, sagte Lloyd.

Bishop dachte nach. Dann sagte er mit schwerer Stimme: »Ich hatte so etwas vermutet. War es dieser Künstlertyp in Lewes?«

Branson nickte und lächelte mitfühlend. Es war offenbar, dass Bishop unter der Enthüllung litt. Er vergrub das Gesicht in den Händen und schwieg.

»Sollen wir eine Pause machen?«, erkundigte sich sein Anwalt.

Bishop schüttelte den Kopf, und als er die Hände vom Gesicht nahm, sah man, dass er weinte. »Schon gut, es geht. Bringen wir's hinter uns. Mein Gott.« Er blickte verzweifelt auf den Tisch vor sich und wischte sich die Tränen mit dem Handrücken ab. »Katie war ein lieber Mensch, aber auch irgendwie getrieben. Als steckte ein Dämon in ihr, der sie mit allem unzufrieden sein ließ. Und ich hatte gedacht, ich könnte ihr alles geben, was sie sich wünschte.« Er brach wieder in Tränen aus.

»Ich glaube, wir sollten doch eine Pause einlegen, meine Herren.«

Branson und Nicholas traten in den Flur. Zehn Minuten später wurde die Vernehmung fortgesetzt. Diesmal stellte Nick Nicholas, der gute Cop, die erste Frage.

»Mr. Bishop, sagen Sie uns bitte, was Sie bei dem Gedanken, Ihre Frau könnte Sie betrügen, empfunden haben.«

Bishop schaute den Kripobeamten sardonisch an. »Ob ich sie am liebsten umgebracht hätte?«

»Das haben Sie gesagt, Sir«, legte Branson los.

Interessiert beobachtete Grace Bishops Gefühlsäußerungen. Vielleicht vergoss er ja nur Krokodilstränen, um die Polizei zu beeindrucken.

Mit zitternder Stimme sagte Bishop: »Ich habe sie geliebt, ich wollte sie niemals töten. Es kommt vor, dass Leute eine Affäre haben, so läuft das eben. Als wir uns kennenlernten, waren wir beide noch verheiratet. Wir begannen eine Affäre. Tief im Herzen habe ich geahnt, dass mir einmal das Gleiche passieren würde.«

»Waren Sie ihr deshalb untreu?«, fragte Nicholas.

Bishop ließ sich Zeit mit der Antwort. »Beziehen Sie sich auf Sophie Harrington?«

»In der Tat.«

Bishops Augen bewegten sich nach links. »Wir haben miteinander geflirtet. Gut fürs Ego, mehr aber auch nicht. Ich habe nie mit ihr geschlafen, obwohl es mir vorkommt – vorkam, als ob sie es sich wünschte.«

»Sie haben nie mit Miss Harrington geschlafen? Nicht ein einziges Mal?«

Grace konzentrierte sich immer noch auf die Augen. Sie gingen wieder nach links.

»Definitiv nie.« Bishop lächelte nervös. »Ich sage ja nicht, dass es mir nicht gefallen hätte. Aber ich habe gewisse moralische Grundsätze. Ihr Interesse schmeichelte mir, ich war gern mit ihr zusammen, aber Sie müssen bedenken, dass ich das alles schon einmal erlebt hatte. Katie und ich haben uns Hals über Kopf verliebt, obwohl wir verheiratet waren. Das wollte ich nicht noch einmal durchmachen.«

»Sie haben also nie mit Ms. Harrington geschlafen?«, wiederholte Glenn Branson.

»Niemals. Ich wollte meine Ehe retten.«

»Und Sie haben gedacht, perverser Sex könnte der richtige Weg sein?«

»Verzeihung, wie bitte?«

Branson schaute in seine Notizen. »Ein Mitglied unseres Teams hat gestern mit einer Mrs. Diane Rand gesprochen. Sie scheint eine der besten Freundinnen Ihrer Frau gewesen zu sein, ist das korrekt?«

»Sie haben ungefähr viermal täglich miteinander telefoniert. Keine Ahnung, was sie sich dauernd zu erzählen hatten!«

»Eine ganze Menge, wie mir scheint. Mrs. Rand hat unserer Beamtin nämlich erklärt, dass Ihre Frau sich Sorgen wegen Ihrer zunehmend perversen sexuellen Forderungen gemacht habe. Möchten Sie das etwas genauer ausführen?«

»Nein, das möchte mein Mandant auf keinen Fall«, warf der Anwalt entschlossen ein.

»Ich habe aber eine relevante Frage zu diesem Thema«, sagte Branson, und Lloyd stimmte mit einer Handbewegung zu.

»Mr. Bishop, besitzen Sie die Kopie einer Gasmaske aus dem Zweiten Weltkrieg?«

»Was ist an dieser Frage relevant?«

»Sie ist extrem relevant, Sir«, erklärte Branson.

Grace schaute Bishop wieder in die Augen. Sie gingen nach rechts. »Ja.«

»Haben Sie und Ihre Frau diese Maske in Ihrem Sexleben benutzt?«

»Ich gestatte meinem Mandanten nicht, auf diese Frage zu antworten.«

Bishop hob beschwichtigend die Hand. »Schon gut. Ja, ich habe sie gekauft.« Er errötete und zuckte die Achseln. »Wir haben ein bisschen experimentiert. Ich – ich hatte ein Buch darüber gelesen, wie man sein Liebesleben in Schwung bringt, Sie wissen schon. Wenn die erste große Verliebtheit vorbei ist, kommt manchmal zu viel Routine in eine Beziehung. Also habe ich ein paar Dinge besorgt, um etwas Neues auszuprobieren.« Sein Gesicht war tomatenrot.

Branson konzentrierte sich nun auf das Abendessen mit dem Finanzberater. »Mr. Bishop, es ist doch richtig, dass Sie unter anderem einen dunklen Bentley Continental besitzen, oder?«

»Ja, dunkelrot-metallic.«

»Und das Kennzeichen lautet Lima Juliet Null Vier November Whiskey Sierra?«

Bishop, der mit dem Buchstabieralphabet nicht so gut vertraut war, musste kurz überlegen und nickte dann.

»Am vergangenen Donnerstag wurde dieser Wagen um 23.47 Uhr von einer automatischen Kamera an der Autobahn M23 in südlicher Richtung nahe dem Flughafen Gatwick geblitzt. Können Sie uns erklären, warum er sich dort befand und wer ihn gefahren hat?«

Bishop schaute zu seinem Anwalt.

»Haben Sie dieses Foto?«, erkundigte sich Lloyd.

»Nein, aber ich kann Ihnen einen Abzug zukommen lassen«, antwortete Branson.

Lloyd machte sich einen Vermerk.

»Es muss sich um einen Fehler handeln, das kann gar nicht anders sein«, sagte Bishop.

»Hatten Sie Ihren Wagen an diesem Abend verliehen?«

»Ich verleihe ihn nie. Ich hatte ihn an diesem Abend auch nur deshalb in London, weil ich am nächsten Morgen zum Golfclub fahren musste.«

»Ist es denkbar, dass jemand ihn ohne Ihre Erlaubnis und Ihr Wissen ausgeliehen hat?«

»Nein. Das glaube ich jedenfalls nicht. Es kommt mir extrem unwahrscheinlich vor.«

»Wer außer Ihnen besitzt einen Schlüssel für das Fahrzeug?«

»Niemand. Es gab Probleme in der Tiefgarage unter meiner Wohnung. Einige Wagen wurden aufgebrochen.«

»Hat ihn vielleicht jemand heimlich entwendet und eine Spritztour damit gemacht?«, warf Leighton Lloyd ein.

»Nicht auszuschließen«, sagte Bishop.

»Wenn Leute ein Auto stehlen, bringen sie es gewöhnlich nicht zurück«, bemerkte Grace. Er sah, wie der Anwalt wieder etwas notierte.

»Mr. Bishop, wir haben bereits erwähnt, dass wir bei der Durchsuchung Ihres Wohnhauses die Unterlagen für eine Lebensversicherung bei der Southern Star Insurance Company gefunden haben«, fuhr Branson fort. »Sie lautet auf den Namen Ihrer Frau und beläuft sich auf drei Millionen Pfund. Sie sind als einziger Begünstigter eingetragen.«

Grace schaute von Bishop zu seinem Anwalt, dessen Schultern kaum merklich heruntersackten. Bishops Augen zuckten in alle Richtungen, und er schien allmählich die Fassung zu verlieren.

»Ich habe doch – ich habe Ihnen doch schon gesagt, dass ich nichts darüber weiß! Absolut nichts!«

»Glauben Sie etwa, Ihre Frau hätte die Versicherung aus lauter Liebe zu Ihren Gunsten selbst abgeschlossen?«, drängte Branson.

Grace musste lächeln, denn er war stolz auf seinen Kollegen, dem er in den letzten Jahren so viel beigebracht hatte und der als Ermittler allmählich eine echte Persönlichkeit entwickelte.

Bishop hob die Hände und ließ sie dann auf den Tisch sinken. »Bitte glauben Sie mir, ich weiß wirklich nichts darüber.«

»Drei Millionen Pfund, das ist eine Menge Geld. Vermutlich wird aus Ihren Kontoauszügen – oder denen von Mrs. Bishop – ersichtlich, in welcher Form die Beiträge bezahlt wurden.«

Leighton Lloyd schrieb mit ungeheurem Tempo mit, wobei sein Gesicht völlig ausdruckslos blieb. »Sie müssen nicht darauf antworten, wenn Sie nicht wollen.«

»Ich habe keine Ahnung von der Sache.« Bishop sprach in flehendem Ton. »Wirklich nicht!«

»Es scheint so einige Dinge zu geben, von denen Sie angeblich nichts wissen, Mr. Bishop«, sagte Branson. »Sie wissen nicht, dass jemand, kurz bevor Ihre Frau ermordet wurde, in Ihrem Wagen nach Brighton gefahren ist. Sie wissen nichts von einer Lebensversicherung über drei Millionen Pfund, die sechs Monate vor Mrs. Bishops Tod auf sie abgeschlossen wurde.« Er warf einen Blick in seine Notizen und trank einen Schluck Wasser. »Gestern Abend haben Sie ausgesagt, dass Sie und Ihre Frau am Morgen des 30. Juli zuletzt Geschlechtsverkehr hatten. Ist das korrekt?«

Bishop blickte verlegen.

»Wie erklären Sie sich dann, dass man in der Vagina von Mrs. Bishop bei der Autopsie am 4. August Spuren Ihres Spermas gefunden hat?«

»Ausgeschlossen! Das ist völlig ausgeschlossen!«

»Wollen Sie damit sagen, Sir, dass Sie am Abend des 3. August keinen Geschlechtsverkehr mit Ihrer Frau hatten?«

Bishops Augen wanderten eindeutig nach links. »Ja, genau das sage ich. Herrgott nochmal, ich war doch in London!« Er schaute seinen Anwalt an. »Das ist nicht möglich, das ist schlicht und einfach nicht möglich!«

Roy Grace war im Laufe der Zeit vielen Anwälten begegnet und hatte erlebt, wie sie reagierten, wenn ihre Mandanten sie anlogen, doch das Gesicht von Leighton Lloyd blieb vollkommen ungerührt. Ein richtiges Pokerface, dachte er.

Nachdem Glenn Branson die Aussage vom Vorabend wieder und wieder durchgekaut und weitere Fragen zur Vernehmung vom Morgen gestellt hatte, entschied er um zehn Minuten nach fünf, dass sie zu diesem Zeitpunkt nicht mehr von Bishop erfahren würden.

Es gab drei Schlüsselfaktoren, bei denen Bishop keinen Zentimeter nachgab: sein Londoner Alibi, die Lebensversicherung und der letzte Sex mit seiner Frau. Dennoch war Branson zufrieden, zufrieden und ziemlich erschöpft.

Bishop wurde in seine Zelle zurückgebracht, und sein Anwalt blieb allein mit den beiden Kripobeamten zurück.

Er schaute demonstrativ auf die Uhr und sagte dann: »Ihnen dürfte klar sein, dass Sie meinen Mandanten in knapp drei Stunden freilassen müssen, falls Sie nicht vorhaben, ihn offiziell anzuklagen.«

»Wo fahren Sie jetzt hin?«

»In meine Kanzlei.«

»Wir melden uns.«

Danach begaben sich die beiden Ermittler zu Roy Grace und nahmen wieder am runden Tisch Platz.

»Gut gemacht, Glenn, das war richtig gut«, bemerkte Grace noch einmal.

»Extrem gut«, fügte sein Kollege hinzu.

Jane Paxton hingegen wirkte nachdenklich; sie war kein Mensch, dem ein Lob leicht von den Lippen ging. »Wir müssen den nächsten Schritt überdenken.«

Die Tür ging auf, und Eleanor Hodgson kam mit einem zusammengehefteten Stapel Blätter herein. »Entschuldigen Sie bitte, Roy, aber ich dachte, dass Sie das hier sofort sehen möchten. Es ist gerade aus dem Labor in Huntington gekommen.«

Es waren die Berichte zweier DNA-Analysen. Eine bezog sich auf das Sperma, das man in der Vagina von Sophie Harrington gefunden hatte; die andere auf das winzige Stückchen menschlichen Fleisches, das Nadiuska De Sancha unter dem Zehennagel der Ermordeten sichergestellt hatte.

Und beide stimmten völlig mit der DNA von Brian Bishop überein.

95

UM KURZ VOR HALB SECHS verließ Cleo Morey zusammen mit Darren das Leichenschauhaus. Sie traten hinaus in den strahlenden Sonnenschein. »Was hast du heute Abend vor?«

»Eigentlich wollte ich mit meiner Freundin ins Kino gehen, aber es ist zu heiß. Daher wollen wir lieber am Jachthafen etwas trinken. Dort unten gibt es einen neuen coolen Laden, heißt *Rehab.*«

Sie mochte ihren jungen Assistenten wirklich gern. Er war fleißig, ein angenehmer Kollege und würde seinen Weg im Leben schon machen. *»Rehab?«,* fragte sie nach.

»Ja, so eine Bar mit Restaurant. Richtig schick. Es soll ein toller Abend werden, die Kleine ist was Besonderes. Ich würde dich ja einladen, aber du weißt schon, fünftes Rad am Wagen und so weiter.«

Cleo grinste. »Ganz schön frech! Und wer behauptet eigentlich, dass ich nicht auch ein Rendezvous habe?«

»Ach ja?« Er schien sich mit ihr zu freuen. »Soll ich mal raten, mit wem?«

»Das geht dich gar nichts an!«

»Er arbeitet nicht zufällig bei der Kripo?«

»Ich habe gesagt, es geht dich nichts an!«

»Dann solltest du auch nicht mit ihm im Büro rummachen«, meinte er augenzwinkernd.

»Wie bitte?«

»Ihr hattet wohl die Überwachungskamera dort drinnen vergessen.«

»Voyeur! Perverser!«, rief sie ihm hinterher.

An der Tür seines kleinen roten Nissan drehte er sich noch einmal um. »Falls es dich interessiert, ihr gebt ein wirklich schönes Paar ab!«

Cleo zeigte ihm einen Vogel. »Und trink nicht zu viel. Wir haben heute Abend Rufdienst.«

»Das musst du gerade sagen!«

Als sie ein paar Minuten später aus dem Kreisverkehr ins Parkhaus des Sainsbury-Supermarktes bog, lächelte sie noch immer. Sie überlegte, was sie dem Kripobeamten, mit dem sie im Büro »rumgemacht« hatte, zum Essen servieren sollte. Da es so ein wunderbarer Abend war, beschloss sie, auf der Dachterrasse zu grillen. Roy Grace liebte Fisch und Meeresfrüchte.

Da, eine Parklücke. Sie würde zuerst zur Frischfischtheke gehen und Garnelen und Thunfischsteaks besorgen. Dazu einige Maiskolben und einen Salat. Und Süßkartoffeln, die wunderbar zu Gegrilltem schmeckten. Eine nette Flasche Rosé. Na ja, vielleicht auch zwei.

Sie freute sich auf den Abend und hoffte, dass Grace ausnahmsweise zu einer halbwegs christlichen Zeit Feierabend machen konnte. Es schien furchtbar lange her zu sein, dass sie einen ganzen Abend miteinander verbracht hatten, und es gab eine Menge nachzuholen. Sie vermisste ihn, aber im Hintergrund lauerten noch immer Sandy und seine Reise nach München wie ein Gespenst. Sie wollte endlich alles darüber hören.

Aus ihrer letzten Beziehung hatte Cleo gelernt, dass das Leben gerade dann, wenn man alles für vollkommen hielt, eine Kehrtwende machte und erbarmungslos zuschlug.

96

»SEIN ALIBI«, SAGTE GRACE und schlug mit der geballten Rechten in die linke Hand. »Darum müssen wir uns kümmern. Wie gesagt, was das angeht, stehen wir nach wie vor ganz schön auf dem Schlauch.«

Paxton, Branson und Nicholas, die immer noch um den Tisch saßen, wirkten nachdenklich. Jane schenkte sich Wasser nach. »Meinen Sie nicht, dass wir genügend Beweise beisammen haben, Roy? Sie wissen doch, dass wir heute Abend die Verlängerung beantragen müssen.«

Er sah auf die Uhr. Fünf nach halb sechs. Er griff zum Hörer und rief Kim Murphy an.

»Kim, Sie haben doch jemanden zu Bishops Finanzberater geschickt. Ich brauche dringend Taylors Nummer. Können Sie mir die besorgen, oder noch besser, ihn anrufen und zu mir durchstellen?«

Während er wartete, besprachen sie die Konsequenzen, die die neuen Beweise für den Fall hatten. Roy blieb weiterhin skeptisch.

»Aber was ist mit den DNA-Beweisen von Sophie Harringtons Leiche? Die sind doch ziemlich eindeutig«, sagte Nick Nicholas.

Roy wurde allmählich ungeduldig, bezwang sich aber. »Verstehen Sie das denn nicht, Nick? Wenn Bishops Alibi standhält, werden uns die DNA-Beweise überhaupt nichts nützen. Die Verteidigung wird anführen, dass sie manipuliert sind. Wenn wir die Morde vorschnell miteinander verbinden, könnte man die DNA-Beweise aus dem Fall Katie Bishop aus den gleichen Gründen verwerfen.«

Grace wusste aus bitterer Erfahrung, wie schwammig, unberechenbar und ungerecht die Justiz zuweilen war. Vor Gericht konnte vieles schief gehen. Die Geschworenen, oft Menschen, die sich in dieser Umgebung verunsichert fühlten, wurden manipuliert, überredet, verwirrt und verführt; oft brachten sie Vorurteile mit oder waren schlicht und einfach dumm. Manche Richter hatten ihr Verfallsdatum deutlich überschritten, während andere von fremden Planeten zu stammen schienen. Ein wasserdichter Fall reichte nicht aus; zu einer Verurteilung gehörte stets auch eine Portion Glück.

»Wir haben immer noch die Zeugin, die Bishop vor ihrem Haus gesehen hat«, versicherte Jane Paxton.

»Ach ja?« Er fühlte sich zunehmend genervt. Ob es an der Hitze lag? Oder weil er so hundemüde war? An seinem unerwünschten Mitbewohner? Oder dass Sandy ihm im Kopf herumspukte?

»Na ja, ich finde den Beweis ziemlich stark«, meinte Paxton ein wenig defensiv.

»Dennoch müssen wir mit der Zeugin eine offizielle Gegenüberstellung durchführen und den zeitlichen Rahmen doppelt und dreifach überprüfen, bevor wir die Sache so akzeptieren. Außerdem könnten in den nächsten Tagen weitere Beweise ans Licht kommen. Wenn wir Bishop hier behalten, nimmt das vorübergehend auch den Druck vom Fall Harrington. Damit könnten wir der Presse immerhin einen Knochen hinwerfen.«

Kim rief an, um Phil Taylor durchzustellen. Grace nahm den Anruf an seinem Schreibtisch entgegen.

Als er fertig war, sagte er: »Er hat sich bereit erklärt, sich heute Abend mit mir in London zu treffen. Scheint ein ganz vernünftiger Typ zu sein.« Er schaute Branson an. »Wir beantragen die zwölfstündige Verlängerung und fahren gleich nach der Besprechung nach London. Ich möchte dich gern dabei haben.«

Als Nächstes rief er Norman Potting an und bat ihn, sich um die Verlängerung zu kümmern. »Gut, wir sehen uns dann um halb sieben im Konferenzzimmer. Vielen Dank.«

Als die drei gegangen waren, setzte er sich an den Schreibtisch. Ihm stand eine Aufgabe bevor, die auch nicht weniger schwierig war als die laufenden Ermittlungen, wenn auch auf völlig andere Weise. Wie sollte er Cleo bloß erklären, dass er an diesem Abend nach London fahren musste und unmöglich vor Mitternacht zurück sein würde?

Zu seiner Überraschung nahm sie die Nachricht ziemlich gelassen auf, vielleicht, weil sie wusste, dass man als Polizist oft rund um die Uhr im Einsatz war.

»Super, ich stehe auch nur mit einem Haufen frischer Garnelen und Muscheln an der Kasse im Supermarkt. Die muss ich wohl alle selber essen.«

»Scheiße, das tut mir furchtbar leid.«

»Schon gut, die Morde sind wichtiger als ein paar blöde Garnelen. Aber du solltest dich auf dem Rückweg lieber beeilen!«

»Vermutlich habe ich dann schon gegessen. Ich besorge mir etwas für unterwegs.«

»Ich rede ja auch nicht vom Essen!«

Er küsste sie durchs Telefon.

»Zehnmal zurück!«

Er hängte lächelnd ein. Zum Glück schien Cleo im Augenblick nicht mehr an München zu denken.

Und er?

Das hing, wie er nur zu gut wusste, davon ab, ob Marcel Kullens Erkundigungen irgendwelche Spuren erbrachten. Und zum ersten Mal hoffte er fast, dass es keine geben würde.

97

DA ES IMMER SCHWER WAR, einen Parkplatz auf der Straße vor dem Haus zu finden, fuhr Cleo weiter und hielt Ausschau nach einer Lücke. Der Zeitmilliardär folgte ihr in sicherer Entfernung und sah, wie der blaue MG nach rechts abbog. Er lächelte.

Und schickte ein kleines Dankgebet zum Himmel.

Diese Straße war ja noch viel besser! Hohe, fensterlose Mauern auf der rechten Seite, eine Steilklippe aus rotem Ziegelstein. Und links befand sich eine lang gestreckte Baustelle mit verschlossenem Tor, darüber der überdimensionale Entwurf des geplanten Komplexes mit schicken Wohnungen und Geschäften:

LAINE WEST
MEHR ALS EIN BAUPROJEKT
EIN URBANER UND UMWELTFREUNDLICHER LEBENSSTIL!

Cleo hatte einen Parkplatz gefunden und setzte gerade rückwärts hinein. Freude über Freude!

Ihr Verfolger konzentrierte sich auf ihre Bremslichter. Es schien, als würden sie heller, sie glühten rot, rot für Gefahr, für Glück, für Sex! Er liebte Bremslichter; er konnte sie betrachten wie andere Menschen ein flackerndes Kaminfeuer. Und er wusste alles über die Bremslichter an Cleo Moreys Wagen. Die Größe der Birne, die Stärke, wie man sie wechselte, wie sie mit dem Kabelbaum verbunden war, wie man sie einschaltete. Er wusste einfach *alles* über diesen Wagen. Er hatte die ganze Nacht damit verbracht, das Handbuch zu studieren, und sich zudem im Internet informiert. Das war ja das Tolle am Internet. Dort konnte man zu jeder Tageszeit einen bedauernswerten Freak finden, der einem mehr über den Türmechanismus eines MG TF 160 Baujahr 2005 verraten konnte als der Hersteller des Wagens selbst.

Sie war ausgestiegen! Sie trug eine 7/8-Jeans, rosa Stoffturnschuhe und ein weißes T-Shirt. Jetzt hievte sie drei Supermarkttüten aus dem Kofferraum und hängte sich zusätzlich ihre Leinentasche über die Schulter.

Er fuhr an ihr vorbei und bog am Ende der Straße rechts ab. Noch einmal rechts. Dann wieder rechts, und schon befand er sich erneut vor ihrem Haus. Er sah, wie sie am Tor mit den Einkaufstüten balancierte und die Nummer in die Tastatur eintippte. Dann ging sie hinein und ließ das Tor klirrend hinter sich ins Schloss fallen.

Hoffentlich würde sie heute Abend zu Hause bleiben. Das Risiko musste er eingehen. Doch Gott würde ihm ganz sicher beistehen.

Er fuhr vorsichtshalber noch einmal um den Block. Denkbar, dass sie etwas im Auto vergessen hatte und zurückkäme, um es zu holen.

Nach zehn Minuten entschied er, dass die Luft rein war. Er parkte den Prius in zweiter Reihe neben einem staubigen Volvo, der mit Vogelkacke bedeckt war und nicht aussah, als würde er in nächster Zeit irgendwohin fahren. Dann schloss er den MG auf, fuhr ihn auf die Straße, stellte ihn in zweiter Reihe ab und fuhr den Prius in die freie Parklücke.

Erledigt.

Jedenfalls der erste Teil.

Zu schade, dass er nicht das Verdeck öffnen konnte, dachte er, als er zu seiner Garage fuhr. Ohne Hardtop hätte er die Fahrt noch mehr genossen.

98

NACH DER BESPRECHUNG UM HALB SIEBEN schnappte Grace sich sofort die Schlüssel des Wagens, den Tony Case ihm besorgt hatte, und eilte mit Glenn Branson im Schlepptau in die Tiefgarage unter dem Gebäude.

»Lass mich fahren, Mann!«

»Du weißt doch, dass ich Angst habe, wenn du am Steuer sitzt. Nein, lass es mich anders formulieren. Ich sterbe dabei tausend Tode.«

»Ach ja? Das musst ausgerechnet du sagen, so beschissen wie du fährst. Wie ein Mädchen. Nein, besser gesagt, du fährst wie ein alter Knacker. Bist du ja auch!«

»Und du bist erst kürzlich durch die Fahrprüfung für Fortgeschrittene gefallen!«

»Der Prüfer war total bescheuert. Mein Fahrlehrer hat gesagt, ich hätte eine natürliche Begabung für Verfolgungsjagden bei Höchstgeschwindigkeit. Ich bin ein cooler Fahrer!«

»Du bist eine Verkehrsgefährdung.«

»Wichser!«

Grace warf ihm die Schlüssel zu, als sie sich dem Ford Mondeo näherten. »Und versuch bloß nicht, mich zu beeindrucken.«

»Hast du mal *The Fast and the Furious* mit Vin Diesel gesehen?«

»Das ist so ziemlich der blödeste Name, den ich je gehört habe.«

»Tatsächlich? Na ja, deinen fände er sicher auch nicht so prickelnd.«

Grace fragte sich, ob er seinem Kollegen in einem Anfall von geistiger Verwirrung die Schlüssel gegeben hatte. Vielleicht hoffte er, dass Glenn ihm, wenn er sich aufs Fahren konzentrieren musste, wenigstens einen weiteren endlosen Monolog über seine Eheprobleme ersparte. Nachdem sie am vergangenen Abend von der Vernehmung zurückgekommen waren, hatte er drei Stunden seelische Selbstzerfleischung über sich ergehen lassen müssen. Die Flasche Glenfiddich, die sie dabei geleert hatten, war nur ein unzureichendes Betäubungsmittel. Am Morgen hatte er sich dann beim Rasieren, Anziehen und Frühstücken erneut Glenns Tiraden anhören müssen, verschlimmert durch einen leichten Kater.

Zu seiner Erleichterung fuhr Branson vernünftig, wenn man von einer abschüssigen Strecke bei Handcross absah, wo er den Wagen auf 200 km/h hochjagte, um Grace zu demonstrieren, wie geschickt er die scharfen Kurven an der gegenüberliegenden Anhöhe nahm. »Es hängt alles von der Straßenlage und vom dosierten Gasgeben ab, Oldtimer«, sagte er.

Grace ging es eher darum, seinen Magen in Schach zu halten und den Blick von den ziemlich robust wirkenden Bäumen rechts und links der Straße zu wenden. Sie erreichten die M23, wo Grace seinen Kollegen vor Geschwindigkeitskontrollen und Polizisten warnte, die nichts lieber taten, als Kollegen auf frischer Tat zu ertappen, was zum Glück einige Wirkung zeigte.

Also wurde Branson langsamer und versuchte nun, seine Frau über die Freisprechanlage zu erreichen.

»Blöde Schlampe! Sie geht nicht ran. Ich habe doch das Recht, mit meinen Kindern zu sprechen, oder?«

»Du hast auch das Recht, in deinem Haus zu wohnen«, gab Grace zu bedenken.

»Vielleicht kannst du ihr das mal sagen. Sozusagen von offizieller Stelle.«

Grace schüttelte den Kopf. »Ich helfe dir gern, aber diesen Kampf musst du allein austragen.«

»Hast ja recht. War eine blöde Frage. Tut mir leid.«

»Was ist mit dem Pferd?«

»Damit hat sie wieder angefangen, als wir das letzte Mal miteinander gesprochen haben. Sie hat beschlossen, dass sie am liebsten Springreiten möchte. Und das ist ein richtig teurer Spaß.«

Grace dachte insgeheim, dass sie lieber einen Psychiater aufsuchen sollte. »Ich glaube, ihr solltet wirklich zur Eheberatung gehen.«

»Das hast du schon mal gesagt.«

»Ach ja?«

»So gegen zwei heute Morgen. Und gestern auch. Du wiederholst dich, Oldtimer. Alzheimer lässt grüßen.«

»Weißt du, worin dein Problem besteht?«

»Außer dass ich schwarz bin? Und kahl? und aus unterprivilegierten Verhältnissen stamme?«

»Ja, von alldem abgesehen.«

»Keine Ahnung.«

»Es mangelt dir an Respekt vor deinen Kollegen.«

Branson hob die Hand. »Meinen Respekt!«, sagte er unterwürfig.

»Schon besser.«

*

Um kurz nach neun parkte Branson den Mondeo in der Arlington Street gegenüber vom Restaurant *Caprice,* kurz hinter dem Ritz.

»Nettes Wägelchen«, sagte er, als sie an einem Ferrari vorbeikamen. »So einen solltest du dir auch kaufen. Der ist eine Nummer besser als der beschissene Alfa. Gut fürs Image.«

»Würde ich ja, bis auf die Kleinigkeit von hundert Riesen, die mir dafür fehlen«, sagte Grace. »Und mit dir in meinem Team sehe ich meine Chancen auf eine Gehaltserhöhung in dieser Größenordnung rapide schwinden.«

Am Ende der Straße bogen sie in Piccadilly, wo zu ihrer Rechten ein beeindruckendes Gebäude in Schwarz und Gold auftauchte, dessen hohe Bogenfenster hell erleuchtet waren. *The Wolseley.* Das Restaurant war voller Menschen.

Sie wurden von einem Portier in eleganter Livree und Zylinder überaus höflich begrüßt.

Grace fühlte sich ein wenig fehl am Platze, als der Portier ihnen einladend die Tür aufhielt.

Eine Gruppe Gäste drängte sich vor der Empfangstheke. Ein Kellner mit einem Tablett Cocktails eilte in den riesigen Speisesaal mit der kuppelförmigen Decke, um den sich eine Galerie zog. Alles war in elegantem Schwarz und Weiß gehalten. Grace schaute sich um. Das Restaurant verströmte den Charme der Belle Epoque und wirkte gleichzeitig durch und durch modern. Alle Kellner trugen Schwarz, und die meisten Gäste sahen ziemlich cool aus. Cleo würde es sicher gefallen. Vielleicht könnten sie hier mal einen besonderen Abend verbringen. Allerdings sollte er zuvor lieber einen Blick auf die Speisekarte werfen.

Die junge Empfangsdame lächelte ihnen zu, dann wurden sie von einem hochgewachsenen Mann mit modisch langem, rötlichem Haar begrüßt. »Guten Abend, meine Herren. Kann ich Ihnen helfen?«

»Wir sind mit Mr. Taylor verabredet.«

»Mr. Phil Taylor?«

»Ja.«

Er deutete auf den Barbereich. »Sie finden ihn dort drinnen, meine Herren. Ich führe Sie hin.«

Als Grace die Bar betrat, wies der Empfangschef auf einen Mann Anfang vierzig in gelbem Polohemd und blauer Hose, der ihn erwartungsvoll ansah.

»Mr. Taylor?«

»Ja.« Er erhob sich halb von seinem Platz. »Detective Superintendent Grace?« Nach seinem Tonfall zu urteilen, stammte er aus Yorkshire.

»Ja, und Detective Sergeant Branson.« Grace musterte ihn flüchtig, um sich einen ersten Eindruck zu verschaffen. Der Mann wirkte entspannt, war einen Tick übergewichtig und hatte ein offenes, freundliches Gesicht. Seine Augen blickten sehr wach und aufmerksam. Dem konnte man nichts vormachen, dachte er spontan. Vor ihm auf dem Tisch lag ein Schlüsselanhänger mit Ferrari-Emblem, daneben stand ein hohes Cocktailglas mit einem Zweig Minze.

»Sehr erfreut, Sie kennenzulernen, meine Herren. Bitte setzen Sie sich. Was möchten Sie trinken? Ich kann die Mojitos empfehlen, die sind hier ausgezeichnet.« Er winkte einen Kellner herbei.

»Ich nehme eine Cola light, ich muss noch fahren«, sagte Branson.

»Das Gleiche für mich«, sagte Grace, obwohl er angesichts der Vorstellung, mit Branson nach Hause zu fahren, auch etwas Stärkeres hätte vertragen können. »Wir bezahlen die Getränke selbst, Sir. Vielen Dank auch, dass Sie sich so kurzfristig mit uns treffen konnten.«

»Kein Problem. Wie kann ich Ihnen helfen?«

»Dürfte ich fragen, wie lange Sie Brian Bishop kennen?« Branson legte seinen Notizblock auf den Tisch.

Grace beobachtete derweil Taylors Augen.

»Etwa sechs Jahre, das kommt ziemlich genau hin.«

Branson schrieb mit.

»Ist das ein Verhör?«, fragte Phil Taylor nicht ganz scherzhaft.

»Nein«, erwiderte Branson. »Wir möchten nur einige Informationen mit Ihnen abgleichen.«

»Das habe ich doch gestern schon mit einem Ihrer Kollegen erledigt. Worin genau besteht das Problem? Hat Brian Schwierigkeiten?«

»Dazu können wir im Augenblick leider nichts sagen.«

»Wie haben Sie sich kennengelernt?«

»Bei einem P1-Treffen.«

»P1?«

»Das ist ein Club für Autofans, der von dem Rennfahrer Damon Hill geleitet wird. Man bezahlt einen Jahresbeitrag und kann dafür verschiedene Sportwagen fahren. Wir haben uns bei einer Cocktailparty des Clubs getroffen.«

Glenn Branson fragte mit Blick auf den Schlüsselanhänger: »Ist das Ihr Ferrari, der um die Ecke in der Arlington Street parkt?«

»Der 430? Ja, der gehört mir.«

»Schöner Wagen.«

»Ohne Ihre ganzen verdammten Radarfallen wäre er noch viel schöner!«

»Könnten Sie uns bitte etwas über sich selbst erzählen, Mr. Taylor?«, fragte Grace, ohne auf die Bemerkung einzugehen.

»Über mich? Ich habe eine Ausbildung als Buchprüfer gemacht, danach war ich fünfzehn Jahre lang beim Finanzamt, Abteilung Sonderermittlungen. Dabei habe ich erfahren, wie viel Geld unabhängige Finanzberater verdienen. Ich habe umgesattelt und die Firma Taylor Financial Planning gegründet. Das habe ich nie bereut. Kurz danach habe ich Brian kennengelernt, er wurde einer meiner ersten Klienten.«

»Wie würden Sie Mr. Bishop beschreiben?«

»Wie ich ihn beschreiben würde? Ein Topunternehmer, einer der Besten.« Er überlegte kurz. »Absolut integer, clever, zuverlässig, effizient.«

»Haben Sie ihn jemals beim Abschluss einer Lebensversicherung beraten?«

»Da nähern wir uns allmählich der Schweigepflicht, meine Herren.«

»Verstehe«, sagte Grace. »Ich würde Ihnen gern eine weitere Frage stellen, aber wenn Sie nicht darauf antworten wollen, ist das auch in Ordnung. Haben Sie jemals eine Lebensversicherung auf Brian Bishops Frau abgeschlossen?«

»Diese Frage kann ich eindeutig mit Nein beantworten.«

»Vielen Dank. Ist es richtig, Mr. Taylor, dass Sie und Mr. Bishop am Donnerstag, dem 3. August, in diesem Restaurant zu Abend gegessen haben?«

»Ja, das stimmt.«

»Kommen Sie regelmäßig her?«, erkundigte sich Branson.

»Ja, ich treffe mich hier gern mit Klienten.«

»Können Sie sich erinnern, um welche Zeit Sie das Restaurant verlassen haben?«

»Nicht nur das«, sagte Phil Taylor selbstzufrieden und holte aus seinem Sakko, das neben ihm auf der Sitzbank lag, eine Kreditkartenquittung.

Grace überflog sie. Bishop hatte tatsächlich nicht gelogen, die Männer hatten genau das getrunken, was er bei der Vernehmung angegeben hatte. Zwei Mojitos. Zwei Flaschen Wein. Vier Brandys. »Sieht aus, als hätten Sie einen netten Abend gehabt.« Nebenbei bemerkte er, dass die Preise nicht höher waren als in jedem anständigen

Restaurant in Brighton. Er könnte also durchaus einmal mit Cleo herkommen, das würde ihr sicher gefallen.

»Ja, hatten wir.«

Grace überlegte, dass, wenn beide Männer in etwa das Gleiche getrunken hatten, Bishop die zulässige Promillegrenze deutlich überschritten hatte. War es denkbar, dass der Alkohol seinen Zorn über die Untreue seiner Frau angefacht und ihn dazu gebracht hatte, betrunken nach Brighton zu fahren?

Er las die Quittung noch einmal gründlich durch und entdeckte oben rechts die Uhrzeit. 22.54 Uhr.

»Welchen Eindruck hatten Sie von Brian Bishop?«

»Er war gut gelaunt. Sehr fröhlich. Angenehme Gesellschaft. Weil er am nächsten Morgen ein Golfturnier in Brighton hatte, wollte er eigentlich nicht so viel trinken. Das hat allerdings nicht geklappt!«, meinte er grinsend.

»Wissen Sie noch, wie lange es nach dem Bezahlen gedauert hat, bis Sie das Restaurant verlassen haben?«

»Wir sind sofort gegangen. Ich habe gemerkt, dass Brian auf heißen Kohlen saß. Er musste am nächsten Morgen früh los.«

»Er hat sich also ein Taxi genommen?«

»Ja, John, der Portier, hat zwei gerufen. Ich habe ihm den Vortritt gelassen.«

»Das muss dann so gegen elf gewesen sein.«

»Stimmt, so ungefähr. Ganz genau kann ich es nicht sagen.«

Grace bezahlte die Getränke, bedankte sich und verließ mit seinem Kollegen das Restaurant. Auf dem Weg zum Auto stellte er im Kopf einige Berechnungen an, und bevor sie einstiegen, klopfte er Branson herzlich auf den Rücken. »So, mein Freund, dein großer Tag ist gekommen!«

»Was soll das heißen?«

»Für dich ist heute Geburtstag und Weihnachten auf einmal.«

»Oldtimer, das kapiere ich nicht.«

»Heute darfst du endlich mal beweisen, wie schnell du fahren kannst. Zuerst bringst du mich in normalem Tempo zu Bishops Wohnung in Notting Hill. Und ab da gibst du richtig Gas! Mal sehen, wie schnell Bishop die Strecke theoretisch zurücklegen konnte.«

Der Detective Sergeant strahlte.

99

VERDAMMT, WIE WAR DAS MÖGLICH? Normalerweise wimmelte es in Brighton nur so von MG TF, und jetzt war in der ganzen Stadt kein Einziger aufzutreiben. Wütend schaute Skunk aus dem Fenster des kleinen Peugeot, der Bethanys Mutter gehörte.

»Los, besorg's mir!«, sagte Bethany.

»Fick dich selbst«, sagte er. »Ich brauche einen beschissenen MG.« Frauen. Verdammte Scheiße!

Es war halb elf. Sie hatten sämtliche Parkplätze und Parkhäuser abgeklappert und nichts gefunden, das Barry Spikers Beschreibung entsprach. Nach seiner letzten Erfahrung mit dem Hehler wollte Skunk auf gar keinen Fall den Fehler wiederholen und das falsche Modell stehlen. Es musste ein blauer MG TF 160 sein, Punkt, aus.

Er stand ungeheuer unter Strom. Brauchte dringend einen Schuss. Vor zwei Stunden hatte er es sich so schön zurechtgelegt. DC Packer war auch einverstanden. Er würde den Wagen besorgen und ihn zu Spiker bringen. Packer würde warten, bis er das Geld bekommen hatte. Alles war organisiert. Morgen würde Packer ihn bezahlen. Und heute Abend könnte er sich von Spikers Geld Stoff kaufen.

Doch im Augenblick stand er erst mal auf dem Schlauch. Nirgendwo war ein blauer MG TF 160 zu entdecken. Als habe man sie von diesem Planeten gebeamt.

Sie fuhren gerade den Shirley Drive entlang, eine der Hauptverkehrsstraßen von Hove, die von den Häusern der Neureichen gesäumt wurde. Protzige Häuser, Luxuskarossen in den Einfahrten. Was immer man sich für den kommenden Lottogewinn erträumte, hier war es zu finden. BMW, Mercedes, Porsche, Bentley, Ferrari, Range Rover, alle großen Marken waren vertreten. Schimmerndes, sündhaft teures Metall, soweit das Auge reichte.

»Bieg rechts ab«, kommandierte er.

»Dann wenigstens mit der Hand!«

»Geht nicht, ich habe zu tun.«

»Um diese Zeit solltest du nicht mehr arbeiten«, schalt sie ihn.

»Ach ja? Ich sag dir mal was. Finde den Wagen, und ich fick dich die ganze Nacht. Ich hab was, das können wir zusammen nehmen.«

Bethany beugte sich herüber und küsste ihn, wobei der Ring in ihrer Lippe ihn an der Wange kitzelte. »Du weißt, dass ich auf dich stehe, was?«

Skunk schaute sie an. Im Grunde war sie ganz hübsch mit der Stupsnase und dem kurzen schwarzen Haar. Er spürte etwas Warmes in seinem Inneren aufsteigen. Etwas, das er in seiner ganzen beschissenen Kindheit nicht gefühlt hatte und mit dem er jetzt überhaupt nicht zurechtkam. Er holte tief Luft und kämpfte mit den Tränen. »Weißt du was, Bethany, du bist das einzig Gute, das mir je passiert ist. Ehrlich. Ich will, dass du das weißt. Und jetzt fahr weiter. Wir haben zu arbeiten.«

Als sie gerade nach rechts abbiegen wollte, beugte er sich aufgeregt vor. Der Sicherheitsgurt straffte sich. »Los, gib Gas!«

Der Peugeot raste los und näherte sich den Rücklichtern vor ihnen. Dann hatten sie den MG erreicht, der wartete, um nach rechts in die Dyke Road abzubiegen.

Skunk starrte unverwandt geradeaus, der kleine MG war im Scheinwerferlicht gut zu erkennen. Ein TF 160, dunkelblau, blaues Hardtop. Warum der Fahrer bei diesem herrlichen Sommerwetter mit Dach fuhr, war ihm unbegreiflich, aber das war ja nicht sein Problem. Spiker wäre mehr als zufrieden, wenn er das Hardtop als Bonus bekäme.

Der MG fuhr an.

»Hinterher! Er darf uns nicht sehen, aber wir müssen dranbleiben!«

»Was ist denn, Bärchen?« Das war ihr Kosename für ihn, weil Skunk ihr nicht gefiel.

»Halt den Mund, ich muss arbeiten.«

Belustigt bog sie ab und schnitt dabei einen Wagen, dessen Fahrer mit kreischenden Bremsen zum Stehen kam und wütend hupte.

»Scheiße, du fährst ja wie eine Irre.«

»Du hast gesagt, ich soll ihm folgen!«

»Ja, aber unauffällig.«

Bethany wurde langsamer. Der MG schoss die Straße entlang und blieb vor einer Ampel stehen. Bethany hielt dahinter. Skunk konnte den Hinterkopf des Fahrers sehen. Lange dunkle Haare. Vermutlich eine Frau.

»Mann, sag mir endlich, was das alles soll!«

»Fahr einfach hinterher. Mit Abstand.«

*

Der Zeitmilliardär machte sich Sorgen um die Scheinwerfer hinter ihm. Wurde er verfolgt? Von der Polizei? Die Ampel wurde grün, und er gab Gas, hielt sich aber streng an das Tempolimit. Zu seiner Erleichterung fuhr der Wagen hinter ihm nur sehr langsam an.

An der nächsten Ampel war er immer noch hinter ihm. Ein kleiner klappriger Peugeot 206, also definitiv kein Polizeifahrzeug. Vermutlich irgendeine Tante mit ihrem Gör. Kein Grund zur Sorge.

Fünf Minuten später hielt er in der Straße, in der Cleo Morey wohnte, und parkte in zweiter Reihe neben dem mit Vogeldreck bespritzten Volvo. Er holte seinen Prius aus der Parklücke und setzte den MG wieder hinein. Perfekt! Die Schlampe würde überhaupt nichts merken.

*

Aus dem Schatten beobachtete Skunk das seltsame Manöver mit den beiden Autos. Er hatte keine Ahnung, was da vorging.

Schließlich stieg die Frau aus dem MG, und er musste feststellen, dass es in Wirklichkeit ein langhaariger Typ mit Bart war. Er stieg in den Prius und fuhr davon.

Skunk kehrte zum Peugeot zurück und wählte die Nummer von DC Paul Packer.

»Hallo, Kumpel, was gibt's?«

»Hab einen Wagen gefunden.«

»In Ordnung. Ich habe im Augenblick ein kleines Problem, muss noch was erledigen. Kannst du so lange warten?«

»Wie lange genau?«

»Höchstens ein paar Stunden.«

Skunk schaute auf die Uhr. Zehn vor elf. »Nein, so viel Zeit habe ich nicht.«

»Sag mir, wo er steht. Ich regle das schon.«

Skunk nannte die Straße. Dann hängte er ein und wandte sich zu Bethany. »Zieh die Hose runter.«

»Ich hab doch gar keine an!«

100

GRACE SAH AUF DIE UHR. Sieben Minuten nach elf. Ein Blick auf den Tacho. Sie fuhren konstant 220. Lichter schossen vorbei. Er konzentrierte sich auf die Wagen vor ihnen, damit Glenn nicht in Schwierigkeiten geriet. Wenn sie überholten, versuchte er zu erkennen, ob es sich um ein Polizeiauto handelte. Leider waren auf dieser Strecke normalerweise viele Zivilfahrzeuge unterwegs, aber er wusste, wonach er Ausschau halten musste. Zwei Personen im Wagen, ein gepflegter Viersitzer neuerer Bauart, Außenantenne – das waren die schlüssigen Hinweise. Andererseits wusste er, dass um diese Uhrzeit bevorzugt Streifenwagen unterwegs waren, um die Anwesenheit der Polizei sichtbar zu machen.

Er würde einige Beziehungen spielen lassen müssen, um zu verhindern, dass Branson ein Bußgeld bezahlen musste und Strafpunkte erhielt, immerhin waren sie in London schon viermal geblitzt worden. Vier Kameras, jeweils drei Punkte, vielleicht sogar noch mehr, weil sie so extrem schnell gewesen waren. Mindestens zwölf Punkte, das bedeutete sofortiges Fahrverbot.

Er grinste bei der Vorstellung, wie sich sein Freund dagegen wehren würde.

»Was ist denn so komisch?«, erkundigte sich Branson mit lauter Stimme, um den Song von Bubba Sparxxx zu übertönen, der mit Maximallautstärke im Radio lief. »Warum grinst du so?«

Grace tolerierte den Lärm, da Glenn ihm erklärt hatte, die Musik bringe ihn in Stimmung. »Über mein ganzes Leben.«

Acht Minuten nach elf. Sie befanden sich zwischen den Ausfahrten 8 und 9.

»Dein Leben? Ich hätte nicht gedacht, dass es da etwas zu grinsen gibt. Ich hätte es eher für eine Tragödie gehalten.«

»Konzentriere dich aufs Fahren! Ich habe gerade eines dieser Nahtoderlebnisse. Mein ganzes Leben zieht an meinem inneren Auge vorbei. Und das schon, seit wir in Notting Hill losgefahren sind.«

Vor ihnen tauchte das große Schild für die Ausfahrt 9 mit der Abzweigung zum Flughafen Gatwick auf. Sie schossen vorbei. In der Ferne erkannte Grace die Umrisse der Brücke, die über die Autobahn führte.

Als sie dreißig Sekunden später die Brücke passierten, schaute Grace von der Uhr auf den Tacho. »Gut, du kannst jetzt langsamer fahren!«

»Von wegen!«

Zu Grace's Erleichterung war das Lied zu Ende und er wollte die Lautstärke drosseln, doch Branson protestierte. »Als nächstes kommt Mobb Deep, Mann, aber den kapierst du ja nicht. Das ist eben meine Musik, nicht deine.«

»Wenn du nicht langsamer fährst, suche ich was von Cliff Richard«, drohte Grace.

Kopfschüttelnd wurde Branson einen Tick langsamer.

Einen Augenblick lang konzentrierte Grace sich ganz auf seine Berechnungen. Sie hatten von Bishops Wohnung in Westbourne Grove, Notting Hill, bis hierher fünfundvierzig Kilometer zurückgelegt, wobei die Fahrt gleichermaßen durch die Stadt, über Schnellstraße und Autobahn führte.

Es gab verschiedene Strecken, die Bishop hätte nehmen können, und eine Überprüfung sämtlicher Radar- und Überwachungskameras würde vielleicht zeigen, welche er genommen hatte. Auf den Ausfallstraßen hatte starker Verkehr geherrscht, doch sie wussten nicht, ob das am fraglichen Abend auch der Fall gewesen war.

Sie hatten die Route in sechsunddreißig Minuten zurückgelegt. Bei Einhaltung der Tempolimits hätten sie fast eine Stunde gebraucht. Branson war wirklich flott gefahren, und wie durch ein Wunder hatte man sie nirgendwo angehalten. Bei leichterem Verkehr oder einer anderen Strecke konnte man womöglich noch fünf bis zehn Minuten abziehen. Folglich hätte Bishop es theoretisch auch in sechsundzwanzig Minuten schaffen können.

Es gab einige Faktoren, die sie in Betracht ziehen mussten. Die Quittung, die Phil Taylor im Restaurant erhalten hatte, wies als Uhrzeit 22.54 Uhr aus. Die Uhr am Kreditkartengerät ging möglicherweise einige Minuten vor oder nach. Fürs Erste nahm er einmal an, dass sie fünf Minuten nachging, dann hätte Bishop das Restaurant ziemlich genau um elf verlassen. Die Taxifahrt hätte ohne Zwischenfälle etwa fünfzehn Minuten gedauert. Plus einige Minuten, um den Wagen aus der Tiefgarage zu holen.

Alles in allem hätte Bishop um zwanzig nach elf in seinem Wagen sitzen können. Die Kamera auf der Brücke bei Ausfahrt 9 hatte ihn um 23.47 Uhr aufgenommen.

Siebenundzwanzig Minuten für eine Strecke, die sie in sechsunddreißig zurückgelegt hatten. Und Bishop besaß einen sehr viel schnelleren Wagen. Die schnellste Limousine der Welt.

Auch die Uhr an der Kamera ging möglicherweise nicht ganz genau. In diesem Zeitplan gab es viele Ungewissheiten, aber er wusste jetzt immerhin, dass es theoretisch möglich war.

Grace schaltete das Radio aus.

»Hey!«, protestierte Branson.

»Lass das bloß nicht bei mir zu Hause laufen, sonst kannst du im Hühnerstall übernachten.«

»Du hast doch gar keinen.«

»Ich kaufe morgen einen.«

»Den kriegst du doch nie zusammen. Als Heimwerker bist du nicht zu gebrauchen.«

»Dann solltest du lieber hoffen, dass es nicht regnet.« Mit ernsterer Stimme fragte er: »Was hältst du von Phil Taylor als Zeugen?«

»Er ist geradeheraus. Bisschen protzig, von sich eingenommen.«

»Meinst du, er deckt seinen Klienten? Weil er sich einen Anteil an dem Geld aus der Versicherung erhofft?«

Branson schüttelte den Kopf. »Dafür ist er nicht der Typ. Ein ehemaliger Sonderermittler vom Finanzamt? Natürlich gibt es überall Schurken, aber mir kam er aufrichtig vor. Nur der Wagen, meine Fresse! Dafür könnte ich ihn umbringen!«

»Ich halte ihn auch für ehrlich. Und er würde vor Gericht glaubwürdig herüberkommen.«

»Und?«

»Du hast die Strecke in sechsunddreißig Minuten geschafft. Nach meinen Berechnungen hätte Bishop sie in siebenundzwanzig fahren müssen, aber es ist ein bisschen Spielraum drin.«

»Ich hätte auch schneller fahren können.«

Bei diesem Gedanken zuckte Grace zusammen. »Es war schon genau richtig.« Und dann:

»Wir ziehen es durch.«

Grace holte sein Handy hervor und wählte die Privatnummer des Staatsanwalts Chris Binns, mit dem er schon in den vergangenen Tagen gesprochen hatte. Er brauchte seine Zustimmung, um Bishop offiziell zu beschuldigen. Er informierte den Staatsanwalt über die jüngsten Entwicklungen und die zeitlichen Beschränkungen, die ihnen die Untersuchungshaft auferlegte.

Sie vereinbarten, sich um halb sieben in Sussex House zu treffen.

101

CLEO LAG IM WOHNZIMMER AUF DEM SOFA, neben sich auf dem Boden eine fast leere Flasche Rosé und daneben ein leeres Glas. Im Fernseher lief die DVD von *Memoiren einer Geisha,* doch sie konnte die Augen kaum offen halten.

Natürlich hätte sie nicht so viel trinken sollen, zumal sie Rufdienst hatte und noch eine Seminararbeit für ihr Philosophiestudium verfassen musste, aber als sie den Fisch tot auf dem Boden gefunden hatte, hatte es ihr einen richtigen Schock versetzt. Seltsam, da beschäftigte sie sich nun den ganzen Tag mit toten Menschen und konnte ihre Gefühle, außer bei Kindern, immer gut beherrschen. Doch als sie den kleinen Fisch in dem Spalt zwischen zwei Dielenbrettern entdeckt hatte, sein lebhaftes Gold zu einem dumpfen Bronzeton verblasst, das trübe Auge anklagend zu ihr gewandt, als wollte er sagen, *Warum hast du mich nicht gerettet?,* machte sie das ungeheuer traurig.

Wie war der kleine Kerl überhaupt auf den Boden gelangt? Wenn es gestern passiert wäre, hätte sie ihrer Putzfrau, der ohnehin ständig etwas kaputtging, die Schuld geben können. Aber Marija kam dienstags nicht. War eine Katze irgendwie herein gelangt? Ein Vogel? Oder hatte der arme Fisch einfach nur etwas Neues ausprobieren wollen?

Sie streckte den Arm nach der Flasche aus, goss sich die letzten Tropfen ins Glas und trank es aus. Im Fernsehen erlernte die Geisha gerade die Kunst, einem Mann Freude zu bereiten. Cleo wurde aufmerksam; immerhin hatte sie den Film in der Hoffnung ausgeliehen, ein paar interessante Dinge zu lernen, die sie bei Roy ausprobieren konnte.

Darum trug sie unter ihrem seidenen Morgenmantel etwas sehr Enthüllendes mit cremefarbener Spitze, das sie am Samstag zu einem sündhaften Preis in einem Dessousladen gekauft hatte. Den ganzen Abend über hatte sie überlegt, wie sie Roy empfangen wollte. Die Tür aufmachen, ihn küssen, einen Schritt zurücktreten und den Morgenmantel fallen lassen.

Sie war so gespannt auf seine Reaktion! Sie hatte einmal gelesen, dass Männer darauf standen, wenn Frauen die Initiative ergriffen. Und es machte sie schon an, in diesem Nichts von Unterwäsche hier zu liegen und daran zu denken. Die Uhr am Videorecorder zeigte acht Minuten nach Mitternacht. Wo blieb er nur?

Wie als Antwort klingelte das Telefon. Es war Roy, die Handyverbindung knisterte hörbar.

»Hallo, wie geht's?«

»Ganz gut. Wo steckst du nur, du Ärmster?«

»Bin in fünf Minuten im Büro. Ich muss noch rasch ein paar Sachen für morgen vorbereiten, aber in einer halben Stunde könnte ich bei dir sein. Ist das zu spät?«

»Nein, ganz und gar nicht! Komm, sobald du kannst. Ich mache dir schon einen Drink. Wie ist es gelaufen?«

»Gut, sehr gut sogar. Anstrengend, aber das war es wert. Bist du ganz sicher, dass ich noch zu dir kommen soll?«

»Und wie, Liebster! Zu zweit macht Sex viel mehr Spaß!«

Sie hängte ein, doch das Telefon klingelte sofort wieder.

»Hallo?«

Scheiße, dachte sie, als sie die Stimme am anderen Ende hörte. *Mist, Mist, Mist! Warum gerade jetzt?*

102

SKUNKS TELEFON PIEPSTE. Eine eingehende Nachricht. Er löste sich von der halbnackten Bethany und versuchte verzweifelt, sich zu orientieren. Er hatte geschlafen, fühlte sich völlig verkrampft und konnte das verdammte Handy nicht finden. Außerdem war er auf Turkey.

»Autsch!«, sagte Bethany, als er die Hand unter ihren Oberschenkel schob.

»Ich suche nur mein Handy.«

Er fand es auf dem Boden vor dem Beifahrersitz. Die Nachricht stammte von DC Paul Packer:

Bereit. Und du?

Skunk simste zurück:

Ja.

Das Display zeigte vierzehn Minuten nach Mitternacht.

Skunk schlängelte sich in seine Jogginghose aus Fliegerseide, während Bethany herumjammerte, er quetsche sie platt. Die Turnschuhe hatte er gar nicht erst ausgezogen. Dann küsste er Bethany flüchtig auf die Wange. »Bis dann!«

»Was hast du vor? Wo willst du hin?«

»Ins Büro!«

»Erzähl mal.«

»Ich muss los.«

Er kroch mühsam aus dem Wagen, weil sein Körper so steif und zittrig war. Er stützte sich mit einer Hand auf den Wagen, mit der anderen an den Baustellenzaun. Er atmete schwer, und einen Moment lang glaubte er, er müsse sich übergeben. Schweiß rann ihm über Gesicht und Körper. Er sah Bethany, die ängstlich zu ihm herausschaute und deren Gesicht im Licht der Straßenlaterne geisterhaft bleich wirkte.

Er machte einen Schritt nach vorn, schon wurde ihm schwindlig. Er konnte sich gerade noch an einem Auto abstützen. *Es muss sein!*, sagte er sich. *Halt durch, nur noch ein paar Schritte, du darfst das nicht vermasseln, na los!*

Er zog sich die Kapuze seiner dünnen Windjacke über den Kopf und schleppte sich vorwärts. Wind war aufgekommen, der den Bauzaun leise klappern ließ. Die Wagen, die auf beiden Straßenseiten parkten, waren in das orangefarbene Licht der Straßenlaternen getaucht. Der MG stand etwa fünfzig Meter entfernt.

Er merkte selbst, wie unsicher er ging. Und dass man ihn beobachtete. Er wusste nicht, wo genau sie waren, aber sie waren da. Vermutlich warteten sie in einem Auto. Er kam an einem schwarzen Toyota Prius vorbei. Einer Ente. Einer staubigen Familienkutsche von Mitsubishi, die vor seinen Augen verschwamm. Die Übelkeit wurde schlimmer. Er spürte, wie ein Insekt über seinen linken Arm krabbelte und schlug mit der Hand danach. Dann eilten immer mehr Insekten über seinen Körper, er fühlte ihre winzigen, scharfen Füße auf der Haut. Er schlug sich auf Brust und Hals. Dann auf den Bauch. »Haut ab!«

Plötzlich überkam ihn Panik. Wo war die Dose mit seinen Dietrichen? Hatte er sie im Wagen verloren? Oder im Wohnwagen vergessen?

Er tastete seine Taschen ab. Nichts. *Verdammte Scheiße.*

Er suchte noch einmal. Und da war sie, in der rechten Tasche der Windjacke.

Reiß dich zusammen!

Als er den MG erreichte, hörte er einen Motor aufheulen und sah Bethany winkend an sich vorbeifahren. Sie hupte noch.

Blöde Kuh! Er grinste. Sah die Rücklichter verschwinden. Allmählich fühlte er sich etwas besser, holte die Dietriche aus der Tasche, wählte einen aus und schob die Spitze ins Türschloss. Nach wenigen Sekunden war es offen. Die Alarmanlage ging mit einem lauten Piepton los, begleitet vom Aufleuchten sämtlicher Lampen.

Skunk blieb ruhig. Wagen wie dieser waren nicht leicht zu knacken, sie verfügten über Schocksensoren und eine Wegfahrsperre. Zum Glück befanden sich wichtige Leitungen unmittelbar hinter dem Armaturenbrett. Man konnte sie kurzschließen und den Motor mit einer einzigen Überbrückung starten.

Der Innenraum roch gut, nach neuen Polstern, Leder und einem zarten Frauenparfum. Er setzte sich hinein und ließ die Tür offen, damit die Innenbeleuchtung anblieb. Er steckte den Kopf unter das Armaturenbrett und fand sofort, wonach er gesucht hatte. Zwei Sekunden später verstummte der Alarm.

Dann hörte er einen Schrei. Eine Frauenstimme. Wutentbrannt.

»HEY, DAS IST MEIN WAGEN!«

*

Cleo rannte die Straße entlang, vor Wut wie von Sinnen. Es war schon schlimm genug, dass Roys unerwarteter Londontrip ihren sorgfältig geplanten Abend zunichte gemacht hatte. Schlimmer war, dass man sie auch noch gerufen hatte, um die Leiche eines toten Penners aus einem Bushäuschen in Peacehaven zu bergen. Und als sie jetzt sah, dass irgendein Arschloch versuchte, ihren Wagen zu klauen, war alles vorbei.

Die Tür knallte zu. Der Motor sprang an. Die Rücklichter leuchteten auf. Ihr wurde flau. Das Schwein haute tatsächlich ab. Als sie gerade den dahinter parkenden Volvo erreicht hatte, leuchtete der Innenraum ihres Wagens grell auf, als habe man eine riesige Lampe eingeschaltet.

Es gab keinen Knall. Keinerlei Explosionsgeräusch. Aber der Wagen füllte sich in Windeseile mit lautlos lodernden Flammen.

Cleo blieb stehen und starrte wie betäubt auf den brennenden Wagen. Fragte sich einen Augenblick lang, ob ein Vandale ihn absichtlich in Brand gesetzt hatte. Nur saß derjenige noch drin.

Sie warf sich nach vorn und sah sein verzweifeltes, ausgemergeltes Gesicht am Fenster. Er schien mit dem Türgriff zu kämpfen, warf sich mit seinem ganzen Gewicht gegen die Tür, die zu klemmen schien, und hämmerte dann verzweifelt und mit flehenden Augen ans Seitenfenster. Sie konnte sehen, dass seine Kapuze in Flammen stand. Und seine Augenbrauen. Jetzt spürte sie auch die Hitze. Voller Panik streckte sie die Hand nach dem Türgriff aus. Die Tür rührte sich nicht.

Plötzlich standen zwei Männer neben ihr, Polizeibeamte in schwarzen Overalls und Schutzwesten. Einer war stämmig und hatte den Kopf rasiert, der andere war groß mit Bürstenschnitt.

»Bitte treten Sie zurück«, sagte der Stämmige. Dann riss er mit beiden Händen am Türgriff, während sein Kollege es an der Beifahrertür versuchte.

Die Gestalt mit der brennenden Kapuze warf panisch den Kopf hin und her, den Mund weit aufgerissen vor Qual. Seine Haut warf Blasen.

»Schließ die Tür auf, Skunk, schließ doch um Gottes willen die Tür auf!«, brüllte der Stämmige.

Die Gestalt im Inneren versuchte etwas zu sagen.

»Das ist mein Auto!« Cleo steckte den Schlüssel ins Schloss, doch er ließ sich nicht drehen.

Der Polizist versuchte es auch, trat dann zurück und holte seinen Schlagstock hervor. »Treten Sie bitte zurück, Miss.« Beim ersten Schlag zeigten sich Risse im Fenster. Noch einmal, dann gab das geschwärzte Glas nach. Er hieb mit den Fäusten darauf ein, ohne auf die Flammen zu achten, die aus dem Fenster schlugen. Schwarzer Rauch quoll hervor, es stank nach verbranntem Plastik. Er schob die Hand ins Innere und rüttelte wie wahnsinnig an der Tür.

Sie gab nicht nach.

Der Polizist holte tief Luft, beugte sich in den Wagen hinein, legte die Arme um die Gestalt und schaffte es mit der Hilfe seines Kollegen, den bedauernswerten, wimmernden Mann herauszuziehen und auf die Straße zu legen. Seine ganze Kleidung stand in Flammen, sogar die Schnürsenkel brannten. Er wand sich am Boden, schlug um sich, stöhnte. Noch nie hatte Cleo einen Menschen so furchtbar leiden sehen.

»Über den Boden rollen!«, brüllte Cleo verzweifelt. »Sie müssen die Flammen ersticken!«

Die Beamten rollten Skunk über den Boden, weg von dem brennenden Wagen. Der Stämmige hatte die Augenbrauen angesengt und das Gesicht verbrannt, doch das schien ihn gar nicht zu kümmern.

Die brennende Kapuze war teilweise mit dem Gesicht des Opfers verschmolzen, ebenso die Jogginghose aus Fliegerseide mit seinen Beinen. Neben dem Gestank des geschmolzenen Kunststoffs nahm

Cleo flüchtig etwas wahr, das an gebratenes Schweinefleisch erinnerte, bevor sie der Ekel überkam. »Wasser!« Sie erinnerte sich an den Erste-Hilfe-Kurs, den sie vor Jahren absolviert hatte. »Er braucht Wasser und muss abgedeckt werden, damit keine Luft an die Wunden gelangt.«

Ihre Augen zuckten von dem leidenden Mann auf der Straße zu ihrem lichterloh brennenden Auto. Sie überlegte fieberhaft, ob sie etwas Wichtiges im Handschuhfach oder Kofferraum aufbewahrte. Andererseits war es ohnehin zu spät. »Ich habe eine Decke im Kofferraum. Eine Picknickdecke, wir könnten ihn einwickeln, damit die Luft nicht –«

Einer der Beamten sprintete die Straße hinunter. Cleo schaute auf die schwarze, sich windende Gestalt. Der Mann zitterte am ganzen Körper, als habe man seinen Finger in eine Steckdose gesteckt. Sie fürchtete, er würde gleich sterben, und kniete sich neben ihn. Wollte seine Hand halten, ihn trösten, aber die Hand sah so furchtbar schwarz aus. »Alles wird gut«, sagte sie sanft. »Sie werden wieder gesund. Es kommt gleich Hilfe. Ein Krankenwagen! Alles wird gut.«

Sein Kopf rollte willenlos hin und her, der Mund war geöffnet, die Lippen von Blasen bedeckt. Er stieß jämmerlich krächzende Laute aus.

Er war fast noch ein Kind. Keine zwanzig. »Wie heißt du?«

Er schien sie gar nicht richtig zu sehen.

»Alles wird gut, ganz bestimmt!«

Der Polizeibeamte kam mit zwei Mänteln zurück. »Helfen Sie mir, wir wickeln ihn darin ein.«

»Meinen Sie, wir sollten zuerst den geschmolzenen Stoff entfernen?«

»Nein, lieber nicht. Wir wickeln ihn so fest wie möglich hierin ein.«

In der Ferne ertönte eine Sirene, die schnell lauter wurde. Dann noch eine und noch eine.

Aus seinem dunklen Prius sah der Zeitmilliardär zu, wie Cleo Morey und die beiden Polizeibeamten auf der Straße knieten. Er hörte die Sirenen. Ein blauer Lichtkeil zog an seinen Augen vorbei. Der erste Polizeiwagen traf ein. Dann drei Feuerwehrautos. Ein Krankenwagen.

Er schaute sich alles an. Heute Abend hatte er sowieso nichts Besseres zu tun. Er saß noch immer da, als es schon dämmerte, der Abschleppwagen eintraf und den völlig ausgebrannten MG auflud und abtransportierte.

Plötzlich wirkte die Straße sehr still. Doch der Zeitmilliardär saß in seinem Wagen und kochte vor Zorn.

103

IN WENIGEN MINUTEN, genauer gesagt um halb sechs, würde der Wecker läuten, doch Roy Grace war schon hellwach und lauschte dem morgendlichen Chor der Vögel. Auch Cleo war wach. Er konnte das leise Geräusch ihrer Wimpern auf dem Kissen hören, wenn sie blinzelte.

Sie lagen auf der Seite, und er hielt ihren nackten Körper eng umschlungen. »Ich liebe dich«, flüsterte er.

»Ich liebe dich so sehr«, flüsterte sie zurück. Ihre Stimme war von Angst erfüllt.

Er war um ein Uhr morgens noch im Büro gewesen und hatte seine Besprechung mit dem Staatsanwalt vorbereitet, als Cleo ihn zutiefst erschüttert anrief. Er war sofort zu ihr gefahren, hatte sie getröstet und die nächste Stunde am Telefon verbracht, um die beiden Beamten ausfindig zu machen, die als Erste am Tatort gewesen waren. Schließlich hatte man ihn zu einem verdeckt arbeitenden Beamten der Abteilung Autodiebstahl namens Trevor Sallis durchgestellt, der ihm erklärte, woran sie an diesem Abend gearbeitet hatten. Sie versuchten, den Anführer einer Hehlerbande zu fassen.

Laut Sallis hatte ein örtlicher Kleinkrimineller mit der Polizei zusammengearbeitet, und Cleos Wagen war rein zufällig in den Fall verwickelt worden. Anscheinend war aber etwas furchtbar schiefgelaufen, als der Dieb versucht hatte, den Wagen kurz zu schließen. Ein Modell, das für seine ausgezeichnete Diebstahlsicherung berüchtigt war.

Diese Erklärung hatte Cleo ein wenig getröstet. Dennoch gab es irgendetwas an der Geschichte, das Grace zutiefst beunruhigte. Der Dieb befand sich auf der Intensivstation des Royal Sussex County Hospital und würde, sofern er die nächsten Stunden überlebte, in die Spezialklinik für Verbrennungen in East Grinsted verlegt. Der andere Beamte, Paul Packer, befand sich mit schweren, aber nicht lebensbedrohlichen Verbrennungen im selben Krankenhaus.

Wodurch konnte ein Auto Feuer fangen? Nur weil irgendein kleiner Ganove an Leitungen herumfummelte, von denen er keine Ahnung hatte, und dabei versehentlich die Benzinleitung erwischte?

Die Gedanken wirbelten noch immer durch seinen Kopf, als der Wecker klingelte. Ihm blieb genau eine Stunde, um nach Hause zu fahren, zu duschen und ein frisches Hemd anzuziehen. Für den Morgen war eine weitere Pressekonferenz angesetzt.

»Nimm dir heute frei«, sagte er.

»Schön wär's.«

Er küsste sie zum Abschied.

*

Chris Binns, der Staatsanwalt, der für den Fall Katie Bishop zuständig war, war für Grace – und viele seiner Kollegen – ein rotes Tuch. Sie waren sich in der Vergangenheit häufiger über den Weg gelaufen, doch von großer Sympathie konnte auf beiden Seiten keine Rede sein.

Grace sah seine Aufgabe vor allem darin, anständigen Menschen zu dienen, indem er Kriminelle fing und der Gerechtigkeit zuführte. Binns hingegen war vor allem daran gelegen, der Staatsanwaltschaft unnötige Kosten zu ersparen, wenn es um Fälle ging, bei denen eine Verurteilung nicht sicher zu erwarten war.

Obwohl es noch so früh war, wirkte Binns taufrisch und wie aus dem Ei gepellt, als er Grace's Büro betrat. Er war hoch gewachsen und durchtrainiert; seine große Hakennase verlieh ihm etwas Raubvogelartiges. Er trug einen gut geschnittenen grauen Anzug, der für dieses Wetter eigentlich viel zu warm war, und seine Schuhe waren so blank poliert, als habe er sich die ganze Nacht mit nichts anderem beschäftigt.

»Freut mich, Roy«, sagte er herablassend und begrüßte Grace mit einem schlaffen, feuchten Händedruck. Er setzte sich an den Besprechungstisch und stellte die Aktentasche aus schwarzem Leder neben sich auf den Boden, wobei er sie streng anschaute, als sei sie ein Hund, der Platz machen sollte. Dann holte er ein Notizbuch heraus und zückte einen Montblanc-Füller.

»Vielen Dank, dass Sie sich so früh herbemüht haben«, sagte Grace und unterdrückte ein Gähnen. »Was kann ich Ihnen anbieten, Tee, Kaffee, Wasser?«

»Tee, bitte. Mit Milch, ohne Zucker, danke.«

Grace griff zum Hörer und bat Eleanor, die ebenfalls zeitig gekommen war, einen Tee und einen höllisch starken Kaffee zu bringen.

Binns las sich seine Notizen durch und blickte dann auf. »Sie haben Brian Desmond Bishop also am Montagabend um zwanzig Uhr verhaftet?«

»Das ist richtig.«

»Könnten Sie noch einmal die Gründe für die Beschuldigungen zusammenfassen? Gibt es irgendwelche heiklen Punkte?«

Grace erläuterte die Schlüsselbeweise: Bishops DNA in der Samenprobe, die man Katie Bishops Vagina entnommen hatte; die vor sechs Monaten abgeschlossene Lebensversicherung und ihre Untreue. Außerdem wies er darauf hin, dass Bishop bereits zweimal wegen Gewalttätigkeiten gegen Frauen vorbestraft war. Dann kam er auf Bishops Alibi zu sprechen, legte dem Staatsanwalt aber gleichzeitig den

Zeitplan vor, den er am vergangenen Abend noch aufgestellt hatte und der nachwies, dass Bishop dennoch genügend zeitlichen Spielraum gehabt hatte, um am fraglichen Abend nach Brighton zu fahren, seine Frau zu töten und nach London zurückzukehren.

»Ich nehme an, er dürfte am Freitag auf dem Golfplatz reichlich müde gewesen sein«, bemerkte Chris Binns trocken.

»Anscheinend hat er das Spiel seines Lebens hingelegt«, erwiderte Grace.

Binns zog die Augenbrauen hoch, und Grace wurde einen Moment lang flau, weil er fürchtete, der Staatsanwalt werde Zeugenaussagen von Bishops Golfpartnern verlangen. Zu seiner Erleichterung fügte dieser jedoch nur hinzu: »Vielleicht war es der Adrenalinrausch. Die Erregung, die das Töten verursacht.«

Grace lächelte. Diesmal stand Binns ausnahmsweise mal auf seiner Seite.

Der Staatsanwalt schob den Ärmel zurück, wobei er elegante goldene Manschettenknöpfe enthüllte, und sah auf die Uhr. »So, wie sollen wir nun verfahren?«

Grace hatte die Uhr genau im Auge behalten. Es war fünf Minuten vor sieben. »Nach unserem Gespräch gestern Abend haben wir Bishops Anwalt kontaktiert. Er trifft sich um sieben mit seinem Mandanten. Dann wird DS Branson ihn gemeinsam mit DC Nicholas des Mordes beschuldigen.«

Um halb acht betraten Branson und Nicholas mit einem Wärter das Vernehmungszimmer, in dem Brian Bishop bereits mit seinem Anwalt wartete.

Er trug noch den blauen Papieranzug, hatte dunkle Ringe unter den Augen, und seine Haut zeigte schon die typische Blässe des Gefängnisinsassen. Er hatte sich rasiert, doch das Licht oder die Zeit hatten anscheinend nicht ausgereicht, sodass er einige Stellen übersehen hatte. Auch sein Haar war nicht ordentlich gekämmt. Erst sechsunddreißig Stunden, und er sah schon aus wie ein alter Mann. Branson wusste, was das Gefängnis einem Menschen antat; man veränderte sich dort schneller, als man glaubte.

Leighton Lloyd blickte hoch. »Guten Morgen, meine Herren. Ich hoffe, Sie werden meinen Mandanten endlich freilassen.«

»Bedauere, Sir, aber nach den Ermittlungen, die wir in der vergangenen Nacht angestellt haben, liegen uns jetzt ausreichende Beweise für eine offizielle Beschuldigung vor.«

Bishop sackte in sich zusammen; mit offenem Mund drehte er sich zu seinem Anwalt um.

Leighton Lloyd sprang auf. »Und was ist mit dem Alibi meines Mandanten?«

»Das haben wir genau überprüft«, entgegnete Branson.

»Das ist eine Unverschämtheit! Mein Mandant ist Ihnen sehr kooperativ begegnet. Er hat Ihre Fragen beantwortet.«

»Das wird bei der Verhandlung auch berücksichtigt.« Nun wandte Branson sich unmittelbar an Bishop. »Brian Desmond Bishop, Sie werden beschuldigt, am 4. August dieses Jahres in Brighton, Grafschaft East Sussex, Ihre Ehefrau Katherine Margaret Bishop getötet zu haben. Sie müssen jetzt nichts sagen, aber es kann Ihre Verteidigung beeinträchtigen, wenn Sie bei der Vernehmung etwas verschweigen, das Sie später vor Gericht vorbringen. Alles, was Sie sagen, kann als Beweismittel verwendet werden. Ist das klar?«

Bishop schaute von seinem Anwalt zu Branson. »Ja«, flüsterte er.

Branson wandte sich an Leighton Lloyd. »Wir werden dafür sorgen, dass Ihr Mandant heute Nachmittag um zwei dem Haftrichter vorgeführt wird, wo wir eine Haftverlängerung beantragen werden.«

»Wir stellen einen Antrag auf Kaution«, sagte der Anwalt entschlossen und lächelte Bishop ermutigend zu. »Mein Mandant ist ein aufrechtes Mitglied dieser Gemeinde und eine Säule der Gesellschaft. Ich bin mir sicher, dass er seinen Pass gern als Pfand hinterlegen wird. Außerdem ist er in der Lage, eine beträchtliche Sicherheitsleistung anzubieten.«

»Das entscheidet der Richter«, sagte Branson. Dann kehrte er mit seinem Kollegen nach Sussex House zurück und überließ Bishop seinem Anwalt und den Gefängniswärtern.

104

NACHDEM DER STAATSANWALT GEGANGEN WAR, rief Grace seinen Freund und Kollegen Brian Cook, den Leiter der Scientific Support Branch, an und erkundigte sich nach dem ausgebrannten MG, den die Polizei in der vergangenen Nacht beschlagnahmt hatte.

»Ich habe die Sache noch niemandem zugeteilt, Roy. Es sind zu viele Leute in Urlaub, und alle anderen arbeiten an den beiden Mordfällen. Meinst du, es gibt eine Verbindung zu den Frauenmorden?«

»Nein, ich bin nur neugierig, was da passiert ist.« Trotz Glenn Bransons notorischer Indiskretion war seine Beziehung zu Cleo Morey noch nicht öffentlich bekannt geworden, und so sollte es auch bleiben.

»Dem Vernehmen nach gehört der Wagen Cleo Morey vom Leichenschauhaus«, sagte Cook.

Grace war sich nicht sicher, ob er dies als Anspielung verstehen sollte, doch Cooks nächste Frage vertrieb jeglichen Zweifel. »Sie ist deine Freundin, oder?«

»Wir sind *befreundet*, das ist richtig.«

»Freut mich für dich! Ich halte dich auf dem Laufenden. Einer unserer Beamten liegt im Krankenhaus, und ein anderer Mann, der damit zu tun hatte, befindet sich auf der Intensivstation, also muss ich ohnehin einen umfassenden Bericht schreiben. Ihr braucht nur mein Gehalt zu verdoppeln und mir zehn neue Mitarbeiter zu geben!«

Grace bedankte sich und warf einen Blick auf die Unterlagen für die Pressemitteilung. Danach öffnete er den Terminkalender in seinem BlackBerry und sah nach, was an diesem Tag anstand. Immerhin würden sie bei der Pressekonferenz gute Neuigkeiten zu vermelden haben. Um zwei musste er zu Bishops Gerichtstermin, und um halb sieben stand die übliche Besprechung an. Vielleicht konnte er heute Abend ausnahmsweise pünktlich Schluss machen, falls es keine bedeutenden Entwicklungen gab. Er musste dringend Schlaf nachholen, bevor er so erschöpft war, dass ihm bei der Arbeit Fehler unterliefen. Und dieser Zeitpunkt war nicht mehr fern.

Drei Richter, zwei Frauen und ein Mann, hatten sich im Verhandlungszimmer 3 des Gerichtsgebäudes in der Edward Street versammelt. Der Raum war schlicht und unauffällig, mit hölzernen Sitzen und einem kleinen Pressebereich. Abgesehen von dem Wappen mit der feierlichen Aufschrift *Dieu et mon droit,* das an der hinteren Wand hing, hätte es auch ein Klassenzimmer irgendeiner Schule sein können.

Brian Bishop, der wieder seine eigene Kleidung trug, saß auf der Anklagebank und sah zutiefst erschüttert aus.

Gegenüber der Richterbank saßen der Staatsanwalt, Leighton Lloyd, Grace und Branson, dazu noch etwa dreißig Journalisten auf der Seitengalerie.

Unglücklicherweise war die Vorsitzende Richterin an diesem Tag die blondierte Hermione Quentin, die ein teuer aussehendes Designerkleid trug. Sie war die einzige Richterin in der Stadt, die Grace zutiefst verabscheute, und er hatte in diesem Jahr schon einen Zusammenstoß mit ihr erlebt, als er einen Verdächtigen in Haft behalten wollte, den er für überaus gefährlich hielt. Würde er heute das Gleiche erleben?

Die Anhörung gestaltete sich kurz. Leighton Lloyd argumentierte leidenschaftlich und überzeugend, weshalb man Bishop auf Kaution freilassen sollte, doch Chris Binns nahm seinen Antrag förmlich auseinander. Die Richter brauchten nur eine kurze Beratungszeit, bevor Hermione Quentin das Wort ergriff.

»Die Kaution wird abgelehnt«, verkündete sie in arrogantem Ton, wobei sie jedes Wort mit der Präzision eines Schauspiellehrers aussprach. »Der Grund dafür ist die Schwere des Vergehens. Wir glauben, dass bei Mr. Bishop Fluchtgefahr besteht. Wir sind uns bewusst, dass die Polizei noch in einem zweiten schweren Vergehen ermittelt und der Haftverbleib Mr. Bishop davon abhalten wird, sich eventuell mit Zeugen abzustimmen. Unserer Ansicht nach geht der Schutz der Öffentlichkeit vor.« Dann sagte sie, als wolle sie Bishop damit einen großen Gefallen tun: »Da Sie ein Bürger dieser Stadt sind, halten wir es für hilfreich, Sie bis zu Ihrer Verhandlung in Lewes zu inhaftieren.

Sie verbleiben bis nächsten Montag in Haft, dann erfolgt ein Haftprüfungstermin vor diesem Gericht.«

Sie griff zum Stift und notierte etwas.

Der Gerichtssaal leerte sich. Zufrieden stand Grace auf, um an der Anklagebank vorbei zur Tür gehen, doch Bishop sprach ihn an.

»Könnte ich kurz mit Ihnen reden, Detective Superintendent?«

Lloyd sprang von seinem Platz und trat dazwischen. »Das halte ich nicht für ratsam.«

»Sie haben selbst nicht gerade eine gute Arbeit geleistet«, entgegnete Bishop wütend. »Bitte, ich bin es nicht gewesen. Bitte, Sie müssen mir glauben«, flehte er Grace an. »Da draußen läuft irgendjemand herum, der zwei Frauen ermordet hat. Meine Frau und eine gute Freundin von mir. Sie müssen unbedingt weiter nach diesem Menschen suchen, auch wenn man mich einsperrt. Bitte!«

»Mr. Bishop!«, mahnte ihn sein Anwalt. »Sie sagen jetzt nichts mehr.«

Als Grace den Raum verließ, hallten ihm Bishops Worte in den Ohren. Er hatte schon öfter derart verzweifelte Bitten in letzter Sekunde gehört, und zwar von Menschen, die durch und durch schuldig waren.

Dennoch fühlte er sich zutiefst unbehaglich.

105

BRENDAN DUIGAN HATTE ROY GRACE auf ein Problem aufmerksam gemacht, das entstand, wenn man Brian Bishop mit dem Fall Sophie Harrington in Verbindung bringen wollte.

Das verkündete Grace nun den wichtigsten Mitgliedern der beiden Ermittlungsteams, die sich im Konferenzraum von Sussex House drängten, wandte sich dann an DC Corbin, die zu Duigans Team gehörte, und bat sie um ihren Bericht.

Als Adrienne Corbin das Wort ergriff, wirkte sie ungewohnt nervös.

»Ich habe die Bewegungen von Brian Bishop am Nachmittag und Abend des 4. August rekonstruiert. Die Informationen dafür stammen von der Familienbetreuerin Buckley; dem Taxifahrer Mark Tuckwell aus Hove; von Überwachungskameras von Polizei und Geschäften; aus den Telefonunterlagen von Bishop und Informationen der British Telecom, die die geografischen Bewegungen von Bishops Handy ausweisen.«

Sie hielt inne, errötete und wischte sich den Schweiß vom Gesicht. Grace hatte Mitleid mit ihr. Ein guter Ermittler zu sein, hieß noch lange nicht, dass man auch ungezwungen vor Publikum sprechen konnte. Corbin blätterte in ihren Notizen. »Für die Operation Chamäleon ist vor allem interessant, dass von 23.20 Uhr am Donnerstag, dem 3. August, bis 6.30 Uhr am Freitag, dem 4. August, keine Aktivitäten auf Bishops Handy registriert wurden.«

»Können wir den uns vorliegenden Informationen entnehmen, ob Bishop sich während dieses Zeitraums einfach nicht bewegt, das Telefon irgendwo liegen gelassen oder es ausgeschaltet hat?«, erkundigte sich Grace.

»Meines Wissens sendet ein Handy, das sich im Stand-by-Zustand befindet oder benutzt wird, ständig Signale zur nächsten Basisstation. Es verrät der Station praktisch, wo es gerade ist. Eine Reihe von Signalen wurde von Sendemasten in London aufgenommen, was darauf hinweist, dass er in der Zeit zwischen 23.00 Uhr und 23.15 Uhr von Piccadilly bis Notting Hill gefahren ist. Das letzte Signal wurde um 23.20 Uhr von einem Mast in Bayswater, West London, ganz in der Nähe von Notting Hill, aufgenommen. Die nächsten Signale wurden morgens um 6.30 Uhr von derselben Basisstation empfangen, Sir.«

Obwohl das zu den Zeiten passte, die Phil Taylor bestätigt hatte, waren diese Informationen nicht sonderlich hilfreich. Es war durchaus denkbar, dass Bishop das Handy mit voller Absicht ausgeschaltet hatte. Und er konnte ohne weiteres argumentieren, er habe es ausgeschaltet, weil er seinen ungestörten Nachtschlaf brauchte. Doch die nächsten Worte von DC Corbin rüttelten ihn auf.

»Die Bewegungen von Bishops Handy vom Freitag, dem 4. August, bis 18.45 Uhr decken sich mit seiner Aussage und dem, was wir bisher wissen. Sie beweisen, dass er unmittelbar von London zum Golfclub gefahren ist und von dort aus auf direktem Weg nach Sussex House. Außerdem zeichnen sie seine Fahrt von hier zum Hotel du Vin nach. Danach scheint er sein Handy zwischen 12.28 Uhr und 14.17 Uhr ausgeschaltet zu haben. Dies fällt mit genau jener Zeitspanne zusammen, in der die Kollegin Buckley ihn im Hotel vermisst hat.«

Sie hielt inne und schaute sich um. Alle sahen sie gespannt und konzentriert an, viele machten sich Notizen. Grace lächelte ihr ermutigend zu.

»Während desselben Zeitraums wurde Bishop von drei Überwachungskameras aufgenommen: an der Kreuzung Dukes Lane und Ship Street, also ganz in der Nähe des Hotels, dann in der London Road gegenüber St. Peter's Church und einmal auf der Kings Parade gegenüber vom Brighton Pier. Als Grund für seine Abwesenheit gab er an, er habe frische Luft schnappen wollen.«

»Kommt mir irgendwie komisch vor«, meldete sich Norman Potting. »Er macht zweimal die Fliege und schaltet jedes Mal sein Handy aus.«

Grace nickte nachdenklich und bedeutete Corbin, fortzufahren.

»Von 14.17 Uhr bis 18.47 Uhr am Freitag blieben die Telefonsignale statisch, Bishop dürfte sich in seinem Hotelzimmer aufgehalten haben. Das passt auch zu Buckleys Bericht. Danach zeigt das Telefonprotokoll, dass Bishop sich etwa zweieinhalb Kilometer nach Westen bewegte, was zu der Aussage des Taxifahrers Mark Tuckwell passt, der Bishop angeblich zu dieser Zeit zum Lansdowne Place Hotel gefahren hat. Das hat wohl auch das Fahrtenbuch des Taxiunternehmens bestätigt.« Sie schaute zu Pamela Buckley hinüber, die dies mit einem Nicken bekräftigte.

Corbin blätterte weiter. »Um fünf Minuten nach sieben checkte

Bishop im Lansdowne Place Hotel ein, und zwar drei Stunden, nachdem ein Mitarbeiter des Empfangs den Anruf eines uns bisher unbekannten Mannes erhalten hatte, der in Bishops Namen für mehrere Nächte ein Zimmer reservierte.«

Grace warf rasch einen Blick auf seine eigenen Notizen. »Bishop behauptet, ein Kripobeamter habe ihn angerufen und ihm mitgeteilt, man wolle ihn in ein anderes Hotel verlegen. Ein Taxi warte am Hintereingang auf ihn. Auf diese Weise könne er das Hotel verlassen, ohne von der Presse belästigt zu werden, die den Vordereingang belagerte. Den Namen dieses Beamten gab er mit DC Canning an. Wir haben das überprüft, aber in ganz Sussex arbeitet kein Polizist dieses Namens.«

»Adrienne, ist es richtig, dass die Protokolle von Bishops Handy keinen Anruf im Lansdowne Place Hotel verzeichnen?«, erkundigte sich DCI Duigan.

»Das ist korrekt, Sir. Das Hotel du Vin hat auch bestätigt, dass während Bishops Aufenthalt kein Anruf von seinem Zimmer zum Lansdowne Place erfolgte.«

»Natürlich, er hat es gemacht, während er draußen war!«, rief Norman Potting aufgeregt. »Bei seinem Mittagspaziergang hätte er ohne weiteres ein Kartenhandy kaufen und es später irgendwo entsorgen können.«

»Interessante Idee«, sagte Grace. »Sehr gut, Norman.«

»Das Lansdowne Place liegt näher an Sophie Harringtons Wohnung als das Hotel du Vin. Das könnte von Bedeutung sein«, erklärte Duigan.

»Ich möchte noch einen Gedanken hinzufügen«, meldete sich Grace. »Es ist denkbar, dass Bishop einen Komplizen hatte, der auch den Wechsel der Hotels arrangiert hat.«

»Roy, ich verstehe durchaus, dass ein Komplize gut ins Bild des Mordes an Mrs. Bishop passen würde, vor allem auch angesichts der hohen Lebensversicherung. Haben wir denn irgendwelche Hinweise, dass Bishop beim Mord an Sophie Harrington einen Komplizen hatte?«

»Nein, aber die Ermittlungen sind bei weitem noch nicht abgeschlossen.«

Dann fuhr Adrienne Corbin mit ihrem Bericht fort. »Das Hotelpersonal hat Bishop beobachtet, als er gegen 19.30 Uhr das Haus verließ. Er bewegte sich in Richtung Westen. Das bestätigen auch die Bilder einer Überwachungskamera an der Kreuzung West Street und Kings Parade, auf denen er um fünf Minuten vor acht zu sehen ist.«

Grace schaute sie entsetzt an, er musste sich verhört haben. »Wollen Sie damit sagen, dass Bishop vom Lansdowne Place Hotel zurück in Richtung des Hotel du Vin gegangen ist? Sich also von Sophie Harringtons Wohnung weg bewegte?«

»Ja, Sir.«

Duigan stand auf und schaltete den Fernseher ein. »Ich glaube, das hier sollten sich alle ansehen.«

Zuerst sah man Brian Bishop auf der Kings Parade, umgeben von mehreren Leuten, vor ihm auf der Straße fuhr ein Bus vorbei. Sein Gesicht war deutlich zu erkennen. Er trug dieselbe Kleidung, die er später an jenem Abend auch bei der Vernehmung getragen hatte. Auf seiner rechten Hand klebte das Heftpflaster.

»Wann ungefähr hat Ihre Zeugin Bishop vor Harringtons Haus gesehen?«, erkundigte sich Grace.

»Ziemlich genau um zwanzig Uhr. Sie wusste es so genau, weil in diesem Moment eine Fernsehsendung anfing, die sie sich anschauen wollte.«

»Und sie hat ihn offiziell identifiziert?«

»Ja, heute Nachmittag hat sie an einer Gegenüberstellung teilgenommen. Sie ist sich absolut sicher, dass er es war.«

»Und was soll er angehabt haben?«

»Eine Art dunklen Jogginganzug.«

Grace betrachtete Bishop auf dem Bildschirm. »Was sagen Sie dazu? Könnte jemand diesen schwarzen Blouson und die dunkelblaue Hose mit einem Jogginganzug verwechseln?«

»Es war acht Uhr abends, als sie Bishop gesehen hat«, gab Alfonso Zafferone zu bedenken. »Alte Menschen können bei schlechter Beleuchtung womöglich nicht gut Farben unterscheiden. Ich nehme an, dass man um diese Tageszeit die Jacke durchaus mit dem Oberteil eines Jogginganzugs verwechseln könnte.«

»Oder Bishop hatte den Jogginganzug über seine Sachen gezogen, um sie zu schützen«, warf Guy Batchelor ein.

»Zwei gute Ideen.« Grace überlegte. »Er hätte in zehn Minuten mit dem Taxi von der Kings Parade bis zu Sophie Harringtons Wohnung fahren können.«

Duigan betätigte die Fernsteuerung, und ein zweites Bild von Bishop erschien. Jetzt war er unmittelbar am Meer zu sehen, vor ihm befanden sich einige Gestelle mit Kajaks.

Corbin fuhr fort: »Bishop wurde erneut um 20.14 Uhr von einer Überwachungskamera vor den Arches gesehen. Das Protokoll des Sendemastes besagt, dass sich Bishop in den folgenden fünfundvierzig Minuten nicht bewegt hat und danach in sein Hotel zurückgekehrt ist. Zwei Mitarbeiter einer Kneipe namens *Pebbles* haben bestätigt, dass er von etwa 20.20 Uhr bis 20.50 Uhr dort gewesen ist. Sie sagen aus, er habe ein Bier und einen Espresso getrunken und ziemlich durcheinander gewirkt. Er sei mehrfach aufgestanden und umhergegangen und habe sich danach wieder hingesetzt. Sie fürchteten schon, er könnte die Zeche prellen.«

Dann schaltete sich Bella Moy ein. »Roy, mir kommt es beinahe vor, als habe er sich mit Absicht bemerkbar machen wollen.«

»Ja, das wäre möglich. Andererseits ist dieses Verhalten typisch für jemanden, der sich in einem sehr erregten Zustand befindet.«

Wieder drückte Duigan auf die Fernsteuerung. Der Bildschirm war jetzt dunkler, und man sah einen Mann, der Bishop sehr ähnlich sah, unter den Arches entlanggehen.

»Um 20.54 Uhr wurde Bishop erneut von dieser Kamera aufgenommen, diesmal ging er in die entgegengesetzte Richtung zum Lansdowne Place Hotel. Eine Mitarbeiterin vom Empfang erinnert sich, dass Bishop gegen 21.25 Uhr die Nachricht entgegennahm, die Detective Superintendent Grace für ihn hinterlassen hatte. Worauf er Sie um halb zehn zurückrief.«

»So ist es.«

»Danach ist er ins Sussex House gefahren, wo Detective Superintendent Grace und DS Branson ihn vernommen haben. Die Vernehmung begann um 22.22 Uhr. Laut Protokoll hatte Bishop das Hotel um 21.49 Uhr verlassen.«

»Auf dem Weg vom Hotel zu uns muss er praktisch bei Sophie Harrington vorbeigefahren sein«, sagte Branson.

»Die Fahrt hierher dauert mindestens fünfzehn Minuten, ich selbst wohne nur ein paar Straßen vom Hotel entfernt«, erklärte Grace. »Ich fahre die Strecke Tag und Nacht. Man braucht immer fünfzehn bis zwanzig Minuten. Damit wären ihm ganze achtzehn Minuten geblieben, um Sophie Harrington zu töten, was angesichts dessen, was mit ihr geschehen ist, völlig unmöglich erscheint. Undenkbar, dass er die ganzen Löcher in ihren Körper gebohrt und sich selbst dann noch gewaschen hat.«

»Das sehe ich genauso«, sagte Duigan.

»Mit anderen Worten, wir haben ein Problem. Entweder hat Bishop Sophie Harrington nicht getötet oder er hatte einen Komplizen. Oder . . .«

Er ließ den Satz offen.

106

NACH DER BESPRECHUNG ging Grace geradewegs zu Brian Cooks Büro. Zum Glück war dieser noch bei der Arbeit.

Er schien gerade ein privates Telefonat zu führen, winkte Grace aber herein, sagte fröhlich zu seinem Gesprächspartner, er habe einen Drink bei ihm gut, und hängte ein. »Roy, hat John Pringle dich schon wegen Cleo Moreys Wagen angerufen?«

»Nein.«

»Ich habe ihn heute darauf angesetzt. Er soll sich bei dir melden.«

»Danke, Brian. Mal was ganz anderes: Was weißt du über die DNA von Zwillingen?«

»Was genau möchtest du wissen?«

»Wie ähnlich ist die DNA von eineiigen Zwillingen?«

»Sie ist identisch.«

»Vollkommen identisch?«

»Zu einhundert Prozent. Ihre Fingerabdrücke sind unterschiedlich, aber die DNA ist vollkommen gleich.«

Grace bedankte sich und kehrte in sein Büro zurück. Er schloss die Tür, setzte sich an den Schreibtisch und legte sich die Worte für das folgende Telefonat zurecht. Dann wählte er eine Handynummer.

»Leighton Lloyd«, meldete sich eine Stimme, die ziemlich kampflustig klang, als wüsste der Anwalt, wer am Apparat war.

»Hier Detective Superintendent Grace. Können wir uns inoffiziell unterhalten?«

Der Strafverteidiger klang ziemlich überrascht. »Ja, natürlich. Ganz unter uns. Haben Sie neue Informationen für mich?«

»Es gibt einige Probleme«, sagte Grace vorsichtig, da er Lloyd noch immer nicht ganz traute. »Wissen Sie zufällig, ob Ihr Mandant einen Zwillingsbruder hat?«

»Erwähnt hat er das jedenfalls nicht. Können Sie mir mehr darüber sagen?«

»Noch nicht. Es könnte jedoch hilfreich für uns alle sein, wenn diese Frage geklärt wäre. Könnten Sie Ihren Mandanten umgehend danach fragen?«

»Die Besuchszeit ist vorbei. Könnten Sie für mich die Erlaubnis erwirken, mit meinem Mandanten zu telefonieren?«

»Ja, ich kümmere mich darum.«

»Soll ich Sie heute Abend zurückrufen?«

»Dafür wäre ich Ihnen sehr dankbar.«

Sowie Grace eingehängt hatte, klingelte sein Telefon schon wieder. »Roy Grace.« Die Stimme am anderen Ende klang ernst und nachdenklich.

»Detective Superintendent, hier spricht John Pringle von der Spurensicherung. Ich sollte mich um einen MG mit Feuerschaden kümmern, der heute Morgen beschlagnahmt wurde. Brian Cook hat mich gebeten, Ihnen die Ergebnisse zu übermitteln.«

»Vielen Dank, er hat mir schon gesagt, dass Sie anrufen.«

»Ich habe soeben die Untersuchung des Fahrzeugs abgeschlossen. Die Feuerschäden im Innenraum haben einige Kabel schmelzen lassen, sodass mein Bericht leider nicht ganz vollständig ausfällt.«

»Verstehe.«

»Was ich jedoch sagen kann, Sir, ist, dass das Feuer nicht durch einen Diebstahlsversuch oder Vandalismus verursacht wurde.« Langes Schweigen.

Grace klemmte sich das Telefon ans Ohr und beugte sich vor. »Wodurch dann?«

»Jemand hat sich an dem Fahrzeug zu schaffen gemacht. Vorsätzliche Sabotage, daran besteht kein Zweifel. Man hat eine zusätzliche Düse für die Kraftstoffeinspritzung eingebaut, die das Benzin unmittelbar in den Fußraum vor dem Fahrersitz sprühte, sobald jemand die Zündung betätigte. Der Anlasser war so präpariert, dass Funken in den Fußraum fielen. Außerdem sieht es für mich so aus, obwohl es aufgrund der geschmolzenen Kabel schwer nachzuweisen ist, als hätte man auch die Leitungen für die Zentralverriegelung sabotiert, sodass sich die Türen nicht mehr öffnen ließen.«

Grace spürte, wie es ihn kalt überlief.

»Da war ein sehr cleverer Bursche am Werk, der genau wusste, was er tat. Es ging nicht darum, den Wagen zu beschädigen. Meiner Ansicht nach sollte der Fahrer getötet werden.«

*

Grace saß auf einem der großen roten Sofas im Wohnzimmer. Cleo hatte sich an ihn gekuschelt; auf dem Tisch stand noch das verlassene Goldfischglas. Er hatte einen Arm um sie gelegt und hielt in der anderen Hand ein großes Glas Glenfiddich mit Eis. Cleos Haar duftete frisch gewaschen. Sie fühlte sich warm an, lebendig, wunderbar lebendig. Und sehr verletzlich.

Er hatte schreckliche Angst um sie.

Sie hörten Bizets *Perlenfischer,* eine erlesene Musik, aber zu quälend und traurig für diesen Moment. Ihm wäre Stille oder etwas Fröhliches lieber gewesen, denn es hätte ihn von seiner Ratlosigkeit abgelenkt. Er wusste gar nichts mehr, bis auf eins: Er liebte dieses wunderschöne, warme, witzige Wesen in seinem Arm. Er liebte Cleo von ganzem Herzen, mehr als er sich nach Sandys Verlust jemals hätte vorstellen können. Und er wusste, dass er sich von Sandy lösen musste. Er wollte nicht, dass ihr Schatten diese neue Beziehung zerstörte.

Zudem musste er die ganze Zeit daran denken, was geschehen wäre, wenn nicht der armselige kleine Autoknacker, der noch immer in der Klinik um sein Leben kämpfte, ihren Wagen hätte stehlen wollen.

Wenn die Polizei ihn nicht beobachtet hätte. Wenn niemand dort gewesen wäre, um ihr zu helfen.

Der Gedanke war unerträglich. Irgendein Wahnsinniger hatte vorgehabt, Cleo zu töten, und allergrößte Mühe darauf verwandt.

Aber wer?

Und warum?

Würde es dieser Jemand noch einmal versuchen?

Grace musste an den vergangenen Sonntag denken, als man das Verdeck des Wagens aufgeschlitzt hatte. War das wirklich nur ein Zufall gewesen?

Morgen würde sich ein Ermittler mit Cleo zusammensetzen und überlegen, ob sie sich bei der Arbeit Feinde gemacht hatte. Viele Angehörige von Opfern waren wütend und verzweifelt, wenn man ihre Liebsten sezierte, und sie ließen ihren Zorn nur zu oft an Cleo aus, obwohl sie gar nicht für die Entscheidung verantwortlich war.

Zuerst hatte sie ungläubig auf die Nachricht reagiert, inzwischen aber das volle Ausmaß begriffen. Sie war völlig entsetzt.

»Was ich dabei nicht verstehe –« Sie hielt mitten im Satz inne, als wäre ihr eine Idee gekommen. »Wenn jemand meinen Wagen in die Luft jagen wollte, warum hat er es nicht wie einen Unfall aussehen lassen? Ihm musste doch klar sein, dass die Spurensicherung alles auseinander nimmt. Mir kommt die ganze Sache so offensichtlich vor.«

»Da hast du recht. Wer immer es war, hat sich nicht die Mühe gemacht, es als Unfall zu tarnen. Allerdings bezweifle ich auch, dass das so leicht gewesen wäre. Ich bin zwar kein Fachmann, aber es dürfte schon sehr viel aufwändiger gewesen sein, als nur ein paar Drähte miteinander zu verbinden.« Es war sadistisch, geradezu teuflisch, doch das erwähnte er nicht. Er hatte Cleo auch noch nicht gesagt, dass der ganze Vorfall als Kapitaldelikt behandelt wurde. Man hatte die Ermittlungen bereits einem leitenden Beamten übertragen und ein Team zusammengestellt.

Cleo schaute ihn mit großen, besorgten Augen an. »Ich kann mir einfach nicht vorstellen, wer das getan haben soll, Roy.«

»Was ist mit deinem Ex-Freund?«

»Richard? Sie schüttelte den Kopf. »Nein, so weit würde er nicht gehen.«

»Immerhin hat er dich monatelang verfolgt, bis du ihm mit einer einstweiligen Verfügung gedroht hast. Du hast selbst gesagt, erst da habe er den Schwanz eingekniffen. Manche Stalker geben nie auf.«

»Ich glaube einfach nicht, dass er das war.«

»Hast du nicht mal erwähnt, dass er Autorennen fährt?«

»Früher schon, aber jetzt gehören seine Wochenenden nur noch Gott.«

Grace's Handy klingelte. Er stellte sein Glas ab und schob Cleo behutsam zur Seite, um das Telefon aus der Jackentasche zu holen. Es war Lloyd.

»Ich habe mit meinem Mandanten gesprochen. Er wurde adoptiert. Er weiß nichts über seine leiblichen Eltern.«

»Weiß er überhaupt etwas über seinen familiären Hintergrund?«

»Er hat erst nach dem Tod seiner Eltern herausgefunden, dass er adoptiert wurde. Nachdem seine Mutter gestorben war, hat er ihre

Papiere geordnet und dabei seine Geburtsurkunde entdeckt. Das war ein großer Schock für ihn.«

»Hat er versucht, seine leiblichen Eltern zu finden?«

»Er sagt, er habe es schon lange vorgehabt, bisher aber nichts unternommen.«

Grace dachte nach. »Hat er Ihnen zufällig auch gesagt, wo sich seine Geburtsurkunde zurzeit befindet?«

»Ja, in einem Aktenschrank im Büro bei sich zu Hause. In einem Ordner mit der Aufschrift *Persönliche Unterlagen.* Möchten Sie mir jetzt vielleicht mehr verraten?«

»Nicht zu diesem Zeitpunkt«, erwiderte Grace. »Aber ich bin Ihnen sehr dankbar. Ich melde mich, wenn ich etwas herausgefunden habe.«

Er beendete das Gespräch und rief umgehend die Soko-Zentrale der Operation Chamäleon an.

107

OBWOHL ER HUNDEMÜDE WAR, schlief Grace sehr unruhig, erwachte beim leisesten Geräusch und fand erst wieder Ruhe, wenn er sicher war, dass es von draußen und nicht aus dem Inneren des Hauses kam.

Dunkle Gedanken wirbelten durch seinen Kopf. Ein brennender MG. Eine Tätowierung. Eine Gasmaske. Ein Körper, über den Krebse krochen, der von der Brandung am Strand hin und her geworfen wurde. Dann Janet McWhirters fröhlich lächelndes Gesicht.

Mach den Boden unter deinen Füßen frei.

Diese Worte seines ehemaligen Mentors, des inzwischen pensionierten Chief Superintendent Dave Gaylor, gingen ihm nicht aus dem Kopf. Gaylor war Detective Inspector gewesen, als Grace, damals der jüngste DI in ganz Sussex, ihn kennen lernte. Gaylor war zwölf Jahre älter als er und hatte ihm viele wichtige Dinge beigebracht, die er nun an Glenn Branson weiterzugeben versuchte.

Mach den Boden unter deinen Füßen frei. Das war ein alter Kripospruch. Gaylor hatte immer darauf hingewiesen, wie wichtig es war, sich die unmittelbare Umgebung eines Tatorts anzusehen und nichts als unbedeutend abzutun. Außerdem hatte er Grace beigebracht, dass Dinge, die einem verdächtig vorkamen, meist auch verdächtig waren.

Und Janet McWhirters Tod kam ihm ziemlich verdächtig vor.

Zudem ging ihm sein persönliches Mantra von *Ursache und Wirkung* nicht aus dem Kopf. *Ursache und Wirkung. Ursache und Wirkung.*

Nach fünfzehn Jahren bei der Polizei verliebt sich Janet McWhirter. Sie will nach Australien auswandern, ein neues Leben anfangen. War die *Ursache* dafür der Mann, den sie kennen gelernt hatte? Und die *Wirkung,* dass sie letztlich tot an den Strand gespült wurde?

Auch dieser Fall bereitete ihm große Sorgen.

Draußen dämmerte es. Grace hatte nie Angst vor der Dunkelheit gehabt, nicht einmal als Kind, denn er wusste, dass sein Vater, der Polizist, ihn beschützen würde. In den letzten Stunden hatte ihm die Dunkelheit allerdings zugesetzt. Er hatte sich immer wieder gefragt, wer da draußen Cleo etwas antun wollte. Vielleicht doch ihr krankhaft eifersüchtiger Ex-Verlobter Richard?

Richard Northrop-Turner.

Der Mann, der Cleo gnadenlos belagert und verfolgt hatte, bis sie ihm mit einer Klage drohte. Danach hatte er sich anscheinend verzogen. Richard Northrop-Turner, der Autorennen fuhr und sich mit Motortechnik bestens auskannte. Cleos Einwänden zum Trotz würde er gleich heute Morgen den leitenden Ermittler anrufen und ihm vorschlagen, den Ex-Verlobten genau zu überprüfen.

Als Cleo sich rührte, küsste er sie sanft auf die Stirn und spürte ihren warmen Atem im Gesicht. Am liebsten hätte er sie mit zu sich nach Hause genommen, womit er gleichzeitig auch seinen ungebetenen Gast losgeworden wäre. Einen Moment lang fragte er sich, ob Glenn nicht mit Cleo die Wohnung tauschen könnte.

Als er ihr diesen Vorschlag unterbreitete, reagierte sie jedoch wenig begeistert.

»Ich bin hier sicher. Es gibt nur einen Weg, und der führt durchs Tor. Ich habe keine Angst.«

»Und wenn du das Haus verlassen musst? Wie oft hast du noch Rufdienst?«

»Die ganze Woche.«

»Wenn du wieder mitten in der Nacht rausmusst, komme ich mit.«

»Danke, das ist lieb von dir.«

»Wie sicher ist das Leichenschauhaus?«

»Die Türen sind immer abgeschlossen. Außerdem ist Darren die ganze Zeit bei mir, und Walter Hordern meistens auch.«

»Abends werde ich hier und am Leichenschauhaus eine Extrastreife vorbeischicken. Hast du ein relativ aktuelles Foto von Richard?«

»Jede Menge. Im Computer.«

»Schick mir gleich eins per E-Mail, auf dem er gut zu erkennen ist. Ich gebe es an die örtliche Polizei weiter, falls er irgendwo auftauchen sollte.«

»Okay.«

»Wie kommst du heute zur Arbeit?«

»Darren holt mich ab.«

»Gut.«

Grace sagte noch, dass er abends etwas vom Chinesen und eine Flasche Wein mitbringen wolle, und küsste sie zum Abschied.

Es war erst Viertel vor sechs, aber er wollte noch zu Hause duschen, sich umziehen und rasieren. Er betrat das Haus so leise wie möglich, um Glenn Branson nicht aus seinem Schönheitsschlaf zu wecken und eine weitere Runde Seelenzerfleischung ertragen zu müssen.

Glenn hatte wie üblich ein wahres Chaos im Wohnzimmer hinterlassen. Überall lagen CDs und DVDs ohne Hülle, und auf einem Tablett am Boden befand sich eine Aluschale, die Reste einer durchdringend nach Fisch riechenden Fertigmahlzeit enthielt. Daneben lagen zwei leere Coladosen und eine Eisverpackung.

Grace machte sich fertig und ergriff die Flucht, wobei er noch kurz die CD eines Rappers, von dem er noch nie gehört hatte, in die HiFi-Anlage schob und diese auf volle Lautstärke stellte.

Die Musik dröhnte so ohrenbetäubend, dass er Glenn Bransons wütende Rufe gar nicht mehr hörte.

108

ALS ROY GRACE um kurz vor sieben in sein Büro kam, lag auf dem Schreibtisch ein brauner Umschlag, auf dem ein Zettel von Bella Moy klebte. Der Umschlag enthielt die Urkunden von Brian Bishop, um die er gebeten hatte. Außerdem standen dort der Name und die Telefonnummer einer Adoptionsberaterin, die der Polizei schon öfter dabei geholfen hatte, Informationen über adoptierte Personen zu ermitteln.

Grace holte zwei längliche, gefaltete Dokumente aus dem Umschlag. Das Papier war gelblich mit rotem Aufdruck, die handschriftlichen Einträge hatte man mit schwarzer Tinte vorgenommen. Er entfaltete die erste Urkunde. Darüber stand: ***Beglaubigte Abschrift eines Geburtseintrags.*** Darunter befanden sich mehrere Spalten.

> ***Geburtsdatum und Geburtsort:*** Siebter September 1964 um 3.47 Uhr, Royal Sussex County Hospital, Brighton
> ***Name:*** Desmond William
> ***Geschlecht:*** männlich
> ***Name und Familienname des Vaters:***
> ***Name und Geburtsname der Mutter:*** Eleanor Jones

In einer Spalte ganz rechts stand *adoptiert.* Unterzeichnet hatte *Albert Hole, leitender Standesbeamter.*

Grace entfaltete das zweite Dokument. Diesmal lautete die Überschrift: ***Beglaubigte Abschrift eines Eintrags im Register des Zentralen Standesamts.*** Ganz unten am Ende des Dokuments war zu lesen: ***Beglaubigte Abschrift eines Eintrags im Adoptionsregister.*** Er las die einzelnen Spalten durch.

Datum der Eintragung: Neunzehnter September 1964
Name des adoptierten Kindes: Brian Desmond
Geschlecht des adoptierten Kindes: männlich
Name, Anschrift und Beruf der adoptierenden Personen:
Mr Rodney und Mrs. Irene Bishop, 43 Brangwyn Road, Brighton. Firmendirektor.
Geburtsdatum des Kindes: Siebter September 1964
Datum des Adoptionsbeschlusses und Angaben zum ausführenden Gericht: Amtsgericht Brighton
Unterschrift des beglaubigenden Beamten: Albert Hole

Grace las beide Dokumente noch einmal gründlich durch und prägte sich das Wichtigste ein. Er sah auf die Uhr. Es war noch zu früh, um die Adoptionsberaterin anzurufen, das würde er sofort nach der Besprechung um halb neun erledigen.

*

»Loretta Laberknight«, meldete sich eine warme, raue Stimme.

Grace erläuterte kurz, worum es ging.

»Sie möchten also herausfinden, ob dieser Brian Bishop einen Zwillingsbruder hat?«

»So ist es.«

»Welche Informationen besitzen Sie über ihn?«

»Ich habe seine Geburtsurkunde und eine Adoptionsurkunde vorliegen.«

»Ist es eine lange oder kurze Geburtsurkunde?«

Grace beschrieb das Dokument.

»Verstehe. Es ist die lange, die enthält mehr Informationen. Hat die Geburt in England oder Wales stattgefunden?«

»Er wurde in Brighton geboren.«

»Könnten Sie mir bitte vorlesen, was unter *Geburtsdatum und Geburtsort* steht?«

Grace las es ihr vor.

»Und was ist als Geburtsort angegeben?«

»Das Royal Sussex County Hospital in Brighton.«

»Das ist gut«, sagte sie erfreut. »In England und Wales wird nämlich nur bei Mehrlingsgeburten die genaue Uhrzeit angegeben. Daraus können Sie mit hundertprozentiger Sicherheit schließen, dass Brian Bishop einen Zwillingsbruder hat.«

109

UM KURZ NACH ZEHN betrat Nick Nicholas den in freundlichem Pastellblau gestrichenen Lesesaal der Bibliothek von Brighton. Der Geruch von Papier, Leder und Holz erinnerte ihn an seine Schulzeit, doch er war nach einer weiteren schlaflosen Nacht so erschöpft, dass er seine Umgebung kaum wahrnahm. Er trat an die Informationstheke, zeigte einer Bibliothekarin seinen Ausweis und erklärte, worum es ging.

Fünf Minuten später saß der junge Ermittler unter der kuppelförmigen, stuckverzierten Decke vor einem Microfiche-Lesegerät. Man hatte ihm ein rechteckiges Stück Film gebracht, auf dem das gesamte britische Geburtenregister für das erste Quartal 1964 gespeichert war. Er legte den Film dreimal falsch ein, bis er verstand, wie die Sache funktionierte. Dann kämpfte er mit den Knöpfen, um das Gerät einzustellen, bevor er endlich die Liste der Namen durchgehen konnte, die für seine müden Augen viel zu klein und unleserlich war.

Die hilfsbereite Adoptionsberaterin hatte ihm geraten, sich auf unverheiratete Mütter mit dem Familiennamen *Jones* zu konzentrieren, mit anderen Worten auf Einträge, bei denen Familienname des Kindes und Geburtsname der Mutter identisch waren.

In der Nähe summte ein Ventilator und wirbelte einige Papiere auf, bevor er sich in eine andere Richtung drehte. Vor ihm auf dem Bildschirm zogen die Namen in weißen Buchstaben auf dunklem Hintergrund vorbei. Dann endlich war er bei *Jones* angelangt.

Belinda. Bernard. Beverley. Brett. Carl. Caroline.

Er betätigte ungeschickt den flachen Metallgriff, worauf ihm die Liste mit den Jones völlig abhanden kam. Mit mehr Glück als Geschick fand er sie schließlich wieder.

Daniella. Daphne. David. Davies. Dean. Delia. Denise. Dennis. Dann gelangte er zu einem *Desmond* und hielt inne. So lautete Bishops ursprünglicher Vorname auf der Geburtsurkunde.

Desmond. Geburtsname der Mutter: Trevors. Geboren in Romford.

Leider falsch.

Desmond. Geburtsname der Mutter: *Jones. Geboren in Brighton.*

Bingo!

Einen anderen *Desmond Jones* gab es nicht auf der Liste.

Nun musste er nur noch einen weiteren Eintrag finden, bei dem der Name der Mutter passte, und kam so auf siebenundzwanzig Übereinstimmungen. Er notierte sich die Vornamen der Jungen und hechtete hinaus, wobei er sofort die Nummer von Roy Grace wählte.

Er beschloss, seinen Wagen in der Tiefgarage zu lassen, und eilte am Royal Pavilion und dem Theater vorbei, nahm die Abkürzung durch die Lanes mit ihren Juweliergeschäften und stand schon bald vor dem imposanten grauen Gebäude des Rathauses.

Fünf Minuten später saß Nicholas im kleinen Warteraum des Standesamtes, in dem ein großes Aquarium mit tropischen Fischen stand. Kurz danach kam Grace als Verstärkung hinzu. Die Adoptionsberaterin hatte sie gewarnt, dass sie womöglich Druck ausüben müssten, um an die nötigen Informationen zu gelangen.

Ein gehetzt wirkender Mann um die fünfzig, sehr förmlich in Anzug und Krawatte gekleidet, öffnete die Tür. »Ja, meine Herren? Ich bin Clive Ravensbourne, der leitende Standesbeamte. Möchten Sie zu mir oder zu einem meiner Kollegen?«

»Vielen Dank«, sagte Grace, »dass Sie uns so kurzfristig empfangen haben.«

»Bitte entschuldigen Sie, dass ich so in Eile bin, ich habe in zehn Minuten eine Trauung.« Er sah auf die Uhr. »Besser gesagt, in neun Minuten.«

»Ich habe Ihrer Mitarbeiterin bereits erklärt, weshalb wir mit Ihnen sprechen müssen. Hat sie Ihnen Bescheid gegeben?«

»Ja, ja, es geht um einen Mordfall.«

Nicholas reichte ihm die Liste mit den siebenundzwanzig Geburten. »Wir suchen nach einem Zwillingsbruder. Sagen Sie uns bitte, ob es sich bei einem dieser Jungen um den Zwillingsbruder von Desmond William Jones handelt.«

Der Standesbeamte sah ihn panisch an. »Wie viele Namen stehen auf dieser Liste?«

»Siebenundzwanzig. Wir müssen wissen, ob es eine Übereinstimmung gibt. Wir sind uns ziemlich sicher, dass einer von ihnen der Zwillingsbruder von Desmond William Jones ist. Wir müssen ihn dringend finden.«

Der Standesbeamte schaute wieder auf die Uhr. »Ich habe keine – Moment, das können wir abkürzen. Haben Sie zufällig die Geburtsurkunde von diesem Desmond William Jones?«

»Wir haben Kopien von Geburtsurkunde und Adoptionsurkunde«, antwortete Nicholas.

»Geben Sie mir bitte die Geburtsurkunde. Darauf befindet sich nämlich eine Indexnummer.«

Nicholas reichte ihm das Dokument.

Der Standesbeamte überflog es rasch. »Da, sehen Sie.« Er deutete auf die linke Ecke. »Augenblick, ich bin gleich wieder da.«

Nach wenigen Minuten tauchte er mit einem großen roten, in Leder gebundenen Register auf. Er schlug es etwa in der Mitte auf und blätterte rasch weiter. Seine Stimmung schien sich zu bessern.

»Na bitte! Desmond William Jones, Mutter Eleanor Jones, geboren im Royal Sussex County Hospital, 7. September 1964, 3.47 Uhr. Und hier steht auch *adoptiert*. Ist das der Richtige?«

Grace und Nicholas nickten.

»Am Ende der Seite haben wir noch Frederick Roger Jones, Mutter Eleanor Jones, geboren im Royal Sussex County Hospital, 7. September 1964, 4.05 Uhr. In der Folge *adoptiert.*« Er schaute sie lächelnd an. »Das sieht doch gut aus. Nur achtzehn Minuten später geboren, das dürfte wohl der Zwillingsbruder sein. Frederick Roger Jones.«

Mittlerweile war Grace richtig aufgeregt. »Vielen Dank, das war ungeheuer hilfreich. Können Sie uns noch weitere Informationen geben?«

Der Standesbeamte klappte das Buch entschlossen zu. »Mehr kann ich leider nicht für Sie tun. Adoptionsunterlagen werden strenger bewacht als die Kronjuwelen. Bei weiteren Fragen müssen Sie sich mit dem Sozialamt herumschlagen. Viel Glück!«

Nachdem Grace etwa zehn Minuten in der Eingangshalle des Rathauses mit dem Sozialamt telefoniert hatte und von einem Mitarbeiter zum nächsten durchgestellt worden war, wurde ihm allmählich klar, was der Standesbeamte gemeint hatte. Und nach weiteren fünf Minuten in der Warteschleife, in denen ihm »Greensleeves« in Endlosversion ins Ohr dudelte, wäre er am liebsten jemandem an die Kehle gegangen.

110

ZWANZIG MINUTEN SPÄTER hatte Grace endlich den Leiter des Sozialamtes an der Strippe. Er konnte sich nur mit Mühe beherrschen, während er erläuterte, weshalb er Zugriff auf eine Adoptionsakte benötigte.

Der Mann hörte ihn geduldig an. »Natürlich dürfte Ihnen klar sein, dass dies eine ganz große Ausnahme vom üblichen Verfahren darstellt«, verkündete er pedantisch. »Ich muss rechtfertigen, dass ich diese Informationen freigebe. Außerdem müssen Sie mir versichern, dass Sie sie nur zu den von Ihnen angegebenen Zwecken verwenden werden. Manche Menschen, die adoptiert wurden, sind sich dieser Tatsache gar nicht bewusst. Wenn sie davon erfahren, kann das traumatische Folgen für sie haben.«

»Vermutlich nicht ganz so traumatisch wie für die beiden Frauen, die vergangene Woche hier in der Stadt ermordet wurden«, konterte Grace. »Oder für die nächste Frau, die diesem Wahnsinnigen in die Hände fällt.«

Danach herrschte kurzes Schweigen. »Und Sie glauben wirklich, dass der Zwillingsbruder der Mörder sein könnte?«

»Wie gesagt, denkbar ist es schon. Und wenn er der Täter sein sollte, wird er womöglich erneut zuschlagen. Zu diesem Zeitpunkt halte ich den Schutz der Öffentlichkeit für wichtiger als die Gefühle eines erwachsenen Mannes.«

»Angenommen, wir geben diese Informationen frei und Sie finden den Mann, was wäre dann Ihre Absicht?«

»Meine Absicht? Mir geht es einzig und allein darum, den Mann so schnell wie möglich aufzufinden, ihn zu vernehmen und, wenn möglich, als Verdächtigen auszuschließen.«

»Oder aber ihn zu verhaften?«

»Ich möchte an dieser Stelle keine Spekulationen anstellen. Doch wenn wir nach der Vernehmung Grund zu der Annahme haben, dass er in die ausgesprochen brutalen Morde an zwei jungen Frauen verwickelt ist, würde dies in der Tat eine Verhaftung zur Folge haben.«

Wieder herrschte langes Schweigen. Grace spürte, wie ihm die Galle hochstieg. Er konnte seine Ungeduld kaum noch zügeln.

»Das ist eine sehr schwierige Entscheidung.«

»Dessen bin ich mir bewusst. Doch wenn ein dritter Mensch ermordet werden sollte und sich herausstellte, dass der Zwillingsbruder der Täter war oder uns zum Täter hätte führen können – und Sie in der Lage gewesen wären, die Tat zu verhindern –, wie würden Sie sich dann wohl fühlen?«

»Ich muss zunächst unsere Rechtsabteilung anrufen und etwas überprüfen. Geben Sie mir fünf Minuten?«

»Ich muss auch eine Entscheidung treffen, und zwar ob ich ins Büro fahre oder noch länger hier herumstehe und warte. Dauert es wirklich nur fünf Minuten oder länger?«

»Ich werde mich beeilen, Detective Superintendent, das versichere ich Ihnen.«

Grace nutzte die Zeit, um rasch bei Roger Pole anzurufen, der die Ermittlungen im Mordversuch an Cleo Morey leitete. Er erfuhr, dass zwei Beamte am Morgen den ehemaligen Verlobten Richard Northrop-Turner vernommen hatten. Es sah aus, als habe der Mann ein Alibi. Noch bevor das Gespräch beendet war, piepste das Handy und meldete einen weiteren Anruf. Grace bedankte sich bei Pole und nahm das neue Gespräch an. Es war der Leiter des Sozialamtes.

»In Ordnung, Detective Superintendent. Sie brauchen der Sozialarbeiterin nichts zu erklären. Sie wird Ihnen die Akte, der Sie die erforderlichen Informationen entnehmen können, umgehend bringen. Reicht es Ihnen, zu erfahren, wer Frederick Roger Jones adoptiert hat?«

»Das wäre jedenfalls ein guter Anfang. Vielen Dank.«

*

Mittlerweile saßen Grace und Nicholas seit einer geschlagenen Stunde in dem kleinen, spärlich möblierten Warteraum. Man hatte ihnen nicht einmal Kaffee oder ein Glas Wasser angeboten. Die Zeit verstrich, doch immerhin brachte dieser Morgen Fortschritte. Dennoch lagen Grace's Nerven blank. Er versuchte, sich auf seine eigenen Fälle zu konzentrieren, musste aber ständig an Cleo denken.

»Wie geht's denn dem Nachwuchs?«, fragte er den gähnenden Kollegen, der trotz des herrlichen Sonnenscheins ziemlich blass aussah.

»Wunderbar! Ben ist einfach klasse. Leider schläft er nicht sehr gut.«

»Wie klappt es mit dem Wickeln?«

»Ich breche allmählich den Weltrekord.«

Auf dem Tisch lag eine Broschüre mit der Aufschrift *Stadtverwaltung Brighton & Hove, Dezernat für Kinder, Familien und Schulen.* An den Wänden hingen Poster mit lächelnden, niedlichen Kindern unterschiedlicher Hautfarbe.

Endlich ging die Tür auf, und eine junge Frau trat ein, deren Aussehen und Gesichtsausdruck Grace schon auf die Palme brachten, bevor sie auch nur den Mund aufgemacht hatte.

Sie war Mitte dreißig, klapperdürr, mit spitzer Nase und knallrotem Lippenstift. Ihre Haare waren fuchsienrot gefärbt und zu kleinen, aggressiv wirkenden Stacheln frisiert. Sie trug ein bodenlanges, bunt bedrucktes Musselinkleid und Ökosandalen und hatte einen Aktenordner dabei, auf dem ein Post-it klebte.

»Sind Sie die beiden von der Polizei?«, erkundigte sie sich abweisend. Ihre Augen hinter der smaragdgrünen Brille blickten demonstrativ an den Ermittlern vorbei.

Grace und Nicholas erhoben sich und stellten sich vor.

Ohne ihren Namen zu nennen, sagte sie: »Der Amtsleiter hat mir mitgeteilt, dass Sie den Namen der Adoptiveltern von Frederick Jones, geboren am 7. September 1964, erfahren wollen.« Sie schaute Grace ausgesprochen feindselig an.

»Das ist richtig. Vielen Dank.«

Sie entfernte das Post-it vom Ordner und reichte es ihm. Darauf stand in ordentlicher Handschrift *Tripwell, Derek und Joan* zu lesen.

Grace zeigte Nicholas den Zettel und warf dann einen Blick auf den Ordner. »Steht sonst noch etwas darin, das uns weiterhelfen könnte?«

»Bedauere, zu einer solchen Auskunft bin ich nicht befugt.« Sie wich noch immer seinem Blick aus.

»Hat der Amtsleiter Ihnen nicht erklärt, dass wir in zwei Mordfällen ermitteln?«

»Es geht auch um das Privatleben eines Menschen.«

»Ich brauche nur die Anschrift der Adoptiveltern. Sie muss doch da drin stehen.«

»Man hat mich lediglich angewiesen, Ihnen die Namen zu nennen. Weitere Informationen darf ich nicht freigeben.«

Grace schaute sie entnervt an. »Ich glaube, Sie verstehen mich nicht richtig. Womöglich sind noch andere Frauen hier in der Stadt in Lebensgefahr.«

»Detective Superintendent, Sie und Ihr Kollege haben Ihre Arbeit, die darin besteht, die Bürger dieser Stadt zu schützen. Und ich habe meine Arbeit, die darin besteht, adoptierte Kinder zu schützen. Ist das klar?«

»Dann möchte ich Ihnen auch etwas klarmachen«, sagte Grace mit kaum verhohlenem Zorn. »Falls noch ein Mensch in dieser Stadt ermordet wird und Informationen aus dieser Akte es hätten verhindern können, mache ich Sie persönlich dafür verantwortlich.«

»Ich freu mich drauf«, sagte sie und ging hinaus.

111

GRACE FUHR DEN HÜGEL HINAUF und bog gerade durchs Tor von Sussex House, als DC Pamela Buckley ihn anrief. Er hielt an.

»Ich habe das Telefonbuch und das Wahlregister überprüft. In Brighton and Hove sind keine Tripwells gemeldet. Daraufhin habe ich die Suche ausgeweitet. Es gibt einen Eintrag in Horsham, zwei in Southampton, einen in Dover und einen in Guildford. Beim letzten Eintrag stimmen auch die Vornamen, Derek und Joan, überein.«

»Geben Sie mir bitte die Adresse.«

Er notierte sie. 18 *Spencer Avenue.* »Können Sie mir auch noch die Wegbeschreibung durchgeben?«

Wer immer sich die Verkehrsführung im Zentrum von Guildford ausgedacht hatte, musste unter Drogen gestanden haben. Anscheinend hatte er versucht, das Labyrinth von Hampton Court in Asphalt nachzubilden. Grace verirrte sich immer, wenn er nach Guildford kam, und beschloss, sich endlich ein Navigationssystem zu kaufen. Seine Laune wurde zunehmend schlechter, bis er endlich die Spencer Avenue, eine Sackgasse in der Nähe der Kathedrale, entdeckt hatte.

Es war eine schmale Straße, die steil anstieg und auf beiden Seiten zugeparkt war. Nummer 18 war ein kleines Haus mit niedrigem Zaun und gepflegtem Vorgarten.

Zur Tür führten einige Stufen hinunter. Um ein Haar wäre er über eine schwarz-weiße Katze gestolpert, die vor seinen Füßen vorbeisauste. Grace klingelte.

Nach kurzer Zeit öffnete eine kleine grauhaarige Frau in Gummistiefeln und Gartenhandschuhen die Tür. »Ja bitte?«, sagte sie freundlich.

Er zeigte ihr seinen Ausweis.

Ihr Lächeln verschwand. »O nein, geht es schon wieder um Laura?«

»Laura?«

»Steckt sie mal wieder in Schwierigkeiten?« Sie hatte einen winzigen Mund, der an den Ausguss einer Teekanne erinnerte.

»Verzeihen Sie bitte, falls ich hier an der falschen Adresse sein sollte. Ich suche nach Mr. Derek und Mrs. Joan Tripwell, die im September 1964 einen Jungen namens Frederick Jones adoptiert haben.«

Sie wirkte plötzlich sehr beunruhigt. Dann sagte sie: »Nein, Sie haben sich nicht in der Adresse geirrt. Kommen Sie doch bitte herein. Und entschuldigen Sie, wie ich aussehe, ich hatte nicht mit Besuchern gerechnet.«

Er folgte ihr durch einen engen Flur, der nach alten Leuten und Katzen roch, in ein Wohn- und Esszimmer, das von einer Polstergarnitur und einem riesigen Fernseher beherrscht wurde, in dem gerade ein Kricketspiel lief. Ein älterer Mann mit Hörgerät und karierter Decke über den Beinen hing schlafend in seinem Sessel, obgleich er seiner Gesichtsfarbe nach zu urteilen ebenso gut hätte tot sein können.

»Derek, wir haben Besuch. Ein Herr von der Polizei.«

Der Mann öffnete ein Auge, sagte »Aha« und schloss es wieder.

»Möchten Sie vielleicht eine Tasse Tee?«

»Danke gern.«

Sie bot ihm einen Platz auf dem Sofa an. Grace stieg über die Beine des schlafenden Mannes und setzte sich. Er schaute sich im Zimmer um, ob irgendwo Fotos zu sehen waren. Es gab mehrere. Auf einem war das Ehepaar in sehr viel jüngeren Jahren mit drei Kindern zu sehen, zwei Jungen und einem mürrisch dreinblickenden Mädchen. Auf einer Vitrine mit Porzellanfiguren stand ein silberner Rahmen mit dem Foto eines dunkelhaarigen Jugendlichen, der Anzug und Krawatte trug und unwillig in die Kamera blickte. Grace erkannte sofort die Ähnlichkeit mit Brian Bishop.

Die Frau kam mit einem Tablett ins Zimmer. Sie hatte die Gartenhandschuhe ausgezogen und die Gummistiefel gegen Pantöffelchen mit Pompons getauscht.

»Milch und Zucker?« Grace beäugte hungrig die Kekse, denn es war schon Mittagszeit, und er hatte kaum gefrühstückt.

»Nur Milch, kein Zucker, danke.«

Sie reichte ihm den Teller, der mit Vollkornkeksen, Schokoriegeln und Marshmallows beladen war. Dankbar griff er nach einem Schokoriegel und packte ihn aus.

Sie schenkte ihm Tee ein und deutete dann auf das silbergerahmte Foto. »Der Name Frederick hat uns nicht gefallen, nicht wahr, Derek?«

Von dem Mann kam nur ein leises Stöhnen.

»Daher haben wir ihn Richard genannt.«

»Richard«, erklang das Echo aus dem Sessel.

»Wie Richard Chamberlain, der Schauspieler aus *Dr. Kildare.* Kennen Sie die Serie?«

»Blödsinn, das war doch lange vor seiner Zeit«, grunzte ihr Ehemann.

»Ich kann mich verschwommen erinnern«, gestand Grace. »Meine Mutter war ein großer Fan von ihm.« Er rührte in seinem Tee und wollte endlich zur Sache kommen.

»Wir haben zwei Kinder adoptiert«, sagte Joan Tripwell. »Dann kam unser eigener Sohn. Geoffrey, er macht sich gut, arbeitet in der Forschung eines Pharmakonzerns. Pfizer. Er entwickelt Medikamente gegen Krebs.«

Grace lächelte. »Das ist gut.«

»Mit Laura haben wir Probleme. Deswegen dachte ich auch, Sie seien wegen ihr gekommen. Sie steckt immer in Schwierigkeiten. Drogen. Es ist ein bisschen ironisch, dass unser Geoffrey so viel Erfolg mit seinen Medikamenten hat und Laura wegen Drogen ständig Ärger mit der Polizei bekommt.«

»Und wie läuft es mit Richard?«

Ihr kleiner Mund klappte zu, ihre Augen blickten hilflos, und Grace wurde klar, dass er einen wunden Punkt getroffen hatte. Sie goss sich Tee ein und fügte mit einer silbernen Zange zwei Stück Zucker hinzu. »Warum genau interessieren Sie sich für Richard?«, fragte sie argwöhnisch.

»Ich hatte gehofft, Sie könnten mir sagen, wo ich ihn finde. Ich muss dringend mit ihm sprechen.«

»Mit ihm sprechen?«, fragte sie erstaunt.

»Reihe 12, Platz 437«, meldete sich der alte Mann unvermittelt.

»Derek!«, mahnte sie ihn.

»Da ist er doch. Stell dich nicht so an, Frau.«

»Bitte entschuldigen Sie«, sagte sie und nahm die Tasse mit geziertem Griff. »Er ist nie wirklich darüber hinweggekommen. Keiner von uns.«

»Worüber ist er nie hinweggekommen?«, hakte Grace in sanftem Ton nach.

»Er war eine Frühgeburt, genau wie sein Bruder. Seine Lungen waren unterentwickelt, und das hat sich auch nie ganz gelegt. Er blieb immer schwach auf der Brust. War als Kind ständig krank. Und vor allem hatte er richtig schlimmes Asthma.«

»Was wissen Sie über seinen Bruder?« Grace war so gespannt, dass er gar nicht mehr an seinen Schokoriegel dachte.

»Er ist noch im Brutkasten gestorben, der arme kleine Kerl. Das hat man uns jedenfalls gesagt.«

»Was war mit der Mutter?«

Die Frau schüttelte den Kopf. »Es war sehr schwer, vom Sozialamt überhaupt etwas zu erfahren.«

»Bitte erzählen Sie mir, was Sie wissen.«

»Wir haben lange gebraucht um herauszufinden, dass sie eine ledige Mutter war. Damals war das noch eine schlimme Sache. Sie starb bei einem Autounfall, aber die Einzelheiten haben wir nie erfahren.«

»Sind Sie sicher, dass Fredericks, ich meine natürlich Richards, Bruder gestorben ist?«

»Beim Sozialamt kann man sich nie sicher sein. Aber man hat es uns so erzählt.«

Grace nickte mitfühlend. »Können Sie mir sagen, wo ich Ihren Sohn Richard finde?«

»Das hab ich Ihnen doch schon gesagt«, knurrte der alte Mann vom Sessel herüber. »Reihe 12, Platz 437. Sie geht jedes Jahr hin.«

»Tut mir leid, ich verstehe nicht ganz.«

»Mein Mann will sagen, dass Sie zwanzig Jahre zu spät gekommen sind«, sagte die Frau.

»Zu spät?«

»Richard ist mit einundzwanzig auf eine Party gegangen und hat vergessen, seinen Inhalator mitzunehmen. Den musste er immer bei sich haben. An dem Abend hatte er einen besonders schlimmen Asthmaanfall.« Ihr versagte die Stimme. Sie schniefte und wischte sich die Augen. »Sein Herz hat versagt.«

Grace schaute sie fassungslos an.

»Mein armer Junge ist gestorben. Dabei hatte er noch gar nicht richtig gelebt«, erklärte Joan Tripwell mit großem Nachdruck.

112

NACH EINER STUNDE kam ein sehr niedergeschlagener Roy Grace in die Soko-Zentrale 1 und berichtete dem Team der Operation Chamäleon, was er in Guildford herausgefunden hatte. Danach überprüfte er noch einmal alle Beweise, die gegen Brian Bishop vorlagen.

Da er davon überzeugt war, dass Joan Tripwell die Wahrheit sagte, passten einige Punkte einfach nicht mehr zusammen. Es war, als versuchte er ein Puzzle zusammenzusetzen, dessen Teile fast, aber nicht ganz, die richtige Form hatten.

Da waren zum Beispiel die Angaben zur Geburt der Zwillinge, die ihm der leitende Standesbeamte vorgelesen hatte. Er ging noch einmal seine Notizen aus dem Rathaus durch und glich sie mit Bishops Geburtsurkunde und der Adoptionsurkunde ab. Er war eindeutig am 7. September um 3.47 Uhr geboren, achtzehn Minuten vor seinem Bruder Frederick Roger Jones, der in Richard umbenannt worden und mit einundzwanzig Jahren gestorben war.

Aber warum hatte das Sozialamt Joan Tripwell gesagt, der andere Zwilling sei gestorben?

Er rief noch einmal die hilfsbereite Adoptionsberaterin an, die ihm erklärte, dass ein solches Vorgehen in damaliger Zeit nicht ungewöhnlich gewesen sei. Man trennte Zwillinge zwar ungern, doch es gab eine lange Liste von Adoptionsbewerbern. Falls ein Kind krank und lange Zeit im Inkubator gewesen war, sei es durchaus denkbar, dass man zunächst das gesunde Kind zur Adoption freigegeben und später zu einer Notlüge gegriffen habe, um einem anderen Paar, das sich verzweifelt nach einem Kind sehnte, die Adoption zu ermöglichen.

Bei ihr selbst sei es ebenso gelaufen, fügte Loretta Laberknight hinzu. Sie sei ein Zwilling, was ihre Adoptiveltern jedoch nie erfahren hätten.

Danach überprüfte er noch einmal die Aufnahmen der Überwachungskameras und glich sie mit dem Handyprotokoll ab, das DC

Corbin erstellt hatte. Der Mann auf dem Bildschirm war eindeutig Brian Bishop, sofern er nicht einen echten Doppelgänger besaß. Doch die Tatsache, dass er die unmittelbare Umgebung des Lansdowne Place Hotel verlassen hatte und rechtzeitig zurückgekehrt war, um zur richtigen Zeit am richtigen Ort zu sein, konnte unmöglich ein Zufall sein.

Grace notierte sich das Wort *Komplize,* gefolgt von einem großen Fragezeichen.

War es denkbar, dass jemand tatsächlich so weit gegangen war und sein Gesicht hatte operieren lassen, um wie Brian Bishop auszusehen? Und hatte er sich dann noch irgendwie eine frische Spermaprobe des Mannes besorgt?

Als jemand seinen Namen rief, wurde er aus seinen Gedanken gerissen. Der bärtige George Erridge aus der Fotoabteilung, der immer aussah, als käme er gerade von einer Forschungsexpedition, marschierte aufgeregt auf ihn zu. In der Hand hielt er einen Stapel Fotos.

»Roy, du hast mir gestern die Aufnahmen von den Kameras des Royal Sussex County Hospital gegeben. Es geht doch um diesen bärtigen Typen mit der Sonnenbrille und den langen Haaren, der am Sonntag einen Aufstand gemacht hat, oder?«

Das hatte Grace beinahe vergessen. »Ja, und?«

»Wir haben da was! Ich habe die Aufnahmen mit einer Software bearbeitet, die für die Vermisstenstelle entwickelt wurde. Es geht darum, mögliche äußerliche Veränderungen nachzuvollziehen. Wie könnte jemand nach fünf, zehn oder zwanzig Jahren aussehen? Mit Haaren, ohne Haare, mit Bart, ohne Bart, und so weiter. Ich habe schon versucht, Tony Case dazu zu bringen, dass er die Software auch für uns anschafft.«

»Und?«

Erridge legte das erste Foto auf den Tisch. Es zeigte einen Mann mit dichtem Vollbart, dem das lange, strähnige Haar ins Gesicht fiel. Er trug eine getönte Brille, ein ausgeleiertes T-Shirt und Sandalen.

»Wir haben am Computer die langen Haare, den Bart und die Sonnenbrille entfernt.«

»Verstehe.«

Dann klatschte Erridge ihm das nächste Foto auf den Tisch. »Erkennen Sie ihn?«

Grace schaute ins Gesicht von Brian Bishop.

Zuerst sagte er gar nichts. Dann: »Da hol mich doch einer. Gut gemacht, George. Wie habt ihr nur die Augen hinter der Brille nachgestellt?«

Erridge grinste. »Na ja, wir hatten Glück. Auf der Herrentoilette gibt es auch eine Überwachungskamera. Ihr Freund hier hat die Brille abgenommen, um sie zu reinigen. Dadurch hatten wir Bilder von den Augen.«

»Vielen Dank, das war erste Klasse!«, sagte Grace.

»Erzählen Sie das lieber Tony Case, diesem Geizkragen. Wir brauchen dringend die Software. Damit hätte ich Ihnen die Fotos schon gestern beschaffen können.«

»Ich werd's ihm ausrichten.« Grace stand auf und sah sich suchend um. »Weiß jemand, wo DC Corbin ist?«

»Sie macht gerade Pause«, antwortete Bella Moy.

»Ich brauche sie so schnell wie möglich hier.«

Er setzte sich und schaute die Fotos nacheinander an. Die Verwandlung war wirklich erstaunlich. Eine völlige Metamorphose, von einem eleganten, gut aussehenden Mann in jemanden, dem man lieber nicht im Dunkeln begegnete.

Sonntag, dachte er. Bishop war am späten Sonntagmorgen im Krankenhaus gewesen. Und am Sonntagmorgen hatte man auch Cleos Autodach aufgeschlitzt.

Er blätterte den Zeitplan bis zum Sonntagmorgen durch. Laut Bishops Aussage bei der ersten Vernehmung hatte er den Morgen im Hotelzimmer verbracht, seine E-Mails gelesen und danach mit Freunden zu Mittag gegessen. Es war eine Notiz beigefügt, dass die Freunde, Robin und Sue Brown, bestätigt hatten, dass Bishop um halb zwei zu ihnen gekommen und bis kurz nach vier geblieben sei. Sie lebten in Glynde, einem Dorf, das etwa fünfzehn bis zwanzig Autominuten vom Krankenhaus entfernt lag.

Die Zeitangabe auf den Filmaufnahmen, nach denen das erste Foto erstellt worden war, lautete 12.58 Uhr. Knapp, aber nicht unmöglich.

Grace warf noch einen Blick auf den Zeitplan. Linda Buckley hatte berichtet, Bishop sei bis zum Mittag in seinem Hotelzimmer geblieben und dann mit dem Bentley weggefahren. Er habe gesagt, er werde mit Freunden essen. Seine Rückkehr hatte sie mit 16.45 Uhr angegeben.

Er wurde immer unruhiger. Bishop hätte ohne weiteres auf dem Weg zum Krankenhaus einen Abstecher zum Leichenschauhaus machen können. Aber warum? Welches Motiv könnte er haben?

Andererseits gab es bisher auch kein Motiv für den Mord an Sophie Harrington.

Adrienne Corbin kam schwitzend und außer Atem ins Zimmer. Das Wetter schien ihr nicht zu bekommen. »Sir, Sie wollten mich sehen?«

Grace entschuldigte sich, weil er sie aus der Pause geholt hatte, und erklärte, welche Angaben er aus den Unterlagen der Mobilfunkfirma und den Kameraprotokollen benötigte. Er wollte Bishops Bewegungen von Sonntagmittag bis zu seiner Ankunft bei den Browns bis ins Detail nachvollziehen.

»Oldtimer?«, meldete sich Branson, der bislang still an seinem Arbeitsplatz gesessen hatte.

»Ja?«

»Falls Bishop in der Notaufnahme behandelt wurde, muss er doch irgendwo unterschrieben haben, oder?«

Plötzlich begriff Grace, welche Auswirkungen der Schlafmangel mittlerweile auf sein Denken hatte. Wie zum Teufel hatte ihm das entgehen können? »Weißt du was?«

»Ich bin ganz Ohr.«

»Manchmal glaube ich, du hast doch ein Gehirn.«

113

GRACE SOLLTE BALD HERAUSFINDEN, dass der Weg durch das Labyrinth des Sozialamts ein Kinderspiel im Vergleich zu dem Telefonmarathon war, der ihnen im Krankenhaus bevorstand. Glenn Branson verbrachte geschlagene anderthalb Stunden in der Leitung, wurde von einem Mitarbeiter zum nächsten durchgestellt und wartete darauf, dass irgendwelche Leute ihre Besprechungen beendeten, bevor man ihn endlich zu demjenigen durchstellte, der zur Freigabe vertraulicher Patienteninformationen befugt war. Erst dann übernahm Grace das Gespräch und trug seinen Fall vor.

Das nächste Problem ließ nicht lange auf sich warten. Am Sonntag war niemand namens Bishop in der Notaufnahme behandelt worden, und es hatte sage und schreibe siebzehn Patienten mit Handverletzungen gegeben. Zum Glück war Dr. Raj Singh im Dienst, und Grace schickte Branson mit der Aufnahme der Überwachungskamera ins Krankenhaus, da er hoffte, der Arzt könne Bishop identifizieren.

Um kurz nach halb fünf verließ er die Soko-Zentrale 1 und rief Cleo an.

»Ich hatte einen ziemlich ruhigen Tag«, sagte Cleo, die müde, ansonsten aber einigermaßen munter klang. »Die ganze Zeit über waren zwei Ermittler hier und haben das Register überprüft. Ich räume jetzt noch mit Darren auf, und dann bringt er mich nach Hause. Wie sieht es bei dir aus?«

Grace berichtete von seinem Gespräch mit DI Pole.

»Ich wusste gleich, dass es nicht Richard gewesen sein konnte«, sagte sie und klang seltsam erleichtert, was ihm nun wiederum gar nicht gefiel. Natürlich war das unvernünftig, aber er hörte immer eine gewisse Wärme in ihrer Stimme, wenn sie ihren Ex-Freund erwähnte, und das passte ihm gar nicht. Vorbei war vorbei, oder? »Musst du heute lange arbeiten?«, erkundigte sie sich.

»Das weiß ich noch nicht. Mal sehen, was sich nach der Besprechung um halb sieben noch ergibt.«

»Was hättest du gern zum Abendessen?«

»Dich.«

»Mit welcher Beilage?«

»Nackt mit einem Salatblatt.«

»Dann mach, dass du herkommst. So früh wie möglich. Ich brauche deinen Körper.«

»Ich liebe dich.«

»Ich dich auch!«

*

Grace nutzte den ersten freien Moment, den er überhaupt an diesem Tag hatte, und ging in die Abteilung PNC, in der Janet McWhirter gearbeitet hatte.

Normalerweise knisterte das Großraumbüro, indem auch viele zivile IT-Mitarbeiter saßen, förmlich vor Aktivität, doch an diesem Nachmittag war die Stimmung gedrückt. Grace klopfte an das Einzelbüro, das früher Janet McWhirter gehört hatte und in dem jetzt Lorna Baxter, die neue Abteilungsleiterin, saß. Er kannte sie schon lange und mochte sie gern, wie er auch Janet gemocht hatte.

Ohne auf eine Antwort zu warten, trat er ein. Lorna war hochschwanger. Der neue Haarschnitt betonte eher unvorteilhaft ihr rundliches Gesicht, das die starke Gewichtszunahme verriet, und obwohl sie ein ganz leichtes, weit geschnittenes Kleid trug, schien sie sehr unter der Hitze zu leiden.

Lorna telefonierte gerade, machte ihm aber ein Zeichen einzutreten und deutete auf den Stuhl vor ihrem Schreibtisch.

Das Büro war schlicht eingerichtet und besaß als Dekoration nur eine Zeichnung von Bart Simpson, die mit bunten Heftzwecken an die Wand gepinnt war, und ein Blatt mit einem großen Herz und den Worten *Ich hab dich lieb, Mami!*

Lorna hängte ein. »Hallo, Roy, schön dich zu sehen!« Sie schaute ihn ernst an. »Furchtbar, was?« Obwohl sie schon seit zwölf Jahren in

England lebte, sprach sie noch immer mit einem starken südafrikanischen Akzent.

»Janet?«

»Wir waren eng befreundet.«

»Was genau ist passiert? Ich weiß nur, dass sie sich verliebt hatte, mit dem Mann nach Australien ziehen und dort heiraten wollte.«

»Sie war so glücklich. Janet war ja schon sechsunddreißig und hatte noch nie einen richtigen Freund gehabt. Ich glaube, sie hatte sich schon damit abgefunden, allein zu bleiben. Und dann begegnete sie diesem Mann und verliebte sich Hals über Kopf in ihn. Innerhalb weniger Wochen wurde sie ein völlig anderer Mensch.«

»In welcher Hinsicht?«

»Eine Generalüberholung. Haare, Kleidung, alles. Sie war unheimlich glücklich mit ihm.«

»Und dann findet man sie ermordet auf.«

»Ja.«

»Was wusstet ihr hier in der Abteilung über diesen Mann?«

»Nicht viel. Janet war sehr verschlossen. Ich kannte sie ziemlich lange, wusste aber eigentlich nicht viel über sie. Es hat auch sehr lange gedauert, bis sie mir überhaupt verraten hat, dass sie einen Freund hatte. Viel hat sie mir nicht über ihn erzählt, obwohl sie durchblicken ließ, dass er ziemlich reich sei. Ein großes Haus in Brighton und eine Wohnung in London. Der Haken war nur, dass er verheiratet war. Aber er wollte seine Frau verlassen.«

»Wegen Janet?«

»Das hat er ihr jedenfalls erzählt.«

»Und sie hat es ihm geglaubt?«

»Sieht ganz so aus.«

»Hast du irgendeine Ahnung, was er beruflich macht?«

»Etwas mit Software. Nennt sich Rostering. Anscheinend besaß er eine sehr erfolgreiche Firma. Er wollte eine Niederlassung in Australien eröffnen und dort ein neues Leben anfangen. Mit Janet.«

Rostering. Grace überlegte. In dieser Branche war auch Bishop tätig. »Hat sie dir jemals gesagt, wie er hieß?«

»Nein, das wollte sie mir nicht verraten, weil er verheiratet war und sie geschworen hatte, ihre Affäre geheim zu halten.«

»Janet war wohl kaum der Typ, der jemanden erpresst. Sie selbst hatte wohl nicht viel Geld, oder?»

»Nein, sie kam immer auf einer alten Vespa zur Arbeit.«

»Nehmen wir mal an, er hat sie getötet. Was könnte sein Motiv gewesen sein?«

»Oder man hat sie beide getötet, bisher aber nur ihre Leiche gefunden.«

»Auch das ist denkbar. Jemand ist hinter ihm her, und sie kommt ihm einfach nur in die Quere. Wäre nicht das erste Mal. Hast du schon etwas vom Ermittlungsteam gehört?«

»Bislang gibt es keine großen Fortschritte. Nur eine interessante Kleinigkeit.«

»Und die wäre?«

»Ich habe eben Ray Packham von der High Tech Crime Unit getroffen.«

»Den kenne ich. Cleverer Bursche.«

»Er hat in Janets Bürocomputer mit Hilfe einer Spezialsoftware den elektronischen Terminkalender wieder hergestellt. Sie hatte ihn gelöscht, bevor sie wegging. Und darin haben wir einen Namen gefunden, den keiner von uns kannte. Letztes Jahr im Dezember hatte sie geschrieben: *Drink, Brian.*«

»Brian?«

»Ja.«

Grace überlief ein Schauer. *Brian. Rostering. Großes Haus in Brighton. Wohnung in London. Ermordete Frau.*

Sein Gehirn lief plötzlich auf Hochtouren, die Müdigkeit war wie weggeblasen. War er deshalb mitten in der Nacht aufgewacht und hatte an Janet McWhirter denken müssen? Hatte sein Unterbewusstsein da schon eine Verbindung hergestellt?

»Mir scheint, du hast irgendeine Ahnung, Roy.«

»Mag sein. Wer leitet in Janets Fall die Ermittlungen?«

»DI Winter, Soko-Zentrale 2.«

Grace bedankte sich und begab sich sofort in die Soko-Zentrale 2, wo er den Ermittlern kurz die mögliche Verbindung zu seinen eigenen Fällen darlegte.

Dann kehrte er in die Soko-Zentrale 1 zurück und stieß im Flur beinahe mit Glenn Branson zusammen. »Wir haben ihn!« Branson hielt triumphierend einen Zettel in die Höhe. »Mit Namen und Adresse.«

Grace folgte ihm in den Raum.

»Er heißt Norman Jecks.«

Auf dem zerknitterten Zettel stand *262B, Sackville Road, Hove.*

Grace schaute Branson an. »Das ist aber nicht Bishops Anschrift.«

»Das nicht, aber das ist der Mann, der sich am Sonntagmorgen in der Notaufnahme eingetragen hat. Brian Bishop in Verkleidung. Vielleicht führt er ein Doppelleben.«

Grace überkam ein ungutes Gefühl, als habe sich eine dunkle Wolke vor die Sonne geschoben. Verfügte Brian Bishop etwa noch über einen dritten Wohnsitz? Einen geheimen Unterschlupf? Führte er ein Doppelleben? »Gibt es die Adresse wirklich?«

»Bella hat das Wählerverzeichnis überprüft. Dort wohnt tatsächlich ein Norman Jecks.«

Grace sah auf die Uhr. Zehn nach sechs. Adrenalin schoss durch seinen Körper. »Vergiss die Besprechung. Finde heraus, welcher Richter Dienst hat, und besorg dir einen Durchsuchungsbefehl. Dann setzt du dich mit der lokalen Einsatzgruppe in Verbindung. Wir werden diesem Norman Jecks einen Besuch abstatten. So schnell wie möglich.«

Er eilte zurück zu Lorna Baxter, die schon auf dem Weg zur Tür war.

»Hast du noch einen Moment Zeit für mich?«, erkundigte er sich atemlos.

»Ich muss meine älteste Tochter vom Schwimmen abholen. Dauert es lange?«

»Nur ein paar Minuten, es ist wirklich wichtig. Ist es richtig, dass

Janet McWhirter befugt war, Einträge im Police National Computer vorzunehmen?«

»Ja, sie war die Einzige hier mit dieser Erlaubnis.«

»Und sie konnte eigenständig und ohne Kontrolle Dritter damit arbeiten?«

»Ja.«

»Könntest du bitte etwas für mich im PNC nachschauen?«

Lorna lächelte. »Ich sehe schon, du brauchst mich länger als ein paar Minuten. Ich rufe an, damit jemand Claire abholt.« Sie holte ihr Handy aus der Tasche.

Gemeinsam gingen sie in ihr Büro, wo Lorna sich in den Computer einloggte. »Schieß los!«

»Du musst ein Vorstrafenregister für mich überprüfen. Welche Informationen benötigst du dafür?«

»Name, Alter, Adresse.«

Grace nannte ihr die Angaben zu Brian Bishop.

»Brian Desmond Bishop, geboren am 7. September 1964?«

»Genau das ist er.«

Sie beugte sich ganz nah zum Bildschirm. »1979 wurde er von einem Jugendrichter zu zwei Jahren Jugendstrafe verurteilt, weil er ein vierzehnjähriges Mädchen vergewaltigt hatte. Und 1985 wurde er vom Landgericht in Lewes zu zwei Jahren Bewährung wegen schwerer Körperverletzung an einer Frau verurteilt. Ein netter Kerl!«

»Fällt dir irgendetwas an dem Eintrag auf?«

»Was sollte mir denn auffallen?«

»Könnte dieser Eintrag manipuliert worden sein?«

»Na ja, hier wäre eine Sache, aber die ist nicht so ungewöhnlich. Normalerweise werden derart alte Akten nie aufgerufen, sie bleiben einfach im Speicher. Man ruft sie gewöhnlich nur auf, um eine Änderung vorzunehmen, vielleicht weil neue Beweismittel aufgetaucht sind oder ein Urteil aufgehoben wurde.«

»Würdest du merken, wenn sich jemand daran zu schaffen gemacht hätte?«

»Selbstverständlich!« Sie nickte zur Bekräftigung. »Bei jeder Veränderung hinterlässt derjenige einen elektronischen Fingerabdruck. Hier haben wir auch einen.«

Grace schoss in die Höhe. »Wo?«

»Alle Personen, die befugt sind, die Daten zu ändern, verfügen über einen individuellen Zugangscode. Diesen und das fragliche Datum hinterlassen wir statt einer Unterschrift, wenn wir die Änderung vornehmen.«

»Kannst du mir sagen, wessen Zugangscode das ist?«

Sie lächelte. »Den brauche ich gar nicht erst nachzuschlagen. Es ist Janets. Sie hat den Eintrag am 7. April dieses Jahres geändert.«

Jetzt war er wirklich aufgeregt. »Tatsächlich?«

»Ja.« Lorna klopfte stirnrunzelnd auf die Tastatur und schaut angestrengt auf den Bildschirm. »Interessant, das war nämlich ihr letzter Tag im Büro.«

114

UM KURZ VOR ACHT FUHREN GRACE, Branson und Nicholas in einem Streifenwagen langsam die Sackville Road entlang. Alle trugen kugelsichere Westen. Ihnen folgten zwei Ford Transit mit zwei Teams der lokalen Einsatzgruppe. Auf beiden Seiten standen schäbige Reihenhäuser aus der Anfangszeit des vorigen Jahrhunderts.

»262!«, rief Branson. »Wir sind da.«

Nicholas parkte in zweiter Reihe neben einem staubigen Ford Fiesta, die anderen Wagen parkten dahinter.

Über Funk wies Grace das zweite Team an, den Hintereingang zu decken und ihm Bescheid zu geben, sobald er an Ort und Stelle war.

Zwei Minuten später kam das Okay.

Sie stiegen aus. Grace wies die Kollegen des zweiten Teams an, zunächst noch im Wagen zu bleiben, und ging dann mit Branson und Nicholas die Betonstufen vor dem Haus hinunter. Neben zwei Mülleimern befand sich ein verschmutztes Erkerfenster mit geschlossenen Gardinen. Da es noch ziemlich hell war, hatte die Tatsache, dass drinnen kein Licht brannte, nicht viel zu bedeuten.

Die graue Haustür mit den blickdichten Scheiben benötigte dringend einen Anstrich, auch der Klingelknopf aus Plastik hatte schon bessere Zeiten gesehen. Grace drückte ihn. Nichts geschah. Er drückte noch einmal. Stille.

Grace klopfte laut an die Scheiben und rief: »Polizei! Aufmachen!«

Keine Antwort.

Er hämmerte erneut dagegen und rief noch lauter als zuvor. Dann wandte er sich an Nicholas und wies ihn an, die Einsatzgruppe mit dem Rammbock zu holen.

Kurz darauf kamen zwei stämmige Polizeibeamte, von denen einer den langen gelben Rammbock schleppte.

»Alles klar, Chief?«

Grace nickte.

Der Mann rammte die Stange gegen eine Glasscheibe, doch zur allgemeinen Überraschung prallte sie ab. Er versuchte es noch einmal, doch das Glas hielt auch diesmal stand.

Branson und Nicholas sahen ihn stirnrunzelnd an. »Hast wohl als Kind zu wenig Spinat gegessen.«

»Verdammte Scheiße!«

Sein Kollege, der noch kräftiger gebaut war, startete nun seinerseits einen Versuch und blickte ziemlich dämlich aus der Wäsche, als der Rammbock erneut abprallte.

»Mist! Der Kerl hat kugelsicheres Glas!« Er versuchte es am Türschloss, doch die Tür bewegte sich kaum. Nach zwei weiteren Versuchen brach ihm der Schweiß aus. »Ich glaube, der Typ hat Angst vor Einbrechern«, sagte er zu Grace.

»Er hat sich offenbar an die Ratschläge der Polizei gehalten«, warf Nick Nicholas in einem seltenen Anflug von Humor ein.

Der Polizeibeamte winkte sie beiseite, holte mit aller Kraft aus und rammte die Stange gegen die Tür. Sie gab ein wenig nach, Holzsplitter flogen in alle Richtungen.

»Verstärkt«, sagte er wütend. Er hieb solange auf die Tür ein, bis das Holz großflächig abgesplittert war und den Blick auf die Stahlplatte dahinter freigab. Er brauchte vier weitere Versuche mit dem Rammbock, bis die Platte soweit durchgebogen war, dass sich jemand hindurchzwängen konnte.

Sechs Beamte gingen hinein. Nach einigen Minuten öffnete einer die Tür von innen. »Das Haus ist leer, Sir.«

Grace bedankte sich bei der Einsatzgruppe und erklärte, er benötige sie jetzt nicht mehr.

Er zog Latexhandschuhe über und trat in den kleinen, düsteren Kellerraum. Der Boden war mit einem schäbigen Teppich ausgelegt und mit Einzelteilen von Computern, Stapeln von Autozeitschriften und Bedienungsanleitungen bedeckt. Es roch ziemlich feucht.

Am Ende des Raums stand ein intakter Computer; die Wand dahinter war mit Zeitungsausschnitten und Familienstammbäumen förmlich tapeziert. Rechts befand sich eine offene Tür, die in einen dunklen Flur führte.

Grace stieg vorsichtig über die Haufen auf dem Boden und trat vor die Wand.

»Scheiße!« Glenn Branson war neben ihn getreten.

Es war eine Galerie aus lauter Zeitungsausschnitten. Die meisten stammten aus dem *Argus* und großen Tageszeitungen und schienen Brian Bishops gesamte Karriere nachzuzeichnen. Darunter war auch ein Hochzeitsfoto von ihm und Katie. Daneben pappte ein Artikel auf dem lachsfarbenen Papier der *Financial Times,* der über den kometenhaften Aufstieg seiner Firma International Rostering Solutions PLC berichtete.

Grace bemerkte flüchtig, wie Branson und Nicholas sich um ihn herum bewegten, Gummihandschuhe überstreiften, Türen und Schubladen öffneten und schlossen, doch er hatte nur Augen für einen weiteren Artikel, der mit Klebeband an der Wand befestigt war. Die Titelseite des *Argus* vom vergangenen Montag, auf der ein großes

Foto von Brian Bishop und seiner Frau und ein kleineres Foto von ihm selbst abgebildet war. Neben einer Spalte waren seine eigenen Worte *böse Kreatur* mit rotem Stift eingekreist.

Grace las den ganzen Absatz:

Wir haben es hier mit einem besonders abscheulichen Verbrechen zu tun ... werden nicht eher ruhen, bis wir diese böse Kreatur ihrer gerechten Strafe zugeführt haben.

Nicholas hielt ihm ein offiziell wirkendes Dokument vor die Nase. »Ich habe gerade diesen Mietvertrag gefunden. Er hat eine Garage! Genau genommen sogar zwei, in Westbourne Villas.«

»Rufen Sie die Soko-Zentrale an. Jemand soll einen neuen Durchsuchungsbefehl aufsetzen und damit zum Richter laufen. Und zwar schnell!«

Wieder las er die rot umkreisten Wörter *böse Kreatur*, wurde aber von Branson aus seinen Gedanken gerissen: »Boss, du solltest lieber einen Blick hier reinwerfen.«

Grace ging durch einen schmalen Flur, der in ein feuchtes, fensterloses Schlafzimmer führte. An der Decke hing eine nackte Glühbirne. Das Bett mit der cremefarbenen Tagesdecke war säuberlich gemacht, und darauf lagen eine Perücke mit langem braunem Haar, ein künstlicher Bart, eine schwarze Baseballkappe und eine dunkle Sonnenbrille.

»Mein Gott!«

Wortlos deutete Glenn Branson auf etwas hinter ihm. Grace drehte sich um. Und erstarrte zu Eis.

An der Wand hingen drei stark vergrößerte Fotos. Auf dem ersten war Katie Bishop zu sehen. Sie trug einen Bikini und lehnte an der Reling einer Jacht. Ihr Gesicht war mit einem roten Kreuz durchgestrichen. Das zweite Foto zeigte Sophie Harrington auf einer Straße in London. Auch ihr Gesicht war mit einem roten Kreuz versehen.

Die dritte Aufnahme zeigte Cleo Morey, die gerade aus dem Eingang des Leichenschauhauses trat.

Das Foto trug kein Kreuz.

Grace riss sein Handy aus der Tasche und wählte ihre Nummer. Sie meldete sich beim dritten Klingeln.

»Cleo, alles in Ordnung bei dir?«

»Ja, könnte gar nicht besser sein.«

»Hör mal, ich meine es ernst.«

»Ich höre ja, Detective Superintendent Roy Grace«, säuselte sie. »Ich hänge förmlich an Ihren Lippen.«

»Ich möchte, dass du die Haustür abschließt und die Sicherheitskette vorlegst.«

»Die Haustür abschließen, die Sicherheitskette vorlegen«, wiederholte sie.

»Mach es bitte sofort, klar? Ich warte solange.«

»Musst du mich immer so herumkommandieren? Na schön, ich stehe jetzt auf und gehe zur Haustür.«

»Denk bitte an die Sicherheitskette.«

»Schon passiert.«

Er konnte das Klirren der Kette hören. »Und mach niemandem auf, bevor ich komme, verstanden?«

»Niemandem aufmachen, bevor du kommst, verstanden.«

»Was ist mit der Tür zur Dachterrasse?«

»Die ist immer abgeschlossen.«

»Schau bitte nach.«

»Wird gemacht. Zur Terrassentür gehen. Überprüfen, ob sie abgeschlossen ist«, sagte sie im Scherz.

»Eine andere Tür gibt es nicht, oder?«

»Das wäre mir neu.«

»Ich komme so schnell ich kann.«

»Das will ich auch hoffen!« Sie hängte ein.

»Das war ein sehr guter Ratschlag«, sagte eine Stimme hinter ihr.

115

CLEO WAR, als hätten sich ihre Adern mit Eiswasser gefüllt. Entsetzt schoss sie herum.

Hinter ihr stand eine hochgewachsene Gestalt mit einem großen Tischlerhammer in der Hand. Sie war von Kopf bis Fuß in einen olivgrünen Schutzanzug gekleidet, der nach Plastik stank, und trug Gummihandschuhe und eine Gasmaske. Vom Gesicht war nichts zu erkennen, nur zwei runde, dunkle Linsen und darunter ein schwarzer Metallfilter, der wie eine Schnauze aussah. Die Gestalt erinnerte an ein bösartiges mutiertes Insekt. Die Augen waren nur undeutlich durch die Linsen zu sehen.

Völlig hilflos wich Cleo unwillkürlich einen Schritt zurück. Ein Schrei würgte sie in der Kehle. Sie wich noch weiter zurück, verzweifelt bemüht, ihre Gedanken zu sammeln, doch ihr Gehirn spielte nicht mit. Sie stand mit dem Rücken zur Tür und überlegte fieberhaft, ob sie es schaffen würde, sie aufzureißen und um Hilfe zu rufen.

Aber nein, sie hatte ja die verdammte Sicherheitskette vorgelegt.

»Nicht bewegen, dann passiert dir auch nichts«, sagte der Eindringling mit gedämpfter Stimme.

Natürlich willst du mir nichts tun, dachte sie, *du stehst ja auch nur mit einem Hammer in meiner Wohnung.*

Cleos Augen schossen verzweifelt in alle Ecken des Zimmers, sie suchte nach einer Waffe. Dann merkte sie, dass sie noch das schnurlose Telefon in der Hand hielt. Es hatte einen Knopf, den sie schon öfter versehentlich gedrückt hatte und der den zweiten Apparat im Schlafzimmer zum Klingeln brachte. Blind drückte sie eine Taste. Nichts geschah.

»Bei der Sache mit dem Auto hast du verdammtes Glück gehabt, Schlampe«, sagte die gedämpfte Stimme in giftigem Ton.

»Wer – wer –« Sie zitterte so sehr, dass sie nichts weiter hervorbrachte. Ihre Kehle war wie zugeschnürt.

Cleo drückte einen weiteren Knopf. Irgendwo über ihnen erklang ein schriller Ton. Der Mann schaute kurz zur Decke, und in genau diesem Moment schoss Cleo vor und schlug ihm das Telefon so fest sie konnte gegen den Kopf. Es knackte hörbar. Er stieß einen Schmerzenslaut aus und sackte zur Seite. Der Hammer fiel zu Boden.

*

Es war schwer, durch dieses Ding etwas zu erkennen. Der Zeitmilliardär begriff, dass er einen Fehler begangen hatte. Die Sicht zur Seite war ausgesprochen schlecht, er konnte gar nicht sehen, wo der Hammer gelandet war. Er sah nur die Schlampe, die das zerbrochene Telefon in der Hand hielt. Dann bückte sie sich – und dort schimmerte der Hammer.

Nein, damit kommst du nicht durch!

Er griff nach ihrem rechten Bein, umfasste den bloßen Knöchel und riss daran. Sie wehrte sich. Metall blitzte unmittelbar vor seinem Gesicht auf, und er spürte einen heftigen Schmerz in der linken Schulter.

Sie hatte ihn mit dem verdammten Hammer geschlagen.

Er ließ ihr Bein los, rollte sich vor, griff nach ihrem langen blonden Haar und riss sie brutal zu sich herüber. Die Schlampe heulte auf, stolperte, wollte sich befreien. Er zog immer fester, riss ihren Kopf nach hinten, als wollte er ihr das Genick brechen. Sie schrie vor Schmerz und Wut. Er rammte ihr den Kopf gegen die Schläfe. Der Hammer fiel hin und drehte sich wie ein Kreisel am Boden. Er versuchte, zu ihr hinüberzukriechen, konnte aber kaum etwas sehen. Dann schoss ein grauenhafter Schmerz durch sein linkes Handgelenk. Die Schlampe hatte zugebissen.

Er holte mit der rechten Hand aus, traf sie, holte wieder aus, wollte ihren Arm verzweifelt aus der Umklammerung ihrer Zähne befreien. Schlug erneut zu.

Roy!, dachte sie verzweifelt und biss immer fester zu. *Bitte komm doch, Roy! Mein Gott, hätten wir doch nur eine Sekunde länger telefoniert. Nur eine Sekunde –*

Ein Schlag traf sie an der linken Brust. Der nächste ins Gesicht. Jetzt riss er an ihrem Ohr, drehte es herum. Der Schmerz war unerträglich.

Sie schrie auf, ließ seinen Arm los, rollte sich weg, griff nach dem Hammer.

Seine Hand umfasste ihren Knöchel wie ein Schraubstock. Er riss sie zurück, dass sie hinfiel und ihr Gesicht über den Boden schrammte. Sie drehte sich um, sah den Schatten vor ihrem Gesicht, hörte ein grauenhaftes Knirschen und fiel auf den Rücken. Die Deckenlampen verschwammen vor ihren Augen.

Er hatte den Hammer wieder, stemmte sich mühsam hoch. Dieser Wahnsinnige würde sie nicht fertig machen, sie würde nicht sterben, nicht hier in ihrem eigenen Haus, sie würde sich nicht von einem Verrückten mit einem Hammer töten lassen. Nicht jetzt, wo ihr Leben endlich wieder Gestalt annahm, wo sie so verliebt war –

Eine Waffe.

Irgendwo musste eine Waffe sein.

Die Weinflasche, neben dem Sofa auf dem Boden. Zu weit weg.

Er war aufgestanden.

Da, das Bücherregal. Sie riss ein gebundenes Buch heraus und warf es nach ihm. Daneben. Dann einen dicken Sammelband von Conan Doyle, sie holte aus und schleuderte ihn mit aller Gewalt. Das Buch traf ihn an der Brust, und er taumelte zurück, hielt den Hammer aber weiter fest umklammert. Kam näher.

Cleo schaute sich verzweifelt um und entdeckte das leere Goldfischglas auf dem Tisch. Sie hob es hoch, es war verdammt schwer. Mit letzter Kraft schüttete sie ihm den gesamten Inhalt samt griechischem Tempel ins Gesicht und warf das Glas hinterher. Es traf ihn am Knie, dass er hintenüber fiel, und zersplitterte auf dem Boden.

Doch er kam schon wieder auf die Füße. Den Hammer in der

Hand. Cleo sah sich panisch um. In der Küche gab es Messer. Aber dazu musste sie erst an ihm vorbei.

Oben, dachte sie. Sie hatte einen kleinen Vorsprung. Wenn sie es bis nach oben ins Schlafzimmer schaffte und die Tür abschloss, konnte sie ans Telefon!

*

Er rappelte sich hoch, ohne auf den entsetzlichen Schmerz zu achten. Sein Atem schien von den Wänden widerzuhallen, und er sah hasserfüllt, wie ihre nackten Füße auf der Treppe nach oben verschwanden.

Lust überkam ihn.

Da oben ist nichts, Süße!

Er kannte dieses Haus in- und auswendig. In seiner Hosentasche hatte er die Schlüssel zur Terrassentür und allen dreifach verglasten Fenstern. Ihr Handy lag auf dem Sofa neben einem aufgeschlagenen Aktenordner.

Er war erregt. Sie hatte sich tapfer gewehrt, genau wie Sophie Harrington, das machte ihn geil. Er lächelte bei der Erinnerung an die Nächte, die er mit Sophie Harrington verbracht hatte, während sie ihn für Brian Bishop hielt.

Aber das hier war am Geilsten. Zu wissen, dass er es in wenigen Minuten der Geliebten von Detective Superintendent Grace besorgen würde.

Böse Kreatur.

Du wirst es dir demnächst zweimal überlegen, bevor du jemanden eine BÖSE KREATUR nennst, Detective Superintendent Grace.

Er hinkte los, obwohl sein linkes Schienbein höllisch wehtat, kniete sich und zog den Stecker der Ladestation des Telefons heraus. Beim Aufstehen entdeckte er einen gezackten, blutigen Riss in seinem linken Bein. Egal. Behutsam setzte er den Fuß auf die erste Stufe, was gar nicht so einfach war, da er durch die Gasmaske den Raum vor seinen Füßen nicht erkennen konnte.

Außerdem hatte er in letzter Zeit Probleme mit dem Gleichgewicht. Das Fieber war noch da, und seine Hand schien trotz der Medikamente nicht richtig zu heilen. Er hatte die Maske mit voller Absicht aufgesetzt, um der Schlampe Angst einzujagen. Vor allem aber gefiel ihm die Vorstellung, dass Detective Superintendent Grace wie ein Idiot dastehen würde, wenn man ein drittes Opfer mit Gasmaske fand. Denn Grace hatte den falschen Mann eingesperrt.

Oh, ja, die Vorstellung gefiel ihm richtig gut.

Die Gasmaske war ein echter Geniestreich! Dafür musste er sich bei Brian bedanken, denn er hatte sie zufällig in einem Schrank neben dessen Bett gefunden, als er nach Spielzeugen suchte, mit denen er Katie unterhalten konnte.

Das war das Einzige, wofür er seinem Bruder jemals dankbar gewesen war.

*

Cleo knallte die Schlafzimmertür zu. Sie hyperventilierte. Panisch schob sie eine viktorianische Truhe vor die Tür und versuchte das Gleiche mit dem Bett, doch es rührte sich nicht von der Stelle. Sie versuchte es noch einmal. »Scheiße, nun komm schon!« Sie zerrte den kleinen, schwarz lackierten Frisiertisch vor die Tür und klemmte noch einen Stuhl davor. Nicht gerade genial, aber es würde ihn solange abhalten, bis sie Roy oder die Polizei gerufen hatte. Zuerst der Notruf, dann Roy.

Die Leitung war tot.

Langsam drehte sich der Türgriff aus Edelstahl. Langsam, unglaublich langsam. Wie in Zeitlupe.

Dann ein ohrenbetäubender Lärm. Er trat gegen die Tür oder schlug mit dem Hammer dagegen. Ihr Magen verkrampfte sich. Die Tür bewegte sich ein wenig. Sie hörte Holz splittern und begriff, dass Stuhl und Truhe unter der Gewalt der Schläge auseinander brachen.

Verzweifelt rannte sie zum Fenster. Sie war im zweiten Stock, aber ein Sprung war nicht unmöglich. Alles war besser als das hier. Selbst wenn sie sich dabei verletzte, wäre sie in Sicherheit. Dann überlief sie ein Schauer.

Das Fenster war abgeschlossen, und sie wusste nicht, wo der Schlüssel geblieben war.

In Panik schaute sie sich nach einem schweren Gegenstand um, sah aber nur Parfümflaschen, Haarspray, Schuhe. Mein Gott, womit sollte sie die Scheibe einschlagen?

Auf dem Nachttisch stand eine Leselampe aus Metall. Cleo ergriff sie am Schirm, holte aus und schlug mit dem Fuß gegen das Fenster. Er prallte ab.

Unten im Hof entdeckte sie einen Nachbarn, einen jungen Mann, mit dem sie gelegentlich scherzte. Er schob gerade sein Fahrrad über den Hof und telefonierte dabei. Er schaute zu ihr hoch, als wollte er sehen, woher der Lärm kam. Sie winkte ihm verzweifelt zu. Er winkte fröhlich zurück, telefonierte weiter und schob sein Fahrrad in Richtung Tor.

Hinter ihr wieder der Lärm.

Holz zersplitterte.

116

UNTER DER MATRATZE VON NORMAN JECKS entdeckte Branson ein kleines silbernes Nokia-Handy. Er brachte es zu Grace, der gerade besorgt auf die Uhr sah. Fast neun, er machte sich zunehmend Sorgen um Cleo.

»Mitnehmen«, sagte er zerstreut und überlegte, ob er vorsichtshalber einen Streifenwagen zu ihrem Haus schicken sollte.

Es war über eine Dreiviertelstunde her, seit Nicholas in der Soko-Zentrale angerufen und einen Durchsuchungsbefehl für die Garagen von Norman Jecks beantragt hatte. Er überschlug im Kopf: Eigentlich hätte es nicht länger als zehn Minuten dauern dürfen, bis das verdammte Ding getippt war, plus weitere fünfzehn Minuten, um zum Haus des Richters zu fahren und die Unterschrift zu besorgen. Danach noch einmal fünfzehn Minuten bis hierher. Machte vierzig Minuten. Sicher, er war ungeduldig und Verzögerungen waren denkbar, aber das war ihm egal, er hatte Angst um Cleo.

Da draußen lief ein Mann frei herum, der Frauen grauenhafte Dinge angetan hatte, und Grace hatte bei seiner Arbeit eine Menge davon gesehen.

WEIL DU SIE LIEBST.

Gerade als Branson den Beutel mit dem Handy verschließen wollte, fiel Grace noch etwas ein. »Lass mich mal sehen.«

Er schaltete das Handy ein und sah erleichtert, dass kein Pincode verlangt wurde. Da er sich mit dem Gerät nicht auskannte, reichte er es an Branson weiter. »Du bist doch hier der Technikfreak. Kannst du mal aufrufen, welche Nummern zuletzt gewählt wurden?«

Branson tippte auf den Tasten herum und zeigte ihm nach wenigen Sekunden das Display. »Er hat es überhaupt nur dreimal benutzt.«

»Nur dreimal?«

»Ja, und eine Nummer kenne ich sogar.«

»Welche?«

»Hier, die 202020 – die ist von Hove Streamline Taxis.«

Grace notierte die beiden anderen Nummern und rief die Auskunft an. Eine gehörte zum Hotel du Vin, die andere zum Lansdowne Place Hotel.

»Sieht aus, als hätte Bishop die Wahrheit gesagt«, meinte er nachdenklich.

Dann rief ein Mitarbeiter der Spurensicherung, der inzwischen hinzugekommen war: »Detective Superintendent, das sollten Sie sich mal ansehen.«

Er stand vor einer Besenkammer neben der Küchentür, in der offenkundig schon lange keine Besen mehr aufbewahrt wurden. Grace schaute sich verblüfft um. Es war ein Minikontrollzentrum. In die Wände waren zehn kleine Fernsehbildschirme eingelassen, die allesamt ausgeschaltet waren, dazu gab es eine Tastatur mit einem Drehstuhl davor und diverse Aufzeichnungsgeräte.

»Was zum Teufel ist das denn? Ein Teil seiner Alarmanlage?«

»Das Haus hat nur drei Zugänge, wofür braucht er dann zehn Monitore? Außerdem gibt es drinnen wie draußen keine Kameras, das habe ich überprüft.«

In diesem Augenblick kam Alfonso Zafferone herein, in der Hand den unterschriebenen Durchsuchungsbefehl.

*

Zehn Minuten später standen Grace und Branson in der schmalen Nebenstraße. Es gab einige Autowerkstätten, ein Designstudio und eine Softwarefirma, die alle geschlossen hatten, dahinter folgte eine Reihe von Garagen. Norman Jecks hatte Nummer 11 und 12 gemietet. Die blauen Holztore waren mit schweren Vorhängeschlössern gesichert.

Der Gorilla von der lokalen Einsatzgruppe, der schon die Tür zur Wohnung eingeschlagen hatte, stand mit vier Kollegen bereit. Es war fast dunkel, in der Straße herrschte unheimliche Stille.

Kurz darauf prallte der gelbe Rammbock gegen das Garagentor, das Holz splitterte, und das gesamte Vorhängeschloss fiel zu Boden. Gleichzeitig leuchteten mehrere Taschenlampen auf.

Im Inneren stand ein Wagen unter einer maßgeschneiderten Haube. Die Garage war still und verlassen, es roch nach Motoröl und altem Leder. An der hinteren Wand leuchteten zwei rote Punkte auf und verschwanden. Vermutlich eine Maus oder eine Ratte. Grace bedeutete den Kollegen zu warten, trat ein und tastete nach dem Lichtschalter. Zwei unerwartet helle Glühbirnen leuchteten auf.

Hinter dem Wagen stand eine Werkbank mit einer Maschine, wie Grace sie von Schlüsseldiensten kannte. Dahinter hingen verschiedene Rohlinge. Dazu gab es eine Reihe von überaus gepflegten Werkzeugen, die alle zu Mustern angeordnet waren. Die ganze Garage war blitzsauber. Zu sauber. Sie sah mehr wie eine Werkzeugschau aus als wie ein Raum, in dem tatsächlich gearbeitet wurde.

Auf dem Boden stand ein kleiner, uralter Koffer. Grace klappte ihn auf. Er war mit alten braunen Ordnern angefüllt, die alle möglichen Dokumente enthielten. Ganz unten lag ein blaues Tagebuch aus dem Jahr 1976. Grace schloss den Koffer wieder, die Spurensicherung würde ihn später sorgfältig untersuchen.

Mit Bransons Hilfe entfernte er die Schutzhülle von dem Wagen, der sich als schimmernder weißer Jaguar entpuppte. Er war so makellos gepflegt, dass er trotz seines Alters aussah, als sei er gerade vom Band gelaufen und noch nie vom Schmutz der Straße besudelt worden.

»Schön!«, staunte Branson. »So einen solltest du dir auch zulegen, alter Mann. Dann siehst du aus wie dieser Fernsehkommissar, Inspector Morse.«

»Danke«, sagte Grace und öffnete den Kofferraum. Er war leer und ebenso makellos wie der ganze Wagen.

Grace schickte die Einsatzgruppe zur Garage nebenan.

Das zweite Tor gab krachend nach, und der Strahl der Taschenlampen fiel auf zwei Nummernschilder, die an der Wand lehnten. Beide lauteten: LJ04 NWS.

Das Kennzeichen von Brian Bishops Bentley.

Vermutlich genau jenes Kennzeichen, das am Donnerstagabend von der Kamera aufgenommen worden war.

Er schaltete die Deckenbeleuchtung ein. Die Garage war ebenso tadellos sauber wie die andere. In der Mitte stand eine hydraulische Winde, mit der man problemlos einen ganzen Wagen anheben konnte. Auch hier waren die Werkzeuge säuberlich an den Wänden angeordnet. Und auf der Werkbank entdeckte er die Bedienungsanleitung für einen MG TF 160. Cleos Wagen.

»Ich glaube, wir haben den Hauptgewinn gezogen«, sagte er grimmig zu Branson und wählte Cleos Nummer. Die Leitung war tot.

Verdammt! Er wählte ihre Handynummer. Es klingelte achtmal, dann meldete sich die Mailbox.

Da stimmte etwas nicht. Er beschloss, es in einigen Minuten noch einmal zu versuchen, und wandte sich wieder der Bedienungsanleitung zu.

Mehrere Seiten waren mit gelben Klebezetteln markiert – auf der ersten Seite des Kapitels über die Zentralverriegelung und im Abschnitt über die Kraftstoffeinspritzung. Wieder wählte er Cleos Festnetznummer. Immer noch nichts. Dann das Handy. Achtmal, dann kam die Mailbox. Er hinterließ eine Nachricht und bat sie, ihn umgehend zurückzurufen. Seine Angst wuchs.

»Glaubst du, was ich glaube?«, fragte Branson.

»Was denn?«

»Dass wir den Falschen verhaftet haben.«

»Kommt mir allmählich auch so vor.«

»Aber ich kapiere es nicht. Du warst doch bei den Eltern von Bishops Zwillingsbruder. Ehrliche Leute, oder?«

»Ein bemitleidenswertes altes Ehepaar. Sie kamen mir ziemlich aufrichtig vor.«

»Und sie haben gesagt, ihr Adoptivsohn sei gestorben?«

»Ja.«

»Und sie haben dir sogar die Nummer der Grabstelle genannt?«

Grace nickte.

»Wie kann er dann munter in der Gegend herumlaufen? Haben wir es etwa mit einem Geist zu tun? Ich meine ja nur, das fällt dann eher in dein Gebiet, das Übernatürliche. Glaubst du, wir haben es mit einem Geist zu tun? Einer ruhelosen Seele?«

»Ich habe noch nie gehört, dass ein Geist ejakuliert«, konstatierte Grace. »Oder ein Auto fährt. Oder Leute mit Elektrobohrern tätowiert. Oder mit einer Handverletzung in der Notaufnahme erscheint.«

»Tote machen so was aber auch nicht, oder?«

»Nach meiner Erfahrung nicht.«

»Wie kommt es dann, dass wir es scheinbar mit so einem Exemplar zu tun haben?«

»Weil er nicht tot genug ist«, erwiderte Grace nachdenklich.

117

NOCH HIELT DIE BARRIKADE STAND, aber nicht mehr lange. Mit jedem Schlag gegen die Tür rutschten die Möbel ein Stückchen weiter ins Zimmer. Der Stuhl war bereits zerbrochen. Cleo stemmte den Rücken gegen das Fußende des Bettes, wobei sich das Holz schmerzhaft in ihre Wirbelsäule bohrte, die Beine gegen die Schubladen des Frisiertischs.

Der Frisiertisch war nicht sonderlich stabil, die Scharniere krachten hörbar. Er würde jeden Moment auseinander brechen. Dann könnte der Wahnsinnige die Tür fast einen halben Meter öffnen.

Roy! Wo bleibst du nur? Roy! Roy! Roy!

Unten im Haus hörte sie ihr Handy leise klingeln. Achtmal, dann hörte es auf.

Laute Schläge an der Tür.

Ein leises Piepsen von unten, auf dem Handy war eine Nachricht eingegangen.

Der Mann hämmerte gegen die Tür.

Ein Holzsplitter flog durchs Zimmer, sie war wie gelähmt vor Entsetzen.

Erneut splitterte Holz, dann drang der Hammer durch die Tür.

Cleo versuchte verzweifelt, ruhig zu atmen, um nicht wieder zu hyperventilieren. *Mein Gott, was soll ich tun? Bitte, lieber Gott, was soll ich nur tun?*

Wenn sie sich bewegte, würde er die Tür aufstoßen. Blieb sie sitzen, hätte er in wenigen Minuten ein Loch in die Tür geschlagen, durch das er seine Hand stecken oder sogar hineinklettern konnte.

Roy! Wo bleibst du nur? Oh Gott, Roy! Roy! Roy!

Noch ein lauter Schlag. Sie konnte schon eine der unheimlichen Linsen hindurchspähen sehen. Ihr wurde übel. Die Gesichter ihrer Schwester Charlie, ihrer Mutter, ihres Vaters, von Roy blitzten vor ihrem inneren Auge auf, lauter Menschen, die sie vielleicht nie wieder sehen würde.

Ich werde nicht hier sterben.

Ein scharfer Krach, wie ein Schuss. Sie glaubte schon, der Mann hätte auf sie gefeuert. Dann begriff sie entsetzt, dass die rechte untere Schublade des Frisiertischs nachgegeben hatte und ihr ganzer Fuß darin steckte. Sie zog ihn heraus und stemmte ihn gegen die Schublade darüber. Sie schien noch standzuhalten. Dann brach der ganze Tisch zusammen.

*

Er hatte richtig Spaß! Es war, als öffnete man eine besonders verlockende Dose Sardinen. Man hatte den Deckel nur minimal angehoben, sah schon die Sardinen nebeneinander liegen, schmeckte sie schon auf der Zunge. Gleich war es soweit!

Sie kämpfte richtig! Er konnte sie sehen, das Gesicht gerötet, die Augen weit aufgerissen, das Haar wirr und verschwitzt. Es würde toll sein, mit ihr zu schlafen! Allerdings müsste er sie erst ein wenig beruhigen oder fesseln. Aber nicht zu sehr, ihre Gegenwehr turnte ihn an.

Er ging ein paar Schritte zurück und trat dann mit aller Gewalt dreimal mit dem metallverstärkten Arbeitsschuh gegen die Tür. Sie gab ein ganzes Stück nach! Sein bisher bester Versuch! Endlich ging es voran! Er konnte es kaum erwarten! Noch ein paar Minuten, dann würde er sie in seinen Armen halten!

Er leckte sich die Lippen. Schmeckte sie schon.

Den Hammer brauchte er nicht mehr, Tritte waren besser.

Dann hörte er die Haustürklingel schrillen. Er sah, wie sich der Gesichtsausdruck der Schlampe veränderte.

Keine Sorge, ich mache nicht auf! Wir wollen doch bei unserem Liebesspiel nicht gestört werden, oder?

Er hauchte ihr einen Kuss zu. Den sie natürlich nicht sehen konnte.

118

LINKS UND RECHTS DER HAUSTÜR befanden sich Fenster, doch Cleo hatte die Jalousien so eingestellt, dass sie hinaussehen, aber niemand hineinschauen konnte. Grace stand besorgt vor der Tür und klingelte schon zum dritten Mal. Dann klopfte er energisch ans Fenster.

Warum machte sie nicht auf?

Wieder wählte er ihre Handynummer. Sekunden später klingelte es irgendwo jenseits der Tür.

War sie weggegangen, ohne ihr Handy mitzunehmen? Er sah auf die Uhr. Halb zehn. Er schaute zu den Fenstern im oberen Stock. Vielleicht war sie auf der Dachterrasse und bereitete den Grill vor. Er trat weiter zurück und prallte dabei mit einem jungen Mann im Radfahrerdress zusammen, der sein Mountainbike schob.

»Tut mir leid!«, sagte Grace.

»Kein Problem!«

Der Mann kam Grace irgendwie bekannt vor. »Sie wohnen doch hier, oder?«

»Ja.« Der Mann deutete auf ein Haus. »Ich habe Sie auch schon ein paar Mal hier gesehen. Sie sind ein Freund von Cleo, nicht wahr?«

»Stimmt. Haben Sie Cleo zufällig heute Abend gesehen? Eigentlich waren wir verabredet, aber sie scheint nicht zu Hause zu sein.«

Der junge Mann nickte. »Doch, ich habe sie vorhin noch gesehen. Sie hat mir vom Fenster im ersten Stock aus zugewinkt.«

»Sie hat gewinkt?«

»Ja. Ich habe ein Geräusch gehört und nach oben geschaut, um zu sehen, woher es kam. Und dann habe ich sie am Fenster gesehen. Es war einfach nur ein Winken, so unter Nachbarn.«

»Was für ein Geräusch haben Sie gehört?«

»Einen Knall. Es klang wie ein Schuss.«

Grace erstarrte. *»Ein Schuss?«*

»Das habe ich jedenfalls einen Moment lang gedacht. Aber anscheinend war es das doch nicht.«

Bei Grace schrillten die Alarmglocken. »Sie haben nicht zufällig einen Schlüssel für das Haus?«

Der junge Mann schüttelte den Kopf. »Leider nicht, nur für Nr. 9. Ich muss jetzt los.«

Grace bedankte sich. Dann hörte er plötzlich sehr deutlich gedämpfte Schläge von oben. Aus Sorge wurde Panik.

Er schaute sich nach etwas Schwerem um und entdeckte einen Haufen Ziegelsteine unter einer blauen Plane.

Er rannte hin, zog im Laufen die Jacke aus und wickelte einen Stein darin ein. Wenn Cleo einfach nur einkaufen gegangen war, Pech. Besser so, als wenn er es später bereuen würde. Er schlug das Fenster links von der Haustür ein und drückte mit der anderen Hand die Jalousie auseinander.

Entsetzt erblickte er das zerschmetterte Goldfischglas, den umgekippten Couchtisch und die verstreuten Bücher.

»Cleo«!, schrie er, so laut er konnte. »CLEO!« Er drehte sich um und entdeckte den jungen Mann mit dem Rad, der vor seiner Haustür stehen geblieben war und ihn verwundert ansah. »Schnell, die Polizei!«

Ohne auf die Glassplitter zu achten, die noch aus dem Fensterrahmen ragten, kletterte Grace auf die Fensterbank und ließ sich kopfüber ins Zimmer fallen. Er rollte sich ab, sprang auf und schaute sich um. Eine Blutspur führte die Treppe hinauf.

Er rannte hoch. Warf im ersten Stock einen Blick ins Arbeitszimmer und rief laut nach ihr.

Unmittelbar über ihm erklang Cleos gedämpfte Stimme. »Roy, sei vorsichtig! Er ist irgendwo hier drinnen!«

Gott sei Dank, sie lebte! Seine Augen schossen nach oben zum nächsten Treppenabsatz. Rechts befand sich Cleos Schlafzimmer, links das Gästezimmer. Eine schmale Treppe führte zur Dachterrasse.

Nichts regte sich. Er hörte nur das Hämmern seines eigenen Herzens.

Er wusste, dass er eigentlich Verstärkung rufen müsste, konzentrierte sich aber ganz auf mögliche Geräusche im Haus. Leise schlich er die Treppe in den zweiten Stock hinauf. Kurz vor dem Absatz wählte er den Notruf der Polizei. »Detective Superintendent Grace, ich brauche umgehend Hilfe –«

Er sah nur einen Schatten. Dann traf ihn ein ungeheurer Schlag.

Er fiel ins Bodenlose, stürzte kopfüber die Treppe hinunter. Nach einer scheinbaren Ewigkeit landete er auf dem Rücken, die Beine auf der Treppe, ein scharfer Schmerz schoss durch seine Brust. Rippe gebrochen, dachte er flüchtig und sah sich Brian Bishop gegenüber.

Er kam die Treppe herunter. Grüner Overall, Tischlerhammer in der einen, eine Gasmaske in der anderen Hand. Nur war es nicht Bishop. Denn der saß doch im Gefängnis.

Und doch war es sein Gesicht. Sein Haarschnitt. Nur der Gesichtsausdruck war völlig anders, verzerrt vor Hass. Norman Jecks, dachte er. Er musste es sein. Die beiden sahen absolut identisch aus.

Jecks kam noch eine Stufe herunter, hob den Hammer und funkelte ihn an. »Sie haben mich eine *böse Kreatur* genannt. Sie haben kein Recht, mich eine *böse Kreatur* zu nennen. Sie müssen aufpassen, was Sie über andere Leute sagen, Detective Superintendent Grace. Sie können nicht einfach rumlaufen und Leute beleidigen.«

Grace starrte den Mann an. Er fragte sich, ob sein Telefon noch eingeschaltet war, und schrie, in der Hoffnung, dass die Notrufzentrale mithören konnte: »Haus Nr. 5, Gardener's Yard, Brighton!«

Er bemerkte den nervösen Blick des Mannes.

Von oben erklang ein lautes Knirschen, Holz auf Holz.

Norman Jecks drehte sich flüchtig um, und Grace nutzte die Gelegenheit. Er stützte sich auf die Ellbogen und trat dem Mann mit aller Gewalt zwischen die Beine.

Jecks stöhnte, krümmte sich vor Schmerz und ließ den Hammer fallen. Grace holte wieder aus, doch irgendwie gelang es seinem Gegner, trotz der Schmerzen nach seinem Knöchel zu greifen und ihn herumzudrehen. Es tat höllisch weh, und Grace trat blindlings mit dem anderen Fuß, wobei er etwas Hartes traf und einen Schmerzensschrei hörte.

Da, der Hammer! Doch bevor er aufstehen konnte, stürzte sich Jecks auf ihn und drückte sein Handgelenk auf den Boden. Grace gelang es, sich zu befreien, er kassierte einen Faustschlag ins Gesicht, dann noch einen gegen den Hals. Der Mann drückte sein Gesicht auf den Holzboden und hielt seine Kehle eisern umklammert.

Grace stieß mit dem Ellbogen nach ihm, doch der Griff um seinen Hals schnitt ihm die Luft ab. Er rang nach Atem.

Plötzlich ließ der Druck nach. Das Gewicht hob sich von seinem Körper.

Er sah zwei Polizisten durchs Fenster klettern.

Schritte auf der Treppe.

»Alles in Ordnung, Sir?«, rief einer der Polizisten.

Grace nickte und kam mühsam auf die Beine. Dann schleppte er sich die Treppe hinauf. Auf dem Treppenabsatz lag die Gasmaske. Von Jecks war nichts zu sehen. Im zweiten Stock spähte Cleo mit blutendem Gesicht durch ein Loch in der Schlafzimmertür.

»Alles klar?«, keuchte er.

Sie nickte, schien aber unter Schock zu stehen.

Über ihnen ertönte ein Knall. Ohne auf die Schmerzen zu achten, rannte Grace nach oben und sah die offene Terrassentür. Er hinkte hinaus, und sah gerade noch etwas Olivgrünes auf der Feuertreppe verschwinden.

Er lief um Grill und Gartenmöbel herum und kletterte die Metallstufen hinunter. Jecks rannte unter ihm schon über den Hof zum Tor.

Es knallte zu, als Grace es erreichte. Er drückte fieberhaft den roten Knopf, riss das schwere Tor auf, ohne auf die beiden Polizisten zu warten, die ihm folgten, und taumelte keuchend auf die Straße. Jecks war schon gute fünfzig Meter entfernt.

Grace rannte hinterher, fest entschlossen, das Schwein selbst zu fangen. Noch nie in seinem Leben war er zu etwas so entschlossen gewesen.

Jecks bog nach links in den York Place. Mann, war das ein Arschloch. Grace's Lunge brannte, er rang nach Atem. Immerhin schaffte er es, Jecks auf den Fersen zu bleiben. Sie kamen an der St. Peter's Church vorbei, dann an den geschlossenen Geschäften, in denen nur die Nachtbeleuchtung brannte. Busse, Lieferwagen, Autos und Taxis fuhren vorbei. Er wich einer Gruppe Jugendlicher aus, die Augen nur auf den olivgrünen Anzug geheftet, der allmählich mit der Dämmerung verschwamm.

Jecks erreichte die Einmündung Preston Circus. Die Ampel war rot, die Straße voller Autos. Dennoch sprintete er mitten hindurch und in die London Road. Grace musste kurz stehen bleiben, weil ein Lkw vorbeidonnerte, gefolgt von einer endlosen Autoschlange. *Komm, komm, na komm schon!* Er schaute über die Schulter und sah hinter sich die beiden Polizisten. Der Schweiß lief ihm in die Augen, doch er stürzte sich einfach auf die Straße, ohne auf das wütende Hupen zu achten.

Jetzt zahlte sich sein Lauftraining aus, doch er wusste nicht, wie lange er dieses Tempo noch durchhalten konnte.

Jecks war etwa hundert Meter vor ihm, drehte sich um, sah Grace und gab wieder Gas.

Wo zum Teufel wollte der hin?

Auf der rechten Seite lag ein Park. Links standen Wohn- und Bürohäuser.

Bald wirst du müde, Jecks. Du entkommst mir nicht. Wer meiner Cleo wehtut, muss dafür zahlen.

Jecks rannte weiter, immer weiter.

Dann endlich hörte Grace eine Sirene hinter sich. *Verdammt, wird auch Zeit.* Kurz darauf sah er einen Streifenwagen neben sich. Das Beifahrerfenster glitt herunter. Er hörte statisches Rauschen, gefolgt von einer Stimme aus dem Funkgerät.

»Vor mir. Der im grünen Anzug!«, keuchte Grace.

Der Wagen schoss mit Blaulicht davon, hielt neben Jecks, dann wurde die Beifahrertür aufgerissen.

Jecks machte auf dem Absatz kehrt und schoss nach rechts zum Bahnhof Preston Park.

Grace hörte eine weitere Sirene. Gut so.

Er folgte Jecks eine steile Straße hinauf, die an einer hohen Mauer endete. Ein Tunnel führte zu den Bahnsteigen und der Straße dahinter.

Der erste Streifenwagen schoss an ihm vorbei. Jecks stürzte in den Tunnel und die Treppe zum Bahnsteig hinauf.

Grace folgte ihm, drängte sich zwischen den Passagieren hindurch und sah Jecks den Bahnsteig entlanglaufen. Die letzte Tür des Zuges stand noch offen, der Zugbegleiter beugte sich heraus und gab ein Signal mit seiner Lampe. Der Zug setzte sich in Bewegung.

Jecks sprang vom Bahnsteig und verschwand. War er etwa auf den Gleisen?

Als der Zug beschleunigte, sah Grace, dass Jecks sich an eine Stange hinten am letzten Waggon klammerte, die Füße auf einen Puffer gestützt.

»Polizei, halten Sie den Zug an!», brüllte Grace. »Am letzten Waggon hängt ein Mann!«

Einen Moment lang schaute ihn der Zugbegleiter verwundert an, während der Zug schneller wurde.

»Polizei! Ich bin Polizeibeamter! Stopp!«

Der Zugbegleiter tauchte nach innen, eine schrille Glocke ertönte, dann wurde der Zug mit kreischenden Bremsen langsamer. Mit einem Zischen wurde Druckluft abgelassen, und der Zug hielt etwa fünfzig Meter hinter dem Ende des Bahnsteigs.

Grace rannte über die Gleise, wich vorsichtig den Leitschienen aus, stolperte über die mit Unkraut überwachsenen Schwellen.

Der Zugbegleiter folgte ihm und richtete die Taschenlampe auf Grace. »Wo ist er?«

Grace deutete auf Jecks, der auf dem Puffer hockte und angstvoll auf die Leitschiene unter sich blickte. Er sprang, aber nicht weit genug, sein rechter Fuß streifte die Leitschiene. Ein blauer Blitz, ein Knistern, eine Rauchwolke, er schrie auf und landete mit einem dumpfen Schlag auf dem Nebengleis. Sein Kopf prallte auf eine Schiene, und er blieb reglos liegen. Grace fürchtete schon, der Mann sei tot. In der Luft hing ein beißender, brennender Geruch.

»Da kommt ein Zug!«, schrie der Zugbegleiter. »Der neun Uhr fünfzig von Victoria!«

Grace spürte, wie die Gleise vibrierten.

»Das ist der Schnellzug, der fährt durch! Mein Gott!« Er zitterte so sehr, dass er kaum den Strahl der Taschenlampe auf Jecks halten konnte, der sich mit den Händen an die Schiene klammerte und sich vom Gleis zu ziehen versuchte.

Grace machte einen Schritt auf ihn zu. Er wollte das Schwein lebend haben.

Jecks wollte aufstehen, fiel aber mit einem Schmerzensschrei nach vorn. Blut rann ihm übers Gesicht.

»Nein, da können Sie nicht rüber!«, brüllte der Zugbegleiter.

Grace hörte den Zug näher kommen. Vorsichtig trat er in den Zwischenraum zwischen den Gleisen und schaute nach links. Die Lichter des Expresszuges tauchten aus der Dunkelheit auf. Er war nur noch Sekunden entfernt.

Spontan sprang er über die zweite Leitschiene. Der teilweise geschmolzene Schuh von Jecks, der zu dem gebrochenen Bein gehörte, war am nächsten. Grace griff danach und zog mit aller Kraft. Die Lichter kamen näher. Er hörte Jecks qualvoll aufschreien. Der ganze Boden vibrierte, von den Gleisen stieg ein schriller Ton auf. Er riss an dem Mann, achtete nicht auf dessen Schmerzensgeheul, die Rufe des Zugbegleiters und das Herandonnern des Zuges. Er taumelte rückwärts und zog den Mann mit sich.

Er stolperte und fiel seitlich zu Boden, sein Gesicht nur Zentimeter von dem vorbeirauschenden Zug entfernt. Dann erklang ein grauenhafter Schrei.

Ein letzter Luftzug. Dann Stille.

Etwas Warmes, Klebriges spritzte ihm ins Gesicht.

119

DIE STILLE SCHIEN EWIG ZU DAUERN. Das Licht der Taschenlampe blendete Grace. Noch immer spritzte ihm warme, klebrige Flüssigkeit ins Gesicht. Der Lichtstrahl schwenkte weg, und nun sah er den grauen Schlauch, aus dem rote Farbe quoll.

Nur war es keine Farbe, sondern Blut. Und es war auch kein Schlauch, sondern der rechte Arm von Norman Jecks. Die Hand war sauber abgetrennt worden.

Grace kniete sich hin. Jecks zitterte und stöhnte, er stand unter Schock. Man musste die Blutung stoppen, sonst würde der Mann binnen weniger Minuten verbluten.

Der Zugbegleiter stand hilflos neben ihnen. Dann kamen auch die beiden Polizeibeamten hinzu.

»Rufen Sie einen Krankenwagen!«, sagte Grace. Gesichter drängten sich gegen die Fenster des Zuges. »Fragen Sie, ob ein Arzt dabei ist!«

Der Zugbegleiter starrte unverwandt auf Jecks.

»KÖNNTE ENDLICH JEMAND EINEN KRANKENWAGEN RUFEN?«, brüllte Grace.

Der Zugbegleiter rannte zu einem Telefon, das an einem Signalmast angebracht war.

»Schon passiert«, sagte einer der Polizisten. »Sind Sie in Ordnung, Sir?«

Grace nickte und schaute sich nach einer Aderpresse um. »Sorgen Sie dafür, dass jemand nach Cleo Morey, Haus Nr. 5, Gardener's Yard sieht.« Er tastete nach seiner Jacke, doch dann fiel ihm ein, dass er sie irgendwo bei Cleo auf dem Boden gelassen hatte. »Geben Sie mir Ihre Jacke!«, rief er dem Zugbegleiter zu.

Der Mann war zu überrascht, um Fragen zu stellen, zog die Jacke aus und rannte wieder davon. Grace hielt sie an den Ärmeln fest und riss sie in der Mitte auseinander. Einen Ärmel wickelte er so fest wie möglich um Jecks' Arm, knapp über dem Stumpf. Den anderen rollte er zusammen und drückte ihn fest gegen die Blutung.

Keuchend kam der Zugbegleiter zurück. »Der Strom wird gleich abgestellt, es dauert nur ein paar Sekunden.«

Dann plötzlich erscholl ein durchdringendes Heulen. Es hörte sich an, als seien sämtliche Einsatzfahrzeuge der Stadt auf dem Weg zum Bahnhof.

*

Fünf Minuten später saß Grace auf eigenen Wunsch hinten bei Jecks im Krankenwagen, weil er unbedingt dafür sorgen wollte, dass das Schwein sicher im Krankenhaus landete.

Jecks war auf der Trage festgeschnallt, mit Infusionsschläuchen versehen und dämmerte vor sich hin. Der Sanitäter, der ihn aufmerksam beobachtete, erklärte, dass er trotz des starken Blutverlustes nicht in unmittelbarer Lebensgefahr schwebe. Der Krankenwagen raste mit heulender Sirene dahin, seine Insassen wurden ganz schön durchgeschüttelt. Vor und hinter ihnen befand sich eine Polizeieskorte.

Grace lieh sich das Handy des Sanitäters und rief Cleos Nummern an, doch niemand meldete sich. Dann erkundigte sich der Sanitäter über Funk und erfuhr, dass sich ein Krankenwagen vor Cleos Haus befinde. Zwei Sanitäter versorgten Cleos oberflächliche Verletzungen, da sie nicht ins Krankenhaus wolle.

Grace ließ sich zu dem Streifenwagen durchstellen, der das Haus bewachte, und wies die beiden Beamten an, dort zu bleiben, bis er selbst vor Ort war. Außerdem sollten sie so schnell wie möglich das Fenster reparieren lassen.

Dann bog der Krankenwagen scharf nach links und hielt vor der Notfallaufnahme des Krankenhauses.

Selbst beim Aussteigen ließ Grace Jecks nicht eine Sekunde aus den Augen, obwohl dieser inzwischen bewusstlos war. Hinter ihnen hielt ein dritter Streifenwagen. Ein junger Beamter stieg aus, dem sichtlich übel war, und reichte Grace einen Gegenstand in einem blutgetränkten Taschentuch. »Sir«, sagte er mit grünlichem Gesicht.

»Was haben Sie denn da?«

»Die Hand des Mannes, Sir. Vielleicht kann man sie wieder annähen. Allerdings fehlen einige Finger. Sie müssen unter die Räder gekommen sein. Wir konnten sie nicht finden.«

Um ein Haar hätte Grace gesagt, dass Jecks seine Finger vermutlich ohnehin nicht mehr gebrauchen könnte, nachdem er ihn in die Mangel genommen hatte. Stattdessen knurrte er nur: »Gute Idee.«

*

Kurz nach Mitternacht kam Jecks aus dem OP. Das Krankenhaus hatte den einzigen orthopädischen Chirurgen, der Erfahrung mit abgetrennten Gliedmaßen besaß, nicht erreichen können, und der allgemeine Chirurg, der gerade Dienst hatte und soeben einen verunglückten Motorradfahrer zusammengeflickt hatte, entschied, die Hand sei zu stark beschädigt.

Grace wies ihn an, die Hand für die kriminaltechnische Untersuchung gekühlt aufzubewahren. Dann vergewisserte er sich, dass Jecks in einem Einzelzimmer untergebracht wurde, das nur ein winziges Fenster und keinen Notausgang besaß, und ordnete an, ihn rund um die Uhr zu bewachen.

Schließlich fuhr er zurück zu Cleo. Die Rippe schmerzte, und sein Knöchel tat höllisch weh, wenn er die Kupplung trat, aber er war hellwach und ungeheuer erleichtert. Vor dem Haus parkte der Streifenwagen. Auch das Fenster war bereits notdürftig repariert. Als er zur Haustür hinkte, vernahm er das Geräusch eines Staubsaugers. Er klingelte.

Cleo öffnete. Sie hatte ein Pflaster auf der Stirn, und ein Auge war schwarz und zugeschwollen. Die beiden Polizisten saßen auf dem Sofa und tranken Kaffee, der Staubsauger lag auf dem Boden.

Sie lächelte schwach, sah ihn dann aber entsetzt an. »Roy, Liebling, du bist ja verletzt.«

Natürlich, das Blut von Norman Jecks. »Schon gut, das ist nicht meins. Ich muss mich nur umziehen.«

Die beiden Polizisten hinter ihr grinsten, doch das war ihm in diesem Augenblick egal. Er war so ungeheuer froh, dass es ihr gut ging. Er nahm sie in die Arme und küsste sie auf den Mund, drückte sie fest an sich, so fest, als wollte er sie nie wieder loslassen.

»Mein Gott, ich liebe dich«, flüsterte er. »Ich liebe dich so sehr.«

»Ich liebe dich auch.« Ihre Stimme klang leise und ein bisschen heiser, sie hörte sich an wie ein Kind.

»Ich hatte solche Angst«, sagte er. »Ich hatte Angst, dass du –«

»Hast du ihn erwischt?«

»Größtenteils.«

120

NORMAN JECKS SCHAUTE GRACE MÜRRISCH AN. Er lag in seinem kleinen Einzelzimmer, den rechten Arm vom Ellbogen abwärts bandagiert. Am linken Handgelenk trug er ein Identifikationsarmband. Sein blasses Gesicht war mit blauen Flecken und Kratzern übersät.

Glenn Branson stand hinter Grace, und zwei Polizeibeamte saßen draußen vor der Tür.

»Norman Jecks?«, fragte Grace. Er fand es sehr sonderbar, mit einem Mann zu sprechen, der aussah wie ein Klon von Brian Bishop. Es war, als könnte Bishop tatsächlich an zwei verschiedenen Orten zugleich sein.

»Ja.«

»Ist das Ihr voller Name?«

»Er lautet Norman *John* Jecks.«

Grace notierte ihn. »Ich bin Detective Superintendent Grace, und dies ist Detective Sergeant Branson. Ich verhafte Sie wegen Mordes an Ms. Sophie Harrington und Mrs. Katherine Bishop. Sie müssen jetzt nichts sagen, aber es kann Ihre Verteidigung beeinträchtigen, wenn Sie bei der Vernehmung etwas verschweigen, das Sie später vor

Gericht vorbringen. Alles, was Sie sagen, kann als Beweismittel verwendet werden. Ist das klar?«

Jecks hob den linken Arm und sagte mit freudlosem Lächeln: »Das mit den Handschellen dürfte ein bisschen schwierig werden, oder?«

Verblüfft über so viel Sarkasmus erwiderte Grace: »Da haben Sie recht. Aber jetzt können wir Sie wenigstens von Ihrem Bruder unterscheiden.«

»Die ganze Welt kann mich von meinem Bruder unterscheiden«, sagte Jecks verbittert. »Warum haben ausgerechnet Sie Probleme damit?«

»Sind Sie bereit, mit uns zu sprechen, oder möchten Sie einen Anwalt hinzuziehen?«

Jecks lächelte. »Ich rede mit Ihnen. Warum auch nicht? Ich habe doch alle Zeit der Welt. Wie viel hätten Sie denn gern davon?«

»So viel Sie erübrigen können.«

Jecks schüttelte den Kopf. »Nein, Detective Superintendent Grace, das wollen Sie garantiert nicht. Die Zeit, die ich auf meinem Konto habe, möchten Sie gewiss nicht mal geschenkt.«

Grace hinkte zu dem leeren Stuhl neben dem Bett und setzte sich. »Was haben Sie damit gemeint, als Sie sagten, dass die ganze Welt Sie von Ihrem Bruder unterscheiden könne?«

Genauso unheimlich hatte Jecks gegrinst, als er am vergangenen Abend bei Cleo die Treppe heruntergekommen war. »Weil er mit einem silbernen Löffel im Mund geboren wurde und ich – wollen Sie wissen, womit ich geboren wurde? Mit einem Beatmungsschlauch aus Plastik im Hals.«

»Aber warum kann man Sie deswegen voneinander unterscheiden?«

»Brian hatte alles, von Anfang an. Gesundheit, wohlhabende Eltern, Privatschulbildung. Und ich? Ich hatte unterentwickelte Lungen und habe die ersten Monate meines Lebens in einem Inkubator verbracht. Und zwar in diesem Krankenhaus! Ironie des Schicksals, was? Ich hatte jahrelang Atemprobleme. Und ziemlich beschissene Eltern. Wissen Sie, was ich damit sagen will?«

»Nicht so ganz. Ich fand sie eigentlich ganz sympathisch.«

Jecks schaute ihn eindringlich an. »Ach ja? Was wissen Sie denn schon über meine Eltern?«

»Ich habe heute selbst mit ihnen gesprochen.«

Jecks grinste wieder. »Das glaube ich kaum, Detective Superintendent. Soll das vielleicht eine Fangfrage sein? Mein Vater verrottet seit 1998 in der Erde, und meine Mutter ist zwei Jahre nach ihm gestorben.«

Grace schwieg einen Moment. »Das verstehe ich nicht ganz.«

»Was gibt es denn da zu verstehen? Bishop hat ein schönes Haus, eine gute Ausbildung, die besten Startmöglichkeiten, die man sich nur wünschen kann, und seine Firma war in der *Sunday Times* unter den hundert erfolgreichsten Firmen in diesem Land. *Und das mit einer Idee, die er mir geklaut hat!* Er ist ein großer Mann! Ein reicher Mann! Sie sind Polizist und wollen da keinen Unterschied erkennen?«

»Welche Idee hat er Ihnen gestohlen?«

Jecks schüttelte den Kopf. »Vergessen Sie's. Ist nicht so wichtig.«

»Ach nein? Das sehe ich aber anders.«

Jecks lehnte sich zurück und schloss die Augen. »Ich glaube, ohne meinen Anwalt möchte ich nichts mehr sagen. Es gibt übrigens noch einen anderen Unterschied. Brian kann sich einen tollen Verteidiger leisten, den besten, der für Geld zu haben ist! Und ich bekomme nur irgendeinen zweitklassigen Pflichtverteidiger, stimmt's?«

»Ihnen stehen einige gute Anwälte kostenlos zur Verfügung«, versicherte ihm Grace.

»Bla, bla, bla«, erwiderte Jecks, ohne die Augen zu öffnen. »Aber machen Sie sich wegen mir keine Sorgen, das hat noch nie einer getan. Nicht einmal Gott. Er tut nur so, als würde er mich lieben, aber er liebt in Wirklichkeit nur Brian. Schon immer. Gehen Sie lieber zu Ihrer Cleo Morey.« Plötzlich wurde seine Stimme eisig. Er öffnete die Augen und zwinkerte Grace zu. *»Weil Sie sie lieben.«*

*

Am Freitagmorgen drängten sich alle erwartungsvoll im Konferenzraum.

Roy Grace blickte auf seine Notizen. »Ich fasse jetzt die wichtigsten Ereignisse des gestrigen Tages nach der Verhaftung von Norman John Jecks zusammen. Ein besonderer Punkt unserer Ermittlungen im Mordfall Katie Bishop wurde heute Morgen vom Zahnforensiker Christopher Ghent bestätigt. Die menschlichen Bissspuren, die an der abgetrennten rechten Hand von Norman Jecks entdeckt wurden, stammen von Katie Bishop.«

Er ließ seine Worte wirken und fuhr dann fort: »DC Batchelor hat entdeckt, dass ein gewisser Norman Jecks, auf den die Beschreibung des Verhafteten passt, bis März dieses Jahres zwei Jahre lang als Programmierer in der Softwareentwicklung der Southern Star Versicherung gearbeitet hat. Dieser Zeitpunkt ist wichtig, da er seine Stelle etwa vier Wochen, nachdem Bishop angeblich die Lebensversicherung auf seine Frau abgeschlossen hat, gekündigt hat. Wir haben Bishops sämtliche Bankunterlagen beschlagnahmt, um zu überprüfen, ob jemals eine Prämie gezahlt wurde. Ich vermute, wir werden feststellen, dass er tatsächlich keine Ahnung davon hatte.« Er trank einen Schluck Kaffee.

»Pamela und Alfonso haben noch einmal die Vorstrafen von Bishop überprüft. Sie konnten in der Presse keinerlei Berichte über beide Verbrechen finden, für die er angeblich verurteilt wurde.«

Grace blätterte um. »Gestern Abend haben wir zwei Garagen durchsucht, die von Jecks angemietet wurden, und dabei einen Satz Nummernschilder gefunden, die mit denen von Bishops Bentley identisch sind. Bei der Durchsuchung seiner Wohnung in der Sackville Road in Hove fanden wir Beweise für eine krankhafte Besessenheit, die sich anscheinend gegen seinen Zwillingsbruder Brian Bishop richtet. Wir entdeckten unter anderem Geräte zur Videoüberwachung, die über eine Internetverbindung mit versteckten Überwachungskameras im Haus und der Londoner Wohnung von Bishop verbunden sind. Weiterhin gestand Jecks in einem Gespräch mit Glenn Branson und mir heute Morgen, dass er seinen Bruder hasst.«

Grace zählte auf, was sie in Jecks' Wohnung gefunden hatten, hielt aber die Informationen über die drei Rufnummern, die mit dem Handy gewählt worden waren, zurück, da es noch nicht offiziell untersucht worden war.

Als er geendet hatte, hob Norman Potting die Hand. »Roy, es ist zwar im Grunde nicht unser Fall, aber ich habe mich heute Nachmittag bei den Reisebüros in der Stadt umgehört, ob eine Janet McWhirter sich im April dieses Jahres für Flüge nach Australien interessiert hat. Es gibt ein Büro namens Aossa Travel, in dem mir eine junge Dame namens Lena eine Anfrage vorgelegt hat, die von Janet McWhirter stammt. Als Reisebegleiter war Norman Jecks angegeben.«

Nach der Besprechung ging Grace in sein Büro und berichtete dem leitenden Ermittler im Fall Janet McWhirter von Pottings Ergebnissen. Danach rief er den Staatsanwalt Chris Binns an und brachte ihn auf den neuesten Stand.

Obwohl die Beweise zunehmend für Brian Bishops Unschuld sprachen und seinen Bruder belasteten, standen sie noch ziemlich am Anfang, und es wäre gefährlich, einen Verdächtigen allzu schnell freizulassen. Am Montag musste Bishop wieder zur Anhörung vor Gericht erscheinen. Grace und Binns legten eine Strategie fest. Der Staatsanwalt würde mit Bishops Anwalt sprechen und diesem mitteilen, dass die Staatsanwaltschaft inzwischen Zweifel an der Schuld seines Mandanten hege. Vorausgesetzt, Bishop wäre bereit, die Polizei über seinen Aufenthaltsort zu informieren und seinen Ausweis als Pfand zu hinterlegen, werde die Staatsanwaltschaft seinem Kautionsantrag nicht widersprechen.

Als Roy Grace zu Ende telefoniert hatte, saß er lange schweigend da. Ein Puzzleteil fehlte noch, und zwar ein sehr wichtiges. Er legte die Geburts- und Adoptionsurkunde von Brian Bishop und seinem Bruder nebeneinander auf den Tisch.

Glenn Branson steckte den Kopf zur Tür herein. »Ich bin jetzt weg, Oldtimer.«

»Du strahlst ja so.«

»Ich darf heute Abend die Kinder ins Bett bringen!«

»Wow. Ein echter Fortschritt! Heißt das, ich habe mein Haus bald wieder für mich allein?«

»Keine Ahnung. Eine Schwalbe macht noch keinen Sommer.«

Grace betrachtete die Adoptionsurkunden. Branson hatte recht. Eine Schwalbe machte in der Tat noch keinen Sommer. Und ebenso wenig wurde das Rätsel durch zwei Verhaftungen gelöst.

Norman Jecks hatte am Morgen gesagt, er habe die ersten Monate seines Lebens in einem Inkubator verbracht. Seine Eltern seien tot. Und seine Eltern wiederum behaupteten, ihr Sohn sei tot.

Wozu diese Lügen?

121

ZUM ERSTEN MAL in dieser endlos scheinenden Woche war Grace vor Mitternacht im Bett. Dennoch schlief er unruhig, versuchte aber, sich so wenig wie möglich zu bewegen, um Cleo nicht zu wecken, die wie ein nacktes, warmes Baby in seinen Armen lag.

Vielleicht könnte er sich endlich entspannen, wenn Norman Jecks erst hinter Gittern saß. Solange er im Krankenhaus lag, bestand bei einem derart durchtriebenen Verbrecher immer noch Fluchtgefahr. Bislang zuckte Grace bei jedem Geräusch in der Nacht zusammen.

Was ihm und Cleo am meisten Angst eingejagt hatte, war die Tatsache, dass eine Bohrmaschine in ihrem Besenschrank gelegen hatte. Cleo hatte nie im Leben eine elektrische Bohrmaschine besessen und in letzter Zeit auch keine Handwerker im Haus gehabt. Als habe Jecks ein Souvenir seines Besuchs hinterlassen wollen.

WEIL DU SIE LIEBST.

Der Bohrer befand sich in sicherer Verwahrung in der Asservatenkammer der Soko-Zentrale, doch die Vorstellung, die er heraufbeschwor, und die Worte, die Jecks ihm im Krankenhaus zugeflüstert hatte, würden noch lange wie ein Schatten über ihnen liegen.

Seine Gedanken schweiften zu Sandy. Wie überzeugt Dick Pope und seine Frau gewesen waren, dass sie sie in München gesehen hatten.

Angenommen, sie war es wirklich gewesen. Warum war sie vor ihnen davongelaufen? Hatte sie ein neues Leben begonnen und mit ihrer Vergangenheit abgeschlossen? Oder hatte sie eine Art Zusammenbruch erlitten? In diesem Fall könnte Kullens Vorschlag, sämtliche Ärzte und Krankenhäuser in München und Umgebung zu überprüfen, womöglich Erfolg haben. Und dann?

Tief im Herzen wusste er, dass Cleo für ihn mittlerweile an erster Stelle kam.

Dieser eine Tag in München hätte fast zu einem Bruch zwischen ihnen geführt. Welche Konsequenzen würde es erst haben, wenn er ganz München nach ihr absuchte? Vielleicht war es an der Zeit, damit aufzuhören, einem Phantom hinterherzujagen.

Mit dem festen Vorsatz, die Vergangenheit endgültig ruhen zu lassen, es wenigstens zu versuchen, schlief er ein.

Und erwachte zwei Stunden später aus dem ihm vertrauten Albtraum, der ihn alle paar Monate heimsuchte. Sandy, die im Dunkeln um Hilfe schrie.

Es dauerte fast eine Stunde, bevor er wieder einschlafen konnte.

*

Um sechs Uhr morgens fuhr er nach Hause, zog Sportsachen an und ging ans Meer. Ihm taten alle Muskeln weh, und der Knöchel schmerzte zu sehr, um zu joggen. Also spazierte er bis zur Promenade und zurück, um einen klaren Kopf zu bekommen.

Als er sich danach in der Dusche abtrocknete, ging die Tür auf. Der Toilettendeckel wurde angehoben, und kurz darauf hörte er seinen Freund pinkeln, als würde ein Supertanker Wasser ablassen.

Dann rauschte die Toilettenspülung. »Tee oder Kaffee?«

»Höre ich richtig?«, erkundigte sich Grace.

»Ja, ich habe soeben beschlossen, dass du eine wunderbare Ehefrau abgeben würdest.«

»Tee reicht völlig aus, und mit der Hochzeitsnacht warten wir noch ein bisschen.«

»Kommt sofort!«

Branson summte fröhlich vor sich hin, und Grace fragte sich, welche Glückspille er an diesem Morgen eingeworfen hatte. Dann konzentrierte er sich wieder auf das eine Problem, das er noch immer nicht gelöst hatte. Zum Glück war ihm, als er schlaflos dagelegen hatte, eine Idee gekommen.

*

Um kurz nach zehn saß er wieder in dem kleinen Warteraum des Standesamtes, in der Hand eine Aktenmappe.

Nach wenigen Minuten erschien Clive Ravensbourne und schüttelte ihm die Hand. Er wirkte sehr viel entspannter als bei ihrer ersten Begegnung – und neugierig.

»Wie schön, Sie wieder zu sehen, Detective Superintendent. Womit kann ich dienen?«

»Vielen Dank, dass Sie sich an einem Samstag herbemüht haben. Das weiß ich sehr zu schätzen.«

»Kein Problem, für mich ist das ein ganz normaler Arbeitstag.«

»Es geht noch immer um den bewussten Mordfall. Sie waren so freundlich, mir einige Informationen über ein Zwillingspaar zu geben. Ich müsste noch etwas bestätigt haben, was für unsere Ermittlungen von größter Wichtigkeit ist. Es gibt einige Dinge, die nicht zusammenpassen.«

»Selbstverständlich. Ich tue mein Bestes.«

Grace öffnete die Aktenmappe und deutete auf die Geburtsurkunde von Brian Bishop. »Ich hatte Ihnen den Namen Desmond Jones genannt und gefragt, ob er einen Zwilling hat und wie dieser heißt. Es kamen siebenundzwanzig Kinder in Betracht, die alle den gleichen Familiennamen trugen. Sie schlugen vor, die langwierige Suche zu umgehen, und haben die Nummer der Geburtsurkunde für mich nachgeschlagen.«

»Ja, das ist richtig.«

»Dürfte ich Sie bitten, das noch einmal zu überprüfen?«

»Natürlich.«

Ravensbourne verließ mit einer Kopie der Geburtsurkunde das Zimmer und kehrte wenige Minuten später mit einem großen, in dunkelrotes Leder gebundenen Register zurück. Er blätterte, hielt inne und verglich den Eintrag mit der Geburtsurkunde. »Desmond William Jones, Mutter Eleanor Jones, geboren im Royal Sussex County Hospital, 7. September 1964, 3.47 Uhr. Der Junge wurde adoptiert. Darum ging es doch?«

»Ja, das passt alles zusammen. Es ist der Zwillingsbruder, der sich nicht ins Bild fügt.«

Der Standesbeamte warf wieder einen Blick ins Register. »Frederick Roger Jones, Mutter Eleanor Jones, geboren im Royal Sussex County Hospital, 7. September 1964, 4.05 Uhr. In der Folge ebenfalls adoptiert. Das dürfte Ihr Zwilling sein.«

»Sind Sie sicher? Könnte es sich nicht um einen Irrtum handeln?«

Der Standesbeamte drehte das Buch herum, damit Grace die Seite selber lesen konnte. Es gab fünf Einträge.

»Die Geburtsurkunde, die Sie vorliegen haben, ist eine Abschrift des Originals. Als Original gilt immer dieser Eintrag.«

»Verstehe«, sagte Grace.

»Die Abschrift ist identisch mit dem Eintrag. Es gibt fünf Einträge auf einer Seite, und Ihre Kandidaten sind die beiden letzten hier unten.«

Als wollte er dies bestätigen, blätterte Ravensbourne um. »Wie Sie sehen, haben wir hier ebenfalls fünf –«

Er hielt mitten im Satz inne, blätterte zurück und wieder vor. »Oh, mein Gott, darauf bin ich gar nicht gekommen! Ich hatte es so eilig, als Sie das erste Mal hier waren. Ich sah den Zwillingseintrag, und Sie suchten ja nach einem Zwilling. Ich hätte nie gedacht, dass –«

Der erste Eintrag auf der nächsten Seite lautete: *Norman John Jones, Mutter Eleanor Jones, geboren im Royal Sussex County Hospital, 7. September 1964, 4.24 Uhr.*

Grace schaute den Standesbeamten an. »Denken Sie das Gleiche wie ich?«

Der Standesbeamte nickte aufgeregt. »Ja, er wurde neunzehn Minuten später geboren. Und alle haben dieselbe Mutter!«

122

ROY GRACE HOCKTE VOR DEM LESEGERÄT in der Bibliothek und überprüfte die Microfiches mit den *Argus*-Ausgaben von 1964. April . . . Mai . . . Juni . . . Juli . . . August . . . September.

Bei der Ausgabe vom 4. September 1964 hielt er inne und blätterte ganz langsam vor. Dann hatte er die Titelseite des 7. September erreicht. Er las die Zeitung aufmerksam durch, konnte aber nichts Spektakuläres entdecken.

Die große Meldung vom 8. September war irgendein lokaler Bauskandal. Doch dann, zwei Seiten weiter, sprang ihm der Artikel ins Gesicht.

Drei winzige Babys lagen schlafend in einem Inkubator. Daneben das Foto eines völlig zerstörten Autos, darüber stand zu lesen: *Wunderbabys überleben Horrorunfall.* Es gab ein weiteres Foto, das eine attraktive dunkelhaarige Frau Mitte zwanzig zeigte. Grace las den Artikel gleich zweimal hintereinander. Seine Augen wanderten von den Babys zu der Frau und dem Auto und wieder zu dem Artikel. Er ignorierte die Sensationsmache und konzentrierte sich ganz auf die Fakten.

Die Polizei untersuchte, weshalb am Abend des 6. September ein Ford Anglia bei starkem Regen auf der A23 auf die Gegenfahrbahn geraten und mit einem Lastwagen zusammengestoßen war . . .

Eleanor Jones, alleinstehende Mutter, Lehrerin für Naturwissenschaften ... rechnete mit Zwillingen ... wurde wegen Depressionen behandelt ... im neunten Monat schwanger ... wurde auf der Intensivstation künstlich beatmet, die Kinder wurden per Kaiserschnitt geholt ... Mutter verstarb während der Operation ...

Er schaltete das Gerät aus, entfernte den Microfiche und gab ihn der Bibliothekarin zurück. Dann rannte er fast in Richtung Ausgang.

*

Auf dem Weg ins Büro konnte Grace seine Aufregung kaum zügeln. Er sehnte sich förmlich danach, die Gesichter seiner Kollegen bei der Abendbesprechung zu sehen, vor allem aber freute er sich darauf, Cleo zu erzählen, dass sie nun endlich den richtigen Mann gefasst hatten.

Zuerst aber wollte er mit der hilfsbereiten Adoptionsberaterin Loretta Laberknight sprechen und ihr noch eine Frage stellen, um hundertprozentig sicher zu sein. Er wählte gerade ihre Nummer in der Freisprechanlage, als sein Handy klingelte.

Es war Roger Pole, der die Ermittlungen in Cleos Fall leitete und sich für die Informationen über die Bedienungsanleitung für den MG TF bedanken wollte, die Grace in Norman Jecks Garage gefunden hatte. Sie behandelten Jecks nun als Hauptverdächtigen.

»Sie brauchen nicht weiter zu suchen«, sagte Grace und hielt am Straßenrand. »Nur mal interessehalber: Wie geht es dem armen Kerl, der den Wagen stehlen wollte?«

»Er liegt noch auf der Intensivstation in East Grinstead, seine Haut ist zu fünfundfünfzig Prozent verbrannt, aber er wird wohl überleben.«

»Vielleicht sollte ich ihm Blumen schicken, weil er Cleo das Leben gerettet hat.«

»Wie ich gehört habe, wäre ein Tütchen Heroin willkommener.«

Grace grinste. »Wie geht es dem verletzten Beamten?«

»PC Packer? Schon besser. Er wurde bereits aus dem Krankenhaus entlassen, hat aber ziemlich schwere Verbrennungen im Gesicht und an den Händen erlitten.«

Grace bedankte sich für den Anruf und wählte noch einmal die Nummer der Adoptionsberaterin. Als sie von seiner Entdeckung hörte, lachte sie mitfühlend. »So etwas kommt vor.«

»Nur eins stört mich noch. Die Vornamen *Norman John*. Als wir miteinander gesprochen haben, sagten Sie, dass Adoptiveltern gewöhnlich den Namen ändern oder den zweiten als ersten Vornamen verwenden. In diesem Fall hat der Junge beide Namen behalten. Hat das etwas zu sagen?«

»Ganz und gar nicht. Manche Eltern bleiben einfach bei den Namen, vor allem, wenn die Adoption erst stattfindet, nachdem das Kind schon in einem Heim oder einer Pflegefamilie war.«

*

Vor seinem Büro prallte Grace mit Glenn Branson zusammen.

»Du siehst ja so fröhlich aus, Oldtimer.«

»Ich habe gute Neuigkeiten. Außerdem scheinst du selbst ziemlich gut drauf zu sein.«

»Stimmt, auch ich habe gute Neuigkeiten.«

»Erzähl mal.«

»Du zuerst.«

Grace zuckte die Achseln. »Erinnerst du dich an die fiese Sozialarbeiterin?«

»Die mit den rosa Haaren und der grünen Brille? Mit dem Gesicht, als wäre eine Dampfwalze drüber gefahren?«

»Genau die.«

»Sei ehrlich, ihr habt euch verabredet. Sie passt auch super zu dir. Jedenfalls solange du ihr eine Papiertüte über den Kopf stülpst.«

»Du wirst lachen, wir sind tatsächlich verabredet. Heute Nachmittag um drei. Ihr Chef ist auch dabei. Weißt du noch, dass ich gedroht habe, sie persönlich zur Rechenschaft zu ziehen, falls sie uns Informationen vorenthält, die den Ermittlungen nützen könnten?«

Branson nickte.

»Genau das hat sie getan. Und jetzt nehme ich sie auseinander.«

»Du bist doch sonst nicht so rachsüchtig.«

»Was hat das denn mit rachsüchtig zu tun? Ich habe übrigens ein paar interessante Stunden im Rathaus und der Bibliothek verbracht, die Ergebnisse werden dir gefallen. Ich glaube, wir können Norman Jecks jetzt definitiv festnageln. Sollen wir zusammen essen, dann erzähle ich dir alles.«

»Würde ich ja gern, aber ich habe leider schon etwas vor.«

»Und, was sind denn nun deine guten Neuigkeiten?«, erkundigte sich Grace.

Branson strahlte. »Eigentlich sind es auch für dich gute Neuigkeiten.«

»Die Spannung bringt mich gleich um.«

Sein Freund lächelte glücklicher als in den ganzen letzten Monaten. »Ich muss mich mit jemandem über ein Pferd unterhalten.«

Danksagung

DIE WELT DER SUSSEX POLICE ist für meine Serie um Roy Grace von zentraler Bedeutung. Daher bin ich den vielen Polizeibeamten und zivilen Mitarbeitern, bei denen ich mich immer willkommen fühle und auf deren Hilfe ich zählen kann, zu großem Dank verpflichtet. Ganz oben auf der Liste steht Chief Constable Joe Edwards, ohne dessen freundliche Erlaubnis das alles nicht möglich gewesen wäre. Absolut unverzichtbar ist auch mein guter und kluger Freund Dave Gaylor, Chief Superintendent im Ruhestand, der viele Jahre mein Mentor bei der Sussex Police wie auch das Vorbild für die Figur des Roy Grace war. Er ist meine wichtigste Unterstützung bei Recherchen, ein Quell kreativer Ideen und er besitzt die Geduld eines Heiligen. Wie bei meinen früheren Büchern hat er mir auch diesmal in vielerlei Hinsicht geholfen, und das Buch wäre ohne ihn einfach nicht dasselbe geworden.

Ich möchte noch einige andere Namen hervorheben – und bitte zugleich um Verzeihung, falls ich jemanden übergangen haben sollte: Chief Superintendent Kevin Moore war eine Riesenhilfe, Ray Packham von der High Tech Crime Unit und seine Frau Jen haben mich mit ihren originellen Ideen unglaublich unterstützt. Um die kriminelle Szene von Brighton zu beschreiben, war ich auf die Informationen von Constable Paul Grzegorzek von der lokalen Einsatzgruppe angewiesen. Als Sergeant Julian Clapp mich durch die einzelnen Stufen des Verhaftungsprozesses führte, überliefen mich kalte Schauer. Danke auch an Inspector Mark Powles von der Sussex Police Force Identification Unit.

Bedanken möchte ich mich außerdem bei Detective Inspector

Roy Apps, Detective Inspector Paul Furnell, PC Matt Webster, Inspector Andy Parr, Sergeant Mark Baker, Chief Superintendent Peter Coll, Sergeant Phil Taylor, ehemals Leiter der High Tech Crime Unit und heute Mitarbeiter der Control Risks Group; Julie Page von der Abteilung PNC; Detective Sergeant Keith Hallet von der Sussex Police Holmes Unit; Brian Cook, Scientific Support Branch Manager; Detective Inspector William Warner; Stuart Leonard von der Spurensicherung; Senior Analyst Suzy Straughan; DS Jason Tingley, den Familienbetreuerinnen DC Amanda Stroud und DS Louise Pye und ein ganz großes Dankeschön an Senior Support Officer Tony Case von der Zentrale der Kripo, der mit seiner Zeit, Hilfe und Begeisterung unglaublich großzügig war.

Ein Riesendank auch an mein fantastisches Team in München: Kriminalhauptkommissar Walter Dufter, Ludwig Waldinger und Detlef »Ted« Puchelt vom Bayerischen Landeskriminalamt, Franz-Joseph Wilfling, Kriminaloberrat der Kriminalpolizeidirektion 1 München; Andy und Sabine vom Krimifestival München; Anette Lippert für die harte Arbeit mit der Münchner Geographie und natürlich Hans Jürgen Stockerl, dem größten lebenden deutschen Schauspieler, der mich mindestens zehnmal geduldig zu allen Münchner Sehenswürdigkeiten kutschiert hat, um die richtigen Schauplätze zu finden.

Große Hilfe erhielt ich auch von Dr. Peter Dean, Leichenbeschauer in Essex, dem Pathologen Dr. Nigel Kirkham und Dr. Vesna Djurovic, Pathologin des Innenministeriums. Außerdem von Dr. Robert Dorion, Leiter der Abteilung für forensische Zahnmedizin am Laboratoire de Sciences Judiciaires et de Médécine Légale, Montreal, und Verfasser des Standardwerks *Bitemark Evidence.*

Außerdem schulde ich meinen wunderbaren Freunden Elsie Sweetman, Victor Sinden und Sean Didcott vom Leichenschauhaus Brighton and Hove großen Dank für ihre endlose Geduld, Freundlichkeit und Umsicht.

Danke auch an Brian Ellis, Dr. Andrew Davey, Dr. Jonathan Pash, Tom Farrer, Pathologietechniker, und Robert Frankis – einer der wenigen Menschen, der mehr über Autos weiß als ich. Danke auch an Peter Bailey für sein enzyklopädisches Wissen über die Geschichte Brightons und der Eisenbahn. Außerdem geht mein Dank an die Adoptionsberaterin Chrissie Franklin, die mich mit viel Energie und Begeisterung über schwieriges Terrain gesteuert hat.

Danke wie immer auch an Chris Webb, der meinen Computer am Laufen hält und meine Back-ups sichert, und an meine inoffiziellen Lektorinnen Imogen Lloyd-Webber, Anna-Lisa Lindeblad und Sue Ansell, die das Manuskript in verschiedenen Entwicklungsstufen gelesen und mir unschätzbare Ratschläge geliefert haben.

Danke auch an das fleißige Team bei Midas Public Relations: Tony Mulliken, Margot Veale und Amelia Rowland.

Ich schätze mich glücklich, eine so tolle Agentin wie Carole Blake zu haben, und trage jederzeit gern dazu bei, ihr den Kauf neuer Designerschuhe zu ermöglichen. Danke auch an meinen Filmagenten Julian Friedmann. Ich fühle mich geehrt, dass meine Bücher bei Macmillan erscheinen, und möchte dort vor allem Richard Charkin, David North, Geoff Duffield, Anna Stockbridge, Vivienne Nelson, Marie Slocombe, Michelle Taylor, Caitriona Row, Claire Byrne, Ali Muirden, Richard Evans, Chloe Brighton, Liz Cowen, meiner Lektorin Lesley Levene und natürlich last but not least der wunderbaren Stef Bierwerth danken! Ein Riesendankeschön über den Kanal an das Team beim deutschen Scherz-Verlag, das mich unglaublich unterstützt: Peter Lohmann, Julia Schade, Andrea Engen, Cordelia Borchardt, Bruno Back, Indra Heinz und Andrea Diederichs.

Ein besonderes Dankeschön geht an Susanne Goga-Klinkenberg, meine wunderbare deutsche Übersetzerin.

Danke wie immer an meine treuen Hunde Bertie, Sooty und Phoebe, die mich stets daran erinnern, dass es noch ein Leben jenseits des Arbeitszimmers gibt.

Und der allerletzte und zugleich größte Dank an meine geliebte Helen – weil du an mich geglaubt und niemals zugelassen hast, dass ich mich drücke.

Und zuletzt noch einmal ein großer Dank an meine Leser, die meine Bücher gelesen, mir geschrieben und viele freundliche Worte gefunden haben. Das alles bedeutet mir sehr viel.

Peter James
Sussex, England
scary@pavilion.co.uk
www.peterjames.com